Richard Schwartz
Die Rose von Illian
Die Götterkriege 1

PIPER

Zu diesem Buch

Richard Schwartz wird von Fans und Kritikern zu den wichtigsten deutschen Fantasy-Autoren gezählt. Seine Weltenentwürfe sind ebenso faszinierend wie unverwechselbar. Leserinnen und Leser nominierten seine Romane um »Das Geheimnis von Askir« mehrfach für den Deutschen Phantastik Preis. Nun setzt seine neue High-Fantasy-Serie »Die Götterkriege« das Schicksals Askirs fort: Eine vernichtende Auseinandersetzung zwischen den Göttern tobt in der Welt. Havald, Lanzengeneral von Thurgau, liegt im Tempel Soltars in einem unruhigen Schlaf, während die fünfte Lanze der legendären zweiten Legion sich einem überlegenen Feind stellen muss. Einzig Leandra, die Rose von Illian und rechtmäßige Königin der Südlande, kann nun noch das Schicksal aller zum Guten wenden.

Richard Schwartz, geboren 1958 in Frankfurt, hat eine Ausbildung als Flugzeugmechaniker sowie ein Studium der Elektrotechnik und Informatik absolviert. Er arbeitete als Tankwart, Postfahrer, Systemprogrammierer und restauriert Autos und Motorräder. Am liebsten widmet er sich jedoch phantastischen Welten, die er meist in der Nacht auf Papier bringt. Nach dem sechsbändigen Zyklus um »Das Geheimnis von Askir« und dem Roman »Die Eule von Askir« beginnt mit »Die Rose von Illian« die neue faszinierende Serie von Richard Schwartz.

Richard Schwartz

Die Rose von Illian

Die Götterkriege 1

PIPER
München Berlin Zürich

Entdecke die Welt der Piper Fantasy:
Piper Fantasy.de

Von Richard Schwartz liegen bei Piper vor:
Das Erste Horn. Das Geheimnis von Askir 1
Die Zweite Legion. Das Geheimnis von Askir 2
Das Auge der Wüste. Das Geheimnis von Askir 3
Der Herr der Puppen. Das Geheimnis von Askir 4
Die Feuerinseln. Das Geheimnis von Askir 5
Die Eule von Askir. Das Geheimnis von Askir 6
Der Kronrat. Das Geheimnis von Askir 7
Der Inquisitor von Askir
Die Rose von Illian. Die Götterkriege 1
Die Weiße Flamme. Die Götterkriege 2
Das blutige Land. Die Götterkriege 3
Die Festung des Titanen. Die Götterkriege 4
Die Macht der Alten. Die Götterkriege 5
Der Wanderer. Die Götterkriege 6
Der Falke von Aryn

Für Heinz und Anne,
die dieses Jahr zu Soltar gegangen sind,
Markus, Sandra und Andreas

Der Beitrag »Was bisher geschah« entstand unter Mitwirkung von phantolemchen, DNob, Cepheid und Omti aus dem Askir-Forum auf piper-fantasy.de.

FSC www.fsc.org
MIX
Papier aus verantwortungsvollen Quellen
FSC® C083411

Originalausgabe
1. Auflage April 2011
10. Auflage Dezember 2015

Umschlaggestaltung: Guter Punkt, München
Umschlagabbildung: Uwe Jarling | www.jarling-arts.com
Satz: Fotosatz Amann, Aichstetten
Druck und Bindung: CPI books GmbH, Leck
Printed in Germany ISBN 978-3-492-26757-1

Was bisher geschah

In einem alten Gasthof trifft die Halbelfe und Maestra Leandra de Girancourt auf den Krieger Havald, in dem sie den verschollenen Paladin des Reichs Illian zu erkennen glaubt. Sie bittet ihn, mit ihr ins legendäre Askir zu reisen, um dort Hilfe gegen das Imperium von Thalak zu finden, das Illian zu erobern droht. Auch die Wirtstochter Sieglinde und der ehemalige Räuberhauptmann Janos Dunkelhand sowie die Dunkelelfe Zokora, ihre Gefangene Natalyia und der Boronadept und Scharfschütze Varosch schließen sich Havald und Leandra an.

Nach dem Sieg über den Nekromanten Balthasar finden die Gefährten mit einem magischen Tor den Weg in das Wüstenreich Bessarein, das einst zum Kaiserreich Askir gehörte, und glauben sich ihrem Ziel einen Schritt näher. Doch kaum dort angekommen, wird die Gruppe in die Machtkämpfe um den Thron des Kalifen verwickelt und muss erkennen, dass die Agenten des Nekromantenkaisers Kolaron Malorbian auch hier bereits am Werke sind. Im letzten Kampf gegen den Nekromanten und Meisterspion, den man den Herrn der Puppen nennt, wird Havald tödlich verletzt, und nur durch das Opfer Natalyias gelingt es ihm zu überleben. Auch wenn es ihm den Verlust nicht ausgleicht, gewinnt er in dem Wüstenreich eine neue Gefährtin hinzu: die Zeugmeisterin Serafine aus dem alten Kaiserreich, deren Geist einst in dem Bannschwert Eiswehr gefangen war.

Doch die Zeit drängt: Der Feind steht im Begriff, seine Armee durch ein magisches Tor nach Askir zu führen, während eine zweite Welle sich auf den Feuerinseln darauf vorbereitet, das alte Reich von der See aus zu erobern. Der Eule Desina, einer jungen Maestra der Reichsstadt, und ihrem

Freund und Ziehbruder, dem Meisterdieb Wiesel, gelingt im letzten Moment die Rettung. Bald darauf gelangen auch Havald und seine Gefährten in die sagenumwobene Kaiserstadt Askir.

Dort bestätigt man Havald als General der legendären zweiten Legion – doch zugleich wird ihm eine düstere Zukunft prophezeit: Als Soltars Engel ist er dazu bestimmt, den Krieg der Götter einzuläuten. Als schließlich der Kronrat tagt, um die Reiche zu einigen, überschlagen sich die Ereignisse. Es kommt zum direkten Kampf mit Kolaron Malorbian, der versucht, die Ernennung der Kaiserin von Askir zu verhindern, woraufhin Havald Opfer eines tödlichen Anschlags wird. Ist damit alle Hoffnung für die drei neuen Reiche verloren? Oder wird es Havalds Freunden gelingen, ihm das gestohlene Bannschwert Seelenreißer wieder zurückzubringen, sodass er, einer Prophezeiung nach, doch wieder auferstehen kann?

Das Tal der Krähen

1 Es war kalt in den Bergen, da nützte es ihm auch nichts, dass die Sonne gerade aufstieg und das Morgenrot die Berghänge blutig färbte. Blix zog seinen Umhang enger um sich und hoffte nur, dass es nicht mehr lange dauern würde, bis sie ihr Ziel erreichten.

»Wir sind bald da, Major«, rief da bereits der Sergeant der vierten Lanze, der Blix zu der alten Wehrstation am Eisenpass bringen sollte. »Ein Viertel einer Kerze, länger wird es kaum noch dauern.« Schwertmajor Blix nickte nur und folgte mit seinem Blick einem riesigen Schwarm Krähen, der in den morgendlichen Himmel aufstieg.

»Denen geht's zur Zeit so richtig gut«, meinte der Schwertsergeant mit rauer Stimme und schien nun selbst zu frieren. »Sie werden noch für Tage Futter haben, es war ein rechtes Gemetzel.« Er zügelte sein Pferd ein wenig und wies mit der Hand nach links, wo ein kaum erkennbarer Pfad von dem Grat abführte, auf dem die beiden Soldaten ritten.

»Wenn wir dem Pfad dort folgen, kommen wir zu einer Felsspitze, die über die Tiefe ragt, von dort aus kann man die Schlucht einsehen … falls Ihr es wünscht, es ist kein großer Umweg.«

Für einen Moment zögerte der Major, dann nickte er und folgte dem Sergeanten, als dieser langsam vorausritt.

Die Felsspitze ragte wie ein Finger über die Schlucht, und der Sergeant hatte recht, von hier aus konnte man das ganze Ausmaß der Schlacht überblicken, von den Felsbrocken, die dort vorne die Schlucht versperrt hatten, bis zu den schweren Speerwerfern und Ballisten, die hier noch immer den Rand der Schlucht säumten. Und der Verwüstung, die sie angerichtet hatten.

»Wart Ihr dabei, Sergeant?«, fragte Blix, und der andere Soldat nickte.

»Ich war dort drüben postiert.« Er wies mit der freien Hand auf einen Vorsprung auf der anderen Seite der Schlucht. »Es war dunkel, noch zwei Kerzenlängen bis Sonnenaufgang, und sie marschierten unter uns hindurch, etwa jeder zwanzigste Mann trug eine Fackel oder eine Laterne ...« Er holte tief Luft. »Es sah fast schon festlich aus. Dann gab die Obristin den Befehl, den Felssturz auszulösen ... und als die Steine herunterkamen, war das für den Rest von uns das Zeichen. Ich hatte vierhundert Bolzen dabei, habe mich an den Köchern fast totgeschleppt, also stand ich dort und schoss so lange, bis ich keine Bolzen mehr hatte. Mir riss die Sehne meiner Armbrust, jemand gab mir eine neue, und ich schoss weiter ... ohne zu wissen, auf was ich schoss. Nach und nach wurden dann die Schreie leiser und weniger, und dann irgendwann, als ich keine Bolzen mehr hatte, ging die Sonne auf ... so wie jetzt.«

Sie lagen noch immer da. Verdreht und durcheinandergewürfelt, wie sie gefallen waren. Dort unten sah Blix Metall glänzen, Soldaten der dritten Bulle, die noch immer die Toten durchsuchten. Die Unterscheidung war einfach: Schwer gepanzert und lebend waren die Soldaten der dritten Bulle, in schwarzes Leder gehüllt und tot die Soldaten der Feindlegion.

»Wie viele?«, fragte Blix mit belegter Stimme.

»Wir zählen sie noch immer«, gab der Sergeant Antwort. »Zwischen zwölf- und dreizehntausend. Es gab nicht mehr als vierzig Überlebende, die meisten davon schwer verletzt ... ein gutes Dutzend davon versuchte sich noch selbst umzubringen, um sich der Gefangennahme zu entziehen. Das hier war übrigens die siebzehnte Legion.«

»Unsere Verluste?«, fragte Blix. Götter, dachte er. Siebzehn Legionen, und vielleicht gab es sogar noch mehr!

»Etwas unter dreißig, soviel ich weiß«, antwortete der Sergeant. Er wies auf die steilen Felswände. »Was sollten sie tun? Sie schossen blind, wie wir auch, nur waren wir schwerer zu treffen. Ich hörte, dass von uns die meisten dadurch starben, dass sie im Dunkel den Halt verloren und in die Tiefe stürzten.« Der Mann stützte beide Hände auf das Sattelhorn und sah lange in die Tiefe. »Es war eine siegreiche Schlacht. Ohne Zweifel. Aber auch ein fürchterliches Gemetzel, das uns der Feind niemals vergeben wird.« Er holte tief Luft. »Können wir weiter, Ser?«

»Aye, Sergeant«, meinte Blix mit rauer Stimme. »Ich habe genug gesehen.« Einer der Soldaten dort unten scheuchte einen riesigen Schwarm Krähen auf, der mit lautem Protest in die Luft stieg, zugleich brachten die gefiederten Schwingen auch den Geruch des Todes mit. Es war erst vier Tage her, und noch war es kühl hier in den Bergen, doch Blix wollte sich gar nicht vorstellen, welcher Gestank hier bald über allem liegen musste.

Es dauerte nicht mehr lange, bis vor ihnen, in den Hang des Gebirges gebaut, die Wehrstation zu sehen war. Jetzt, am Morgen, mit den langen Schatten der Sonne und den Flaggen, die über dem alten Wehrturm im Wind flatterten, sah es aus, als wäre sie vollständig erhalten, doch als Blix und der Sergeant näher kamen, waren die Spuren der Jahrhunderte deutlicher zu sehen.

Es grenzte fast an ein Wunder, dass die alten Mauern noch standen. Gut zwei Dutzend Soldaten waren fieberhaft dabei, die alte Wehrmauer instand zu setzen, ein großes Dreibein und ein schwerer Flaschenzug verrieten, wie man das alte, fast vollständig zerstörte Tor aus den Angeln hatte entfernen können, links davon werkelten gleich vier Zimmerleute an dem neuen Tor.

»Das sieht aus, als wollten wir diesmal bleiben«, stellte Blix fest, als sie durch das Tor ritten.

»Ich schätze, ja«, nickte der Sergeant. »Ich glaube nicht, dass wir noch mal eine Wehrstation aufgeben werden.« Er saß ab und gab einem heraneilenden Schwertrekruten die Zügel seines Pferdes, bevor er sich umdrehte und Blix salutierte. »Major, Ihr werdet Generalsergeantin Rellin im Turm finden können … der Götter Schutz mit Euch, Schwertmajor.«

Blix erwiderte den Salut. »Und mit Euch, Sergeant.« Er sah dem Mann nach, wie er in dem Anbau verschwand, dann schwang er sich selbst vom Pferd, reichte die Zügel an den Rekruten weiter, rückte sich seinen Umhang und Schwertgurt zurecht und stieß die Tür zum Haupthaus auf, wo in der alten Messe fünf Soldaten gerade mithilfe von Schnüren genau festlegten, wo sie die schweren Eichentische aufstellen wollten. Blix ging quer durch den großen Raum hindurch, folgte dann dem kurzen Gang bis hin zu der altersschwarzen, mit Eisen verstärkten Tür und klopfte an.

»Herein!«, hörte er Rellins Stimme, straffte die Schultern und trat ein.

Die Generalsergeantin der dritten Legion schien, seitdem Blix sie das letzte Mal gesehen hatte, um Jahre gealtert, und es sah nicht so aus, als hätte sie in den letzten Tagen viel an Schlaf bekommen. Sie stand hinter ihrem Schreibtisch, beide Hände auf die Platte gestützt, und sah den Schwertmajor müde und ohne sonderliches Interesse an. »Blix«, stellte sie fest. »Was führt Euch denn hierher?«

»Ich erhielt Befehl, mich bei Euch zu melden«, teilte er ihr mit. Er zog seinen Marschbefehl aus dem Aufschlag seines linken Ärmels und reichte ihn der Sergeantin, zugleich musterte er neugierig die große Karte, die einen beträchtlichen Teil der Wand hinter Rellin bedeckte. Der Maßstab unterschied sich deutlich von allen anderen Karten, die Blix bislang gesehen hatte. Es gab üblicherweise keinen Grund, weshalb kaiserliche Karten die Länder südlich von Bessarein zeigen sollten, dort kam erst die Wüste, und an die grenzte eine Gebirgskette, durch die man noch keinen Pass gefunden hatte. Dahinter wiederum lagen die Länder der Barbaren … und was dann kam, interessierte einen kaiserlichen Soldaten meistens herzlich wenig.

Diese Karte jedoch war neu und ein Hinweis darauf, dass sich die Dinge ändern würden, zugleich aber war sie bereits veraltet, denn sie zeigte noch immer die Feuerinseln und die Küstenlinie von Bessarein, wie diese gewesen war, bevor sich das Meer mit Beben und Flut einen großen Teil des Landes zurückgeholt hatte.

Auch Janas war hier noch eingezeichnet, die Stadt, die einst mit ihrem Seehafen eine der reichsten Handelsstädte des Kalifats gewesen war. Blix hatte die Berichte gelesen, von der stolzen Stadt war nur noch wenig übrig … bald, vermutete er, würden die kaiserlichen Kartographen neue Karten herausgeben müssen, solche, in der die Küstenlinien und die Lage der Stadt Janas neu verzeichnet waren.

»Ja«, sagte die Generalsergeantin jetzt. »Ich erinnere mich. Ihr sollt Euch bei Lanzengeneral von Thurgau melden …« Sie reichte ihm den Marschbefehl zurück. »Begebt Euch zum Tor und sagt der Feder dort, dass Ihr nach Askir reisen müsst. Wenn sie fragt, wer das veranlasst hat, teilt Ihr ihr mit, dass es der General selbst war, das beschleunigt üblicherweise das Geschehen … und wenn Ihr von Thurgau seht«, fügte sie grimmig hinzu, »richtet ihm von mir aus, dass der Bericht noch etwas dauern wird und wir noch dabei sind zu zählen.«

»Es war sein Plan?«, fragte Blix.

»Aye«, nickte Rellin müde. »Das war es. So wie es aussieht, hat von Thurgau das Gemetzel schon geplant, bevor der Feind noch selbst wusste, dass er durch den Eisenpass marschieren würde.«

»Ich hörte«, sagte Blix vorsichtig, »dass es noch einen anderen Weg gegeben hätte. Wenn die siebzehnte Legion diesen genommen hätte, wären wir niemals imstande gewesen, sie rechtzeitig aufzuhalten.«

Rellin nickte langsam. »Zieht eine Lehre daraus, Major. Der Eisenpass hätte dem Feind kaum mehr als einen Tag gespart. Nur weil der gegnerische Kommandant es eilig hatte, liegen er und seine Soldaten jetzt dort in der Schlucht. Wäre er es langsamer angegangen, dann säßen sie jetzt sicher in Aldar und könnten über uns nur lachen … Sie wären uns zahlenmäßig weit überlegen gewesen, denn zur Zeit zählt die dritte Legion ja kaum mehr als dreitausend Mann.« Sie seufzte und massierte sich den Nacken. »Aber der Feind hatte es eilig, und jetzt liegt er in seinem Blut. Ein großartiger Sieg … wie gesagt, richtet dem General meine Grüße aus.« Sie salutierte Blix und wies auf die Tür. Damit war die Audienz offenbar beendet.

Das Tor zu finden war nicht schwer. Ursprünglich hatte es wohl ein Nebengebäude hinter dem Stall gegeben, doch zwischenzeitlich hatte man das Gebäude abgerissen, nur die rechte Wand, die zugleich auch der Wehrwall war, stand noch. Auch die Wand zum Stall war entfernt worden. Blix wusste nicht, was er erwartet hatte, vielleicht ein richtiges Tor, aber tatsächlich hatte es wenig mit einem solchen gemein. Ein achteckiger goldener Rahmen in einem polierten Boden aus schwarzem Basalt, vielleicht fünf Schritt im Durchmesser, mehr war da nicht zu sehen.

Eine junge Feder mit kurzen roten Haaren und einem freundlichen Lächeln stand etwa einen Schritt von diesem goldenen Rahmen entfernt in einem alten Pferdestall an einem Stehpult und schrieb eifrig irgendwelche Dinge nieder, während neben ihrem Buch ein großes Stundenglas den Sand der Zeit verrinnen ließ.

Der Grund, warum man die Wände abgetragen hatte, zeigte sich in den Karren, die sich hier stauten, über und über mit Schwertern, Lanzenblättern oder Hellebardenklingen beladen. Manche von ihnen waren noch blutig, doch die meisten sahen aus, als kämen sie aus einem kaiserlichen Zeughaus. Das Tor war einst dafür gedacht, Personen zu befördern, für Frachtgut wie diese Karren, war der Zugang viel zu klein gewesen.

Vier kräftige Soldaten der dritten Bulle standen am Rand dieser polierten Fläche bereit und schienen zu warten – auf was, war ihm noch nicht ganz klar.

Der Schwertmajor trat näher an die Feder heran, seinen Marschbefehl in der Hand, als diese mit ihrer Gänsefeder auf die Mitte des goldenen Achtecks zeigte, wo nun eine goldene Münze lag, die er vorher nicht wahrgenommen hatte.

»Jetzt!«, rief sie und drehte mit der linken Hand das Stundenglas um, während die vier Soldaten sich gegen einen der Karren stemmten und diesen auf den polierten Boden schoben, um das goldene Achteck danach sofort hastig zu verlassen.

»Ich …«, begann Blix, doch die Feder hielt die Hand hoch und schüttelte den Kopf.

»Gleich, Schwertmajor«, unterbrach sie ihn und sah angespannt zu dem Karren hin. Im nächsten Moment ging ein kühler Wind, und der Karren mit den blutigen Schwertern war verschwunden, auch die Münze lag nicht mehr da. Es gab keinen Blitz, kein seltsames Leuchten, keinen Donner oder Funken, die über den Boden liefen … der solide schwere Karren, an dem die Soldaten so schwer geschoben hatten, war einfach spurlos verschwunden.

Doch offenbar war dies ein erwartetes Ergebnis, denn die Feder nickte zufrieden, tat eine Notiz in ihrem Buch und nahm sich dann endlich des Schwertmajors an. Blix erwiderte ihren Salut, zog seinen Marschbefehl aus dem Ärmelaufschlag und reichte ihn an sie weiter. Sie überflog das Dokument und nickte dann, um es dem Schwertmajor zurückzureichen.

»Ihr habt Glück, Major, wir sind zur Zeit an der Reihe, ich

kann Euch beim nächsten Durchgang mit hindurchschieben.« Sie wies auf den nächsten Karren, der jetzt von den Soldaten an den Rand des Tors herangefahren wurde. »Diese Karren sind für Askir bestimmt, dort werden die Waffen geprüft und eingeschmolzen, denn, so wie ich es verstanden habe, sind unsere Schwerter von besserer Qualität. Stellt Euch einfach vor den nächsten Karren, wenn es so weit ist.«

»Das ist alles?«, fragte er überrascht. »Gibt es sonst etwas zu beachten? Etwas zu tun?«

»Außer die Luft anzuhalten und zu beten, dass man in einem Stück herauskommt?« Sie lachte, als sie sein Gesicht sah. »Nein, Major, nichts. Ich bin vorhin hindurchgegangen, um mir einen frischen Kafje zu holen ... man bemerkt nichts. Eben ist man hier, im nächsten Moment dort. Das ist alles. Man muss nur darauf achten, dass nichts über den Rand hier im Boden ragt, denn das würde wie von einem Fallbeil abgeschnitten werden.«

»Und was ist das mit der Münze?«, fragte Blix neugierig.

»Wir haben zur Zeit drei Tore in Betrieb. Dieses hier, das in der Donnerfeste und ein weiteres in Askir, das sich im Keller eines Hauses befindet, das der Kaiserin gehört. Wenn ein Tor benutzt wird, tauscht es den Inhalt mit dem anderen Tor aus. Ihr könnt Euch vorstellen, dass es zu einem Durcheinander kommen würde, würde man ungeplant vorgehen, ganz zu schweigen von der Gefahr, dass das Tor in Betrieb genommen wird, wenn man gerade den Rand überquert. Also wird alles vom Tor in Askir aus geregelt ... sie senden uns die Münze, um uns mitzuteilen, dass sie uns in den nächsten fünfzig Herzschlägen holen werden. Und wir wissen dann, dass es während dieser Zeit sicher ist, das Tor zu betreten.«

So weit hatte Blix verstanden. Bis auf eines.

»Was meint Ihr mit Kaiserin?«, fragte er verwirrt.

»Die Münze ist da!«, rief sie und drehte das Stundenglas. »Rasch!«

Blix half mit, den Karren in das Achteck zu befördern, und

stand nun selbst darin, so ganz wohl war ihm dabei aber nicht. »Ihr werdet es sicherlich bald erfahren, Schwertmajor«, meinte die Feder noch. »Der Götter Wohl mit –«

»– raus da, aber sofort!«, herrschte ein plötzlich vor ihm stehender Stabssergeant mit den ungefähren Maßen eines Stieres Blix an, der einen unangenehmen Druck auf den Ohren verspürte. Eine Rampe erstreckte sich vor ihm, ein Soldat der vierten Legion hakte eine Kette mit einem großen Haken in den Karren ein und gab dem Pferd, das auf der Rampe stand, einen harten Klaps auf die Kruppe, sodass es den Karren aus dem Tor zog, ob der Schwertmajor nun im Wege stand oder nicht. Er entschied sich hastig dafür, nicht im Wege zu stehen.

»Entschuldigt, Major«, meinte der Stabssergeant und schob ihn reichlich unsanft zur Seite. »Aber wir müssen unseren Zeitplan einhalten ... dort entlang, Ser!«

Also quetschte sich Blix an dem Karren vorbei die Rampe hinauf und fand sich an einer hölzernen Barrikade wieder, welche die Seitenstraße, in der sich das Haus befand, zur Kornstraße hin abschloss ... und es *war* die Kornstraße. Blix erkannte das gelbe Haus mit dem Springbrunnen, das auf der anderen Seite stand. Reckte er den Kopf, konnte er über die Dächer hinweg in der Entfernung das massive Rund der Zitadelle ausmachen. Der Himmel über ihm war mit bleiernen Wolken verhangen, und es war deutlich kälter als eben noch ... kein Zweifel, er befand sich in Askir.

Die Feder hatte recht behalten, er hatte nichts davon bemerkt, dennoch war ihm nicht wohl bei dem Gedanken, dass es Magie gewesen war, die ihn hierher gebracht hatte.

Der Korporal an der Barriere öffnete Blix ohne ein weiteres Wort den Schlagbaum, und er ging hindurch, wandte sich nach links und ging die Kornstraße hinauf zum südlichen Tor der Zitadelle.

Etwas weiter die Straße hoch sah er dann die Spuren von Bränden an den umliegenden Häusern. Ein Trupp Arbeiter war damit beschäftigt, neue Pflastersteine zu legen, direkt daneben sprachen eine Priesterin der Astarte und ein Priester Soltars mit einem Steinmetz, der an einem Schrein arbeitete.

Als Blix gerade jemanden fragen wollte, was hier geschehen war, sah er die Flagge an der Zitadelle. Der goldene Drache Askirs auf rotem Grund. Man konnte diese Fahne überall in Askir sehen, sie wehte über den Stadttürmen, im Hafen, man fand sie auch als Relief in Dutzenden von Mauern und Wänden … aber niemals an diesem Fahnenmast, dem höchsten in Askir. Seit Jahrhunderten gab es ihn, gelegentlich wurde er ausgetauscht. Als Blix noch ein Kind gewesen war, hatte er einmal zugesehen, wie man den Mast erneuert hatte. Damals war der Blitz in ihn geschlagen.

Aber niemals wehte dort eine Fahne, denn die kaiserliche Fahne dort zu hissen, bedeutete nichts anderes, als dass der Kaiser in Askir zu finden wäre. Doch jetzt, nach über siebenhundert Jahren wehte dort die Fahne des Kaisers … und Blix stand da und konnte seinen Augen kaum trauen.

Kurz entschlossen griff er einen Bäckergesellen, der gerade an ihm vorbeigehen wollte, am Arm und zog ihn zu sich heran. »Was hat diese Fahne zu bedeuten?«, fragte er ihn, während der Mann sich ängstlich duckte. Wahrscheinlich hielt er den Major für vom Wahn befallen.

»Desina ist in der Stadt«, teilte der Mann Blix eingeschüchtert mit. »Das heißt es, glaube ich.«

»Und wer ist … Desina?«, fragte der Major und hielt den Mann fester, als der versuchte, sich aus dem Griff des Majors zu winden.

»Die Eule!«, erklärte der Mann. »Die, die das Tor zum Nekromantenkaiser geschlossen hat und auch den Nekromanten Rolkar besiegte!«

»Es gibt wieder Eulen in Askir?«, fragte Blix verblüfft und ließ zu, dass sich der Mann aus seinen Händen befreite.

»Wo seid Ihr gewesen, Soldat?«, fragte der Mann ihn und richtete sich jetzt, da Blix ihn losgelassen hatte, zu voller

Größe auf. »Sie hat dem Nekromantenkaiser selbst während des Kronrats die Stirn geboten und sich ihm entgegengestellt … unter ihrem Schutz haben sich die anderen Reiche wieder Askir angeschlossen und sie zur Kaiserin gewählt! Sie ist die Magie und die Macht des Reiches, so wie die Legionen Schwert und Schild darstellen, möge sie ewig leben! Für Askir, die Götter und die Kaiserin ein Hoch!«

»Ja. Sicher. Für die Kaiserin. Und so«, meinte Blix. Er sah ungläubig zu der Flagge hoch. »Schon gut, guter Mann«, fügte er hinzu. »Danke. Ihr könnt gehen.«

»Ihr könntet wenigstens salutieren, wenn Ihr ihren Namen hört, Soldat«, teilte der Mann ihm erhaben mit und ging hoch erhobenen Hauptes seines Weges.

Kopfschüttelnd ging Blix weiter, entschlossen, so schnell wie möglich mehr darüber zu erfahren, wieso sie auf einmal eine Kaiserin besaßen. Der Entschluss ließ sich leicht umsetzen. Vor dem südlichen Tor gab es einen kleinen Markt, auf dem hauptsächlich Lebensmittel angeboten wurden. Viele Soldaten versorgten sich hier mit Dingen, die sie nicht in der Messe finden konnten. Natürlich gab es hier auch einen Gasthof, davor einen Brunnen, und vor dem stand ein Tafelsänger, der mit lauter Stimme die Ruhmestaten der neuen Kaiserin besang. Ein schlaksiger Leutnant mit einer Adjutantenkordel und einem Grinsen, das ihm unvorteilhafte Ähnlichkeiten mit einem Pferd verlieh, stand dabei und wippte im Takt mit dem Fuß. In seinen glänzenden Augen stand eine Begeisterung für den Tafelgesang, die Blix nur fassungslos mit dem Kopf schütteln ließ, fast schien es, als ob er sogar noch die Lippen passend bewegen würde.

Der Tafelsänger zeigte nun mit seinem Stock auf eine gleißende Lichtsäule auf seiner Tafel, in der hoch über dem Boden eine junge Frau schwebte, die Eule, wie Blix erfuhr, die einen verzweifelten magischen Kampf mit einem Nekromanten namens Rolkar führte. Der hatte wohl versucht, ein Tor zu einem fernen Ort zu öffnen, an dem ein gewaltiges Heer mit schauerlichen Kriegsbestien und mordlüsternen Ungeheuern wartete, um über die friedliche Kaiserstadt herzufallen. Ein anderes Bild zeigte die schlanke Gestalt auf dem Seewall der Stadt, wo am frühen Morgen eine silberne Woge auf die geschlossenen Seetore zuraste … was genau sie dort getan haben sollte, wurde nicht erwähnt, aber es hatte die Stadt offenbar vor der großen Flut gerettet. Es gab Bilder von riesigen Echsen, die im Hafen Seeleute gefressen haben mussten, bevor sich die Kreaturen der Macht der neuen Kaiserin ergaben. Und ganz zum Schluss beschrieb der Tafelsänger auch noch eine Lichtsäule, die lange über dem Turm der Eulen gestanden haben sollte, und erzählte davon, dass allein durch den Willen der Kaiserin die Magie in die alte Kaiserstadt zurückgekehrt wäre.

Der Mann hielt sich wenig mit Sinn, Logik oder Reihenfolge auf, aber die Botschaft war unmissverständlich. Alleine durch ihren Willen und ihre magische Kraft hatte sie die Stadt bereits zweimal vor den Angriffen des verfluchten Kaisers der Nekromanten geschützt. Sie war eine Heldin, dazu noch jung, bildhübsch, belesen, gütig, großzügig und weise, selbst die Herrscher der sieben Reiche lagen ihr zu Füßen und hatten sich ihr freiwillig unterworfen, zudem wurde sie vom Volk und von den Göttern geliebt. Ach ja, und sie war irgendwie die Enkelin des Kaisers, obwohl man den seit siebenhundert Jahren nicht mehr gesehen hatte! Ein Wunder, dass der Tafelsänger ihr nicht auch gleich noch die Göttlichkeit andichtete, denn wenn auch nur ein Teil der Geschichte der Wahrheit entsprach, fehlte dazu wahrhaftig nicht mehr viel!

Jedenfalls lohnte sich die Darbietung für diesen Tafelsänger, er wurde geradezu umlagert, und in seiner Schale türmten sich die Kupfermünzen, sogar das eine oder andere Silberstück war dort zu finden.

Bei alledem hatte der Schwertmajor nur eine Sache sicher herausgefunden, nämlich, dass das Ganze erst am letzten Tag des Kronrats, also vor vier Tagen geschehen war. Es wurde noch immer gefeiert, was dann auch die vielen lächelnden Gesichter erklärte. Falls der Kult der Weißen Flamme auch in Askir sein Unwesen trieb, mussten sich die Kultisten von den Göttern verlassen vorkommen, bei all der Freude darüber, dass jemand endlich wieder eine seit siebenhundert Jahren verwaiste Krone trug.

Blix warf nun auch ein Kupferstück in diese Schale und ging weiter. Er fragte sich, warum es niemand für nötig gehalten hatte, sie in Aldar zu unterrichten. Mit den Semaphorentürmen konnte man innerhalb einer Glocke Nachrichten über die gesamte Breite Aldanes übermitteln oder auch ihn mitten in der Nacht aus seinem Bett scheuchen. Aber zu erwähnen, dass man jetzt eine Kaiserin besaß, die angeblich auch noch von Askannon selbst abstammte, das war nicht möglich gewesen?

Blix kannte Prinz Tamin von Aldane zwar nur flüchtig, doch er war ihm schon das eine oder andere Mal über den Weg gelaufen. Man sagte dem Mann nach, dass er keine Gelegenheit ausließ, um den Seras den Rock zu heben, und auch jederzeit dazu bereit war, einen Seemann unter den Tisch zu trinken. Das mochte sein, auch wenn der Schwertmajor ihn nie betrunken gesehen hatte. Was Blix aber mit Sicherheit wusste, war, dass er sich nur ungern etwas sagen ließ. Bei alledem hatte er ständig nur ein Bild vor Augen: das einer scharfen Klinge an dem Hals des Prinzen, denn es war für ihn unvorstellbar, dass der Mann freiwillig und ohne Zwang gehandelt haben sollte. Egal, wie man es betrachtete, dachte Blix, als er den Wachen am Tor seinen Marschbefehl zeigte, in vier Tagen beim Volk derartig beliebt zu werden, das war schon eine beachtliche Leistung.

»Tut mir leid, Schwertmajor, ich kann Euch nicht durchlassen«, teilte ihm der Stabsleutnant der Wache bedauernd mit, nachdem er vor Blix salutiert hatte. »Wenigstens nicht sofort«, beeilte er sich hinzuzufügen, als er Blixens Blick sah.

»Was ist das Problem?«, fragte der Major und musterte

seinen Marschbefehl. Doch im gleichen Moment erkannte er es auch schon: Drei Siegel hingen an mit Golddraht durchflochtenen Stoffstreifen von dem Befehl herab, genauer betrachtet hingen dort jedoch nur zwei und der Rest des dritten Siegelstreifens … er musste das dritte Siegel irgendwo verloren haben. Blix sah in seinem Ärmelaufschlag nach, doch dort fanden sich nur Brocken von Siegelwachs und eine Ecke, aber nichts, das ihm nun weitergeholfen hätte.

»Gibt es jemanden, der Euch kennt und für euch bürgt?«, fragte der Leutnant.

»Stabssergeant Rellin … aber sie ist auf dem Eisenpass«, grübelte Blix. »Vielleicht noch Lanzengeneral von Thurgau oder auch Stabsmajor Helis … ihr Siegel ist abgerissen, aber sie war es, die den Befehl unterschrieben hat.«

»Nur dass dies eine Abschrift ist«, stellte der Leutnant fest. Er dachte einen Moment nach, dann nickte er. »Die schnellste Möglichkeit scheint mir zu sein, die Stabsmajorin aufzutreiben, sie wird ja wohl bestätigen können, dass Ihr den Befehl von ihr erhalten habt.« Er wandte sich an einen jungen Korporal und schickte ihn los, Stabsmajor Helis zu suchen. »Ich sah sie vorhin erst hereinkommen«, teilte der Leutnant Blix mit. »Ich denke, dass sie sich in der Zitadelle aufhält.«

»Gut«, sagte der Major und richtete sich auf ein längeres Warten ein. »Warum das alles?«, fragte er den Mann. Es war schon ein Weilchen her, dass Blix das letzte Mal in Askir gewesen war, sechs Jahre, um exakt zu sein, aber er konnte sich nicht erinnern, dass es jemals ein Problem gewesen wäre, die Zitadelle zu betreten.

»Es gab bereits Anschläge auf das Leben der Kaiserin und das anderer hochgestellter Persönlichkeiten. Erst kürzlich kam es sogar zu einem Kampf zwischen der Eule Asela und einem dieser verfluchten Seelenreiter. Ihr müsst an dem Ort vorbeigekommen sein, der Kampf riss einen tiefen Krater in die Straße, und eine Vielzahl an Häusern geriet dabei in

Brand, Dutzende sind dabei umgekommen. Seitdem sind wir vorsichtig und lassen niemand ein, der uns unbekannt ist oder der nicht über die nötigen Befehle verfügt.« Er zuckte entschuldigend mit den Achseln. »Es wäre kein Problem gewesen, wäre Euch dieses Missgeschick nicht geschehen.«

»Seid Ihr zufällig Schwertmajor Blix?«, rief eine fröhliche Stimme, die den Schwertmajor aufsehen ließ, noch bevor er fragen konnte, wer die Eule Asela war. Es war der schlaksige Leutnant von vorhin, der dem Tafelsänger so ergriffen gelauscht hatte.

»Der bin ich«, nickte Blix.

»Großartig!«, rief der junge Mann und rieb sich erfreut die Hände. »Ich bin Schwertleutnant Stofisk.«

»Aye, Leutnant«, schmunzelte Blix, der nicht so recht wusste, ob er sich über den Mann erheitern oder ihn zurechtweisen sollte. Grund dazu gab es, am Schwertgehänge des Leutnants hatte sich eine Kette gelöst, sodass das Schwert bei jeder Geste des Leutnants hin und her baumelte und gegen seine Beine schlug. Was der Leutnant gar nicht zu bemerken schien.

»Ich habe den Auftrag, Euch zu Stabsobrist Orikes zu bringen«, erklärte Stofisk nun. »Ich war auf dem Weg zu dem Haus der Kaiserin, als ich Euch sah … ich dachte mir, ich frage besser, ob Ihr es seid. Und Ihr seid Ihr! Ich meine … Ihr seid zu früh!«, schloss er in fast vorwurfsvollem Ton.

»So erfuhr ich wenigstens, dass wir jetzt eine Kaiserin haben«, lächelte der Schwertmajor.

»Richtig!«, meinte der Leutnant und nickte aufgeregt. »Es war eine Überraschung, nicht wahr?« Er wartete die Antwort gar nicht erst ab. »Es kam auch für uns unerwartet!«, fügte er hastig hinzu und sah ein wenig schuldbewusst aus, als hätte er es zu verantworten gehabt. »Sie haben es auf dem Kronrat entschieden. Jetzt, wo wir Krieg haben, befand der Rat, dass es besser wäre, das Reich wieder unter einer Krone zu vereinen. Da die Eule über die Magie gebieten kann und es sich herausstellte, dass sie die Enkelin des Kaisers ist, trug man ihr die Krone an.«

»Wie überaus vernünftig«, meinte Blix sarkastisch. »Wer hätte das dem Kronrat zugetraut!« Seiner Meinung nach war es fast ausgeschlossen, dass die Herrscher der sieben Reiche freiwillig so entschieden hatten, er fragte sich nur, wie man es eingerichtet hatte, sie zu dieser ›Einsicht‹ zu erpressen. »Also haben wir eine Kaiserin«, stellte Blix fest und schüttelte ungläubig den Kopf. »Sachen gibt's ... wie hat man es aufgenommen?«

»Das könnt Ihr selbst sehen, wenn Ihr durch die Straßen von Askir geht ... das Volk feiert!«, erklärte der schlaksige Leutnant. »Sie ist beliebt, und die Leute sind wie aus dem Häuschen, es ist zur Zeit wie bei einem Volksfest ... überall feiern die Leute, und selbst der Handelsrat hat zur Feier des Tages für eine Woche die Handelszölle aufgehoben und sogar die Bierabgabe fallen gelassen.« Er schmunzelte ein wenig. »Was den Krieg angeht, glaubt man wohl, dass unsere neue Kaiserin ihn mit ihrer Magie für uns entscheiden wird ... wäre schön, wenn es so einfach wäre.« Er sah sich suchend um. »Ihr habt kein Gepäck dabei?«

»Nein, Leutnant«, antwortete Blix, der all dies noch verdauen musste.

»Gut«, meinte der junge Offizier. »Dann bringe ich Euch direkt zu Stabsobrist Orikes. Ihr werdet schon erwartet.«

»Erwartet?«, fragte Blix verwundert. »Ist der Lanzengeneral auch zugegen?«

»Nein«, antwortete der hagere Soldat noch schuldbewusster als zuvor. »Er ist ... verhindert. Aber ich denke, dass auch Stabsmajor Helis anwesend sein wird. Sie ist ...«

»Ich habe sie bereits kennengelernt«, teilte der Major dem Leutnant mit. »Aber es gibt ein kleines Problem.«

»Und welches?«

»Mein Marschbefehl.« Blix hielt das Dokument hoch.

»Wie Ihr sehen könnt, fehlt ein Siegel, und man will mich nicht durchlassen, bis das geklärt ist.«

»Aber es ist doch geklärt!«, meinte der Leutnant erstaunt und sah den Offizier der Wache fragend an. Der nickte nur hastig.

»Selbstverständlich. Wenn Schwertleutnant Stofisk es sagt, dann ist es so.«

»Seht Ihr?«, strahlte der junge Mann. »Und ich muss es ja wissen, dass der Befehl echt ist, ich habe ihn selbst geschrieben. Manche Sache überlässt der Lanzengeneral dann doch nicht den Federn«, fügte er stolz hinzu.

»Gut«, sagte Blix und musste an sich halten, um nicht laut aufzulachen. »Dann geht voran.«

»Ay, Ser!«, meinte Stofisk und marschierte forsch los.

Etwas klapperte auf den Pflastersteinen.

»Leutnant!«, rief Blix.

»Ay, Major?«

»Ihr habt Euer Schwert verloren!«, teilte Blix dem jungen Mann mit und achtete sehr darauf, dass seine Züge nichts preisgaben, als sich der Leutnant derart hastig bückte, dass er beinahe auch noch gestürzt wäre.

Am Durchgang zum Innenhof der Zitadelle angelangt, drehte sich der Leutnant um und sah zu Blix hoch. »Ihr wisst, wo sich das Arbeitszimmer des Obristen befindet?«, fragte er den Major. »Hier durch und dann den Ring entlang bis zu der Tür mit den gekreuzten Federn?«

»Jetzt ja«, schmunzelte Blix und erwiderte den Salut des hageren Mannes, bevor er mit langen Schritten der Wegbeschreibung folgte. Beinahe hätte er noch aufgelacht. Wie der Mann es vermocht hatte, Offizier in den Bullen zu werden, war Blix schleierhaft, aber ohne Zweifel hatte er ihm die Laune angehoben.

Eule und Kaiserin

2 Als die Ordonanz ihm die Tür aufhielt, wartete nicht nur Stabsobrist Orikes auf den Schwertmajor. Von den Anwesenden kannte Blix sonst nur Stabsmajor Helis, der in den letzten Tagen etwas Schlimmes widerfahren sein musste, denn sie sah mitgenommen aus und ihre Augen waren gerötet, als hätte sie geweint.

Die beiden anderen Frauen trugen schwere, metallisch wirkende dunkelblaue Roben, an deren linker Schulter jeweils das goldene Symbol einer Eule prangte. Beide trugen die Kapuzen offen und betrachteten den Major mit nahezu identischem Gesichtsausdruck, den Kopf leicht schräg gelegt und die linke Augenbraue angehoben, doch darin erschöpfte sich schon die Gemeinsamkeit der beiden. Die eine, die links von Orikes stand, war etwas größer, eine blasse Schönheit mit langem Haar, so schwarz und glänzend wie das Gefieder eines Raben, und einer Haut so blass und bleich wie Schnee, mit klaren, kühlen blauen Augen, die den Major zu durchbohren schienen. Wie alt sie war, konnte man unmöglich schätzen, es gab feine Falten in diesem Gesicht, doch es schien, als wollten sie es nicht wagen, mehr als nur diese feinen Spuren zu hinterlassen.

Bei ihr war es, als ob das Auge haltlos über diese Maske gleiten würde, ohne einen Zugang zu finden, der zur Lösung des Rätsels führen könnte. Spuren von kalter Grausamkeit mischten sich mit Verzweiflung, Freundlichkeit mit Verachtung. In diesem kühlen Gesicht schien sich alles zu widersprechen … hastig sah Blix zur Seite weg, zu der anderen Eule hin, die, im Gegensatz zu der ersten Maestra, den gesamten Raum mit ihrem Wesen zu erfüllen schien. Jünger, Anfang zwanzig, mit langem, wallendem kupferrotem Haar, meergrünen Augen, einer geraden Nase, einem energischen Kinn und einem viel zu weiten Mund, der beständig zu lächeln schien, musterte sie den Major mit freundlicher Neugier.

Während die eine Eule so still stand, dass sie einer Statue glich und auch kaum zu blinzeln schien, war diese junge Frau beständig in Bewegung, als ob sie eine lodernde Flamme wäre, die diesen Raum mit ihrem Licht erfüllte, während die andere Maestra kühl und ruhig gleich der Kerze einer Laterne brannte.

Dass dieser Raum einer Feder gehörte, war kaum zu verkennen, jeder Handbreit Wandfläche war mit Bücher- oder Rollenregalen zugestellt, weit geöffnete Fenster ließen Licht und die kühle Frühlingsluft in den Raum. Auf dem großen Tisch in der Mitte lag eine Karte, um die sich der Stabsobrist und seine Gäste scharten. Eine Karte, die ein Land zeigte, dessen Küstenlinien Blix vollständig unbekannt erschienen.

»Gut, dass Ihr da seid, Major«, begrüßte ihn Orikes freundlich, wenn er auch etwas abgelenkt zu sein schien. »Desina, Maestra, dies ist Schwertmajor Blix, von dem ich euch bereits berichtet habe. Schwertmajor, ich darf Euch Desina, Prima des Turms und Kaiserin von Askir vorstellen ... und Stabsmajor Asela vom Turm der Eulen. Mit Stabsmajor Helis seid Ihr ja bereits bekannt.«

Blix stand gerade und salutierte. Er dachte an die Worte des Tafelsängers zurück, die er nur mit Unglauben vernommen hatte. Zumindest damit, dass sie jung und hübsch war, hatte er recht. Und eine Eule war sie auch. Vielleicht war ja doch etwas Wahres daran? Jedenfalls fühlte er sich fast wider Willen beeindruckt. Vor allem der offene Blick aus diesen meergrünen Augen hatte es ihm angetan. Götter ... was war, wenn das Gerücht stimmte und Eulen Gedanken lesen konnten? Blödsinn, dachte er. Das ist purer Aberglaube, reiß dich zusammen!

»Es ist mir eine Ehre, Maestra ... Hoheit ...«, brachte er gerade so heraus. Götter, wie sollte er sie ansprechen? Mit »Majestät«? Aber trugen Eulen nicht auch einen militärischen Rang? Und wieso gab es zwei von ihnen? Er hatte doch erst kürzlich gehört, dass es wieder eine Eule in Askir geben sollte, wo kam denn jetzt die zweite her?

»Bleibt bei ›Maestra‹«, lächelte die junge Kaiserin. »Askannon hielt es nicht anders … in einem seiner Briefe schrieb er, dass die Auflistung seiner Titel regelmäßig jede Unterhaltung zerstören würde. Zudem prägt die Magie wohl mehr als eine Kaiserkrone … die ich, wie Ihr vielleicht bemerkt habt, zudem ja auch gar nicht trage.« Ihr Lächeln wurde breiter. »Es scheint, als hätten wir die Krone in den letzten siebenhundert Jahren irgendwie verlegt.«

Blix war dankbar für ihre Worte, er konnte erleichtert aufatmen, zugleich aber war er auch beeindruckt, wie leicht die junge Frau das Eis gebrochen hatte, aber es war auch schwer, diesem Lächeln zu widerstehen. Anders die andere Eule, diese Maestra Asela, ihr Blick ließ Blix noch immer frösteln. So wie sich deren Augen zuzogen, konnte Blix leicht glauben, dass sie tatsächlich seine Gedanken las!

»Ihr kommt gerade rechtzeitig«, erklärte die junge Kaiserin, und ihr Lächeln verlor sich etwas, als sie auf die Karte herabsah. »Wollt Ihr die Lage erklären?«, fragte sie Stabsobrist Orikes, der nickte.

»Seid Ihr mit der Geschichte der drei Reiche vertraut?«, fragte er den Major.

Blix blickte auf die Karte herab und schüttelte nur den Kopf.

»Also gut«, meinte Orikes. »Dies hier«, begann er und tat eine Geste, welche die gesamte Karte einschloss, »sind die Südlande, die drei Reiche oder auch die Kolonien, sucht Euch aus, wie Ihr sie nennen wollt. Vor etwas mehr als siebenhundert Jahren wurde dieses Land von dem Kaiserreich in Besitz genommen und den Barbaren abgerungen. Dann brach der Weltenstrom zusammen, und Askannon dankte ab, die Feuerinseln gerieten in den Besitz von Piraten, und es war nicht mehr möglich, die Kolonien von See her zu versorgen. Die Kolonisten wurden ihrem Schicksal überlassen und vergessen. Aber sie überlebten und schufen drei neue Königreiche, Jasfar, Letasan und, hier im Osten, Illian.« Er sah zu Blix auf. »Wie Ihr erkennen könnt, sind die Südlande gut um ein Drittel größer als das gesamte Kaiserreich, Bessarein mit eingerechnet. Es ist ein reiches, fruchtbares Land mit gutem Ackergrund und reichen Bodenschätzen und noch immer dünn besiedelt. Man spricht Imperial dort unten, und man predigt die Dreieinigkeit von Soltar, Boron und Astarte. Ganz wie bei uns. Nur dass wir sie vergessen hatten. Jetzt werden sie angegriffen.« Orikes musterte den jungen Offizier. »Ihr wollt etwas anmerken?«

Blix nickte. »Ich habe mich länger mit Lanzengeneral von Thurgau unterhalten«, erklärte er nun. »Er hat mich über die Angriffe des Kaiserreichs Thalak unterrichtet, über den Weltenstrom und die magischen Tore ... zudem sah ich mit eigenen Augen, welche dunkle Magien von den Priestern dieses falschen Gottes gewirkt werden können.« Er sah zu Stabsmajor Helis hin. »Meine Stabssergeantin und ich waren dabei, als der Lanzengeneral, Stabmajor Helis und die Priesterin der Solante die Stadt Aldar von dem Bann der Magie befreiten ... nur dass wir ihr zum Schluss noch selbst beinahe zum Opfer fielen.« Er sah wieder auf die Karte hinab. »Was ich hörte, ist, dass die Südlande zum größten Teil vom Feind besetzt sind und nur noch die Kronstadt selbst ausharrt.«

»So ist es«, nickte Orikes. »Genau das wollen wir ändern.« Er deutete auf eine Stelle auf der Karte, an der ein Gebirgszug eingezeichnet war. »Diese Berge hier werden von den Einheimischen die Donnerberge genannt, passend dazu trägt diese alte kaiserliche Festung, die diesen Pass beherrscht, den Namen Donnerfeste. Von dort aus sind der Lanzengeneral und seine Gefährten vor etwas mehr als drei Monaten aufgebrochen, um das Kaiserreich um Hilfe gegen Thalak zu ersuchen. Wie Ihr wisst, hat der Nekromantenkaiser seitdem sogar nach Askir gegriffen, unsere Truppen sind sich sogar bereits im Kampf begegnet .... und die Katastrophe, die weite Teile unserer Küstenlinie zerstört und die Stadt Janas fast vollständig vernichtet hat, ist direkt auf das Wirken unseres Feindes zurückzuführen. Hier« – der Stabsobrist tippte mit einem Finger auf ein Festungssymbol nahe dem Gebirge – »liegt die Donnerfeste. Es gab einst viele solcher Festungen, Major, doch im Laufe der Zeit wurden sie alle abgerissen, nur diese hier überdauerte, buchstäblich in Eis und Schnee eingefroren. Sie beherrscht den einzigen bekannten Pass durch die Donnerberge …« – sein Finger rutschte weiter nördlich – »… und damit den Zugang zur jüngsten Stadt der drei Reiche, Coldenstatt, die erst vor wenigen Jahren selbst von Siedlern der Südreiche gegründet wurde.« Er klopfte mit dem Finger auf den Punkt der Karte. »Die Donnerfeste ist die letzte der großen Festungen, Major, und nach allem Dafürhalten mit herkömmlichen Mitteln nicht zu nehmen. Solange diese Feste unter unserer Kontrolle ist, können wir den Pass halten. Und solange wir den Pass halten, bleibt Coldenstatt frei.«

»Wie groß ist dieses Coldenstatt?«, fragte Blix.

»Zum Ende des letzten Jahres lebten dort etwas weniger als siebentausend Menschen«, teilte ihm die Eule Asela mit. Es war das erste Mal, dass sie sprach, und ihre Stimme war weich und rauchig wie die einer Bardin und ließ Blix überrascht aufsehen, diese Stimme wollte so gar nicht zu der kühlen, kalten Schönheit passen. »Im Moment aber«, fuhr die Eule fort, »sind es bereits über zwölftausend, und der Pass ist erst seit einem Monat wieder für Fußgänger und Wagen passierbar. Es werden mehr werden … viel mehr! Wir wissen von den Greifenreitern der Elfen, dass es sich herumgesprochen hat, dass Coldenstatt sicher ist, und sie berichten von Tausenden von Flüchtlingen, die nach Norden ziehen, um sich dort in Sicherheit zu bringen. Die Truppen von Thalak lassen sie sogar ziehen.«

»Warum das?«, fragte Blix überrascht.

»Warum nicht?«, fragte die Eule zurück. »Nicht jeder kann fliehen, und nicht jeder ist bereit dafür. Diejenigen, die fliehen, sind genau die, die sich nicht mit ihrem Schicksal abgefunden haben. Zudem weiß Kolaron Malorbian ganz genau, dass Coldenstatt nicht imstande sein wird, diese vielen Flüchtlinge zu versorgen. Wie der Name schon sagt, ist es ein kaltes, karges Land. Unter keinen denkbaren Umständen werden die Ernten reichen, um so viele Menschen zu versorgen, selbst wenn jeder dort noch heute mit einer Hacke daran ginge, dem steinigen Boden ein neues Feld abzuringen. Die Erde dort ist einfach nicht fruchtbar genug.«

»Wenn wir ihnen nicht helfen, werden die Flüchtlinge dort elendig verhungern«, stellte Desina grimmig fest. »Nur dass es uns zurzeit selbst an Korn mangelt. Aber das ist ein Problem für einen anderen Tag.«

»Dass Flüchtlinge ungehindert abziehen, gehört zu den Versprechungen, die man den Eingeschlossenen in der Kronstadt gegeben hat«, fuhr Orikes fort. »Doch zahllose Versprechen wurden schon gebrochen. So auch das Versprechen der Kriegsfürsten dort, die Belagerung der Stadt aufzuheben, wenn die Königin sich ihnen ausliefert. Als Königin Eleonora dies tat, versuchten Nekromanten sie ihrer Seele, ihrer Fähigkeiten und ihres Wissens zu berauben … Sie scheiterten, und Boron wirkte ein Wunder, das die Nekromanten auf der Stelle für den Frevel strafte.«

»Tatsächlich?«, fragte Blix überrascht.

»Tatsächlich«, meinte der Obrist kühler als zuvor. »Borons Gnade ließ die Königin in der reinen weißen Flamme seines Glaubens vergehen, der *echten* weißen Flamme, nicht dem Scheiterhaufen, von dem dieser Kult in Aldane so blasphemisch spricht! So erfuhr sie die Gnade des Gottes und konnte frei zu Soltar aufsteigen, und jene, die sich an ihrer ewigen Seele vergreifen wollten, wurden direkt gestraft und in seiner heiligen Flamme geläutert, nur dass sie auf ewig zur Dunkelheit verdammt sein werden, gestraft damit, Soltars Licht und Gnade niemals zu verspüren!«

Richtig, dachte Blix, als er diese Predigt vernahm, und unterdrückte einen Seufzer. Das hatte er vergessen. Von dem Stabsobristen war bekannt, dass er nach seinem Militärdienst ein Priesteramt im Tempel Borons anstrebte, an Glauben und Überzeugung jedenfalls schien es ihm nicht zu mangeln.

Blix hingegen sah es anders. Seiner Meinung nach hatte er bislang nur wenig an Wundern gesehen, dafür zu vieles, das die Götter hätten verhindern sollen … wenn es sie denn tatsächlich gab. Es hieß zwar immer, dass man in einer Rüstung niemals einen Ungläubigen finden konnte, doch Blix kam dem sehr nahe. Es war auch nicht so, dass er die Tempel mied oder scheute, aber jedes Mal, wenn Blix vor Boron stand, fragte er den Gott, warum dieser all die Ungerechtigkeit und all das Elend zuließ, das die Welt befleckte … und doch beneidete der Schwertmajor den älteren Mann um dessen Glauben. Es musste einen Menschen erleichtern zu glauben, dass er einer Fügung folgte und es die Götter waren, die die Welt für ihn ordneten.

»Die Kronstadt hält also noch immer aus?«, fasste Blix das Gesagte zusammen.

»Nicht nur das«, teilte ihm der Obrist mit. »Durch das Opfer der Königin und durch den offensichtlichen Wortbruch der Belagerer sind die Verteidiger umso entschlossener, die Stadt zu halten.«

»Und wie groß ist diese Kronstadt? Wie lange kann man sie halten?«, fragte der Major.

»Es leben etwas unter hunderttausend Menschen in der Stadt. Illian hat auch etwas mit Askir gemein«, teilte ihm nun Asela mit. Sie lächelte fast unmerklich. »Es war Askannon selbst, der die Mauern der Kronstadt schuf. Nach Aldar und Askir war Illian die dritte Stadt, die er befestigt hat … und man kann leicht erkennen, dass er dazugelernt hatte. Nein, Schwertmajor, der Feind wird die Rose von Illian nicht nehmen können … nur Verrat oder Verzweiflung werden ihm diese Tore öffnen. Und solange er die Stadt mit eiserner Faust ergreift, solange wird er die Dornen der Rose in seinem Fleisch verspüren. Vier Legionen belagern die Stadt, Schwertmajor, aber es könnten auch vierzig sein, es würde keinen Unterschied bedeuten.«

»Asela vergisst eines zu erwähnen«, meldete sich die junge Kaiserin zu Wort. »Jeden Tag, an dem die Stadt sich weigert, sich zu ergeben, werden vor den Toren Illians hundert Frauen und Kinder gepfählt … in Sichtweite der Mauern und nah genug, dass die Verteidiger die Schreie hören können.« Sie sah zu der schwarzhaarigen Eule hin. »Verrat oder Verzweiflung … Asela hat recht, nur sie werden die Tore Illians öffnen. Doch wenn wir ihnen nicht bald Hoffnung geben, dann wird es kommen, dass die Stadt sich ergeben wird. Nicht heute, auch nicht im nächsten Monat oder in deren drei … aber bald.« Die Kaiserin ballte ihre Fäuste und sah Blix mit ihren grünen Augen entschlossen an. »Illian darf nicht fallen, sondern muss bestehen, bis die zweite Legion bereit ist, den Kampf in die Südlande zu tragen. Deswegen müssen wir für Königin Leandra einen Weg finden, wie sie nach Illian gelangen kann.«

Gut, dachte der Major. Jetzt gilt es nur noch zu erfahren, wer diese Königin Leandra war. Er hörte weiter zu.

»Es gibt einen solchen Weg«, fuhr die Eule Asela fort. »Einst gab es auch in Illian ein magisches Tor, gleich dem, das Euch hierher brachte. Nur braucht es den Weltenstrom, damit man es benutzen kann.«

»Eure Aufgabe, Major«, fuhr die Kaiserin fort, »ist es, mit Eurer Lanze den Weg zu einem alten Tempel zu bahnen, durch den der Weltenstrom zurzeit noch fließt, und den Strom der Magie so umzulenken, dass wir das Tor in Illian wieder in Betrieb nehmen können, um so die Stadt von hier aus zu versorgen und ihren Bewohnern Unterstützung und vor allem Hoffnung zu gewähren!«

»Ein magisches Tor? Das wird ihnen mehr als nur Hoffnung geben, denn alleine durch so ein Tor ist die Belagerung ja schon gebrochen!«, stellte Blix fest und musterte die junge

Kaiserin nachdenklich. »Es gibt ein Problem, nicht wahr? Einen Haken ... es muss einen geben! Es gibt immer einen, wenn man meine Lanze anfordert!«

Es war Asela, die ihm die Antwort gab. »Der Tempel liegt in Feindesland«, erklärte sie. »Da habt Ihr Euren Haken.«

»Wo befindet er sich genau?«, fragte Blix nach.

»Das ist das Problem. Ich war nur ein einziges Mal dort, und das ist nun fast achthundert Jahre her ... über die Zeit hinweg verblassen manche Erinnerungen.«

Achthundert Jahre? Blix blinzelte ungläubig, aber keiner der anderen schien an der Behauptung der Eule Anstoß zu nehmen. Die sprach bereits weiter und deutete auf die Karte. »Der Tempel befindet sich irgendwo hier, der Zugang befindet sich in einer Steilwand neben einer Quelle, man muss dort nach einem Wolfskopf suchen, der etwa von der Größe meiner Faust ist, dreht man daran, öffnet sich der Zugang ...« Sie zuckte mit den Schultern. »Mehr vermag ich Euch nicht zu sagen.«

Vergiss die achthundert Jahre, rief sich Blix selbst zur Ordnung. Denke an das Wesentliche! Er beugte sich über die Karte und musterte sie genauer. Bei »irgendwo hier«, wo der schlanke Finger der Eule noch immer ruhte, war ein Name eingezeichnet. »Lassahndaar«, las Blix vor. »Was ist das? Eine Ortschaft?«

»Eine kleine Stadt«, erklärte Orikes. »Mit etwa viertausend Einwohnern.«

»Ich vermute, sie ist an den Feind gefallen?«, fragte Blix.

»Es führt eine Handelsstraße dort vorbei, von Melbaas aus. Hier. Das ist eine große Hafenstadt, die schon letztes Jahr an den Feind gefallen ist. Von dort aus versorgt er seine Truppen im Land ... und von Lassahndaar aus wird der Nachschub im Land verteilt.«

»Ihr wollt mir sagen, dass die Stadt dem Feind wichtig ist«, stellte Blix fest.

»Richtig«, stimmte ihm Orikes zu. »Der Feind hat dort

eine halbe Lanze stationiert. Etwa fünfhundertundsechzig Mann, die achte Lanze der einundzwanzigsten Feindlegion, deren Hauptmacht in Melbaas stationiert ist.«

»Die einundzwanzigste?«, fragte Blix entsetzt. »Götter, über wie viele Legionen verfügt der Feind?«

»Wir gehen von siebenundvierzig aus«, teilte die Eule Asela dem Schwertmajor ungerührt mit. »Dieses Wissen ist etwas veraltet, es können jetzt auch mehr sein.« Es mochte die Eule nicht berühren, aber für einen langen Moment schien ihm, als wäre ein Schatten auf die kleine Versammlung gefallen, dann holte Blix tief Luft.

»Also gut. Eine halbe Lanze liegt dort. Warum nur eine halbe Lanze, wenn die Stadt so wichtig ist?«

»Offenbar hat die einundzwanzigste Legion die Aufgabe erhalten, die Handelswege zu sichern. Die halbe Lanze in Lassahndaar ist nur eine von vielen, die im Land verteilt sind. Vergesst nicht, sie sind als Besatzer dort. Sie haben gewonnen ... eine halbe Lanze reicht in der Regel, um eine Stadt wie Lassahndaar zu kontrollieren. Mehr brauchen sie auch nicht zu tun«, fügte der Stabsobrist grimmig hinzu. »Das und warten.«

»Ihr seid gut informiert«, meinte Blix, und Orikes nickte.

»Die Südreiche sind nicht kampflos an Thalak gefallen. Es gibt noch immer Widerstand, und seitdem sich die Elfen wieder der Allianz angeschlossen haben, erhalten wir regelmäßig Berichte von unseren Agenten dort.« Er sah zu Blix auf. »Wenn alles gut läuft, werdet Ihr zwei von ihnen kennenlernen. Sie werden sich Euch anschließen, sobald Ihr Lassahndaar erreicht habt.«

»Wenigstens etwas.« Blix rieb sich seinen Nasenrücken und versuchte die Entfernung zwischen der Donnerfeste und Lassahndaar abzuschätzen. Es sah nach einem guten Stück Weg aus. »Also, Ihr wollt meine Lanze dorthin schicken, damit wir einen Tempel finden, in dem ein magischer Fluss so umgelenkt werden muss, dass ein Tor in der Kronstadt geöffnet werden kann. All das am besten, ohne dass man uns bemerkt ... weil wir sonst diese Lanze am Hals haben werden?«

»Oh«, meinte Asela, »es wird sich nicht vermeiden lassen, dass der Feind bemerkt, was geschieht. Er wird es in dem Moment wissen, in dem der Weltenstrom umgelenkt wird. Dann wird die einundzwanzigste Legion einen neuen Auftrag erhalten: den Tempel und damit Eure Lanze zu finden und das Tor erneut zu schließen. Eure Aufgabe wird sein, dem Feind den Zugang zum Tempel so lange zu verwehren, wie es nur möglich ist ... bis zum letzten Atemzug, wenn es denn sein muss. Das Schicksal Illians und damit letztlich das von Askir hängt also von Euch und Eurer Lanze ab.«

Blix spürte, wie ihm etwas den Hals abschnürte. »Ihr sagt nichts anderes, als dass wir dort sterben werden«, stellte er mit rauer Stimme fest. »Deshalb habt ihr Euch für uns entschieden.«

»Wir hoffen, dass es sich vermeiden lässt. Aber ja, Major«, bestätigte die junge Kaiserin und hielt seinem Blick stand. »Da die Gefahr besteht, war es einer der Gründe.«

»Das und Euer Ruf, die beste Lanze in den Legionen zu führen«, meldete sich zum ersten Mal Stabsmajor Helis zu Wort. »Es war der Vorschlag des Lanzengenerals, Euch mit dieser Aufgabe zu betrauen.«

»Dann sollte ich mich bei ihm dafür bedanken, dass er an uns dachte, wenn es ans Sterben geht!«, sagte er bissig.

»Das dürfte schwerfallen«, antwortete die Stabsmajorin mit rauer Stimme. »Er wurde vor zwei Tagen feige ermordet.«

Ein alter Freund

3 Als Blix die Zitadelle verließ, wartete bereits Stabssergeant Sanja Grenski auf ihn. Mit ihren kurzen grauen Haaren war es schwer, das Alter der groß gewachsenen Soldatin einzuschätzen, selbst Blix wusste nicht genau, wie alt sie tatsächlich war. Was er wusste, war, dass sie die verflucht beste Stabssergeantin in den Legionen war und er sich glücklich schätzen konnte, dass sie in seiner Lanze diente! Warum sie in einer Straflanze gelandet war, blieb ebenfalls ihr Geheimnis, doch ihre Erfahrung war ihm unschätzbar wertvoll. Im Laufe der Jahre hatten sie sich zusammengerauft und waren auch so etwas Ähnliches wie Freunde geworden. So etwas Ähnliches. Denn Grenski war keine Frau, die Vertraulichkeiten duldete. In mancher Beziehung standen sie sich näher als ein Paar, sie hatten einander oft genug das Leben gerettet, in anderer Hinsicht waren sie sich noch immer genauso fremd geblieben wie am Anfang. Fast, als hätten sie stillschweigend entschieden, es so für gut zu befinden, wie es nun war.

Jedenfalls genügte ihr ein Blick in sein Gesicht, um zu wissen, dass er keine guten Neuigkeiten brachte. Mit knappen Worten erklärte er ihr, was er von ihrem nächsten Auftrag wusste.

»Irgendwann musste es so kommen«, meinte Grenski und atmete tief durch. »Wir hatten einfach Glück, dass es lange keine Notwendigkeit dafür gab.«

»Wahrscheinlich hast du recht«, meinte Blix. »Es gibt noch etwas anderes. Offenbar hatte der Lanzengeneral genaue Vorstellungen davon, wie wir auszurüsten sind. Der größte Teil unserer neuen Ausrüstung wurde schon zur Donnerfeste geschickt, so wie ich es verstanden habe, fehlen nur noch zwei Dutzend Pferde … sobald wir diese haben, werden wir ins

Feld geschickt. Also haben wir noch einen oder zwei Tage Zeit.«

»Pferde?«, fragte Grenski überrascht. »Wir sind die schwere Infanterie! Was wollen wir mit Pferden?«

»Wir sind Legionäre«, verbesserte Blix sie. »Und das bedeutet, wir werden es erfahren …«

»… wenn es so weit ist!«, vervollständigte Grenski seinen Satz und rollte die Augen dabei. »Zumindest erklärt es die Befehle, die ich erhalten habe.«

»Ich habe mich schon gefragt, wieso du hier bist. Welche Befehle?«

»Mich mit dem magischen Tor vertraut zu machen und die Verlegung der Lanze in die Donnerfeste vorzubereiten. Durch das Tor.« Sie schüttelte sich ein wenig. »Mir ist gar nicht wohl, wenn ich daran denke. Außerdem mache ich mir um Orvin Sorgen. Er ist aus Aldane, und wenn wir ihm sagen, dass er durch ein magisches Tor reisen soll, wird er uns mit Sicherheit Ärger bereiten.«

»Du bist auch aus Aldar«, erinnerte er sie.

»Ich bin auch kein ungebildeter Kuhhirte«, erklärte sie ihm mit einem hoheitsvollen Blick. »Da muss schon mehr kommen, um mich in Panik zu versetzen. Es soll dort auf der Donnerfeste Spinnen geben, die so groß sind wie kleine Hunde … so etwas lässt mich schwitzen, aber doch nicht irgendein Tor! Das Gute an diesen Toren ist ja, dass wir nicht dorthin marschieren müssen! Ich hörte, die Donnerfeste befände sich Tausende von Meilen südlich von hier … das wäre ein ordentliches Stück Weg, das wir uns damit ersparen. Auf der anderen Seite ist so ein Marsch gut dafür geeignet, neue Rekruten einzubrechen …«

»Wir bekommen welche?«, fragte Blix interessiert.

»Dreiundvierzig. Zum Teil aus den Legionen, zum Teil frisch aus den Kerkern der sieben Reiche.«

Blix pfiff leise durch die Zähne. »Das ist eine ganze Menge … das bringt uns auf was … Einhundertzweiundsiebzig?«

»Einundsiebzig«, verbesserte Grenski. »Du weißt, wie sie in Aldar sind. Korporal Hannis hielt es offenbar für angebracht, sich mit einem königlichen Gardisten anzulegen ... ich weiß nicht, worum es bei dem Streit ging, aber man hat ihn dafür aufgehängt. Wendis ist stinksauer deswegen, aber ihm waren die Hände gebunden, er konnte auch nur zusehen, wie sie Hannis hochzogen. Ich hörte, er hätte ziemlich lange gestrampelt. Nun ja, ich denke, dass wir von den Neuen einige auf die gleiche Art verlieren, bis die anderen es verstehen. Unsere Lanze ist übrigens nicht die einzige, die verstärkt wird«, erzählte Grenski weiter. »Es geschieht überall ... es ist wohl geplant, die Legionen innerhalb des nächsten halben Jahres auf volle Kriegsstärke aufzustocken.« Grenski hielt ihren Marschbefehl hoch. »Ich soll mich beim Zeugwart der Zweiten melden ... bleibst du hier?«

»Vorerst ja. Ich werde mir vom Quartiermeister eine Unterkunft zuweisen lassen. Bis morgen bleibe ich bestimmt.«

»Dafür darf ich morgen früh vier von unseren neuen Rekruten in Empfang nehmen.« Sie seufzte theatralisch. »Ich freue mich schon darauf ... Bier?«

»Wenn es die ›Silberne Schlange‹ noch gibt ... zur sechsten Glocke?«

»Bis dann also, Schwertmajor«, grinste sie und salutierte.

Blix sah ihr nach, wie sie mit schnellen Schritten davonging, dann wandte er sich ab und machte sich daran, den Quartiermeister zu suchen.

Der Tempel des Soltar war ein beeindruckendes Gebäude, mit hohen Säulen, prächtig verzierten Türen und einer ganzen Schar von dunkel berobten Tempeldienern, die sich rund um den Tempel um die Gläubigen kümmerten ... und darum, dass dem Gott die Spenden nicht ausgingen. Bis Blix seinen Fuß über die Schwelle des Gotteshauses gesetzt hatte, hatte man ihn nicht weniger als viermal daran erinnert, dass er sterblich war und jederzeit vor Soltar stehen könnte und es dann zu spät wäre, aber jetzt, da er noch lebte und das Gold in seinen Taschen klimperte, wäre es doch wohl der richtige Zeitpunkt, die Stärke seines Glaubens mit klingender Münze zu beweisen!

Damit nicht genug, gab es vor den Stufen des Tempels jede Menge Stände, die auf andere Art ihr Geschäft mit dem Gott betrieben, Devotionalienhändler, bei denen man gestickte oder aus Silber oder gar Gold getriebene Symbole des Gottes kaufen konnte, zum Anbringen auf den Roben der Gläubigen oder, einem Soldaten ganz besonders zu empfehlen, in der Höhe seines Herzens, auf dem Brustpanzer. Wollte er schon nicht das Zeichen des Gottes sichtbar als den Beweis seines Glaubens mit sich führen, so gab es für den gebildeten Mann eine andere Möglichkeit. Für nur acht Goldstücke konnte er einen handgedruckten Band erwerben, mit seinem Namen in goldenen Lettern auf der ersten Seite, der die Worte des Gottes enthielt und einen so in allen Lebenslagen leiten würde.

Direkt vor den Stufen, die zum Haupttor führten, gab es einen Stand, der gesegnete Klingen, Schwerter, Äxte und Armbrustbolzen verkaufte, gleich daneben den Stand, an dem das Weihwasser feilgeboten wurde, mit dem die Waffen gesegnet worden waren.

Blix kannte die Argumente, dass es die Tempel waren, die mit den Spenden die Armen speisten, oder dass der ehemalige Soldat, der nun die heiligen Waffen anbot, sein linkes Bein und seine besten Jahre für die Kaiserstadt gegeben hatte ... und es Dutzende, wenn nicht gar Hunderte von Menschen gab, die ihren Unterhalt auf diese Art durch den Tempel und den Glauben verdienten. Was war schon dabei, sich ein bedrucktes Seidenfähnchen mit einem passenden Gebet an die Robe zu heften?

Nichts, das gab auch Blix zu. Alle Götter sprachen davon, dass derjenige, der mehr besaß als andere, sich der Gnade bewusst sein sollte und solchen, die bedürftiger waren als er selbst, mit Großherzigkeit und nicht mit Verachtung begegnen sollte.

In Askir gab es mehr als ein Armenhaus, das von den Tempeln betrieben wurde, dort erhielt jeder, der danach fragte, ein warmes Essen für nicht mehr als ein Gebet und einen Segen. War man bereit, etwas dafür zu tun, gab es sogar ein Bad oder auch eine einfache Robe und die Möglichkeit einfacher Arbeit ... die meist darin bestand, die Wege sauber zu halten oder auch für den Tempel einfache Besorgungen zu erledigen.

All dies war gut und rechtens, und für viele stellte das weiße Tempelbrot im wahrsten Sinne den Unterschied zwischen Leben und Tod dar. Zudem, in den Tempelschulen konnte man von den Worten der Götter erfahren und das Lesen, Schreiben und Rechnen lernen, was oftmals der erste Schritt in ein besseres Leben war. An alledem hatte Blix nur wenig auszusetzen, doch es gab auch jene, die sich an dem Glauben anderer bereicherten, für die es ein Geschäft war, und, noch schlimmer, solche, die mit harten Knüppeln darauf drängten, dass man genügend Gebetsfähnchen verkaufte, die Miete für den Stand rechtzeitig entrichtete, und mit eher mangelnder Nächstenliebe auch mal einen Finger brachen, verkaufte man den Glauben nicht in ausreichendem Maße.

Es war nicht der Tempel, der dies tat, aber in Blixens Augen war es der Tempel, der es unterbinden müsste ... er konnte sich kaum vorstellen, dass es den Priestern in ihren kostbaren Gewändern nicht bekannt war, mit welchen Mitteln ihr Glauben gehandelt wurde. Wenn sie diese Schwerter aus dem Stand dort dem Gott weihten, mussten sie wissen, welchem Geschäft sie Vorschub leisteten ... dass keiner der Stände dem Tempel näher kam als die vorgeschriebenen fünfundzwanzig Schritt, war dem Schwertmajor keine ausreichende Entschuldigung.

Je näher er dem Tempel kam, umso mehr holten ihn die Erinnerungen ein, umso öfter sah er bekannte Gesichter. Nichts, dachte er verbittert, hatte sich verändert. Oder vielleicht doch, denn als er die breiten Stufen zum Tempel erklomm, hörte er eine aufgeregte Stimme seinen Namen rufen.

»Kurtis? Bist du es wirklich? Götter … du bist es!« Die aufgeregte Stimme gehörte seinem alten Jungendfreund Gerlon, und dieser war so ziemlich der Letzte, den Blix in diesem Moment hatte sehen wollen. Nicht, weil er ihm etwas vorwerfen konnte, nein, es war eher das Gegenteil der Fall. Gerlon war immer schon erschreckend naiv und ehrlich gewesen, und schon als Kinder hatte es nichts gegeben, das seinen Glauben erschüttern konnte. Jeden anderen hätte Blix verleugnen oder ignorieren können, doch Gerlon nicht, er war einer dieser unerträglich guten Menschen, die einem fast schon wider Willen aufzeigten, dass es möglich war, ein gottgefälliges Leben zu führen, so man es nur wollte.

Noch bevor er mehr tun konnte, als sich umzudrehen, fand er sich bereits in Gerlons Umarmung wieder, und die sichtbare Freude, mit der ihn der junge Mann begrüßte, ließ Blix die harschen Worte hinunterschlucken, die ihm schon auf der Zunge lagen, und so blieb ihm nichts anderes übrig, als sich seinem Schicksal zu ergeben.

»Hallo, Gerlon«, begrüßte er seinen alten Freund, nachdem ihn dieser aus der Umarmung freigegeben hatte. »Ist dies etwa eine Priesterrobe?«

»Ja!«, bestätigte Gerlon mit leuchtenden Augen. »Ist es nicht ein Wunder? Ich habe vor zwei Tagen die Weihen zum ersten Grad erhalten, und gestern habe ich zum ersten Mal die Mitternachtsmesse halten können. Und du … ein Schwert und ein Adler, Ser Schwertmajor! Hättest du gedacht, dass du das einmal erreichen würdest, als wir aus dem Tempelgarten Äpfel stahlen? Hast du deine eigene Einheit? Schwertmajor, damit kannst du eine Lanze führen, nicht wahr? Weißt du, dass mein Bruder auch bei den Bullen ist? Er läuft des Nachts hier Streife und …« Der junge Priester hielt inne und musterte Kurtis genauer. »Da plappere ich hier so ohne Pause, dabei ist deutlich zu erkennen, dass dich etwas bedrückt.

Mein Freund, sag, was ist es? Kann ich helfen?« Er zeigte ein strahlendes Lächeln. »Wenn du willst, kannst du bei mir beichten, ich kann jetzt für den Gott deine Sünden hören und dir in seinem Namen raten.«

»Ich bin gewiss nicht zur Beichte hergekommen«, antwortete Blix barscher, als er es beabsichtigt hatte, doch Gerlon schien ihm seinen Ton sofort zu verzeihen, auch wenn sich dessen Gesicht verdunkelte ... was freilich nicht an den unbedachten Worten lag.

»Das ist eine üble Narbe, die du dort hast, Kurtis«, stellte der junge Priester besorgt fest. »Es muss arg geschmerzt haben, gut, dass du es überstanden hast. Und deine Augen ... du hast vieles gesehen, was du nicht sehen wolltest, nicht wahr?«

Ja, dachte Blix. Zu viel. Etwas anderes fiel ihm ein ... Gerlon und er waren deshalb so gute Freunde geworden, weil sie sich den Geburtstag teilten, sie waren beide am gleichen Tag geboren ... in neun Wochen wurden sie beide fünfundzwanzig Jahre alt ... wenn er, Blix, den Tag denn erlebte! Aber auch in Gerlons Gesicht zeigten sich die Spuren des Lebens, er war auch nicht jung geblieben ... nur fühlte sich Blix um Ewigkeiten älter.

Einen Vorteil hatte Gerlon, erinnerte sich Blix, man konnte ihm gegenüber die Dinge beim Namen nennen.

»Mir ist es nicht recht, daran erinnert zu werden«, sagte er nun auch. »Ich bin nicht hier, um zu beichten, und auch nicht, um dich aufzusuchen ... auch wenn es eine Freude ist, dich zu sehen!« Dies war nichts als die Wahrheit. Dass der Priester einer der wenigen guten Menschen war, die Blix kannte, konnte er ihm ja schlecht zum Vorwurf machen.

»Das hatte ich auch nicht erwartet«, meinte Gerlon. Er sah an Blix vorbei und schüttelte den Kopf. »Frag jemand anderes, der Schwertmajor dient Soltar auf andere Art.« Blix drehte sich um und sah einen Tempelschüler mit der Opferschale davonziehen.

»Ich habe nicht vergessen, wie du über Tempelspenden denkst«, erklärte Gerlon leise und zog Blix etwas zur Seite hin. »Aber auch für dich haben die Götter eine Aufgabe, und ich weiß, du wirst deinen Teil leisten.« Er musterte den Schwertmajor eindringlich. »Wenn du nicht spenden, beichten oder beten willst, warum also bist du hier?«

»Ich sagte nicht, dass ich nicht beten will. Nur nicht für mich. Für jemanden, den ich kennenlernte, der nun bei Soltar weilt«, erklärte Blix. »Ein Soldat wie ich einer bin ... Lanzengeneral von Thurgau. Er wurde vor zwei Tagen ermordet. Ich weiß, dass er Soltar diente, also wird er wohl hier bei euch aufgebahrt sein, ich will ihm meinen Respekt erweisen.«

»Oh«, sagte Gerlon und sah sich rasch um, als wolle er sicherstellen, dass ihn niemand außer Blix hören konnte. »Du kennst den Lanzengeneral?«

»Wir sind uns begegnet. Ich schätzte ihn ...« Blix schmunzelte ein wenig. »Er gehörte zu den Menschen, die direkt genug waren, einem die Wahrheit zu sagen, auch wenn man sie eigentlich nicht hören wollte.«

»Es ist immer richtig, die Wahrheit zu sagen«, stimmte Bruder Gerlon zu.

Blix schüttelte erheitert den Kopf. »War ja zu erwarten, dass du das sagen würdest«, lachte er. »Also, kannst du mich zu ihm führen?«

»Ja, durchaus«, meinte Gerlon. »Aber es gibt da zwei kleine Probleme.« Wieder sah er sich um, bevor er sich vertraulich zu Blix hinbeugte. »Zum einen wird seine Ermordung geheim gehalten, zum anderen ist er nicht tot.«

Blix blinzelte.

»Er wurde ermordet, aber er ist nicht tot?«

»Ja«, sagte Gerlon unglücklich. »Es ist kompliziert ... und bringt sogar uns Priester in Bedrängnis ... Ist es ein Frevel oder ein Wunder, dass er nicht sterben kann? Woher weißt du es denn?«

»Von Stabsmajor Helis, der Adjutantin des Generals. Wie meinst du das, er kann nicht sterben?«

Gerlon seufzte leise.

»Komm mit, ich führe dich zu ihm … dann wirst du es selbst sehen. Aber behalte alles, was du siehst oder erfahren wirst, für dich. Bruder Jon, der Hohepriester unseres Glaubens, verfügte, dass wir Stillschweigen bewahren sollen … aber du weißt es ja schon, nicht wahr?« Er streckte Blix seine Hand entgegen. »Wenn du mir dein Schwert gibst, führe ich dich hin zu ihm.«

Als Gerlon ihn durch den Hauptraum des Tempels führte, sah Blix zu der berobten Statue des Gottes hin, der, ähnlich wie es die Eulen taten, seine Kapuze bis zur Nase ins Gesicht gezogen trug, sodass nur Kinn und Mund erkennbar war. Trotzdem fühlte er sich, als ob der Gott ihm mit seinen Blicken folgen würde. Wahrscheinlich, dachte Blix, erging es allen Gläubigen so … und für einen kurzen Moment erwog er es, vielleicht doch zu beten … schließlich war fast sicher davon auszugehen, dass er demnächst selbst vor dem Gott stehen würde. Doch was sollte er dem Gott sagen, um was ihn bitten? Verschone mich? Er nahm kleine Kinder und Unschuldige, warum sollte der Gott einen Soldaten verschonen, dessen Handwerk selbst das Töten war? Es würde kommen, wie es kam, dachte Blix bitter, es gab keinen Grund, sich vorher Gedanken zu machen. Mit einem letzten Blick zu dem Standbild hin, folgte Blix seinem Freund, dem Priester, durch eine kaum sichtbare Tür, die in einen kleineren, reich geschmückten Raum rechts der Haupthalle führte.

Der Raum war prunkvoll mit Wandmalereien verziert, ein Blumenband aus getriebenem Gold lief knapp unter der dunklen Decke entlang, die ein Künstler wie die Nacht gestaltet hatte, ein samtenes Tuch, in dem hier und da die Sterne standen. Die Wände waren mit Szenen aus dem Buch Soltars versehen, und auf der Stirnseite gab es ein Halbrelief des Gottes, über dessen Schultern links die Sonne und rechts die beiden Monde schwebten. Ein bekanntes Motiv des Gottes, nur jetzt nahm Blix das erste Mal wahr, dass der Gott sich auf ein Schwert stützte, dessen Spitze zu seinen Füßen ein Ungetüm aufspießte, das geschuppt, schwarz und mit schauderhaften Tentakeln und Augen und furchterregend hässlichen Mäulern ausgestattet war.

So wie Soltar wurden üblicherweise auch die Eulen in den alten Darstellungen gezeigt, nur dass die beiden Eulen, die er heute kennengelernt hatte, ihre Kapuzen offen getragen hatten. Soltars Bildnis in seinem eigenen Tempel vorzufinden, war nicht sehr verwunderlich, doch zu seiner Rechten stand eine blonde Frau mit blauen Augen und geradem, hochgerecktem Kinn, die ihn forschend zu mustern schien. Sie war mit einer silbern glänzenden leichten Reiterrüstung gewappnet, mit einem Schwert an ihrer Seite und einem kurzen Reiterspeer in ihrer linken Hand.

Zu Soltars Linken stand ein Krieger in einer schweren Plattenrüstung, die gepanzerten Hände auf den Stiel eines schweren zweihändigen Kriegshammers gestützt, mit einem kantigen Kinn, einer gebrochenen Nase und buschigen Brauen, unter denen graue Augen Blix mit einem harten, prüfenden Blick bedachten.

Nein, nicht ihn, sondern jenen, der hier auf der steinernen Bahre lag, er war es, der sich dem prüfenden Blick der Götter stellen musste.

So stand es ja auch im Buch der Götter, dass nach dem Leben Soltar, Astarte und Boron über einen Gericht halten würden. Was ihn verwunderte, war die Darstellung Astartes. Die Göttin stand für die Weisheit und die Liebe, die zarten Künste … einmal im Jahr huldigte man in ihrem Tempel auf ganz bestimmte Weise vor allem ihrem weiblichen Aspekt. Abgesehen von diesem einen Tag war ihr Standbild sonst in ein halb durchsichtiges Gewand gehüllt, das ihre Reize vorteilhaft zur Geltung brachte.

Blix konnte sich jedenfalls beim besten Willen nicht daran erinnern, Astarte jemals gerüstet dargestellt gesehen zu haben.

Er trat näher heran.

In allen Tempeln, die er bislang kannte, befanden sich die Standbilder der Götter auf Inseln, die von Gräben umgeben waren, die das geweihte Wasser des Tempels enthielten. Eine Treppe mit vier Stufen führte zu der Insel, ohne diese jedoch zu berühren, und nur den hohen Priestern des Glaubens war es gestattet, diese vierte und letzte Stufe zu betreten und von Angesicht zu Angesicht vor dem Gott zu stehen. War man kein Priester, so kam man den Göttern selten näher als sieben Schritt, und selbst dann war man schon näher herangetreten als eigentlich gestattet.

Obwohl sich die Haltung der Götter in den verschiedenen Tempeln durchaus unterschied, so wurden die Götter selbst doch immer gleich dargestellt. Da die Bildhauer diese Statuen in einer Art heiligen Trance und ohne Vorlage schufen, wurde dies auch oft als Beweis für die Existenz der Götter herangeführt.

Hier jedoch war Blix der Darstellung der Drei so nahe, dass er sie mit der Hand hätte berühren können, und sah Einzelheiten, die ihm vorher entgangen waren. Von Soltar sah man außer dem schmalen Mund und dem energischen Kinn nicht viel, doch entdeckte er am Kinn eine kleine, feine Narbe. Astartes Schönheit war unvergleichlich, wobei ihre Schönheit nicht aus der Vollkommenheit rührte, die man zum Beispiel so oft bei den Elfen sah, sondern von einem Gesicht, das lebte, Lachfalten besaß, von einen fein geschwungenen Mund, den Grübchen in den Wangen und den feinen Falten, die das Wesen eines Menschen zeigten.

Boron sah aus, als wäre er direkt vom Exerzierplatz der Zitadelle hierher marschiert, seine Rüstung ähnelte zudem sehr der eines Bullen, und auch wenn der Gott meist gerüstet dargestellt wurde, fragte Blix sich, ob er Boron jemals zuvor bewaffnet gesehen hatte. Eines jedoch war gewiss, einen schweren zweihändigen Kriegshammer wie diesen fand man nicht in den Rüstkammern des Reichs!

Doch am meisten faszinierte Blix das Schwert, auf das Soltar sich stützte. Von Form und Größe entsprach es dem Schwert, das Gerlon in diesem Moment für ihn trug, doch schien die blanke Klinge aus einem hellen Stahl gearbeitet, an dem elfische Runen zu erkennen waren.

Zwei große Kerzenhalter in den Ecken der Stirnwand hielten massive Kerzen, die leicht flackerten und dem Raum als einzige Quelle Licht gaben, in der Mitte stand ein Bett oder eher eine Liege, so platziert, dass die im Halbrelief gearbeiteten Götter auf den herabsahen, der dort lag.

Auf dieser Liege, auf dem Rücken, die Hände locker an den Seiten liegend, lag der Lanzengeneral, in eine frische Uniform gewandet, die am linken Ärmel die goldene Zahl Zwei trug. Man hatte ihm ein Kissen unter den Kopf geschoben, sodass der Kopf leicht erhöht war. Der hohe Kragen der Uniformjacke und ein Tuch verbargen so den mörderischen Schnitt an seinem Hals.

Das kantige Kinn, der schmale Mund, die gerade Nase und die steile, scharfe Falte auf der Stirn … es war ein hartes Gesicht, und selbst in seinem Tod schien er keine Ruhe gefunden zu haben, vielmehr verkündete seine Miene eiserne Entschlossenheit, als wäre er im Begriff, alleine durch seinen Willen die Welten neu zu ordnen.

Der Schwertmajor hatte den General schon vor einiger Zeit kennengelernt und auch kürzlich erst in Aldar wiedergesehen, und doch hatte er schon wieder vergessen, welche Ausstrahlung dieser Mann besaß, als gäbe es nichts, das sich seinem Willen entgegenstellen dürfte.

Links von dem Toten, am Kopfende, kniete eine schlanke junge Frau mit kurzen weißen Haaren. Sie war in ein schlichtes Tempeltaggewand gekleidet und schien tief ins Gebet versunken. Direkt rechts vom Eingang und damit auch rechts von Blix stand ein drahtiger junger Mann mit aschblondem Haar, einem Pferdeschwanz und einem Wams, das in kräftigem Grün und Rot gehalten und so reich mit Brokat besetzt war, dass es gewiss auch alleine in der Ecke hätte stehen können.

Der Mann schien wenig zufrieden, er hatte die Arme vor der Brust verschränkt und stand auf einem Bein, die Sohle des anderen Stiefels an die Wand gestützt. Die Falte auf seiner Stirn schien mit der des Lanzengenerals im Wettstreit zu liegen. Dieser Mann, dachte Blix, trauerte nicht, er schien eher rechtschaffen empört oder verärgert.

Aber in einem musste Blix seinem Freund Gerlon recht geben. Er hatte, bei allen Göttern, ja schon mehr als genügend Tote gesehen, und allen war eines gemeinsam ... sie hatten ihre Hüllen zurückgelassen, sich gelöst von allem, was sie im Leben band.

Nicht so dieser Mann. Er hielt am Leben fest, mit einer Intensität, die fühlbar war, wie das aufziehende Gewitter in einer schwülen Sommernacht. Man brauchte ihn nur anzusehen, je länger man hinsah, umso deutlicher war es zu erkennen ... er schien die Schatten in sich aufzunehmen und eine Kraft aus ihnen zu gewinnen ... All das machte ganz den Eindruck ...

»Man könnte glatt meinen, er habe sich entschieden, nicht zu sterben, nicht wahr?«, meinte der drahtige Mann an der rechten Wand mit rauer Stimme, und der Schwertmajor nickte unwillkürlich, genau dies war sein Gedanke gewesen.

»Es heißt, dass Soltar ihm den Zugang zu seinen Hallen verwehren würde«, erklärte Gerlon leise mit einem mahnenden Blick auf den jungen Mann. »Bruder Jon vermutet, dass Soltar ihn erst dann sterben lassen wird, wenn er seine Aufgabe auf dieser Welt erfüllt hat.«

»Nur dass der Kerl nicht aussieht, als ob er sich von irgendjemandem etwas vorschreiben lässt, auch nicht von den Göttern«, bemerkte der junge Mann. »Ob ihm die Türen zu Soltars Reich nun offen stehen oder nicht, der hier geht erst dann hindurch, wenn er es will ... und keinen Atemzug früher!«

»Ser Wiesel«, bat Gerlon leise, und Blix stutzte. So hatte der Schwertmajor sich den berühmtesten Dieb Askirs nicht vorgestellt. Wenn er es denn tatsächlich war. »Bitte haltet Euch etwas zurück«, fuhr Gerlon fort. »Bedenkt, wo Ihr Euch befindet, und Eure lauten Worte stören die Sera im Gebet.«

Die seufzte nun und öffnete die Augen, um sie alle drei mit einem Blick abzustrafen, bevor sie sich vorsichtig erhob. Es knackte vernehmlich, als sie ein Knie streckte. Sie sog die Luft ein, als wäre es schmerzhaft, also musste sie schon lange auf dem harten Boden gekniet haben. »Ich bete nicht für ihn«, teilte sie den anderen mit einer überraschend tiefen Stimme mit, die sogar Blix blinzeln ließ. »Wenn überhaupt, dann bitte ich um Rat und Hilfe, was ich nun tun soll … und wenn nicht das, dann verfluche ich ihn dafür, dass er hier liegt … wir brauchen ihn, *ich* brauche ihn, und ausgerechnet jetzt muss er hier tot und nutzlos auf einer Bahre herumliegen!«

Ihre Vehemenz ließ nicht nur Blix aufmerken, auch Wiesel sah sie überrascht an. »Es ist nicht unbedingt seine Schuld«, nahm er den Toten dann in Schutz. Der drahtige Mann kam Blix viel zu jung vor, um tatsächlich der legendäre Dieb von Askir zu sein. »Ihm wurde die Kehle durchgeschnitten, sein Herz wurde durchbohrt, er wurde vergiftet und ertränkt … man kann ihm wohl kaum einen Vorwurf daraus machen, dass er nun tot ist.«

Bevor Gerlon oder ein anderer sie hindern konnte, beugte sich die junge Frau vor und riss dem Toten den Kragen auf und das Halsband herunter, sodass die klaffende Wunde am Hals zu sehen war.

»Tot?«, rief sie aufgebracht. »Tot? Seht doch genau hin? Vor drei Tagen wurde er hierher gebracht und …«

»Sera!«, rief Gerlon empört und trat an sie heran, blieb aber hastig stehen, als sie ihm eine Hand entgegenstreckte, um die nun plötzlich knatternde kleine Blitze liefen! Mit der anderen Hand aber hatte sie in die Halswunde des toten Generals gegriffen und hielt nun anklagend ihre mit seinem

Blut befleckten Finger hoch. »Wollt ihr mir Frevel vorwerfen, Priester?«, beschwerte sie sich und hielt Gerlon ihre blutige Hand entgegen. »Wollt Ihr sagen, dass es natürlich ist, dass nach vier Tagen das Blut noch immer frisch und warm in seiner Wunde steht? Dass er selbst noch die Wärme des Lebens in sich trägt? Nicht steif geworden ist und auch nicht stinkt? Schaut ihn Euch doch an ... seht Ihr nicht, was hier geschieht?« Mit der blutigen Hand riss sie seinen Kragen weiter auseinander, so heftig, dass der Kopf des Toten wackelte. »Seht ihr es denn nicht?«, rief sie anklagend und zog die Wundränder auseinander ... »Hier ... der Schnitt, er ist nicht halb so tief, wie er gewesen ist!« Tränen begannen zu fließen, und sie warf sich auf den Mann und schlug mit beiden Fäusten auf seine Brust ein, sodass sie blutige Flecken auf der frischen Uniformjacke hinterließ. »Wach auf, verdammt!«, forderte sie und schüttelte den Toten so heftig, dass dessen Kopf hin und her wackelte. »Wach auf, verdammt, ich brauche dich!«

»Sera«, begann Gerlon vorsichtig und trat näher an die Frau heran. »Sera, Ihr ...«

»Kommt nicht näher!«, warnte sie, und wieder tanzten Blitze über sie. Blix und der junge Mann tauschten Blicke, beide schienen zu dem gleichen Entschluss gekommen zu sein, sich hier herauszuhalten. Es war auch vernünftig, dachte Blix. Sich mit verzweifelten Frauen anzulegen, konnte nur ein Fehler sein. Vor allem, wenn sie sich in Blitze hüllten! Wenigstens, dachte Blix erleichtert, konnte sie keine Nekromantin sein, sonst hätte der Gott sie bereits gestraft.

»Lasst doch Vernunft walten«, rief jetzt Gerlon eindringlich und rang die Hände. »Ich weiß, dass Ihr in Trauer gefangen seid, aber Ihr könnt nicht so mit ihm verfahren ... ob Ihr nun recht habt oder nicht, er ist in Soltars Hand, und dies ist *sein* Haus!«

Die Frau hielt inne, atmete tief durch und richtete sich dann auf. Sie wischte sich mit der Hand durch das kurze Haar, eine

Geste, die eine blutige Spur hinterließ, und bedachte den Priester mit einem harten Blick aus violetten Augen, in denen es ganz tief hinten zu glühen schien.

»Ich bin nicht traurig«, teilte sie den drei Sers mit. »Ich bin erbost … wütend … ich will mich nicht im Ton vergreifen, sonst würde ich es stärker ausdrücken, aber … Götter! Ich könnte ihn schlagen!«

»Mit Verlaub, Sera«, wagte Ser Wiesel zu sagen. »Das habt Ihr bereits getan!«

»Vorsicht«, fauchte sie, »ich *will* jetzt nicht vernünftig sein! Solange ich ihn kenne, hat er das von mir gefordert … Vernunft! Als wäre ich ein kleines Kind, das nicht wüsste, was es will … und immer kam er mit diesen Argumenten … und hat er sich selbst denn je daran gehalten? Von mir hat er Vernunft gefordert, aber wenn es ihn selbst anging, folgte er jedem eigensinnigen Impuls … Götter!«, fluchte sie. »Der Mann stand vor mir, und erklärte mir, dass es *vernünftiger* wäre, mich nicht zur Frau zu nehmen! Ich biete ihm mein Herz, meine Liebe und meinen Thron an … und er meint, es ginge nicht, weil ihn Soltar irgendwann rufen würde!« Sie funkelte die drei Männer nacheinander an. »Was hat denn das eine mit dem anderen zu tun, kann mir das einer von euch sagen?« Ihre Fäuste ballten sich. »Und was macht er dann? Er lässt sich umbringen! Ich frage euch, ist das denn gerecht? Was ist jetzt damit, dass er die Welt rettet? Wie soll er das tun, wenn er hier tot herumliegt?« Sie schlug ihm so hart auf die Brust, dass dem Toten sogar ein Ton entwich. »Hier … er heilt, er kehrt zurück, die Wunden schließen sich … alles schön und gut, aber bei den Göttern, warum kann er sich damit nicht ein wenig mehr beeilen?«

»Sera«, begann Gerlon erneut, doch die Frau warf ihm nur einen mahnenden Blick zu. Sie richtete sich zu ihrer vollen Größe auf, zog ihr Gewand zurecht und sah sie alle drei mit erhobenem Haupt an.

»Beruhigt Euch«, sagte sie hoheitsvoll. »Ich gehe! Hier

kann ich sowieso nichts ausrichten. Er war schon immer ein götterverdammter Starrkopf!«

Damit rauschte sie an Gerlon vorbei, der ihr hastig aus dem Weg ging, und eilte hinaus aus dem Gebetsraum. Die schwere Steintür fiel mit einem satten Schlag zu und ließ Stille und zusätzlich zum Weihrauch auch noch den Geruch von Ozon in der Luft zurück.

»Äh …«, fasste Ser Wiesel zusammen und sah zur Tür hin, um sich dann am Kopf zu kratzen. »Das war beeindruckend«, stellte er dann fest.

»Vor allem das mit den Blitzen«, meinte Blix bewundernd.

»Ja. Vor allem das mit den Blitzen«, stimmte ihm Ser Wiesel zu und bedachte den Toten mit einem nachdenklichen Blick, um sich dann über ihn zu beugen, wohl um die Wunde am Hals näher in Augenschein zu nehmen. »Soltar soll mich holen!«, entfuhr es ihm, was Gerlon einen Protestlaut entlockte. »Die Sera hat recht! Schaut, die Wunde hat sich in der Länge gut um einen Fingerbreit geschlossen … man sieht nur noch eine rote Spur!«

»Seid Ihr sicher, Ser Wiesel?«, fragte der Priester skeptisch und trat selber an den Toten heran.

»Und ob ich das bin«, beharrte der Dieb. »Ich muss es schließlich wissen, ich habe ihn ja selbst aus dem Wasser gezogen! Hier …« Er trat von dem Toten zurück. »Seht es Euch an, man sieht genau, wo sich die Wunde schließt.« Er sah kopfschüttelnd auf den Toten herab und dann zur Tür hin. »Sie hat wahrhaftig recht mit dem, was sie sagt! Er scheint von den Toten zurückzukommen …« Er blinzelte und sah nun fragend zu Gerlon hin, der sich gerade über den Toten beugte, um ebenfalls die Wunde zu begutachten. »Ist so etwas denn überhaupt denkbar?«

»Soltar ist Herr über den Tod und das Leben«, intonierte Bruder Gerlon. »Wenn er es so verfügt, geschieht es, wie er es will.« Dennoch klang auch er ein wenig erschüttert.

»Das meinte ich nicht«, widersprach der junge Dieb. »Was ich wissen wollte, ist, gab es so etwas schon einmal?«

»Es gab schon das eine oder andere Wunder«, behauptete Gerlon, während Blix sich zwang, nichts dazu zu sagen. »Es wurden tödliche Wunden und Krankheiten geheilt, das eine oder andere Mal wurde auch Tage nach dem Tod das Leben und die Seele wieder in den Körper zurückberufen. Wenn es dem Willen Soltars entspricht, ist alles möglich. Und vieles ist auch schon geschehen.«

»So steht es in den Tempelbüchern, Gerlon, aber was hast du selbst schon gesehen?«, fragte Blix ungehalten, was ihm einen erst überraschten, dann enttäuschten Blick seines alten Freundes einbrachte.

»Ich sah selbst schon die Heilung einer tödlichen Wunde, die sich unter den Gebeten der Priester in wenigen Kerzenlängen schloss«, sagte Gerlon dann. »Und in Gasalabad gab es erst kürzlich ein Wunder, das von Hunderten bezeugt wurde, die Heilung der Essera Faihlyd, der heutigen Kalifa von Bessarein. Selbst du kannst nicht bezweifeln, dass es geschah.«

»Vielleicht waren ihre Wunden nicht …«, begann Blix, doch Gerlon schüttelte den Kopf.

»Du musst nicht nach Gasalabad, um ein Wunder zu sehen, es geschieht hier vor unseren Augen. Siehe selbst, die Wunde schließt sich tatsächlich, es ist nicht zu verkennen.«

»Götter!«, entfuhr es dem Ser Wiesel. »Seht seine Augen!«

»Sie können aufgegangen sein, als die Sera auf ihn einschlug«, meinte Blix nüchtern. »Es muss nichts mit …«

»Das ist es nicht«, unterbrach ihn der junge Mann. »Mir ist egal, wieso seine Augen auf sind … schaut doch selbst hinein!«

Es war auch für Blix nicht zu übersehen … die Augenlider des Toten waren geöffnet, und dahinter standen, in dunkelster Nacht, die Sterne.

»Deshalb bin ich Soldat geworden, und nicht Priester«, erklärte Blix, nachdem er aus dem Tempel geflohen war. Mit tiefen Zügen atmete er die Nachtluft ein, die nur kühl, aber noch nicht kalt war. Zum Morgen hin würde sich das ändern, aber noch war die Luft angenehm.

»Und ich Priester«, meinte Gerlon dazu und reichte Blix dessen Schwert zurück. »Mich interessieren die Mysterien, der Wille der Götter, die Absicht hinter all dem, was geschieht. Es ist unendlich faszinierend für mich.«

»Erschreckt es dich denn nicht, wenn du so etwas siehst?«, fragte Blix verwundert.

»Oh doch«, gab Gerlon zu. »Zugleich sehe ich in solchen Dingen aber auch den Beweis des Wirkens der Götter. Es wird einen Grund geben, warum in seinen Augen die Nacht steht … und ich brenne darauf, ihn zu erfahren. Zudem habe ich beständig Visionen. Gut, es mag eine Anmaßung sein, der Götter Willen verstehen zu wollen, und doch«, er lächelte ein wenig und hob hilflos die Schultern, »kann ich nichts dafür. Schließlich haben die Götter mich so erschaffen und auf diesen Weg geführt.«

»Haben sie es auch so gewollt, dass man ihren Glauben als Tand feilbietet?«, fragte Blix ungehalten und tat eine Geste zu den Buden hin, die nunmehr, da die Nacht hereingebrochen war, von den Händlern und Schaustellern aufgeräumt und verschlossen wurden. »Hat Soltar es gewollt, dass man sein Bild verkauft, um es den Verletzten auf die Wunden zu legen? Hat er es so gewollt, dass andere daran verdienen, dass sie lügen und behaupten, sein Bild hätte eine heilende Wirkung?«

»Du liegst noch immer im Zwist mit deinem Vater«, stellte Gerlon fest und sah seinen alten Freund prüfend an. »Bist du nicht zu alt dafür? Seid ihr es nicht beide? Du ziehst, sagst du, in den Krieg und fürchtest, daraus nicht zurückzukehren … und dennoch suchst du keinen Frieden mit deinem Vater?«

»Er ist ein Scharlatan«, knirschte Blix. »Ein Lügner und Betrüger … und ein Mörder auch … wenn nicht in der Tat selbst, dann darin, dass er doch in Kauf nimmt, dass andere sterben, weil sie seine Lügen glauben!«

»Er ist ein alter und gebrochener Mann«, teilte Gerlon ihm leise mit. »Man sieht ihn nur noch selten und wenn, dann kniet er vor Soltar und betet.«

»Weil er sich nicht ins Haus des Boron traut«, meinte Blix hart und zog sein Schwertgehänge zurecht. Er sah sich abschätzig um. »Mein ganzes Leben drehte sich nur um diesen Ort«, teilte er Gerlon dann verbittert mit. »Doch habe ich hier, auf den Stufen dieses Tempels, nur einen Menschen gefunden, der mich nicht enttäuschte. Die Götter mit dir, Gerlon«, sagte er, als er den überraschten Priester umarmte und kräftig an sich drückte. »Mögest du deinen Weg gehen.«

Bevor Gerlon etwas sagen konnte, löste sich der Schwertmajor abrupt von ihm, eilte raschen Schrittes davon und entschwand in der Ferne zwischen den Menschen und den bunten Buden, ohne auch nur ein einziges Mal zurückgeblickt zu haben.

Vom oberen Ende der Treppen sahen Wiesel und der Hohepriester zu, wie sich der Schwertmajor von dem jungen Priester verabschiedete.

»Seid Ihr sicher, dass er derjenige ist?«, fragte Wiesel leise.

»Wiederholt mir noch einmal, was Maerbellinae Euch auftrug, mir zu sagen«, bat der Priester.

Eine steile Falte entstand auf Wiesels Stirn, als er überlegte. »Sie sagte, ich sollte Euch aufsuchen und Euch mitteilen, dass Ihr den Priester suchen sollt, der am meisten zweifelt und zugleich auch glaubt und der den Verrat an den dreizehn in seinem Schlaf schon sah.«

»Ich denke, das müsste Bruder Gerlon sein«, meinte der alte Mann lächelnd. »Sagte sie sonst etwas?«

»Nur, dass der Mann, um den es geht, Euch ständig zwingen würde, Dinge neu zu überdenken. Bevor ich sie mehr fragen konnte, war sie schon gegangen. Um jemanden zu suchen, der ihr Omen trägt. Was auch immer das nun wieder bedeuten mag!«

Bruder Jon nickte. »Was sie sagt, trifft eher auf Gerlon zu, als auf Mircha. Ich bin mir also recht sicher.«

»Wenn Ihr meint«, sagte Wiesel zweifelnd. »Ich frage mich nur, warum sie es so rätselhaft ausdrücken musste. Sind alle Prophezeiungen so?«

»Die meisten«, lächelte der alte Mann. »Nur in diesem Fall kann man sich kaum beschweren, hätte sie es noch klarer sagen wollen, hätte sie Euch den Namen nennen müssen.«

»Gut«, meinte Wiesel, doch er schien noch nicht ganz überzeugt. »Ich frage mich nur, wie ein Priester, der so gut wie nie den Tempel verlässt, Soltars Schwert wiederfinden soll.«

»Ich glaube«, meinte der alte Mann mit einem Schmunzeln, »dass mir dazu noch etwas einfallen wird.«

»Hoffentlich«, sagte der junge Dieb. Er sah zurück in den Tempel, wo Soltar ihn durch die Kapuze seiner Robe zu mustern schien, dann dorthin, wo die kaum sichtbare Tür zu finden war, hinter der ein Mann zu finden war, dem die Nacht in den Augen stand. »Das Ganze wird mir langsam unheimlich.«

Auf die Rose von Illian!

4 »Irgendetwas geht hier vor«, meinte Sanja Grenski, als sie mit vier gefüllten Humpen zu ihrem Tisch hinten in der Ecke der »Silbernen Schlange« zurückkehrte, wo Blix schon auf sie wartete. Der Gasthof war gut besucht, und es dauerte eine Weile, bis Grenski sich durch die Menge gezwängt hatte.

Grenski setzte die Becher mit einem lauten Knall zwischen sich und dem Schwertmajor ab.

»Gut möglich«, stimmte Blix ihr zu, griff sich den ersten seiner Becher und stieß mit der Stabssergeantin an. Sie nahmen beide einen tiefen, durstigen Schluck. »Götter«, meinte er dann zufrieden. »Wie habe ich das vermisst! Die Aldanen können einfach kein Bier brauen!«

»Dafür haben wir guten Wein«, meinte Grenski und wischte sich ebenfalls den Schaum vom Mund.

»Viel mehr habt ihr auch nicht, das für euch spricht!«, stellte Blix fest.

»Das ist wahr«, lachte Grenski gutmütig. »Ich habe mich ein wenig umgehört«, fuhr sie dann fort, »und die seltsamsten Dinge vernommen. Es gibt am Arsenalplatz eine alte Schmiede mit einem magischen Rad, das seit Jahrhunderten stillstand, jetzt dreht es sich wieder, verrichtet die Arbeit von Hunderten von Ochsen, und es heißt, dass es unsere neue Kaiserin war, die es mit einer einzigen Geste wieder zum Laufen brachte. Ein Marktschreier am Hartmarkt erzählt, dass der Handelsrat vor lauter Freude über die Wahl der Kaiserin einhunderttausend goldene Kronen gespendet hätte, um die Truppen im Kampf gegen Thalak zu unterstützen!« Grenski schüttelte fassungslos den Kopf. »Angeblich freiwillig … Seit wann rücken die Geldsäcke ohne Zwang mit Gold heraus? Und dann unsere neue Ausrüstung! Erinnerst du dich an Stabsmajor Helis?«

Blix nickte. »Ich sah sie vorhin bei der Besprechung.«

»Nun, sie hat die Zeit gefunden, mich auszufragen. Sie wollte wissen, wer in unserer Lanze reiten kann, wer die besten Schützen sind und solche Dinge … und ließ mich wissen, dass wir in Zukunft tatsächlich reiten werden!«

»Bitte?«, fragte Blix überrascht.

»Es ist wahr«, bekräftigte Grenski. »Dreißig von uns bekommen neue Rüstungen und sollen wie die Aldanen kämpfen, als schwere Kavallerie, weitere dreißig, die die am besten reiten können, bekommen *leichte* Rüstungen, um Plänkler zu stellen … und wer noch keine Armbrust hat, bekommt jetzt eine … und vierhundert Bolzen noch dazu, als ob wir nicht schon genug zu tragen hätten. Ach ja … *jeder* von uns muss in Zukunft reiten! Wir bekommen übrigens beide auch die neuen Rüstungen.«

»Wir auch?«

»So sagte Helis. Sie ließ durchblicken, dass Proteste nicht erwünscht wären.«

»Das kann ich mir denken! Aber was soll das?«, meinte Blix missmutig. »Wie soll das gehen? Sollen wir jetzt die Arbeit der Kavallerie übernehmen?«

»Nein«, sagte Grenski und hob ihren Humpen an. »Man denkt es sich wohl so, dass wir in Zukunft dorthin reiten sollen, wo es zum Kampf kommt, aber, dann dort angekommen, nach wie vor als Bullen kämpfen sollen. Es ginge, so sagte Stabsmajor Helis, um strategische Beweglichkeit.« Grenski schüttelte ratlos den Kopf. »Ich habe gehört, dass der Lanzengeneral es durchgesetzt hat, dass sie in seinem Stab gelandet ist … angeblich, weil sie zum Adel in Bessarein gehört. Sie ist irgendwie mit der Kalifa verwandt und dürfte gar nicht wissen, wie es ist, ein Bulle zu sein … aber ich schwöre dir, sie hat mehr Ahnung von der schweren Infanterie als ich. Sie weiß, worauf es ankommt … und es hört sich auch vernünftig an. Doch ganz hat sie mir meine Zweifel auch nicht nehmen können!«

»Na toll«, sagte Blix wenig erfreut. »Jetzt ziehen wir in den Krieg gegen Nekromanten und Seelenreiter, und als ob das nicht schon genug wäre, probiert man auch noch neue Dinge mit uns aus. Warum bleibt man nicht bei den Dingen, die erprobt sind?«

»Ich habe sie das auch gefragt. Sie nannte mir ein Beispiel«, meinte Grenski. »Es wäre unbestritten, dass es niemanden gäbe, der schneller marschieren kann als ein Bulle. Dennoch wäre es nicht schnell genug, wir wären zu langsam und zu unbeweglich, um jemanden zu überraschen … und es wäre leicht, uns einen Hinterhalt zu stellen.«

»Wahr. Aber das hat uns früher auch nicht gestört«, meinte Blix.

»Richtig«, sagte Grenski. »Nur früher haben wir auch nur unsere Stellungen verteidigt. Der Feind kam zu uns. Jetzt müssen wir zum Feind ... und da ist es gefährlich, wenn wir schleichen müssen wie eine Schnecke. Ganz früher, sagt sie, zur Zeit des alten Reichs, hat es Kavallerie gegeben. Deshalb bekommen wir Bullen jetzt Reiter hinzu ... sodass wir kämpfen können, wie es früher üblich war, bevor die ganzen anderen Clans aufgelöst wurden. Tatsächlich wäre eher dies die erprobte Kampfweise, als sich darauf zu verlassen, dass die schwere Infanterie allen Lagen gewachsen wäre ... und wir wüssten beide, dass dem eben nicht so wäre.«

»Da ist etwas dran«, gab Blix widerwillig zu. »Sind wir voll gewappnet, läuft uns jeder davon.« Er seufzte. »Da schicken sie uns in den Tod und machen sich zugleich Gedanken darüber, wie man uns am besten ausrüstet! Ich weiß wahrlich noch nicht, was ich davon halten soll.«

»Ich bin mir nicht so sicher, ob sie uns wirklich in den Tod schicken«, sagte Grenski. »Wenn, dann wollen sie auch die Königin von Illian loswerden.«

»Sie wurde bei der Besprechung erwähnt. Weißt du mehr über sie?«

»Du erinnerst dich bestimmt an sie. Leandra di Girancourt, die Maestra, die der Lanzengeneral von den Feuerinseln befreien wollte? Es scheint, dass Eleonora, die Königin von Illian, gefallen ist und die Maestra nach ihrem Willen die Nachfolge antreten soll. Sie wird uns begleiten. Sie ist diese Halbelfe, trägt ein Bannschwert mit Namen Steinherz ...«

»Das habe ich gesehen«, erinnerte sich Blix. »An sie selbst erinnere ich mich nicht, aber an ihr Schwert. Stabsmajor Helis trug es, als sie in Aldar an Land ging. Nur dass sie damals noch kein Stabsmajor war.« Er schmunzelte ein wenig. »Ich weiß noch, wie ich dachte, dass das Schwert fast größer wäre als sie selbst.«

»Nun, diese Maestra scheint etwas Besonderes zu sein! Sie hat einen Kriegsfürsten des Feinds erschlagen, einen Greifen gezähmt und vor ein paar Tagen die Botschaft der Aldanen mit einem Gewittersturm in Schutt und Asche gelegt. Den Gerüchten zufolge war sie die Geliebte des Lanzengenerals ... vielleicht hat er sie ja deshalb zur Königin gekrönt.«

»Hast du nicht eben gesagt, sie wäre die rechtmäßige Nachfolgerin und von der letzten Königin, dieser Eleonora, dazu bestimmt?«, fragte Blix grübelnd. Vielleicht war die Sera im Tempel diese Königin Leandra, sie hatte von einer Krone gesprochen und ihrem Herzen, das sie dem Lanzengeneral angeboten hätte.

»Nun, das hat der General zumindest behauptet«, lachte Grenski. »Wie auch immer, es sieht so aus, als ob unsere neue Kaiserin den Anspruch dieser Maestra auf den Thron unterstützt. Damit gibt es dann gleich zwei Magiekundige, die Kronen tragen. Darum geht es aber nicht, sondern darum, dass sie uns begleiten wird. Und das, Ser Schwertmajor, hört sich nicht so an, als wäre es der übliche Auftrag, der uns auf direktem Wege zu Soltar marschieren lässt. Vielleicht gibt es also doch noch Hoffnung für uns!«

»Hoffnung gibt es immer«, meinte Blix dazu. Nur dass es einen Unterschied macht, wie groß diese ist, fügte er in Gedanken hinzu. Er trank einen tiefen Schluck aus seinem Humpen. Damit war der leer, und Blix griff sich den zweiten.

»Sie hat wahrhaftig einen Greifen gezähmt?«, fragte er dann. »Das ist schwer zu glauben.«

»Den Gewittersturm bezweifelst du nicht?«, schmunzelte die Stabssergeantin. »Aber das mit dem Greifen ist wahr. Sie heißt übrigens Steinwolke.«

»Der Greif? Oder ist es die Greifin?«

»Der Greif, glaube ich«, meinte Grenski. »Nicht, dass es mir wichtig wäre.«

»Nun gut«, sagte er dann. »Wollen wir hoffen, dass es ein gutes Ende nimmt.«

»Auf die Rose von Illian also«, meinte Grenski und hob ihren Becher.

»Auf was?«, fragte Blix.

»So nennt man wohl im Volksmund die Königin von Illian. Oder auch die Kronstadt. Such es dir aus. Das scheint ja unser Ziel zu sein: die Königin dorthin zu bringen und die Stadt zu retten.«

»Wenn es weiter nichts ist«, lachte Blix und stieß mit ihr an. »Auf die Rose von Illian also!«

»Guten Morgen, Ser Major«, begrüßte ihn Stabsmajor Helis am nächsten Morgen. Sie musterte Blix und erlaubte sich ein kleines, trauriges Lächeln. »Ihr seht nicht gerade munter aus. Zu viel Bier gestern Abend?«

Dass Stabsmajor Helis aus Bessarein stammte, war kaum zu übersehen. Sie besaß die honigfarbene Haut, die schwarzen Haare und die dunklen Augen, die dort üblich waren. Allgemein galten die Seras aus dem Kalifat als Schönheiten, die Majorin war darin keine Ausnahme. Sie trug die Uniform der zweiten Bulle, als hätte sie nie etwas anderes getragen, und besaß diesen fernen Blick, den er so oft in den Augen von anderen Veteranen wahrgenommen hatte, und doch war sie viel zu jung dafür; er schätzte sie sogar um ein paar Jahre jünger ein, als er es war.

Vor der Besprechung bei Orikes hatte er die Stabsmajorin das letzte Mal in Aldar gesehen. Nach dem, was er gehört hatte, war sie es gewesen, die den dunklen Priester erschlug, dessen Magie beinahe die Kronburg zu Aldar in die Hände des Feindes hatte fallen lassen. Nach dem Kampf mit dem Priester war sie ihm müde und erschlagen erschienen, doch auch heute sah sie nicht viel besser aus. Gut geschlafen hatte sie jedenfalls nicht, die feinen Falten und leicht geröteten Augen verrieten Blix, dass die Sera wohl auch des Nachts ihre Sorgen wälzte. Vielleicht, dachte Blix, sollte sie es auch einmal mit Bier versuchen

»Erinnert mich nicht daran«, seufzte er und zog sich sein Schwertgehänge zurecht, bevor er sich setzte. Die große Messe in der Zitadelle war gut gefüllt, und beide mussten laut sprechen, um über das Geklapper von Tellern, Besteck und Tassen gehört zu werden. »Ich war zu lange in Aldane, ich hatte ganz vergessen, wie anständiges Bier schmeckt!«

In der Ferne läuteten die Tempelglocken zur zweiten Glocke, was Blix daran erinnerte, wie kurz er die Annehmlichkeiten einer Pritsche im Offiziersquartier der Zitadelle nur hatte genießen können. Der wachhabende Sergeant hatte ihn vor weniger als einer halben Kerze geweckt.

»Warum seid Ihr schon so früh auf den Beinen?«, fragte sie. »Konntet Ihr auch nicht schlafen?«

»Ganz im Gegenteil. Ich habe geschlafen wie ein Stein«, behauptete Blix und unterdrückte ein Gähnen. »Nein, ich will sehen, dass ich möglichst bald zur Donnerfeste komme, ich will mich dort etwas umsehen und unseren Einsatz vorbereiten.«

»Ihr seht mich etwas verwundert«, bemerkte Helis. »Stabsobrist Orikes erwähnte, dass Ihr Familie hier in Askir hättet, und bat mich, die Order so zu gestalten, dass ihr ein, zwei Tage Freigang habt ... es ist sechs Jahre her, dass Ihr das letzte Mal in Askir wart. Bis Eure Lanze aufbrechen wird, werden noch mindestens vier Tage vergehen, es wird alleine so lange dauern, bis Eure Ausrüstung die Donnerfeste erreicht. Warum nutzt Ihr die Zeit nicht und besucht Eure Familie? Es ... es könnte die letzte Gelegenheit dazu sein.«

»Vielleicht werde ich das tun«, log Blix. »Werdet Ihr ebenfalls zur Donnerfeste verlegt?«

»Nein«, antwortete die Stabsmajorin, deren Blick Blix deutlich zeigte, dass sie die Ablenkung erkannte. »Ich werde ab und zu dort sein, um mich darum zu kümmern, dass alles reibungslos läuft und Ihr wie geplant aufbrechen könnt. Bei diesem Auftrag darf nichts schiefgehen. Wenn wir die Kronburg nicht entsetzen können, wäre dies ein Rückschlag, der nur mit ungeheurer Mühe und viel Blut wieder auszugleichen wäre. Aber selbst wenn wir die Kronburg halten, ist es wichtig, dass Leandra dort die Königswürden erlangt und in aller Öffentlichkeit gekrönt wird. Versagen wir darin, würden wir eine wichtige Verbündete verlieren.«

»Ich dachte, sie wäre bereits Königin?«, fragte Blix erstaunt.

»Das ist sie. Es besteht auch kein Zweifel daran, dass Königin Eleonora sich Leandra als ihre Nachfolgerin wünschte. Es gibt nur beunruhigende Hinweise darauf, dass, obwohl der Feind vor den Mauern lauert, es bereits ein Gerangel um den Thron von Illian gibt. Allein um ihn zu verteidigen, muss Leandra also so schnell wie möglich die Kronburg erreichen!«

»Hmm«, meinte Blix nachdenklich. »Ich hörte, sie besäße einen Greifen.«

»Ja. Steinwolke heißt sie«, lächelte Helis. »Sie ist wunderschön!«

»Gut. Warum fliegt sie nicht einfach mit ihr dorthin?«

»Das war einer der ersten Gedanken, die wir hatten«, stimmte die Stabsmajorin ihm zu. »Aber so einfach ist es nicht. Der Feind besitzt fliegende Schlangen, vielleicht habt Ihr davon ja schon gehört?«

»Gewiss«, sagte Blix. »Nennt man sie nicht auch Wyvern?«

»Genau um diese Biester handelt es sich«, bestätigte Helis. »Zwar sind sie im direkten Kampf einem Greifen unterlegen, doch gibt es zu viele von ihnen. Zu versuchen, die Kronstadt durch die Luft zu erreichen, wäre außerordentlich gewagt. Zudem wurden ihrem Greifen die Flügel gestutzt. Die Elfen versprachen, mit ihrer Magie etwas dagegen zu unternehmen, doch wir wissen nicht, wie erfolgreich sie waren.«

»Was ist mit den Elfen selbst?«, fragte Blix. »Sie besitzen doch auch Greife, und wir sind miteinander verbündet. Man könnte einen von ihnen bitten, die Königin dorthin zu bringen.«

»Es bleibt noch immer die Gefahr der Wyvern. Zudem gibt es nicht mehr viele dieser stolzen Greifen, sie sind fast ausgestorben. Die Elfen sind entsprechend unwillig, auch nur einen einzigen zu gefährden. Sie müssten Leandra zu Dutzenden begleiten, um sicherzustellen, dass sie die Kronstadt unversehrt erreicht. Das wird nicht geschehen.«

»Das kann ich verstehen«, meinte Blix. »Es sind wunderschöne Tiere, ich würde ihren Verlust auch nicht riskieren wollen. Wisst Ihr, wie man sie zähmt?«

»Man zähmt sie nicht, Major«, schmunzelte Helis. »Man fragt sie, ob sie einen mögen möchten! Es sind auch keine Tiere, Greifen sind intelligente Wesen.«

»Wie kam Königin Leandra dann an einen Greifen?«, fragte Blix erstaunt.

»Das ist eine längere Geschichte … für ein anderes Mal vielleicht«, meinte Helis mit einem Lächeln, das Blix etwas wehmütig erschien. »Doch ich gebe gerne zu, dass ihr Greif in unseren Überlegungen eine große Rolle spielt. Es ist ein sehr seltener Königsgreif, der größer werden wird als die Greifen der Elfen. Wenn es den Elfen gelingt, ihr Gefieder wieder wachsen zu lassen, wollen sie den Greifen zur Donnerfeste bringen, um ihn an Leandra zu übergeben. Königsgreifen sagt man zudem noch andere außergewöhnliche Fähigkeiten nach. Auf jeden Fall kann sie den Unterschied zwischen dem Gelingen und dem Scheitern der Mission ausmachen. Nur …«, sagte Helis und nahm einen Schluck Kafje, »… sind Leandra und ihr Greif noch nie zusammen geflogen. Sie werden es jedoch sicherlich noch lernen.«

»Hoffentlich«, meinte Blix. »Greifen, Pferde, fliegende Schlangen, Nekromanten! Gibt es noch mehr Probleme, die wir bekommen können?«

»Kriegsbestien«, meinte Helis, ohne zu zögern. »Thalak scheint über eine ganze Menagerie davon zu verfügen. Von fliegenden Hunden bis zu massiven Bestien, die schwerer wiegen als ein Haus und ein Horn haben, das größer ist, als

Ihr es seid. Eine solche Bestie würde eine Tenet Bullen einfach niedertrampeln.« Ihre Augen schienen in die Ferne zu sehen, als sie weitersprach. »Ich bin einer solchen Bestie schon im Kampf begegnet, sie alleine hat uns in einem Lidschlag fünf gute Männer gekostet.«

»Das wollte ich jetzt nicht hören!«, beschwerte sich Blix. »Als ob das Ganze nicht schon schwer genug wäre!«

»Eines ist gewiss, wir haben es bislang noch nie mit einem solchen Feind zu tun gehabt«, meinte die Majorin. »Auf der anderen Seite scheint uns der Segen der Götter gewiss zu sein. Was mich daran erinnert, dass ich Euch aufsuchen wollte.«

Blix sah sie fragend an.

»Ich erhielt gestern Abend noch eine Nachricht des Hohepriesters des Soltar.«

»Bruder Jon? Was wollte er?«, fragte Blix überrascht. »Ich war gestern Nachmittag im Haus des Gottes und habe ihn getroffen, da hat er noch nichts gesagt.«

»Ihr kennt ihn?«

»Seit meiner Kindheit.«

»Das mag erklären, warum er Euch wollte.«

»Mich wollte?«, fragte Blix erstaunt. »Wofür?«

»Wie er schreibt, hat er wohl eine Vision erhalten, die ihm zeigte, wie einer seiner Priester dem Engel Soltars das Schwert des Gottes auf die Brust legte und ihn so ins Leben zurückrief.«

»Den Engel Soltars? Damit meint er den Lanzengeneral?«

»Ja. In den Augen des Hohepriesters ist der Lanzengeneral der Engel Soltars«, erklärte die Stabsmajorin. »Es gibt sogar eine Prophezeiung dazu. Es wäre eher ein Wunder, wenn Ihr nicht davon gehört hättet, Major, es ist zur Zeit in aller Leute Munde. Wie auch immer, Bruder Jon entschied, dass dieser Priester Euch in die Südlande begleiten soll, denn dort, so hat er es in seiner Vision gesehen, hat der Priester das Schwert gefunden. Oder wird es finden. Oder wird es gefunden haben.« Sie holte tief Luft. »Jetzt habt Ihr auch im Namen Soltars einen Auftrag: Schützt diesen Priester und sorgt dafür, dass er das Schwert finden und zurückbringen kann.«

»Auch das noch«, seufzte er. »Wer ist der Glückliche?«

»Ein Priester mit Namen Gerlon.«

»Götter!«, entfuhr es Blix. »Es gibt wohl niemanden, der weniger dazu geeignet wäre, uns zu begleiten, als Gerlon!«

»Ihr kennt ihn?«

»Ja, gewiss! Er ist einer der friedfertigsten Menschen, die ich kenne. Das muss ein Missverständnis sein. Ihr könnt ihn nicht mit uns schicken!«

»Bruder Jon entschied so, nicht ich«, teilte sie ihm mit. »Wenn es Euch nicht gefällt, dann wendet Euch an ihn.« Sie klang etwas ungehalten.

»Vielleicht werde ich genau das tun«, entschied Blix. »Eine Belagerung aufbrechen, eine Königin auf ihren Thron setzen und einem Engel das Schwert besorgen«, fasste er dann grimmig zusammen. »Ist das nicht ein wenig viel verlangt? Ihr wisst, dass dies eine selbstmörderische Mission sein wird, es wäre überraschend, wenn wir auch nur eines dieser Ziele erreichen könnten!«

»Dann sorgt dafür, dass es Euch gelingt«, meinte die Majorin verärgert. »Es ist gewiss nicht so, dass der Verlust Eurer Lanze erwünscht wäre!« Sie bedachte ihn mit einem funkelnden Blick. »Havald hat Euch für diese Mission ausgewählt. Seht zu, dass Ihr ihn nicht enttäuscht!«

»Enttäuscht?«, wiederholte Blix grimmig. »Wie kann ich ihn enttäuschen? Der Mann ist tot.«

»Nur wenn Ihr versagt, Schwertmajor«, sagte sie und erhob sich. »Nur wenn Ihr versagt!«, wiederholte sie, wandte sich ab und ging mit schnellen Schritten davon: Doch die Feuchtigkeit in ihren Augen hatte er noch gesehen.

Blix, dachte er, du bist ein Idiot. Du hast doch bemerkt, wie die beiden sich in Aldar angesehen haben .... Er sah auf die Reste seines Frühstücks herab, seufzte und stand auf. Der Appetit war ihm gründlich vergangen.

Serafine eilte wie blind davon und achtete kaum auf ihre Umgebung. Ohne dass sie es so recht bemerkte, führte sie ihr Weg in den Innenhof der Zitadelle zu dem Karpfenteich, an dem Havald in der letzten Zeit so oft gesessen hatte. Hier lief sie der Person über den Weg, die sie am wenigstens sehen wollte.

Mit einem erstickten Laut drehte sie sich um und wollte davoneilen, doch die andere hatte sie schon gesehen.

»Warte, Helis«, hörte sie die Stimme, doch gerade jetzt war es ihr zu viel, sie schüttelte den Kopf und eilte weiter. »Bitte, Serafine«, fügte Leandra hinzu, und etwas in dem Klang dieser Worte und ihr Name hielt sie dann doch zurück.

Langsam drehte sie sich um und sah zu der Bank hin, wo Leandra saß. So hatte Serafine die Halbelfe selten gesehen, betrübt und geschlagen, erschöpft, als hätte sie tagelang nicht mehr geschlafen. Etwas anderes hatte sich geändert, und es dauerte einen Moment, bis Serafine bemerkte, was so anders war. Steinherz, Leandras Bannschwert, war nirgendwo zu sehen! Serafine holte tief Luft, wischte sich die Augen und versuchte sich zu sammeln.

»Was, soll ich bleiben, dass du mir noch mehr Vorwürfe machst?«, fragte sie bitter, doch Leandra schüttelte nur müde den Kopf.

»Ich war gestern im Tempel. Bei Havald«, erklärte sie leise. »Ich habe gewartet, bis du gegangen warst, bevor ich ihn besuchte.«

»Das war rücksichtsvoll«, sagte Serafine bissig. »Erwartest du jetzt einen Dank von mir?«

»Genau das«, gab Leandra schärfer zurück, als sie beabsichtigt hatte. »Er ging von mir zu dir, hast du das vergessen? Meinst du, du kannst Rücksicht erwarten, wenn du mir den Mann gestohlen hast?«

Serafine zog scharf die Luft ein. »So siehst du das?«, fragte sie leise.

»Siehst du es anders?«, gab die Königin zurück, doch dann

schüttelte sie den Kopf. »Finna«, seufzte sie. »Ich will nicht streiten. Und in Wahrheit weiß ich nicht, ob es etwas geändert hätte, wenn es dich nicht geben würde. Er sagt, es wäre vernünftiger, die Legion gegen den Feind zu führen, als an meiner Seite zu regieren.« Sie seufzte erneut. »Er will nicht glauben, dass beides möglich wäre.«

»Ich weiß«, sagte Serafine langsam. »Und ich fürchte, dass er dich noch immer liebt und nur zu mir kam, weil er sich an Jerbils alten Schwur gebunden fühlt.«

Einen Moment lang sahen sich die beiden Seras an.

»Liebst du ihn?«, fragte Serafine dann leise.

Leandra nickte langsam. »Wie sehr, wurde mir erst bewusst, als ich ihn im Tempel aufsuchte. Erst da verstand ich, was er meinte.«

»Wieso?«, fragte Serafine, obwohl sie sich nicht sicher war, ob sie die Antwort hören wollte.

»In Soltars Haus erlauben sie keine Schwerter. Also habe ich Steinherz abgegeben ... und am Anfang ging es auch noch, konnte ich vernünftig sein, in Ruhe für ihn beten. Doch je länger ich gebetet habe, desto mehr verlor ich diese Ruhe ... du, ich fürchte, ich habe mich zum Narren gemacht!« Sie flüsterte fast, als sie weitersprach. »Ich habe vollständig die Beherrschung verloren ... und ich war so wütend, so wütend, dass ich auf ihn eingeschlagen habe wie eine Furie ... es war so schlimm, dass mich einer der Priester dort beinahe aus dem Tempel warf!«

»Du hast ihn geschlagen?«, fragte Serafine entsetzt. »Warum?«

»Weil er nicht wiederkommt«, erklärte Leandra einfach. »Er kann nicht sterben ... aber er kommt auch nicht zurück! Und ich vermisse ihn so sehr!«

»Darin bist du nicht alleine«, erinnerte sie Serafine mit belegter Stimme.

»Ja«, gab die Halbelfe überraschend zu. »Das weiß ich«, fügte sie leise hinzu. »Wir vermissen ihn beide ... ändert es etwas? Er liegt noch immer dort wie tot! Nur dass er es nicht ist!«

»Er hat vielleicht nicht die Wahl«, meinte Serafine verhalten.

»Das hörte ich gestern schon«, stellte Leandra verbittert fest. »Es nützt auch jetzt nicht viel! Wieso bist du dieser Ansicht?«

»Bruder Jon sah in einer Vision, dass Havald wieder erwachen wird, wenn man sein Schwert findet. Wir brauchen also die Hoffnung nicht fahren zu lassen«, erklärte Serafine und trat näher an die Königin heran. »Was willst du mir sagen?«

»Ich habe keine Zweifel daran, dass er wieder erwachen wird. Er ist der Wanderer«, meinte Leandra überzeugt. »Aber ich habe dort im Tempel etwas anderes gelernt: dass es nicht gut ist, nichts zu fühlen. Die Kälte lässt einen sterben, weißt du … innerlich. Deshalb habe ich Steinherz dort gelassen. Im Tempel. Nicht für immer, nur für den Moment.«

»Steinherz war nie gut für dich«, meinte Serafine überzeugt. »Er zwingt dich nicht weniger, als Seelenreißer es bei Havald tat. Beide Klingen sind ihren Göttern geweiht und unterliegen deren Willen. Steinherz ist die Klinge der Gerechtigkeit, und Boron war nie dafür bekannt, dass er große Rücksicht auf Gefühle nimmt!«

»Ich weiß«, flüsterte Leandra. »Ich weiß auch, was ich verloren habe … so lange waren wir unterwegs, waren zusammen, konnten uns aufeinander verlassen …. ich habe mich nie bei dir bedankt, dass du alles riskiert hast, als du mit auf die Feuerinseln gekommen bist, um mich zu retten, nicht wahr?«

»Vergiss das«, meinte Serafine schroff. »Ich habe es nicht für dich getan.«

»Das klingt hart«, beschwerte sich Leandra.

»Ich weiß nicht, was du erwartest, wenn du denen, die dich lieben, sagst, dass sie entbehrlich sind und du sie opfern würdest, wenn es nur der Mission dienlich wäre«, fügte Serafine vorwurfsvoll hinzu. »Das ist schwer zu verzeihen, wenn man nicht ein Schwert trägt, das einem das Herz versteinert!«

»Ja«, sagte Leandra leise. »Das weiß ich jetzt. Ich wusste es auch vorher schon. Nur kümmerte es mich nicht.«

»Das haben wir vermutet«, sagte Serafine und seufzte. »Was willst du von mir, Leandra?«

»Wollen wir uns nicht darauf einigen, dass wir beide das Beste für ihn wollen? Unseren Zwist begraben, bis er wieder lebt?«

»Wir haben keinen Zwist miteinander«, antwortete Serafine leise. »Darum ging es nie. Weder du noch er können etwas dafür, dass er Jerbils Seele in sich trägt. Auch ich nicht«, fügte sie mit belegter Stimme hinzu.

»Dann ...«, begann Leandra, doch dann zögerte sie. Serafine sah sie fragend an.

»Können wir dann Freunde werden, du und ich?«

»Ich weiß es nicht«, sagte Serafine leise. »Ich weiß es wirklich nicht. Aber ich denke darüber nach.« Mit diesen Worten ging sie weiter und hätte das gehauchte »Danke« fast nicht mehr gehört.

Der Rabe

5 »Schau mal, was ich hier habe«, sagte Wiesel und zeigte dem Bettler eine silberne Halbkrone. Eine Klapperschlange hätte nicht schneller zubeißen können, als die dreckige Hand des Jungen nach vorne schoss ... nur dass der blonde Mann noch ein wenig schneller war.

»Hey!«, beschwerte sich der Bettlerjunge. »Das ist nicht gerecht, mich erst zu ködern und dann zu foppen!«

»Selber hey!«, gab Wiesel breit grinsend zurück. »Vergiss

nicht, dass du blind bist und lahm … und du die Münze nur bekommst, wenn mir das, was du sagst, dann auch ein wenig nützen wird!«

»Gib mir zuerst das Geld«, forderte der Bettlerjunge, ohne den Blick von der Münze zu lassen. »Was weiß ich denn, ob du mich nicht betrügst. Zumal, ich könnte Ärger bekommen!«

»Was für einen Ärger?«, fragte Wiesel neugierig.

»Hältst du mich für dumm?«, fragte der Junge empört. »Wenn ich dir das sage, weißt du doch schon die Hälfte!«

»Hm«, meinte Wiesel. »Was hältst du von folgendem Vorschlag … ich lasse dir diese Münze, und du bekommst weitere, wenn mir deine Geschichte nutzt? Allerdings … wenn du mich anlügst, dann wird es übel für dich enden.«

Wieder schnellte die Hand des Jungen vor, diesmal ließ Wiesel ihn gewinnen.

»Ich sah die beiden«, sagte der Junge dann, während er die Silbermünze rieb und misstrauisch begutachtete. »Beide trugen Uniform, ein General und eine Majorin. Dort drüben standen sie«, fügte er hinzu und wies die Straße hinunter.

Wiesel spürte, wie sein Puls schneller pochte. Dies war nicht der erste Bettler, den er befragte, und es würde auch nicht der letzte sein, aber er war der erste, der von der Stabsmajorin sprach. »Was geschah dann?«, fragte er leise und hielt die nächste Münze hoch.

»Ein Ochsenkarren kam ihnen entgegen, und der General wurde so angerempelt, dass er auf der linken Seite des Wagens vorbeiging«, erklärte der Junge. »Und dort hat's ihn dann erwischt!«

»Wie das?«, fragte Wiesel gespannt und ließ die nächste Münze in die dreckige Hand des Jungen fallen.

»Es waren zwei Männer. Einer stieß ihm die Nadel in den Hals, doch bevor der General zusammenbrach, hoben ihn beide zusammen auf den Wagen. Dann haben sie die Plane über ihn gezogen, und schon war er verschwunden.« Der

Bettlerjunge sah zu Wiesel hoch und grinste breit. »Wenn ich mehr erzählen soll, kostet dich das Gold!«

»Gold?«, rief Wiesel empört. »Bist du denn verrückt? Was kannst du mir schon erzählen, das Gold wert ist?«

»Ich kann dir sagen, wer einer der Entführer war und wo du ihn finden kannst«, grinste der Bettler. »Reicht dir das fürs Erste?«

»Der Mann wird ›der Rabe‹ genannt«, erklärte Wiesel etwas später Korporal Fefre. Die beiden saßen an einer Weinbude am Weichmarkt und taten so, als ob sie nur zufällig am selben Tisch saßen, Fefre trug noch nicht einmal seine Uniform. Oft, dachte Wiesel schmunzelnd, benützte der Schwertkorporal die Zivilkleidung gewiss nicht. Sie passte vorne und hinten nicht, und die Jacke, die der Soldat jetzt anhatte, war so alt, dass man Angst haben konnte, sie würde im nächsten Moment auseinanderfallen.

Fefre galt im Allgemeinen nicht als Ausbund an Disziplin, aber hier auf der Bank an der Weinbude am Weichmarkt saß er so aufrecht und gerade da, dass er auch ein Schild hätte tragen können, auf dem sein Rang abzulesen war. In dem letzten Zehntel Kerze waren es bestimmt fünf Leute gewesen, die zuerst auf die Bude zusteuerten, um dann, als sie den Korporal erkannten, auf dem Fuße wieder kehrtzumachen. Fefre gehörte zu den Seeschlangen, den Marineinfanteristen, die hier im Hafen die Ordnung hielten, und im Laufe seiner fünfzehnjährigen Dienstzeit war Fefre wahrscheinlich jedem Dieb, Mörder und Halunken schon über den Weg gelaufen. Wollte man unauffällig mit den Seeschlangen Kontakt aufnehmen, war er bestimmt nicht der richtige Mann.

Obwohl man die beiden gerade in den letzten Wochen öfter zusammen hatte sehen können. Nach seinem unfreiwilligen Aufenthalt in der Hafenwacht waren Fefre und er sich, wie Wiesel es ausdrückte, »näher«gekommen und, so unwahrscheinlich es auch schien, auf dem besten Wege Freunde zu werden.

Aber der Korporal hatte so eine Art, »unauffällig« zu sein, dass er auch seine Rüstung oder Uniform hätte tragen können.

»Der Rabe?«, meinte Fefre jetzt erstaunt. »Den kenne ich. Der wird so genannt, weil er eine ausgeprägte Nase und schwarzes Haar besitzt ... und eine schwarze Seele, wie ich hörte. Was hat denn ein Schmuggler mit dem Mord an dem Lanzengeneral zu tun?«

»Wie kommst du darauf, dass er ein Schmuggler ist?«, fragte Wiesel überrascht.

»Er hat in der Stadt ein paar Ochsenkarren laufen, verdient sich seine Brötchen mit dem Warentransport von den Schiffen zum Markt ... und ab und zu versucht er ein paar Waren durch die Stadttore zu schmuggeln. Eher nur harmloser Kleinkram, und er lässt auch immer wieder eine Münze fallen, sodass die Kameraden an den Zolltoren ein Auge zudrücken.«

»Willst du etwa andeuten, dass eine Seeschlange bestechlich sein könnte?«, fragte Wiesel mit gespielter Empörung, was Fefre nur dazu veranlasste, gelangweilt abzuwinken.

»Tu nicht so. Du weißt es doch selbst. Das Leben ist teuer ... und solche kleinen Geschenke erhalten die Freundschaft. Als ob du nicht schon Leute bestochen hättest!«

»Tatsächlich habe ich noch nie eine Seeschlange bestochen«, schmunzelte Wiesel. »Wäre auch schön blöde gewesen, ihnen einen Vorwand zu liefern, um mich zu verhaften.« Er trank einen Schluck und seufzte. »Wäre schön, wenn der Rabe nur ein Schmuggler wäre. Tatsächlich hat der Bettler ein deutlich düstereres Bild von ihm gezeichnet ... der Mann ist ein gedungener Attentäter, der sich darauf geübt hat, Menschen verschwinden zu lassen. Er ist seit zwanzig Jahren im Geschäft, und mittlerweile hat er Dutzende auf dem Gewissen.«

»Und du glaubst, der Bettlerjunge sagt die Wahrheit?«, fragte Fefre skeptisch.

»Ich denke schon«, meinte Wiesel. »Je mehr er erzählte, desto ängstlicher wurde er … zumindest die Angst war nicht gespielt.«

»In Ordnung«, meinte Fefre. »Ich werde es Rikin berichten, und so wie ich sie kenne, werden wir den Kerl noch heute greifen.«

»Dazu müsste man ihn erst einmal finden«, bemerkte Wiesel. »Das ist vielleicht nicht so einfach, wie du denkst. Es gibt noch zwei Dinge, die der Junge mir erzählt hat. Zum einen, dass der Rabe irgendwo im südlichen Teil des Hafens die Reste eines abgebrannten Lagerhauses gemietet oder gekauft hätte. Davon kenne ich nur eines.«

»Richtig«, nickte Fefre. »Warum also sollte es schwerer werden als gedacht?«

»Der Junge erzählte zum anderen, dass der Kerl ein Priester ist und am ehesten in seinem Tempel zu finden sein wird.«

»Gewiss dient er nicht Boron«, meinte Fefre und griff nach seinem Becher, nur um in der Bewegung zu erstarren. »Du willst mir doch nicht sagen, dass er ein Priester des Namenlosen ist?«

»Genau das«, sagte Wiesel. »Ich hoffe, du kommst mir jetzt nicht damit, dass es in Askir keinen Tempel des Namenlosen gibt.«

»Genauso wenig wie die Diebesgilde«, meinte Fefre und warf Wiesel einen scharfen Blick zu.

»Die gibt es tatsächlich nicht … das weiß jedes Kind im Hafen«, lachte Wiesel und tat sein Möglichstes, um unschuldig dreinzuschauen.

»Ja, klar«, gab Fefre spöttisch zurück. »Aber gut … wo soll dieser Tempel sein?«

»Auch unten am Hafen. Unter den Piers. Es soll einen Zugang von einem der Warenhäuser geben.«

»*Unter* den Piers?«, fragte Fefre ungläubig. »Unter Wasser also?«

»Das ist das, was der Junge mir berichtet hat. Großen Sinn ergibt es nicht«, gab Wiesel zu und stand auf. »Ich werde versuchen, bis heute Abend mehr herauszufinden. Und du richte Rikin aus, dass sie für den Abend eine Tenet oder besser zwei bereithalten soll. Wir treffen uns vor dem abgebrannten Lagerhaus am zweiten Pier ... Hey, ihr könnt ja so tun, als würdet ihr die Gegend nach Schmugglern absuchen ... vielleicht treibt das die Ratten in ihre Löcher.«

»Ich werde es Rikin ausrichten«, meinte Fefre breit grinsend. »Sie wird nicht glücklich darüber sein, dass sie jetzt Befehle von dir annehmen muss.«

»Du kannst ihr ausrichten, dass ich sie fürchterlich bedaure«, knurrte Wiesel. Er hatte die Schwertmajorin nicht in allerbester Erinnerung, bei der Sache vor ein paar Wochen hatte Rikin alles darangesetzt, Wiesel den Hals zu strecken. »Aber wenn sie es für nötig hält, kann sie ja Beschwerde einreichen!« Er wollte sich schon abwenden, als ihm noch etwas einfiel. »Vielleicht sollte sie auch für priesterlichen Beistand sorgen. Wer weiß, über welche Gaben ein Priester des Namenlosen verfügen mag.«

»Ich will mich nicht zu sehr beschweren«, meinte Gerlon mit einem leichten Lächeln. »Aber sechs Jahre keinen Ton von dir, und nun sehe ich dich zweimal in der gleichen Anzahl Tage. Fällt dir erst jetzt auf, dass du mich vermisst hast?« Diesmal hatte der junge Priester seinen Freund in den Tempelgarten gebeten, dort, an einem Teich unter einer Weide, hatten sie genug Muße, sich zu unterhalten, zumal es dem Schwertmajor anzusehen war, dass er etwas auf dem Herzen hatte.

»Etwas Wahres ist daran«, antwortete Blix unbehaglich, der die Beschwerde offenbar ernster nahm, als der Priester sie eigentlich beabsichtigt hatte. »Du bist mein bester Freund, und es gehört sich nicht, dass ich dich so vergessen habe ...

aber glaube mir, in meiner Lage war es besser so. Ich weiß nicht, ob du es mittlerweile erfahren hast, aber auch ich bin Soltar geweiht … wenn auch auf eine andere Art.«

»Ich war bei dem Prozess dabei«, nickte Gerlon bedrückt. »Ich hörte die Art der Anklage, die gegen dich erhoben wurde. Wäre es ein ziviler Prozess gewesen, den man vor der Ratskammer oder sogar vor einem der Inquisitoren oder sogar vor Pertok selbst verhandelt hätte, dann wärest du freigesprochen worden. Und selbst so … ich hörte wie Stabsobrist Orikes das Urteil verkündete, und selbst er sagte, dass es nur einen Grund gab, so zu entscheiden … nämlich, dass die Disziplin gewahrt werden muss.«

»Das half mir nicht viel«, meinte Blix grimmig. »Mein Leben ist verwirkt, und dieser Mistkerl läuft frei herum … das ist in meinen Augen keine Gerechtigkeit.«

Der junge Priester sah seinen Freund verwundert an. »Du redest von Stabsmajor Ortis?«

»Ja, sicherlich«, sagte Blix bitter. »Bislang ist er der Einzige, dem ich den Befehl verweigert habe!« Er griff in die Weide, brach ein Ästchen ab und spielte damit herum, bevor er es zur Seite warf. »Wären sie an Gerechtigkeit und Disziplin interessiert, hätten sie auch ihn bestrafen müssen!«

»Ich bin verwundert, dass du es nicht weißt«, meinte Gerlon. »Es war damals Stadtgespräch.«

»Was war Stadtgespräch?«, fragte Blix ungeduldig.

»Ortis´ Hinrichtung. Man machte ihm zwei Tage nach dir den Prozess, und er wurde zum Tode verurteilt … als Orikes die Urteilsverkündung verlas, sprach er auch davon, dass Ortis nicht nur einigen seiner Untergebenen leichtfertig und grundlos das Leben gekostet hatte und die Moral zersetzte, sondern auch einem vielversprechenden Offizier jede Hoffnung geraubt hätte. Dieser vielversprechende Offizier, das warst du«, fügte er überflüssigerweise hinzu. »Ortis wurde zur letzten Parade verurteilt … die vierte Lanze vollzog das Urteil. Ich verstehe wirklich nicht, wieso du nichts davon weißt!«

»Ich war eine Zeit lang eingekerkert und haderte mit der Welt«, meinte Blix leise. »Die letzte Parade? Wirklich?«

»Eine harte Art zu sterben«, meinte Gerlon. »An einen Pfahl gebunden zu sein, während die ehemaligen Untergebenen entweder salutieren oder mit einem Knüppel zuschlagen ...«

»Es besteht die Möglichkeit, dass ein jeder salutiert«, meinte Blix. »Ich hätte die Parade meinem Schicksal vorgezogen. Wie erging es Ortis?«

»Ich habe mir die Hinrichtung nicht angesehen, aber so, wie ich hörte, salutierte niemand. Was dich angeht, Orikes hat sich doch klar genug ausgedrückt ... auf diese Art brauchten die Legionen nicht auf die Dienste eines fähigen Offiziers zu verzichten. Ich jedenfalls bin froh, dass du es bist, der diese Lanze führt.«

»Was mich zu dem bringt, weshalb ich dich aufsuche«, meinte Blix, der immer noch kaum glauben wollte, was er da soeben erfahren hatte. Die ganzen Jahre hatte er sich ungerecht behandelt gefühlt ... und es half nichts, der Fehler lag bei ihm, er hätte nachfragen können, was seinem ehemaligen Vorgesetzten widerfahren war. Jetzt galt es, all seine vorgefassten Meinungen zu überprüfen ... aber nicht jetzt!

»Eine kaiserliche Lanze ist kein Ort für einen Priester«, sagte Blix nun. »Selbst in Friedenszeiten nicht. Aber uns führt es nicht nur in einen Krieg, sondern weit hinein in Feindesland und gegen einen Feind, der sich nicht scheut, die unheiligen Mächte der Finsternis gegen uns zu verwenden. Viele der höheren Offiziere des Feindes sind Seelenreiter, verflucht von unseren Göttern, aber ihrem eigenen Herrscher treu ergeben, den sie für die Wiedergeburt des Gottes Omagor halten.«

»Welcher von Soltar selbst vernichtet und in die Ewigkeit verbannt wurde«, unterbrach Gerlon mit Bestimmtheit. »Genau deswegen braucht Ihr den Schutz unseres Glaubens! Wer soll euch denn sonst beistehen, im Kampf gegen das Unheilige, wenn nicht ein Priester des Gottes, der Omagor besiegte, der Nacht den Schrecken nahm und den Menschen die Hoffnung auf den neuen Tag gegeben hat? Vor Soltars Macht wird keiner der Unheiligen bestehen können!«

»Was willst du tun, Gerlon?«, fragte Blix bitter. »Beten? Ich habe selbst gesehen, wie ein einziger falscher Priester fast die Schlacht um Aldar entschieden hätte ... und selbst dem Lanzengeneral und seinen Freunden gelang es nur mit Mühe, den Mann zu vernichten!«

»Nur weil das Bannschwert für einen Moment verloren war«, verbesserte Gerlon seinen Freund. »Ich hörte von dem Geschehnis. Stabsmajor Helis war bereit, meine Fragen dazu zu beantworten. In dem Moment, da sie das Schwert im Wassergraben fand, war der Kampf vorbei. Soviel ich weiß, wird uns die Königin von Illian begleiten, die selbst ein Bannschwert führt. Aber ja, Blix. Genau das werde ich tun.«

»Was?«, fragte Blix verwirrt.

»Beten«, erklärte der junge Priester leise. »Mehr braucht es auch nicht.«

»Das trifft sich gut«, hörten sie beide eine Stimme, und als sie sich umdrehten, stand dort an der Weide gelehnt ein drahtiger Korporal der Seeschlangen, der einen Apfel aß. Mit dem zeigte er nun auf Blix. »Von Euch hörte ich, Major, habt Ihr nicht die Legionsmeisterschaften in Taktik gewonnen? Habt Ihr nicht auch Kalaums Rätsel gelöst, obwohl es als unlösbar galt? Wie habt Ihr das nur angestellt?«

»Ich habe mich nicht an die Regeln gehalten, Korporal«, knurrte Blix. »Nicht, dass dies Euch etwas angeht. Was sucht Ihr hier, und was gibt Euch das Recht, Euch so anzuschleichen?«

»Ich schlich nicht«, entgegnete der Korporal pikiert. »Ihr wart nur so sehr ins Gespräch vertieft, dass ich dachte, ich störe erst zu einem geeigneten Zeitpunkt ... Verdammt Ihr mich nun ob meiner Höflichkeit?«

»Gelauscht habt Ihr!«, beschwerte sich der Schwertmajor.

»Sicherlich«, meinte der Korporal und grinste breit. »Als hättet Ihr das nicht auch getan! Ich bin Fefre, und Major Rikin schickt mich, um uns des Beistands eines Priesters zu versichern. Das werdet Ihr wohl sein«, meinte er und deutete mit seinem Apfel auf Gerlon. »Der alte Mann dort im Tempel, ein Bruder Jon oder so, meinte, ich solle Euch hier fragen, so könntet Ihr schon einmal üben. Ich wusste gar nicht, dass man das auch üben kann.«

»In der Tat«, meinte Gerlon und stand von der steinernen Bank auf. »Das war mir bislang auch nicht bekannt.«

Solantes Gnade

6 »Götter«, fluchte Blix leise, als sie sich dem Pier näherten. »Jetzt siehst du, was du damit angerichtet hast. Ich wähnte dich sicher im Tempel untergebracht, warum musstest du dich auch für diesen Dienst melden?«

»Ich gehe dorthin, wo mich Soltar hinführt«, meinte Gerlon würdevoll. »Oder wohin mich Bruder Jon schickt! Er kam gestern, nachdem du gegangen warst, und sprach von einer Vision, die mich zeigte, wie ich das Schwert des Lanzengenerals aus dem Süden zurückbringen würde … um von dort zurückzukehren, muss ich zuerst einmal gehen, nicht wahr? Ihr geht nach Süden, also gehe ich mit euch.« Er hob die Schultern und ließ sie hilflos wieder fallen. »Das war auch schon alles. Ich bin sicherlich nicht erpicht darauf, mich im Kampf mit dunklen Mächten zu *üben*.« Er bedachte Blix mit einem direkten Blick. »Bruder Jon hörte, dass du einer der besten Offiziere des Reichs wärst. Du bist der Soldat. Kümmere du dich um unser aller Leben … und überlasse die Seelen mir. So kehren wir dann auch alle heil zurück.«

»Mit Verlaub, Major«, mischte sich der kleine Korporal ein. »Ihr seid ein Bulle, und dies ist ein Einsatz der Seeschlangen. Major Rikin wird nicht erfreut sein, wenn …«

»Bruder Gerlon ist ebenfalls keine Seeschlange«, meinte Blix barsch. »Ich begleite ihn, mehr nicht. Richtet Eurem Major aus, er möge mich einfach nicht beachten.«

»Sie. Majorin Rikin«, verbesserte Fefre. »Ich werde es ihr ausrichten«, teilte er dann Blix mit und wirkte unglücklich dabei. Er winkte jemandem zu. »Aber vielleicht ist es gut so, dass jemand auf die Zivilisten achtet«, fügte er dann hinzu und eilte davon.

Der zierliche Mann mit dem unverwechselbaren Wams, den der Korporal herangewunken hatte, kam freundlich lächelnd herbei. »Ich wusste gar nicht, dass man Bullen zu den Zivilisten zählt«, schmunzelte Wiesel.

»Ich glaube«, meinte Blix frostig, »da seid wohl eher Ihr und Bruder Gerlon gemeint. Soll ich glauben, dass es sich bei diesem Treffen um einen Zufall handelt?«

»Götter«, meinte Wiesel wohlgemut und schien eher noch erheitert bei dem Gedanken. »Was seid Ihr doch für ein misstrauischer Geselle! Wenn die Frage ist, ob es geplant war, dass wir uns hier sehen, ist die Antwort Nein. Auf der anderen Seite meinte eine kluge Frau, dass es keinen Zufall gäbe ... es immer einen Grund geben würde, warum sich etwas so fügt, wie es soll!« Er griff in sein Wams und zog zwei Äpfel heraus, die er den beiden hinhielt. »Äpfel gefällig? Fefres Tenet wurde mit einer ganzen Kiste bestochen, sie sind fast noch frisch, direkt aus Bessarein!«

»Danke, nein«, meinte Blix steif.

»Wer war diese kluge Frau, von der Ihr gesprochen habt?«, fragte Gerlon neugierig, während er dankbar nickend einen Apfel nahm.

»Die Kaiserin«, lachte Wiesel fröhlich. »Sie liest den ganzen Tag schlaue Bücher, da wundert es kaum, dass sie solche Dinge sagt, nicht wahr?«

»Genug des Geplänkels«, meinte Blix unwillig. »Was geht hier vor?«

Das Gesicht des legendären Diebes verdüsterte sich. »Es

geht um einen Mörder, der schon seit Jahren unerkannt sein Unwesen trieb. Man nennt ihn den Raben, und er ist ein Diener des Namenlosen.« Er wies mit seinem Blick zu der Ruine eines abgebrannten Lagerhauses auf dem Pier gegenüber. Nur die Wände standen noch, und ein niedriger Anbau, der Rest des Lagerhauses, lag schon seit Jahren in Schutt und Asche. »Angeblich befindet sich dort unter der Ruine ein Zugang, der uns in die Tiefen unter dem Hafen führt … und dort unten soll es einen Saal geben, mit nassen Wänden und einer Decke, von der das Wasser tropft, wo man dem namenlosen Gott seine Opfer bringt.«

»Unter dem Wasserspiegel?«, fragte Blix überrascht. »Wie soll das möglich sein?«

»Fragt doch nicht mich!«, meinte Wiesel achselzuckend. »Sauber gefügte Steine, vielleicht Magie, einen Grund wird es schon geben. Ich weiß nur drei Dinge: Dieser Rabe hat den Lanzengeneral ermordet und sein Schwert gestohlen.«

»Das sind zwei Dinge, nicht drei«, bemerkte Gerlon hilfreich.

»Richtig«, meinte Wiesel und zeigte Zähne. »Zum Dritten weiß ich, dass er mir nicht entkommen wird.«

»Und was geht es Euch an?«, fragte Blix etwas unwirsch. »Was rührt es einen Dieb, was hier geschieht? Gehören Diebe nicht auch zu den Verehrern des namenlosen Gottes?«

»Vorsicht«, meinte Wiesel ohne jede Freundlichkeit. »Geht nicht zu weit, Schwertmajor. Was den Grund angeht, warum es mich ›rührt‹, nun es gibt derer sogar zwei. Zum einen war ich es, der den Lanzengeneral aus dem Hafenwasser fischte, zum Zweiten hat mich die Kaiserin damit betraut, den Mord an ihm aufzuklären.«

»Ist das so?«, fragte Blix ungläubig. »Was meint denn Pertok dazu?«

»Der Hochinquisitor dient dem Reich und seiner Kaiserin«, erläuterte Wiesel erhaben. »Wie wir alle es tun. Das wollen wir doch nicht vergessen, oder?«

»Wohl kaum«, knirschte der Major. »Aber wissen sie es?« Er wies auf eine Tenet Seeschlangen, die sich weiter hinten soeben daranmachten, an Bord eines der angelegten Schiffe zu gehen. »Warum kontrollieren sie die Schiffe, wenn sie das Lagerhaus besetzen sollen?«

»Unser Rabe ist noch nicht ins Nest zurückgekehrt. Er ist seit zwanzig Jahren nicht aufgeflogen, warum sollte er sich jetzt Gedanken machen, nur weil ein paar Schiffe durchsucht werden? Allerdings, wenn vier Tenets Seeschlangen geduldig vor dieser Ruine warten sollten …«

»Schon gut«, meinte Blix und hob entschuldigend die Hand. »Das bringt mich jedoch zu der anderen Frage, warum der Mann erst jetzt aufgeflogen ist?«

»Weil man einfach zu viel Angst vor ihm hatte«, erklärte Wiesel. »Allerdings hat er letzte Woche den Fehler begangen, dem Namenlosen die ältere Schwester eines Bettlerjungen zu opfern … und die Gerüchte, was mit den Frauen dabei geschieht, bleiben wahrscheinlich hinter der Wahrheit noch zurück.«

»Also wurde er aus Rache verraten«, stellte Gerlon fest.

»Stimmt«, nickte Wiesel. »Ich habe versprechen müssen, dass der Rabe nicht entkommen kann. Da wir von dem Dämon sprechen … dreht euch nicht um, aber dahinten kommt auch schon ein Ochsenkarren. Er hat derer vier laufen, es bleibt noch abzuwarten, ob er es jetzt auch selbst ist …«

»Schwarze Haare, Adlernase … das passt, nicht wahr?«, meinte Gerlon, der einen verstohlenen Blick zur Seite hin warf.

»Ja«, meinte Wiesel. »Er sieht zu uns herüber … er fragt sich wahrscheinlich, was ein Priester Soltars hier will … Götter, bin ich blöde!«, stieß er hervor. »Segnet mich, Bruder Gerlon, aber schnell!«

»Warum soll ich … oh … Im Namen Soltars …«, begann Gerlon, doch Wiesel unterbrach ihn sogleich wieder.

»Die Gesten reichen! Wie reagiert er?«

»Er steht noch da und schaut zu«, meinte Blix. »Jetzt dreht er sich um und geht weiter ...«

»Gut so!«, atmete Wiesel erleichtert auf. »Er wird sich daran erinnert haben, dass ein Bulle im Hafen wenig zu vermelden hat.«

»Ser Wiesel?«, sagte Gerlon etwas steif.

»Ja?«

»Es gehört sich nicht, einen Segen zu unterbrechen.«

»Tut mir leid«, meinte Wiesel rasch, aber wenig überzeugend. »Ich besuche irgendwann den Tempel, in Ordnung?« Er reckte den Hals. »Er geht in den Anbau!«

»Ich werde Euch daran erinnern«, versprach Gerlon. »Was geschieht jetzt?«

»Wir warten ein wenig«, meinte Wiesel. »Die Majorin wird den Sack zuziehen wollen, bevor sie die erste Schlange in das Loch schickt.« Er musterte den Schwertmajor. »Ich habe nicht die geringste Ahnung, was uns in einem Tempel des Namenlosen erwartet. Werdet Ihr auf Bruder Gerlon achtgeben?«

»Allerdings«, versprach Blix grimmig. »Nichts auf dieser Welt wird an meiner Klinge vorbeikommen.«

»Dinge aus dieser Welt bereiten mir die wenigsten Sorgen!«, meinte Wiesel und griff in seinen Nacken, um einen langen, fremdartig gearbeiteten Dolch zu ziehen, in dessen Klinge exotische Schriftzeichen geätzt waren, die im Licht der Sonne zu glühen schienen. Wäre er nur etwas länger, stellte Blix fest, der Dolch wäre auch als Kurzschwert durchgegangen.

Der Schwertmajor sah sich aufmerksam um und fragte sich, ob es wirklich sonst niemandem auffiel, wie einzelne Gruppen der Marinesoldaten wie zufällig näher kamen. Es schien nicht so, denn kaum jemand schenkte ihnen größere Beachtung.

»Ein Fuchsbau hat meist mehr Löcher als nur eines«, sagte Wiesel nun. Er nickte in Richtung Hafen, wo ein kaiserliches

Schwertschiff vor dem Pier in Stellung gegangen war. »Mit einem Schiff oder einem Boot entkommt er uns nicht … und hier ist auch kein Durchkommen mehr.«

Im gleichen Moment hatten die Soldaten die Täuschung aufgegeben und schlossen sich nun zu Vierergruppen zusammen, die rasch und geübt die Stirnseite des Piers absperrten, was fast sofort zu Protesten der Ladearbeiter an den Schiffen führte. Einer der Kapitäne beschwerte sich so lautstark, dass man ihn über die Entfernung hören konnte.

»Das scheint wohl der Kerl zu sein, der mit den Äpfeln zahlte«, grinste Wiesel und nickte den anderen zu, bevor er hinüber zu dem Anbau eilte, vor dem nun auch eine zierliche Frau mit hochgesteckten schwarzen Haaren erschienen war. Sie hatte die lindgrüne Uniform der Seeschlangen an, doch anstelle des üblichen Schwerts oder einer Axt trug sie gleich zwei Rapiere auf dem Rücken gekreuzt. Gerlon und Blix folgten dem schlanken Mann.

»Ich bin Rikin«, stellte sich die zierliche Frau vor und bedachte Blix mit einem ausgesprochen kühlen Blick. »Das hier ist Angelegenheit der Seeschlangen, wir brauchen keine Bullen dazu.«

»Das weiß ich«, antwortete Blix ruhig. »Ich bin eher zufällig in der Gegend und begleite einen alten Freund, Bruder Gerlon hier.«

»Gut«, meinte Rikin. »Dann seht zu, dass der Priester keinen Schaden nimmt, und haltet Euch zurück!« Sie wandte sich wieder Wiesel zu. »Also stimmt es, dass Ihr im Geheimen ein Agent der Reichsstadt seid?«

»Im Geheimen?«, grinste Wiesel. »Das liegt mir doch so gar nicht! Aber ja, Orikes zwang mich in seine Dienste.«

Blix seufzte innerlich. So viel dazu. Dass Stabsobrist Orikes seine Finger im Spiel hatte, verwunderte ihn im Übrigen wenig.

»Es fällt mir noch immer schwer zu glauben«, meinte die Majorin mit deutlichem Zweifel.

»Ihr dürft glauben, was Ihr wollt«, antwortete Wiesel. »Solange Ihr akzeptiert, dass wir auf der gleichen Seite stehen.«

»Mit Schwierigkeiten«, meinte die Majorin kühl. Sie wandte sich einer Gruppe von vier Seeschlangen zu, die mit schweren Hämmern bewaffnet waren. »Er muss längst wissen, dass wir hier sind«, stellte die Majorin nun fest. »Offenbar hat er keine Lust, es uns leichter zu machen.« Sie nickte der Gruppe mit den Hämmern zu.

Offenbar hatten die vier so etwas schon geübt, denn die vier schweren Hämmer trafen das Tor fast gleichzeitig. Berstend flogen die Splitter des Tors nach innen, die Hämmer hinterher, dicht gefolgt von den Marinesoldaten mit ihren kurzen Schwertern oder Äxten.

Nur einen Augenblick später stand einer der Soldaten in den Resten des Tors.

»Alles klar«, meldete er mit einem Ausdruck des Unglaubens in der Stimme. »Nur … er ist verschwunden! Es ist niemand hier!«

Rikin sah zu Wiesel hin, der nur mit den Schultern zuckte, dann wandte sie sich an einen Leutnant, dessen Tenet um den Anbau postiert war, und sah ihn fragend an.

»Wir sahen ihn alle hineingehen«, meinte dieser. »Herausgekommen ist er nicht! Nicht einmal eine Ratte hätte entkommen können!«

»Gut«, meinte Rikin und nickte dankend, bevor sie den Anbau betrat.

Selbst nach all den Jahren roch es hier immer noch nach nassem Ruß. Im Vergleich zu dem abgebrannten Lagerhaus mochte der Anbau klein gewesen sein, aber es war dennoch ein großer, dunkler Raum, mit gut zwanzig auf fünfzehn Schritt an Kantenlänge und einer gut zwei Mannslängen hohen Decke. Zwei schmale Streifen, Schießscharten gleich, dienten, mit schweren Gittern versehen, als Fenster und ließen nur wenig Licht hinein. In einer Ecke war ein Stall errichtet worden, dort stand ein Ochse und glotzte die Soldaten wiederkäuend an. Der Wagen selbst war zur einen Seite hingezogen worden. Ein paar Kisten standen herum und hatten dem Raben wohl als Möbel gedient, in einer anderen Ecke befand sich eine einfache Bettstatt bei einer kleinen Feuerstelle. Sonst gab es wenig zu sehen. Gänzlich aus Stein gebaut, hatte der Anbau keine weiteren Türen oder Fenster und nur diesen einen offensichtlichen Zugang.

Der Wagen und der Ochse waren ja noch da, nur vom Raben fehlte jede Spur.

»Er kann sich ja wohl kaum in Luft aufgelöst haben«, stellte Rikin fest.

»Nicht?«, fragte Wiesel unbehaglich. »Ich dachte, gerade den Priestern des Namenlosen sagt man solches nach.«

»Rauch und Nebel, Ser Wiesel. Meiner Meinung nach nichts als billige Täuschung mit polierten Spiegeln, gemacht für ängstliche Geister!«, meinte Rikin verärgert. »Wenn mein Leutnant sagt, dass hier nichts herauskam, dann ist das so. Irgendwo ist er versteckt. Entweder im Wagen oder in den Kisten, oder es gibt noch eine geheime Tür oder einen Gang.« Sie bedachte ihn mit einem unlesbaren Blick. »Habt Ihr nicht gesagt, es gäbe hier einen Tempel … nun … wo befindet sich der Zugang?«

»Er wurde nicht erwähnt«, erklärte Wiesel. »Als wäre es selbstverständlich.« Er sah sich langsam um, dann hellte sich sein Gesicht auf.

»Es ist dunkel wie in Borons Ar… es ist dunkel hier«, verbesserte er sich hastig mit Blick auf Gerlon. »Es gibt einen Fackelhalter hier, doch seht, zum einen fehlt die Fackel, zum anderen ist die Wand dort nicht verrußt. Ich wette darauf, er wird uns den Weg öffnen!«

Wiesel trat an den Fackelhalter heran und zog daran. Drehte, drückte und schob. Nichts geschah, der eiserne Halter blieb unbewegt und stur.

»Oder aber der Kerl hat sich keine Fackel geleistet«, stellte Wiesel verlegen fest und trat einen Schritt zurück. Es klickte laut, die Bodenplatte, auf welcher der Dieb gestanden hatte, kippte nach unten weg und hätte den überraschten Wiesel beinahe mit in die Tiefe genommen, hätte der sich nicht mit einem Sprung zur Seite in Sicherheit gebracht.

»Gute Reaktion«, stellte Blix fest und spähte durch das Loch nach unten, wo eine Treppe zu erkennen war. Kühle feuchte Luft drang nach oben, und in der Ferne war das Geräusch von fallenden Tropfen zu vernehmen. »Wie weit ragt der Pier aus dem Hafenwasser heraus?«, fragte er dann wie nebenbei.

»Bei Doppelflut, wenn beide Monde hoch stehen, nur knapp einen halben Schritt, bei Doppelebbe knapp sechs Mannslängen«, erklärte Korporal Fefre, der irgendwann zu ihnen gestoßen war. »Deshalb ist Askir auch ein Tiefwasserhafen«, fügte er noch hinzu.

»Wie schön. Wie hoch steht das Wasser jetzt?«, fragte Blix mit belegter Stimme.

»Vielleicht zwei Schritt unterhalb des Piers?«

»Also ist der Fuß der Treppe schon unter dem Wasserspiegel«, stellte der Schwertmajor beunruhigt fest.

»Ihr dürft gerne hier oben bleiben, Major«, bot ihm Schwertmajorin Rikin grinsend an und zog ihre Rapiere. »Überlasst es einfach richtigen Soldaten. Seeschlangen fürchten wenigstens das Wasser nicht!«

»Wenn das so ist … nach Euch, Sera«, meinte Blix mit einer spöttischen Verbeugung.

Die Treppe ging steil und feucht nach unten, die glitschigen Stufen gaben so wenig Halt, dass selbst Wiesel Schwierigkeiten hatte, das Gleichgewicht zu wahren. Die Schwertmajorin hingegen stürzte auf der zehnten Stufe und fiel ein gutes Dutzend in die Tiefe hinab, bevor sie sich wieder fangen konnte, doch eines ihrer Rapiere flog davon und fiel laut scheppernd die Stufen hinunter.

Alle erstarrten.

»Also, wenn er jetzt nicht weiß, dass wir kommen, ist er taub«, meinte Wiesel grimmig.

»Weiter«, sagte Rikin nur und ging voran in die Tiefe. Dort angekommen, wo ihr Rapier lag, stießen sie auf einen Treppenabsatz und eine alte Tür, deren metallene Bänder zum Teil verrostet waren und die ein wenig aufstand, das Schloss, das es einst gegeben hatte, war bis zur Unkenntlichkeit verrostet. Wortlos hob die Majorin ihre Waffe wieder auf.

Von hinten wurde eine Fackel nach vorne durchgereicht, Korporal Fefre hielt sie hoch, und auf ein Nicken der Schwertmajorin hin, drückte er die Tür auf. Vor ihnen lag, wie von Wiesel beschrieben, ein großer Raum von vielleicht zwanzig auf fünfzehn Schritt, nur waren die Wände nicht nur einfach feucht. An verschiedenen Stellen flossen kleine Bäche aus den Fugen der schweren Steine, verwandelten den Steinboden in einen Teich, der an einem weiteren Treppenabgang seinen Abfluss fand. Wohin dort das Wasser floss und wieso der Raum nicht volllief, verstand Wiesel nicht, und es interessierte ihn auch wenig, vielmehr bereitete es ihm ein kaltes Grausen, als er sich vorstellte, wie das kalte Wasser des Hafens jenseits dieser Wände auf sie lauerte.

Dass es sich um den Tempel des Namenlosen handeln musste, war ebenfalls leicht zu erkennen. Der von einem dunklen Schatten umhüllte Stein dort hinten mochte der Altar sein, und die Statue aus schwarzem Basalt stellte wohl den Namenlosen selbst dar … wobei er, wie Wiesel stirnrunzelnd feststellte, mit der Robe und der in die Stirn gezogenen Kapuze durchaus dem Standbild des Soltars glich. Hieß es nicht, dass selbst die Statue des Namenlosen mit Dunkelheit und Schatten überzogen sein sollte? Diese war es nicht, und wenn Blix es recht bedachte, hatte der Künstler auch recht wenig Geschick gezeigt. In den Tempeln seiner Brüder und der Schwester standen Statuen, die zu leben, gar zu atmen schienen. Im Vergleich dazu wirkte das Standbild des Namenlosen eher unfertig und rau und besaß einen viel zu großen Kopf.

Fehlte Dunkelheit und Schatten bei dem Standbild selbst, war dafür der Altarstein in wogende Dunkelheit gehüllt. Selbst Wiesel, der nun wahrlich nicht oft in den Tempeln anzutreffen war, führte schnell das Zeichen Soltars aus, doch es blieb still und ruhig, niemand sprang aus einem Versteck hervor, keine dunklen Magien brachen hervor, um sie in einen dämonischen Schlund zu ziehen. Ganz im Gegenteil. Die Stille war fast absolut, nur das Plätschern des Wassers und das Tropfen von der Decke waren zu hören.

Auf der rechten Seite stand ein Gestell mit einer Trommel, vor dem Altar und der Statue gab es zwei schwere, halb verrostete Kohleschalen, auf jeder Seite noch vier Sitzbänke aus Stein ... abgesehen von vier Fackelhaltern, die im Raum verteilt standen, war dies alles.

»So«, meinte Rikin und steckte ihre Rapiere weg, um die Hände vor ihrer Brust zu kreuzen.

»Den Tempel haben wir, auch wenn er mich wenig beeindruckt ... doch wo steckt der Schurke?«

»Die Treppe hinunter?«, schlug Wiesel vor, doch Fefre, der bei dem Abgang stand, schüttelte nur den Kopf. »Verschüttet, voller Geröll«, erklärte dieser. »Keine Ratte kommt hier durch, und wenn ja, dann nur, wenn sie auch tauchen kann. Zwischen den Trümmern steht das Wasser bis an die oberste Stufe.«

»Liegt er nicht bei Sera Zokora auf dem Altarstein?«, fragte Gerlon vorsichtig. »Das ist doch der Mann, den wir suchen, nicht wahr?«

»Die dunkle Elfe? Wo?«, fragte Blix überrascht. Nicht nur er blickte nun zu dem Altar hin, doch dort war nach wie vor nichts zu sehen außer einer wabernden Dunkelheit, die, dachte Blix unbehaglich, sehr wohl einen Körper auf dem Stein verbergen konnte.

Im gleichen Moment schwand die Dunkelheit auch schon so schnell, als ob der Wind sie verwehen würde, und offenbarte nicht nur den Raben an verrosteten Ringen auf dem Altarstein festgebunden, sondern auch eine zierliche weibliche

Gestalt in einer dunklen Kettenrüstung, die aufrecht und still hinter dem Altar stand und die Neuankömmlinge mit einer hochgezogenen Braue und rot glühenden Augen musterte.

Sie besaß die grazilen Gesichtszüge, die man von Elfen kannte, nur war ihre Haut wie Ebenholz, und sie war gerade groß genug, um Blix bis zum Brustbein zu gehen.

Nicht nur Blix sog überrascht den Atem ein, einer der Marinesoldaten löste vor Schreck sogar seine Armbrust aus, doch die Frau wich elegant zur Seite aus, sodass der Bolzen harmlos an ihr vorbeizog, noch während Blix »Nicht schießen!« rief.

»Du bist zu spät, Schwertmajor«, begrüßte sie ihn nun mit einer samtweichen Stimme, die so gar nicht zu den geschwärzten Zähnen und den glühenden Augen passte. »Er gehört jetzt meiner Göttin.«

»Ihr kennt diese Frau?«, fragte Rikin fast schon vorwurfsvoll.

»Es ist Sera Zokora«, erklärte Blix hastig. »Soviel ich weiß, ist sie eine Art Prinzessin ihres Volkes und zugleich eine Priesterin der Astarte oder der Solaste, wie die dunklen Elfen sie wohl nennen. Ich traf sie in Aldar, wo sie zusammen mit dem Lanzengeneral den Machenschaften eines dunklen Priesters des Omagor ein Ende setzte.«

»Fast richtig, Major«, bestätigte die Elfe. »Der Name meiner Herrin ist Solante … aber sonst hast du es richtig wiedergegeben.« Sie richtete sich etwas auf und bedachte die Anwesenden mit einem hoheitsvollen Blick.

»Soltars Segen mit Euch«, grüßte Bruder Gerlon sie und erntete dafür überraschte Blicke.

»Danke. Solantes Schild für dich, Gerlon«, antwortete die Sera Zokora höflich.

»Du kennst sie?«, fragte Blix flüsternd seinen Freund.

»Ja. Sie half dem Tempel bei der Aufklärung alter Mysterien«, antwortete Gerlon im gleichen Ton. »Eine beachtenswerte Frau.«

»Was tut Ihr hier?«, fragte jetzt Wiesel und hätte sich im nächsten Moment auf die Zunge beißen können, der verzweifelte Gesichtsausdruck des Raben ließ die Frage sinnlos erscheinen.

»Ich erlaubte ihm, mir ein paar Fragen zu beantworten, bevor er die Gnade meiner Göttin erfährt«, erklärte die Elfe ruhig. »Ich dachte, das wäre leicht zu erkennen.«

Mittlerweile hatte sich auch die Schwertmajorin Rikin gefangen und trat einen Schritt vor. »Dieser Mann wird als Mörder des Lanzengenerals gesucht«, erklärte sie der Sera.

»Ich hörte davon«, sagte die dunkle Elfe. »Es ist nicht das Einzige, das man ihm zur Last legen kann. Denn dieser Mann steht in den Diensten eines Nekromanten, eines Agenten des dunklen Herrschers. Der Name des Mannes ist Corvulus, er gab den Mord an dem Lanzengeneral in Auftrag, und er stahl den Hüter der Schatten.«

»Den was ...?«, fragte Wiesel verwirrt.

»Das Schwert des Lanzengenerals«, erklärte die dunkle Elfe geduldig, bevor sie sich mit ihren glühenden Augen Blix zuwandte. »Ich hörte, Ihr werdet mit Eurer Lanze in den Süden aufbrechen.«

»Das ist richtig«, begann Blix. »Doch woher ...«

»Ich werde Euch begleiten.«

»Aber ...«, setzte Blix an, doch die dunkle Elfe beachtete ihn nicht weiter, sondern ging an ihm vorbei zum Fuß der Treppe, wo noch immer die Marineinfanteristen standen. »Ihr steht im Weg«, teilte sie ihnen mit, woraufhin man ihr hastig Platz machte. Vielleicht lag es an ihren glühenden Augen oder auch an ihren geschwärzten Zähnen, so oder so, auch Blix hätte ihr im Moment nicht den Weg versperren wollen.

Wiesel sah der Dunkelelfe nach, wie sie hoheitsvoll zwischen den Marineinfanteristen die Treppe hinaufschritt, während sich die Soldaten an die Wand drängten. »Ihr pflegt seltsame Bekanntschaften, Ser Schwertmajor«, stellte er dann fest.

»Es ist nicht so, dass ich darin eine Wahl hätte«, meinte Blix gequält. Wiesel nickte nur abwesend und trat näher an den Altarstein heran.

»Puh!«, meinte er und wedelte mit der Hand vor seinem Gesicht herum. »Der Kerl stinkt erbärmlich!« Schon aus der Entfernung war das von Schrecken verzerrte Gesicht des Raben zu erkennen gewesen, nur was es war, das den Mörder und Diener eines verfluchten Gottes so schreckte, war ungewiss, es war kein Zeichen von Folterung zu erkennen. Doch etwas war seltsam an den Augen … Wiesel beugte sich vor, nur um mit einem erschreckten »Götter!« hastig zurückzuweichen. »Ich schwöre«, meinte er erschüttert, »dass mich das lehren wird, den Toten nicht noch einmal in die Augen zu sehen, man sieht nichts Gutes darin! Kein Wunder, dass man sie immer schließt!«

»Wieso, seht Ihr schon wieder Sterne dort?«, fragte Blix erschrocken.

»Nein«, meinte Wiesel und schüttelte den Kopf. Er streckte einen Finger aus, um den Mann auf dem Altar zu piksen, doch der rührte sich nicht. »Es ist nur so, dass der Kerl wohl noch lebt und er mich angesehen hat!«

»Er lebt noch?«, fragte Blix erstaunt, und Wiesel nickte. »Ich hätte schwören können, dass er hin ist, bis ich den Schrecken in seinen Augen sah!«

»Welchen Schrecken?«, meinte Rikin unruhig. »Ich sehe nichts!«

»Glaubt mir«, sagte Wiesel leise. »Er sieht es umso besser …« Ein Tropfen fiel von der Decke herab, direkt in das linke Auge des Mannes, doch der war nicht einmal dazu imstande zu blinzeln. »Wenn ich nicht wüsste, was du getan hast und wer du bist«, flüsterte Wiesel ihm zu, »dann hätte ich noch Mitleid mit dir.« Er wandte sich ab und schaute zu Rikin hin, die ihn erwartungsvoll musterte. »Uns wird er nichts mehr sagen können«, meinte der Dieb. Er sah zur Treppe hin, über die die dunkle Elfe verschwunden war, und seufzte.

»Es scheint, als müssten wir uns mit dem zufriedengeben, was diese Zokora uns gelassen hat.« Er wandte sich an Rikin. »Euch und den Seeschlangen sei gedankt. Jetzt bleibt nur, ihn hinzurichten … auch wenn wir ihm dabei wohl noch einen Gefallen tun.«

Die Majorin nickte einmal und sah zu, wie sich der Dieb zwischen den Soldaten an der Treppe hindurchzwängte und verschwand. »Also gut«, meinte sie dann und wies auf den Altar. »Macht den Kerl los und nehmt ihn mit.«

Auch Blix sah Wiesel nach und wandte sich dann Gerlon zu. »Jetzt bist du ganz umsonst hergekommen«, stellte er fest.

»Das sagst du nur, weil du nicht siehst, was ich sehe«, meinte der junge Priester gepresst. »Dieser Ort muss geläutert werden, und das wird wahrlich keine leichte Aufgabe werden … er ist voll des Bösen.«

»Er ist wohl immer noch dabei, den Tempel zu läutern«, schloss Blix seine Erzählung und hob seinen Humpen, um mit Grenski anzustoßen. Er hatte sie am Abend in der »Silbernen Schlange« wieder angetroffen und war froh um das Bier und die Gesellschaft.

»Hat er gesagt, was er dort gesehen hat?«, fragte Grenski, und Blix schüttelte den Kopf. »Nein«, sagte er. »Ich entschied, dass es besser für mein Seelenheil wäre, wenn ich nicht frage.«

»Gute Entscheidung«, meinte Grenski mit belegter Stimme. »Da sehnt man sich doch nach einem richtigen Krieg, so ganz ohne diese Magie! Wenn wir schon davon sprechen, Sera Zokora kommt also ebenfalls mit?«

»So habe ich sie verstanden.« Blix zuckte hilflos mit den Schultern. »Es sieht nicht aus, als stände es in meiner Macht, ihr diesen Wunsch zu verwehren. Aber ich verstehe auch nicht, was sie mit der ganzen Sache zu tun hat. Sie ist eine Freundin des Generals oder gar eine Verbündete … das ja, aber was hat sie mit dem Raben zu schaffen gehabt?«

»Ich vermute, dass es etwas mit dem Scharfschützen zu tun hat.«

»Diesem Varosch?«, fragte Blix verwundert. »Wieso denn das?«

»Hat du es nicht gehört?«, fragte Grenski erstaunt.

»Was denn?«

»Kolaron Malorbian, der dunkle Herrscher und angebliche Gott, erschien auf dem Kronrat, als dieser zuletzt tagte. Er hat sich wohl des Körpers eines der Könige bemächtigt. Er griff die Sera Zokora an, und der Scharfschütze warf sich seinem Angriff in den Weg und starb daran.«

»Schade um ihn«, stellte Blix bedrückt fest. »Ich mochte ihn ... ein ruhiger Bursche, auf den man sich verlassen konnte. Und Sera Zokora will nun Rache?«

»So hört man«, nickte Grenski. »Sie hat geschworen, den dunklen Herrscher zu erschlagen.«

»Da ist sie ja nicht die Einzige«, meinte Blix bitter. »Wenn es nur nach diesen Schwüren ginge, dann dürfte der Kerl längst kein Problem mehr sein. Obwohl, bei ihr kann ich es mir vorstellen, dass sie ihre Schwüre halten wird.«

»Wenn es etwas gibt, das mir Angst einjagt, dann ist es diese Elfe«, gestand Grenski leise und drehte den Bierhumpen in ihren Fingern. »Ich sah sie ja selbst in Aldar, aber wenn sie dort etwas Ungewöhnliches tat, habe ich es verschlafen. Doch es fällt mir alles ein, was man sich in Aldane über ihre Art erzählt, von dunklen Pakten und noch dunkleren Magien ... alles, was man sich dort über die hellen Elfen erzählt, gilt für die dunklen umso mehr.« Sie sah fast Hilfe suchend zu Blix hin. »Kannst du mir wenigstens sagen, dass das alles nur Geschichten sind?«

»Nein«, meinte dieser leise und dachte an die wabernde Dunkelheit zurück, welche die dunkle Elfe und den Altar umhüllt hatte. »Das kann ich nicht.«

Der Kriegsfürst

7 »Wie sagte Sera Zokora, dass der Mann heißen würde?«, fragte Desina nachdenklich. »Corvulus?« Wiesel hatte sie in der Bibliothek der Zitadelle gefunden, wo sie mit der Eule Asela zusammen Baupläne der alten Schmiede am Arsenalplatz studierte. Der Raum, in dem sie sich befanden, lag mehrere Stockwerke unter der Erde und roch nach Papier und altem Leder. Er war zudem so trocken, dass es Wiesel beständig in der Nase und im Rachen reizte. Wie die beiden Frauen es hier unten aushielten, konnte Wiesel nicht verstehen. Für ihn hatte der Saal mit seinen hohen Säulen und den Dutzenden staubbedeckten Lesetischen etwas Unheimliches ... vor allem, da sonst niemand hier zu finden war. Nur dort, wo die beiden Seras saßen, war es hell, aber außerhalb des Lichts der schwebenden Kugel herrschte eine Dunkelheit, die ihn mit ihren Schatten an den Tempel des Namenlosen erinnerte.

»Habt Ihr den Namen schon gehört, Asela?«, fragte Desina nun die andere Eule. Die nickte langsam.

»Corvulus ist einer der Söhne Malorbians«, teilte Asela ihnen mit ihrer weichen Stimme mit und schloss langsam das Buch, in dem sie gelesen hatte. Sie legte die Hände zusammen und blickte zu Wiesel auf. »Ihr seid sicher, dass sie diesen Namen nannte?«

Der blonde Mann nickte nur.

»Dann ist es schlimmer als befürchtet«, meinte Asela.

»Ich wusste nicht, dass es noch schlimmer werden kann.« Wiesel rieb sich die Schläfen. »Es ist doch schon alles schlimm genug! Was ist mit dem Kerl?«

»Er ist nicht wahnsinnig«, erklärte die Eule. »Das ist die schlechte Nachricht. Er ist kühl und berechnend und erschreckend gerissen. An seinem zwölften Geburtstag ermordete er seine Mutter, um seinem Vater einen Gefallen zu erweisen.«

»Aber er ist nicht wahnsinnig?«, fragte Wiesel ungläubig.

»Nein«, sagte Asela nur. »Er schätzte seinen Vater richtig ein, es brachte ihm einen Vorteil. Wenn er hinter dem Anschlag auf den Lanzengeneral steht, was mir jetzt nur zu wahrscheinlich vorkommt, dann seht, was er damit bereits angerichtet hat.« Sie fing nun den Blick der jungen Kaiserin ein. »Das Reich ist mehr, muss mehr sein, als nur der Lanzengeneral, dennoch sind wir von dem Anschlag auf ihn erschüttert, als wäre er unsere einzige Hoffnung gewesen. Doch das ist falsch. Wir sind unsere Hoffnung … jeder Einzelne von uns.«

Wiesel nickte. Er konnte Asela nicht leiden, so schnell konnte er ihr nicht verzeihen, dass sie vor Kurzem erst noch alles darangesetzt hatte, Desina zu ermorden. So etwas nahm er meist persönlich. Aber an ihren Worten war zweifellos etwas Wahres dran.

»Wisst Ihr mehr über diesen Mann?«, fragte er jetzt.

»Er ist nicht besonders groß oder kräftig, er ähnelt eher Euch in der Statur«, teilte Asela ihm mit. »Hier …« Sie tat eine Geste, und aus einem Funkeln in der Luft schälte sich ein schlankes Gesicht mit fein gezeichneten Zügen hervor. Der Mann war blass, dachte Wiesel, wahrscheinlich sah er die Sonne nicht so oft.

»Die schneeweiße Haut gilt bei unserem Feind als ein Zeichen des Adels«, erklärte die Eule, als hätte sie Wiesels Gedanken gelesen, noch während das Gesicht wieder verging. »Als Sohn Malorbians gilt dies umso mehr für ihn. Und dennoch ist er kein Prinz.« Sie lächelte schmal und zeigte scharfe Zähne. »Für die Söhne ist es von Nachteil, dass der Herrscher ewig leben will.«

»In Ordnung«, meinte Wiesel jetzt. »Dieser Corvulus ist also einer der fähigsten Agenten des Feindes?«

»Nein«, widersprach Asela grimmig. »Ihn nur einen Agenten zu nennen, wäre falsch. Er ist einer der besten Kriegsfürsten, über die Malorbian verfügt. Sein ganzes Leben lang wurde

Corvulus nur dafür ausgebildet: einen Gegner auf jede denkbare Art zu bezwingen.« Sie lächelte etwas schief. »Man kann es auch als Kompliment sehen. Malorbian scheint uns jetzt ernster zu nehmen.«

»Ein Kriegsherr?« fragte Wiesel. »Aber was wollte er … oh.«

»Ihr seht es«, meinte Asela, und Wiesel nickte. »Den Lanzengeneral ermorden zu lassen, war sein Eröffnungszug. Ein sehr wirkungsvoller, wie ich meinen würde.« Die Eule gestattete sich ein leichtes Schmunzeln. »Wie groß der Vorteil ist, wenn der Lanzengeneral wieder erwacht, das bleibt abzuwarten …. dann könnte es ein Fehler gewesen sein. Was Corvulus angeht, kann ich Euch sagen, wo Ihr ihn finden könnt. Wenn er das Schwert hat, und davon ist ja auszugehen, dann befindet er sich bereits wieder auf dem Weg in die Südlande.« Sie sah auf ihre Hände herab. »Es wird dort keinen Kriegsfürsten geben, der über Corvulus steht … Wenn er die Kronstadt erreicht und den Befehl über die Armee dort übernimmt, wird es nicht lange dauern, bis ihm ein Weg einfällt, die Stadt zu nehmen.«

»Dann müssen wir uns beeilen«, meinte Desina. Sie schien zu grübeln. »Ist es nicht …. etwas unüblich, die Befehlshaber feindlicher Armeen ermorden zu lassen?«, fragte sie dann.

»Im Allgemeinen betrachtet man es nicht als besonders zivilisiert«, antwortete Asela und betrachtete ihre Fingerspitzen genauer. »Aber mitunter ist es wirkungsvoll.«

»Gut, dass ich mir über solches nicht den Kopf zerbrechen muss«, meinte Wiesel. »Gibt es etwas, das ich jetzt noch für dich tun kann? Wenn der Kerl in den Südlanden ist, dann ist mein Teil hier wohl erledigt.«

»Hm«, meinte Desina. »Sag, du verzehrst dich doch immer noch nach der Sera aus Xiang … wie würde es dir gefallen, wenn ich dir einen offiziellen Grund geben würde, die Botschaft zu besuchen?«

»Du meinst, ich kann das Tor benutzen und muss nicht

mehr über die Mauer klettern?«, fragte Wiesel gespielt überrascht. »Das wird die Wachen dort verwirren!«

»Genau das«, lachte Desina. »Xiang ließ mir ein Angebot zukommen, über das ich bislang zu wenig nachgedacht habe. Vielleicht ist es Zeit, es anzunehmen.« Sie mochte lächeln, aber Wiesel kannte sie gut genug, um die Entschlossenheit in ihren Augen zu verkennen.

»Was für ein Angebot?«, wollte er wissen.

»Oh«, meinte Desina. »Sagen wir, dass sie mir so etwas wie einen Gegenbesuch anboten.«

Wiesel wartete noch einen Moment, aber mehr schien sie nicht sagen zu wollen. »Was macht ihr hier eigentlich«, fragte er dann neugierig. »Ich dachte, das Wissen der Eulen wäre im Turm verwahrt?«

Desina sah auf das offene Buch vor ihr herab und seufzte. »Das Treibrad in der alten Schmiede dreht sich wieder«, erklärte sie. »Daran mangelt es also nicht. Dennoch stellen wir nur ein Bruchteil der Waffen und Rüstungen her, die von der Schmiede einst geliefert wurden. Wir machen etwas falsch … und genau danach suchen wir.« Sie hielt das Buch hoch, in dem sie las. »Das sind die Geschäftsbücher der Schmiede zur Zeit des zweiten Kang-Krieges. Damals wurden zweihundert schwere Rüstungen am Tag gefertigt … heute sind es nur mehr zwölf.«

»Ich wusste nicht einmal, dass es einen ersten Kang-Krieg gab«, meinte Wiesel und nieste. Jetzt war es seiner Nase doch zu viel geworden.

»Der Götter Wohlsein mit dir«, wünschte ihm Desina mit einem Lächeln. »Und ja, das war auch mir neu.«

»Hm«, meinte Wiesel, während er sich mit dem Handrücken die Nase wischte. »Dieses Problem mit dem Rad und der alten Schmiede … das kann außer euch beiden niemand lösen?«

»Wieso fragst du?«

»Willst du eine ehrliche Antwort?«

Desina zog eine Augenbraue hoch, und Wiesel hob abwehrend die Hand. »Schon gut. Ich weiß ja, du würdest nicht fragen, wenn nicht. Es ist nur …« Er machte eine Handbewegung, welche die gesamte unterirdische Bibliothek einschloss. »Du bist Kaiserin. Und eine Eule. Aber ist es wirklich sinnvoll, dass du dich um diese Dinge kümmerst? Gibt es da nicht andere?« Während Desina noch über ihre Antwort nachdachte, warf Asela ihr einen Blick zu und schien zu schmunzeln. »Freut mich, dass ich Euch erheitere«, knurrte Wiesel. »Darf ich den Grund erfahren?«

»Ich weiß ja, dass Ihr mich nicht leiden könnt …«, begann die Eule.

»Es ist ja nicht so, als ob es keinen Grund dafür gäbe, nicht wahr?«

»… aber in diesem Punkt sind wir uns einig«, fuhr Asela fort, als hätte er sie nicht unterbrochen. »Es gibt wahrlich genügend Federn, die sich darum kümmern könnten! Es gibt andere Dinge für sie zu tun, Dinge, die der Magie bedürfen, oder solche, für die es eine Kaiserin braucht … es ist nicht gut für Euch, Euch in diesen dunklen Katakomben zu verstecken«, fuhr sie an Desina gewandt fort.

»Wenn ich mit Euch einer Meinung bin«, knurrte Wiesel, »ist es fast schon ein Grund, diese zu ändern! Also … wenn es jemand anders tun kann«, fragte er, wieder an Desina gewandt, »warum machst du es dann?«

»Danke, dass ich auch etwas dazu sagen darf«, meinte die junge Frau etwas spitz und warf einen bedeutsamen Blick zu Asela hin, die etwas an ihren Händen zu mögen schien, sie musterte diese schon wieder. »Heute Morgen zur zweiten Glocke habe ich mich mit Orikes und dem Kommandanten getroffen«, erklärte sie dann Wiesel. »Es währte fast eine Glocke lang, es ging um Fragen des Protokolls, ob wir die Krone suchen oder neu anfertigen sollen, wann die Krönung sein wird, ob und wen wir einladen … dann kamen die Obristen der Legionen und Marschall Hergrimm hinzu. Wir berieten fast zwei Kerzenlängen lang, wie wir mit den beiden Feindlegionen dort verfahren sollen ... die Festung Brandenau wird bereits belagert, weißt du ...«

»Ich ...«, begann Wiesel, doch sie war noch nicht fertig.

»Danach waren wir in der Kantine. Ich habe dort die Küche besichtigt, festgestellt, dass es dort noch immer Ratten gibt, auch wenn niemand sie sonst sah, und mir angehört, dass der Enkel des Lanzenleutnants, welcher der Küche vorsteht, Geschirr mit seinen Gedanken bewegen kann und gerne Eule werden möchte. Anschließend habe ich mich fast eine Kerzenlänge mit Prinz Tamin verständigt. Asela sprach währenddessen mit Taride und dem Baronet von Freise, um herauszufinden, ob es eine Möglichkeit gibt, ihm doch noch vollständige Genesung zu bringen. Danach stellte ich fest, dass es eine halbe Glocke gab, in der ich nicht verplant war, weil es einen Mord in der Botschaft des Kalifats von Bessarein gegeben hat und Faihlyd unsere Verabredung auf den Abend hin verschob. Nachher, in etwa einer viertel Kerzenlänge, treffe ich mich mit Vrelda, der Königin der Varlande und ihrem neuen Gemahl Angus ...« Sie seufzte ... »Bei dem Gespräch wird es um abgeschlagene Köpfe gehen, die sie in der Gegend haben herumliegen lassen, Vorwürfe aus Aldane und Schiffe, die gebaut oder eben nicht gebaut werden.« Sie bedachte nun Asela mit einem strafenden Blick. »Unsere Maestra hier fand, dass man die Zeit nützen könnte, meine Beherrschung der Erdmagien des Weltenstroms zu verbessern, vor allem, da diese momentan etwas ins Schwingen geraten sind, weil das Gleichgewicht des Weltenstroms durch die Eruption der Feuerinseln empfindlich gestört wurde.« Jetzt fixierte sie Wiesel mit ihren meergrünen Augen. »Der gestrige Tag und die Tage davor waren genauso. Geschlafen habe ich nicht, nur eine halbe Kerzenlänge Meditation habe ich mir gegönnt. Nachdem Faihlyd überraschend abgesagt hat, dachte ich mir, dass ich die Zeit nützen könnte, das zu tun, was mir Freude bereitet: in alten, staubigen Büchern zu wühlen und nützliche

Dinge herauszufinden!« Sie hob das Buch an und ließ es wieder fallen. Es gab einen dumpfen Schlag, als der Foliant aufschlug und etwas Staub aufstieg. »Hast du damit deine Antwort?«, fragte sie milde, aber niemand kannte sie besser als Wiesel, und der wusste genau, was diese fast unsichtbare, steile Falte zwischen ihren Brauen zu bedeuten hatte, oder was es hieß, wenn ihre Augen dieses dunkle Grün annahmen.

»Danke, ja«, sagte er hastig. »Ich hatte vergessen, dass es dir einfach Freude bereitet, in alten Büchern zu ... wühlen. Ich wusste ja nicht«, fügte er ehrlich hinzu, »dass es *so* bei dir ist.«

»Ich ja auch nicht!«, seufzte sie. »Ich bin nur froh, dass sich Hochkommandant Keralos nach wie vor um den Löwenanteil der Arbeit kümmert ... das Reich hat so lange ohne einen Kaiser bestanden, dass es fast nichts für eine Kaiserin zu tun gibt ... außer mächtig zu sein und dabei noch gut auszusehen«, fügte sie mit einem halben Lächeln hinzu. »Warst du es nicht, der mir sagte, dass es nicht mehr braucht?«

»So habe ich es nicht gemeint«, protestierte Wiesel.

»Wie denn?«

»Dass es das Volk auf den Straßen nur interessiert, dass du eine Heldin bist, eine Eule, direkt von Askannon abstammst und zudem noch hübsch bist. Dass das reicht, damit dich das Volk wie eine Göttin verehrt. Mehr habe ich nicht gesagt.«

»Meine harte Arbeit und meine Fähigkeiten sind wohl nichts wert?«, fragte sie in diesem gewissen Ton, und Wiesel lachte.

»Ich sagte auch, dass du deine Fähigkeiten dazu brauchen wirst, um gut zu regieren, aber sie nicht der Grund sind, weshalb die Leute auf den Straßen dich verehren.« Er deutete eine leichte Verbeugung an. »Jetzt gehe ich wohl besser«, meinte er grinsend und bedachte den schweren, ledergebundenen Folianten mit einem skeptischen Blick. »Ich will dich ja nicht von deinen *Vergnügungen* abhalten ...«

»Lesen bildet, weißt du«, meinte sie lächelnd.

»Mag sein«, grinste Wiesel. »Aber ich bin lieber strahlend schön und begehrt, denn ist man erst klug und gebildet, findet man kaum noch Menschen, mit denen man sich noch vernünftig unterhalten kann!« Mit diesen Worten eilte er davon.

Asela sah ihm nach, diesmal mit gerunzelter Stirn.

»Ich glaube, ich habe ihn unterschätzt«, sagte sie dann. »Dieser letzte Satz …«

»Als wir Kinder waren«, erklärte Desina schmunzelnd, »haben wir jede freie Zeit in den Tempelschulen verbracht. Es war im Winter warm dort, und es gab auch etwas zu essen. Wiesel liebt Bücher mehr als ich, oftmals hat er sie gestohlen, wir haben sie gelesen, und dann hat er sie zurückgebracht.«

»Er stahl die Bücher zuerst und brachte sie dann wieder zurück?«, fragte Asela überrascht.

Desina nickte. »Er meinte, dass er nicht für sie sorgen könnte«, schmunzelte sie. »Also brachte er sie wieder zurück.« Sie sah Aselas nachdenklichen Blick. »Wiesel legt es darauf an, dass andere ihn unterschätzen. Nehmt Xiang als Beispiel.«

»Was ist damit?«, fragte Asela interessiert.

»Seit etlichen Monden lernt Wiesel fast jeden Tag, wie man die Sprache schreibt und spricht. Erst hat er Orikes dazu genötigt, ihm eine Feder zu finden, die ihn lehren kann, jetzt lernt er bei einer alten Frau, die auf dem Markt Essen verkauft. Xiang ist einer unserer wichtigsten Handelspartner und wird vielleicht unser Verbündeter im Kampf gegen Thalak werden, doch es gibt in ganz Askir nur sieben Menschen, die Xi sprechen.« Sie schmunzelte ein wenig. »Mit ein Grund, warum er nicht der schlechteste Bote ist, wenn es um Xiang geht.«

»Ich kann Euch die Sprache beibringen«, teilte Asela ihr überraschend mit. »Es gibt eine Möglichkeit, das Wissen auf magischem Weg zu übertragen, es bräuchte nicht mehr als einen Tag, um es Euch zugänglich zu machen.«

»Habt Ihr es auch so gelernt?«, fragte Desina.

»Nein«, antwortete die ältere Eule, und zum ersten Mal seit langer Zeit sah Desina sie lächeln, offenbar war es eine angenehme Erinnerung, an die sie dabei dachte. »Askannon nahm sich die Zeit und unterrichtete mich selbst … einige der wenigen Dinge, die wir zusammen getan haben. Er war der Ansicht, dass manche Dinge mehr wert sind, wenn man sie erarbeitet, als wenn man sie geschenkt erhält.«

»Ich sehe es nicht anders«, nickte die junge Kaiserin. »Also werde ich Euer Angebot dankend ablehnen … eher lasse ich mir abends die Feder kommen und mich unterrichten.«

»Dafür mangelt es Euch an Zeit«, erinnerte Asela sie in ernstem Ton. »Es würde Monate dauern. Doch Ihr würdet in Xiang sehr an Gesicht gewinnen, wenn Ihr die Sprache der östlichen Himmel sprecht, und guten Willen damit erzeugen.«

»Muss denn alles, was ich tue, einem Ziel dienen?«, fragte Desina unglücklich.

»Ihr seid *Desina anae regis Askanna*«, intonierte die ältere Frau mit einem Lächeln. »Kaiserin von Askir, Regentin von Aldane, Bewahrerin des Glaubens.« Sie faltete die Hände erneut, eine Geste, die Desina langsam vertrauter wurde, und schmunzelte ein wenig. »Also ja. Aber das bedeutet nicht, dass man das Nützliche nicht auch mit dem Angenehmen verbinden kann.«

»Gut«, sagte Desina entschlossen und öffnete wieder ihr Buch. »Dann werde ich jetzt genau das tun.«

Von Greifen und Elfen

8 »Es gibt wenig Angenehmes in einem Soldatenleben«, erklärte Blix seinem Freund Gerlon auf dem Rückweg vom Frühstück in der Messe. Der junge Priester hatte ihn am Morgen am Offiziersquartier der Zitadelle abgepasst. »Es ist auch wenig nützlich, was man dabei lernt ... ich kenne siebenundzwanzig Wege, um dich mit bloßen Händen zu deinem Gott zu schicken, aber wie man einen Bruch richtig fühlt und richtet, entzieht sich meiner Kenntnis ... ich weiß nur, wie man eine eiternde Wunde mit einem glühenden Eisen ausbrennt.« Er musterte seinen Freund und das kleine Bündel, das der sich über die Schulter geworfen hatte. Gerlons Art, sich auf eine Reise vorzubereiten, bestand darin, dass er nun feste Stiefel anstelle der Sandalen trug und sich einen wollenen Übermantel übergeworfen hatte, ein langer, fester Stecken vervollständigte die Ausrüstung. »Ich kann dich nicht verstehen«, fuhr Blix kopfschüttelnd fort. »Nicht nur, dass uns dort jeder an den Kragen will, wir werden oftmals nur kalt essen, gründlich durchnässt werden und auf hartem Boden schlafen müssen ... wenn der nicht sogar feucht und schlammig ist. Warum bleibst du nicht einfach in deinem Tempel?«

»Ich gehe dorthin, wohin mich der Wille Soltars führt«, teilte ihm Gerlon lächelnd mit.

»Und woher weißt du, dass es Soltars Wille ist?«, fragte Blix ungehalten. Er hatte es noch immer nicht aufgegeben, Gerlon von dieser Dummheit abzubringen.

»Bruder Jon kam zu mir und teilte es mir mit«, erklärte Gerlon und lachte, als er Blixens Gesichtsausdruck sah. Er schlug seinem alten Gefährten freundlich auf die Schulter. »Ich bin nicht weltfremd, musst du wissen«, schmunzelte er. »Ich weiß, dass es im Tempel angenehmer zu leben ist, auch wenn die Betten nicht so weich sind, wie man gerüchteweise hört. Aber wenn Bruder Jon sagt, gehe dorthin und tue Soltars Werk, dann gehe ich dorthin und tue es. Ich werde ihn genauso wenig enttäuschen, wie du einen Befehl verweigern wirst.«

»Ich wurde wegen Befehlsverweigerung angeklagt, weißt du nicht mehr?«, erinnerte ihn Blix mit Bitterkeit in der Stimme.

»Es war ein dummer Befehl.«

»Und dich in den Süden zu schicken, ist nicht dumm?«, fragte Blix.

»Wie kann das sein«, meinte Gerlon mit einem schelmischen Grinsen. »Wenn es doch Soltars Wille ist?«

Soltars Wille mochte es sein, doch es gab dennoch etwas, das mächtiger war als der Gott des Todes. Die Bürokratie. Kein Wunder, dachte Blix verärgert. Schließlich war auch sie unsterblich.

»Tut mir leid, Major«, meinte die Feder am Tor, nachdem sie kopfschüttelnd in ihr Buch gesehen hatte. »Es ist Vorschrift. Wenn Ihr nicht eingetragen seid, kommt Ihr nicht durch dieses Tor!«

»Und wenn ich Euch sage, dass es Soltars Wille ist?«, meinte Blix mit Blick auf Gerlon, der das Ganze still erheitert zu verfolgen schien.

»Dann sage ich Euch, dass die Schrift von Priestern erfunden wurde und so die Bürokratie wohl auch von den Göttern gewollt war«, antwortete die Feder schmunzelnd. »Also ist es folglich auch der Götter Wille, dass Ihr warten müsst.« Die junge Schriftkundige wurde wieder ernst. »Es tut mir wirklich leid, Major, aber wir haben hier alle Hände voll zu tun.« Sie reichte ihm den Marschbefehl zurück. »Es gibt einen Fehler in Eurem Befehl«, erklärte sie ihm noch. »Hier steht, dass Ihr der zweiten Legion zugeordnet seid, doch Ihr gehört zur dritten.«

»Nicht mehr«, meinte Blix, als er seinen Marschbefehl annahm. »Wir wurden kürzlich der zweiten Legion zugewiesen.«

»Hm«, meinte sie mit Blick auf Blixens Oberarm, auf dem noch immer die kaiserliche Zahl drei prangte. »Darf ich bitte Euren Marschbefehl noch einmal sehen?«

Schweigend reichte er ihr den Befehl wieder zurück. Sie warf einen Blick hinein und blätterte dann noch einmal in ihrem Buch.

»Für die zweite Lanze der dritten ist kein Transport vorgesehen, sehr wohl aber für die fünfte Lanze der zweiten Legion.« Sie sah zu Blix auf. »Ich werde Euch und den Priester mit der nächsten Warenlieferung in die Donnerfeste schicken, dennoch müsst Ihr Euch ein wenig gedulden, im Moment ist das Tor auf die Feste Brandenau justiert.«

»Hieß es nicht, es gäbe nur drei Tore?«, fragte Blix überrascht, während die junge Frau etwas in ihr Buch schrieb.

»Die Eule Asela öffnete gestern Nacht das Tor zur Festung. Es gibt wohl noch viel mehr dieser Tore, aber diese vier von hier aus zu bedienen, ist mir schon genug«, erklärte sie. »Wenn Ihr mich fragt, es sind jetzt schon zu viele. Dafür, Truppen zu verlegen, sind sie nicht gemacht.«

»Ich dachte, genau das wäre aber der Grund?«, fragte Blix überrascht.

»Dafür gab es andere Tore. Größere«, erklärte die Feder. »Diese Tore hier entsprechen den Mannportalen in den Stadttoren, kleine Türen, die man öffnet, wenn man nicht die großen Tore braucht.«

»Gut«, sagte Blix. »Warum verwendet man dann nicht diese großen Tore? Das wäre doch einfacher, nicht wahr?«

»Ohne Zweifel«, meinte die junge Frau. »Doch das Problem mit den großen Toren ist wohl, dass man die Torsteine dazu noch nicht gefunden hat. Also müssen wir mit dem auskommen, was wir haben ...« Sie hielt inne, als ein gequältes Stöhnen aus dem Torraum zu vernehmen war.

Während der gesamten Zeit der Unterhaltung hatten Soldaten Karren auf der Rampe hin und her geschoben, meist kamen die Karren leer aus dem Tor zurück. Doch jetzt sahen sie, wie ein Soldat mit grimmigem Gesichtsausdruck einen Karren lenkte, der gerade die Rampe hochgezogen wurde. Auf der Pritsche lagen drei verletzte Legionäre. Einer der Unglücklichen hatte sein linkes Bein verloren, die beiden anderen hatten schwere Brandverletzungen davongetragen, der eine trug sogar noch seinen Brustpanzer, der zum Teil in seine Haut gebrannt war. Der Geruch von versengtem Haar und Fleisch lag in der Luft und ließ Blix schlucken. Am oberen Ende der Rampe kümmerte sich ein Medikus der Federn um die Verletzten, auch eine Priesterin der Astarte stand bereit, um zu helfen.

»So, wie ich es verstanden habe, führt der Feind zur Zeit einen Ansturm auf die Feste durch«, erklärte die junge Sergeantin der Federn mit belegter Stimme. Auch sie sah dem Karren nach. »Es könnte sein, dass diese hier Glück haben«, meinte sie dann leise. »Ich glaube, es sieht nicht gut für uns aus.«

»Das wird sich noch weisen«, sagte eine kalte Stimme hinter ihnen. »Bis dahin seid besser daran erinnert, dass eine Feder beobachtet und notiert, aber nicht schwätzt!« Blix erkannte die Sera in der blauen Robe, es war die Eule Asela, welche die junge Schreiberin nun mit einem tadelnden Blick bedachte.

»Aye, Sera«, antwortete die junge Feder sichtlich eingeschüchtert und salutierte hastig.

»Ich finde den Weg«, meinte die Eule kühl und ging an ihnen vorbei in den Torraum, ohne den dreien auch nur einen weiteren Blick zu gönnen.

»Jedes Mal, wenn ich sie sehe, läuft es mir kalt den Rücken herunter«, gestand Blix leise.

»Ich bewundere sie«, meinte Gerlon überraschend.

»Sie ist ein kalter Fisch«

»Ich konnte sie am Anfang auch nicht ausstehen. Doch dann war ich dabei, als sie von Soltar geläutert wurde«, erklärte Gerlon. »Ich fühlte, was sie hat durchmachen müssen ... einer der Momente, in denen ich froh darüber war, dass Soltar uns nicht alles miterleben lässt, wie Boron es in solchen Dingen tut. Ich spürte ihre Seele, Blix. Sie ist verwundet, mein Freund, verletzt, und vieles ist noch kaum vernarbt. Ihre Kälte ist nicht mehr als eine Maske, die sie schützen soll.« Der junge Priester trat etwas zur Seite, als der nächste

Karren mit Verwundeten die Rampe hochgezogen wurde. »Vergiss nicht, wir sind alle verletzlich.«

»Sie ist eine Eule«, meinte Blix.

»Was nicht bedeutet, dass sie nicht auch blutet, wenn man sie schneidet«, sagte Gerlon fast schon vorwurfsvoll.

»Ich mag Asela trotzdem nicht«, beharrte Blix und sah zu, wie das Blut von einem der Karren auf den Boden tropfte. »Ich hasse Menschen, die zu perfekt sind.«

»Dann«, meinte Gerlon ruhig, »solltest du sie mögen. Sie ist alles andere als das.«

Einer der Soldaten im letzten Karren bemerkte, dass der Schwertmajor ihn ansah, und versuchte zu salutieren, obwohl noch der abgesägte Schaft eines schweren Wurfspeers aus seinem Becken ragte. Blix erwiderte den Salut. »Willst du immer noch mit uns kommen?«, fragte er Gerlon dann mit rauer Stimme.

»Man will so etwas nicht sehen, nicht wahr?«, antwortete dieser. »Aber es gehört zum Leben dazu, und man sollte davor nicht die Augen schließen. Denn, wenn du es bist, der auf einem solchen Karren liegt, willst du ja auch nicht, dass man wegsieht!«

»Ich sehe nicht weg«, sagte Blix. »Das habe ich nie getan. Aber ich bin Soldat, ich folge meiner Pflicht.«

»Man hat auch dann Pflichten, wenn man kein Soldat ist«, erinnerte ihn Gerlon leise. »Wir folgen alle unserem Weg.«

Drei weitere Karren mit Verwundeten wurden die Rampe heraufgezogen, dann kam eine andere Feder aus dem Torraum hoch und flüsterte der jungen Frau am Stehpult etwas zu. Die nickte und wandte sich dann an den Schwertmajor und den Priester.

»Ihr habt Glück«, teilte sie den beiden mit. »Die Eule hat das Tor zur Festung Brandenau geschlossen, dafür haben wir jetzt die Möglichkeit einer Passage zur Donnerfeste … wenn Ihr Euch beeilt.«

»Dann werden wir das tun«, meinte Blix, nahm seinen Packen auf und ging zum Tor hinunter, Gerlon dicht auf seinen Fersen.

»Götter«, meinte Leandra di Girancourt, Maestra und neue Königin von Illian, und rieb sich ihre Arme. »Ich hatte ganz vergessen, wie kalt es hier ist!« Sie stand zusammen mit Taride, der Bardin, am Greifenhort der alten Festung, also auf den Zinnen des massiven Trutzturms. Die Donnerfeste war von Letasan aus gesehen in die rechte Seite des Passes gebaut, der hier das Gebirge wie die Spur eines gewaltigen Axthiebes zerschnitt. Alleine schon die Fundamente der mächtigen Festung lagen gute zwanzig Mannslängen höher als der Grund des Passes. Eine massive, vielleicht dreißig Schritt dicke Mauer versiegelte hier den Pass, ragte von der Sohle bis zu den Wehrgängen der Festung in die Höhe. Während es undenkbar war, durch den engen Pass vom Boden her mit Belagerungsmaschinen anzugreifen, gab es hier oben auf der Mauer gleich sechs Plattformen für Katapulte oder Ballisten. Folgte man Vernunft und Logik, gab es nur eines festzustellen: Niemand kam durch diesen Pass, solange sie die Feste hielten.

Von dort, wo Leandra stand, konnte sie mehrere Hundert Schritt weit den Pass entlangsehen; sah sie direkt nach unten, konnte sie in der Tiefe gerade so noch die Zimmerleute erkennen, die an dem riesigen Tor arbeiteten. Es mochten gut fünfzig Mannslängen bis dort hinunter sein. Hastig sah Leandra weg, bevor es ihr noch schwindelte. Taride hingegen schien das Problem nicht zu haben, sie sah unerschrocken in die Tiefe. Und während Leandra froh um ihren Umhang war, trug die Bardin nur eines ihrer üblichen tief ausgeschnittenen Kleider, das ihre Formen vorteilhaft betonte, aber wenig Schutz gegen die Kälte bot. Obwohl hier oben auf dem Greifenhort ein scharfer Wind pfiff, schien sie sich kaum an der Kälte zu stören.

»Friert Ihr denn gar nicht?«, fragte Leandra die Bardin jetzt.

»Nein«, antwortete diese mit einem kleinen Lächeln. »Wir lernen schon als Kinder, uns gegen Wärme oder Kälte zu schützen, es scheint ein Effekt der Magie zu sein, die in uns wohnt.« Sie musterte die Königin nachdenklich. »Eine Fähigkeit, die jeder zu besitzen scheint, der unser Blut in sich trägt ... Ihr solltet auch dazu imstande sein.«

»Was meint Ihr damit?«, fragte Leandra überrascht. »Ich lernte es nie. Eine Elfe brachte mich in die Kronburg, als ich noch ein Säugling war. Dort konnte mir niemand beibringen, wie ich mich gegen Wärme oder Kälte schützen kann. Ihr solltet das wissen.«

»Richtig«, sagte Taride und schirmte ihre Augen mit der Hand ab, um den Himmel abzusuchen. »Ich hörte von der Geschichte«, fuhr die Bardin fort. »Es ist so eine Eigenart, dass ich Geschichten mag ... und angesichts Eurer Ähnlichkeit mit den Alten, fand ich, dass es sinnvoll wäre, mehr über Euch herauszufinden. Also fragte ich herum, wer Euch denn in die Kronstadt brachte.« Ein leichtes Lächeln spielte um ihre Lippen. »Ich hörte, dass die Frau blond, groß, schlank und blauäugig gewesen wäre. Von ihr habt Ihr also nicht Eure Augen. Sie kam nicht alleine, sie wurde von einer Gruppe Kämpfer begleitet, Elfen allesamt, ein Dutzend an der Zahl, mit silbernen Schuppenrüstungen und einem Wappen in ihren Schilden, das einen Mann zeigte, der einen Speer trug und dem ein Hirschgeweih aus den Schläfen wuchs.«

Leandra musterte die Bardin überrascht.

»Das wusste ich bislang nicht. Nur, dass es eine Elfe war, die mich in der Kronburg abgegeben hat. Woher wisst Ihr das?«

»Wir sind nur noch wenige«, sagte Taride. »Es wäre dumm von uns, wenn uns eine Entwicklung überraschen würde. Nicht, dass uns unsere Spione etwas nützen würden.« Sie lachte glockenhell. »Wir sind *immer* überrascht. Wir scheinen uns nicht daran gewöhnen zu können, dass es Dinge gibt, die weniger als ein Jahrzehnt brauchen, um sich zu ändern!«

»Euch scheint es aber weniger zu berühren?«

Taride nickte. »Daran ist Serafine schuld«, sagte sie dann mit einen fast wehmütigen Lächeln. »Als wir Kinder waren, lud sie mich in den Palast des Gouverneurs von Gasalabad ein, und ich blieb dort zwölf Jahre, bis sie der Legion beitrat. Danach kehrte ich zu meinem Volk zurück, und es stellte sich heraus, dass ich die Ungeduld der Menschen erlernt hatte, ich fand es nicht mehr erträglich, Jahre auf etwas warten zu müssen. Also ging ich wieder … eine Entscheidung, die ich oft genug bereute.«

Leandra nickte leicht, sie konnte das verstehen. In gewissem Sinne traf es auch auf sie zu.

»Und?«, fragte sie und versuchte ihre Stimme möglichst ruhig zu halten, obwohl es ihr schwerfiel. »Wer war meine Mutter? Wer war sie nicht? Wer ist sie? Sie dürfte ja kaum einen Tag gealtert sein.«

»Ich kann es Euch nicht sagen«, antwortete Taride. »Ich fragte herum, wer es denn gewesen wäre. Niemand gab es zu.«

»Also wisst auch Ihr nicht, wer diese Frau ist?« Seit Leandra ihr Schwert nicht mehr trug, überraschte sie immer wieder die Stärke ihrer Gefühle. Jetzt fühlte sie sich den Tränen nah und musste darum kämpfen, die Fassung nicht zu verlieren, schlimmer noch, es schien, als wäre sie auch kaum imstande, es vor der Elfe zu verbergen. Und warum das Ganze?, fluchte sie innerlich. Die Frau hat mich weggegeben, es kann mir doch egal sein, wer sie ist! Und doch wusste sie, dass sie sich selbst belog. Es gab nichts, das sie in ihrem Leben mehr geprägt hatte, als das Wissen, nicht zu wissen, woher sie kam und wer sie war.

Taride seufzte. »Es mag sein, dass man es mir verbarg, weil es für manche meines Volkes noch immer eine Schande ist, von einem Menschen schwanger zu gehen, aber ich glaube nicht, dass das der Fall war. Es haben seit Jahrhunderten keine Schwangerschaften mehr stattgefunden, glaubt mir, es wäre aufgefallen. Noch etwas anderes. Als diese Sera Euch zur Kronburg brachte, geschah dies mit einer gewissen Heimlichkeit, sie nutzte sogar Magie, um den Blick auf sich und ihre Eskorte zu verschleiern, sie wusste wohl nicht, dass wir einen Beobachter dort hatten, der durch ihre Kunst hindurchsah. Er schwört, dass das Wappen auf den Schildern ihrer Eskorte kein Trugbild war und auch nicht frisch aufgemalt, sondern seit Langem in den Stahl geprägt.« Sie wandte sich nun Leandra zu, sah ihr direkt in die Augen. »In fernen Landen mag es noch andere unserer Art geben, aber wir suchen schon seit Jahrhunderten nach ihnen und waren schon die Letzten unserer Art, bevor der Weltenstrom versiegte. Aber keines unserer Häuser führt dieses Wappen!« Sie schien ein wenig zu zögern, bevor sie weitersprach. »Doch es gab jemanden, dem das Wappen bekannt war.«

»Wem?«, fragte Leandra erregt.

»Meiner Mutter.« Taride zögerte erneut, ganz offenbar war es der Bardin unangenehm, über sie zu sprechen. »Die Königin der Elfen. Sie ist wahrlich unsterblich. So wie wir die Jahrzehnte zählen, zählt sie die Jahrtausende. Vor ihr gab es eine andere und davor wiederum auch noch eine Königin der Elfen, meine Urgroßmutter, wie die Menschen es nennen. Wir reden hier von Zeiten, die selbst für uns Elfen Legenden sind. Zehntausende von Jahren … und die Frau, welche unser Geschlecht begründete, stammte selbst aus einem hohen Haus, welches wiederum seinen Ursprung bis zu den Alten belegen konnte.« Taride lächelte. »Die Alten waren vor den Titanen, und diese waren wiederum vor uns … was nichts anderes heißt, als dass das Geschlecht meiner Familie von Riesen abstammt … was nun wirklich niemand gerne zugeben will.«

»Was hat das Ganze mit mir zu tun?«, fragte Leandra.

»Nun«, meinte Taride mit einem Lächeln. »Dieses alte Haus, es trug den Gehörnten in seinem Wappen. Er ist der

Sonnenmann, der, der die Welt erneuert, ihr nach einem Winter den Frühling und den Sommer bringt, bevor er in Herbst und Winter erneut vergeht. Er trägt die Sonne in seinem Geweih spazieren und ist, wenn man so will, ein Gott … und spannt man den Bogen weiter, so könnte man behaupten, dass er den Ursprung des Sonnenglaubens in sich birgt und somit Soltar wäre.« Die Bardin wurde wieder ernst. »Wenn man davon absieht, dass es unmöglich ist, so scheint Eure Herkunft damit belegt … ihr stammt aus einem Haus der Alten … nur dass es diese schon nicht mehr gab, als die Titanen noch jung auf dieser Welt waren.«

»Aber wenn Eure Mutter so alt ist, mag dann nicht noch jemand anders dieses Alter erreicht haben?«, fragte Leandra. Doch Taride schüttelte den Kopf.

»Dass Mutter so alt ist, liegt nicht daran, dass sie eine Elfe ist«, erklärte sie leise. »Sondern daran, dass sie unsere Königin ist. Sie *ist* in gewissem Sinne unser Volk, steht in Verbindung mit dem Baum des Lebens, den wir als Ursprung verehren. Sie ist Tausende von Jahren alt … und als sie mich gebar, war es ein Zeichen für ihren nahen Tod …«, sie schmunzelte ein wenig, »… der noch ein paar Jahrhunderte entfernt sein dürfte. Danach werde ich den hölzernen Thron besteigen müssen … und vielleicht in einer fernen Zeit, in der die Meere ihre Form verloren haben und die Monde zum Greifen nah sein werden, wenn alles, was ich jetzt kenne und liebe, Staub ist und vergangen, werde ich mich an dieses Gespräch und an Euch erinnern können. Das ist es, was die Aufgabe unserer Königin ist, sich zu erinnern.« Sie lachte leise, doch in Leandras Ohren klang es bitter. »Ich denke, dann werde sogar ich Geduld gelernt haben.«

Eine solch lange Zeit konnte sich Leandra nicht einmal entfernt vorstellen, auch nicht, was sie auf diese Offenbarung noch antworten konnte. Dass jeder sein eigenes Schicksal trug? Taride wusste das. Aber es gab noch etwas anderes, wobei ihr die Bardin vielleicht helfen konnte.

»Havald sagt, es hätte einen Handel zwischen Elfen und dem Königshaus gegeben, da dem Königspaar ein unsterbliches Kind geboren worden wäre«, meinte Leandra vorsichtig. Sie wusste, dass sie damit einen Punkt ansprach, der bei manchen Vertretern des hellen Volkes fast schon tabu war. »Sie gaben es weg, und später erhielten sie mich dafür. Ist das denn möglich? Können solche Dinge geschehen?«

»Ja«, sagte Taride langsam und fast schon widerstrebend. »Es kann geschehen, dass ein Kind sich dessen erinnert, dass es auch das Erbe derer in sich trägt, die vor ihm waren ... und von diesem Handel habe auch ich gehört. Nur war er nicht mit unserem Volk.« Sie musterte Leandra genauer. »Haben Euch meine Ausführungen nun geholfen?«

»Nein«, sagte Leandra. »Es bleibt dabei. Es zeigt nur, dass ich meiner Mutter wenig genug wert war, dass sie mich in fremde Hände gab.«

»Das muss nicht so sein«, sagte Taride leise. »Selbst wenn sie Euch mehr geliebt hätte als alles andere, ist es denkbar, dass sie keine andere Wahl hatte, als Euch herzugeben ... ein Kind gegen ein Kind ... unsere Geschichte ist voll von solchen Legenden, und ein solcher Handel ist vor allen Göttern bindend und kann auch nicht gebrochen werden.«

»Das hilft mir wenig«, meinte Leandra bitter und sah auf ihre Hände herab, die sich in den alten Stein der Festung zu krallen schienen. Mit Mühe entspannte sie sich, sodass die Knöchel nicht mehr weiß hervortraten. »Ich weiß noch immer nicht, wer ich bin.«

»Das ist etwas, was ein jeder nur schwer herausfindet«, sagte nun die Bardin. »Nehmt mich. Meine Mutter erwartet, dass ich den hölzernen Thron nach ihr besteige und die nächste Ewigkeit über unser Volk wache. Ich kann es mir nicht vorstellen, ich will es nicht ... doch der Moment wird kommen, an dem es von mir verlangt wird. Erst dann werde ich wissen, wer ich bin.« Sie sah zu Leandra hin, und für einen Moment sah diese den Schmerz in den Augen der Elfe.

»Manchmal wünschte ich mir, nicht zu wissen, woher ich komme. Es kann auch eine Last sein.«

»Und doch seid Ihr nun auf dem Weg zurück zu Eurem Volk«, stellte Leandra fest.

»Ja«, nickte Taride. »Ich will Mutter fragen, ob sie eine Heilung für Baronet von Freise kennt.«

Leandra erinnerte sich noch gut an den Baronet mit den strahlend blauen Augen. Sie hatte ihn auf dem letzten Ball kennengelernt, bevor es zu dem Eklat kam. Er hatte wohl noch immer an den Folgen seiner Verletzungen gelitten, denn er war an einen Rollstuhl gefesselt gewesen und schnell ermüdet. »Geht es ihm noch immer so schlecht?«

»Er kämpfte mit dem Nekromanten Rolkar«, erklärte die Elfe mit rauer Stimme. »Dessen letzter Schwertstreich durchbohrte ihn und traf das Rückgrat und das Herz. Eile war vonnöten, und alle Heilkunst wurde aufgeboten, auch die Magie der Priesterinnen der Astarte wurde gebraucht. Es gelang ihnen, was niemand für möglich hielt, sie retteten ihm das Leben. Dennoch war er schwer verletzt und genas nur langsam. Allerdings zeigt sich jetzt, dass etwas in seinem Rückgrat wohl falsch heilte, denn er kann Teile seines Unterkörpers nicht mehr spüren. Wo wir hofften, dass es mit der Zeit doch besser werden würde, zeigt sich jetzt das Gegenteil, Tarkan verliert mehr und mehr an Gefühl in seinen Beinen.« Sie holte tief Luft und atmete langsam wieder aus, zwang sich dann zu einem Lächeln. »Tarkan ist ein Held. Er half, die Stadt und das Reich zu retten, und er erträgt sein Schicksal ohne Murren. Nur sehe ich, wie er leidet.«

»Und Ihr liebt ihn.« Es war keine Frage, sondern eine Feststellung. Ich frage mich, dachte Leandra, ob ich genauso leicht zu durchschauen bin. Nein, wohl nicht, gab sie sich selbst bitter Antwort. Sonst hätte man mir vieles nicht vorgeworfen, meine Gefühlskälte etwa, meine Nüchternheit in Anbetracht des Todes.

»So ist es wohl«, meinte jetzt Taride mit einem schiefen Lächeln. »Glaubt mir, ich versuchte mich dagegen zu verwahren … schaut!«, rief sie plötzlich und deutete in den Himmel, offenbar froh darum, dass dieses Gespräch jetzt ein Ende finden konnte. »Dort kommen sie … ganz und gar pünktlich, so wie ich es Euch versprochen habe!«

Dort in der Ferne, auch für Leandras scharfe Augen nur schwer zu erkennen, hoben sich vier dunkle Punkte gegen den blauen Himmel ab, einer davon größer als die anderen drei. »Seht Ihr?«, fragte Taride lachend. »Sie bringen Euren Greifen mit, sie ist unverwechselbar!«

»Ich glaube Euch«, lächelte Leandra. »Auch wenn ich sie noch nicht erkennen kann.« Aber je näher diese fernen Punkte kamen, umso heftiger schlug ihr Herz. Es schien, als hätte sie Jahre darauf gewartet, Steinwolke fliegen zu sehen. Es dauerte mehrere Atemzüge, bis sie den Greifen erkennen konnte … doch Steinwolke besaß wohl bessere Augen, ihr Schrei halte über den gesamten Pass.

Wenigstens jemand, die sich freut, mich zu sehen, dachte Leandra und spürte, wie sich ihr Herz zusammenzog. Vielleicht, dachte sie, wird ja doch alles wieder gut.

»Greifen«, murmelte Blix und schattete seine Augen gegen die Sonne ab, um die wundersamen Kreaturen besser sehen zu können. »Man sieht sie wahrlich selten!«

»Sie sind wunderschön«, meinte Gerlon mit leuchtenden Augen. »Schau, wie ihre Federn glänzen und diese Schnäbel … wie aus Bronze gegossen!«

»Sie sind groß genug, um einen Mann mit einem Biss in zwei Teile zu zerlegen … sogar wenn er eine Rüstung trägt«, ergänzte Blix, doch er musste Gerlon recht geben, der Anblick dieser Kreaturen war erhaben und ließ ihn unwillkürlich lächeln. Es gab also doch noch Wunder auf der Welt. »Götter«, entfuhr es ihm, als die Greifen über dem hohen Trutzturm kreisten, um dort nacheinander zu landen. »Dieser eine … er scheint fast doppelt so groß zu sein wie die anderen. Er trägt auch keinen Reiter!«

»Das ist Steinwolke«, hörte er hinter sich Grenskis Stimme. »Sie ist der Greif, den Königin Leandra reiten wird. Ich hoffe, sie wird damit diese fliegenden Schlangen tüchtig erschrecken.«

»Grenski!«, rief Blix erfreut. »Ich dachte du hättest noch in Askir zu tun? Und woher weißt du denn schon wieder das mit dem Greifen?«

»Bei allen Göttern«, seufzte die Stabssergeantin übertrieben, während sie den jungen Priester mit einem neugierigen Blick musterte. »Man könnte fast meinen, ich führte die Lanze und nicht du. Ich hatte Befehl, mich heute hier zu melden, hast du das vergessen? Was den Greifen angeht, solltest du Bescheid wissen! Stabsmajor Helis hat dazu etwas gesagt.«

»Richtig«, erinnerte sich Blix. »Sag, wie lief es mit Orvin?«

Grenski schmunzelte ein wenig. »Er hat einen harten Schädel. Ich musste dreimal zuschlagen, bevor er Ruhe gab! Ich schwöre, der Knüppel litt mehr an seinem harten Schädel als umgekehrt. Wir haben ihn durch das Tor getragen, und jetzt ist er hier und schwört, dass er zu Fuß nach Haus gehen wird, bevor er noch einmal seine Seele derart riskiert … ich glaube, er versteht gar nicht, wie weit weg von zu Hause wir hier sind. Weißt du schon das Neueste?«

»Du wirst es mir sicherlich gleich sagen«, lächelte Blix.

»Wir sind jetzt offiziell die fünfte Lanze der zweiten Legion.« Sie schüttelte unverständig den Kopf. »Ich hätte nie gedacht, dass es einen solchen Aufwand erfordert, die Legion zu wechseln.« Sie musterte den jungen Priester. »Sag, willst du uns nicht vorstellen?«

»Es wäre hilfreich«, meinte Gerlon mit einem Lächeln.

»Dies ist Stabssergeant Sanja Grenski, Bruder Gerlon, Diener des Soltar. Und …« Blix zögerte ein wenig, »… mein ältester und bester Freund, noch aus Jugendtagen.«

»Also kennt Ihr alle seine Geheimnisse, Bruder Gerlon?«, schmunzelte Grenski.

»Restlos!«, lächelte dieser. »Nur unterliegen sie bedauerlicherweise der Schweigepflicht … sonst könnte man ein Vermögen aus ihm pressen.«

»Aus ihm?«, lachte Grenski. »Er ist zwar Major, aber viel dürfte dennoch nicht bei ihm zu holen sein. Entschuldigt Ihr uns einen Moment, Bruder Gerlon? Es gilt, Dienstliches zu besprechen.«

»Das ist nicht nötig«, teilte Blix ihr mit. »Bruder Gerlon wird uns begleiten, Grenski. Sorge du nur dafür, dass man ein Zelt und Verpflegung für ihn vorsieht.«

Die Stabssergeantin blinzelte und musterte den Priester ungläubig. »Seid Ihr denn von allen Göttern verlassen? Wisst Ihr denn nicht, wohin es geht?«

»Dorthin, wohin Soltar uns führen wird«, meinte Gerlon freundlich und setzte ein scheues Lächeln auf. »Habt Dank für Eure Sorge, Stabssergeant, aber auch ich folge Befehlen. Bruder Jon, der hohe Priester meines Glaubens, schickte mich hierher.«

»Warum, wenn ich das fragen darf?«

»Er sah in einer Vision, dass ich das Schwert des Lanzengenerals zurückbringen werde. Dazu muss ich den Tempel verlassen, nicht wahr?«

»Das Schwert ist hier in den Südlanden?«, fragte Grenski, die eine bewundernswerte Gabe dafür besaß, die Dinge in der Reihenfolge ihrer Wichtigkeit zu sehen.

»Nicht nur das«, grollte Blix. »Ich weiß mittlerweile auch, dass es sich in den Händen eines Kriegsfürsten befindet. Ich weiß sogar den Namen. Corvulus.«

»Aha«, meinte Grenski spöttisch. »Ein Kriegsfürst also. Wenn es weiter nichts ist.« Sie musterte Gerlon genauer. »Wie wollt Ihr ihm das Schwert abnehmen?«

»Ich hoffe, Soltar weist mir dazu noch den Weg«, lächelte Bruder Gerlon.

»Dafür können wir dann alle beten«, grummelte Blix. »Ihr habt mir etwas melden wollen, Stabssergeant?«

»Aye, Ser!«, antwortete Grenski. »Es geht um unsere verfluchte neue Ausrüstung. Wir haben dreißig neue Rüstungen bekommen, aber die Stiefel dazu fehlen. Doch das ist nicht alles, wir ...«

Schweigend folgte Bruder Gerlon den beiden, die ganz zu vergessen schienen, dass es ihn gab. Während er ihnen nachging, sah er sich um, bewunderte die klaren Linien der Festung, die gewaltigen Türme, die massiven Gebäude, darunter auch das Haupthaus, auf das die beiden Soldaten zugingen. Irgendwie beneidete er Blix und Grenski, sie schienen all das, was ihn staunen machte, als gegeben hinzunehmen. Nicht, weil sie naiv waren, weit gefehlt. Eher schien es ein Entschluss zu sein, jeden Tag und alles so zu nehmen, wie es kam. Manchmal, dachte Gerlon, wünschte ich mir, ich würde weniger grübeln. Aber wenn man Nacht für Nacht von düsteren Visionen geplagt wird, lässt es sich nur schwer vermeiden.

»Greifen sind in dieser Hinsicht wie Pferde; sie rennen nicht, weil sie es müssen, sondern weil sie es wollen«, hatte Taride Leandra erklärt, nachdem sie ihren Bruder begrüßt hatte. Prinz Imra war einer der beiden Elfen, die Taride ihren Greifen gebracht hatten, der andere war ein schweigsamer Mann mit Namen Reat. Leandra hatte beide bereits kennengelernt, doch anders als Taride verhielten sich die beiden Männer Leandra gegenüber sehr zurückhaltend. Reat deutete auch bald darauf eine leichte Verbeugung an und ging wortlos davon.

»Er will nach Askir«, erklärte Taride, während sie Leandra zeigte, worauf man zu achten hatte, wenn man einem Greifen einen Sattel anlegte. Da Steinwolke im Verhältnis zu den anderen Greifen so groß war, hatten die Elfen extra für sie einen Sattel angefertigt. »Er hörte davon, was dem Lanzengeneral geschehen war, und wollte schauen, ob er helfen kann. Reat ist sehr spirituell und sieht manches, was anderen verborgen bleibt.«

»Er ist auch der Ansicht, dass er in der Schuld des Lanzengenerals stehen würde«, fügte der Prinz der Elfen kühl hinzu.

»Ihr seht das nicht so?«, fragte Leandra höflich.

»Wir sind verbündet«, antwortete der Elf. »Da ergibt es wenig Sinn, all dies aufrechnen zu wollen. Wir helfen uns gegenseitig, das ist genug ... und das war schon schwer genug zu erreichen.«

Taride sah Leandras fragenden Blick.

»Es gibt viele in unserem Volk, die dafür sind, sich in die Berge zurückzuziehen und die ganze Angelegenheit auszusitzen. Sie sind der Meinung, dass das Problem sich in ein bis zwei Jahrhunderten erledigt haben dürfte«, erklärte Taride mit einem undeutbaren Blick zu ihrem Bruder hin, der nur wieder mit den Schultern zuckte.

»Es ist verlockend«, erklärte dieser. »Bis jetzt war es nie die falsche Lösung, nur ist diese Gefahr eine andere. Der Nekromantenkaiser ist ebenfalls unsterblich, und es giert ihm nach der Magie unseres Volkes. Diese Bedrohung wird nicht wieder schwinden, nur weil wir die Augen schließen wollen! Ich gebe es ungern zu, aber es gibt einige unter uns, die sich dieser simplen Erkenntnis verweigern. Sie *wollen* einfach nicht glauben, dass er eine Bedrohung ist, und wenn man ihnen die Namen derer aufzählt, die ihm bereits zum Opfer gefallen sind, wenden sie sich nur wortlos ab, es ist, als ob sie gar nicht hören würden, was man ihnen sagt.«

»Ihr klingt verärgert«, stellte Leandra überrascht fest.

»Ich bin es auch«, gestand der Elfenprinz. »Wir sind stolz auf unsere Fähigkeiten, auf unser Erbe, auf die Schönheit, die wir in diese Welt brachten, und darauf, dass wir Denker sind, kluge Wesen, weise und erhaben ... Dummheit ist allen Ortes schwer zu ertragen, aber von den Unsrigen habe ich nicht erwartet, dass sie so blind und stur sein können!«

»Imra«, sagte Taride schärfer, als Leandra es von ihr gewohnt war. »Es ist nicht nötig, sie mit Dingen zu belasten, die nur uns etwas angehen!«

»Ist das so?«, meinte Imra aufgebracht. »Du warst lange nicht mehr zu Hause, Taride! Vergiss nicht, von uns beiden bin ich der weitaus Besonnenere. Warte, bis deine Lanze der Vernunft am Schild der Dummheit bersten wird! Ich bin wütend, Schwester, und das wirst du auch sein, wenn du siehst, wohin das führt. Und es geht die Königin von Illian durchaus etwas an, wenn unsere Allianz an Dummheit scheitern wird!«

Taride hatte dazu nichts weiter gesagt, nur für Leandra hatte sie noch einen Rat gehabt: »Ihr müsst nichts tun, Maestra«, hatte sie lächelnd erklärt. »Steinwolke wird wissen, wohin Ihr wollt, vertraut ihr einfach und genießt Euren ersten Flug. Und wir«, hatte sie an ihren Bruder gewandt hinzugefügt, »reden später weiter.«

Was Leandra zu hören bekommen hatte, hatte nicht gerade zu ihrer Freude beigetragen, aber nichts konnte ihren Wunsch verdrängen, auf Steinwolkes Rücken in die Lüfte aufzusteigen. Dort oben konnte sie alles vergessen und sich einfach an Steinwolkes purer Lust am Fliegen erfreuen. Es war einer dieser Momente gewesen, die man festhalten und nicht mehr loslassen, die man ewig währen sehen wollte.

Als Leandra den Trutzturm eine Glocke später wieder verließ, fühlte sie sich, als wäre die Welt zum ersten Mal seit Langem wieder in Ordnung. Die Haut ihres Gesicht brannte und kribbelte wie von tausend kleinen Nadelstichen, ihre Beine waren noch immer taub und fast gefühllos von der Kälte, und die Haut ihrer Hände rau und rot, und dennoch, all das verblasste neben der Freude, endlich mit Steinwolke zusammen geflogen zu sein. Sie hatte sich so sehr darauf gefreut, zugleich aber auch befürchtet, dass alles nur ein Traum gewesen wäre, dass Steinwolke sie doch nicht mochte, sie sich zu dumm anstellte .... dass es irgendetwas geben würde, das ihr die Freude nehmen konnte.

Doch so war es nicht gewesen … Steinwolke schien ehrlich erfreut, sie zu sehen, und hatte es nicht weniger eilig, sich mit ihr in die Lüfte zu erheben.

Wenn es auch andere Dinge gab, die Leandra von Elfen unterschieden, dies hatte sie mit dem hohen Volk gemein: die Fähigkeit, die Greifen zu verstehen. Und so erfuhr sie auch, dass Steinwolke froh war wegen ihrer neuen Federn, die ihr mithilfe der Magie der Elfen in den letzten Wochen nachgewachsen waren, und wie gerne sie mit Leandra flog.

»Maestra di Girancourt?«, riss sie die Stimme eines Lanzenleutnants aus ihren Gedanken, kaum dass sie einen Schritt auf den Hof hinaus getan hatte. Offenbar hatte der Mann Order erhalten, sie abzupassen, sobald sie den Turm verließ.

»Wer will das wissen?«, fragte Leandra barscher, als sie es beabsichtigt hatte.

»Schwertobrist Helis, Sera«, antwortete der Soldat verlegen. »Sie bittet Euch zu einer Lagebesprechung, sie ist eben aus Askir eingetroffen.«

Also hatte man Helis befördert, stellte sie in Gedanken fest. Das ging ja schnell.

»Wenn es sein muss«, seufzte Leandra, während sie spürte, wie das Hochgefühl von eben verging und die Last der Welten erneut den Platz auf ihren Schultern suchte. »Dann führt mich zu ihr.«

Die berittene Infanterie

9 »Glückwunsch zur Beförderung«, sagte Leandra wenig später zu Helis, während diese in einem Stapel gerollter Karten etwas suchte. So wie es aussah, war Leandra die Erste, die zu der Besprechung erschienen war. Helis hielt inne und sah zu ihr hinüber, als ob sie zuerst gar nicht wüsste, was Lendra meinte, dann winkte sie ab.

»Ach das«, sagte sie. »Es geht darum, dass ich besser in Havalds Pläne eingewiesen war als jeder andere, und so ist es einfacher, sie umzusetzen.« Sie fand die Karte, die sie gesucht hatte, nickte zufrieden und rollte sie auf dem Tisch aus.

Das Arbeitszimmer des Festungskommandanten war noch immer recht spärlich ausgerüstet. An manchen Stellen hatte die Zeit die Festung vollständig unberührt gelassen, an anderen wiederum ihre Spuren deutlich hinterlassen. Manch ein Stuhl war noch immer so stabil wie einst, als ein Zimmermann ihn fertigte, dafür konnte es geschehen, dass scheinbar massive Eichentische zu Staub zerfielen, legte man nur eine Schriftrolle darauf ab. Hier war das wohl nicht der Fall, der massive Eichentisch war vom Alter dunkel, aber offenbar stabil genug, während das Holz des Schreibtischs, der Schränke und drei der vier Stühle noch hell und frisch war. Helis rollte die Karte aus, beschwerte sie an den Enden und sah Leandra dann prüfend an.

»Ich sehe, du hast schon wieder auf Steinherz verzichtet?«, fragte sie dann.

»Ja«, antwortete Leandra und musterte die Landkarte auf dem Tisch. Ganz offensichtlich handelte es sich um eine Kopie einer alten kaiserlichen Karte, auf der von Hand Verschiedenes nachgetragen worden war, was es vor siebenhundert Jahren noch nicht gegeben hatte. Den Ort Lassahndaar zu Beispiel. »Ich habe gar nicht gemerkt, was er mir angetan hat, es war so unmerklich, so schleichend …« Sie schaute zu Helis hin, die sie noch immer still musterte. »Ich schwöre, am Anfang war es nicht so! Diese Einflüsterungen … sie kamen erst später, als ich Havald kennenlernte.« Sie zögerte etwas. »Ich kannte Liebe nicht … sie wühlte mich auf, erschütterte meine Grundfesten, ließ mich vergessen, wer ich war, was ich wollte … mitunter schien es mir wichtiger, in seiner Nähe zu sein, als mich um das Schicksal einer ganzen Nation zu sorgen. Es brachte mich aus dem Gleichgewicht, und Steinherz gab mir eine kühle Ruhe, die mir immer wertvoller wurde. Bis ich mich ganz und gar dorthin flüchtete, wo es nichts mehr gab, das mich erschüttern konnte.« Sie seufzte. »Bis auf Havald.«

»Warum erzählst du mir das alles?«, fragte Helis. »Vor allem, warum jetzt?«

»Weil ich manches bedauere. Und ich nicht mehr will, dass etwas zwischen uns steht. Ich will, dass wir wieder Freunde sind.«

»Freunde?«, fragte Helis erstaunt. »Du denkst, dass wir Freunde waren?«

»Etwa nicht?«, fragte Leandra bedrückt.

»Freunde müssen einander vertrauen können. Niemand konnte dir vertrauen. Nicht einmal du dir selbst. Du hast es wiederholt gesagt, es gibt nichts, das wichtiger wäre als deine Mission.« Helis klang bitter, als sie weitersprach. »Sie war erfolgreich, deine Mission. Du hast dein Ziel erreicht, Askir steht auf deiner Seite. Nataliya und Varosch sind tot, Havald steht vor Soltars Toren, und Zokora ist verschwunden! Die Götter alleine wissen, wie es Janos und Sieglinde ergeht, wir haben schon seit Tagen nichts mehr von ihnen gehört. Du müsstest doch zufrieden sein!«

»Nein«, widersprach die Maestra mit belegter Stimme. »Der Preis war zu hoch dafür. Aber sag mir, welche Wahl hätte ich denn gehabt? Und hat es sich nicht gezeigt, dass das Unheil noch größer ist, als wir alle dachten? Vielleicht wäre ohne uns sogar die Reichsstadt gefallen, denkbar wäre es gewesen! Sag mir, wo hätte ich anders wählen können?« Sie sah nun Helis direkt in die Augen. »Sage mir, Helis, oder Serafine, an welcher Stelle hätten wir von unserem Weg abweichen können, ohne dass es nicht noch mehr Verluste gegeben hätte?«

»Was ist mit den Feuerinseln?«, fragte Helis leise. »Janas ist verwüstet worden, und die Flut und Pest zusammen haben Zehntausenden das Leben genommen!«

»Damit hatten wir doch nichts zu tun!«, beschwerte sich Leandra. »Es geschah doch erst, nachdem wir gegangen waren. Nichts was wir getan haben, kann so etwas ausgelöst haben.«

»Wie sicher bist du dir dessen?«

»Ganz und gar sicher ... es gab eine Bewegung im Weltenstrom, einen Schub, eine Welle, wenn du so willst, als es geschah ... ich spürte es wie einen Hammerschlag, aber damit hatten wir nichts zu tun ... ich wüsste nicht einmal, wie ich so etwas erzeugen sollte!« Leandra stand nun aufrecht da, die Hände geballt, und kleine Funken tanzten über sie, während es in den Tiefen ihrer violetten Augen rötlich glimmte. »Ich sage dir, es trifft uns keine Schuld daran ... alles, was wir taten, half anderen zu überleben!«

»Das mag sein ...«, begann Helis, doch Leandra hielt eine Hand hoch, um sie zu unterbrechen.

»Es gibt eines, das man auch nicht vergessen sollte«, sagte die Maestra leiser. »Wir sind diejenigen, die angegriffen wurden! Und jeder, der starb, starb durch die Hand unserer Feinde und nicht durch uns.« Sie stand jetzt schwer atmend da und ballte die Fäuste. »Sag mir, Helis, was hätten wir denn tun sollen? Uns kampflos ergeben, alles geschehen lassen? Niemand hätte das wollen können, nicht Havald und auch nicht du! Auch nicht Nataliya oder Varosch ... beide wählten ihren Tod, damit ein anderer leben konnte! Also, Helis, was wirfst du mir vor, was ist so verwerflich, an dem, was ich tat?«

»Jetzt nichts mehr«, sagte Helis.

»Ich verstehe nicht ...«, begann Leandra, doch in diesem Moment klopfte es an der Tür.

»Später«, meinte Helis und rief: »Herein!«

Es waren Schwertmajor Blix, frisch der fünften Lanze der zweiten Legion zugeteilt, Stabssergeantin Grenski und ein freundlich dreinschauender junger Mann in den Roben eines Priesters des Soltar.

»Leandra de Girancourt, Maestra der Künste, schwertgebunden an das Bannschwert Steinherz und, so die Götter wollen, Königin von Illian, Letasan und Jasfar. Dies ist Bruder Gerlon«, stellte Helis die beiden einander vor. »Bruder Gerlon wird die fünfte Lanze begleiten, da Bruder Jon, der Hohepriester seines Glaubens, in einer Vision sah, dass der Bruder das Schwert des Lanzengenerals zurückbringen wird.«

»Wir sind uns bereits im Tempel begegnet, Helis«, sagte Leandra, während sie dem jungen Priester und dem Schwertmajor zunickte. Letzterer erkannte die Warnung in ihrem Blick und nickte ebenfalls.

»Schwertmajor Kurtis Blix, ehemals von der zweiten Lanze der dritten Legion, nun die fünfte Lanze der zweiten. Stabssergeantin Sanja Grenski. Orikes sprach in höchsten Tönen von den beiden und ihrer Lanze. Er sagt, es gäbe niemanden Besseren, um die Kastanien aus dem Feuer zu holen.«

»Majestät«, begrüßte Blix Leandra und stand gerader, während Grenski nur geradeaus sah.

»Die taktische und disziplinarische Leitung der Lanze obliegt Schwertmajor Blix«, sprach Helis weiter. »Kurz gesagt, Leandra, du sagst ihnen, *was* sie tun sollen, aber *wie* sie das ausführen, bleibt ihre Entscheidung.« Ihre dunklen Augen bohrten sich jetzt in die von Blix. »Dieser Auftrag darf nicht scheitern. Wenn wir erfolgreich sind, haben wir den Gegner etwas aufgehalten, scheitern wir, verlieren wir nicht nur eine Schlacht, einen Krieg, eine Stadt und ein Königreich, sondern auch den Glauben an uns selbst! Illian darf nicht fallen! Um es auszusprechen: Wir brauchen die Kronstadt, um den Feind dort zu binden, bis die zweite Legion einsatzbereit ist. Bis *wir* bereit sind. Denn es war schon immer so: Wird eine gut versorgte Stadt belagert, leidet der Belagerer mehr als der Verteidiger. Bei der Übermacht des Gegners brauchen wir jeden Vorteil, dessen wir habhaft werden können. Zudem öffnet die Umleitung des Weltenstroms den Eulen neue Möglichkeiten, ihre Magie gegen den Feind einzusetzen.« Sie sah auf die Karte herab. »Dank unserer elfischen Verbündeten haben wir aktuelle Erkenntnisse über Lage und Stärke der Feindeinheiten in diesem Gebiet, es ist alles hier auf dieser Karte notiert.«

»Was ist mit Streifen?«, fragte Blix. »Oder sitzen sie nur in ihren Quartieren und drehen Däumchen?«

»Schön wäre es«, sagte Helis. »Unseren Quellen nach sind sie vor allem entlang der Handelsstraße sehr aktiv. Aber nur im Gebiet um Lassahndaar herum. Damit kommen wir nun auch zu den einzig guten Nachrichten des Tages: Bis heute hat der Feind noch keine Anstrengung unternommen, den Norden des Landes für sich zu sichern. Für die ersten Tage besteht also wenig Gefahr für Feindberührung.«

»Kein Wunder«, stellte Blix mit einem Blick auf die Karte fest. »Hier gibt es nur Dörfer und keine Städte. Sie könnten den Norden einnehmen, wann immer sie wollen. Doch es gibt nur wenig, das sich für sie lohnt ... Aber auch nichts, das ihnen Widerstand bieten könnte.«

Helis warf ihm einen kühlen Blick zu. »Bis auf uns«, erinnerte sie ihn.

»Ja«, nickte Blix, ohne von der Karte aufzusehen. »Aber auch für uns würde es wenig Sinn ergeben, unsere Kräfte auf die Verteidigung von Dörfern zu verschwenden, die wir sowieso nicht halten können. Sinnvoller wäre es, die Dörfer aufzugeben und die Einwohner in diese andere Stadt – wie heißt sie doch gleich – richtig, Coldenstatt zu bringen.«

»Genau das geschieht«, meinte Helis und klang ein wenig ungehalten. »Nur ist nicht jeder bereit zu gehen, und da der Feind noch nicht gekommen ist, hoffen viele, dass er auch nicht kommen wird. Eine trügerische Hoffnung, aber wir können die Menschen ja nicht zwingen, uns zu glauben! Wie auch immer, ein großer Teil des Gebiets hier ist stark bewaldet, was Euch Deckung geben wird. Bis darauf, dass in diesem Gebiet großflächig Wyvernreiter Streife fliegen, dürfte es also kein großes Problem darstellen, bis an etwa zehn Wegstunden an Lassahndaar heranzukommen, ohne entdeckt zu werden.«

»Und dann?«, fragte Blix.

»Orikes schwärmt von Eurem Geschick im Feld«, sagte Helis kühl. »Keine Lanze Askirs ist besser ausgerüstet. Die Königin selbst ist mit Steinherz, ihrem Greifen und ihrer Kunst in der Magie alleine schon ein machtvoller Faktor. Was sein wird, wenn ihr Lassahndaar erreicht, werdet Ihr entscheiden müssen. Findet den Tempel, leitet den Weltenstrom um und verwehrt dem Feind den Zugang dazu. Ihr habt alles, was Ihr dazu braucht. Jetzt liegt es an Euch, es richtig einzusetzen!« Sie sah zum Fenster hin, das einen Ausblick über das östliche Tal bot, über das die Dunkelheit dramatisch schnell hereinbrach.

»Ihr werdet morgen früh bei Sonnenaufgang aufbrechen.« Sie bedachte den jungen Priester mit einem prüfenden Blick. »Ist es Euch erlaubt, die Lanze zu segnen?«

»Ja«, antwortete Gerlon ruhig. »Hättet Ihr es nicht erwähnt, hätte ich es selbst angeboten.«

»Gut. Kümmert Euch darum.« Helis rollte die Karte zusammen und reichte sie an Blix weiter. Dann öffnete sie einen niedrigen Schrank und entnahm diesem eine Kiste aus poliertem Zedernholz. Sie wog sie in ihrer Hand und reichte sie dann an Blix weiter.

»Ich habe nicht vergessen, was Ihr von diesem Auftrag denkt«, sagte sie, als dieser die große Kiste hielt, als wüsste er nicht, wohin damit. »Das hier sollte Euch das Gegenteil beweisen und Eure Moral ein wenig stärken. Kommt gut nach Hause«, fügte sie dann hinzu. »Ihr alle. Wegtreten.«

Leandra wartete, bis die Tür hinter Blix und Grenski und dem Priester zugefallen war.

»Was meintest du mit …«, begann sie, doch Helis hob die Hand, um sie zu unterbrechen.

»Ich nahm nicht Anstoß an dem, was getan werden musste«, nahm sie das Gespräch von vorher wieder auf. »Doch ich nahm Anstoß daran, dass es dich nicht zu berühren schien.«

Sie musterte Leandras Miene und nickte dann leicht. »Steinherz gibt dir vielleicht diese Ruhe, von der du sprichst, aber er nimmt dir auch die Menschlichkeit. Ich weiß nicht, warum er das Reichschwert von Illian ist, ich denke, ein Herrscher ohne Gefühle kann kaum ein guter Herrscher sein.«

»Manchmal ist es wichtig, kühl und überlegt zu handeln«, verteidigte sich Leandra, doch selbst für ihre eigenen Ohren hörte sie sich nicht überzeugend an.

»Tatsächlich?«, fragte Helis mit übertriebenem Erstaunen. »Kühl und nüchtern überlegt, solltest du da nicht zu der Erkenntnis kommen, dass wir verloren haben und die Kronstadt sich in das Unausweichliche fügen sollte?«

»Das ist etwas anderes!«

»Ist es das?«, fragte Helis und trat an die überraschte Leandra heran, um sie kurz zu umarmen.

»Die Götter mit dir«, sagte sie leise. »Und wenn all das vorbei ist … vielleicht können wir dann doch noch einmal über Freundschaft sprechen.«

Am nächsten Morgen, als die Morgenröte gerade so am kalten, klaren Himmel zu erkennen war, stand Blix frierend unten im Pass, wo seine Lanze vor dem massiven Tor der Donnerfeste angetreten war. Jeder der Legionäre hielt die Zügel eines Pferdes, das neben ihm stand. Das Schnauben der Tiere übertönte beinahe Gerlons Segnung, und der Atem von Biest und Mann stand kalt in der Luft. Jeder zehnte Mann hielt eine Laterne aus getriebenem und poliertem Blech, und alle sahen sie starr geradeaus.

Blix warf einen kurzen Blick hinüber zu Grenski, die kerzengerade und unbewegt wie eine Statue dort stand und die Soldaten der Lanze mit kühlem Blick musterte. Selbst der Ackergaul an ihrer Seite wagte es nicht, mehr zu bewegen als seine Ohren.

Gut ein Drittel der Soldaten und auch Blix hatten ihre gewohnten schweren Plattenrüstungen für Reiterrüstungen hergeben müssen. Zumindest waren diese ein gutes Drittel leichter und schränkten kaum in der Bewegung ein. So aufwendig und kunstvoll diese Rüstungen gearbeitet waren, mochten sie sogar die besseren Rüstungen sein, aber eben nicht die Rüstung, die Blix zu tragen gewohnt war. Im Moment jedenfalls fühlte er sich darin noch nicht besonders wohl.

Wenigstens hatte man die Idee der leichten Reiterei aufgegeben. Stabsmajor Helis hatte es richtig erkannt: Wollte man eine leichte Reiterei für die Bullen, dann musste man diese woanders rekrutieren.

Dennoch besaß nun jeder Soldat ein Pferd und hatte von Grenski die Aufgabe erhalten, so lange herunterzufallen, bis er oben sitzen bleiben konnte. Zumindest mit dem Herunterfallen hatte man bereits angefangen.

Blix schwenkte seinen Blick weiter nach hinten, dort standen vier große Planwagen, jeder von vier schweren Pferden gezogen, zwei der Wagen führten Heu und Hafer für die Pferde mit, die beiden anderen waren mit Versorgungsgütern für die Lanze beladen. Wie man sich mit den Wagen vor fliegenden Schlangen verstecken sollte, war auch Blix noch nicht ganz klar.

»... und so ist euch Eines gewiss: Nach jeder Nacht kommt der neue Tag und nach jedem Tod das neue Leben: So spricht Soltar, Herr über den Tag und die Nacht, den Tod und das Leben. Amen.«

»Amen!«, murmelten die Soldaten, und Gerlon trat zurück und sah hin zu Blix, als ob er nicht wüsste, was er als Nächstes tun sollte.

Grenski und Blix tauschten einen Blick und stiegen gleichzeitig auf. Die Stabssergeantin wartete, bis sie nebeneinander standen, dann gab sie auch der Lanze den Befehl zum Aufsitzen ... und zusammen sahen sie dann zu, wie aus der einigermaßen ordentlichen Reihe ein wildes Durcheinander wurde.

»Götter«, hörte Blix Grenski leise seufzen. »Das wird eine Katastrophe!«

Blix nickte kaum merklich. In seinen Augen lag der Vorteil der Pferde nur darin, dass man nicht laufen musste. Abgesehen davon natürlich, dass sie die neuen doppelschüssigen Armbrüste und vier Köcher mit je fünfzig Bolzen am Sattel hängen hatten und man wenigstens diese nicht noch zusätzlich zu schleppen brauchte.

Als sich die lange Reihe der Soldaten langsam Richtung Tal schlängelte und dabei recht wenig mit einer ordentlich vorrückenden Lanze gemein hatte, sah Blix hoch zur Passmauer, wo der große Kran noch stand, mit dem sie die Pferde und die Wagen abgelassen hatten. Hier unten war noch Nacht, aber dort oben wurden die Zinnen bereits vom neuen Tag berührt.

Die letzten drei Tage waren ein Albtraum gewesen. Nicht nur, dass die meisten der neuen Rüstungen nicht auf Anhieb passten und erst mühsam passend gemacht werden mussten, es hatte auch in den Reihen der Soldaten Widerstände gegeben, die fast an offene Meuterei grenzten. Tausend Jahre lang waren die Bullen marschiert, und jetzt sollten sie reiten?

Das Argument war nur schwer zu schlagen, zumal auch Blix sich noch nicht sicher war, ob es sich um eine gute Idee handelte. Die Einzige, die nicht zu zweifeln schien, war Grenski, aber auch sie hatte es nicht leicht. Der Grund dafür waren die jetzt doch nur neununddreißig neuen Rekruten, die noch nicht ganz verstanden hatten, dass sie nicht gerettet waren, sondern der Dienst in dieser Lanze ihr Todesurteil nur verspätet vollstreckte. Gut ein Drittel der neuen Legionäre waren bis vor Kurzem Zivilisten gewesen, ihnen fiel die Umstellung besonders schwer. Sie kannten keine oder nur wenig Disziplin, also mussten Todesangst und blanke Verzweiflung herhalten. Nachdem Grenski am zweiten Tag bereits den dritten der neuen Rekruten aufhängen ließ, schien sich die Erkenntnis langsam zu verbreiten, dass es für sie nur genau eine Möglichkeit zum Überleben gab: Stabssergeant Grenski ihre Wünsche von den Lippen abzulesen, noch bevor sie diese geäußert hatte.

Am Abend zuvor hatte Gerlon zögernd nachgefragt, ob dieses harte Durchgreifen denn wirklich nötig wäre.

»Es ist eine bittere Erfahrung«, hatte Blix erklärt. »Wenn wir jetzt nicht hart sind, bereuen wir es. Sie müssen lernen – oder sterben. Denn wenn sie nicht lernen, sterben sie bei der ersten Feindberührung. Nicht nur das, sie bringen dann auch ihre Kameraden in Gefahr. Meine Lanze, Gerlon, ist eine Straflanze, und hier wird eine Strafe vollzogen. Vergesse nicht, die meisten hier haben gemordet oder haben noch Schlimmeres getan! Sie haben den Tod verdient. Ob sie sich durch den Dienst in der Legion das Leben verdienen, müssen sie erst noch beweisen!« Damit hatte sich Gerlon zufriedengeben müssen, dennoch war er sichtbar froh darüber, dass keine weiteren Hinrichtungen stattgefunden hatten.

Vielleicht auch nur, weil es ihnen an Zeit dazu gemangelt hatte … denn alleine schon die Pferde hinunter in den Pass zu bekommen, war ein Albtraum für sich gewesen. Es hatte zwar einst eine Rampe gegeben, die von der Donnerfeste in den Pass hinabführte, aber sie war schon zu Urzeiten weggebrochen. Jetzt arbeiteten Zimmerleute fieberhaft daran, eine neue Rampe zu errichten, aber noch war diese nicht fertiggestellt. So hatte jedes einzelne Tier von der Krone der Passmauer aus mit einem Kran und an Seilen hängend hinabgelassen werden müssen. Dabei war es keineswegs damit getan, irgendein Seil zu benutzen. Denn bei dem Gewicht der Pferde und der Strecke, die es sie abzuseilen galt, würden die meisten Seile reißen, angeblich, so hatte es zumindest eine Feder behauptet.

Woher das Seil letztlich kam, mit dem es dann gelungen war, erfuhr Blix nicht, nur, dass es so neu war, dass es sich im Laufe der Nacht, in der die Pferde verladen wurden, um noch fast sieben Schritt verlängert hatte.

Im Laufe des ersten Tages hatte die fünfte Lanze keine besonders große Wegstrecke zurückgelegt, vielmehr hatten sie es mit Mühe zur Hälfte den Pass hinabgeschafft. Tatsächlich wären sie ohne Pferde schneller gewesen, denn wegen der unwegsamen Wegstrecke mussten die Soldaten öfter absteigen und die Pferde führen. Alleine das war schon Grund genug für Gemurre. Zudem bildeten die fast zweihundert Pferde eine riesige Herde, die ausreichte, um den Pass zu verstopfen. Einem geordneten Marsch kam dies nicht gleich, alleine der Versuch, die Ordnung zu wahren, führte oft genug zu wildem Chaos. Bereits an diesem ersten Tag hatte es zwei Knochenbrüche gegeben, und die meisten der Rüstungen hatten neue Dellen, vor allem an den Fußstücken, die bei allen allzu passgenau saßen.

Als wäre all das nicht schon schlimm genug, kamen auch noch die Flüchtlinge hinzu, die sich in endlos langer Kette den Pass hinaufquälten.

Tatsächlich war es auch noch zu früh, um den Pass zu begehen, an manchen Stellen lag noch immer Schnee, und der Boden war nass, schlammig, rutschig und von Felsbrocken übersät, die der Winter aus den Abhängen gesprengt hatte, manche nur mit den Ausmaßen eines Kopfes, andere so groß wie ein kleines Haus.

Immer wieder trafen die Bullen auf die Hinterlassenschaften der Flüchtlinge, manchmal waren es nur einzelne Säcke oder Karren, die am Wegesrand zurückgelassen worden waren, manchmal ganze Wagen mit Ladung, die zum Teil geplündert worden waren. Den Anblick eines kostbaren Spinetts, das mitten auf dem Passweg stand, würde Blix jedenfalls so bald nicht vergessen.

An ein Lager, wie die Lanze es sonst aufzubauen pflegte, war nicht zu denken, jeder suchte sich am Abend, so gut es ging, einen Platz entlang des Weges und war froh darüber, dass der Koch eine warme Mahlzeit bereitete.

»Was ist eigentlich mit der Königin?«, fragte Gerlon später Blix, als der mit einer Schüssel Eintopf und einem Kanten Brot vom Versorgungswagen wiederkam. Nicht nur die Soldaten von Blixens Lanze standen dort in Reihe, auch gut drei Dutzend Flüchtlinge hatten ihren Weg dorthin gefunden.

»So wie ich es verstanden habe, übt sie sich noch im Fliegen mit dem Greifen«, erklärte Blix und sah zu, wie der Koch einer abgemagerten Frau mit ihrem Kind großzügig austeilte. Einige der Flüchtlinge sahen aus, als wären sie seit Wochen auf der Flucht gewesen. Leid, Gram, Angst und Verzweiflung hatten tiefe Gräben in ihre Gesichter gezogen. Auch wenn sie nur noch einen Tag brauchen würden, um die Donnerfeste zu erreichen, wäre es Blix wie ein Akt der Grausamkeit erschienen, ihnen das Essen vorzuenthalten. Wieder so etwas, das man eigentlich hätte wissen müssen, dachte Blix unzufrieden. Man konnte davon ausgehen, dass sie auf der geplanten Strecke wieder und wieder Flüchtlingen begegnen würden. Sollte man sie und ihr Elend einfach ignorieren?

»Es hilft wohl, dass diese Greifen sehr intelligent sind und unsere Sprache verstehen«, fuhr Blix fort, als er wahrnahm, dass Gerlon ihn noch immer wartend ansah. »Sich in der Luft im Kampf gegen diese fliegenden Schlangen durchzusetzen, braucht freilich einiges an Übung. Sie wird zu uns stoßen, wenn wir den Gasthof zum Hammerkopf erreichen.«

»Ist das nicht der Ort, an dem alles begann?«, fragte der Priester neugierig.

Blix zuckte mit den Schultern. »Ich weiß nur, dass der Gasthof eine ehemalige kaiserliche Wehrstation ist und wir dort hoffentlich wieder trocken schlafen können.«

Als Blix am Mittag des dritten Tages die Mauern der alten Wehrstation erblickte, kam es ihm wie ein Geschenk des Himmels vor. Flaggen und Wimpel wehten stolz über dem Trutzturm, und vor den Mauern hatte eine Hundertschaft in ordentlichen Reihen ihre Zelte errichtet. Zwei Zimmerleute arbeiteten an dem schweren Tor der alten Station, während unten auf der Straße gut zwei Dutzend Ochsen zur Tränke geführt wurden. Die dazugehörigen schweren Handelswagen standen etwas abseits und wurden von Söldnern bewacht, die ihrerseits argwöhnisch das Zeltlager im Auge behielten.

»Dort«, meinte Grenski und Blix folgte ihrem Blick. Etwas abseits von der Wegestation und auch ein gutes Stück von den Pferden entfernt, hatte jemand mit schweren Seilen einen Bereich abgesperrt, der zudem noch von sechs Legionären bewacht wurde. Dort konnte man unschwer den Greifen der Königin erkennen und auch den Grund, weshalb die Legionäre deutlich Abstand hielten. Der Greif weidete gerade eine Kuh aus und das Knacken und Bersten der Knochen war bis hierher zu hören. Weder die Ochsen noch die schweren Zugpferde, die etwas abseits weideten, nahmen das gelassen hin, die Knechte hatten alle Hände voll damit zu tun, die Tiere zu beruhigen.

»Es scheint, als wäre Königin Leandra bereits da«, meinte Grenski. Blix nickte nur und trieb sein Pferd voran. Ein Lufthauch wehte den Gestank von Blut heran, und das Pferd scheute, nur mit Mühe konnte sich Blix im Sattel halten. Dafür hörte er hinter sich jemanden fluchen und dann ein lautes Scheppern, als einer der Legionäre in voller Rüstung den schnellsten Weg zum Boden fand.

»Das kann ein Spaß werden«, meinte Grenski grimmig, und Blix nickte nur, dem war nichts hinzuzufügen.

Als Blix die Tür zum Gastraum aufstieß, zeigte sich dieser hoffnungslos überfüllt. Das Stimmengewirr, der Rauch und die stickige Luft, die Blix und Gerlon entgegenschlug, war wie eine feuchte, laute Wand, und für einen Moment lang überlegte Blix, ob er hier wirklich eintreten wollte. Doch dann sah er die Maestra, die weiter vorne an einem Tisch nahe der Theke halb aufgestanden war und ihm zuwinkte.

»Ich glaube kaum«, meinte Gerlon »dass du heute hier ein Bett finden kannst, ob trocken oder nicht. Bei Soltar, ob das wohl alles Flüchtlinge sind?«

»Nicht alle«, antwortete Blix, während er sich einen Weg durch die Menge bahnte. »Aber doch die meisten. Bis auf die Händler da hinten in der Ecke.«

»Händler sein und sich auf der Flucht zu befinden, schließt sich nicht aus«, stellte der Priester fest. »Ich …« Doch viel weiter kam er nicht, eine alte Frau hatte seinen Arm ergriffen und blickte ihn flehend an.

»Priester, könnt Ihr uns segnen? Bitte! Meine Enkeltochter, sie ist krank, und wir fürchten, sie ist nicht mehr lange von dieser Welt!« Gerlon nickte nur und ließ sich von der alten Frau entführen. Blix sah ihm nach. Es war ein deutlicher Hinweis darauf, dass ein Priester mehr tat, als nur im Tempel herumzusitzen. Er kümmerte sich um die Alten und die Kranken, spendete den Sterbenden Trost und gab anderen Hoffnung. Dafür, dachte Blix, konnte er Gerlon nur bewundern, denn ihm selbst fehlte die Kraft dafür.

Die Maestra war nicht alleine am Tisch, dort saß auch die Sera Zokora. Sie war wohl auch der Grund, warum der Tisch fast völlig frei stand und von der Menge kaum bedrängt wurde, denn von den anderen Tischen her wurde sie ängstlich angestarrt, und immer wieder führte jemand das Zeichen der Götter aus, als ob man darauf hoffen würde, dass sich die dunkle Elfe daraufhin in Rauch auflöste.

»Was ist denn hier los?«, fragte Blix nach der Begrüßung und zog sich einen Stuhl heran.

»Hier erschreckt man kleine Kinder mit Geschichten über die dunklen Elfen«, erklärte die Maestra ernst. »Das Problem dabei ist, dass diese Geschichten weitestgehend wahr sind.« Sie sah sich beunruhigt um. »Ich hoffe nur, dass es nicht hässlich wird. Vielleicht«, fuhr sie an die Sera Zokora gewandt fort, »hättest du nicht herkommen sollen.«

»Ich werde mich nicht vor Menschen verstecken«, teilte die Dunkelelfe gelassen mit. »Abgesehen davon lassen sich Angst und Panik nicht lange aufrechterhalten. Ich sitze schon eine halbe eurer Kerzenlängen hier, ohne dass ich jemanden getötet, aufgefressen oder in den tiefsten Höllenschlund gezogen habe. Mit der Zeit wird es sogar Menschen zu langweilig, immer nur Angst zu haben.«

Ein junges Mädchen eilte lächelnd an den Tisch heran und fragte nach den Wünschen des Schwertmajors. »Sie scheint Ihr nicht zu erschrecken«, meinte Blix und sah dem Mädchen nach, als es sich durch die Menschentraube einen Weg zurück zur Theke suchte.

»Wir kennen uns bereits«, erklärte Zokora. Auch vor ihr stand ein Becher Wein, doch bislang hatte sie ihn noch nicht berührt. Trotz des Gedränges erhielt Blix sein Dünnbier überraschend schnell, nur mit dem Eintopf, so entschuldigte sich das Mädchen, würde es etwas dauern.

»Sera Zokora wird uns begleiten«, teilte Leandra dem Schwertmajor nun mit. »Sie hat herausgefunden, wer Havald überfallen und sein Schwert gestohlen hat und will uns helfen, es wiederzufinden.«

»Vor allem werde ich die Ungläubigen Solante opfern«, erklärte Zokora. »Dies ist unser Land, und wir werden keinen Diener Omagors lebend auf ihm dulden. Auch nicht auf seiner Oberfläche.«

»Mit Ungläubigen meint sie die Soldaten Thalaks, die daran glauben, dass der Nekromantenkaiser die Wiedergeburt des Gottes Omagor ist«, erklärte die Maestra. Das hatte sich Blix bereits gedacht. »Zokoras Glauben fordert von ihr, niemand leben zu lassen, der dem dunklen Gott huldigt. Ihr Stamm führte einst einen Krieg gegen den dunklen Gott.«

»Ich kann für mich selbst sprechen, Leandra«, meinte Zokora kühl. »Unterlasse es in Zukunft, mich erklären zu wollen.«

»Ja. Entschuldige«, sagte Leandra schuldbewusst. »Ich vergaß.«

Viel wusste Blix nicht über die dunklen Elfen, doch dass man ihnen nachsagte, sie wären nicht zu überraschen, das war bekannt. Vielleicht stimmte doch nicht alles, denn zumindest, dachte der Major schmunzelnd, hatte die Sera Zokora eben doch sehr verwundert geschaut, als sich die Maestra entschuldigte.

»Sera, Ihr wisst, dass der Feind neun volle Legionen in die Südlande geführt hat?«, fragte Blix jetzt höflich. »Das sind etwas über hundertdreißigtausend Soldaten! Was wollt Ihr tun? Jedem einzeln die Kehle durchschneiden?«

»Wenn es sein muss, dann auch das«, antwortete Zokora unbewegt. »Aber wir sind in diesem Krieg ja nicht allein.« Zum ersten Mal seit Aldar sah Blix sie lächeln, auch wenn es kaum mehr als ein schnelles Aufblinken weißer Zähne war. Wenigstens, dachte der Schwertmajor erleichtert, hatte sie diese nicht mehr geschwärzt. »Ich bin sicher, dass meine hellen Schwestern und Brüder es irritierend finden, mit uns verbündet zu sein.« Der Gedanke schien sie zu erheitern.

»Ohne Zweifel«, meinte die Maestra kühl. »Wie steht es um die Lanze, Major?«, fragte sie dann.

»Wir lernen reiten«, antwortete Blix mit todernster Miene. »Bislang ohne nennenswerte Verluste.«

Offenbar nahm ihn die Maestra beim Wort, denn sie nickte nur. »Gut«, meinte sie. »Wir können keine Verluste brauchen. Bedeutet das, dass wir noch heute aufbrechen können?«

»Ja«, antwortete Blix und unterdrückte einen Seufzer. »Ich hoffte allerdings, den Leuten hier einen halben Tag Rast und Ruhe zu gönnen, der Abstieg vom Grat war anstrengend, und auch die Pferde brauchen etwas Erholung, zudem lahmen einige Tiere. Das Geröll und der lose Boden war ihnen abträglich.«

»Selbst wenn man die Lanze jetzt marschieren ließe, so wären sie doch zu erschöpft«, meinte Sera Zokora. »Besser, wir brechen morgen in der Frühe auf.«

Die Maestra nickte und schien nachzudenken, während sie mit den Fingern abwesend ein Dreieck in einem Kreis nachzog, das im Tisch eingebrannt war. Das Zeichen der Dreieinigkeit der Götter.

»Mit den Pferden?«, fragte sie dann. »Wie schnell sind wir mit ihnen? Schaffen wir morgen fünfzig Meilen?«

Beinahe hätte Blix geantwortet, dass das seine Lanze sogar

zu Fuß schaffen würde, doch das wäre gelogen gewesen. Oder zumindest stark vom Untergrund abhängig. Aber mit den Pferden?

»Wenn der Boden nicht zu schwer zu passieren ist, sollte dies möglich sein. Warum? Sind wir mehr in Eile, als ich weiß?«

»Ein paar Flüchtlinge berichten von einem Massaker, das unweit von hier in einem Dorf stattgefunden hat«, erklärte die Maestra ernst. »Es ist die Rede von Ungeheuern und Dämonen und einem Ritual, das dort durchgeführt wurde. Wir müssen dorthin, um herauszufinden, was sich dort ereignet hat.«

»Könntet Ihr nicht mit Eurem Greifen dorthin fliegen?«, fragte Blix.

»Ja«, sagte die Maestra. »Könnte ich. Ich tat es auch. Doch aus der Luft ist nur zu erkennen, dass dort Magien gewirkt wurden. Also wissen wir jetzt schon, dass es mehr ist als nur ein bloßes Gerücht. Aber dort zu landen und mir ohne Rückendeckung die Spuren anzusehen, wäre höchst unklug, nicht wahr?«

Blix nickte, damit hatte sie zweifellos recht.

»Habt Ihr Eure Karte dabei, Major?«, fragte die Maestra.

»Mein Stabssergeant hat sie in Verwahrung«, antwortete der Major. »Aber ich werde gehen und sie holen.«

Später, in seinem Zelt, musterten Grenski und er zusammen die Karte. Vielleicht angespornt durch die Anwesenheit der anderen Lanze, die sich ganz wie erwartet, über die Pferde lustig gemacht hatte, hatte die fünfte Lanze fast ohne Grenskis Zutun ein Lager errichtet, das aus dem Lehrbuch der Legionen hätte stammen können. Auch Blixens Zelt war nicht so windschief wie sonst, sondern stand so gerade, dass er aufrecht darin stehen konnte.

»Das sind eher sechzig Meilen als fünfzig«, bemerkte Grenski. »Ungeheuer, ja?«

»Und Dämonen«, ergänzte Blix.

»Dämonen sind neu«, meinte Grenski trocken. »Wie soll ich mir die vorstellen? Schuppige Wesen mit Hörnern, direkt aus den tiefsten Höllen entsprungen?«

Der Schwertmajor zuckte mit den Schultern. »Vielleicht. Die Gerüchte sprechen von Ungeheuern und Dämonen. Wer weiß schon, was sich ein Bauer darunter vorstellt. Der Feind besitzt Kriegsbestien, das ist bekannt. Hörner, Zähne, Klauen. Ob sie zu einem Tier oder einem Dämon gehören, ist doch einerlei.«

»Da hast du recht«, stimmte Grenski ihm zu, warf einen letzten Blick auf die Karte, um sie dann zusammenzurollen und sorgfältig in ihrem Behälter zu verstauen. »Morgen beim ersten Licht?«

»Besser eine Kerzenlänge früher«, antwortete Blix. Er trat an den Zelteingang und sah zu dem Zelt in der Mitte des anderen Lagers hin. »Wir wollen doch nicht, dass sie denken, dass wir Schlafmützen sind.«

So ein Feldbett war zwar nicht sonderlich bequem, dafür aber besser als der harte Boden und trocken. Dennoch kam Blix nicht dazu, den Schlaf zu genießen, denn kaum, so schien es ihm, dass er die Augen geschlossen hatte, riss ihn ein markerschütternder Schrei aus dem Schlaf.

Nur mit Schwert und Hose bekleidet rannte er aus dem Zelt, darauf bedacht, in der Dunkelheit nicht über die Zeltverspannungen zu stolpern. Der Ort des Geschehens war nicht schwer auszumachen, dort bildeten Soldaten seiner Lanze eine Traube, und Fackeln wurden in die Höhe gereckt.

»Was bei allen Dämonen …«, begann Blix. Im flackernden Schein der Fackeln sah er die dunkle Elfe Zokora. In einer Hand hielt sie eine viel zu große Armbrust in die Hüfte gestützt, in der anderen ihr Schwert. Zu ihren Füßen lagen vier leblose Körper, sie selbst war umringt von einem Kreis von Legionären, die sie mit Spießen und Schwertern bedrohten.

»Befehle deinen Leuten, dass sie ihre Waffen senken sollen, bevor sie es noch bereuen«, sagte Zokora zur Begrüßung. »Diese vier hier wollten nicht auf mich hören und werden es morgen mit einem brummenden Schädel bezahlen.«

»Sie sind nicht tot?«, fragte Blix erleichtert, während er das Zeichen gab, die Waffen zu senken.

»Natürlich nicht«, teilte Zokora ihm erhaben mit. »Zwar haben sie mich angegriffen, aber sie konnten mir nichts anhaben, warum also sollte ich sie erschlagen? Varosch hat immer behauptet, dass Menschen lernfähig sind, diese vier können es jetzt beweisen.«

»Und der Schrei?«, fragte Grenski, die nun auch hinzugekommen war.

»Hier.« Die dunkle Elfe trat zur Seite. Dort, auf dem Boden hinter ihr, lag etwas, das Blix im ersten Moment an einen Hund erinnerte. Einen Hund mit öligen Schuppen, sechs Beinen und einem Paar Fledermausflügel. Von den langen schwarzen Zähnen tropfte Geifer, und das eine verbliebene Auge schien den Schwertmajor hasserfüllt anzusehen. Aus der anderen Augenhöhle ragte ein Armbrustbolzen.

»Götter!«, entfuhr es Blix, und er führte hastig das Zeichen der Dreieinigkeit über seiner Brust aus. »Ein Dämon!« Auch die meisten der anderen Legionäre führten das Dreieck aus, während sie hastig zurückwichen.

»Sei nicht blöde, Major«, meinte die dunkle Elfe kühl. »Dies ist ein Vartrame, kein Dämon!«

»Aber er hat Flügel«, protestierte einer der Soldaten.

»Ja. Ein Greif auch. Er ist deshalb noch lange kein Dämon«, erklärte die dunkle Elfe kurz angebunden. »Es ist ein magisch verändertes Wesen, das der Feind dazu verwendet, den Gegner auszuspionieren. Der Jäger, zu dem das Tier gehört, vermag durch dessen Augen zu sehen und durch es zu hören.« Sie zeigte scharfe Zähne, als sie weitersprach. »Es ist möglich, dass derjenige, der in diesem Tier verweilte, dessen Tod erlebte. Wenn dem so ist, wird er heute mehr als nur einen Kopfschmerz verspüren.« Sie richtete sich zu ihrer vollen Größe auf und bedachte Blix mit einem kühlen Blick. »Ich hoffe, du verstehst, was dies bedeutet: dass der Feind über jeden deiner Schritte unterrichtet ist.«

»Das habe ich mir auch selbst denken können!«, antwortete Blix ungehalten und fuhr an Grenski gewendet fort: »Stabssergeant, könnt Ihr mir erklären, was dieser Auflauf soll?«

»Es sind alles Legionäre, die sich für heute Nacht freiwillig dazu gemeldet haben, die Wache zu verstärken, nicht wahr, Sers?«

Noch während Grenski sprach, geschah ein Wunder. Wie durch Zauberhand löste sich der Auflauf auf. Nur drei Soldaten blieben, es waren jene, die tatsächlich Wache hatten. Die vier auf dem Boden gehörten auch dazu.

»Wenn sie aufwachen«, sagte Sera Zokora, »dann richtet ihnen aus, dass sie länger leben werden, wenn sie ab und zu auch nach oben sehen.«

»Was ist mit diesem ... Vat... Vartramen?«, fragte Blix.

»Verbrenn ihn. Oder iss ihn auf. Er soll schmecken wie ein Hund«, meinte die Elfe.

»Und Ihr? Was ...«, begann Blix, doch die dunkle Elfe war bereits verschwunden, als ob es sie nie gegeben hätte.

»Götter«, fluchte Blix. »Verbrennt das Vieh«, befahl er. »Und dann, Stabssergeant, will ich, dass hier Ordnung einkehrt!«

»Eure Wachablösung soll übernehmen«, herrschte Grenski die beiden Soldaten an. »Und wenn die den Tumult überhört haben, will ich wissen, warum! Dann seht zu, dass ihr eure Kameraden wieder wach bekommt! Und wenn das nächste Mal so ein Vieh in unser Lager eindringt, will ich mehr hören, als nur, dass man es nicht gesehen hat! Überhaupt, seit wann verlassen wir uns bei unserer Wache darauf, dass eine dunkle Elfe uns bewacht?«

»Nun«, meinte Blix auf dem Weg zurück zum Zelt. »Jetzt wissen wir, warum jeder eine Armbrust erhalten hat. Sag mir, Grenski, was ich an unseren Wachen nicht gesehen habe.«

»Armbrüste«, stellte die Stabssergeantin grimmig fest. »Es wird sich nicht wiederholen.«

Blix schlug das Tuch zum Eingang seines Zelts zurück und sah zurück zu Grenski, die den Kopf in den Nacken gelegt hatte und in die dunkle Nacht hochstarrte. »Sera Zokora hat wahrscheinlich recht«, meinte sie. »Hier in den Südlanden lauert die Gefahr auch in der Luft.«

»So ist es wohl«, sagte Blix. »Wir sollten es nicht wieder vergessen. Gute Nacht.«

»Viel davon bleibt uns ja nicht mehr«, nickte Grenski. »Gute Nacht.«

Das dunkle Ritual

10 »Das Land hier erinnert mich an meine Heimat«, erklärte Grenski gegen Mittag des nächsten Tages. »Es ist die gleiche Art von Wald, und die Häuser, die ich bislang sah, sehen auch so aus, als ob sie in Aldane stehen könnten.« Sie stellte sich in den Steigbügeln auf und sah nach hinten, die Schlange der Reiter entlang.

»Seht Ihr die Sera Zokora?«, fragte Blix.

»Nein. Nur unsere Leute. Ich glaube es wird dauern, bevor es besser wird«, stellte sie dann fest.

»Wovon sprecht Ihr?«, fragte Gerlon.

»Es ist heute der vierte Tag, an dem unsere Leute reiten müssen, und die meisten gehen und bewegen sich, als wären sie hundert Jahre älter, als sie es sind. Das meinte ich. Und bis es besser wird, werden wir noch viele Klagen hören.«

Gerlon ließ sein Pferd zurückfallen, damit die Maestra

Platz hatte, um zu Blix und Grenski aufzuschließen, die an der Spitze der Kolonne ritten. Sie ritt einen schwarzen Hengst mit einer weißen Blesse an der Stirn, Steinwolke folgte der Kolonne noch hinter den Versorgungswagen. Die Nähe des Greifen beunruhigte die Pferde. Die Maestra hatte Grenskis letzte Worte mitbekommen und zeigte sich besorgt. »Was ist, wenn sie kämpfen müssen?«

»Dann werden sie kämpfen«, sagte Grenski. »Wenn es hart auf hart kommt, vergisst man solche Kleinigkeiten wie Zerrungen oder einen Muskelkater. Erwartet Ihr einen Kampf?«

»Ich weiß nicht, was ich erwarten soll«, antwortete die Maestra. »Auch ich weiß nicht, was wir dort finden werden. Das Einzige, das ich erkennen konnte, war, dass jemand dort eine große Magie gewirkt hat.« Sie sah zu Blix hinüber, der eigenen Gedanken nachzuhängen schien. »Sagt, Schwertmajor, wie weit ist es noch?«

Der wies mit der Hand auf einen Felsen, welcher in der Entfernung eine Weggabelung markierte. »Dort vorne müssen wir uns rechts halten, dann noch etwas weniger als eine Kerzenlänge, und wir werden das Dorf erreicht haben ... Moaris heißt es, nicht wahr?«

»Ja«, nickte die Königin. »Doch es ein Dorf zu nennen, ist übertrieben. Es gibt eine Köhlerei dort, ein paar Häuser und Höfe, das war es auch schon.«

Blix hatte die Karte griffbreit in seiner Satteltasche, aber er brauchte sie nicht herauszuholen, um sie vor Augen zu haben, zu oft hatte er sie in der letzten Kerzenlänge studiert. Ein Punkt am Rande der Donnerberge, mitten im Nirgendwo. Blix fiel es schwer zu verstehen, was der Feind dort suchen könnte.

»Ihr stammt von hier, Maestra. Gibt es irgendetwas an dem Ort, das wichtig wäre? Kann alleine schon seine Lage von besonderem Interesse sein?«

»Ich bin in der Kronstadt aufgewachsen, Major«, erklärte

Leandra. »Das Gebiet hier kenne ich nur flüchtig. Ich weiß, dass es ein paar Meilen weiter östlich eine Bergarbeitersiedlung mit einer Kupfermine gibt, dort hätte ich ein Interesse des Feindes noch verstehen können, aber in Moaris gibt es nicht mehr als Ziegen.« Sie zuckte mit den Schultern. »Was der Feind dort will, entzieht sich auch meiner Kenntnis.«

Grenski blickte mit zusammengekniffenen Augen den Weg entlang, als versuche sie durch Meilen von Wald und Dickicht bis zu diesem Dorf zu sehen. »Es wurden Magien dort gewirkt, sagt Ihr. Muss es der Feind gewesen sein? Es war doch nur die Rede von Ungeheuern und Dämonen.«

»Die Flüchtlinge sprachen davon, dass der Feind Dämonen schicken würde. Die Leute waren verwirrt und geängstigt ... Dennoch habt Ihr recht, ich versäumte es, die richtigen Fragen zu stellen. Aus der Luft war nur zu erkennen, dass es dort noch immer eine Art Sog gibt, der Magien an sich bindet, etwas, das oft bestehen bleibt, nachdem große Magien gewirkt wurden und die Ströme in Ungleichgewicht zurückgeblieben sind.«

»Das könnt Ihr auch Tage später noch erkennen?«, fragte Gerlon neugierig.

»Stellt Euch vor, Ihr grabt in einer Wüste ein Loch und entnehmt an dessen Grund einen Eimer Sand. Auch nachdem ihr schon gegangen seid, wird der Sand das Loch wieder zu füllen versuchen. Bis nichts mehr zu erkennen ist, dauert es seine Zeit, mit dem Sand wie mit der Magie.«

»Magie fließt an diesen Ort um auszugleichen, was dort entnommen wurde?«

»So ist es.«

»Hm«, meinte der Priester. »Sagt, ist es möglich, die Magie aufzubrauchen? Gibt es eine Grenze, wie viel Sand man von einem Ort entnehmen kann?«

»Wirke ich einen Zauber, entziehe ich dem, was sich an dem Ort befindet, die notwendige Magie. Der Umgebung, dem Weltenstrom, vielleicht mir selbst. Ich bringe den Fluss der Magien in Unordnung, und je öfter ich an einem Ort einen Zauber wirke, umso schwerer wird er mir fallen. Deshalb ist einem Maestro die Nähe zu dem Weltenstrom wichtig, dieser verbraucht sich nicht und muss nicht aufgefüllt werden.«

»Und ein solcher Weltenstrom läuft dort entlang?«, fragte Gerlon.

»Eben nicht. Das macht die Angelegenheit so seltsam.«

»Und wenn sich nun doch die Tore der Höllen dort geöffnet hätten?«

»Bruder Gerlon«, antwortete die Maestra kühl. »Ich folge einer Wissenschaft und keinem Aberglauben! Es gibt weder Tore, die zur Hölle führen, noch Dämonen!« Sie ritt davon. Gerlon sah ihr nach. »Ich hoffe«, sagte er leise, »dass Ihr Euch nicht täuscht.«

»Nichts, Ser!«, berichtete der Lanzenkorporal, als er vor Blix salutierte. Der Schwertmajor stand nahe dem Brunnen, der offenbar der Mittelpunkt des kleinen Orts gewesen war, und sah sich um. Es gab hier vier kleinere und ein größeres Haus, einen Gasthof. Überall standen die Türen offen, aber es gab keinerlei Zeichen eines Kampfes oder der Verwüstung. Zurzeit wurden die Häuser durchsucht. Blix kam es so vor, als wären die Legionäre froh darum, aus dem Sattel zu kommen. Etliche schienen eigenartig breitbeinig zu gehen. »Es gibt dort eine Lichtung, Ser«, fuhr der Korporal mit seinem Bericht fort. »Dort ist der Boden aufgewühlt, aber das ist auch schon alles. Kein Hinweis darauf, dass hier irgendetwas geschehen wäre, Schwertmajor, Ser!«

»Abgesehen davon, dass es hier keine Menschen mehr gibt«, stellte Blix fest.

»Ay, Ser. Abgesehen davon.«

»Danke, Korporal«, meinte Blix und wandte sich der Königin zu, die ihr Pferd neben ihm zügelte. »Ihr habt es gehört?«, fragte er. Ihm fiel auf, dass sie diesmal ihr Schwert auf dem

Rücken trug, nur war der Drachengriff fest und sicher mit Leder eingeschlagen.

Sie nickte. »Nichts zu finden?«

»Meine Leute haben nichts gefunden.« Er blinzelte zu ihr hoch. »Aber meine Legionäre sehen die Welt auch mit anderen Augen als ein Maestro.«

»Dann sollte ich mir den Ort einmal ansehen, nicht wahr, Major?«

»Das halte ich für eine hervorragende Idee, Maestra.«

»Irgendetwas stimmt hier nicht«, stellte Grenski fest, die sich jetzt zusammen mit Gerlon zu der Maestra und dem Major gesellte, die am Rand der Lichtung standen und die Pferde an ihrem Zügel hielten. »Meine Haare sträuben sich, und ich will dort nicht hinsehen.«

»Unsere Pferde sehen es ähnlich«, meinte Blix. »Sie weigern sich, näher heranzugehen …« Er strich dem zitternden Tier über die Flanke. »Hier geht es noch, aber drei Schritt weiter, und sie wollen flüchten.«

»Aber es ist tatsächlich nichts zu sehen«, stellte Gerlon fest. Er schaute sich mit weiten Augen um. »Nur, dass in mir auch alles flüchten will!«

Damit erging es dem Priester nicht viel anders als ihr selbst, dachte Leandra. Es war die kleine Lichtung, von der der Korporal gesprochen hatte. Der gleiche Ort, den sie vom Sattel ihres Greifen her gespürt hatte, dessen war sie sich sicher. Selbst heute noch, Tage später, konnte sie die Störung im Gefüge der Magie noch fühlen. Doch das war es auch schon. Eine Lichtung am Waldrand, ein paar Büsche und Sträucher … Sie blinzelte. Blinzelte erneut. Dann trat sie an ihr Pferd heran und öffnete die linke Satteltasche, entnahm dieser einen kleinen Becher aus Zinn, den sie mit Wasser aus ihrem Beutel füllte. Sie murmelte etwas, fuhr mit der Hand über den Becher, tunkte die Fingerspitze hinein und fuhr sich mit dem feuchten Finger über die Augen. Und starrte.

»Schwertmajor«, sagte sie leise und hielt dem Major den Becher hin. »Benetzt Eure Augen mit Wasser aus dem Becher und reicht ihn an die anderen weiter.«

»Warum?«, wollte Blix wissen.

»Tut es einfach«, sagte die Maestra heiser.

Blix nahm den Becher und tat wie geheißen und fing an zu fluchen, wenige Atemzüge später hatten Gerlon und Grenski es ihm und der Maestra gleichgetan.

»Kein Wunder, dass die Pferde nicht weitergehen wollten«, stellte Blix mit gepresster Stimme fest. »Ich verstehe nur nicht, wieso wir sie vorher nicht gerochen haben.«

»Ein Zauber sollte verhindern, dass man sie findet«, erklärte die Maestra mit rauer Stimme. »Es ging nicht nur um die Sicht ...«

»Obwohl ich mir nun fast wünsche, nichts gesehen zu haben«, flüsterte Bruder Gerlon. »Götter, möget ihr diesen armen Seelen gnädig sein!«

Vor ihnen auf der Lichtung offenbarte sich ein blutiger Kreis von etwa sechzehn Schritt Durchmesser. Neun Steine begrenzten diesen Kreis, acht außen, einer in der Mitte, jeder von ihnen in etwa von der Größe eine Kopfes. Um sie herum war das Gras schwarz von altem Blut, Fliegen und andere Insekten klebten in Schwärmen an den Steinen. Dort, weiter hinten, wo der Wald anfing, lagen, wie Strohpuppen achtlos weggeworfen, die Unglücklichen, von denen das Blut stammte. Kinder zumeist, die Bäuche und die Kehle aufgeschlitzt, das Rückgrat gebrochen, die Gesichter vor Entsetzen verzerrt. Die Tiere des Waldes hatten sich an den Leichen schon gütlich getan, und obwohl die schattige Lage und das kühle Wetter den Verwesungsprozess verlangsamt hatten, war zu erkennen, dass die Untat schon mehrere Tage zurückliegen musste.

»Es ist nicht länger her als sieben Tage«, stellte jetzt auch Leandra fest. Die Stimme der Maestra war so leise, dass Blix sie kaum verstand.

»Woher wollt Ihr das wissen?«, fragte er.

»Ich war vor sieben Tagen kurz in der Donnerfeste, um mich mit einem Freund des Lanzengenerals zu treffen. Damals zog ein gewaltiges Gewitter die Bergflanke hoch … wenn es vor diesem Gewitter passiert wäre, hätte dieses die meisten dieser Spuren weggespült.«

»Das wäre mir lieber gewesen als dieser Anblick«, meinte Blix grimmig, woraufhin die Maestra nur nickte, während von Gerlon das leise Murmeln eines Gebets zu hören war.

Grenski sagte nichts, nur war ihre Miene wie aus Stein gemeißelt und ihre Fäuste so fest geballt, dass ihre Knöchel weiß hervortraten.

Aus dem Kreis führte eine breite Spur heraus, hier war das Gras an vielen Stellen aufgerissen und das Erdreich bloßgelegt. Hier und da konnte man einen beschlagenen Pferdehuf oder genagelte Absätze erkennen, aber die meisten Abdrücke waren tiefer und breiter, an manchen zeigten sich auch deutlich die Spuren von Krallen. Die Spuren führten in weitem Bogen an dem kleinen Dorf vorbei nach Südwesten.

Blix setzte zweimal an, bevor er einen Ton herausbrachte. »Was … was ist hier geschehen?«

»Ich vermute«, antwortete die Maestra und schluckte selbst zweimal, bevor sie sich ihrer Stimme sicher war, »dass hier jemand ein Tor eröffnete. Ohne den Weltenstrom bedarf es dazu enormer Macht.«

»Und die Kinder? Warum wurden sie geopfert?« Auch dem Priester fiel es sichtlich schwer, sich zu fassen. »Dieser Ort stinkt nach Bösem, aber ich sehe keinen Altar!«

»Es gibt Legenden, die von einer Art Blutmagie sprechen«, fuhr die Maestra fort. »Demnach gäbe der Tod eines Kindes für einen Moment fast so viel Kraft, wie man aus dem Weltenstrom ziehen könnte. Diese Kinder wurden keinem Gott geopfert, Bruder Gerlon. Sie starben, um ein Tor zu öffnen.«

»Ich habe davon gehört.« Gerlon sah sich noch immer erschüttert um. »Waren es nicht die dunklen Elfen, die diese Blutmagie erforschten?«

»Du bist gut unterrichtet, Priester«, sagte Zokora, als sie aus dem Schatten zwischen den Bäumen trat. Als verschiedene Personen zu ihren Schwertern griffen, blieb sie stehen und hob eine Augenbraue an. Blix holte tief Luft und schob sein Schwert zurück in die Scheide.

»Ihr könnt das bestätigen, was die Maestra sagte?«, fragte er dann.

»Braucht es das noch?«, fragte Zokora, aber sie nickte dennoch. »Leandra hat recht, genau das geschah hier. Einer der Priester des falschen Gottes hielt hier ein Ritual ab, um ein Tor zu öffnen.« Sie schenkte den Leichen der Kinder wenig Aufmerksamkeit, doch dafür den Spuren am Boden umso mehr. »Es handelt sich um zwölf Elitesoldaten des Nekromantenkaisers, einen Priester des falschen Gottes, einen Maestro meines Volkes, einen Bestienmeister, der eine dieser Kriegsbestien führt, und zwei Jäger mit ihren Vartramen. Der Priester opferte die Kinder, um ein Tor nach Askir zu öffnen und einen Nekromanten mit Namen Corvulus hierher zu holen.« Sie führte eine Geste aus, welche die ganze Lichtung und die toten Kinder einschloss. »Das alles hier diente nur diesem einen Zweck und war sorgfältig geplant. Das Tor wurde vor sechs Tagen um Mitternacht geöffnet, kurz nach dem Attentat auf Havald. Sie haben diesen Ort gewählt, weil es hier einfacher war, ein Tor zu errichten. Offenbar gibt es außer dem Weltenstrom noch andere Dinge, die man berücksichtigen muss, wenn man ein Tor eröffnet.«

»Die relative Lage der Tore zueinander scheint auch wichtig zu sein, genau wie die Ausrichtung«, nickte Leandra.

»Mag sein.« Die Dunkelelfe schien nicht sehr interessiert.

»Das alles könnt Ihr aus den Spuren herauslesen?«, fragte Gerlon ungläubig. »Oder verfügt Ihr gar über die Gabe der Weissagung?«

Die dunkle Elfe lächelte schmal. »Erinnert ihr euch an den Vartramen im Lager?«

Sowohl Blix als auch Grenski nickten, während Gerlon fragend blickte.

»Jeder Vartrame gehört zu einem Jäger. Ich fand ihn und habe ihn ausführlich befragt.«

»Gut«, meinte Grenski zufrieden. »Wo ist der Mann?«

»Er ist dort hinten, etwa zweihundert Schritt in dieser Richtung. Es gibt dort einen kleinen Hügel mit einem Baum darauf, in der Krone des Baums wirst du ihn finden. Warum?«

»Mir fallen auch noch ein paar Fragen ein, die man ihm stellen kann.«

»Es kann keine Fragen mehr beantworten.«

»Er ist tot?«, fragte Grenski.

»Das«, meinte die Elfe mit einem grimmigen Lächeln, »habe ich nicht gesagt.«

»Also gut«, sagte Blix und erinnerte sich an den schreckenverzerrten Gesichtsausdruck des Raben. Er schluckte. »Oder eher schlecht.« Er sah sich noch einmal in dem blutigen Kreis um und verzog angewidert das Gesicht. »Stabssergeant, sorgt dafür, dass die Kinder ordentlich begraben werden.«

»Aye Ser!«, nickte Grenski

»Maestra, könnt Ihr dafür sorgen, dass meine Soldaten die Kin… das hier sehen können?«

»Ja, sicher«, nickte Leandra.

»Ich werde für sie beten«, erklärte Gerlon leise.

»Tu das, Priester«, pflichtete ihm die Dunkelelfe bei. »Sie können es brauchen. Es ist keine leichte Arbeit, denn Blutmagie hinterlässt auch Spuren bei denen, welche die Opfer berühren. Es öffnet Türen, die besser geschlossen bleiben sollten.«

»Ich werde für die Kinder beten«, erklärte Gerlon erneut.

»Bete für die Soldaten, Priester. Sie brauchen es. Für die Kinder ist es zu spät.«

»Für ihre Seelen ist es nie zu spät!«, meinte Gerlon erhaben und richtete sich zu seiner vollen Größe auf. »Soltar wird …«

»Ihre Seelen wurden für das Tor geopfert. Hast du nicht zugehört, als Leandra es erklärte?«

»Aber ...«, begann der Priester sichtlich erschüttert. »Wie ...«

»Das war Omagors Verbrechen«, erklärte die dunkle Elfe bitter. »Stell dir vor, dass nach deinem Tod kein neues Leben folgt, keine Hoffnung ist, dass all das, was du warst und bist nichts hinterlässt. Es anders zu fügen, war das Geschenk Soltars an die Menschen ... und der falsche Gott fordert es für sich zurück!«

»Aber wie können Menschen daran glauben wollen?«, fragte Blix ungläubig. »Warum sollen sie einem Gott folgen, der sie nicht wieder leben lässt?«

»Omagor versprach einst denen, die ihm folgten, dass sie Teil von ihm werden würden, durch ihn die Göttlichkeit erhalten sollten.«

»Und das glaubt man?«, fragte Grenski erstaunt.

Zokora zuckte die Achseln. »Warum nicht? Erzählt man Menschen etwas lange und oft genug, glauben sie es irgendwann.« Sie wandte sich von den verstümmelten Leichen ab und deutete in südwestlicher Richtung. »Corvulus hat sechs Tage Vorsprung, und er ist in diese Richtung gezogen. Wenn wir ihn finden wollen, sollten wir nicht länger trödeln.«

»Auf ein Wort, Schwertmajor«, bat die dunkle Elfe Blix später am Abend, gerade als dieser befohlen hatte, das Lager zu errichten. Tatsächlich wäre das verlassene Dorf die bessere Wahl für einen Lagerplatz gewesen, aber niemand beschwerte sich darüber, dass er die Lanze noch zwei Kerzen lang marschieren ließ. Eher schien man froh darüber, den blutigen Zirkel weit hinter sich zu lassen.

Blix sah die zierliche Elfe überrascht an. »Ja, Sera?«

»Deine Soldaten sollen sich Bäume abschneiden, in der Dicke mindestens eine Hand lang. Die Stücke sollten drei Schritt lang sein und an einem Ende sorgfältig angespitzt und im Feuer gehärtet. Stelle jeweils vier Soldaten ab, die gemeinsam diesen Spieß führen sollen, und stelle mindestens sechs dieser Spieße her.«

»Und warum, wenn ich fragen darf?«, fragte Blix leicht ungehalten. Der Tonfall der Sera war nicht weit von einem Befehl entfernt, und der Schwertmajor war unwillig, sich von einer Zivilistin befehlen zu lassen.

»Diese Spieße sind die einzige Waffe, die du gegen diese Kriegsbestie hast. Alles andere wird versagen. Vielleicht kann Leandra mit ihrer Magie noch etwas ausrichten, aber auch das ist zweifelhaft.«

»Ihr wollt mir sagen, dass meine Lanze nicht mit einem Tier fertig wird?«

»Genau das.«

»Das will ich nicht glauben.«

»Diese Bestie ist in der Schulter eine halbe Mannslänge größer, als du es bist, und wiegt in etwa so viel wie zehn eurer Ochsen. Zum größten Teil ist sie durch natürliche Panzerplatten geschützt, die bis zu drei Finger dick sein können; selbst dort, wo das nicht der Fall ist, ist die Haut dick und zäh genug, um einem Schwertstreich Widerstand zu bieten. Zudem hat der Feind das Biest gepanzert. Auf seiner mächtigen Stirn trägt die Bestie ein langes Horn, das mit einer Stahlkappe verstärkt wurde, es kann ein Pferd aufspießen und mit einer Bewegung seines Kopfes mehrere Schritt weit schleudern.« Sie zog eine Augenbraue hoch und bedachte den Major mit einem erhabenen Blick. »Willst du jetzt auf meinen Rat hören und die Bäume fällen lassen?«

»Ay, Sera«, meinte Blix gepresst.

»Dass ihr Menschen immer Erklärungen braucht«, beschwerte sich Zokora kopfschüttelnd. »Warum könnt ihr nicht einfach das tun, was euch jemand sagt, der weiser ist und klüger, als ihr es seid?«

»Weil wir nicht davon ausgehen, dass es so ist. Und selbst für uns denken wollen.«

»Nun«, sagte Zokora, und ihre dunklen Augen musterten ihn nachdenklich. »Ich habe diesen Eindruck nicht«, sagte sie dann. »Auch Havald und Varosch haben dies behauptet, aber meine Erfahrung ist es, dass die Menschen meist zu faul zum Denken sind.« Sie schenkte ihm ein seltenes Lächeln. »Wenn es bei dir anders ist, soll es mich freuen.« Mit diesen Worten wandte sie sich ab und ließ ihn stehen. Er sah ihr nach und schüttelte dann leicht den Kopf.

»Was ist?«, fragte Grenski, die ein Talent dafür besaß, bei solchen Gelegenheiten wie aus dem Nichts aufzutauchen.

Blix nahm seinen Helm ab und kratzte sich am Hinterkopf, ohne den Blick von der zierlichen Elfe zu lösen. »Ich weiß nicht, ob ich soeben ein Lob erhalten habe oder beleidigt wurde.«

»Weder noch. Sie sagte ›Wenn‹«, meinte Grenski ungerührt. »Damit lässt sie die Möglichkeit offen, dass du selbst denken kannst, hat aber ihre Zweifel.«

»Danke«, meinte Blix ungehalten. »Hast du alles belauscht?«

»Mitgehört. Nicht belauscht. Meine Aufgabe ist es, über alles unterrichtet zu sein.«

»Hm«, meinte Blix. »Was hältst du von ihrer Beschreibung der Kriegsbestie?«

»Ich hörte Ähnliches von einem Bullen in der ›Silbernen Schlange‹, dessen Schwester eine Seeschlange geheiratet hat, dessen Bruder wiederum mit dem Lanzengeneral auf der *Schneevogel* fuhr. Dieser hat behauptet, dass er gesehen hat, wie ein Angriff einer dieser Bestien zehn guten Männern das Leben kostete und dass es einen Barbar mit seiner Axt brauchte, um sie zu erschlagen.«

»Unsere Rüstungen sind stabiler, aber wie sehr das bei diesem Biest helfen wird, ist fraglich. Haben wir Zweihandäxte dabei?«

Grenski schüttelte den Kopf. »Nur Zweihandschwerter. Wenn man sie im Boden verkeilt, könnten sie das Biest aufspießen. Doch sollte es sich wie ein wilder Eber verhalten und sich nicht daran stören, sind die Schwerter zu kurz, um das Biest zu halten.«

»Hm«, meinte Blix. »Was hältst du dann davon, kleine Bäume fällen zu lassen und als Spieße zu verwenden?«

»Aye, Ser«, meinte Grenski und salutierte grinsend. »Ser, gute Idee, Ser!«

Das verfluchte Siegel

11 Kurz vor Sonnenuntergang des nächsten Tages gingen Blix und Grenski gerade zusammen das Lager ab, als Rufe zu hören waren und die Soldaten entweder nach oben blickten oder in den Himmel deuteten.

Auch Blix legte den Kopf in den Nacken und fluchte leise, dort oben kreiste eine dieser fliegenden Schlangen, von denen er so viel gehört hatte. In Aldar hatte er sie nur aus der Ferne gesehen, doch diese hier kam recht nah heran, aber nicht nah genug, dass man sie mit einer Armbrust oder einem Bogen vom Himmel holen konnte.

Sie sah anders aus, als er es sich von der Beschreibung her vorgestellt hatte, nicht ganz so schmal, und bis auf den Kopf und den Schwanz sah er wenig Ähnlichkeit mit einer Schlange.

»Es sind auch keine Schlangen«, meinte Grenski dazu. »Es sind Wyvern und entfernt mit Drachen verwandt.«

Blix folgte dem Flug der Wyvern mit seinen Augen und bemerkte, wie das Gold in ihren Flügeln im Licht der untergehenden Sonne glänzte. Diese Wyvern war gold, türkis und rot gemustert. »Auf jeden Fall nett anzusehen«, meinte Blix.

»Die Wyvern oder die Reiterin?«, fragte Grenski etwas spitz, und Blix blinzelte, tatsächlich, die Wyvern trug eine

Reiterin, der helle Fleck ihres Gesichts war auch auf die Entfernung leicht zu erkennen.

»So viel dazu, dass wir unbemerkt marschieren wollten«, stellte Blix fest und sah sich suchend um. Er fand die Maestra und ihren Greifen in einer dichten Baumgruppe, wo die weißblonde Sera sichtlich angespannt eine Hand auf den Schnabel ihres Greifen gelegt hatte und auf diesen einzureden schien. Im gleichen Moment legte sich die Wyvern seitwärts in eine Kurve und flog davon. Vielleicht, dachte Blix, hatten sie doch etwas Glück gehabt, und zumindest Steinwolke war den Augen der Wyvernreiterin verborgen geblieben.

Auch Grenski schaute der Wyvern nach. »Ich frage mich, wie weit die beiden Speerwerfer reichen, die wir zugeteilt bekommen haben.«

»Warst du nicht der Meinung, es wäre zu viel Aufwand, sie jeden Abend neu zu errichten?«

Grenski warf ihm einen undeutbaren Blick zu. »Ich habe soeben meine Meinung geändert.«

»Gut«, meinte Blix. »Dann lass die Speerwerfer aufbauen. Das nächste Mal, wenn wir Besuch erhalten, finden wir es heraus.«

»Aye, Ser!«, salutierte Grenski. »Ich denke, ich werde demjenigen einen Monat Extrasold versprechen, der dieses Viech vom Himmel holt!«

»Biete ihnen den zweifachen Monatssold«, sagte Blix und sah missmutig in den Himmel hoch. »Ich gebe zu, dass es mir sehr missfällt, so ausgespäht zu werden!«

Zwei Tage später stand Blix wieder da und sah hoch zum morgendlichen Himmel, wo die Wyvern und ihre Reiterin unbehelligt ihre Kreise zogen. Zehn Schritt entfernt war eine Tenet damit beschäftigt, einen der Speerwerfer abzubauen. Gestern Morgen wäre es beinahe gelungen, die fliegende Schlange damit abzuschießen, der schwere Speer hatte die Wyvern nur knapp verfehlt. Seitdem jedoch waren Biest und

Reiterin vorsichtiger geworden und hielten Abstand. Wenigstens so lange, bis man, wie jetzt, dazu gezwungen war, die Speerwerfer wieder abzubauen.

Kaum hatte die Mannschaft den mannslangen Speer von der Schiene der kleinen Balliste genommen, breitete die Wyvern ihre Schwingen aus und schoss im Tiefflug über die Soldaten hinweg. Von der Seite her hörte Blix, wie gut ein halbes Dutzend Armbrüste abgefeuert wurden, meist gefolgt von lauten Flüchen, denn keiner der Bolzen fand sein Ziel. Unbehelligt schraubte sich die Wyvern wieder in die Höhe, und ganz entfernt meinte er sogar, die Reiterin lachen zu hören.

»Ich fange an, sie zu hassen«, meinte er zu niemandem im Besonderen, also, wie in diesem Falle auch, zu Grenski. Die nickte nur und beschattete ihre Augen mit der linken Hand, um den Flug der Wyvern besser beobachten zu können.

»Dumm ist sie jedenfalls nicht. Seit dem Versuch gestern Morgen hält sie Abstand, wenn wir lagern. Dafür verfolgt sie uns, wenn wir marschieren. Manchmal scheint es mir, als flöge sie absichtlich heran, um uns dazu zu bringen, unsere kostbaren Bolzen auf sie zu verschwenden.«

Der Schwertmajor sah auf und nickte höflich, als sich die Maestra zu ihnen gesellte. Die Maestra wiederum hatte ihr Augenmerk auf einen der Versorgungswagen gerichtet, an dem Bruder Gerlon stand und mit einem Segen Soltars Eintopf an die Flüchtigen verteilte, die sich im Laufe der Nacht im Lager eingefunden hatten.

»Mir scheint, es werden weniger«, stellte sie fest und zog ihren Umhang enger um sich. Der Himmel war wolkenlos, und es versprach ein schöner Tag zu werden, aber hier an den Ausläufern der Donnerberge war es am Morgen noch immer ziemlich frisch.

»Ihr meint die Flüchtlinge?«, vermutete Blix, und die Maestra nickte. »Es sind immer noch zu viele«, stellte Blix fest. »Aber wir können sie ja schlecht wegschicken … es sind Kinder dabei.«

»Wie sieht es mit unseren Vorräten aus?«

Blix zuckte mit den Schultern. »Ich habe mit dem Koch gesprochen, er meint, solange es in den Wäldern genügend Wild gibt, sei es kein Problem.«

»Gut«, nickte die Maestra und richtete ihr Augenmerk wieder auf die Wyvern, die über ihnen kreiste. »Es wird Zeit, dass das aufhört«, meinte sie dann.

»Fühlt Ihr Euch denn bereit, den Kampf zu wagen?«, fragte Blix überrascht. Mittlerweile wusste er, dass der Greif der Königin noch ziemlich jung war und weder die Maestra noch ihr gefiederter Freund Erfahrung im Kampf gegen Wyvern besaßen.

»Ich nicht. Aber Steinwolke. Sie versichert mir, dass sie keinen Zweifel hat, diese Wyvern zu besiegen ... solange sie nicht auf mich Rücksicht nehmen muss.«

»Ihr meint, sie will die Wyvern alleine angreifen?«, fragte Blix.

»Genau das«, bestätigte die Maestra. »Und jetzt ist der geeignete Zeitpunkt dafür. Seht!«, rief sie und deutete zur Seite hin, wo ihr Greif soeben zwischen den Bäumen hervorbrach, als hätte man ihn mit einem Katapult abgeschossen. Schneller, als der Schwertmajor es für möglich gehalten hätte, schraubte sich der Greif empor. Jetzt hatte auch die Reiterin der Wyvern die neue Gefahr erkannt, und die fliegende Schlange legte sich zur Seite, um dem blaugoldenen Greifen nicht die Flanke zu bieten.

»Das hat sie überrascht«, stellte die Maestra grimmig fest. Die Hände in die Seiten gestützt beobachtete sie angespannt den Kampf, schien bei jeder Bewegung des Greifen mitzufiebern. »Offenbar haben wir es doch vermocht, Steinwolke vor ihrem Blick zu schützen!«

Blix nickte nur, auch er war gebannt von dem, was dort hoch oben in der Luft geschah. Tatsächlich war der Kampf bereits entschieden. Im Vergleich zu den flinken Bewegungen des Greifen schien die Wyvern schwerfällig und träge. Zunächst gewann Steinwolke an Höhe. Als sie dann, einem Adler gleich, im Sturzflug herabstieß, zeigte sich, wie wenig die fliegende Schlange dem Königsgreifen entgegenzusetzen hatte. Schon der erste Angriff war zugleich der letzte. Die mächtigen Krallen zerfetzten der Wyvern den linken Flügel, der Schnabelhieb hingegen traf die Reiterin und riss sie fast entzwei.

Während die Wyvern mit ihrer Reiterin in die Tiefe stürzte, war der Triumphschrei des Greifen weithin zu hören. Er trieb sogar dem Schwertmajor einen Schauer über den Rücken, der immer noch nicht so recht fassen konnte, wie schnell der Greif den Kampf gewonnen hatte.

»Ist sie nicht großartig?«, schwärmte die Maestra, während sie mit leuchtenden Augen zusah, wie ihr Greif mit weiten Schwingen zur Landung ansetzte. »Entschuldigt mich«, fügte sie hinzu und eilte davon, dorthin, wo Steinwolke jetzt gelandet war und sich mit gespreizten Federn von den Legionären feiern ließ. Der Schwertmajor sah ihr nach und schüttelte dann ungläubig den Kopf.

»Schau dir das an«, meinte er schmunzelnd zu Grenski. »Als wäre Steinwolke Pfau und Katze zugleich!«

»Das wäre dann ein anderes Fabelwesen«, lachte die Stabssergeantin. »Aber ja, sie hat es sich redlich verdient, etwas gefeiert zu werden.« Doch sie wurde schnell wieder ernst und suchte mit den Augen den Waldrand ab. »Sollten wir nicht schauen, was wir von der Wyvernreiterin lernen können?«

»Richtig«, nickte Blix. »Schwertkorporal Hansen soll sich zwei Männer nehmen und mit ihnen zusammen die Tote und die Ausrüstung bergen. Das, was von ihr übrig ist. Was den Rest der Lanze angeht … sie soll sich damit beeilen, das Lager abzubauen.« Der Schwertmajor musterte den Wald um sie herum, der in den letzten Tagen immer dichter geworden war, je weiter sie sich von den Donnerbergen entfernten. »Die Maestra hat uns Zeit erkauft. Bis eine andere Wyvern erscheint, sollten wir verschwunden sein. Vielleicht gelingt es uns sogar, sie gänzlich abzuschütteln.« Dann wanderte sein Blick wieder zu dem Versorgungswagen hin, wo die Flüchtlinge den Sieg Steinwolkes genauso feierten wie die Legionäre. Er musterte die tiefen Spuren, die von den eisenbeschlagenen Rädern des Wagens stammten, und seufzte. »Wenigstens können wir es versuchen.«

»Sie war fast noch ein Kind«, stellte Gerlon betroffen fest, als er am Abend die Tote in Blixens Zelt liegen sah. Diesmal hatte Blix darauf verzichtet, eine Lichtung zum Lagern zu suchen, die Lanze hatte deshalb ihre Zelte mitten im Wald aufgeschlagen. Auch das Zelt des Majors stand diesmal nicht so gerade wie sonst, er hatte es zwischen zwei Bäumen errichten lassen, die kaum genügend Platz dafür ließen.

Gerade weil der Wald so dicht war, hatte es etwas gedauert, bis Hansen fündig geworden war, erst kurz vor Sonnenuntergang hatte er mit seiner traurigen Beute wieder zur Lanze aufschließen können.

Sein Freund Gerlon hatte recht, dachte Blix und versuchte sich daran zu erinnern, wie sehr er die Wyvernreiterin verwünscht hatte. Steinwolkes harter Schnabel hatte der jungen Frau die linke Schulter und den Arm abgetrennt, wo dieser verblieben war, mochten die Götter wissen. Der Sturz durch die Bäume und der Aufprall auf dem Boden hatten ein Übriges getan, kaum ein Knochen war noch ganz an ihr, doch wie durch ein Wunder war das fein gezeichnete Gesicht fast unversehrt geblieben.

»Sie ähnelt Asela«, meinte die Maestra und beugte sich etwas vor, um die Tote besser sehen zu können. »Bleich und schwarzhaarig, ein ähnlich störrisches Kinn …« Sie musterte die Tote und sah dann zu Gerlon auf. »Ihr habt recht. Wenn sie älter als fünfzehn ist, würde mich das wundern.« Sie wandte sich an den Schwertkorporal, der die Leiche gebracht hatte. »Ihr seid sicher, dass dies ihre gesamte Ausrüstung ist?«

Hansen nickte. »Wir fanden sie so vor, noch immer an ihren Sattel festgeschnallt. Wir schnitten sie los und brachten sie zusammen mit dem Sattel her.«

»Danke«, sagte die Maestro, ohne den Mann weiter zu beachten. Ihre Aufmerksamkeit galt vielmehr der gefütterten Lederrüstung der Toten. »Nur eine Tasche am Oberschenkel, sonst nichts«, stellte sie fest. »Alles andere muss sich also in den Satteltaschen befunden haben.« Mit spitzen Fingern öffnete sie die blutverschmierte Tasche, doch diese enthielt nicht mehr als einen Magnetstein in einer sorgfältig gearbeiteten Dose aus Messing und eine mehrfach gefaltete, grob gezeichnete Karte.

Die Satteltaschen schienen auch kaum etwas von Belang zu enthalten, etwas Trockenfleisch, eine Flasche aus getriebenem Silber und zwei lange silberne Nadeln, sowie einen festen Lederstreifen, der mit Schlingen versehen war, in denen acht handlange Wurfpfeile steckten. Ganz unten allerdings fand sich dann doch noch etwas: eine weiche Ledermappe, sorgfältig mit ledernen Schnüren verschlossen, deren Knoten mit Wachs versiegelt worden waren.

»Seltsam«, meinte Blix. »Die Knoten sind gesiegelt, aber es sind keine Abdrücke im Wachs zu erkennen, nur eine glatte Scheibe.«

»Ihr irrt, das *ist* das Siegel«, flüsterte Leandra voller Abscheu. Mit spitzen Fingern legte sie die Tasche auf den Tisch neben die Tote und wischte sich die Finger ab. Sie durchsuchte noch einmal alles andere gründlich, und gab dann den Soldaten ein Zeichen. Die hoben das Brett mit der traurigen Last an und trugen die Tote aus dem Zelt. Gerlon folgte den Soldaten nach draußen, und Blix löste den Knoten am Eingang, sodass die Zeltplane herabfiel und das Zelt verschloss.

»Ergiebig war das nicht«, stellte er dann enttäuscht fest und ärgerte sich darüber, dass er selbst die Anweisung gegeben hatte, die Tote hierher ins Zelt zu bringen, den Geruch von Blut und anderem würde er wohl noch länger ertragen müssen.

»Bis auf diese Tasche hier«, meinte die Maestra und wandte sich an Stabssergeant Grenski, die still und ruhig wie eine Statue neben dem Zelteingang stand. »Könnt Ihr schauen, ob die Sera Zokora in der Nähe …«

»Ich bin hier, Leandra«, sagte die Sera Zokora und schob die Zeltplane zur Seite um einzutreten. »Und du hast recht, es ist ein Siegel des dunklen Gottes.«

»Was bedeutet das?«, fragte Blix leise. Jetzt, da die anderen Soldaten gegangen waren und auch keine tote Wyvernreiterin mehr das Zelt beherrschte, befanden sich nur noch er, Grenski, die Sera Zokora und die Maestra im Zelt. Nicht nur die Dunkelelfe besaß gute Ohren, auch die Wachen draußen vor dem Zelt waren nicht taub. Es musste ja nicht jeder hören, was hier besprochen wurde.

»Es liegt Magie auf dieser Tasche und dem Siegel«, erklärte die Maestra. »Ich fühlte es in dem Moment, als ich es berührte. Nur ist es keine normale Magie, sondern die des Blutes.«

»Jemand führte ein Blutopfer aus, um diese Tasche zu versiegeln«, ergänzte die Dunkelelfe. »Wenn man die Stärke des Zaubers bedenkt, dann handelt es sich vermutlich um ein Menschenopfer.« Sie sah zu Blix hin, der nun die kleine Tasche musterte, als hätte sie Zähne und Klauen bekommen. »Die Wyvernreiterin hatte nicht nur den Auftrag, uns zu beobachten, sie musste auch noch Botendienste leisten.«

»Können wir dieses Siegel gefahrlos brechen?«, fragte Blix.

Die dunkle Elfe musterte ihn erstaunt. »Ich teilte dir mit, dass ein Mensch geopfert wurde, um diese Tasche zu versiegeln. Was würdest du vermuten?«

»Also nein«, seufzte Blix. »Also tun wir … was?«

»Wir müssen wissen, was darin steht«, meinte die Maestra. »Also muss das Siegel gebrochen werden, nur wie?«

»Der dunkle Gott ist nicht mehr«, erklärte die Dunkelelfe mit Bestimmtheit. »Doch diese Art von Magie besitzt ihre eigene Macht, auch wenn sie nicht von einem Gott getragen wird. Ein solches Siegel sollte man nur in einem Tempel brechen.« Sie sah zu Leandra hin. »Am besten, du bringst die Tasche mit Steinwolke zur Donnerfeste. Von dort aus kann man sie dann mit dem Tor nach Askir bringen und dann dort zu dem Tempel des Soltar. Sie werden wissen, was sie zu tun haben.«

»Gut«, seufzte die Maestra. »Ich sollte dann wohl auch besser keine Zeit verschwenden. Ich werde sogleich mit Steinwolke aufbrechen.«

»Und die Wyvern?«, fragte Blix besorgt.

»Ist es Euch noch nicht aufgefallen, Schwertmajor?«, fragte die Königin und lachte leise. »Die Wyvern fliegen nicht des Nachts. Wenigstens noch nicht, im Moment ist es ihnen noch zu kalt.«

Leandra auch. Die Kälte hier oben, hoch über den südlichen Ausläufern der Donnerberge, war schneidend. Tiefer in den Tälern war der Frühling bereits eingezogen, doch bis er auch hier oben angekommen war, würden wohl noch einige Wochen vergehen. Erst dann war der Pass hoch zur Donnerfeste wieder vollständig passierbar ... für kaum mehr als fünf Monate, dann würde der Winter wieder Einzug halten. Solange der Pass offen war, dachte Leandra grimmig, würde jeder Tag neue Flüchtlinge nach Coldenstatt bringen, sie konnte nur hoffen, dass man den Pass auch gegen Thalaks Truppen halten konnte.

Mit klammen Fingern zog sie ihren Umhang enger um sich, froh darüber, dass sie daran gedacht hatte, vor dem Flug wenigstens eine kleine Magie zu weben, die einen Teil des schneidenden Flugwinds von ihr fernhielt, dennoch fühlte sie die Kälte in ihren Knochen, fühlte, wie der Wind mit tausend kleinen Nadelstichen ihr Gesicht taub werden ließ. Das nächste Mal, dachte sie grimmig, sollte ich Taride fragen, ob sie mir den Zauber zum Wärmen zeigt.

Sie dachte an die Wyvernreiterin zurück, die vorhin in ihren Tod gestürzt war. Sie hatte eine Rüstung aus schwarzem Leder getragen, die auf der Innenseite mit Fell gefüttert war, mit langen Stiefeln, Handschuhen und einem Helm, der mit dem Brustteil der Rüstung verschnürt werden konnte … jede Einzelheit ihrer Ausrüstung darauf abgestimmt, in lichter Höhe den Elementen und der Kälte zu trotzen. Sie hatte es warm genug gehabt, nur die Wyvern konnten bei solcher Kälte nicht lange fliegen.

Mit ihr und Steinwolke war es umgekehrt, Steinwolke schien die Kälte wenig anhaben zu können, Leandra hingegen fror wie ein Schiffsjunge auf Winterfahrt.

Es musste, dachte sie zitternd, während sie mit zusammengekniffenen Augen in die Dunkelheit unter sich starrte, die nur durch das silberne Band eines zum Teil gefrorenen Flusses unterbrochen wurde, noch irgendwo in den Zeughäusern der Zitadelle eine Rüstung für Greifenreiter geben, die ihr passen sollte!

Nur einen Vorteil hatte es, hier bei Nacht zu fliegen: Keine der Wyvern würde ihr gefährlich werden können. Die fliegenden Schlangen waren fast blind bei Nacht, und die Kälte fraß an ihren Kräften, machte sie langsam und steif.

Sie folgte dem Band des Flusses, bis die doppelte Biegung kam, die sie sich gemerkt hatte, dann legte sie sich leicht nach rechts, folgsam flog Steinwolke eine weite Kurve, während Leandra nach dem Einschnitt in den dunklen Schatten der Donnerberge suchte, einer Kerbe, wie von einem Beil geschlagen, dem Donnerpass, auf dem die Feste lag. Sie fand ihn fast auf Anhieb, und während Steinwolke wie ein Pfeil darauf zuschoss, war Leandra froh, dass es nicht mehr lange dauern würde.

Tatsächlich kam es ihr vor, als ob nur ein paar Atemzüge vergangen wären, bis sie die Fackeln der Wachen auf den Zinnen sah, dann war es schon so weit, Steinwolke breitete ihre Flügel aus und landete sanft neben dem alten Greifenhort, wo ein älterer Korporal von seinem Stuhl aufschreckte, in dem er ein Nickerchen gehalten hatte.

»Fü-füttert s-sie«, befahl Leandra leise, während sie mit klammen Händen versuchte, die Riemen zu lösen, die ihre Oberschenkel an dem Sattel hielten. »Am b-besten ein ganzes Sch-schaf.«

»Aye, Sera«, gab der Korporal Antwort und sah ihr zu, wie sie sich vergeblich an den Schnallen abmühte, um dann endlich genug Mut zu fassen. »Wenn Ihr erlaubt, dass ich Euch berühre?«

»T-tut es, Korporal«, wies sie ihn an. »Ich w-werde n-nicht daran st-sterben, wenn ihr meine Beine berührt!«

Tatsächlich spürte sie nur, wie sich die Schnallen überraschend schnell lösten, dann glitt sie von Steinwolkes breitem Rücken herab, froh darum, dass ihre Beine, so steif sie auch waren, sie noch hielten.

»Danke, K-korporal«, brachte sie mühsam hervor. Nimm das als Warnung, dachte sie, die Kälte nicht wieder zu unterschätzen! Auf Beinen, die sie kaum mehr fühlen konnte, stakste sie zu der nächsten Fackel, zog die flackernden Flammen in sich hinein und seufzte erleichtert, als die Wärme sie durchflutete. Erst als die Fackel, zu grauer Asche verbrannt, in ihrem Korb zusammenfiel, fiel ihr der entsetzte Blick des Korporals auf, und sie verfluchte ihren Leichtsinn. Nicht alle Soldaten des Reichs kamen aus Askir, wo man der Magie mit einer gewissen Gleichgültigkeit begegnete. Tatsächlich war es in den sieben Königreichen eher üblich, Magie für ein Werk von verfluchten Seelenreitern und Nekromanten zu halten.

»Keine Angst, Korporal«, versuchte sie den Mann zu beruhigen. »Es hat alles seine Richtigkeit, und es ist keine fünf Tage her, dass ich im Tempel Soltars gebetet habe.«

Der Mann schluckte und verbeugte sich tief.

»Das ist gut zu wissen«, sagte er. »Ich dachte nur, dass Eulen immer ihre Robe tragen würden.« Steinwolke fühlte sich übergangen und stieß den Mann mit ihrem Schnabel, woraufhin der lachte, seine Probleme mit Magie vergaß und dem Greifen über die Halskrause strich. Er fing an, dessen Sattelriemen zu lösen. »Ich werde mich gleich um dein Schaf kümmern, meine Schöne, aber erst machen wir es dir bequem, ja?«

Mit einem letzten Blick zu Steinwolke hin, die sich genüsslich streckte, stieg Leandra schmunzelnd die steile Treppe hinab. Manche Menschen waren seltsam, dachte sie. Da stirbt einer fast vor Angst, nur weil ich die Wärme aus einer Fackel ziehe, aber Steinwolkes Schnabel oder Krallen scheinen ihn dann nicht zu stören!

Als sie über den weiten Platz schritt, dachte sie daran zurück, wie es war, als sie die alte Donnerfeste zum ersten Mal gesehen hatte. Götter, was hatte sich nicht alles verändert! Damals war die Donnerfeste im Eis gefangen gewesen, ein gespenstischer Ort, Hort düsterer Legenden und Ungeheuer, mit dunklen Ecken und verborgenen Geheimnissen. Jetzt brannten Fackeln und Laternen, und es herrschte auch zu solch später Glocke noch überall Betriebsamkeit.

Einst hatte es viele solcher Festungen gegeben, Schutzburgen, an wichtigen Stellen im Reich platziert, doch im Laufe der Jahrhunderte waren sie verfallen oder schlimmer: wegen ihrer Steine abgetragen worden. Vor allem in Aldane war das der Fall, wo von drei großen Festungen kaum mehr als die Fundamente verblieben waren.

Doch hier prangte noch der kaiserliche Drache über dem Eingang zum Hauptgebäude der Festung, in seinen Klauen glänzte die goldene Zahl Zwei. Jeder einzelne Legionär schritt so stolz durch dieses Tor hindurch, als hätte er das kaiserliche Wappen selbst aus dem Stein geschlagen.

Leandra zog ihren Umhang enger um sich, hob das Kinn und ging entschlossen auf das Hauptgebäude zu, in dem sich das magische Tor befand, das sie nach Askir bringen würde. Die Nachricht in ihrer Tasche konnte bedeutungslos sein. Oder aber alles ändern.

Einer der Akolythen Soltars eilte heran, kaum dass Leandra ihren Fuß auf die Schwelle des Soltartempels gesetzt hatte, und bat um Steinherz. »Ihr müsst verstehen …«, begann er, doch Leandra schüttelte den Kopf.

»Es wird nicht nötig sein«, teilte sie dem Tempelschüler mit. »Ich habe nicht die Absicht, den Tempel zu betreten.« Sie hielt die Nachrichtentasche der toten Wyvernreiterin hoch. »Überbringt einfach diese Tasche dem Hohepriester. Teilt ihm mit, dass ein Fluch auf ihr liegt, der gebrochen werden muss.«

Der junge Mann blinzelte erstaunt. »Warum wollt Ihr dem Hohepriester eine verfluchte Nachricht zukommen lassen?«

Götter, dachte Leandra, gebt mir Geduld! »Diese Nachricht wurde dem Feind abgenommen, und wir vermuten nur, dass sie mit einem Blutsiegel versehen ist.«

»Einem Blutsiegel? Was ist das?«

»Jemand hat einen Menschen dafür geopfert, um sicherzustellen, dass niemand die Nachricht erhält, dem sie nicht zusteht«, erklärte Leandra und klang dabei bereits ein wenig gereizt. »Genau deshalb ist es ja so wichtig, dass der Hohepriester sich um diese Nachricht kümmert!«

»Aber …«, begann der Tempelschüler.

»Wie ist dein Name, Junge?«, fragte Leandra jetzt und fixierte den Schüler mit ihren violetten Augen.

»Rohard, Sera. Ich …«

»Hör zu, Rohard. Du gehst jetzt hinein, suchst Bruder Jon auf, und richtest ihm aus, dass Leandra di Girancourt, Maestra der Künste und Königin von Illian, ihn darum bittet, den Fluch von dieser Nachricht zu nehmen. Verstanden? Nun geh!«

Offenbar war dies deutlich genug gewesen, der junge Mann eilte hastig davon und wäre beinahe noch über seine eigenen Füße gestolpert.

Leandra sah sich um, seufzte und suchte sich eine Treppenstufe aus, um sich zu setzen. So, wie es aussah, versprach es eine lange Nacht zu werden.

»Nein, ich beabsichtige nicht, Soltar zu spenden«, erklärte Leandra dem Tempelschüler, der nun schon zum vierten Mal mit seiner Holzschüssel vor ihrer Nase herumfuhrwerkte. »Und, nein, meine Seele ist deshalb noch immer nicht in Gefahr!«

»Ihr verkennt mein Bemühen, Sera«, antwortete der Tempelschüler ernsthaft. »Es geht mitnichten darum, Soltar gnädig zu stimmen! Ließe er sich von Gold bestechen, was wäre er für ein Gott? Mit einer Spende helft Ihr dem Tempel, die Armen zu speisen und die Unwissenden in der Kunst des Lesens und des Schreibens zu unterrichten!«

»Vitash, ich werde mich um die Maestra kümmern«, unterbrach ein Mann in der Robe eines Priesters den Akolythen. Dieser zog nur den Kopf ein und eilte sogleich davon. »Ich bin Bruder Mircha«, stellte sich der Priester vor. »Bruder Jon bat mich, Euch abzupassen und zu ihm zu bringen.«

»Soll ich mein Schwert abgeben?«, fragte sie

»Das wird nicht nötig sein. Die Klinge ist Boron geweiht, nicht wahr?«

»So ist es.«

»Dann behaltet es bei Euch. Sera, wir müssen einen Exorzismus ausführen, und Bruder Jon meinte, es könnte sein, dass sich Eure Fähigkeiten als nützlich erweisen.«

»Welche Fähigkeiten?«, fragte Leandra verblüfft, während sie Steinherz wieder einhängte und dem Priester folgte.

»Eure Magie«, gab der Priester wie selbstverständlich zurück.

»Ich fürchte, hier irrt Bruder Jon«, erklärte Leandra, als ihre Schritte in der großen Halle ein Echo warfen. Dort auf seiner Insel, umgeben von einem Graben, der mit geweihtem Wasser gefüllt war, stand in seiner dunklen Robe das Standbild Soltars, die Kapuze wie eine Eule tief in das Gesicht gezogen. Wie immer fühlte sich Leandra, als ob der Gott ihr mit seinen Blicken folgen würde. Selbst zu dieser späten Stunde, es war schon kurz vor Mitternacht, hatten sich hier Dutzende

Gläubige zum Gebet eingefunden. Es würde sie nicht wundern, wenn jeder einzelne das Gefühl hatte, dass der Gott nur ihn ansah. »Ich bin in den Künsten der Magie ausgebildet, das ist wahr, aber nichts von dem, was ich je gelernt habe, kann bei einem Exorzismus helfen. Wenigstens ist mir nichts davon bekannt. Gilt für solcherart Magie nicht das Vorrecht der Tempel?«

»Bruder Jon ist der Hohepriester Soltars«, erklärte der Priester ernsthaft. »Er bekleidet dieses Amt seit nunmehr über sechzig Jahren. Wenn er sagt, Ihr könntet nützlich sein, dann ist es so. Er hat nicht die Angewohnheit, sich zu irren.« Ein kaum merkliches Lächeln spielte um die Mundwinkel des Mannes. »Er gibt allerdings zu, dass es noch geschehen kann, dass er sich täuscht.«

»Nun, dann täuscht er sich«, schmunzelte Leandra. Doch das Lächeln verging ihr, als der Priester sie zur Westwand der großen Halle führte, in der sich auch die Kammer befand, in der Havald lag. Götter, dachte sie, Bruder Jon wird doch wohl nicht denken, dass Havald besessen ist?

Bruder Mircha schien ihre Gedanken zu lesen, denn er legte beruhigend eine Hand auf ihre Schulter. »Es geht nicht um den Lanzengeneral. Vielmehr um den Tempelschüler, dem Ihr diese Nachricht übergeben habt.« Er öffnete eine Tür, die in einen Raum führte, der ähnlich, wenngleich auch nicht so prachtvoll, ausgestattet war wie der Raum, in dem Havald aufgebahrt lag. Oftmals wurden diese Räume für eine Beichte verwendet … es war schwer genug zu beichten, auch ohne dass die halbe Stadt mithörte.

Als Maestra und der Priester den Raum betraten, bot sich ihr ein unerwartetes Bild. Vor dem Altar, mit brennenden goldenen Ketten gefesselt, die an ihren Enden von zwei schwitzenden Priestern gehalten wurden, stand ein junger Mann, kaum älter als ein Kind, in den Roben eines Priesterschülers und lächelte spöttisch auf Bruder Jon herab, der zwei Schritt von ihm entfernt auf einem schlichten Klappstuhl saß und mit einem fast bedauernden Gesichtsausdruck den Gefangenen musterte. Es war erschreckend festzustellen, wie schwer es Leandra fiel, in der verzogenen Fratze das Gesicht des Tempelschülers von vorhin zu erkennen.

Bruder Jon dagegen stand aufrecht und furchtlos vor dem Besessenen. Dennoch, seitdem Leandra ihn das letzte Mal gesehen hatte, schien er ihr gealtert.

»Schön, dass Ihr gekommen seid, Maestra«, begrüßte Bruder Jon sie herzlich. »Ich hoffte, wegen anderer Dinge mit Euch zu sprechen, doch es ist nützlich, dass Ihr hier seid, alleine schon, um uns als Zeuge zu dienen.«

»Das Einzige, was sie bezeugen wird, ist euer aller Tod!«, zischte der Gefangene und sprühte dabei Schaum von seinem Mund. Er lispelte etwas. »Wartet nur, bald wird sich die Macht meines Gottes offenbaren!«

Leandra blinzelte überrascht »Hat er wahrhaftig eine gespaltene Zunge?«, fragte sie dann. Sie war sich sicher, dass der Tempelschüler keine solche besessen hatte.

»In der Tat«, nickte Bruder Jon, ohne den Blick von dem Gefangenen abzuwenden. »Es ist dir doch bewusst, Rohard, dass du dich im Tempel Soltars befindest?«

»Ja, Priester eines falschen Gottes!«, giftete der junge Mann. »Ist dir bewusst, dass es Nacht ist und du dich somit in seinem Reich befindest?«

»Omagor wurde von Soltar besiegt«, erklärte Bruder Jon ruhig. »Nun herrscht Soltar über die Nacht. Seine Ketten jedenfalls scheinen dich ohne Mühe halten zu können.«

»Lüge! Alles Lüge!«, fauchte der Mann. »Gleich ist Mitternacht, da wird sich euch die Macht meines Gottes beweisen!« Er zerrte an den Ketten, die weiterhin in einem goldenen Feuer brannten, ohne dass dies dem Mann etwas auszumachen schien.

»Was genau«, fragte Leandra verwirrt, »ist hier geschehen?«

»Manche«, meinte der Hohepriester mit einem Seufzer,

»die hier in den Tempel kommen, um unserem Herrn zu dienen, sind reinen Herzens, von Ehrfurcht und Glauben erfüllt, jedoch nicht immer scharfen Geistes. Wie Ihr ja wisst, hatte Rohard heute Abend die Aufgabe, am Tor zu stehen und Nachrichten entgegenzunehmen. Er hat strikte Anweisung, wie mit welchen Nachrichten zu verfahren ist. Ihr habt ihm mitgeteilt, dass ein Fluch auf dem Täschlein lag, das ihr ihm für mich gegeben habt. Dies nahm sich unser Schüler zum Anlass, den Fluch selbst entfernen zu wollen, womöglich, damit ich keiner Gefahr ausgesetzt werde.« Bruder Jon seufzte tief. »Wie Ihr erkennen könnt, ist es ihm vorzüglich gelungen, den Fluch von der Nachricht zu nehmen.« Er schüttelte unverständig den Kopf.

»Dieser Mann ist einer Eurer Tempeldiener und hält sich jetzt für einen Priester Omagors?«, fragte Leandra nach.

»So ist es«, seufzte Bruder Jon.

»Wie ist das möglich?«

»Die Nachricht enthielt eine flache Münze aus geschwärztem Silber. Als Rohard sie berührte, wurde sein Geist gegen den unseres Gastes hier getauscht«, erklärte der Hohepriester und zuckte mit den Schultern. »Schwarze Magie, nehme ich an. Wir kennen solche Tricks und Spielereien von dem Namenlosen, offenbar hat Omagor nun auch von ihm gelernt.«

»Aber Omagor ist doch vergangen?«

»Richtig«, nickte Bruder Jon. »Omagor war der Gott der Dunkelheit, der vor Jahrtausenden, schon bevor es hier Menschen gab, von Soltar, Astarte und Boron bezwungen wurde.«

»Alles Lügen! Es brauchte gleich drei Eurer falschen Götter … und sie waren nicht siegreich, mein Herr ließ sie nur in diesem Glauben!«, giftete der Gefangene.

»Das mag sein«, meinte Bruder John und nickte ernsthaft. »Was war eigentlich die Nachricht?«

»Ich werde Euch wohl kaum ausrichten, dass die Seele des Schützen ein Unterpfand gegen die Abtrünnige sein wird!«

»Von wem kam die Nachricht?«

»Dem Obersten Priester meines Herrn in dem Ort, den Ihr Menschen Lassahndaar nennt. Ein Trupp der Verräter ist dorthin unterwegs, um den alten Tempel dort zu schänden!« Der Gefangene bedachte den alten Priester mit einem stolzen Blick. »Nichts, was Ihr mir antun könntet, wird mich dazu bringen, Euch die Geheimnisse meines Gottes offenzulegen!«

»Da habt Ihr sicherlich recht. Weiß es sonst noch jemand?«

»Nein, wir haben es auch gestern erst erfahren. Aber auch das werdet Ihr nicht von mir hören, eher sterbe ich!« Der Priesterschüler bleckte die Zähne und spuckte aus. »Und jetzt spürt die Macht meines Herrn!«

»Ihr werdet schwerlich ...« begann Bruder Jon, doch im nächsten Moment geschah das Unmögliche, der Gefangene streifte seine Ketten ab, als wären sie nicht mehr als Spinnweben, und ein dunkler Schatten sammelte sich um ihn.

»Seht die Dunkelheit, die Eure Seelen nehmen wird!«, intonierte der Besessene, während Mircha und Bruder Jon und die beiden anderen Priester gemeinsam ein Gebet einstimmten. Ein goldener Schimmer umhüllte den Gefangenen, doch dieser lachte nur.

»Was seid ihr Menschen doch für schwache Kreaturen, ich werde ...«, begann der Mann gehässig, doch dann weiteten sich seine Augen, als ob sie ihm aus den Höhlen treten wollten. Mit wachsendem Entsetzen sah er zur Seite hin, auf die mit Blumenfresken geschmückte Wand, um dann mit einem letzten Stöhnen zusammenzubrechen. Einmal zuckte er noch und lag drei Atemzüge lang still, schon wollte sich Mircha über ihn beugen, da fuhr der Tempelschüler auf, um sich wie wild umzusehen.

»Bruder Jon?«, fragte er verwundert. »Wie ... wie komme ich hierher? Oh, was hatte ich für einen Traum!«

»Das war kein Traum«, sagte Mircha barsch.

»Willkommen zurück, Rohard«, meinte Bruder Jon mit einem feinen Lächeln. »Willkommen zurück.«

»Kein Traum, Mircha? Wie meint Ihr das?«, fragte der Tempelschüler erschrocken.

»Dass es wahrlich so geschah. Es war kein Traum«, wiederholte Mircha, woraufhin der Tempelschüler aufstöhnte, die Augen verdrehte und erneut niedersank.

Bruder Jon warf Mircha einen vorwurfsvollen Blick zu, bevor er sich an die beiden anderen Priester wandte. »Bringt Rohard in sein Quartier, sodass er sich erholen kann.«

»Was hat der Diener Omagors dort gesehen?«, fragte Leandra jetzt und ging hinüber zu der Wand, während der Tempelschüler weggetragen wurde. Die Fresken hier schienen sich jedoch nicht von denen auf allen anderen Wänden zu unterscheiden. »Was war es, was ihn so erschrecken ließ?«

»Er erschrak nicht«, widersprach Bruder Jon. »Er starb. Ich konnte spüren, wie ihm die Seele wie von einem scharfen Streich gekappt und durch diese Wand gezogen wurde.«

Leandra zog hastig ihre Hand zurück. »Was liegt hinter dieser Wand?«

Der alte Mann musterte sie aufmerksam. »Könnt Ihr es Euch nicht denken?«

»Wir wissen nicht, was es ist«, erklärte der Hohepriester an der Tür zu der Kammer, in der Lanzengeneral von Thurgau aufgebahrt lag. Zwei große Kerzen brannten am Kopfende der Bahre und tauchten den kleinen Raum in ein flackerndes warmes Licht, doch zugleich schien er auch von dunklen Schatten durchzogen. Unwillkürlich fröstelte es Leandra. »Im ersten Moment«, fuhr der Priester nun fort, »scheint alles ganz normal zu sein, doch je länger man ihn sieht, desto mehr scheint er im Schatten zu vergehen … seht Ihr es auch?«

Vorsichtig streckte die Maestra eine Hand aus, sie versank in der Dunkelheit und in einer Kälte, die nicht von dieser Welt sein konnte. Hastig zog sie ihre Hand zurück, alles war, wie es sein sollte, der Körper Havalds lag auf dieser Bahre, warm und fest unter ihrer Berührung. Sie sah sein Gesicht, die vertrauten Züge, nichts an ihm war ihr noch fremd. Nur eben …

»Wie kann das sein?«, flüsterte sie.

»Es ist der Wille Soltars. Euer Freund ist wahrlich der Engel des Todes … der Schnitter der Seelen.«

»Und der … dieser falsche Priester eben?«

»Ich bin sicher, dass Ser Roderik ihn zu sich nahm«, meinte Bruder Jon. »Ich vermochte fast den Schatten zu sehen, der nach dem Priester griff und ihn aus dem Körper unseres Tempelschülers riss.«

»Also … ist er wach? Bei Sinnen?«, fragte Leandra und blickte hoffnungsvoll auf die stille Gestalt herab.

Doch Bruder Jon schüttelte den Kopf.

»Nein. Sein Geist ist weit von hier. Wo auch immer er sich befindet, hier verweilt er nicht. Ich denke, es war der Gott selbst, der soeben handelte. Vielleicht durch ihn.« Bruder Jon schmunzelte. »Ihr müsst zugeben, es ist schon ein wenig dreist von einem Diener des dunklen Gottes, uns in *seinem* Haus zu drohen!« Sein Lächeln erstarb so schnell, wie es gekommen war. »Seine Kraft war dennoch erschreckend.«

»Und doch habt Ihr ihn besiegt. Ihr brachtet ihn dazu, die Nachricht zu verraten. Er hat es nicht einmal bemerkt.«

»Ihr versteht nicht«, meinte Bruder Jon voller Grimm. »Omagor ist vernichtet. Es gibt ihn nicht mehr. Dieser Mann, dieser falsche Priester … er hätte gar keine priesterlichen Kräfte besitzen dürfen!«

Es war Rohard, der hier eine Erklärung lieferte, er erinnerte sich an jenen fernen Tempel noch mit Schrecken und in jeder Einzelheit. An die anderen Priester dieser dunklen Gottheit und auch an den Körper, in dem er sich befunden hatte.

»Es war ein dunkler Elf«, erklärte er heiser. »Klein und zierlich, doch von ungeheurer Kraft. Er hatte noch kurz vorher ein Opfer abgehalten und stank und schmeckte nach Blut.« Er sah mit vor Angst geweiteten Augen hoch. »Er wird mich verfolgen, Bruder Jon, ich spürte es, er will mich, er kann es nicht dulden, dass ich ihn so befleckte!«

Faszinierend, dachte Leandra. Jetzt ist seine Zunge ganz normal.

»Er wird gar nichts tun«, sagte Bruder Jon und legte dem jungen Mann beruhigend die Hand auf die Schulter. »Soltars Engel hat ihn gerichtet und zu sich geholt.« Er nickte nachdenklich. »Aber es erklärt die Macht des dunklen Priesters. Diese dunklen Elfen verfügen selbst über starke magische Kräfte.« Er sah zu Leandra hin. »Im Nachhinein bin ich doppelt froh, dass Ihr da gewesen seid, Maestra. Wäre es hart auf hart gekommen, wäre es Euch zugefallen, den Besessenen zu erschlagen.«

»Also mich?«, fragte der Tempelschüler erschrocken.

»Ja«, gab ihm Bruder Jon Antwort. »Aber so etwas wird nicht mehr geschehen. Weil du jetzt den Sinn von Regeln erkannt hast, nicht wahr?«

Der junge Schüler nickte so heftig, dass selbst die Maestra schmunzeln musste.

»Und wer seid Ihr?«, fragte der Zeugwart und blinzelte kurzsichtig in das Licht der Laterne neben der Maestra.

»Leandra di Girancourt, Maestra der Künste und Königin von Illian. Das ist ein Königreich tief im Süden. Es befindet sich mit Thalak im Krieg. Wir sind mit Askir verbündet! Götter!«, fluchte Leandra. »Es geht hier um Dinge, die sonst niemand brauchen kann, oder seht Ihr hier noch jemanden, der einen Greifen fliegt?«

»Es liegt mir selbstverständlich fern, daran zu zweifeln, dass Ihr die seid, von der Ihr behauptet, dass Ihr es wäret, noch will ich bezweifeln, dass Ihr tatsächlich einen dieser legendären Greifen fliegt.« Leandra öffnete den Mund, um etwas zu sagen, doch der Mann sprach bereits weiter. »Es ändert auch nichts. Ich kann Euch keine Ausrüstung geben, wenn Ihr nicht über einen Bezugsschein verfügt oder jemand für Euch unterschreibt.« Er sah an ihr vorbei zum Eingang hin. »Ich bin gleich für Euch da, Sera.«

»Ich bin wegen ihr hier«, hörte Leandra Helis' Stimme und drehte sich um. Die Augen der dunkelhaarigen Frau waren noch immer gerötet, und es sah nicht aus, als hätte sie viel Schlaf finden können, doch an ihrer Uniform gab es nur wenig auszusetzen. Das Rangabzeichen eines Schwertobristen an ihrem Arm machte deutlich, dass es auch nur sehr wenige gab, die sie hätten kritisieren dürfen. Noch immer trug sie das Band eines Adjutanten eines Generals der zweiten Legion.

»Ich dachte, du bist noch in der Donnerfeste?«, fragte Leandra überrascht.

»Nein. Ich bin hier stationiert. Orikes hält es für besser, mich in der Nähe zu behalten, da ich am meisten über Havalds Pläne weiß. Und du?«

»Wir haben eine Nachricht abgefangen, doch sie war verflucht. Ich komme gerade vom Tempel des Soltar, wo man diesen Fluch gebrochen hat.«

Helis nickte. »Das erklärt es. Ich war verwundert, als man mir berichtete, dass man dich in der der Zitadelle gesehen hat. Was willst du hier?«

»Ich bin heute das erste Mal in der Nacht geflogen, und die Kälte hat mich fast umgebracht. Ich dachte, ich frage mal nach, ob man mir hier helfen kann. Vielleicht gibt es eine Ausrüstung für Greifenreiter.«

»Bis auf sehr wenige Ausnahmen waren die Greifenreiter alle Elfen«, erklärte Helis. »Wir waren verbündet mit ihnen, aber sie bezogen kein Material aus unseren Rüstkammern.«

»Also kann man mir nicht helfen?«, fragte Leandra enttäuscht.

Helis lachte leise. »Es gibt nichts, was es in den Rüstkammern nicht gibt. Du brauchst eine leichte Rüstung, die dich zugleich gegen Kälte und Erfrierungen schützt, nicht wahr?«

Leandra nickte nur.

Helis wandte sich jetzt an den Zeugwart. »Sucht ihr die

Winterausstattung der Einhörner heraus. Die einer Aufklärerin.«

»Seid Ihr sicher, dass es dergleichen gibt?«, fragte der Zeugwart skeptisch. »Davon habe ich noch nie gehört.«

»Dafür gibt es Lagerbücher«, meinte Helis mit einem freundlichen Lächeln, das zugleich aber auch sagte, dass sie keine weitere Verzögerung mehr dulden würde. Hastig salutierte der Mann und eilte davon.

»Komisch«, schmunzelte Leandra. »Dich hat er nicht nach einem Bezugsschein gefragt.«

»Woran das nur liegen mag?«, grinste Helis, wurde aber gleich wieder ernst. »Wie geht es dir?«

»Gut so weit«, sagte Leandra überrascht. »Es ist alles etwas anders, als ich dachte, doch bislang bin ich zuversichtlich. Auch wenn der Feind uns immer noch überraschen kann.« Sie erzählte in kurzen Worten von dem Blutzirkel, den sie gefunden hatten. Helis Gesicht verdüsterte sich.

»Das bedeutet, sie können von überall her ein Tor öffnen … ich hatte gehofft, dass die Tore ein Vorteil für uns wären.«

»Sie sind es«, meinte Leandra. »Auch wenn der Feind keine Skrupel kennt, es muss unhandlich sein, immer Seelen zu opfern, wenn man ein Tor öffnen will.«

»Vielleicht«, sagte Helis und musterte Leandra suchend. »Aber das war nicht der Kern meiner ursprünglichen Frage.« Sie wies mit der Hand auf Steinherzens mit Leder umwickeltes Heft. »Ich meinte, wie geht es mit *ihm*? Hilft das Leder denn tatsächlich?«

»Nein. Nicht sehr«, seufzte Leandra. »Er nagt beständig an meinen Gedanken. Aber seitdem ich weiß, was er tut, achte ich auch mehr darauf.« Sie verzog bedauernd das Gesicht. »Ich wünschte, ich hätte früher verstanden, was Havald mir zu sagen versuchte. So muss es auch bei ihm gewesen sein, ein beständiger Kampf gegen die Magie der Klinge, die er trug.«

»Vergiss nicht, er hatte Erfahrung darin.«

»Wohl wahr«, seufzte Leandra.

»Also hast du Steinherz unter Kontrolle?«, fragte Helis hoffnungsvoll.

»Ja. Ich denke schon. Nicht, dass es mir etwas nützt, denn er hält mich noch immer an jeden Schwur, den ich egal wie leichtsinnig geschworen habe. Nur werde ich keine neuen Fehler mehr begehen.«

Helis musterte sie eindringlich. »Und was ist mit Havald und uns?«, fragte sie dann leise.

Leandra lächelte schmerzlich. »Es kommt mir klein und niederträchtig vor, mich mit dir um ihn zu streiten, wenn er wie tot im Tempel Soltars aufgebahrt liegt. Ich habe mich dabei ertappt, dass ich dachte, dass es gut ist, dass auch du ihn liebst.« Leandra sah sich hier im Vorraum der Rüstkammer um und lachte verhalten. »Ich denke allerdings nicht, dass dies der richtige Ort ist, um unser Liebesleben zu erörtern.«

Zu Leandras Überraschung wurde Helis rot. »Ich glaube, du hast recht«, meinte sie dann rasch. »Sag, denkst du, dass er wieder erwachen wird, wenn er das Schwert in seinen Händen hält?«

»Ich bin mir sicher«, sagte Leandra leise, aber bestimmt. Sie dachte an das zurück, was vorhin im Tempel geschehen war. »Seine Wunden schließen sich bereits, es ist also nur eine Frage der Zeit, bis er wieder vor uns stehen wird.« Sie zwang sich zu einem Lächeln. »Ich bin sicher, er wird dann diesem Corvulus sein Missfallen ausdrücken wollen.«

Der Rüstmeister räusperte sich hinter ihnen. »Seras?«, fragte er. »Ist es das, was Ihr gesucht habt?«

Helis warf nur einen Blick auf die Kiste, die der Zeugwart durch das Fenster im Gitter schob.

»Genau das ist es«, lächelte sie. »Gebt die Papiere her, ich werde für die Maestra unterschreiben.«

Leandra bedachte die Kiste mit einem skeptischen Blick. »Und wenn es nicht passt?«

»Oh, glaube mir, es wird passen«, schmunzelte Helis. »Es wäre für einen Zeugwart des Reiches einfach zu peinlich, sollte er sich in den Größen vertun.«

»Da frag mal Grenski«, meinte Leandra erheitert. »Du hättest sie schimpfen hören sollen!«

»Das war etwas anderes!«, protestierte der Zeugwart, während er Helis ein Schreibbrett hinhielt. »Ich konnte die Leute nicht sehen, und die Stabssergeantin gab mir nur eine Liste mit Größen, die sie selbst abgenommen hatte. Dass es dann nicht passte, war da wohl kaum meine Schuld!«

Offenbar hatte Leandra damit doch den wunden Punkt des Zeugwarts getroffen. »Jetzt passt ja alles«, teilte sie ihm lächelnd mit und griff die schwere Kiste mit beiden Händen. Sie sah zu Helis hin.

»Pass auf dich und ihn auf«, sagte sie dann leise.

»Das werde ich tun«, antwortete Helis sanft und wies dann auf die Kiste. »Du brauchst sie nicht selbst tragen, ich werde sie zum Tor schicken lassen.«

»Danke«, sagte Leandra erleichtert, die Kiste war doch schwerer, als sie gedacht hatte. »Der Götter Schutz mit dir.«

»Und mit dir«, sagte Helis und zog fröstelnd ihren Umhang enger. Sie sah Leandra nach, wie sie langsam auf das Tor der Zitadelle zuging.

Alte Liebe

12 Da sieht man es wieder einmal, dachte Wiesel verärgert. Gute Laune ist tödlich. Gut, es war Nacht, und ein vernünftiger Mensch wusste es besser, als zu versuchen, des Nachts das Hafenviertel zu betreten, aber er wohnte nun mal da, und bislang war es auch kein Problem gewesen.

Aber bislang hatte er auch nicht mit dem Kopf in den Wolken geschwebt, nur weil er heute zum ersten Mal ihren Namen gehört hatte. Mi Pei Lin. Das kleine Pferd, das rennt. Selbst jetzt, da ihm die Klinge an der Kehle saß, nötigte ihm die Erinnerung beinahe noch ein Lächeln ab. Einen weniger passenden Namen konnte es kaum geben. Sie war, wie er heute hatte erfahren können, tatsächlich eine Prinzessin. Was nicht viel zu sagen hatte, denn davon gab es am Hofe Xiangs genug. Sie war zudem eine Tochter des Drachen, eine ausgebildete Assassine, die mit ihren Kampffähigkeiten sogar einem Nekromanten gefährlich werden konnte. Angeblich beherrschte sie eine Art Magie, die ihr erlaubte, solide Steinmauern zu durchschlagen. Das hatte Wiesel in einem Buch gelesen. Sie war aber nicht irgendeine Assassine, sondern die höchste der Töchter des Drachen in der Botschaft, und als solche war es ihre Verantwortung, den Botschafter von Xiang mit Leib und Seele zu schützen. Der, wie Wiesel etwas verwundert erfahren hatte, zugleich auch ihr jüngerer Bruder war. Die verwandtschaftlichen Beziehungen innerhalb der Botschaft oder gar des Kaiserreiches Xiangs auszuloten, würde gewiss noch etwas dauern. Heute hatte er nur so viel erfahren, dass sie zu einer höheren Kaste gehörte und deshalb zuvor nicht hatte mit ihm sprechen dürfen. Was ein wenig die Tatsache erklärte, dass sie immer ihre Dolche nach ihm warf, wenn er auf die Botschaftsmauer kletterte. Aber da er heute sozusagen als Botschafter der Kaiserin erschienen war, hatte das seinen Rang aufgebessert und ihm endlich erlaubt, mit ihr in Ruhe zu sprechen. Ein ganzes Zehntel einer Kerzenlänge lang. Viel mehr Zeit hatten sie bei ihrem ersten Treffen auch nicht gehabt, nur hatte damals ein Nekromant sie in einem Schiff ersaufen lassen wollen, dafür hatte heute eine Wache mit gezogenem Schwert hinter einer dünnen Wand aus Papyira gestanden. Alles in allem, entschied Wiesel, war es heute dann doch besser gewesen.

»Könnte ich deine Aufmerksamkeit erhalten, Wiesel?«, fragte Marla mit falscher Freundlichkeit. »Vielleicht ist es dir noch nicht aufgefallen, aber ich habe meine Klinge an deinem Hals. Ich werde langsam ungehalten.«

»Du kommst gerade fürchterlich ungelegen«, meinte Wiesel und drehte sich vorsichtig um. Marla dachte nicht im Traum daran, den Druck ihrer Klinge zurückzunehmen, und Wiesel fühlte das Blut in seinen Kragen laufen.

Marla war, wie Desina auch, einst eine von Istvans Ziehtöchtern gewesen. Anders als Desina hatte sie es nicht lange in seiner Herberge ausgehalten und war wieder zu den Docks im Hafen zurückgekehrt. Allerdings mochte es sein, dachte Wiesel etwas unbehaglich, dass er einen Anteil daran gehabt hatte. Im Laufe der Jahre hatte er immer mal wieder etwas von ihr gehört, nur war es selten etwas Gutes gewesen. Gesehen hatte er sie indes nur aus der Ferne. Insofern war es eine Überraschung, dass sie kaum älter schien als damals, als sie ihm mehrfach seine Unschuld raubte. Nicht, dachte Wiesel reuig, dass er sich damals sehr gewehrt hätte.

Offenbar ging es Marla gut, sie trug saubere Kleidung, die ihre Figur betonte, ohne sie allzu sehr anzupreisen, und ihre dunklen Augen waren noch immer genauso schwer zu lesen wie früher. Das, erinnerte sich Wiesel, war es gewesen, was ihn letztlich dazu brachte, von ihr Abstand zu halten.

Nein, dachte er, sei ehrlich zu dir selbst. Es war dieser andere Blick gewesen, der ihn schreckte, wenn die Leidenschaft maßlos in ihren Augen gelodert hatte und er sie nur zu gut hatte lesen können. Heiß wie eine Flamme oder undurchsichtig wie ein grauer Block aus Eis. Dazwischen hatte es für sie niemals etwas gegeben.

»Ich hätte nicht gedacht, dass uns heutzutage noch etwas zusammenführt«, fuhr Wiesel fort und ließ seine Hände entspannt nach unten hängen … auf die Art war es leichter, die Dolche aus seinen Ärmeln zu schütteln, wenn er sie brauchen sollte. Aber noch war Zeit, hätte sie es gewollt, wäre er bereits tot. Eine peinliche Vorstellung, die er da gegeben hatte!

»Denk nicht einmal an deine Dolche, Wiesel«, lächelte sie

und trat nun einen Schritt zurück. »Sie würden dir nichts nützen.« Mit diesen Worten zog sie die Klinge ihres Dolches über ihre linke Handfläche. Ein tiefer Schnitt entstand dort, Blut quoll hervor und Schwaden voller Dunkelheit. Zischend atmete sie ein und hob Hand und blutigen Dolch, damit Wiesel auch genau sehen konnte, wie die Dunkelheit, die aus ihrer Hand strömte, zugleich auch die Wunde schloss.

»Nettes Kunststück«, gab Wiesel zu und versuchte unbeeindruckt zu klingen. »Ich hoffte allerdings, dass das Gerücht nicht wahr wäre.«

»Warum?«, meinte Marla lächelnd. »Was ist dagegen zu sagen, dass eine Frau den Weg zu ihrem Gott findet?«

»Nichts … außer, dass es der falsche Gott ist«, meinte Wiesel und versuchte den dunklen Bändern, die sich nun um sie wanden, keine Beachtung zu schenken. Die Art, wie sie sich langsam hin und her wiegten und seine Aufmerksamkeit fesseln wollten, machte ihm das schwer. Hastig sah er die Gasse hinauf und hinunter. Natürlich war niemand zu sehen und selbst wenn, es wäre niemand gewesen, der ihm hätte helfen können. »Ich habe heute Morgen zugesehen, wie man einen deiner Freunde ans Kreuz gehängt hat und ihn ausbluten ließ. Man nannte ihn den Raben, vielleicht kanntest du ihn ja?«

»Wiesel«, sagte Marla und schüttelte scheinbar enttäuscht den Kopf. »Schau mich an und erinnere dich an den Raben … sah er aus, als wäre er wie ich? Es gibt viele, die sich meinem Herrn verbunden fühlen, und jeder dient ihm aus anderen Gründen. Er ist der, der all denen eine Heimat gibt, die von den Dreien verstoßen werden. Der Rabe fand vor Jahren einen verborgenen Raum und fühlte sich berufen, dort einen Tempel meines Herrn einzurichten. Was er dort tat, was er einen Dienst an meinem Gott nannte, hat nichts mit dem gemein, was ich gelehrt bekam, es war nur deshalb nicht die reine Blasphemie, weil mein Gott erlaubt, dass man ihm huldigt, wie man es will.«

»So«, meinte Wiesel grimmig. »Du bist eine Priesterin des

Namenlosen und willst mir sagen, dass er nicht so schlimm ist? Dass man ihn verkennt, dass der Arme nichts dafür kann, dass man ihm Leben opfert und auch Seelen?«

Die dunklen Bänder wogten um sie und schienen für einen endlos langen Moment zu verharren, dann riss sie mit einer ruckhaften Geste die Arme nach oben und hielt sie dort, während die Dunkelheit um sie pulsierte. Zuerst wusste Wiesel nicht, was sie tat, doch dann hörte er ein Rascheln, ein leises Quieken, das Kratzen von unzähligen kleinen Krallen im Dreck und Abfall der Straße, und sie kamen. Wie eine dunkle Woge kamen sie, Dutzende, Hunderte, vielleicht Tausende von Ratten, um wie eine lebende Flut vor ihm anzubranden, sich bewegend, in sich schlängelnd, um mit Tausenden von kleinen Krallen an seinen Stiefeln und seinen Hosen zu zerren, eine Woge, die kein Ende zu nehmen schien ... und im nächsten Moment wieder verschwand, als die Ratten fast lautlos dorthin zurückkehrten, von wo sie sie gerufen hatte.

Schwer atmend ließ Marla die Arme wieder sinken.

»Wiesel«, sagte sie leise. »Gibt es einen Ort, an dem es keine Ratten gibt?«

»Wohl kaum«, antwortete der Dieb und hatte Mühe, seine Stimme ruhig zu halten. Er hatte Ratten nie gemocht ... und Marla wusste dies. Vor vielen Jahren hatte er Desina eine Nacht alleine lassen müssen und war gerade noch rechtzeitig in ihr Versteck zurückgekehrt, um im letzten Moment zu verhindern, dass sie von Ratten angefallen wurde. Damals war sie noch so klein gewesen, dass sie den Ernst der Lage nicht erkannt hatte, sie hatte wohl gedacht, dass die Ratten mit ihr hatten spielen wollen. Wiesel wusste es besser, er hatte schon Leichen gesehen, die von Ratten vollends abgenagt worden waren.

»Habe ich jetzt deine ungeteilte Aufmerksamkeit, Wiesel?«

»Ja«, nickte er gepresst und zwang sich, ruhig zu atmen. Er

konnte noch immer die Pfoten fühlen, die sich in seine Hosen gekrallt hatten.

»Dann hör mir jetzt gut zu«, sagte sie eindringlich. »Schatten entsteht aus Licht, nicht wahr? Nur wo Licht ist, ist auch Schatten.«

»So sagt man«, gab Wiesel zu.

»Doch wo Dunkelheit ist, gibt es kein Licht. Und auch keinen Schatten, richtig?«

Wiesel nickte. »Ja. Das eine folgt dem anderen. Warum?«

»Merke es dir einfach. Und noch etwas: Spreche nicht wieder so von ihm«, forderte sie. »Denke daran, Ratten gibt es überall!«

»Schon gut«, meinte Wiesel und hob abwehrend die Hand. »Kannst du mir nicht einfach sagen, was du von mir willst?«

»Ich will, dass du Bruder Jon eine Botschaft meines Gottes überbringst«, erwiderte Marla. »Ich hörte, in der letzten Zeit hätte sich dein Verhältnis zu Soltar deutlich verbessert. Also fängst du bei ihm an. Anschließend überbringst du die gleiche Botschaft an Bruder Portus und Schwester Ainde.«

»Das ist der Hohepriester Borons und die oberste Dienerin der Astarte, nicht wahr?«, fragte Wiesel erstaunt.

»Ja«, nickte Marla. Sie ließ ihren Dolch im Ausschnitt zwischen ihren Brüsten verschwinden. »Du sollst ihnen Folgendes ausrichten: Sie mögen sich erinnern, dass der Namenlose jene nimmt, die von ihren Göttern verstoßen werden. Dass es Astarte, Boron und auch Soltar sind, die entscheiden, wer ihrem namenlosen Bruder dient! Dass er es ist, der die Seelen derer nimmt, die sie verfluchen. Dass er, obzwar er der dunkle Bruder ist, bei ihnen steht in dem Krieg, der nun geschlagen werden wird.« Ihre dunklen Augen bohrten sich in die Wiesels. »Richte ihnen aus, dass sie denen sagen sollen, die sie lieben, dass, wenn sie in der Dunkelheit des toten Gottes zu versinken drohen, es einen Weg in den Schatten gibt, der sie zurückführt in das Licht.«

»Du willst sagen, er will ihnen helfen?«

»Götter!«, fluchte Marla und stampfte erbost mit dem Fuß auf. »Wie deutlich soll ich es denn noch sagen? Der Namenlose steht mit seiner Schwester und den Brüdern gegen die Dunkelheit des toten Gottes ein ... ja, Wiesel, er bietet ihnen ein Bündnis an!«

»Und da wendest du dich an mich?«, fragte Wiesel erstaunt. »Wieso nimmst du nicht einen anderen Boten?«

»Weil man dir Gehör schenken wird«, erklärte sie entnervt. »Meinst du nicht, ich würde mir einen anderen Boten aussuchen, wenn ich könnte? Ich will dich genauso wenig wiedersehen wie du mich, die Erinnerungen sind mir zu schmerzhaft!«

»Das erkläre mir«, beschwerte sich Wiesel. »Ich habe dir nie etwas getan!«

Sie sah ihn an und seufzte. »Ich glaube gar, dass du es wirklich so siehst«, sagte sie verbittert und schüttelte dann den Kopf. »Aber es ist egal. Richte einfach die Botschaft aus.«

»Aber warum sollten die Hohepriester auf mich hören?«, fragte er.

»Weil du Mama Maerbellinae gehörst«, sagte Marla, noch während sich die Schatten um sie sammelten. »Deshalb.« Ein Hauch, ein Windstoß, und die Schatten zerfaserten, und von Marla war nichts mehr zu sehen.

»Glückspilz«, sagte Wiesel und griff sich an den Hals, um dann missmutig seine blutigen Fingerspitzen zu betrachten. »Da hat man einmal gute Laune, und dann das!« Er sah die Gasse zum Hafen hinunter, nur noch zweihundert Schritt, und er war zu Hause. Mit einem Seufzer drehte er sich um und machte sich auf den Weg zurück zum Tempelviertel. Vielleicht konnte ihm Bruder Jon erklären, was hier gerade geschehen war.

Der Sturm

13 Als Leandra durch das Tor zur Donnerfeste ging, hatte sie gehofft, noch in der gleichen Nacht zu Blixens Lanze zurückfliegen zu können, aber kaum dass sie die Donnerfeste erreicht hatte, erschütterte ein Donner die alte Festung, und ein Blitz erhellte die Messe. Mittlerweile war das alte Gemäuer mit Leben erfüllt, gut hundert Legionäre waren schon auf und nahmen ihr Frühstück zu sich, der Geruch von frischem Kafje und gebratenem Speck hing in der Luft, und an den Wänden brannten Öllampen, die den großen Raum in ein warmes Licht tauchten. Nur die rechte Wand der Messe ging nach außen, dort gab es insgesamt acht Fenster, die von schweren Läden verschlossen werden konnten. Die meisten dieser Fenster hatten das Eis und die Jahrhunderte gut überstanden, bei vier von ihnen hatte sogar das Glas die Zeiten überdauert.

Mit einer Tasse Kafje in der Hand gesellte sich Leandra zu den anderen, die an dem Fenster standen, an dem der Laden fehlte, das dafür aber noch sein Glas besaß. Sie starrten in die Dunkelheit hinaus, während Graupelschauer und vom Wind getriebene dicke Wassertropfen gegen die acht doppelt handgroßen Glasscheiben prasselten, die das Fenster füllten. Selbst in Askir fand man solche Scheiben kaum mehr, sie waren so klar, dass sie die Sicht nur wenig verzerrten.

Immer wieder zerriss ein Blitz die Dunkelheit und ließ den Paradeplatz der alten Festung mit Licht und Schatten im klaren Relief erscheinen, während der Donner den Boden unter ihren Füßen zittern ließ.

»Ich liebe das«, erklärte ein Legionär und ließ seine Kameraden in Zustimmung nicken. »Wenigstens solange ich warm und trocken bin«, fügte ein anderer hinzu.

Leandra sagte nichts, aber es galt auch für sie. Nur mehr.

Wieder und wieder schlug der Blitz ein, und jedes Mal, wenn das geschah, spürte sie ihn, die unbändige Macht, die Gewalt dieses Naturschauspiels, sie sah ihn vor ihrem inneren Auge, schmeckte, aß und trank den Blitz, fühlte ihn bis in ihr tiefstes Wesen.

Ihre Haut kribbelte, und sie spürte, wie die Funken über sie tanzen wollten, doch diesmal ließ sie es nicht zu. Es hatte ihr schon gereicht, wie der Legionär reagiert hatte, als sie die Wärme aus der Fackel zog.

So stand sie einfach nur da, genoss das Naturschauspiel und trank ihren Kafje. Denn solange das Unwetter tobte, war an Rückflug nicht zu denken.

Schließlich trottete sie durch den wehenden Regen hinüber zu dem Aufgang, der zum Greifenhort führte, und fand dort eine aufgeregte Steinwolke vor, die sich erst beruhigte, als sich Leandra zu ihr legte und die Augen schloss.

Blix schenkte sich selbst von dem starken Tee ein, der auf einem Stövchen vor sich hin köchelte, und trat dann mit der Tasse in der Hand nach draußen vor sein Zelt. Dort fand er Gerlon vor, der sich gerade mit Grenski unterhielt, beide beobachteten das nächtliche Naturschauspiel, das sich ihnen bot.

Der Sturm war von Südwesten her aufgezogen und staute sich nun an den Hängen der Donnerberge zu schwarzen Türmen in den Himmel auf, Blitze zuckten, und selbst auf die Entfernung hin war das beständige Donnergrollen zu vernehmen. Auch wenn der Sturm in der Entfernung wütete, bedeutete das nicht, dass das Lager von der Unbill des Wetters verschont wurde, ganz im Gegenteil. Der harte Wind ließ die Zeltbahnen flattern und trieb schweren Regen vor sich her, was vor Kurzem noch ein ordentliches Lager gewesen war, drohte in Morast und Schlamm zu versinken, schon jetzt hatte der Wind einige der Zeltbahnen mitgerissen und mehr als einen Legionär nass und fluchend zurückgelassen.

Auch die schweren Leinen, Stangen und Seile von Blixens Zelt stöhnten unter Wind und Regen, doch um sein Zelt machte sich Blix wenig Sorgen, es hatte schon anderen Stürmen getrotzt. Da machte Blix sich mehr Gedanken um die hohen Bäume, die am Rand der Lichtung standen und sich unter der Last des Windes beugten. So sehr brauste der Wind durch Äste und Laub, dass es fast alles übertönte. Der Major reichte seine Tasse an Grenski weiter, die dankend nickte, bevor sie an dem dampfend heißen Getränk nippte.

»Das sind keine glücklichen Soldaten«, stellte sie dann fest, als eine Reihe von fernen Blitzen das dunkle Lager erhellte. Überall waren Legionäre zu sehen, die gegen die Elemente kämpften, dort hinten versuchten zwei Bullen sogar auf einen sich im Wind biegenden Baum zu klettern, um eine abtrünnige Zeltplane einzufangen. »Morgen werden sie ganz und gar unleidlich sein.« Zum Schluss des Satzes hin hob sich Grenskis Stimme, als die Donnerschläge über das Lager rollten.

Blix nickte nur. Sie sprach aus, was auch er dachte. Morgen früh würden die meisten Soldaten kaum Schlaf gefunden haben. Nass und müde, wie sie waren, würde ihnen die verdreckte Ausrüstung nur noch weiter Grund zum Fluchen geben. Trieb man sie dann auf verschlammten Straßen voran, machte man sich gewiss auch keine Freunde.

»Ich bin froh, dass ich in eurem Zelt nächtigen kann«, meinte Gerlon, während er zusah, wie vier Soldaten damit kämpften, ihre Zeltbahnen zusammenzuknüpfen und gegen den treibenden Wind zu verspannen. Im Gegensatz dazu schien ihm das Zelt des Majors ein wahrer Luxus. Er sah zwischen Grenski und Blix hin und her. »Sag mal, Kurtis, zerreißt man sich eigentlich das Maul über euch?«, fragte er dann.

»Weil wir in einem Zelt schlafen?«, fragte Grenski schmunzelnd. Sie wartete die Antwort des Priesters gar nicht ab, sondern wies mit ihrer Tasse zu einer dunklen Gestalt unweit des

Zelts. »Es steht immer zumindest eine Wache in der Nähe, meistens jedoch zwei. Es ist ihre Aufgabe, dass ihnen nichts entgeht ... glaubt mir, Bruder Gerlon, es wäre nicht möglich eine Liebschaft zu verheimlichen.« Sie warf einen schnellen Blick zum Major hin. »Selbst wenn man daran interessiert wäre. Nein, da gibt es andere Dinge, über die man tratscht.«

Das war nur die halbe Wahrheit, dachte Blix. Tatsächlich ließ es sich nicht verhindern, dass es in der Lanze manchmal zu Liebschaften kam. Dabei war es aber eher üblich, darüber hinwegzusehen, solange es nicht die Sicherheit und Disziplin der Truppe gefährdete.

Er trank seine Tasse leer und wollte sich gerade umdrehen, um zurück ins Zelt zu gehen, als ein Soldat aus der Dunkelheit trat und vor Grenski und ihm salutierte. Der Regen ließ die Rüstung des Mannes glänzen und den Schein der Laternen am Eingang reflektieren. Was vom Gesicht des Mannes nicht im Schatten des Helms lag, zeigte grimmige Entschlossenheit.

»Sers!«, rief der Mann gegen den Sturm. »Schwertsergeant Avron meldet den Fund eines toten Kameraden an der südwestlichen Wachposition, Ser!« Grenski und Blix tauschten einen Blick aus und lockerten ihre Schwerter in den Scheiden. »Führt uns hin!«, befahl Grenski. Und als der Mann sich umdrehte und lostrotten wollte: »Warum hast du keinen Alarm gegeben, Soldat?«

»Die Sera Zokora untersagte es, Ser«, gab der Soldat Antwort. »Sie sagte, Ihr würdet es verstehen, wenn Ihr den Leichnam seht!«

Selbst hinter den Gläsern der Laterne flackerte die Kerze wie wild und gab kaum genügend Licht, um etwas zu erkennen. Nur ein Soldat der Streife stand neben dem Toten, dafür lehnte die Sera Zokora an einem Baum, als ob sie weder der Sturm noch der Tote etwas anging.

»Ich habe Korporal Bering befohlen, die Streife mit zwei

Mann zu verstärken und sie fortzusetzen!«, schrie Sergeant Avron gegen den Wind.

»Wer ist der Mann?«, fragte Blix.

»Schwertrekrut Balter, Ser«, erklärte Avron, während sich Grenski neben den Mann hinkniete.

Blix nickte und musterte den Toten. Balter lag auf dem Bauch, neben seiner offenen Hand lag ein Schwert im Schlamm, außer seiner Rüstung, auf die die Regentropfen prasselten, war kaum etwas zu erkennen. Blix versuchte, sich an den Mann zu erinnern, aber im Moment fiel ihm kein passendes Gesicht zu dem Namen ein. »Einer von den Neuen«, fuhr Grenski auch schon fort. Sie hatte etwas Mühe, ihre Stimme über den Sturm zu erheben. »Ich gab Befehl, dass sie nur paarweise mit einem Veteranen zusammen eingesetzt werden sollten.« Sie fluchte, als ein armdicker Ast vom Wind herangetrieben wurde und an ihrem Schulterpanzer abprallte. Zumindest dafür waren die Rüstungen gut.

»Ay, Sergeant«, nickte Avron. »Balter war zusammen mit Hasin auf Streife.«

»Und wo ist Korporal Hasin?«

»Das wissen wir nicht«, erklärte der Sergeant betreten. »Ich ließ im Lager nach ihm suchen, aber bislang haben wir ihn noch nicht gefunden.«

»Er ist nicht im Lager«, erklärte die Sera Zokora. Obwohl sie ihre Stimme nicht anhob, war sie mühelos zu verstehen. Ich sollte sie fragen, wie sie das macht, dachte Blix abgelenkt. Es wäre nützlich, wenn man es erlernen könnte.

»Und woher wisst Ihr das?«, fragte der Schwertmajor, während der Regen so laut auf seinen Helm prasselte, dass er fast seine eigenen Worte nicht verstand.

»Drehe den Toten um, Major, dann hast du Antwort auf deine Fragen.«

Grenski sah fragend auf, und Blix nickte. Mit einem entschlossenen Ruck und der Hilfe der beiden Streifensoldaten gelang es ihr, den gepanzerten Körper des Rekruten auf den

Rücken zu drehen. Sofort wusch der Regen Schlamm, Dreck und Laub von der Rüstung des Toten.

Fluchend sprang Grenski zurück, dann nahm sie Avrons Laterne und hielt sie näher an das offene Visier des Toten. Eine eingefallene Fratze starrte ihnen entgegen, das Gesicht eines Mannes, ein uralter Greis und schon seit Wochen tot.

»Wie alt war Schwertrekrut Balter?«, fragte Blix mit belegter Stimme.

»Dreiundzwanzig, Ser«, antwortete Avron. Er setzte zweimal an, um den Sturm zu übertönen, und obwohl er laut rufen musste, hörte Blix das Zittern in der Stimme des Mannes.

»Götter!«, fluchte Grenski. Der Wind verschluckte die Laute, doch Blix sah, wie ihre Lippen sich bewegten und sie das Zeichen der Dreieinigkeit über ihrem Brustpanzer ausführte.

»Ist ... ist das ...«, begann Blix, doch Zokora wartete nicht, bis er ausgesprochen hatte.

»Ja«, sagte sie und löste sich von dem Baum, an dem sie gelehnt hatte. »Das ist das Werk eines Seelenreiters. Und da dieser Hasin wohl kaum Grund zur Flucht hat, folgt daraus, dass er gar nicht Hasin ist. Ich denke, Ihr werdet den Körper des gesuchten Korporals irgendwo in der Nähe finden können.« Die Dunkelelfe sah auf den Leichnam herab und musterte dann die anderen. »Ihr werdet feststellen, dass er schon länger tot ist ... ich vermute, seit der Abenddämmerung. Ihr habt es dem Seelenreiter ja auch leicht gemacht, er braucht nur eine Rüstung zu tragen, und schon fällt niemandem auf, dass er nicht der ist, der er zu sein vorgibt! Ich an Eurer Stelle würde zwei Dinge tun: zum einen herausfinden, was dieser verschwundene Korporal seit dem Sonnenuntergang getan hat ... und zum anderen befehlen, dass man nur noch mit offenem Visier miteinander spricht.«

»Und was ist mit dem Nekromanten?«, fragte Avron erbost. »Sollen wir ihn ungestraft davonkommen lassen?«

»Er ist schon davongekommen, nicht wahr?«, meinte Zokora im Ton der Vernunft. Doch dann lächelte sie auf eine Art, die Blix unter seiner Rüstung einen Schauer über den Rücken trieb. »Er hat noch keinen großen Vorsprung, es sind kaum mehr als zwei Kerzenlängen, und er hat eine Spur hinterlassen, der jedes Kind folgen kann. Ich werde ihn mir holen.«

Als Zokora sich abwenden wollte, hielt Grenski sie mit einer Geste zurück. »Wenn Ihr ihn findet, könntet Ihr ihn uns so bringen, damit wir ihn befragen können?«

Die dunkle Elfe wirkte erstaunt. Dann nickte sie. »Ich werde darüber nachdenken.« Für Blix schien es, als ob sie nur einen Schritt zur Seite täte, dennoch reichte es, damit sie in der Dunkelheit verschwand.

»Eine Spur, die jedes Kind verfolgen kann«, grummelte Schwertsergeant Avron und musterte den nassen Boden, den der Regen mehr und mehr in Schlamm verwandelte. »Ich kann ums Verrecken keine Spur erkennen!«

»Wahrscheinlich meint sie Kinder ihrer Art«, vermutete Grenski. »Bringt den Leichnam zu Bruder Gerlon, dann nehmt Euch fünf Leute und sucht die Umgebung nach Hasin ab; wenn die Sera recht hat, wollen wir unseren Kameraden nicht im Regen liegen lassen.«

Blix beobachtete im Schein der Öllampe, wie sich der Tropfen an der Unterseite des Zeltdaches bildete, mehr und mehr an Größe gewann, um sich dann schließlich zu lösen und in den Becher zu fallen, der auf seinem Reiseschreibtisch stand. Hatte er anfangs noch gehofft, dass der Regen nachlassen würde, so sah er sich jetzt getäuscht, er war eher noch schlimmer geworden. Mittlerweile gab es mehr als nur diese eine undichte Stelle, es tropfte fast im gesamten Zelt, doch im Vergleich zu den Wassermassen, die noch immer auf das Leinen prasselten, war es dennoch trocken.

Er seufzte, tunkte seine Feder in das Tintenfässchen und schrieb den letzten Absatz in das Dienstbuch, bevor er es ablöschte, zusammenklappte und in die sorgfältig gearbeitete

Ebenholzkiste legte, wo es vor dem Wasser sicher war. Gerade als er die Kiste schloss, schob jemand die nasse Plane des Zelteingangs zur Seite und betrat tropfend das Zelt. Es war Grenski.

»Und?«, fragte Blix, während er sein Schreibzeug wegräumte. »Haben wir herausgefunden, was der falsche Hasin trieb?«

Grenski zog den Helm ab und schob Kettenhaube und Kappe zurück, bevor sie sich mit beiden Händen durch das kurze graue Haar fuhr und dann den Kopf schüttelte. »So wie es scheint, hat er sich nur befehlsgemäß um die Pferde der Versorgungswagen gekümmert. Wenn er tatsächlich nicht Hasin war, ist es niemandem aufgefallen. Als Avron ihn dann zur Wache einteilte, hat er sich dem sofort gefügt. Das war das Letzte, was man von ihm sah.«

»Niemandem ist etwas Verdächtiges aufgefallen?«, fragte Blix ungläubig.

»Nein. Nichts.« Grenski hängte ihr Schwert aus, ließ sich schwerfällig in einen der stabilen Klappstühle fallen und griff nach der Flasche, die auf einem kleinen Regal zu finden war. Den Becher zog sie aus ihrem eigenen Beutel und schenkte sich ein.

»Wir haben noch Tee«, meinte Blix höflich.

»Danke«, grollte Grenski. »Aber Tee erscheint mir im Moment zu … friedlich.« Ihre Brauen waren zusammengezogen, und ihre grauen Augen schienen in die Ferne zu sehen, als sie nippte. »Ich verstehe es nicht«, sagte sie dann. »Mit unseren Rüstungen mögen wir es ihm einfach gemacht haben, wie die Sera Zokora sagt, dennoch ging er eine Gefahr ein. Doch scheinbar tat er nichts außer dem, was ihm befohlen war. Wofür dann das Ganze? Und was hat es mit dem Tod von Balter auf sich?«

»Zumindest darüber habe ich eine Vermutung«, meinte Blix. »Ich habe mit seinen Kameraden aus dem Zug gesprochen. Viel wussten sie nicht über ihn, dazu war er noch zu neu in der Lanze, aber man sagte mir, dass der Mann ein hervorragender Reiter gewesen sei und jedes Pferd habe besänftigen können.« Blix zuckte die Schultern. »Es löste gerade am Anfang einiges an Neid aus. Nekromanten stehlen nicht immer die großen magischen Talente, manchmal stehlen sie auch kleine Fähigkeiten. Vielleicht einfach nur, weil sie zu faul sind, sie zu erlernen.« Er füllte sich jetzt selbst Wein in seinen Becher. »Vielleicht war es nur das. Oder etwas gänzlich anderes. Doch viel mehr will ich wissen, was er bei uns wollte!«

»Das kann ich euch sagen«, meinte Gerlon vom Eingang des Zeltes her. Er war, wie nicht anders zu erwarten, vollständig durchnässt, dennoch hatte Blix den Eindruck, als ob der Priester weinen würde. »Eben ... eben kam einer der Flüchtlinge zu mir, eine junge Frau, deren Sohn Krämpfe erlitt, und bat mich, ihr zu helfen. Jedoch gab es wenig, was ich tun konnte. Das Kind starb in meinen Armen.« Gerlon holte tief Luft. »Doch das ist nicht das Schlimmste.«

»Nicht?«, fragte Blix erschüttert. Hilflos zu erleben, wie ein Kind in den eigenen Armen starb, kam ihm schlimm genug vor.

»Nein, wahrlich nicht«, sagte Gerlon bitter. »Denn noch bevor der Junge starb, ereilten die Mutter dieselben Krämpfe.« Er sah die beiden Soldaten an. »Ich fragte nach ... die beiden hatten die letzten fünf Tage außer ein paar Beeren nichts zu essen gehabt, dafür haben sie sich am Abend von unserem Eintopf den Magen vollgeschlagen.«

»Götter! Hasin trieb sich bei den Pferden in der Nähe der Versorgungswagen herum.« Grenski ballte die Fäuste. »Da haben wir unsere Erklärung!«

»Er hat uns vergiftet?«, fragte Blix erschrocken.

»Die meisten der Flüchtlinge klagen über Unwohlsein und beginnende Krämpfe, auch einige der Soldaten, die ich befragte, klagen über solches«, meinte Gerlon dazu. »Allerdings habe ich vom dem gleichen Eintopf gegessen, und mir scheint nichts zu fehlen.«

»Das ist leicht erklärt«, meinte Grenski grimmig, während sie ihre Haube zurechtzog und nach ihrem Helm griff. Auch Blix machte sich bereit. »Wir aßen ganz zum Schluss. Ein Gift, das am Anfang in den Kessel gelangt ist, hätte bei der vierten Füllung des Kessels stark an Wirkung verloren.« Sie sah zu Blix hin. »Wir können nur hoffen, dass unsere Legionäre zäher sind als ein Junge, der schon entkräftet war, bevor er den ersten Löffel aß.«

»Hoffnung ist gut«, meinte Gerlon. Er nickte in Richtung des Schwerts, nach dem Grenski gerade griff. »Meint Ihr, Ihr könnt das Gift mit Eurer Klinge bekämpfen?«

»Wenn meine Leute sterben, will ich bei ihnen sein, Priester«, schwor Grenski. »Und von einem Stabssergeant erwartet man, dass sie ihr Schwert nicht vergisst!«

»Kannst du etwas tun?«, fragte Blix den Priester.

»Ich kann beim Wagen des Apothekers schauen, ob sich etwas findet, das einen Menschen würgen lässt«, überlegte Gerlon. »Und ich kann für sie beten.«

»Ich werde Korporal Loska anweisen, Euch behilflich zu sein«, schlug Grenski vor. »Er ist eine Feder und unser bester Medikus, nur versteht er sich mehr auf Wunden als auf Gifte.«

»Sie sollen sich den Finger in den Hals stecken, bis nichts mehr herauskommt«, befahl der Schwertmajor. »Danach liegt es dann in Soltars Hand.«

»Seine Gnade ist uns gewiss«, meinte Gerlon und legte seinem alten Freund tröstend eine Hand auf den Arm. »Er wird uns nicht im Stich lassen.«

Der Major schüttelte die Hand seines Freundes ab. »Das Problem ist nur, dass es manchmal auch als Gnade gilt, wenn Soltar einen sterben lässt«, meinte er bitter und stapfte an Gerlon vorbei aus dem Zelt. »Ich brauche meine Soldaten hier und jetzt und nicht im nächsten Leben!«

Es dauerte bis spät in den Morgen hinein, bis das Gewitter sich restlos verzogen hatte und die Luft Leandra ruhig genug zum Fliegen erschien. Wäre es nach Steinwolke gegangen, hätte sie sich bereits am Morgen den Gewitterböen gestellt, doch Leandra fühlte sich noch nicht sicher genug, einen Flug bei solchem Wetter zu riskieren.

Als Steinwolke sich dann in die Höhe schraubte und die Donnerfeste unter ihren Flügeln immer kleiner wurde, sah es aus, als ob der Gewittersturm der Nacht die ganze Welt gewaschen hätte, selbst die grauen Hänge des Gebirges glänzten im Licht der Sonne, und das Grün des Waldes wirkte umso kräftiger ... zudem war die Luft frisch und roch nach Schnee, Gras und Bäumen. Wie bislang jedes Mal, wenn sie mit Steinwolke flog, hob sich Leandras Laune im gleichen Maße, wie sie an Höhe gewannen, diesmal trübte sie nur eine Angst, nämlich die, dass Blix in der verlorenen Zeit deutlich an Strecke gewonnen hatte. Da man sich ja vor den Wyvern verborgen halten wollte, konnte es dazu führen, dass auch Leandra Schwierigkeiten haben könnte, die Lanze zu finden.

Selbst auf den Schwingen eines schnellen Greifen brauchte es gut drei Kerzenlängen, um die Strecke zurückzulegen, so war es schon deutlich nach der vierten Glocke, als Leandra die Zelte unter sich liegen sah. Steinwolke hatte sie direkt, und ohne auch nur einmal zu zögern, wieder zu dem Ort zurückgeführt, an dem sich das Lager befand.

Denn so wie es schien, war die Lanze nicht weitermarschiert. Für einen Moment dachte Leandra schon, dass man vielleicht auf sie gewartet hätte, doch dann, kurz bevor Steinwolke die mächtigen Schwingen spreizte, um zur Landung anzusetzen, sah sie die Reihe der mit Tüchern bedeckten Gestalten am Boden. Gut ein Dutzend waren es, und sie boten einen ganz und gar unwillkommenen Anblick.

»Was ist geschehen, Schwertmajor?«, fragte Leandra wenig später und widerstand mit Mühe dem Impuls, ihre Hände um Steinherz zu krallen, um wieder diese kühle Ruhe zu spüren, die er ihr versprach. Doch diesmal wollte sie fühlen, wollte spüren, was geschah, wollte die Gesichter derer lesen können, die mit ihr sprachen, ohne dass Steinherz wie eine Wand aus Glas zwischen ihr und den anderen stand.

»Genaueres werden wir vielleicht erst wissen, wenn Sera Zokora mit einem Gefangenen zurückkehrt«, erklärte Blix grimmig. »Aber im Moment sieht es so aus, als ob es einem Agenten des Feindes gelungen wäre, unser Essen zu vergiften.« Er sah sich in der Lichtung um, die nunmehr einem See aus Schlamm ähnelte. Mittlerweile hatten die meisten der Legionäre damit begonnen, Zelte zwischen den Bäumen zu errichten, wo der Boden noch etwas trockener war. »Bislang haben wir vierundzwanzig Todesopfer zu beklagen. Doch nur dreizehn davon gehören zu unserer Lanze. Die anderen sind Flüchtlinge, die von dem Eintopf aßen, während der größte Teil unserer Soldaten noch damit beschäftigt war, das Lager zu errichten. Von ihnen überlebte nur ein kleines Mädchen.« Er wies zu einem der Wagen hin, wo ein vielleicht vier Jahre altes blondes Mädchen auf der Klappe des Planwagens saß und dem Koch zusah, wie der die Töpfe schrubbte. »Der erste Topf reichte fast für ein Drittel der Lanze, und sie traf es am härtesten. Bislang haben wir dreizehn Tote zu beklagen, fast vierzig von uns hat es so hart getroffen, dass sie mit dem Tode ringen, bei gut einem Dutzend von ihnen fürchtet Bruder Gerlon, dass sie den Tag nicht überstehen werden. Von denen, die aus dem zweiten Kessel aßen, hat es ebenfalls die meisten niedergestreckt, doch hier hat Gerlon Hoffnung, dass es fast jeder überleben wird. Von denen, die vom dritten Kessel aßen, hat kaum jemand Beschwerden. Aber gut drei Viertel der Lanze sind kampfunfähig, zu schwach um das Schwert zu heben, selbst wenn uns der Feind jetzt angreifen würde.« Blix wies auf die entwurzelten Bäume am Waldrand und losgerissene Zeltbahnen. »Insofern hatten wir mit dem Unwetter Glück. Es hielt die meisten von uns wach. Ohne das Unwetter wären vielleicht viele im Schlaf gestorben, bevor wir den Anschlag hätten bemerken können.« Der Schwertmajor schüttelte verbittert den Kopf. »Das muss man sich mal vorstellen«, knurrte er. »Ein einziger Mann mit einem Beutel Gift, und meine Lanze ist so gut wie kampfunfähig! Selbst die, die es überstehen werden, können nicht einfach so am nächsten Tag wieder marschieren. Das Gift hat sie entkräftet, sie austrocknen lassen und jeder Einzelne wird sich über Tage erholen müssen.« Er kaute auf seiner Lippe herum und zögerte einen Moment, bevor er weitersprach. »Maestra ... ich fürchte, es wird zumindest vier oder fünf Tage dauern, bis wir wieder einsatzbereit sind. Ich weiß nicht, ob uns so viel an Zeit verbleibt, denn wir müssen davon ausgehen, dass der Feind weiß, wo wir uns befinden!«

Leandra hatte sich das alles angehört, ohne den Major zu unterbrechen, währenddessen aber überschlugen sich ihre Gedanken. »Wir können keine fünf Tage warten. Wenn wir diese Zeit verlieren, werden wir sie nicht mehr aufholen können.«

Der Major nickte. »Das ist richtig. Aber wir haben wenig Wahl in dieser Hinsicht.«

»Das sehe ich anders«, sagte Leandra, während ihre Gedanken rasten. »Unsere Aufgabe gliedert sich in drei Teile: den Tempel finden, den Weltenstrom umleiten und ihn gegen die Truppen Thalaks halten. Nur für den letzten Teil benötigen wir die volle Lanze.« Sie nickte entschlossen. »Während sich die Lanze erholt, werde ich versuchen, den Tempel zu finden. So verlieren wir keine Zeit.«

»Majestät«, sagte Blix förmlich und stand gerader. »Das kann ich nicht zulassen. Es ist zu gefährlich, Euch alleine gehen zu lassen!«

Leandra zog eine Augenbraue hoch. »Ihr wisst, Major, dass ich mich mit unseren Agenten treffen werde?«

»Ich habe es nicht vergessen. Doch bitte, Maestra, wenn Ihr darauf besteht, so erlaubt, dass Gerlon und ich Euch begleiten!«

Sie bedachte den Major mit einem nachdenklichen Blick. »Ihr meint, dass Eure Klinge einen Unterschied machen wird?«

»Ich versprach es Schwertmajor Helis, auf Euch zu achten«, antwortete der Major stur. »Ich pflege mein Wort zu halten.«

»Schwertmajor Helis?«, fragte Leandra überrascht.

Der Major nickte. »Sie ruhte nicht eher, als bis sie mir mein Wort abgenommen hatte.«

Sie seufzte und nickte dann. »Wie Ihr wünscht, Major. Doch warum wollt Ihr Bruder Gerlon dabeihaben? Wäre er nicht sicherer hier bei der Lanze?«

Der Major nickte. »Durchaus. Aber niemand weiß, wie sich die Prophezeiung entwickeln wird. Also sollte er in Eurer Nähe sein.« Er zuckte mit den Schultern. »Er meint, Ihr wäret jemand, dessen bloße Anwesenheit in der Welt Dinge geschehen lassen würde.«

»Und welche Dinge wären das?«, fragte Leandra neugierig.

»Woher soll ich das wissen?«, meinte der Major. »Dinge eben.«

»Damit mag er recht haben«, lächelte die Maestra. »Wann werden wir aufbrechen können?«

»Morgen«, antwortete der Major. »Könnt Ihr mir zuvor einen Gefallen erweisen?«

»Das käme auf den Gefallen an«, meinte Leandra vorsichtig.

Der Major tat eine Geste, welche die gesamte schlammige Landschaft einschloss. »Dieser Ort eignet sich wenig zur Erholung. So fehlt es uns hier an sauberem Wasser. Nach meiner Karte liegt neun Meilen südwestlich von hier eine kleine Ortschaft. Viele Dörfer hier sind verlassen, ist es dieses auch, wäre es ein Ort, an dem die Lanze besser genesen könnte als in diesem Schlammloch hier.« Er sah zu Steinwolke hinüber, die gerade ihr Gefieder putzte. »Ich könnte eine Streife ausschicken, um das Dorf zu erkunden, aber bei den derzeitigen Streckenverhältnissen würde es zu lange dauern. Mit Eurem Greifen allerdings wäre es ein Leichtes, dieses Dorf aus der Luft zu erkunden.«

Leandra sah sich in dem durchnässten Lager um, musterte die Reihe der Toten und nickte. Dies war kein glücklicher Ort. Ihn hinter sich zu lassen und sich wieder in die Luft zu erheben, war ein verlockender Gedanke.

»Gab es weitere Sichtungen von Wyvernreitern?«, fragte sie.

»Ich habe zwei Leute in den Baumwipfeln sitzen, die für uns den Himmel beobachten. Seit dem Sieg Eures Greifen wurden keine weiteren fliegenden Schlangen gemeldet.«

»Dann werde ich mir dieses Dorf einmal ansehen.«

»Ich bin Euch sehr verbunden ...« Er reckte den Kopf und sah an ihr vorbei in die Ferne.

»Dort kommt Sera Zokora! Vielleicht erfahren wir nun mehr.«

»Habt Ihr denjenigen gefunden, der unsere Lanze vergiftet hat?«, fragte Blix als Erstes, als Leandra und er die dunkle Elfe erreichten. Zokora antwortete zuerst nicht, sondern kümmerte sich weiter um ihr Pferd, das sie mit ruhigen Zügen striegelte.

»Sera Zokora?«, fragte Blix.

»Ich fand den Mann«, antwortete Zokora. »Allerdings habe ich mich getäuscht.«

»Inwieweit?«

»Es war doch Euer Korporal Hasin.«

»Und wo befindet er sich?« Blix sah sich um, als ob er erwarten würde, dass der Korporal im nächsten Moment aus dem Gebüsch springen würde.

»Er war schon dem Tode nahe, als ich ihn fand. Er starb, als ich ihn befragte. Nein«, sagte sie mit Blick auf Leandra, »ich hatte mit seinem Tod nichts zu tun, aber ich habe mir erlaubt, für ihn zu beten.«

»Ich dachte auch nicht, dass es anders wäre«, sagte Leandra ruhig.

»Aber es ist Hasin gewesen, der unser Essen vergiftet hat?«, fragte Blix. Er bedauerte das Schicksal des Korporals, aber es gab jetzt Dringlicheres.

»Ja.«

»Hat er auch Balter getötet?«

»Nein«, sagte Zokora und richtete sich zu ihrer vollen Größe auf, wobei sie dem Major trotzdem nur bis zum Brustbein ging.

»Warum hat er uns vergiftet?«

»Eine Frau erklärte ihm, dass er den Beutel Kräuter, den sie ihm gab, ins Essen mischen sollte, damit seine Kameraden vor der feuchten Pest geschützt sind.«

»Was ist die feuchte Pest?«, fragte Leandra verwirrt.

»Welche Frau?«, fragte der Major

»Es gibt diese feuchte Pest nicht«, erklärte Zokora. »Es war nur ein Vorwand, damit euer Korporal dachte, etwas Gutes zu tun.«

»Also war es nicht seine Absicht gewesen, uns zu vergiften?«, hakte Blix nach.

»Genau so ist es«, nickte Sera Zokora. »In diesem Punkt war er unschuldig. Deshalb starb er auch, er aß als Erstes von dem vergifteten Kessel.«

»Wenn er nicht wusste, dass er uns vergiftet hat, warum ist er dann geflohen?«

»Er hatte Angst.«

»Götter!«, entfuhr es Blix. »Könnt Ihr nicht einfach Bericht erstatten, ohne dass man Euch die Würmer einzeln aus der Nase ziehen muss?«

»Er sah, wie die Frau Balter küsste. Zuerst dachte er sich nichts dabei, dann sah er die Leiche und verstand, dass sie eine Nekromantin sein musste, und floh daraufhin.«

Der Major musterte die dunkle Elfe voller Ungeduld. »Ich frage Euch noch einmal: Wer ist diese Frau? Konnte Hasin sie wenigstens beschreiben?«

»Das war nicht nötig.«

»Sera Zokora, bei allem Respekt …«, begann der Major erzürnt, doch Zokora hob eine Hand um seinen Ausbruch zu bremsen.

»Er sah mich und hielt mich für diese Frau. Er war der Meinung, dass ich die gewesen wäre, die ihm riet, die Kräuter gegen diese angebliche Pest ins Essen zu tun. Und er sah mich, als ich Balter das Leben aussaugte.«

»Das ist unmöglich.« Leandras Stimme ließ daran nicht den geringsten Zweifel zu. »Es muss eine andere Erklärung geben.«

Zokora sah zu Leandra hoch und erlaubte sich ein schwaches Lächeln. »Danke, dass du das sagst. Die Erklärung ist natürlich naheliegend. In euren Augen sehen wir Elfen uns alle ähnlich … wir dunklen Elfen«, verbesserte sich Zokora mit einem leicht spöttischen Blick hin zu Leandras hochgewachsener Gestalt. »Diese Angehörige meines Volks gehörte zu dem Gefolge des Kriegsfürsten Corvulus.«

»Der, der durch dieses verfluchte magische Tor herkam?«

»Eben der«, nickte Zokora. »Sie sagt, er weiß von uns und gab ihr den Auftrag, uns aufzuhalten. Wäre sie in ihrem Tun sorgfältiger gewesen, wäre es Ihr wahrscheinlich auch gelungen.«

»Ihr habt mit ihr gesprochen?«, fragte der Major.

»So würde ich es nicht nennen«, antwortete Zokora bitter. »Meine Schwester wollte nicht von ihrer Blasphemie abkehren, vielmehr warf sie mir vor, unser Volk zu verraten. Sie forderte mich zu einem Gottesgefecht.« Ihre dunklen Augen suchten die der Maestra. »Es ist meine Pflicht, für meine Göttin einzustehen, einer solchen Herausforderung kann ich mich nicht entziehen.«

Leandra nickte. »Was geschah?«, fragte sie leise.

»Wir kämpften. Sie verlor. Die Schwester behauptete, dass Corvulus jeden unserer Schritte geplant hätte und nur mit uns spielen würde. Dass in Wahrheit wir die Verblendeten seien, die nicht wüssten, welchem Gott sie folgten. Dass die Götter uns täuschten und ein Spiel mit uns spielen würden.«

»Sagte sie noch mehr?«, fragte der Schwertmajor.

»Nein«, antwortete Zokora. »Die Qualen ihres Todes machten es ihr unmöglich.«

»Oh«, meinte Blix.

Zokora nickte. »Obwohl sie an ihrer Verblendung festhielt, starb sie in Ehre.« Sie packte den Striegel in die Satteltasche ihres Pferdes und sah suchend zu Leandra hin. »Sag, hat der Tempel in Askir den Fluch von der Nachricht nehmen können?«

Das hatte Leandra beinahe vergessen. »Die Nachricht kam von einem Tempel Omagors in Lassahndaar«, erklärte sie.

»Also errichten sie hier schon Tempel für ihn.«

»Keine Überraschung«, meinte Leandra. »Gleiches hat der Feind ja auch schon auf den Feuerinseln getan.«

»Und was war die Nachricht?«, wollte jetzt auch Blix wissen.

»Dass die Seele des Schützen ein Unterpfand gegen die Abtrünnige sein wird.« Mit kurzen Worten erzählte Leandra, was im Tempel des Soltar geschehen war.

»Also gibt es irgendwo im Süden einen Tempel, in dem der Körper eines dunklen Elfen ruht, der seine Seele verloren hat«, fasste Blix anschließend zusammen. »Irgendwie ein würdiges Ende für einen Seelenreiter und Nekromanten, nicht wahr? Jedenfalls hält sich mein Mitleid in Grenzen. Kann jemand sagen, was die Nachricht bedeutet? Der Schütze als ein Unterpfand gegen die Abtrünnigen?«

»Nein«, sagte Zokora grimmig. »Nur, dass es zu viele meines Volkes gibt, die sich erneut von der Dunkelheit haben verführen lassen.«

»Hast du nicht mal gesagt, dass dein Stamm die letzten

Überlebenden deiner Art beheimaten würde?«, fragte Leandra.

»Es sieht so aus, als hätte ich mich getäuscht, nicht wahr?«

»Aber wer ist der Schütze?«, fragte Blix.

Zokora bedachte ihn mit einem kühlen Blick. »Woher soll ich das wissen? Wahrscheinlich jemand, dessen Seele in die Fänge eines Nekromanten geriet.« Sie wartete, ob Leandra noch etwas sagen würde, und wandte sich dann dem Schwertmajor zu. »Ich werde euch morgen begleiten«, teilte sie ihnen mit, nahm die Zügel ihres Pferdes und führte es davon.

Wie hatte sie nun wieder davon erfahren?, dachte Blix verstimmt, zuckte dann aber mit den Schultern. Was die Sera Zokora anging, sollte ihn allmählich nichts mehr überraschen. »Bislang«, sagte er dann mit belegter Stimme, »war es so, dass wir nur um unser Leben fürchten mussten. Davon, dass auch unsere Seelen in Gefahr sind, war nicht die Rede.«

»Nicht?«, fragte Leandra bissig. »Dann habt Ihr nicht gut genug zugehört, Ser Schwertmajor.«

Astartes Werk und Soltars Bäume

14 Vor dem verlassenen Dorf gab es einen kleinen Schrein der Astarte. Die Blumen auf der Opferschale waren vertrocknet, doch in der Nähe blühte ein Feld mit Winterbutter. Die gelben Blumen erfüllten die frische Luft mit einem Duft, der den baldigen Frühling versprach.

Von dort aus sahen der Schwertmajor und Leandra zu, wie die scheinbar endlose Reihe der Pferde den schmalen Weg zum Dorf hoch nahmen. Zwischen jeweils zwei Pferden waren Tragen gespannt, auf diese Art war es möglich gewesen, die Lanze noch am gleichen Tag in dieses Dorf zu verlegen.

»Mit Verwundeten hätte man das nicht so machen können«, stellte Blix fest und zwang sich zu lächeln, als das kleine Mädchen ihm vom Kutschbock des Küchenwagens aus zuwinkte. »Aber bei einer Vergiftung gibt es keine frischen Wunden, die aufbrechen können, also ist es egal, ob man bewegt wird oder nicht … es stirbt sich so oder so genauso leicht.«

Er sah zurück zum Marktplatz des Dorfs, wo Medikus Loska gerade verschiedene Phiolen aus dem Eimer am Brunnen füllte und prüfend gegen das Licht hielt.

Leandra folgte seinem Blick und runzelte die Stirn. »Befürchtet Ihr wirklich, man hätte den Brunnen vergiftet?«

»Ich will es nicht hoffen«, meinte Blix. »Aber wir vergewissern uns diesmal besser.« Er seufzte. »Wenigstens werden die Leute unter trockenen Dächern besser genesen, als in diesem Schlammloch, in dem es uns erwischt hat. Die Hälfte meiner Leute klagt jetzt schon über aufgescheuerte und entzündete Füße. Ich gebe es ungern zu, aber in dieser Hinsicht bin ich sogar dankbar für die Pferde.« Er ließ seinen Blick über die Häuser gleiten und seufzte. »Was meint Ihr, was den Leuten hier zugestoßen ist?«

Leandra zuckte mit den Schultern. »Ich vermag es nicht zu sagen. Von der Luft aus gab es keine Anhaltspunkte, und auch jetzt scheint es mir, als hätten sie einfach ihre Sachen gepackt und wären losgegangen.«

»Aber warum?«

»Aus Angst vor den neuen Herren?«

»Wohl kaum.«

Leandra nickte nachdenklich. »Ihr habt recht. Hier gab es keinen Krieg. Lassahndaar hat sich kampflos ergeben, und es ergibt wenig Sinn, sich gegen die Besatzer zu erheben. Nicht, solange sie gut für Vieh, Milch, Eier und Getreide zahlen.«

»Und wenn sie das nicht tun?«, fragte Blix.

»Dann wären sie dumm«, sagte Leandra und seufzte. »Doch so viel Glück werden wir nicht haben.« Sie hob die Hand über ihre Augen, um sie vor der Sonne abzuschirmen, und sah nach Südwesten. »Mit dem Pferd ist es nur noch eine Tagesreise nach Lassahndaar. Wir werden vielleicht bald mehr wissen.«

Blix nickte. »Scheint so. Ich habe alles mit Grenski besprochen und bin nun bereit, euch zu begleiten.«

»Ihr besteht noch immer darauf?«

»Man legte mir sehr ans Herz, dass Ihr überleben müsst und dass ohne Euch die Zukunft des gesamten Kaiserreichs gefährdet wäre. Also müsst Ihr damit vorliebnehmen, dass ich auf Euren Rücken achte.«

Leandra musterte ihn einen langen Moment, dann nickte sie langsam. »Danke«, sagte sie einfach. »Grenski kommt mit der Lanze zurecht?«

»Habt Ihr es noch nicht bemerkt?«, schmunzelte Blix. »Es ist Grenskis Lanze! Ich führe sie nur zum Schein, und Sanja macht die ganze Arbeit. Sie hat ein ganz besonderes Talent für das Kriegshandwerk.«

»Ist das so?«, lächelte Leandra und sah ihn prüfend an. »Besitzt Ihr auch ein besonderes Talent, Schwertmajor?«

»Nein«, sagte er und schüttelte den Kopf. »Nicht, dass ich es wüsste. Auf der anderen Seite ist es so, dass ich noch lebe ... wenn man das als ein Talent werten kann!«

»Vielleicht schon«, meinte Leandra lächelnd. »Zu überleben ist mitunter hilfreich.« Sie sah zur Sonne hoch. »Wir brechen morgen auf?«

»Morgen beim ersten Licht«, bestätigte er. Sie wollte sich gerade abwenden, als er sie noch einmal zurückhielt.

»Ihr habt die Agenten erwähnt, die wir treffen werden. Genießen sie Euer Vertrauen?«

»Ja«, antwortete sie. »In der Tat. Es sind Freunde, und ich freue mich, sie wiederzusehen.« Sie spürte Steinherzens Meinung dazu. Je weniger Freunde man besaß, desto weniger Ballast schleppte man mit sich herum, desto weniger erpressbar war man. *Dann solltest du zufrieden sein*, dachte sie bitter. *Ich habe fast alle verloren*. Wie üblich erhielt sie keine Antwort. Sie nickte dem Major zu und machte sich auf den Weg zum Dorf, wo man einen Raum im leer stehenden Gasthof für sie hergerichtet hatte. Sie war rechtschaffen müde, und wenn es morgen tatsächlich losging, wollte sie ausgeschlafen sein.

Doch daraus wurde nichts. Gerlon passte sie ab, gerade als sie den Gasthof betreten wollte.

»Gut, dass ich Euch sehe, Sera«, sagte er und griff sie am Arm, um sie beiseitezuziehen. »Korporal Loska sagt, dass diejenigen, die den heutigen Abend überstehen, mit fast sicherer Gewissheit von dem Gift genesen werden.«

»Es ist gut, das zu hören«, sagte Leandra, die sich fragte, was der Priester von ihr wollte.

»Ja«, antwortete der junge Mann. »Die Götter haben unsere Gebete erhört. Wenigstens die meisten. Doch es gibt auch diejenigen, welche die heutige Nacht nicht überstehen werden.«

»Das ist ... traurig«, sagte sie. »Was wünscht Ihr von mir, Bruder Gerlon?«

»Könnt Ihr helfen, den Sterbenden im Gebet ein Geleit zu Soltar zu geben?»

»Ihr wollt, dass ich den Sterbenden Gesellschaft leiste?«, fragte Leandra entsetzt. So hatte sie sich den Rest des Tages nicht vorgestellt.

Der junge Priester nickte ernsthaft. »Oder habt Ihr etwas Wichtigeres vor? Ich habe es so verstanden, das wir erst am Morgen nach Lassahndaar aufbrechen, da dachte ich mir, dass noch Zeit bliebe, die Sterbenden zu trösten.«

Was sollte sie sagen?

»Gut, Gerlon«, seufzte sie. »Führt mich zu ihnen.«

Lasse mich ein, dann wird es dich nicht berühren, hörte sie fast schon Steinherzens Versprechen. Sie sah sich suchend um und fand den Legionär, der in dem verlassenen Gasthof hinter der Theke Dienst tat.

»Passt für mich auf ihn auf, ja? Oder gebt ihn Schwertmajor Blix, wenn Ihr ihn seht«, bat sie sie und legte das Schwert auf die Theke, um dann dem ungeduldigen Priester zu folgen.

»Ihr seht müde aus«, begrüßte der Schwertmajor sie am nächsten Morgen, während sie noch dabei war, den Sattelgurt ihres Pferdes fester zu ziehen. Sie hatte lange überlegt, ob sie Steinwolke mitnehmen sollte, doch der Greif ließ oftmals nicht nur Pferde in wilder Panik fliehen. Zudem war in der Nähe von Lassahndaar mit weiteren fliegenden Schlangen zu rechnen. Für das, was nun vor ihnen lag, war Verstohlenheit besser als ein stolzer Kampf in den Lüften, zumal der Feind wahrscheinlich wusste, wo sich die Lanze zurzeit befand.

Solange man die fünfte Lanze der zweiten Bulle in ihrem Lager wähnte, war es vielleicht sogar einfacher, ungesehen zu bleiben. Also würde sie ihr Pferd reiten. Sie zog die Schnalle fest, wartete einen Moment, bis das Pferd ausgeatmet hatte, und zog sie nach, dann wandte sie sich dem Major zu.

»Es täuscht«, log sie. »Eure Leute haben für mich ein Bett gefunden, das besser als erwartet war.« Das zumindest stimmte. Nur dass sie kein Auge zugetan hatte.

Havald hatte es gehasst, Menschen sterben zu sehen. Solange sie sich in Steinherz geflüchtet hatte, war es ihr schwergefallen, ihn zu verstehen. Menschen starben, das war der Lauf der Welt.

Doch seitdem sie einem jungen Soldaten, der kaum älter als siebzehn gewesen war, beim Sterben die Hände gehalten hatte, während er sie für seine Schwester hielt, die er um Vergebung bat, sah sie es anders. Sie hatte vergessen, wie deutlich der Tod war, wie viel die Seele mitnahm, wenn sie den sterblichen Körper verließ. Doch keiner der Soldaten schied freiwillig, ein jeder kämpfte. So wie der bärbeißige Soldat, der sie für einen Engel gehalten hatte. Es war eine lange Nacht gewesen und eine, die sie aufgewühlt hatte.

»Ich traf eben Gerlon beim Frühstück«, erwähnte der

Major, während er sie mit einem prüfenden Blick bedachte. »Er sagt, Ihr hättet heute Nacht Astartes Werk getan. Vier der Soldaten, die er sicher auf dem Weg zu Soltar wähnte, hätten bei Eurer Fürsorge genügend Mut fassen können, um den Weg zurück ins Leben zu finden.«

»Ich tat, um was er mich bat«, erwiderte sie schroff. »Doch jetzt gibt es anderes zu tun.«

Der Schwertmajor trat einen Schritt zurück und deutete eine knappe Verbeugung an. »Wie Ihr wünscht, Sera.« Er zog sein Pferd herum und stieg auf. »Gerlon und die dunkle Elfe warten bereits am Schrein.«

Leandra nickte nur. Sollte er sich doch zurückgewiesen fühlen, dachte sie stur und saß auf. Sie hatte ihn ja nicht dazu eingeladen, Vertraulichkeiten auszutauschen. Er hat sich nur nach deinem Befinden erkundigt, protestierte eine andere Stimme.

»Götter!«, fluchte sie. Genau darin lag Steinherzens Vorteil: Wenn sie ihm Zugang gewährte, dann blieb sie wenigstens von solchen Selbstzweifeln verschont.

»Habt Ihr etwas gesagt, Maestra?«, fragte Blix. Doch sie schüttelte nur den Kopf.

Am Schrein fanden sie die dunkle Elfe und Bruder Gerlon vor. Sie saßen still und schweigsam auf ihren Pferden und ignorierten einander. Ein Spiel, dachte Leandra leicht erheitert, das Bruder Gerlon wohl kaum gewinnen konnte. Jemand hatte frische Blumen als Opfergaben auf den Schrein gelegt. Vielleicht war es Grenski gewesen, denn auch sie war dort anzutreffen und schien besserer Laune. Sobald Blix und die Maestra nahe genug herangekommen waren, wandte sie sich auch prompt mit einem breiten Grinsen an den Major.

»Götter«, meinte Grenski, »wie wollt Ihr mit diesen Plaudertaschen unerkannt nach Lassahndaar gelangen? Eure Ohren werden schon nach der ersten halben Kerzenlänge bluten!«

»Wir werden es irgendwie überstehen«, schmunzelte Blix und warf einen Blix zu Zokora hin, die diesen unbeteiligt erwiderte. »Passt Ihr nur gut auf meine Lanze auf.«

»Mit Verlaub, Ser«, grinste Grenski und salutierte. »Jetzt ist es meine Lanze!« Ihre Miene wurde ernster. »Ich hoffe, wir können in wenigen Tagen folgen. Wenn nicht noch mehr sterben!«

»Das sollte nicht geschehen. Das Gift hat seine Opfer bereits gefunden«, brach Gerlon sein Schweigen. »Wer jetzt noch lebt, wird wieder genesen.«

»So die Götter wollen«, nickte Grenski und sah den Major und die Maestra prüfend an. »Alles bereit?«

»Ja«, antwortete die Maestra, und auch die anderen nickten.

»Die Götter mit Euch«, bat Grenski und salutierte.

»Und mit Euch, Stabssergeant«, gab Leandra Antwort und trieb ihr Pferd voran, Zokora an ihrer Seite. Es wurde langsam Zeit, dass sie ihr Ziel erreichten.

Der Major zuckte mit den Schultern, tauschte einen Blick mit Gerlon, erwiderte Grenskis Salut und folgte dann der Maestra und der dunklen Elfe.

Blix hielt die gefaltete Karte anders, um besser sehen zu können, fluchte leise und gab dann auf. »Wie heißt der Ort, an dem wir uns mit Euren Freunden treffen, Maestra?«, fragte er. »Die Falzkante hat den Namen unleserlich gemacht.«

»Ist es denn so wichtig, dass Ihr den Namen wisst, Major?«, fragte Leandra. »Wir werden den Ort in unserem ganzen Leben kein zweites Mal sehen.«

»Er war schon immer so, Maestra«, erklärte Gerlon schmunzelnd. »Schon als wir noch Kinder waren, musste er immer wissen, wo wir uns befanden. Wenn es einen gibt, der alle Straßen von Askir beim Namen nennen kann, dann ist es Kurtis. Er gibt nie Ruhe, bevor er nicht bekommt, was er will.«

»Das war, als wir noch Kinder waren«, beschwerte sich der Schwertmajor.

»Manche Dinge ändern sich nicht«, meinte Bruder Gerlon und erlaubte sich ein feines Lächeln.

Leandra lachte. »Bevor das hier noch ausartet, Major, der Ort heißt Erins Wacht. Ein alter, halb zerfallener Wachturm. Wir müssen noch durch diesen Wald, aber ich denke, wir werden den Treffpunkt noch vor dem Abend erreichen.«

»Ein alter Wachturm?«, wunderte sich Blix. »Werden die Besatzer aus Thalak nicht ein Auge auf genau solche Orte haben?« Er faltete die Karte zusammen und verstaute sie wieder sicher in der Satteltasche, während seine Augen beständig den Wald auf beiden Seiten des Weges beobachteten. Oft wurde der Weg nicht verwendet, die letzten Wagenspuren waren schon zum Teil weggespült, und zwischen den Spuren wuchsen Gräser. Es gab zu viel an Deckung hier, dachte Blix. Der Wald war ihm zu dicht, mit zu vielen Möglichkeiten, sich zu verstecken. Er für seinen Teil würde froh sein, wenn sie diesen Wald hinter sich gelassen hatten.

»Mag sein«, antwortete die Maestra. »Aber wir mussten einen Ort vereinbaren, der leicht zu finden ist. Außerdem ist Janos ein gerissener Hund. In dieser Hinsicht traue ich ihm.«

»In anderer nicht?«, fragte Blix hellhörig.

»Sagen wir, dass ich mir noch immer nicht darüber im Klaren bin, was und wer er ist: Brigant und Mörder oder ein Agent im Namen der Königin.«

»Also in Eurem Namen?«

»Er hat behauptet, dass er in den Diensten Eleonoras gestanden hätte … nur ließ es sich nicht überprüfen.«

»Hm«, sagte Blix und sah sich aufmerksam um. »Sagt, Maestra, gehen wir ein Risiko ein, wenn wir ihm trauen?«

Sie zuckte die Schultern. »Ich weiß es nicht. Wenn er ein Mörder ist oder ein Brigant, wer sagt, dass er nicht auch ein Patriot ist? Jedenfalls besitzt er ein Talent zum Morden, das man nicht allzu oft antrifft.« Sie sah zu dem tiefblauen, wolkenlosen Himmel hoch, der sich über sie spannte. »Havald entschied, ihm zu vertrauen. Bislang scheint es kein Fehler gewesen zu sein.«

»Und der andere Agent?«

»Eine Wirtstochter, mit der Gabe der Fey und dem Bannschwert Eiswehr ausgestattet.« Leandra schmunzelte ein wenig. »Sie und Janos sind ein Paar. Ihr kennt doch Schwertobristin Helis?«

Blix nickte.

»Sieglinde wurde in gewissem Sinne von ihr ausgebildet. Sie ist jung und hübsch aber sie verfügt durch Helis und ihr Bannschwert buchstäblich über Jahrhunderte an Erfahrung.« Leandras violette Augen suchten die des Schwertmajors. »Bitte nehmt sie und ihren Rat ernst, Major.«

Stellt sich nur die Frage, wie die Stabsobristin Jahrhunderte an Erfahrung gewonnen hatte, dachte Blix. »Das werde ich tun. Wie kommt es eigentlich, dass die beiden hier anzutreffen sind? Haben sie Euch denn nicht nach Askir begleitet?«

»Havald schickte sie in die Südlande zurück, um den Kontakt mit Königin Eleonora herzustellen. Das war, noch bevor die Kronstadt eingeschlossen wurde. Sieglinde stieß kurz vor dem Untergang der Feuerinseln wieder zu uns und erreichte Askir mit uns zusammen. Als wir vom Tod der Königin Eleonora hörten, kehrte sie in meinem Auftrag in die Südlande zurück.«

»Sie leisten Widerstand gegen die Besatzer?«, fragte Blix.

Leandra schüttelte den Kopf. »Nein. Nicht mehr. Sie haben jetzt den Auftrag, sich so unauffällig wie möglich zu verhalten. Ihre Aufgabe ist es, uns auf dem Laufenden zu halten. Sonst nichts. Alles andere wäre zu gefährlich.«

»Jemand scheint das anders zu sehen«, meldete sich Bruder Gerlon zu Wort. Er war zusammen mit Zokora vorne geritten und hatte jetzt sein Pferd gezügelt. Der Grund offenbarte sich dann auch sogleich, als die anderen zu ihm aufschlossen. Dort vorne, am Rande des Weges, stand eine große

Buche mit einem weit ausladenden Ast. Daran hingen sieben Leichen, welche die für Thalak üblichen schwarzen Lederrüstungen trugen.

»Ein Soltarsbaum«, meinte Blix und musterte die schwarz gewappneten Toten. »Es wundert mich nicht, einen solchen Baum zu sehen, aber dass er unsere Feinde als Früchte trägt, überrascht mich doch ein wenig.«

Zum ersten Mal seit Langem berührte Leandra Steinherz direkt und fühlte die kühle Ruhe in sie strömen, wie ihr Herzschlag langsamer wurde und die Welt an Klarheit gewann.

»Dort hinten sind frische Gräber«, stellte sie fest, während Zokora wortlos von ihrem Pferd glitt und im Unterholz verschwand. Auch der Schwertmajor zog sein Schwert und rief Bruder Gerlon hinter sich, als sie im Schritt weiterritten.

Vögel stoben auf, als sie näher kamen, ein tief hängender Ast strich Leandra über die Schulter und ließ sie frösteln. Aber nichts geschah, bis nahe der Buche eine zierliche Gestalt aus dem Unterholz trat und nickte.

»Es ist niemand in der Nähe«, teilte Zokora den dreien mit, und Leandra löste sich von Steinherz, um dann tief aufzuatmen und sich umzusehen.

Etwas abseits der Buche mit ihrer toten Last gab es vierzehn frische Gräber, davon waren drei kleiner als üblich. Etwa dreißig Schritt weiter westlich, nahe des Weges, lagen die Kadaver zweier Pferde zwischen den Bäumen, man hatte ihnen die Sehnen an den Hinterbeinen gekappt und dann, später, die Kehle durchgeschnitten. Die Bewohner des Waldes hatten sich bereits an ihnen gütlich getan.

Zokora deutete mit einer Geste auf die Kadaver. »Ich denke, es geschah während des Sturms. Zwei Angreifer.« Ihre Hand wanderte im Halbkreis herum und deutete nun auf einen der Leichname, der von dem Ast hing. »Sie haben alle erschlagen bis auf diesen hier. Ihn haben sie ausgiebig verhört.«

»Und wer liegt in den Gräbern?«, fragte Gerlon. Zokora

deutete wortlos in den Wald. Der Priester sah sie überrascht an, stieg dann aber ab und folgte ihrem Zeichen.

Währenddessen ritt Leandra näher an den Gehängten heran, den die Dunkelelfe ausgedeutet hatte.

»Seine Rüstung ist etwas anders als die der anderen. Und er wurde gefoltert«, stellte sie dann fest.

»Ja«, nickte Zokora, die ebenfalls zu dem Toten hochsah. »Es ist ein Bestienmeister. Du weißt von unserer Begegnung mit dem Schiff, das dich entführte? Die *Blutdorn*?«

Leandra nickte. »Ich hörte von einem nächtlichen Kampf. Eine Kriegsbestie war beteiligt, nicht wahr?«

»So war es. Diese eine Bestie war für die meisten der Verluste verantwortlich.«

Leandra sah sich um, als könnte jeden Moment eine dieser Bestien aus dem Wald gestürmt kommen. »Ist das der Bestienmeister, der den Kriegsfürsten Corvulus begleitet?«

»Nein«, meldete sich überraschend Blix zu Wort. Als sie ihn fragend ansah, deutete er auf die Rangabzeichen auf den Rüstungsteilen der Oberarme. »Seht, Maestra, diese hier gehören zur einundzwanzigsten Legion. Ich denke, es war eine Streife aus Lassahndaar.«

»Und die Bestie des Mannes, wo ist sie?«, fragte Leandra.

»Ich vermute, dass diese Tiermeister nicht nur Kriegsbestien zähmen«, sagte Zokora. »Diese Soldaten brachen am Tag vor dem Sturm auf. Als deine Steinwolke eine Wyvernreiterin vom Himmel holte.« Zokora sah zu den Toten hoch. »Ich vermute, dass sie die Wyvern und ihre Reiterin suchen sollten.«

»Ich weiß jetzt, was hier geschah«, sagte Gerlon, der mit den Resten eines Schildes aus dem Wald trat. Er hielt die Bretter aneinander, sodass Blix und Leandra die Worte lesen konnten. *So entet wr sich gegn Thalak stelt!* Der junge Priester hielt die Reste eines Stricks hoch, der den klassischen Henkersknoten trug. »Ich fand noch mehr dieser Stricke auf einem Haufen im Wald, dort, wo auch dieses Schild lag. Schreiben konnten sie auch nicht«, stellte er bitter fest.

»Also hat jemand die Toten vom Ast abgeschnitten, begraben und dann die Streife überfallen und aufgehängt, um Rache zu üben«, stellte Blix fest. »Sie vergaßen nur, ebenfalls ein Schild aufzustellen.«

»Das wird wohl kaum notwendig gewesen sein. Die Botschaft ist klar genug«, stellte Leandra fest. »Aber warum haben sie den Bestienmeister gefoltert?«

Der Schwertmajor sah zu dem Toten hoch und zuckte die Schultern. »Keine Ahnung. Die Streife wurde von dem Sergeanten dort geführt, der Bestienmeister war nur ein Korporal. Er ist auch der Einzige, der tatsächlich gehängt wurde, die anderen waren schon tot, als man sie aufknüpfte.«

»Du kannst sie ja fragen, was sie von ihm wollten, wenn du sie siehst«, meinte Zokora zu der Maestra. Sie deutete zu einem der Toten hin. »Siehst du den Schnitt durch den Panzer? Er trug ein Messer in einer Scheide auf der Brust, das ebenfalls entzweigeschlagen wurde. Es gibt nur wenige Klingen, die so sauber Stahl zerschneiden.«

»Eiswehr!«, stellte Leandra fest und fluchte. »Götter! Ich sagte ihnen doch, sie sollten sich ruhig verhalten! Warum nur hält sich niemals jemand an die Anweisungen?«

»Dafür kann es tausend Gründe geben«, antwortete der Major. »Es kommt nur darauf an, ob es gute oder schlechte Gründe waren!«

»Wollt Ihr damit sagen, dass es nur zwei Personen waren, die dieses Gemetzel verursacht haben?«, fragte Gerlon ungläubig.

»Wie die Maestra bereits sagte, die eine der beiden Agenten führt ein Bannschwert«, meinte Blix. »Was erwartest du, wenn man eine Waffe trägt, die durch Stahl schneidet, als wäre es nur Papyira?«

»Ist … ist das Schwert Soltars genauso schlimm?«, fragte Gerlon.

»Schlimmer«, antwortete Leandra. Sie zog ihr Pferd herum. »Es gab eine Schlacht am Pass von Avincourt, etwa vierhundert Meilen östlich von hier. Dort erschlug Havald in vier Tagen fast zwölfhundert Barbaren.« Sie sah bedeutungsvoll zu dem Priester hin. »Es wären wohl noch mehr geworden, doch die Leichen türmten sich so hoch, dass sie den Pass versperrten.«

»Es waren nur um die hundert, die er selbst erschlug«, widersprach Zokora. »Er war ja auch nicht alleine dort. Etwa dreihundert haben seine Kameraden erschlagen, bevor sie übermannt wurden. Eine unserer Kundschafterinnen beobachtete den Kampf und berichtete mir davon«, erklärte die dunkle Elfe auf Leandras überraschten Blick hin. »Es war der erste Hinweis darauf, dass das Schwert wieder aufgetaucht war.«

»Du wusstest von Seelenreißer?«, fragte Leandra überrascht.

»Natürlich«, sagte Zokora, während sie ihr Pferd herumzog und aufsaß. »Was glaubst du denn, wer ein Schwert anfertigt, das im Dunkeln leuchtet wie ein Pilz? Meinst du, unsere hellen Schwestern schmieden ein Schwert, das sich Hüter der Schatten nennt? Sie wüssten doch nicht einmal, wie man die Nacht beherrscht!«

»Es heißt in unseren Schriften, dass Soltar Omagor erschlug«, hauchte Bruder Gerlon ergriffen. »Meint Ihr wirklich, dass er es mit diesem Schwert tat?«

»Vielleicht«, antwortete Zokora. »Es erklärt seine Fähigkeiten, nicht wahr?«

Leandra bedachte beide mit einem kurzen Blick. »Mir ist es egal, wer was mit diesem Schwert getan hat, solange wir es nur zurückbekommen.«

»Deswegen bin ich hier«, sagte Gerlon milde.

»Dann wollen wir hoffen, dass sich Eure Prophezeiungen erfüllen«, sagte Leandra und ritt voran.

Der Schwertmajor schloss zu ihr auf und ritt neben ihr, doch offenbar nicht, um das Gespräch zu suchen, denn er schien tief in Gedanken versunken. Nur ab und an hob er den Kopf, um sich umzusehen.

Schließlich seufzte Leandra und sprach ihn an. »Wollt Ihr mir sagen, was Euch so grübeln lässt?«

»Mir kommt gerade in den Sinn, dass, wenn das denn alles wahr sein sollte, der Feind nun die Waffe besitzt, die Omagor das letzte Mal niederstreckte.«

»Es ist nicht die Waffe, auf die es ankommt«, gab Leandra schroff zurück. »Es kommt stets darauf an, wer sie führt.« Wieder bildete sie sich ein, Missbilligung von ihrem Schwert zu fühlen. Es ist nur ein Schwert, dachte sie. Es mag besonders sein, aber es ist letztlich nur ein Stück Stahl. Es redet nicht mit dir. Es hat keine Meinung. Nur ein Stück Stahl.

Und du betrügst dich selbst. Leandra fluchte leise, was ihr einen überraschten Blick des Majors einbrachte. Sie ignorierte ihn und trieb ihr Pferd voran.

»Wenn wir es zu eilig haben, ermüden wir die Pferde«, mahnte Zokora.

»Wir sind nahe dem vereinbarten Treffpunkt. Es wird wohl kaum mehr einen Unterschied bereiten.«

Durch den Schatten

15 »Es ist eine Überraschung«, meinte Bruder Jon, als Mircha den jungen Dieb in sein Arbeitszimmer führte und die Tür dann hinter Wiesel schloss. Der Hohepriester wies mit der Hand auf einen der reich verzierten Stühle. »Ich hätte nicht erwartet, Euch so schnell wiederzusehen.«

»Danke, Eure Eminenz, dass Ihr mich so schnell empfangen habt«, begrüßte Wiesel den alten Mann.

Der winkte ab. »Es wird sowieso Zeit, dass Mircha sich daran gewöhnt, die Mitternachtsmesse zu halten.« Er legte den Kopf etwas schräg und blinzelte wie eine Eule. »Bringt Ihr wieder Botschaft von Mama Maerbellinae?«

»Ich habe eine Botschaft, aber sie ist von jemand anders.« Wiesel setzte sich. »Eine Frau, die ich seit meiner Kindheit kenne, passte mich vorhin ab. Ihr Name ist Marla. Sagt der Name Euch etwas?«

Bruder Jon hatte eben eine silberne Teekanne ergriffen, wohl in der Absicht, sich und seinem Gast Tee einzuschenken, doch jetzt ließ er die Kanne langsam wieder sinken.

»Sie ist eine Eurer Ziehschwestern, nicht wahr?«, fragte er nachdenklich und faltete die knochigen Hände zusammen. »Ist es nicht seltsam, wie oft in der letzten Zeit eine Eurer Ziehschwestern ins Licht tritt?«, fragte er dann. »Desina wird Kaiserin, Regata versteht sich als Fürsprecherin einer Rasse von Echsen, die sich bislang hauptsächlich dadurch hervorgetan haben, dass sie unsere Seeleute gefressen haben. Und nun auch noch Marla.« Er berührte eine der silbernen Teetassen und drehte sie ein wenig, sodass der Griff akkurat ausgerichtet war. »Euer Ziehvater besitzt auf jeden Fall ein Talent, das Besondere in den Menschen zu entdecken.« Er musterte Wiesel aufmerksam. »Worauf wollt Ihr hinaus?«

Wiesel zögerte ein wenig. »Marla behauptete, eine Priesterin des Namenlosen zu sein. Ich will wissen, ob dies wahr sein kann.«

»Diese Frage ist schwerer zu beantworten, als man denken mag«, sagte Bruder Jon langsam. Er griff wieder nach der Teekanne und schenkte erst seinem Gast und dann auch sich ein. »Jeder Dieb, der ein kurzes Stoßgebet an den Namenlosen richtet, ist einer seiner Anhänger. So auch jeder Mörder, der darauf hofft und betet, dass sein Stich ins Mark trifft, jeder Fälscher, der sich eine ruhige Hand wünscht … sie alle beten zu dem Namenlosen. Aber auch die Bettler, Schwindler oder auch arme Seelen, die sich von jedem anderen Gott verstoßen fühlen. Es soll Tempel geben, in denen dem Gott Jungfrauen blutig geopfert werden, Sekten, die sich in seinem Namen zusammenschließen und unsägliche Rituale des Blutes abhalten. All dies geschieht in seinem Namen. Und jeder, der einen solchen Gottesdienst abhält, diese Rituale durchführt, hält sich für einen seiner Priester … und vielleicht ist es der eine oder andere auch.« Er seufzte. »Es heißt, dass es der Namenlose war, der die Menschen mit der dunklen Gabe verfluchte. Und er ist es, der die Seelen derer aufnimmt, die vor dem Gericht der Götter verstoßen wurden.« Er trank langsam einen Schluck aus seiner reich verzierten Tasse und stellte sie dann wieder sorgfältig auf den Unterteller zurück. »Es steht den Menschen frei zu wählen, wen sie anbeten wollen, doch unsere Götter geben ihnen einen Weg vor, weisen ihnen einen Pfad, wie ein Mensch leben soll, um den Göttern zu gefallen.«

Wiesel nickte. Nichts von dem, was Bruder Jon sagte, war ihm neu. »Was hat dies nun mit dem Namenlosen zu tun?«

»Er alleine unter den Göttern weigerte sich, den Menschen einen Pfad zu bestimmen. In unseren Büchern steht, dass er gegen die Schöpfung des Menschen war.«

»Weshalb er uns verfluchte«, nickte Wiesel. »Ich weiß.«

»Es ist mehr daran. Er sagte, dass, wenn die Götter die Menschen nach ihrem Bilde erschaffen wollten, sie ihnen auch die Freiheit geben müssten, handeln zu können wie die Götter. Solange dies nicht erlaubt war, verweigerte der Gott der Schöpfung des Menschen seine Zustimmung.«

Wiesel kratzte sich am Hinterkopf. »Das verstehe ich nicht«, gab er dann zu. »Wir sind keine Götter, wie sollen wir wie solche handeln?«

»Freier Wille, Ser Wiesel«, sagte Bruder Jon und seufzte. »Freier Wille. Der Namenlose fand, dass es der falsche Weg wäre, den Menschen vorzuzeichnen, wie sie leben sollten. Wenn man den Menschen verspricht, dass sie die Gnade der Götter erhielten, wenn sie nur so lebten wie gewünscht, wäre es nicht anders als ein Geschäft. Der Mensch gibt dieses, der Gott jenes. Vorhersehbar. Einengend und … ungerecht, da auf diese Weise der Mensch eingeschränkt wäre, ihm der Weg verbaut sei, selbst zu entscheiden, wer er werden will.«

»Deshalb überlässt der Namenlose es den Menschen, wie sie ihn anbeten und verehren?«, fragte Wiesel.

»Genau so ist es.«

»Hm«, meinte Wiesel. »Daran kann ich nichts Schlimmes finden. Nur folgt daraus, dass jeder, der die anderen Götter fürchtet, sich dem Namenlosen zuwendet. Eben auch jene, deren Taten vor dem Gericht der Götter nicht bestehen würden.«

»Habt Ihr schon zu ihm gebetet, Ser Wiesel?«, fragte der Hohepriester höflich.

»Das eine oder andere Mal«, gab Wiesel unbehaglich zu und widerstand mit Mühe der Versuchung, wie ein Tempelschüler unruhig auf dem Stuhl herumzurutschen. »Wenn ein Schloss besonders schwierig war oder ich mit etwas anderem zu scheitern drohte. Es ist lange her«, fügte er hastig hinzu. »Und es geschah meist eher gedankenlos.«

»Und doch ist jedes Gebet gültig und kann erhört werden«, meinte Bruder Jon. »Die Frage, die sich nun stellt, Ser Wiesel, ist die folgende: Ist der Namenlose ein Gott der Finsternis, ein Gott, der Böses fördert?«

»Er akzeptiert, dass man in seinem Namen Unschuldige opfert.«

Bruder Jon nickte langsam. »Das ist wahr. Er akzeptiert es.«

Wiesel blinzelte. »Wenn man ihm einen Apfel opfert, ein Schaf oder einfach eine Blume …«

»… würde er es gleichermaßen akzeptieren«, beendete der Priester Wiesels Satz. Er legte die Hände zusammen. »Im Buch Soltars steht, dass die Götter übereinkamen, dass der Mensch nicht gottlos sein sollte. Dass es für jeden einen geben sollte, den er anbeten kann. Dass es auch einen geben sollte, der die dunklen Gebete und die dunklen Gaben akzeptieren muss. Die Götter bestimmten einen unter sich, der diese Last tragen sollte. Dieser stimmte widerwillig zu, forderte aber eines von den Dreien: dass es nicht in seinem Namen geschehen dürfe.«

»Sieht so aus«, sagte Wiesel langsam, »als hätte der Namenlose einen undankbaren Part übernommen.«

Bruder Jon antwortete nichts darauf, er verschränkte nur wieder seine Hände ineinander.

»Aber was ist mit Marla? Ist sie nun seine Priesterin?«, fragte Wiesel.

»Der Gott akzeptiert jede Anbetung. Dies ist seine ... Aufgabe«, erklärte der Hohepriester verhalten. »Nur ist es auch bei dem namenlosen Gott so, dass ihn ein bestimmtes Verhalten der Menschen mehr erfreut als ein anderes. Als die Götter die heiligen Bücher verfassten, um den Menschen den Weg in ihre Gnade zu weisen, schrieb auch der Namenlose seinen Willen nieder. Er selbst suchte einen aus, der dieses Buch erhalten sollte, aber nicht, um wie bei den anderen Göttern seinen Willen unter den Menschen zu verbreiten, sondern um ihn im Gegenteil geheim zu halten. Aber er wollte, dass es zumindest einen gibt, der seinen wahren Willen kennt. Diejenigen unter uns, die unsere heiligen Bücher verwalten, sind die Priester unserer Götter. Derjenige, der die wahren Worte des Namenlosen kennt und in Ehren hält, ist der wahre Priester des Schattens. Da es nur ein Buch gibt, gibt es nur einen Priester. Kennt Eure Ziehschwester Marla den wahren Willen des namenlosen Gottes, hat sie Zugang zu dem Buch der Schatten, so ist sie seine Priesterin.«

»Aber wenn nicht, ist sie nicht mehr als andere, die sich für seine Diener halten«, fasste Wiesel zusammen. Er seufzte. »Das hilft mir nicht weiter, Eminenz. Ich bin nicht schlauer als zuvor.«

»Vielleicht habt Ihr aber etwas gelernt«, lächelte der alte Mann. »Wie wäre es, wenn Ihr die Botschaft nennt, die Ihr überbringen sollt?«

»Oh«, meinte Wiesel, und das Lächeln des Priesters wurde breiter. »Sie sagte, ich soll Euch und den Dienern des Boron und der Astarte ausrichten, dass der Namenlose Gott zu seinen Geschwistern steht. Weiterhin, dass, wenn man droht, in der Dunkelheit des toten Gottes zu versinken, es durch den Schatten einen Weg zurück zum Licht gäbe.« Der Dieb runzelte die Stirn. »Wenn ich es recht überlege, sagte auch sie etwas davon, dass der Namenlose all jene nimmt, die von den anderen Göttern verstoßen wurden, und es somit letztlich so wäre, dass es die anderen Götter wären, die bestimmen, wer dem Namenlosen huldigt.«

»Womit sie in gewissem Sinne recht hat«, sagte Bruder Jon langsam. »Waren das ihre genauen Worte?«

»Soweit ich mich erinnern kann.«

»Durch die Schatten zurück zum Licht. Zurück zu Soltar. Hm.«

»Sagt Euch dies etwas?«, fragte Wiesel neugierig.

»Ich höre die gleichen Worte wie Ihr auch, Ser Wiesel«, meinte der Hohepriester freundlich. »Was sie bedeuten, muss ich erst erforschen.« Er erhob sich, und hastig tat Wiesel es ihm nach.

»Danke, dass Ihr die Nachricht überbracht habt, Ser Wiesel«, sagte Bruder Jon und geleitete Wiesel hinaus. So geschickt tat er es, dass, bevor Wiesel sichs versah, er alleine in der großen Halle stand und Bruder Jon weit und breit nicht mehr zu sehen war.

Wiesel sah hoch zu der Statue des Gottes, der wiederum ihn zu mustern schien, schüttelte den Kopf und eilte mit raschen Schritten aus dem Tempel. All diese Dinge, dachte er, verwirrten ihm nur seinen armen Kopf. Wenn es eine Bestimmung für ihn gab, dann war es die, ein jedes Schloss zu überzeugen und nicht die Wörter der Götter mit deren Priestern zu diskutieren.

Der Pirat und die Bestie

16 »Diese Wagenspuren sind frisch«, stellte Leandra fest. »Das sehe sogar ich.« Sie sah fragend zu Zokora hin, die jedoch nur Augen für den Waldrand hatte. Da die dunkle Elfe nicht widersprach, nahm es Leandra als Zustimmung. »Es ist ein schwerer Wagen. Gezogen von Ochsen. Er wird von Berittenen begleitet und von Leuten zu Fuß.«

»Es ist ein Sklavenhändler mit drei Gefangenen. Der Wagen wird von vier Ochsen gezogen. Die Begleitung besteht aus drei Reitern und vier Soldaten zu Fuß«, ergänzte Zokora, ohne zu den Spuren hinzublicken. »Sie kamen gerade eben erst hier durch. Ich nehme an, sie wollen wie wir bei dem alten Turm Rast für die Nacht machen.«

»All das könnt Ihr den Spuren entnehmen?«, fragte Gerlon erstaunt. »Könnt Ihr wahrhaftig die Anzahl der Gefangenen in der Tiefe der Reifenspuren erkennen?«

»Sei nicht blöde, Gerlon!«, wies ihn Zokora zurecht. »Wie soll das möglich sein, wenn ich doch nicht weiß, wie schwer der Wagen ist?«

»Aber wie …«

Zokora hob ihre Hand und deutete. Gerlon ritt neben sie, folgte der Hand mit seinem Blick und fluchte leise.

»Was ist?«, fragte Blix neugierig.

»Sie sind auf der Serpentine über uns. Man kann sie durch die Bäume sehen, wenn man genau hinschaut«, erklärte Gerlon und klang etwas gereizt dabei. Er warf der zierlichen Dunkelelfe einen undeutbaren Blick zu. »Und ich dachte schon, Ihr würdet über besondere Fähigkeiten verfügen.«

»So ist es auch«, sagte Zokora und zeigte die Reihen ihrer perlweißen Zähne. »Wenn alle blind sind, ist es da nicht ungewöhnlich, wenn es eine gibt, die sehen kann?«

Blix lachte, als er das Gesicht seines alten Freundes sah.

»Gib es auf, Gerlon! Sie ist eine Elfe. Sie hat Zeit genug gehabt, ihre Zunge schärfer zu schleifen als du die deine.« Er wandte sich Leandra zu. »Was machen wir?«

Leandra kaute auf ihrer Unterlippe herum. »Wir könnten so tun, als wären auch wir Wanderer, die dort am Turm Zuflucht suchen«, überlegte sie laut.

»Auch wenn es keine Legionärsrüstung ist, so ist meine neue Rüstung dennoch leicht als die eines kaiserlichen Soldaten zu erkennen«, warf Blix ein. Er sah fragend zu Leandra hin. »Ist Sklavenhandel hier in den Südlanden üblich?«

»Sklaverei ist bis auf sehr wenige Ausnahmen verboten«, erklärte die Maestra.

»Dann tätigt dieser Sklavenhändler seine Geschäfte mit den neuen Machthabern. Wenn er Verdacht schöpft, wird er nicht zögern, uns zu melden. Nein«, meinte Blix und schüttelte den Kopf. »Mit Verlaub, Maestra, aber ich halte das nicht für eine gute Idee.«

»Was schlägst du vor, Zok…« Leandra stockte. Eben hatte die Dunkelelfe noch dort auf ihrem Pferd gesessen, doch jetzt hielt Gerlon die Zügel ihres Hengstes in der Hand, und von der Dunkelelfe war weit und breit nichts mehr zu sehen.

»Wo ist sie hin?«, fragte Leandra verblüfft.

»Sie sagte, es geschähe gerade etwas, drückte mir die Zügel in die Hand und lief in den Wald«, erklärte Gerlon unglücklich.

»Bei Borons Sandale«, fluchte Leandra, was ihr einen tadelnden Blick des jungen Priesters einbrachte. »Das sieht ihr ähnlich. Warum kann sie nicht abwarten!« Sie seufzte und ließ ihr Pferd in den Schritt fallen.

Der Schwertmajor sah auf das reiterlose Pferd, schüttelte den Kopf und ritt neben die Maestra. »Will sie tatsächlich den Händler und seine Eskorte angreifen?«

»Wonach sieht es denn aus?«, antwortete Leandra gereizt.

»Sie hat selbst gesagt, dass der Händler fünf Eskorten hat.«

»Ihr kennt Zokora nicht«, meinte Leandra und strich sich

entnervt über ihr kurzes Haar. »Es interessiert sie wenig, wie viele Gegner sie hat. Für jemanden, der unsterblich ist, verfügt sie über bemerkenswert wenig Geduld.«

»Das habe ich schon festgestellt.« Der Schwertmajor sah den Weg entlang, der weiter vorne eine enge Kurve beschrieb. »Sollten wir uns nicht beeilen, um ihr zu helfen?«

»Ich befürchte, das wird nicht nötig sein«, antwortete sie und seufzte. »Bis wir da sind, ist alles schon vorbei.«

Mit dieser Vermutung sollte sie recht behalten, wenn es sich auch etwas anders verhielt, als sie gedacht hatte. Als sie den Wagen des Sklavenhändlers erreichten, lagen dort keine blutigen Leichen mit durchschnittener Kehle auf dem Boden. Das einzige Anzeichen eines Kampfes war die verkohlte Leiche eines Mannes, über dessen halb geschmolzenem Schwert noch immer die Luft vor Hitze flirrte. In gut einem Schritt Umkreis um ihn herum waren Gras und Unterholz verkohlt, an einer Stelle schien sogar der felsige Untergrund geschmolzen. Von dem Händler und dem Rest seiner Eskorte war außer den drei gesattelten Pferden nichts mehr zu sehen.

Der Wagen stand inmitten des Weges. Jemand hatte den Käfig geöffnet und einen schweren Stein unter die Räder gelegt, damit der Wagen nicht wegrollen konnte. Zwei der Sklaven, beides Frauen, hatten sich in die hinterste Ecke des Käfigs geflüchtet. Der dritte Sklave, ein in dreckige Fetzen gehüllter hagerer Mann, hatte sich aus dem Käfig getraut und musterte mit offensichtlichem Interesse seine Befreier, die nun in ihrer Unterhaltung innehielten und den anderen entgegensahen. Denn Zokora war nicht alleine. Neben ihr stand, in eine dunkle Robe gehüllt, eine andere zierliche Gestalt mit den ebenmäßigen Gesichtszügen einer Elfe und der gleichen dunklen Hautfarbe wie Zokora. Nur dass diese zweite Sera kein Schwert trug, sondern einen langen, verzierten Stab in ihren Händen hielt und ein breites schwarzes Lederband um ihren Kopf gewickelt hatte, das die Augen vollständig verbarg. Die zwei kleinen Löcher in dem Band waren wohl genug für sie, um die Welt um sich zu sehen.

Leandra erinnerte sich, dass auch Zokora lange Zeit ein solches Band getragen hatte. An die Dunkelheit ihrer tiefen Höhlen gewöhnt, war für sie das Tageslicht am Anfang unerträglich hell gewesen.

Als die drei nahe genug waren, verbeugte sich die Elfe.

»Mein Name ist Dorin von Ysenloh, Tochter der Jarin, Tochter von Alvene. Ich bin vom Blut der Dornen, mein Totem ist die Katze, und ich diene dem Haus Ysenloh mit meinem Blut und Leben.«

»Mein Name ist Leandra di Girancourt, Maestra der arkanen Künste, schwertgebunden an Steinherz, das Schwert der Gerechtigkeit, vor den Göttern rechtmäßige Königin von Illian, Jasfar und Letasan. Der Götter Wohl mit dir, Dorin von Ysenloh, und möge Solantes Licht dein Schild sein gegen die Dunkelheit.«

»Mein Name ist Kurtis Blix, Schwertmajor und Kommandant der fünften Lanze der zweiten kaiserlichen Legion zu Askir«, stellte Blix sich steif vor und verbeugte sich im Sattel.

»Mein Name ist Gerlon. Ich diene Soltar«, sagte Gerlon und senkte den Kopf.

Die schwarz berobte Elfe zog eine Augenbraue auf eine Art hoch, die Blix vermuten ließ, dass sie es zusammen mit Zokora eingeübt hatte.

»Du hast recht«, stellte sie an Zokora gewandt fest und bedachte auch den Sklaven nahe dem Wagen mit einem Blick. »Sie sind höflich und machen auch nicht den Anschein, als ob sie im nächsten Moment schreiend davonrennen würden. Du bist tatsächlich mit ihnen geritten?«

»In der Tat. Wenn ich zurückkehre, wird man meinen Worten keinen Glauben schenken wollen. Es war eine interessante Reise.«

»Das kann ich glauben«, meinte die Elfe Dorin und musterte nun Blix genauer. »Es ist eine Weile her, dass ich kaiserliche Soldaten in diesem Land gesehen habe.«

Wenn siebenhundert Jahre eine Weile waren, dann hatte sie sicherlich recht, befand Blix und entschied sich dafür, nur höflich zu nicken. Sie trat nun näher an ihn heran und sah zu ihm hoch. »Ihr habt interessante Augen«, stellte sie fast verwundert fest. »Ich hörte, dass es diese Augenfarbe geben sollte, nur sah ich sie bisher noch nie.« Ungläubig sah Blix zu, wie die Elfe aufschwebte, bis sie mit ihm fast auf gleicher Höhe war. Es schien sie keine Anstrengung zu kosten, nur ihre Robe und ihr langes Haar wehten träge in einem unsichtbaren Wind. Anschließend hob sie die Hand und fuhr ihm sachte über die Wange, sodass seine Bartstoppeln unter ihren Fingerspitzen knisterten. Fast wäre Blix zurückgezuckt, ihre Berührung löste eine seltsame Kombination aus Schrecken und Faszination bei ihm aus, letztlich gelang es ihm dann aber doch, regungslos zu verharren. Es war die Art, wie sie ihn ansah, dachte Blix, und hielt den Atem an, bis sie ihre Hand wieder wegzog. So wie man eine erstaunliche Pflanze mustert, interessiert aber unbeteiligt. Im Vergleich zu ihrem war Zokoras dunkler Blick fast warm zu nennen.

»Erstaunlich«, meinte sie und sah zu Zokora hin. »Gehört er dir?«

»Er wird im Moment noch gebraucht«, antwortete Zokora kühl. »Nicht wahr, Leandra?«

»Schade«, sagte die Sera Dorin und sank wieder zu Boden. Sie blickte zu Leandra hin. »Bist du sicher, dass du ihn nicht entbehren kannst?«

»Er … ja«, sagte Leandra. »Ganz sicher.« Erst jetzt bemerkte Blix, dass er die ganze Zeit über die Luft angehalten hatte. Auch Leandra schien das Thema nicht vertiefen zu wollen. Ihr suchender Blick streifte über Weg, Wagen und Sklaven, hielt kurz bei den Pferden inne und kehrte dann zu den dunklen Elfen zurück. »Darf ich fragen, was aus dem Sklavenhändler und seiner Eskorte wurde?«

»Ich habe sie in meinen Besitz genommen«, erklärte die Elfe Dorin bereitwillig. »Sie werden dem Haus Ysenloh sinnvoll dienen.« Sie sah fragend zu Zokora hin. »Ich dachte, sie wären rechtmäßige Beute gewesen?«

»Das waren sie auch«, erklärte Zokora. »Sie ist nur neugierig.«

»Ihr habt sie versklavt?«, fragte Gerlon entsetzt.

»Ein besseres Schicksal als das, was sie diesen Unglücklichen zugedacht hatten«, meinte Zokora und wies auf die Sklaven. Als ihr Blick auf eine der Frauen im Käfig fiel, stöhnte diese auf und sank ohnmächtig in sich zusammen.

Die Elfe Dorin nickte. »Sie werden den Wert von Gehorsam lernen, und wenn die Höhlen erst ihren Geist erweichen, werden sie in unseren Diensten auch noch glücklich sein. Mehr können sie wohl kaum verlangen.« Sie wies auf die Sklaven. »Das Männchen hier und die beiden Weibchen habe ich verschont. Ich nehme nur ehrenhafte Beute.«

Das schien den Priester nicht milder zu stimmen. »Die Götter verfügten, dass die Menschen frei sein sollten und nicht Sklaven!«, beschwerte sich Gerlon.

»Gut«, antwortete Dorin ungerührt. »Priester des Soltar, du hast mein Wort, dass ich alle meine Sklaven in dem Moment gehen lassen werde, in dem ich erfahre, dass es keinen Menschen mehr gibt, der einen anderen versklavt.« Sie lächelte und zeigte blendend weiße Zähne. »Bis dahin halte ich mich an Solante, deren Worte sagen, dass man das erntet, was man sät. Wenn ich euch Menschen richtig verstehe, ist es das, was ihr poetische Gerechtigkeit zu nennen pflegt.«

»Aber ...«, begann Gerlon, doch sie schüttelte den Kopf.

»Aber nichts, Diener des Soltar. Werft uns nichts vor, was ihr selbst nicht anders tut.« Sie lachte verhalten. »Auch wenn es manchmal absonderlich erheiternd ist, solches aus dem Mund von Menschen zu hören.«

Offenbar, dachte Blix, war diese Elfe leichter zu belustigen als Zokora. Auch wenn er den Humor nicht so sehr schätzte.

»Gerlon«, mischte sich Zokora ein, als sie sah, wie der junge Priester zu einer Antwort ansetzte. »Streite nicht darum. Es ist unser Land und unser Recht, das zu nehmen, was sich unerlaubt hier aufhält.«

»Wenn Ihr es wünscht«, sagte Gerlon würdevoll, auch wenn ihm anzusehen war, dass er die Frage gerne weiter erörtert hätte.

»Wir können dies gerne ein anderes Mal vertiefen«, meinte Dorin dazu. »Zumal ich soeben erfahren habe, dass unsere Völker nun verbündet sind. Was beweist, dass Dinge geschehen können, die für unmöglich erachtet werden.« Sie lächelte verschmitzt. »Ich werde es einrichten, dass wir uns wiedersehen, Priester des Soltar.«

Ohne weitere Umschweife griff sie vor sich in die Luft, als ob sie einen Vorhang auseinanderziehen würde, trat durch den sich öffnenden dunklen Spalt und war gegangen.

»Äh …«, begann Blix, doch Leandra schüttelte ungläubig den Kopf und wandte sich an Zokora. »Ich dachte, Ihr würdet nur priesterliche Magien pflegen?« Es klang fast so, als ob sie sich beschweren würde.

»Ich bin eine Priesterin der Solante«, erklärte Zokora. »Dorin dagegen ist eine Spruchweberin. Eine Maestra. Wie du es bist. Nur dass sie dir in ihrer Ausbildung etwa elfhundert Jahre voraus ist. Du wärest gut beraten, in Demut das Gespräch mit ihr zu suchen.«

»In Demut«, wiederholte Leandra tonlos.

»In diesem Fall bringt Demut großes Wissen«, erklärte Zokora. »Ein guter Tausch, nicht wahr?« Während der Schwertmajor und Gerlon noch immer fassungslos auf die Stelle starrten, an der eben die andere Elfe verschwunden war, wies Zokora auf den Sklaven, der noch immer neben dem Wagen stand. Scheinbar hatte er wenig Interesse daran zu fliehen, genauso wenig aber schien er bei dem Anblick einer dunklen Elfe vor Angst zu erstarren. »Erkennst du ihn? Er beharrt noch immer darauf, dass ihr Freunde werdet.«

»Tatsächlich?«, meinte Leandra überrascht und wandte sich dem Sklaven zu. »Und wer seid Ihr?«

Der Mann trat aus dem Schatten und streifte die Reste seiner Kleidung von seinem Gesicht. Das schwarze Haar, die scharfen Gesichtszüge und die dunkle Haut verrieten Blix die Herkunft des Mannes, ganz offenbar kam er aus Bessarein. Ohne die Brandnarben in seinem Gesicht wäre der Mann wohl auch ansehnlich gewesen.

»Erinnert Ihr Euch nicht?«, fragte er jetzt höflich. »Man könnte sagen, Essera, dass wir beinahe seelenverwandt gewesen wären.«

So erstaunt hatte der Schwertmajor die Maestra bislang selten gesehen. »Der blutige Marcus?«, fragte sie ungläubig. »Das ist nicht möglich!«

»Ich gestehe es Euch zu, Essera, für Euch muss mein Tod als sicher gegolten haben. Doch die Götter in ihrer Weisheit und Gnade entschieden anders.« Der Mann lächelte breit und ließ seine weißen Zähne aufblitzen, trotz der Brandnarben und der Lumpen wirkte er fast herrschaftlich, als er sich in der Art der Bessareiner vor ihr verbeugte. »Ihr ahnt nicht, wie erfreut ich bin, Euch zu sehen! Essera, mögen die Götter Euch weiterhin segnen, Euch auf Euren Wegen führen und Eure Lenden fruchtbar halten!«

»Ähm … danke«, sagte Leandra, noch immer offensichtlich fassungslos, während Gerlon hinter ihr hustete und Zokora eine Augenbraue hochzog.

»Ihr kennt ihn also tatsächlich?«, fragte Blix überrascht. »Wer ist er?«

»Das ist der blutige Marcus«, erklärte Leandra missmutig. »Vor nicht allzu langer Zeit herrschte er noch über die Feuerinseln. Bis unsere Freunde aus Thalak entschieden, dass sie auf seine Dienste verzichten konnten.«

»Aber nicht auf mein Talent«, erklärte der ehemalige Pirat freundlich. »Auch wenn man mit mir nichts mehr anzufangen wusste, war mein Talent ihnen wohl noch wertvoll genug, um es der Maestra als Geschenk anzubieten. Zusammen mit meiner Seele.« Er zwinkerte Leandra zu. »Nehmt es nicht persönlich, Maestra, dass ich nicht geneigt war, dem Plan zuzustimmen.«

»Dafür hat deine Flucht uns einen Plan vereitelt und das Leben erschwert«, meinte Zokora. »Wollte dich Havald nicht deswegen hängen lassen?«

»Nicht deswegen, Essera«, beeilte sich Marcus zu versichern. »Sondern wegen meiner unzähligen Verbrechen, Grausamkeiten und anderer unsäglicher Vergehen.« Er schenkte Leandra ein strahlendes Lächeln. »Eine unsterbliche Schönheit, seid Ihr, Essera, doch auch vergesslich. Es war wegen meiner Hilfe bei Eurer Befreiung aus den verfluchten Klauen dieser Nekromanten, dass der Lanzengeneral, mögen die Götter ihn auf ewig lieben, mir die Begnadigung in Aussicht stellte! Ganz gewiss hätte er sie auch für mich erwirkt. Denn auch Ihr, Essera, müsst mir zugestehen, dass man es mir schwerlich zur Last legen kann, wenn eine Flutwelle unser Schiff zerstört und der Mast dann meine Zelle zerschlägt!«

»Wohl kaum«, gab Leandra zu. Sie musterte den Mann und verzog angewidert das Gesicht. »Dennoch. Ihr seid ein Pirat und ein Mörder. Ihr habt uns geholfen, das ist wahr, aber weder stehe ich Euch in Freundschaft nahe, noch fühle ich mich Euch verpflichtet. Ihr lebt, wenn Ihr uns geholfen habt, so auch Euch selbst. Das ist Lohn genug.« Sie wies mit ihrer linken Hand den Weg entlang. »Geht. Sucht Euer Glück. Und kommt mir nicht nahe, ich bin eher geneigt, Euch zu erschlagen, als Euch einen guten Tag zu wünschen!«

»Er macht Fortschritte«, meinte Zokora dazu. Beinahe schien es, als ob sie ein Lachen unterdrücken wollte. »Das letzte Mal hast du noch darauf bestanden, ihn hängen zu sehen.«

»Das lässt sich noch immer einrichten«, meinte Leandra unbewegt. »Bäume gibt es hier genug.« Sie wies auf die beiden weiblichen Sklaven, die sich noch immer in der Käfigecke zusammenkauerten. »Was ist eigentlich mit ihnen?«

»Beide sind auch zusammen genommen noch immer ein Ausbund an Dummheit. Sie sahen die Essera Zokora und ihre Freundinnen, riefen etwas von Dämonen und sind seitdem nicht mehr ansprechbar«, erklärte der ehemalige Pirat. Er sah fast schon bewundernd zu der Dunkelelfe hin. »Wenn Ihr wüsstet, Essera, was ich einst dafür gegeben hätte, eine solch umfassende Wirkung auf andere Menschen auszuüben! Ich frage mich nur, weshalb es sie so erschreckte, Eure schwarze Lieblichkeit zu erblicken!«

»Ich wäre geneigt anzunehmen, das Schicksal des Sklavenhändlers und seiner Eskorte wäre ein Hinweis gewesen«, meinte Blix trocken. »Ihr habt die Maestra gehört. Seht zu, dass Ihr verschwindet.«

»Das wäre für uns alle bedauerlich«, sagte der Pirat und schüttelte traurig den Kopf. »Das Schicksal ganzer Imperien, ihr Aufstieg und ihr Fall, unzählige unschuldige Opfer dahingerafft in den Wirren eines Krieges, der verloren wird, nur weil mein Angebot der Freundschaft kalten Herzens abgewiesen wurde ...« Er seufzte theatralisch. »Es ist eine Schande, aber wenn Ihr darauf besteht ... Ein Pferd darf ich mir doch nehmen, ja?«

»Ihr redet wirr«, meinte Blix. »Aber ja, greift euch ein Pferd und verschwindet. Und ihr«, wandte er sich an die beiden Frauen im Käfig. »Tut es ihm gleich. Geht. Ihr seid frei!«

Offenbar noch immer von Furcht und Schrecken gefangen, sah die eine Frau Blix nur mit großen Augen an, während die andere wohl noch immer nicht wieder bei Besinnung war. Zokora seufzte, rollte die Augen und trat dann an den Wagen heran.

»Buh«, sagte sie.

Es zeigte sich, dass die andere Sklavin nur so getan hatte, als wäre sie nicht bei Besinnung, denn sie brauchte kaum einen Lidschlag länger als die erste, um nun doch aus dem Käfig zu stürmen und voller Panik in den Wald zu flüchten.

»Beeindruckend«, meinte Marcus und sah dorthin, wo noch die Blätter und Äste am Waldrand von der Bewegung der Fliehenden zeugten. »Was habt Ihr ihnen nur getan, dass sie solche Angst verspüren?«

»Wir essen ihre Kinder roh zum Frühstück«, erklärte Zokora ungerührt.

»Das könnte es sein«, meinte der Pirat und trat an eines der Pferde heran, um dessen Satteltaschen zu durchwühlen. »Und, Essera, tut Ihr es? Ihre Kinder essen?«

»Jedenfalls nicht roh«, antwortete Zokora hoheitsvoll.

»Das beruhigt«, meinte Marcus dazu und zog mit sichtlicher Befriedigung eine lange schwarze Leinenhose und ein dazu passendes Hemd aus einer der Satteltaschen.

»Warum seid Ihr noch nicht gegangen?«, fragte Blix ungehalten. »Dort ist der Weg, und niemand wird Euch aufhalten!«

»Da bleibt die Sache mit der Bestie abzuwarten. Und weil es ist, wie ich es sage, Esseri«, antwortete der Pirat. Er streifte ungeniert die Fetzen seiner Kleidung ab und machte sich daran, die Hose anzuziehen. »Ich kann Euch helfen«, fügte er hinzu und band den Strick um seine dürre Hüfte. Er wandte sich an Leandra. »Habt Ihr vergessen, dass ich es war, der Euch den Weg zur richtigen Tür gewiesen hat?«

»Nein. Dass ich bereit bin, Euch ziehen zu lassen, beweist es. Seid froh darüber, dass Ihr Euer armseliges Leben behalten könnt. Wir werden uns nicht wiedersehen, seid froh darum.«

Der Pirat hielt damit inne, sein neues Hemd zu schnüren, und legte seinen Kopf zur Seite. »Warum sehe ich dann ein Bild vor Augen, in dem Ihr mich dafür verdammt, Euch verraten zu haben, und zugleich ein anderes, in dem Ihr mich dafür auch noch lobt?«

Leandras Gesicht erstarrte, und ihre violetten Augen

schienen Funken zu sprühen, als sie sich ganz langsam dem ehemaligen Piraten zuwandte. Während Blix gebannt zusah, sammelten sich mehr und mehr Funken auf ihr, liefen tanzend und knatternd über ihr Haar und ihren ganzen Körper.

»Wollt Ihr mir drohen, Pirat?«, fragte sie mit einem gefährlichen Unterton in der Stimme.

»Ich?«, fragte der Pirat mit übertriebener Unschuld. »Essera, erklärt mir doch, wie ich dazu käme? Müsste ich dazu nicht vom Wahn besessen sein? Es würde Euch doch nur reizen. Gar wütend machen. Sagt, Essera, seid Ihr wütend?«

»Ja«, knirschte Leandra. »Und Ihr tut besser daran …«

Zokora fuhr herum und sah bergaufwärts in Richtung Waldrand. »Still!«, rief sie und hob die Hand. »Ich höre etwas.«

»Was denn?«, fragte Leandra irritiert.

»So wenig Funken, Essera?«, spottete der blutige Marcus. »Seid Ihr nicht erzürnt genug?«

»Wozu?«, fauchte Leandra. »Wollt Ihr etwa meine Blitze spüren … »

»Ich wüsste ein besseres Ziel«, sagte der Pirat und deutete auf den Waldrand, etwas abseits der Stelle, an der Zokora ins Unterholz spähte.

»Was ist …«, begann Leandra, doch im gleichen Moment hörte ein jeder das dumpfe Stampfen und das Geräusch von berstendem Holz.

»Bei Solante!«, fluchte Zokora und wies mit ihrer Hand den Weg hinauf. »Dorthin, Priester«, rief sie Gerlon zu und schlug mit der flachen Seite ihres Schwerts auf die Kruppe seines Pferdes, sodass dieses scheute und davonstob, noch während der verdutzte Priester hastig nach den Zügeln griff.

Der Schwertmajor zog sein Schwert, und auch Leandra wollte nach Steinherz greifen, aber Marcus sprang hoch und bog ihren Arm herab, bevor sie das Heft des Schwertes greifen konnte.

»Seid Ihr denn von Sinnen, Essera?«, rief er. »Ihr braucht Eure Wut, den Zorn, die Erinnerung an all das, was der Feind Euch antat … meint Ihr, Ihr besiegt die Bestie mit einem Schwert und kühler Ruhe? Ihr müsst brennen, das Feuer in Euch finden, wenn wir leben wollen!«

Noch während er dies schrie, brach das Untier aus dem Waldrand hervor, und wahrhaftig, die Geschichten stimmten: Allein sein Anblick lähmte Blix für die Dauer eines Lidschlags, vielleicht auch deshalb, weil er nicht glauben wollte, was er sah.

Mit einem mächtigen Kopf, niedrig angesetzt, einem massiven Horn auf der Nase und zwei weiteren auf einem Schild, das der Bestie aus ihrem Nacken wuchs, mit einem Maul, das an den Schnabel eines Papageis erinnerte, mit massiven, kurzen, säulenartigen Beinen, die unter ihren Krallen massive Äste wie Zunderholz zerbrachen, mit einem gedrungenen Körper, den Panzerplatten aus Horn schützten, und einer Schulterhöhe, die die eines ausgewachsenen Streitrosses um gut das Doppelte überragte, war dies ganz offensichtlich die Bestie, vor der Zokora den Schwertmajor unlängst gewarnt hatte. Nur hatte sie nicht erwähnt, dass dort, wo die Natur nicht jede Stelle mit dicken Panzerplatten schützte, ein Schmied nachgeholfen hatte. Dunkler Stahl schimmerte hier und da zwischen den mächtigen Platten aus dickem Horn, als wäre er mit dem Untier verwachsen, alle drei Hörner trugen zudem noch gezackte Spitzen aus dem gleichen scharfen Stahl.

Augen wie die eines Schweines fixierten die kleine Gruppe und den Wagen mit den Ochsen, die unruhig an ihrem Geschirr zerrten, dann hob die Bestie ihren mächtigen Kopf und ließ einen Schrei ertönen, wie ihn Blix sein Lebtag lang nicht mehr vergessen würde. Dieser Schrei war zu viel für die Ochsen und die Pferde. Auch Blixens Pferd scheute und stieg in jähem Schreck, sodass der Major den Halt verlor und stürzte, wobei er den stahlbewehrten Hufen nur um Haaresbreite entging. Während die Pferde in blinder Panik davonstoben und auch die Ochsen den schweren Wagen bei ihrer Flucht schwankend und klappernd über den holprigen Weg zerrten, schwang sich der Pirat geschickt auf das Gefährt und ergriff die Zügel, während er sich mit beiden Füßen gegen den Bremsstock stemmte. Zugleich rannte Zokora an dem benommenen Schwertmajor vorbei in den Wald hinein, ohne dem Untier oder Blix die geringste Beachtung zu schenken.

»Worauf wartet Ihr?«, schrie der Pirat Leandra entgegen, während er versuchte, nicht vom Kutschbock geworfen zu werden. »Seid Ihr immer noch nicht wütend genug?«

»Doch!«, antwortete die Maestra, die scheinbar mühelos mit einer Hand ihr scheuendes Pferd zu zähmen wusste, während sie die andere der Bestie entgegenstreckte.

Erst, so schien es dem Major, als der sich halb benommen aufzurichten suchte, flirrte die Luft zwischen der Hand der Maestra und dem Biest, ein feiner Strich, an dem sich die Luft brach wie am Wasser eines Teiches. Dann, mit einem erschreckenden Donnerschlag und einem gleißenden Schein, der sich Blix scheinbar auf ewig in die Augen brannte, folgte der Blitz der Spur entlang.

Eine Faust aus Hitze, Licht und Donner packte den Schwertmajor und schleuderte ihn wie von der Hand eines Titanen zur Seite, woraufhin sich Boden und Himmel vertauschten und eine merkwürdige Stille um ihn entstand.

Taumelnd stand er auf, sah sich mit ungläubigen Blicken um. Es stank nach Ozon, und noch immer beherrschte der gleißende Strich seine Sicht, doch langsam verblasste er und ließ ihn sehen. Dort kämpfte die Maestra mit ihrem Pferd, das alles ertragen hatte, bis ihm dieser letzte Donnerschlag dann doch zu viel wurde. Leandras Mund war geöffnet, als würde sie ihm zurufen, doch er hörte nichts von ihren Worten und auch nichts von dem Scharren und Getrampel der Hufe auf dem felsigen Weg, auch nicht die gequälten Schreie des Pferdes, das dem Blitz zu nahe gekommen war und nun eine doppelt handbreite Spur von rotem und verkohltem Fleisch und Fell an der Seite trug, noch das Klappern des Ochsengespanns, wie es sich mit ungeahnter Geschwindigkeit entfernte.

In dieser kuriosen Stille fehlte auch das Knistern des Feuers, das sich im Wald ausbreitete, dort, wo das Untier in einem Meer aus Feuer stand. Was an Metall in die Bestie gewachsen war, glühte rot und weiß, schwarzer Rauch stieg aus den Spalten zwischen den mächtigen Hornplatten auf, und der Geruch von verbranntem Fleisch erdrückte die Luft. Die Bestie tat noch einen Schritt, dann einen anderen, dann stockte sie. Die mächtigen Beine zitterten und knickten ein, der Mund öffnete sich zu einem letzten ungehörten Schrei, eines der gelben Augen suchte und fand den Blick des Majors und schien ihn unverständig fragen zu wollen, was ihm widerfahren war ... während sich aus dem doppelt kopfgroßen verbrannten und verkohlten Loch unter dem Hals des Untiers schäumendes Blut und anderes auf den schwelenden Waldboden ergoss. Einen langen Moment noch stand es da, dann sackte es zur Seite weg und fiel. Ein Aufschlag folgte, der den Boden zittern ließ.

»... Euch?«, hörte er wie aus der Ferne und sah benommen zurück zur Maestra, die nun von ihrem Pferd abgestiegen war und ihn mit besorgten Augen musterte.

Benommen schüttelte er den Kopf und stierte verständnislos. »Ihr habt Frost auf Eurer Rüstung.« Seine eigene Stimme klang ihm fremd und fern, noch immer klang alles seltsam dumpf.

Leandra sah erstaunt an sich herab. Der Schwertmajor hatte recht, der größte Teil ihrer Rüstung war von feinem Raureif bedeckt, auch der Boden um sie herum war mit dieser feinen weißen Schicht überzogen. Sogar das kurze weiße Haar, die Brauen und die Wimpern waren von dem Frost bedeckt, auch wenn er bereits wieder zu schmelzen schien.

Sie strich mit den Händen über sich und sah zu, wie der

Raureif auf ihrer Haut verging. Sie blickte auf ihre eigenen Hände, als hätte sie sie noch nie zuvor gesehen. Doch kaum zwei Atemzüge später war vom Reif auf ihrer Rüstung fast nichts mehr zu sehen; was blieb, verschwand sogleich.

»Ja«, sagte sie einfach und schüttelte den Kopf, als wäre auch sie benommen. »Es muss ja von irgendwoher kommen. Wie geht es Euch?«

»Ich lebe«, stellte Blix fest und wollte es noch immer kaum glauben. Er sah zu dem Untier hin, das wie ein Berg aus Fleisch und Panzer in einem Feld von glühender Asche lag. »Götter! Ich weiß nicht, was geschehen wäre, hättet Ihr es nicht niedergestreckt!«

»Wo ist Zokora?«, fragte sie, während sie beide zusahen, wie das verwundete Pferd langsam zusammenbrach. »Ich sehe sie nicht.«

»Sie lief in den Wald ...«, begann der Major, doch noch während er sprach, gab die Maestra einen kuriosen Seufzer von sich und verdrehte die Augen. Blix versuchte noch, sie aufzufangen, doch er stand zu weit entfernt, vielleicht war er auch noch zu benommen. Er kam zu spät, seine Hände streiften sie nur, als die Maestra wie leblos in sich zusammensackte und hart auf dem felsigen Boden aufschlug.

Hastig kniete er sich neben sie, bettete ihren Kopf in seinen Schoß und suchte nach Puls und Atem, doch ein leises Stöhnen beruhigte seine Angst, sie lebte noch.

Er bettete sie bequemer, wusste nicht, was er nun sonst tun sollte, und schaute ungläubig umher.

Dort hinten sah er sein Pferd zusammen mit dem von Gerlon stehen. Noch weiter hinten das Ochsengespann des Sklavenhändlers, das der Pirat mit Namen Marcus nun mit einem Stein verkeilte. Nun stakte er vorsichtig mit nackten Füßen den Weg zu dem Priester hin, der wahrscheinlich ebenfalls vom Pferd gefallen war und sich gerade mühsam aufrichtete. In dem Gesicht seines alten Freundes las Blix dasselbe Unverständnis, das wohl auch auf seinem eigenen Gesicht geschrieben stand. Als könne auch er noch immer nicht glauben, was soeben geschehen war.

Es kam ihm vor, als hätte er nur geblinzelt, doch er fand sich auf der Seite liegend vor, während neben ihm die Maestra kniete und sich mit beiden Händen die Schläfen hielt und Zokora gerade das gefallene Pferd mit ihrer Klinge erlöste.

Auch der Pirat und Gerlon kamen näher, sein Freund schien wenig mitgenommen, er hielt sich nur den linken Unterarm.

Zokora wischte ihren Dolch am Fell des Pferdes ab und ging hinüber zu ihrem eigenen Reittier, das als einziges noch genau dort stand, wo sie es gelassen hatte. Sie öffnete die Satteltasche und entnahm dieser ein Leinentuch mit Brot, Hartkäse, Äpfel und Trockenfleisch, das sie nun vor der Maestra auf dem Boden ausbreitete.

»Iss«, befahl sie in ungewohnt sanftem Tonfall. Leandra nickte und streckte langsam die Hände aus, um mit zittrigen Fingern das Brot zu brechen und zu essen, erst langsam, als wäre sie noch immer nicht ganz bei Sinnen, dann schneller, zum Schluss gierig, als wäre sie dem Hungertode nah. Als sie kurz von ihrem Mahl aufsah, schien es Blix, als hätte er sie noch nie so hager und ausgezehrt gesehen, sogar ihre violetten Augen hatten einen fiebrigen Glanz, als wäre sie jenseits der Erschöpfung angekommen.

Zokora ging zwischen dem Schwertmajor und der Maestra in die Hocke und musterte sie beide. Dann hielt sie, mit drei Fingern ausgestreckt, die Hand vor ihn. »Sag, Major, wie viele Finger siehst du?«, fragte sie.

»Drei«, antwortete er und kniff die Augen zusammen. »Glaube ich«, fügte er heiser hinzu.

Sie nickte, und ihre Miene wurde eisig, als sie sich nun dem blutigen Marcus zuwandte, der noch immer mit staunenden Augen die tote Bestie musterte, als könne er kaum glauben, was er dort erblickte.

»Tust du solches noch einmal, so stirbst du«, teilte sie ihm mit.

»Ich glaube Euch, Essera. Es steht in Eurem Blick geschrieben«, antwortete der ehemalige Pirat. Er sah zu der Maestra hin, die noch immer mechanisch aß und kaum wahrzunehmen schien, was um sie geschah. »Doch die Götter mögen es bezeugen, wenn ich anders gehandelt hätte, wäre ich gestorben!«

»Gibt es außer Eigennutz noch anderes, das Euch bewegt?«, fragte Gerlon in einem ungewohnt kühlen Tonfall. »Oder denkt Ihr auch an andere?«

»Selten«, gestand der Mann freizügig genug. »Nur dass mein Talent so wirkt, es zeigt mir, was geschehen muss, damit ich lebe. Was sollte ich also anderes tun, da ich doch wusste, dass die Bestie kommen würde?«

»Also habt Ihr die Maestra absichtlich gereizt?«, fragte Gerlon ungläubig. Marcus nickte knapp.

»Genau so ist es, o Diener des Soltar. Ich wusste, dass sie zornig sein musste, um einen Blitz mit dieser Macht zu wirken!«

»Sie wäre beinahe daran gestorben«, sagte Zokora mit derselben kalten Stimme wie zuvor.

»Ja. Falls es Euch ein Trost ist, kann ich Euch sagen, dass außer Euch, Essera, jeder hier noch vor mir gestorben wäre. Dies war gewiss. Dass es nicht so kam, ist eine Gnade der Götter. In meinem Fall ganz gewiss voll und ganz unverdient, aber eine Gnade bleibt es doch.« Der Pirat sah zu der Maestra hin, die nun den Käse mit ihren Händen zerriss und aß. »Ich bitte Euch, Essera, verzeiht mein Handeln«, fügte er hinzu und klang, als ob er es so meinen würde. »Ich wusste, dass dieser Moment kommen würde, seitdem der Mast meine Zelle zerbrach und Marendil mit nassen Händen nach mir griff! Ich klammerte mich an dieses Wissen und ein Stück des Masts, allein dies gab mir die Kraft zu überleben!«

Leandra hielt in ihrem Mahl inne und sah langsam zu ihm hin.

»Wisst Ihr«, sagte sie erschöpft, so leise, dass Blix sich anstrengen musste, um sie zu verstehen. »Es ist mir egal, was Ihr hofft, glaubt oder woran Ihr Euch klammern wollt. Auch wenn Ihr recht behalten habt und mein Zorn nötig war, so täte ich jetzt nichts lieber, als Euch auf der Stelle zu erschlagen.«

Zokora zog ihr Schwert, doch die Maestra schüttelte müde den Kopf. »Lass es, Zokora. Es wäre nicht gerecht, und er ist es nicht wert. Ihr lebt, Marcus. Nehmt Euer Leben als Dank und geht. Bevor ich es mir anders überlege.«

Der Pirat nickte und stand auf. »Bis wir uns wiedersehen, o Rose der Südlande«, sagte er und verbeugte sich auf seine seltsam elegante Weise. »Behaltet den Wagen«, riet er noch. »Er wird Euch nützlich sein.« Dann stakte er mit geschundenen Füßen über den felsigen Weg davon, ohne sich noch einmal umzusehen, nur sein Blut blieb auf den kantigen Steinen zurück.

»Ich befürchte«, seufzte Leandra und sah ihm nach, »dass wir ihn tatsächlich wiedersehen werden.«

Gerlon hatte das Zwischenspiel aufmerksam verfolgt. Auch er blickte dem Piraten nach, dann wandte er sich fragend an die Maestra, die sich mit jedem Bissen mehr und mehr zu erholen schien. Der Laib Brot war schon verschwunden, nun aber machte sie ernsthafte Forstschritte bei dem Käse und dem Trockenfleisch. »Ist er ein Prophet?«, fragte der Priester mit rauer Stimme. »Oder könnt Ihr mir sagen, von welchem Talent er spricht?«

Die Maestra kaute und schluckte, trank einen Schluck aus ihrem Schlauch und runzelte die Stirn. »So wie ich es verstand, kann er sehen, welche seiner Entscheidungen ihn in welche Zukunft führt. Wenn er etwas tun will und sich ihm keine Zukunft öffnet, so weiß er, dass er sterben wird. Also überlegt er sich, anderes zu tun, bis ihm eine Vision seinen Weg zeigt. Also ja, er ist ein Prophet, doch nur der seines eigenen Schicksals.«

»Und was bedeutete es, als er davon sprach, dass Euch

seine Seele angeboten wurde?«, hakte Gerlon nach, während Blix grübelte, wie es sein musste, mit einem solchen Talent zu leben.

»Er spielte darauf an, dass nicht viel fehlte und ich hätte auf den Feuerinseln seine Seele geritten.«

»Aber Ihr tragt diesen dunklen Fluch nicht in Euch!«, widersprach Gerlon erstaunt. »Ich wüsste es, wäre es anders!«

»Ein dunkles Ritual des Omagor hätte ihr seine Seele zum Fraße vorgeworfen«, erklärte Zokora kühl. »Es gibt weitaus mehr Wege in den Abgrund, als du denkst, Priester des Soltar. Weitaus mehr.«

Gerlon massierte seinen Arm, blickte von der Maestra, die jetzt wieder kaute und aß, den Weg entlang zu dem Piraten hin, der nun in der Ferne die Zügel eines Pferd ergriff, aufsaß und zwischen den Bäumen verschwand.

»So ist es wohl«, gestand er dann leise. »Umso wichtiger ist es, im Glauben an die Dreieinigkeit gegen eine solch dunkle Macht gewappnet zu sein.«

»Da hast du recht«, stimmte sie ihm zu und pfiff. Die Pferde, die davongelaufen waren, hoben ihre Köpfe und trabten zurück zu ihr. »Doch sag, wie gewappnet hast du dich gefühlt, als die Bestie aus dem Wald gestürmt kam?«

»Nicht sehr, doch ich habe auf die Götter vertraut«, antwortete der Priester standhaft.

Zokora sah ihn an und nickte leicht, sie schien mit seiner Antwort zufrieden.

»Sagt, Sera, wo kam diese Bestie her?«, fragte nun Blix. »War es die Bestie, von der Ihr gesprochen habt? Die, die aus dem blutigen Ritualkreis gekommen ist?«

»Ich denke, ja«, antwortete die Dunkelelfe. »Das liegt so deutlich auf der Hand, dass mich deine Frage wundert«, fügte sie leicht tadelnd hinzu.

»Gehörte nicht auch noch ein Bestienmeister zu der Bestie dazu?«

»Ja.«

Der Schwertmajor musterte den Waldrand. Durch den Regen der letzten Tage war es feucht genug, dass Leandras Feuer keine weitere Nahrung fand, es nur noch glimmte und nun langsam verlosch. Eines der Pferde zog mit seinen Lippen Laub von einem Gebüsch, ansonsten war das Grün friedlich und ruhig.

»Sitzt der Kerl nun dort im Wald und schaut uns zu?«

»Nein«, antwortete Zokora. Sie öffnete ihren Beutel, holte eine silberne Pfeife heraus und hielt sie hoch, eine Pfeife ähnlich der, wie man sie verwendete, um Hunde abzurichten. Sah man genauer hin, konnte man eine kleine Blutschliere auf dem glänzenden Metall entdecken. »Ich wies seiner Seele schon den Weg zu meiner Göttin, noch bevor sein Liebling starb.«

Die Dritte Königliche

17 »Nützlich, in der Tat«, knirschte Leandra, als der schwere Wagen erneut über einen Stein holperte, der den ganzen Aufbau wanken ließ. Sie saß zwischen Blix und Gerlon auf dem unbequemen Kutschbock des Ochsengespanns und schien wenig glücklich darüber. »Ich wollte, ich könnte ihn Lügen strafen!«

Blix wusste, wen sie meinte. Als sie sich so weit gesammelt hatten, um den Weg fortzusetzen, hatte es sich gezeigt, dass sie noch immer zu schwach war, um zu reiten. Niemals zuvor hatte der Schwertmajor jemanden gekannt, der so viel in so kurzer Zeit essen konnte, mittlerweile hatte auch er ihr seine Ration angeboten. Auch hier auf dem Kutschbock aß sie noch immer. Sie müsste aufgebläht sein, dachte Blix und sah unwillkürlich an ihrer schlanken Figur entlang, aber das Essen schien ihr direkt aufs Fleisch zu gehen! Magie, entschied er schulterzuckend, das war es wohl. Sein Freund Gerlon hingegen war beim Sturz vom Pferd hart mit dem Ellenbogen auf einen Stein geschlagen. Die Sera Zokora hatte entschieden, dass er nicht gebrochen war, doch war das Gelenk nun auf die Größe einer Melone angeschwollen, und Gerlon vermochte es kaum und nur unter Schmerzen zu bewegen. Als Reiter, hatte er beschämt eingestanden, war er nicht gut genug, um es zu wagen, erneut auf den Rücken des Pferdes zu steigen.

Von beiden konnte keiner das Gespann beherrschen, also fiel es an den Schwertmajor, die tumben Ochsen zu lenken. So waren die Pferde an den Wagen gebunden, und Zokora ritt etwas abseits, sodass der Wind vom Wagen mit seinem Gestank nicht ihre empfindliche Nase reizte. Dass die Ochsen den Wagen kaum mehr schneller als im Schritt den Weg hochzogen, war etwas, das man erdulden musste.

»Verzeiht«, begann Blix nun vorsichtig. »Ich sah Euch noch nie mit so viel Verachtung auf jemanden blicken wie auf diesen Piraten. Darf ich fragen, warum dies so ist?«

»Er ist ein Pirat«, antwortete Leandra müde und ließ zum ersten Mal das Tuch mit dem Brot und den Äpfeln sinken. Sie schlug es sorgsam zusammen und legte es sich auf den Schoß. »Der blutige Marcus.« Sie sah mit müden Augen zu ihm hin. »Er war Oberkapitän der Piraten auf den Feuerinseln. Ein verdorbeneres und brutaleres Pack wird man schwerlich auf den Meeren finden. Er hätte schon längst in Marendils nassem Keller landen sollen, doch Ihr habt es ja gehört, sein Talent hilft ihm dabei, seinem vorbestimmten Schicksal zu entgehen.«

»Ich will Euch nicht erzürnen, Maestra«, sagte Blix. »Aber er erscheint mir nicht wie ein Pirat. Er ist höflich und besitzt Umgangsformen … zudem spricht er Imperial in der gleichen gewählten Art, wie es der Adel in Bessarein zu tun pflegt. Ohne Zweifel ist er ein gebildeter Mann und kein tumber Schlächter.«

Sie nickte leicht, lehnte sich zurück und schloss halb die Augen dabei.

»Ich sehe, was Ihr meint, Schwertmajor, doch glaubt mir, der Anschein täuscht.«

»Und doch hat ihm General von Thurgau die Begnadigung versprochen. Wie passt dies zusammen? Oder hat der Kerl gelogen?«

»Ich weiß nichts von dieser Begnadigung«, antwortete sie müde. »Und doch glaube ich, dass er die Wahrheit spricht. Havald war … nein, *ist* ungewöhnlich in dieser Hinsicht. Er vertraut den seltsamsten Leuten. Instinkt, sagt er. Er scheint sich auch selten darin zu irren.« Sie seufzte. »Fragt mich nicht, Major. Gerade weil er anders sein könnte und dies so offensichtlich ist, erzürnt mich dieser Pirat. Aber Ihr habt ihn ja gehört: Wir werden ihn wiedersehen. Fragt ihn dann nach seiner Geschichte, wenn Ihr müsst. Nur verschont mich, ich sähe ihn lieber baumeln oder auf dem Block, als ein Wort an ihn zu richten.«

»Unter all dem, zu dem der Mensch fähig ist, gehört Gnade zu seinen höchsten Gaben«, zitierte Gerlon aus dem Buch der Götter.

Die Maestra strich leicht über den Drachenkopf ihres Schwerts, das sich zwischen ihr und Gerlon im Kutschbock eingeklemmt befand.

»Dann ist es umso mehr bedauerlich, guter Bruder Gerlon, dass ich nicht zur Gnade bestimmt bin. Ich diene Boron, nicht Astarte, und ich trage sein ihm geweihtes Schwert. Fragt mich nach Gerechtigkeit, und Ihr werdet sie erlangen. Nach Gnade fragt man besser jemanden wie Havald. Oder Euch. Nur nicht mich … ich fürchte, ich habe wenig genug damit zu tun.«

Der Rest des Weges hoch zur alten Warte verlief eher schweigsam. Die Maestra schlief, ihr Gesicht seltsam entspannt und jugendlich, auch wenn ihre kürzlichen Strapazen noch immer deutliche Spuren zeigten. Auch Gerlon war still, zog nur ab und zu die Luft scharf ein, wenn sein Arm schmerzte. Das Knarzen der Achsen, das Poltern der Räder auf dem felsigen Weg, das Schnauben der Ochsen, während sie gemächlich den Berg erklommen, all dies lud zu trägen Gedanken ein. Es ist etwas dran an dem Leben eines Händlers, dachte Blix, man hat Zeit, die Dinge zu beschauen. Es wäre vielleicht auch etwas für ihn gewesen. Nur würde er gewiss nicht mit Sklaven handeln. Abgesehen davon natürlich, dass der Wagen ganz erbärmlich stank.

So war es fast eine Überraschung, als Zokora ihr Pferd zügelte und die Hand hob. Blix ließ die Ochsen noch ein paar Schritt weitergehen, bis der Wagen das Plateau erklommen hatte und stemmte dann seinen Fuß gegen den Bremsstock. Knarrend kam der Wagen zum Stillstand.

Die alte Warte war zum Teil verfallen, aber noch immer reckte sich ein Teil des Turms gut fünf Stockwerke in den Himmel. Einst hatte man auf diesem Gipfel mehr erbaut als nur einen Turm, von dem aus das Land überblickt werden konnte. Das Plateau war groß genug für gut ein Dutzend Häuser, deren verfallene Mauern noch immer einen weiten Hof umringten, in dessen Mittelpunkt ein Brunnen stand, dessen Kettentrommel mit einer enormen Menge an rostigem Eisen umwickelt war. Ein Brunnen auf dem Gipfel eines Berges, dachte Blix und schüttelte verwundert den Kopf. Das sah man nicht alle Tage.

Der Wind wehte um die verwitterten Steine, in deren Ritzen zähes Gebirgsgras wuchs. Hier und da klapperte eine alte Dachschindel, und an einer rostigen Kette schwang quietschend ein Schild, das die Ruine dahinter als die Schenke zum Bären auswies. Eine halbe Lanze könnte man hier verstecken, dachte Blix besorgt.

Er klappte den eisernen Riegel vor, der den Bremsstock gegen den Wagen verkeilte und stieg vom Kutschbock ab, was die Maestra zu einem gemurmelten Protest veranlasste. Vielleicht sollte man sie wecken, dachte Blix, während er die

Hände in den Rücken stemmte und sich streckte. Es knackte bedenklich, und seine Muskeln erinnerten ihn schmerzhaft daran, dass auch er beim Sturz vom Pferd nicht ungeschoren davongekommen war.

Nichts rührte sich.

»Sind wir zu früh?«, fragte er die dunkle Elfe, die soeben auch abgesessen war.

»Nein«, antwortete diese. »Sie sind hier. Dort.« Sie wies mit der Hand auf die Reste eines Hauses, von dem kaum mehr noch die Grundmauern standen. Es war der Ort, an dem Blix am wenigsten jemanden vermutet hatte, denn von allen Ruinen bot er die geringste Deckung. Was wohl täuschte, denn nun, als ob die Worte der Sera ein Signal gewesen wären, erhoben sich dort Gestalten aus dem Boden, wuchsen empor, als wären sie in den harten Fels gepflanzt gewesen, absonderliche Karikaturen von Menschen, aus Stöcken und Sträuchern und dunklen Stoffen bestehend, ganz so, wie man sich als Kind schaudernd die Geister des Waldes vorstellt.

Erst als sie näher kamen, sah Blix, wie geschickt Busch, Strauchwerk und Stoff die menschliche Form verdeckte. Acht waren es, sechs Männer, einer davon kaum kleiner als der Lanzengeneral, dafür in den Schultern umso breiter. Und zwei Frauen, eine klein und brünett, die andere groß und schlank mit flachsblondem Haar, den hellgrünen Augen einer Katze und einem blank gezogenen Schwert, dessen Klinge fahl und hell war.

»Ich dachte schon, ihr würdet gar nicht kommen«, begrüßte sie der breitschultrige Mann mit einem breiten Grinsen. Die Maestra erwachte und richtete sich gähnend auf. »Ausgeschlafen?«, neckte er sie. »Eine herrschaftliche Kutsche ist dies nicht«, sprach er weiter und zeigte weiße, kräftige Zähne, während in seinen dunklen Augen der Schalk aufblitzte. »Ich dachte, Ihr wolltet Euch im Regieren üben und nicht im Handel mit den Armseligsten der Armseligen?«

»Pass auf, dass ich Euch nicht in den Käfig werfe, Janos«,

gab die Maestra zurück, doch sie lächelte dabei. Überraschend leichtfüßig sprang sie vom Kutschbock, fast wieder die Alte, auch wenn sie leicht taumelte, als sie auf dem Boden aufkam. Währenddessen zog die blonde Frau ihre Klinge durch die Fläche ihrer Hand und versenkte das Schwert rasch in seiner Scheide. Kaum war dies geschehen, eilte sie auf die Maestra zu und umarmte sie heftig.

»Ich bin so froh, dass Euch nichts geschehen ist«, rief sie, bevor sie rot anlief und hastig von Leandra abließ, gerade als diese die Arme anhob, um die Umarmung zu erwidern.

»Verzeiht, Majestät«, stammelte die blonde Frau und fiel vor Leandra auf ein Knie. »Der Götter Gnade mit Euch und dem Land der Rose!«

»Richtig!«, brummte der Mann. »Da war ja was. Auf die Knie, ihr Halunken!«, befahl er dann dem Haufen an wildem Gestrüpp um sie herum, während er selbst das Knie beugte. »Dies ist Eure Königin«, dröhnte er, sodass man meinen könnte, er wolle bis ins Tal gehört werden. »Leandra die Erste, Königin und Rose von Illian, Maestra und schwertgebunden an das Schwert der Gerechtigkeit, gekommen, um uns zu erretten und diese Brut aus Thalak zurück ins Meer zu treiben!« Er blinzelte hoch zu ihr, während um ihn herum das Gestrüpp raschelnd im Boden versank. »Aber wenn's bis nach dem Abendbrot noch warten kann, wär's mehr als genehm!«

Leandra sah auf ihn herab, dann auf die anderen und schüttelte erheitert den Kopf. »Noch ist es nicht so weit, also erhebt euch und habt Dank für den Respekt. Sag, Sieglinde, befahl ich dir nicht, nie mehr das Knie vor mir zu beugen?«

»Oh«, gestand die Blonde. »Das habe ich vergessen.« Sie wurde, wenn möglich, noch roter im Gesicht und stand hastig auf.

»Du wirst dich wohl auch nie ändern, Janos«, fuhr die Königin fort, während es um sie herum raschelte, als sich das andere Strauchwerk erhob.

»Wohl kaum!«, lachte dieser Janos mit einem schnellen

Blick zu der Blonden hin. »Denn ich wüsste jemanden, der mir's nicht verzeihen würde! Bei den Göttern«, rief er, während er Blix und Gerlon auf eine Art musterte, die Blix sagte, dass der Mann wohl selten Dinge übersah. »Es ist schön, Euch wiederzusehen … wusstet Ihr, dass es eine Kriegsbestie gibt, die im Tal entlang dem Weg ihr Unwesen treibt? Sie zu erlegen, ist der erste Schritt! Wir dachten, das überlassen wir ganz Euch und Havald, der ist geübt darin, Bestien zu erschlagen! Wo ist er denn, der alte Haudegen? Oder kommt er mit der Lanze nach?«

Das Gesicht der Maestra, eben noch so entspannt und freudig, wie der Major sie selten gesehen hatte, verdüsterte sich, während sie einen Schritt nach vorne tat und die überraschte Blondine in die Arme nahm und so nur leicht verspätet deren Umarmung erwiderte. »Man hat ihn ermordet. Nun liegt er fast wie tot in Soltars Haus und weigert sich, erneut durch dessen Tor zu gehen.«

»Nein!«, begehrte die Blondine auf und löste sich erschreckt aus den Armen der Königin. »Das kann nicht sein! Sagt, dass es nicht wahr ist!«, rief sie, während ihr die Augen feucht wurden.

»Beruhige dich«, lachte der große Mann. »Du hörst es doch, er geht nicht wieder durch das Tor. Er hat jetzt Besseres zu tun!« Er wandte sich der Königin zu. »Nicht wahr? Ihr sagt es doch selbst? So gut wie tot, aber doch nicht ganz?«

»So ist es«, nickte sie.

»Das trifft es wohl am besten«, meldete sich Gerlon fast schüchtern zu Wort. »Und des Gottes Segen für Euch alle«, fügte er verspätet hinzu.

»Den können wir fürwahr brauchen«, meinte Janos und schlug dem überraschten Priester so kräftig auf die Schulter, dass dieser taumelte. »Aber was soll uns schon geschehen, mit einem tapferen Diener Soltars an unserer Seite … auch wenn ich nicht weiß, was Ihr hier wollt. Was Havald angeht, wenn er nicht ganz tot ist, kommt er wieder.« Er wandte sich den Büschen zu. »Wir sprechen hier vom Wanderer, dem Retter von Kelar, welcher auch Graf Roderik ist, der mit seinen vierzig Getreuen den Pass gegen die Barbaren hielt! Keine Sorge, Leute«, rief er. »Ich kenne ihn und habe mich mit ihm gestritten ... der fällt nicht um, und, merkt Euch meine Worte wohl, wenn er wiederkommt, versohlt er Thalak den Arsch so sehr, dass sie schon rennen werden, wenn sie ihn nur kommen sehen!« Er wandte sich nun Zokora zu und deutete mit dem Finger auf sie, was die Elfe veranlasste, eine Augenbraue mahnend hochzuziehen.

»Und das hier ist Zokora. Die Dunkelelfe, von der ich euch erzählte! Wenn Havald Thalaks Legionen nicht rennen lässt, dann ist sie es, die unsere Feinde in Furcht und Panik versetzen wird!«

»Aber vorher mache ich mir fast noch in die Hosen«, meinte einer der Büsche und raschelte bedenklich. »Ich dachte fast, mich trifft der Schlag, als ich sie sah! Ich hoffe bei den Göttern, dass sie so friedlich ist, wie Ihr sagt, Hauptmann.« Ein paar der Büsche nickten hoffnungsvoll, während Zokora ganz langsam auf eine gewisse Art zu lächeln anfing. Ein Anblick, dachte Blix bewundernd, der durchaus erschrecken konnte.

»Friedlich?«, lachte der Mann. »Friedlich habe ich wohl kaum gesagt. Aber auf unserer Seite ist sie ... das ist weitaus besser als friedlich, meint Ihr nicht?« Schmunzelnd wandte er sich nun wieder Leandra zu. »Dieser verweichlichte Haufen hier ist übrigens die Dritte Königliche Jagdlanze oder was davon noch übrig ist. Sieglinde und ich sind über sie gestolpert, als wir eine Streife der schwarzen Legion ärgern wollten. Den Göttern sei Dank erkannten mich zwei von ihnen aus alter Zeit, sonst hätten sie uns doch glatt den Garaus gemacht! Die Dritte Königliche ist seit zwölf Jahren im Feld, was Euch deutlich sagen sollte, was für müde Gesellen das hier sind.«

»Wir sind nur nach einem Festmahl müde«, lachte ein Gestrüpp.

»Was nichts anderes bedeutet, als dass wir die letzten Jahre nicht geschlafen haben«, merkte ein anderes an.

»Dann sehen wir mal zu, dass wir die Mäuler stopfen können«, grinste Hauptmann Janos und verbeugte sich übertrieben tief. »So tretet heran und lasst Euch Euren neuen Palast zeigen, Eure königliche Majestät! Er ist ein bisschen eng und dunkel, aber weitaus besser als sein Ruf!« Er grinste Blix breit an. »Ich hoffe, es macht Euch nichts, wenn Eure schöne Rüstung Kratzer bekommt … sie glänzt so schön, als wäret Ihr gar selbst ein General!«

»Dies sind Schwertmajor Kurtis Blix von der fünften Lanze der Zweiten Kaiserlichen Legion und Bruder Gerlon, Priester des Soltar«, stellte die Maestra die beiden vor. »Seine Lanze folgt uns in wenigen Tagen Abstand.«

»Na«, meinte Janos und rieb sich die Hände, »das lässt uns ja noch Zeit, Eurer Lanze das Quartier zu bereiten und den Feind hinauszuwerfen! So, wenn Ihr Hunger habt, dann kommt … ansonsten bleibt hier draußen … auch wenn ich es nicht empfehlen kann. Es zieht hier des Nachts abscheulich, müsst Ihr wissen!«

Er führte den Weg zu der Seite des verfallenen Turms, wo, halb unter schweren Felsbrocken begraben, eine offene Falltür in die Tiefe führte. Die massiven Eisenringe in den Wänden waren für Blix kaum mehr zu erahnen, schienen ihm aber trotz der dicken Rostschicht sicher genug. »Hier ist er, der Palast«, lachte Janos und wies ins Dunkle. »Wenn Ihr mir nun folgen wollt?«

Hauptmann Janos und die Dritte Königliche, dachte Blix, als er befriedigt mit dem Löffel auf dem Boden seiner hölzernen Schüssel kratzte, hatten sich hier unten recht bequem eingerichtet. So bequem, wie es in einer alten Folterkammer nur ging. Die Kohlepfanne, auf der einst die Schergen des Foltermeisters ihre glühenden Zangen erhitzt hatten, um den Unglücklichen am Fleisch zu brennen und zu zerren, hatte der blonden Sieglinde als Kochstelle gedient, an der sie ein Mahl gezaubert hatte, für das der Schwertmajor auch in einer guten Taverne gerne Gold bezahlt hätte. Dass sie drum gebeten hatte, nicht gefragt zu werden, was sich in dem Mahl an Zutaten befand, nahm er dafür gerne hin.

Er lehnte sich zurück und streckte sich, froh, seine Rüstung losgeworden zu sein. Auch wenn sie ihn beim Sturz auf die harten Steine geschützt hatte, war sie doch nicht sonderlich bequem, und so wie es aussah, hatte man wohl vor, das Nachtlager hier zu verbringen.

Ihm war es recht.

Er kratzte sich in der Armbeuge und sah sich um. Nur drei rauchende Fackeln und die Glut in der Kohlepfanne erhellten das alte Mauerwerk, in dem die verrosteten Zeugen vergangenen Schreckens noch immer unheimliche Schatten warfen. Bislang hatte er das Glück gehabt, solche Räumlichkeiten nicht zu Gesicht zu bekommen. Es schauderte ihn, die Instrumente der Pein zu sehen und sich zu fragen, für was sie wohl verwendet worden waren, und er war froh darum, dass sein alter Freund zugegen war; sollte es hier noch verlorene Seelen geben, dann konnte ihnen Bruder Gerlon wenigstens den Weg zu Soltars Toren weisen.

Büsche, Stoff und Strauchwerk hatten die Überlebenden der Dritten Königlichen am Eingang zurückgelassen, doch auch unter all den Ästen sahen sie nicht viel manierlicher aus.

Die Lederrüstungen, die sie trugen, zeigten die Spuren harter Zeiten. Hier und da waren sie grob geflickt, manches Teil passte nicht zum anderen, und die Schulterteile dort ähnelten verblüffend denen, die von den Soldaten Thalaks getragen wurden. Kaum ein Gesicht, das keine Narben zeigte, hier und da fehlte ein Finger oder zeigte eine Narbenwulst die Schwere einer alten Verletzung. Müde, in der Tat, dachte der Major und lächelte still. Er erkannte gute Soldaten, wenn sie ihm vor der Nase saßen, und diese hier, dessen war er sich sicher, gehörten zu den besten, die es in den Südreichen noch gab.

Er stand auf, brachte seine Schüssel hinüber zu dem Trog, in dem sie gewaschen wurden, und setzte sich dann anschließend neben die dunkelhaarige Frau, die etwas abseits ihr Lager aufgeschlagen hatte und damit beschäftigt war, ihren Langbogen sorgsam zu ölen und die Sehne zwischen ihren Fingern zu prüfen.

»Stört es Euch, wenn ich Euch etwas frage?«

Sie musterte ihn mit Augen, die selbst im Licht der Fackeln gelblich schimmerten. Wie die einer Katze. Oder eines Fuchses. Oder eines Wolfs.

»Wenn Ihr es wünscht, Schwertmajor. Hauptmann Janos wies uns an, jedem Kaiserlichen, auf den wir treffen, mit Respekt zu begegnen.« Sie schien eine Lehrstunde bei Zokora genommen so haben, so kühl und unbeteiligt klang ihre Stimme.

»Ich wollte Euch nicht stören«, sagte Blix getroffen und stand auf. »Verzeiht.« Er wollte gerade gehen, als sie ihn mit der Spitze ihres Bogens zurückhielt.

»Ich muss mich entschuldigen«, sagte sie leise. »Setzt Euch wieder.« Diesmal wirkte sie fast verlegen. »Es war unhöflich von mir … nur verliert man manchmal im Feld die Höflichkeit.«

Blix nickte langsam und setzte sich. Die Frau war nicht viel größer als Zokora und wie die meisten anderen hier eher drahtig denn muskulös. Sie ist ein Fuchs, dachte Blix schmunzelnd, näher konnte man als Mensch einem solchen flinken Gesellen wohl kaum kommen.

»So stellt Eure Fragen«, lächelte sie.

»Hm«, meinte Blix. »Darf ich fragen, warum Ihr hier so abseits sitzt und nicht bei den anderen?«

»Götter!«, seufzte sie und schloss die Augen. »Direkter geht es wohl kaum.« Sie öffnete ihre Augen wieder und sah ihn direkt an. »Sucht Ihr immer so geschickt die Wunden?«

»Wunden nicht, aber wie es scheint, doch eher den Napf mit Fett«, meinte Blix. »Ich wunderte mich nur und … vergesst, dass ich gefragt habe.«

»Es ist kein Geheimnis«, sagte sie und atmete tief ein. »Ich trage den Fluch in mir. Diese Einheit hier ist die einzige, die mich erdulden würde, und so stehe ich auch unter dem Schutz der Krone.«

»Ich verstehe nicht ... welcher Fluch?«

»Ihr wisst es nicht?«, fragte sie und sah ihn sorgsam an. Er schüttelte nur den Kopf.

»Also dann«, meinte sie und sprach noch leiser als zuvor. »Ich wuchs als Tochter des Jagdmeisters im Kronforst zu Farin auf. Das ist ein kleines Köhlerdorf im Süden Jasfars. Es wurde fast als Erstes von den Truppen Thalaks zerstört ... aber das ist eine andere Geschichte. Als Kind war mir der Wald nicht fremd, auch kannte ich keine Angst vor wilden Tieren.« Sie lächelte in der Erinnerung. »Selbst Meister Petz bot mir eher freundlich einen guten Tag, als mich zu belästigen ... solange ich ihm nicht zu nahe kam und seine Beeren stahl! Ich fand einen Fuchswelpen, dem die Mutter gestorben war, und zog ihn auf, bis ich ihn wieder in den Wald entlassen konnte. Ging nun ich in den Wald, kam er oft heran und folgte mir fast so treu wie ein Hund. Doch eines Tages kam er zu mir und verhielt sich seltsam, als ob er zugleich mir knurren wollte, obgleich er mich doch liebte. Wie so oft zuvor gab ich ihm von dem Hasen in meinem Topf, doch diesmal biss er mich und floh in den Wald. Mein Vater dachte, er hätte die Tollwut, und gegen mein Flehen erlegte er meinen pelzigen Freund. Es zeigte sich, dass mein Vater sich geirrt hatte. Es war nicht die Tollwut gewesen, sondern ein anderer, älterer Fluch. Denn zwei Wochen später erlegte eine Gruppe Ritter im nahen Wald einen Mannwolf, der im Dorf Angst und Schrecken verbreitet hatte.«

»Ein Mannwolf?«, fragte Blix ungläubig.

»Ja«, nickte sie. »In alten Tagen gab es hier Barbaren, die einem Wolfsgott huldigten. Manchen von ihnen gewährte er die Gabe, sich in einen Wolf zu verwandeln. Von diesen, so heißt es, paarten sich manche mit den wilden Bestien im

Wald. Bissen diese wiederum einen Menschen oder ein Tier, übertrugen sie diese Gabe eines Gottes nun als Fluch.« Sie sah zu Boden. »Den Rest der Geschichte könnt Ihr Euch denken. Ich werde hier geduldet, weil niemand besser ungesehen spähen kann, als ein Fuchs es tut … nur hält man sich fern, weil man fürchtet, dass sich der Fluch ein neues Opfer sucht.«

»Ihr seid ein … Werfuchs?«, fragte Blix erstaunt. Sie nickte, und er lachte leise. Sie fuhr herum und schaute ungläubig.

»Ihr lacht?«, fragte sie getroffen. »Glaubt mir, es ist kein Spaß!« Sie machte Anstalten, von dem Ort zu flüchten, doch er hielt sie mit einer leichten Berührung zurück.

»Bleibt«, bat er sie. »Es ist anders, als Ihr denkt. Ich lachte, weil ich schon im ersten Moment dachte, dass Ihr einem Fuchs sehr ähnlich wäret … und ich meinte es als Kompliment.«

Sie musterte ihn misstrauisch.

»Wenn Ihr mir mit hübschen Worten kommen wollt, seid gewarnt, es heißt, dass der Fluch im Beischlaf übertragen wird!« Sie wollte wohl erzürnt schauen, doch irgendwie misslang es ihr, und zum ersten Mal seit Langem musste Blix herzlich lachen.

»Bleibt«, bat er erneut, obwohl sie gar nicht aufgestanden war, sondern nur erzürnt und getroffen zugleich dreinschaute. »Es ist nicht bös gemeint. Seht, bei uns im Reich ist kürzlich erst ein Werwolf zu einem König gekrönt worden, und ich weiß von einer wilden Elfe, die uns in der alten Donnerfeste hilft, die ebenfalls ein Werwolf ist. Es ist … ungewöhnlich, doch solange Ihr nicht im Schlaf und bei Mondschein über andere herfallt, ist es mehr die Gabe als der Fluch, von dem Ihr sprecht.« Er sah sie fragend an. »Oder …«

»Nein«, sagte sie leise. »Ich verliere mich nicht, und es unterliegt meinem Willen. Meint Ihr das ernst? Ein König? Hierzulande würde er auf dem Scheiterhaufen landen!«

»Bei uns läuft die Maestra Gefahr, dass sie dieses Schicksal ereilt«, erklärte Blix leise. »Es ist eines so dumm wie das andere.«

»Nicht, wenn Ihr das Werk gesehen habt, das ein wilder Mannwolf hinterlässt«, sagte sie gedrückt. Das konnte er sich vorstellen, dachte Blix.

»Aber bei Euch ist das nicht der Fall.«

»Nein.« Zum ersten Male lächelte sie. »Ich bin ein Fuchs. Ein kleiner noch dazu. Ich gebe zu, dass ich mich das eine oder andere Mal an einem Hühnerstall verging ... das war es schon mit meinen Untaten.«

Er schmunzelte ein wenig. »Wenn Ihr erlaubt, werde ich mich nicht bemühen, Abstand von Euch zu halten.«

Für einen Moment sah er wieder Misstrauen in ihren Augen aufblitzen, doch dann schüttelte sie den Kopf. »Ich erlaube es. In einem gewissen Maße.« In ihrer Hand blitzte eine Klinge auf. »Kommt Ihr zu nahe, werde ich Euch deutlich warnen. Genug davon, wenn Ihr schon hier seid, sagt, wie ist unsere Königin? Ihr begleitet sie doch schon länger? Es ist ein langer Weg vom Kaiserreich zu uns.«

»Nicht so lange, wie man meint«, antwortete Blix und merkte sich, dass Hauptmann Janos und Sieglinde das Geheimnis der magischen Tore wohl für sich behalten hatten. »Aber eine gewisse Zeit ist es schon. Was wollt Ihr wissen?«

»Nun, wie sie ist. Unsere ganze Hoffnung hängt an ihr.«

»Hm«, grübelte Blix. »Die Frage ist nicht gar so leicht zu beantworten. Sie ist, wie ich erst heute sah, eine mächtige Maestra, auch wenn man kaum erlebt, dass sie ihre Kunst ganz offen zeigt. Sie gilt als kühl, als Freund der Elfen und besitzt einen mächtigen Greifen. Ich weiß, dass sie einen Nekromanten im Kampf erschlug. Einer unserer besten Barden besingt die Tat in gewaltigen Worten.« Er schmunzelte leicht. »Wenn man es glauben kann, zog sie Wolken am Firmament zusammen, um dem Feind mit Stahl und Blitz gleichermaßen mit einem mächtigen Streich ein Ende zu setzen.« Er runzelte die Stirn. »Was noch … ich glaube, sie ist gerecht. Erst kürzlich sagte sie etwas davon.«

»Kein Wunder, wenn sie Steinherz trägt. Er wird ihr schwerlich eine Wahl lassen«, meinte sie dazu. »Mögt Ihr sie?«

»In aller Ehrlichkeit, ich habe darüber noch nicht nachgedacht«, sagte Blix und war selbst verwundert dabei. »Es stellte sich die Frage nicht«, fügte er rasch hinzu. »Mein Auftrag ist, dass sie leben soll und dass sie Eure Kronstadt erreicht. Ich bin bereit, für sie zu sterben.«

»Aber mögt Ihr sie?«, beharrte die Füchsin. »Denkt doch einmal darüber nach!«

»Ich denke schon«, sagte er und nickte dann. »Ja. Es steht mir nicht zu, aber ja, ich mag sie.«

»Das ist gut«, meinte sie und lächelte. »Wenn jemand wie Ihr sie mag, dann ist es gut. Wisst Ihr«, sagte sie in vertraulichem Ton. »Es geht die Legende, dass Steinherz einen gerechten König garantiert. Einen, der Macht und Friede vereint. Jemanden, der Boron verpflichtet ist. Aber es heißt auch, dass er die Seele erkalten lässt. Es mag sein, dass wir eine solche Königin jetzt brauchen, doch ich war erleichtert, als ich sah, wie sie Sieglinde umarmte. Sie würde für sie durchs Feuer gehen. Sieglinde, meine ich. Es wäre traurig, würde die Königin ihre Zuneigung nicht schätzen.«

»Das tut sie sicherlich«, sagte Blix und erinnerte sich an Leandras Worte, als Gerlon von Gnade gesprochen hatte. Er hoffte nur, dass er sich nicht täuschte. Dann dachte er an ihren Ausbruch an der Bahre des Lanzengenerals. Nein, gefühlskalt war sie nicht.

»Ich kann den Fluch von dir nehmen«, sagte eine leise Stimme, die sowohl die junge Frau als auch Blix zusammenzucken ließ. Die zierliche Gestalt der Dunkelelfe schälte sich aus dem Schatten heraus und kniete sich vor die beiden. »Wenn du es willst«, fuhr sie sanfter fort, als er sie bislang hatte sprechen hören. »Ich werde dir nichts tun, Menschenkind«, fügte die Dunkelelfe ruhig hinzu, als sie sah, wie sehr die junge Frau zitterte. Es schien fast, als ob sie eine Spalte in der Wand suchte, um sich hineinzudrängen.

»Sie tut Euch nichts«, versuchte Blix seine neue Freundin zu beruhigen.

»Ich weiß«, antwortete sie gepresst, während sie so sehr zitterte, dass er ihre Zähne klappern hörte. »Nur k-kann ich kann nichts dagegen t-tun!« Sie sah Hilfe suchend zu ihm hoch. »Ich verstehe nicht, w-woher das Zittern rührt!«

Zokora legte den Kopf auf die Seite, musterte die Frau einen Moment lang. »Das kann natürlich auch sein«, sagte sie wie in Gedanken, beugte sich dann vor, murmelte ein Wort, um dann die junge Frau mit der linken Hand leicht an der Schläfe zu berühren, eine Geste, die selbst in Blixens Ohren einen seltsamen Nachhall hatte.

Die junge Frau hörte auf zu zittern und blinzelte überrascht. »Was ist geschehen?«, fragte sie mit großen Augen. »Eben noch hatte ich solch unbändige Angst ... was habt Ihr getan?«

Zokora lehnte sich auf ihre Fersen zurück und legte die Hände in ihren Schoß. »Irgendwann, vor vielen Generationen, diente eine deiner Vorfahren meinem Volk«, erklärte sie mit der gleichen sanften Stimme wie zuvor. »Und floh.«

Die Späherin sah sie fragend an. »Und?«

Die dunkle Elfe zuckte mit den Schultern. »Wir benutzen Magie, um unsere Sklaven an uns zu binden. Sie bewirkt, dass unsere Sklaven wissen, dass eine Flucht unverzeihlich ist. Allein der Gedanke an Flucht lässt sie in Angst erstarren.« Sie lächelte ein wenig. »Ich habe etwas über euch Menschen gelernt«, fuhr sie fort. »Heute sage ich, dass Ihr auf diese Vorfahrin stolz sein könnt, denn sie überwand diese Angst und gewann ihre Freiheit. Wie sie aus unseren Höhlen den Weg zurück gefunden hat, das wissen nur die Götter.«

»Ich verstehe nicht ...«

»Diese Angst ist Magie. Sie übertrug sich auf ihre Nachfahren und so auch auf dich.« Sie sah zu Blix hin. »So sparten wir es uns, jede Generation erneut mit diesem Zauber zu belegen.«

»Und was habt Ihr gerade getan?«

»Euch freigegeben aus unseren Diensten«, erklärte Zokora lächelnd. »Das ist alles.« Sie beugte sich vor, um die Späherin aus nächster Nähe zu mustern, atmete tief ein, wie eine Katze, die den Geruch ihrer Beute riechen will.

»Nicht nur das. Einer von uns lag mit einer von euch. Es muss lange her sein, bevor die Höhlen unsere Männer nutzlos machten. Sag, wie alt bist du?«

»Zweiunddreißig«, antwortete die Späherin. »Ich bin älter, als ich aussehe«, fügte sie fast entschuldigend mit Blick auf den Schwertmajor hinzu.

»Das sehe ich«, schmunzelte Blix, während er zu verstehen versuchte, was das alles bedeutete.

Die dunkle Elfe musterte die Späherin nun teils verwundert, teils erheitert. »Havald hat recht«, sagte sie dann und nickte dabei. Sie legte eine Hand auf ihren flachen Bauch und lächelte wieder auf diese spezielle Art. »Wir sind alle nur Hunde.«

»Ich nicht«, sagte die Frau ernsthaft. »Ich bin ein Fuchs.«

»Nur, wenn du es sein willst«, schmunzelte Zokora. »Du trägst die Gabe des Wolfsgottes, aber nicht den Fluch. Ich hörte, was du dem Major erzählt hast, und kann dir sagen, dass dein kleiner Freund, der Fuchs, dich damals nicht mit dem Fluch berührte. Er gab vielleicht der Gabe ihre Form, doch verflucht hat er dich nicht.« Sie sah zu Blix hin, der das Ganze verwundert mit angehört hatte. »Die Barbaren, die einst hier lebten und ihrem Gott dienten, gaben den Fluch an die Eindringlinge, also eure Vorfahren, weiter, um euch dazu zu zwingen, euch untereinander zu bekämpfen. Die Gabe hingegen wird vererbt. Und kann auch nur so weitergegeben werden. Es sind zwei verschiedene Dinge.«

»Ich bin nicht verflucht?«, fragte die Späherin zugleich ungläubig und hoffnungsvoll.

»Wenn du den vollen Mond siehst und nicht wechseln

musst, dann nicht«, schmunzelte Zokora. »Du siehst, es war ein Leichtes, dich von dem Fluch zu befreien.«

Sie lächelte der Späherin zu, stand auf und ging zurück zu dem Platz in der Ecke, wo sie vorher gesessen hatte.

Beide sahen ihr nach, dann schaute sie Blix mit großen Augen an. »Götter«, flüsterte sie. »Was ist hier soeben geschehen?«

»Sie hat Euch von dem Fluch befreit. Und von einer Angst«, lächelte der Schwertmajor und blickte zu Zokora hin, die dort in der Ecke gerade wieder ihren Umhang über sich zog, sodass sie mit dem Schatten zu verschmelzen schien.

»Aber warum?«, fragte sie fassungslos. »Sie ist eine dunkle Elfe!«

»Wenn ich es richtig verstehe, begleitete sie Euren ... Wanderer von hier nach Askir«, sagte Blix nachdenklich. »Ich vermute, es hat sie verändert.« Er dachte an den Blick der anderen Elfe zurück, dieser Spruchweberin Dorin. Selbst im Nachhinein trieb ihm die Erinnerung einen kalten Schauer über den Rücken. »Ich sah kürzlich eine andere ihres Volkes. Sie, denke ich, entspricht mehr dem Bild, das ihr von den Dunkelelfen habt.«

»Sie kann uns hören«, meinte die Späherin.

»Ja«, nickte Blix schmunzelnd. »Ich denke, sie wird sich melden, wenn sie etwas hört, das ihr nicht gefällt.«

Als am nächsten Morgen Hauptmann Janos mit seinem Dolch gegen die Kohleschale schlug, ließ der metallische Klang nicht nur Blix unsanft aus dem Schlaf aufschrecken.

»Aufstehen, ihr faulen Hunde!«, rief Janos mit dröhnender Stimme. »Ein neuer Tag erwartet uns, und wir haben etwas zu tun!«

»Verdammt, Hauptmann!«, beschwerte sich einer der anderen Späher und wickelte sich gähnend aus seiner Decke, während er versuchte, ihn mit seinem Blick zu erdolchen. »Kann die Bestie denn nicht warten?«

»Die hat wahrlich Zeit«, lachte Janos. Er stemmte die Hände in die Hüften und musterte seine Leute mit einem Funkeln in den Augen. »Während wir uns gestern die Hintern platt gesessen haben und uns kaum aus diesem Loch getraut haben, hat unsere Königin die Bestie mit einem Blitz geröstet!«

Ein aufgeregtes Stimmengewirr folgte, und ungläubige Blicke flogen hin zu Leandra, die bereits voll gerüstet war und selbst für Blixens Geschmack viel zu wach wirkte.

»Ist das wahr?«, flüsterte Anlynn, während sie sich aus ihrer Decke schälte. In der Nacht hatte Blix dann doch noch den Namen der Späherin erfahren. So müde und zerschlagen er sich jetzt fühlte, hatten sie wohl etwas zu lange noch miteinander geredet, aber Blix bereute es gleichwohl nicht. Die Füchsin, wie er Anlynn bei sich nannte, war eine faszinierende Gesprächspartnerin gewesen. Zwar war bei diesem Haufen von der Disziplin, die Blix von den kaiserlichen Truppen her gewöhnt war, kaum etwas zu bemerken, doch auch sie war eine Soldatin, eine der besten ihres Landes, und nach ihren fast zwölf Jahren im Feld sahen sie vieles ähnlich.

Vor allem hatte Blix etwas über diesen Hauptmann Janos und seine Begleiterin, Sieglinde, erfahren. Leandra hatte Hauptmann Janos kennengelernt, als sich dieser im Auftrag der Königin Eleonora in der Verkleidung eines Räuberhauptmanns in das Gefolge eines Nekromanten namens Balthasar eingeschlichen hatte. In einem eingeschneiten Gasthaus, eben diesem Gasthof zum Hammerkopf, der unweit der Donnerfeste lag. Dort war er dann auf Havald, Leandra und Zokora gestoßen und hatte auch Sieglinde kennengelernt, die als Tochter des Wirts Eberhard im Gastraum bediente. Auch der Schütze Varosch, der Begleiter der Dunkelelfe, der während des Kronrats von dem Nekromantenkaiser mit einem Fluch getötet worden war, hatte sich dort der Gruppe angeschlossen. Die Wirtstochter und Hauptmann Janos hatten Havald und die anderen bis nach Bessarein begleitet, wo sie dann den Auftrag erhielten, in ihre Heimat zurückzukehren und Königin Eleonora von den Geschehnissen dieser Reise zu unterrichten.

Dafür waren sie zu spät gekommen, der Belagerungsring des Feindes hatte sich bereits um die Kronstadt geschlossen, doch mit Hilfe der Elfen, war es ihnen gelungen, die Botschaft zu übermitteln.

Sieglinde und Janos hatten sich danach entschlossen, es dem Feind so schwer wie möglich zu machen. Anlynns Schilderungen nach hatten die beiden wahre Heldentaten begangen, bis sie bei einem Hinterhalt getrennt worden waren. Sieglinde, die Janos für tot gehalten hatte, beschloss, zur Donnerfeste zurückzukehren. Lanzengeneral von Thurgau, oder Havald, wie er hier genannt wurde, hatte jedoch die Elfen dazu gedrängt, die beiden zu suchen. Sieglinde war als Erste gefunden wurden. Ein Elfenkrieger hatte sie auf dem Rücken eines Greifen kurz vor dem Untergang der Feuerinseln zurück zu Leandra und den anderen gebracht.

In der Zwischenzeit hatte es Janos, mit einer Narbe mehr versehen, auch vermocht, die Donnerfeste zu erreichen. Er war es auch gewesen, der die Nachricht vom Tod der letzten Rose von Illian, der Königin Eleonora, überbracht hatte. Wieder vereint waren beide zu dem Schlachtfeld zurückgekehrt. Sieglinde hatte ursprünglich den Auftrag erhalten, einen Weg zur Kronstadt zu suchen, um Verbündete für die neue Königin zu werben, doch dann erhielten sie einen neuen Auftrag: Lassahndaar und Umgebung unter Beobachtung zu halten und im Geheimen nach dem Zugang zu diesem alten Tempel zu suchen, durch den der Weltenstrom fließen sollte.

In den Augen der Füchsin waren Janos und Sieglinde, die mit ihrem Bannschwert Eiswehr dabei war, zu legendären Gestalten herangewachsen, Helden.

Ohne die Verdienste der Gruppe um die Königin Leandra schmälern zu wollen, sah Blix es anders. Er hatte den Lanzengeneral selbst kennengelernt und war von ihm beeindruckt, aber wenn man magische Kräfte besaß, unsterblich war und ein Bannschwert führte, war es seiner Ansicht nach nicht ganz so schwer, Großes zu vollbringen.

Zwölf Jahre lang, weitestgehend von Versorgung abgeschnitten, dem Feind in unzähligen Scharmützeln zu trotzen, ohne dabei auf die Gunst der Götter, legendäre Waffen oder die Mächte der Magie zählen zu können, *das* war eine Heldentat!

Im Gegenzug hatte Blix ihr erzählen können, dass seine Rüstung weder undurchdringlich war noch ihm erlaubte, unter Wasser zu atmen, dass alleine in Askir mehr Menschen lebten als in allen drei Südreichen zusammen und dass Askir nunmehr eine Eule als Kaiserin besaß. Und dass das Kaiserreich jetzt mit allen Mitteln gegen die Nekromantenbrut aus Thalak vorgehen würde.

Aber nur selten hatte er jemanden so enttäuscht dreinblicken sehen, als er ihr erklärte, dass er zwar zu der legendären zweiten Legion gehörte, die einst die Südreiche von den Barbaren befreit hatte, dass aber die Legion zurzeit nach seinem Kenntnisstand nur knapp zweitausend Mann unter Waffen hielt und es bestimmt noch ein Jahr dauern würde, bis der Wanderer Havald, also Lanzengeneral Graf von Thurgau, sie gegen Thalak ins Feld führen konnte.

Dass der Lanzengeneral wie tot im Tempel des Soltar zu Askir lag, schien sie ebenso wenig zu stören wie die anderen hier. Sie *wussten*, dass Havald bereits einmal durch das Tor des Soltar gegangen war und nicht sterben konnte. Soltar beherrschte den Lauf der Sonne, und der Wanderer würde mit der zweiten Legion zurückkehren, um die Eindringlinge aus dem Land zu treiben. Manche Dinge waren wie in Stein gemeißelt, und die Legende vom Wanderer und seiner Rückkehr gehörte in den Augen der Späherin dazu.

Dass ihre neue Königin Leandra mit Steinherz das Schwert der Gerechtigkeit und somit zugleich auch das Reichs- und

Krönungsschwert von Illian trug, war ihr genug, ihre neue Königin zu verehren.

Aber die Legende vom Wanderer war es, in die die Menschen der Südreiche ihre Hoffnung setzten. Es gab nicht nur diese eine Legende von ihm, sondern unzählige. Sieglinde, die Wirtstochter, die nun das Bannschwert Eiswehr trug, war auch eine begnadete Bardin und kannte alle Legenden und Gesänge über ihn. Der Lanzengeneral, so schien es, hatte noch nie einen Kampf verloren und stand als Garant für Rechtschaffenheit und den Willen Soltars.

Drei Dinge also hatte Blix von ihr erfahren: Dass interessante Zeiten auf ihn warteten, der Lanzengeneral in diesen Landen einen langen Schatten warf und dass jeder Tag, den es noch brauchte, bis die zweite Legion ins Land zurückkehrte, die Menschen hier in tiefere und dunklere Verzweiflung warf.

Doch die Eule Asela hatte falschgelegen, dachte Blix fast ehrfürchtig. Diese Menschen hier dachten nicht daran aufzugeben. Sie arrangierten sich mit den Besatzern oder starben auf ihren Lichterbränden, aber auch wenn es Jahre dauern würde, aufgeben würden sie nicht.

»Es scheint«, hatte ihm die Späherin flüsternd berichtet, »dass Thalaks Truppen hier nach einem Plan vorgehen. Sie reiten in die Dörfer und sortieren Menschen aus, die sie mitnehmen, ohne dass man je wieder von ihnen hört. Sie scheinen uns ausdünnen zu wollen, treiben uns wie Herdentiere zusammen. Vor der Kronstadt, so hört man, wurden unsere Leute jeden Tag zu Hunderten gepfählt, um die Stadt zum Aufgeben zu zwingen, so lange, bis es keinen mehr gab, den sie auf die Pfähle stecken konnten. Sie kümmern sich nicht um die Ernte oder darum, dass man Tiere auch mästen muss ... es ist, als wäre es ihnen recht, wenn es alsbald keinen mehr von uns hier gibt.« Ihre Stimme wurde so leise, dass Blix sie kaum mehr verstand, auch wenn er ihr so nahe war, dass er ihren Atem schmecken konnte. »Immer wieder verschwinden die Einwohner ganzer Dörfer … ohne dass die geringste Spur davon kündet, was mit ihnen geschehen ist.«

Jetzt, als er sich von Anlynn in seine Rüstung helfen ließ, die bereits einige neue Dellen davongetragen hatte, warf Blix einen Blick zu seinem Freund Gerlon hin. Man konnte nur hoffen, dachte er, dass es wirklich seine Bestimmung war, dem Lanzengeneral sein Schwert zurückzubringen. Denn so wie es aussah, wurde von Thurgau hier mehr als dringend gebraucht.

»Warum blickst du so düster, Kurtis?«, fragte die Späherin, als sie einen Riemen an seiner rechten Seite zurechtzog. Eine Nacht, in der sie nichts anderes getan hatten, als zu reden, und sie kannte ihn gut genug, um dies zu erkennen, dachte Blix beindruckt und zugleich erstaunt. Er schüttelte den Kopf.

»Es ist nichts«, log er. Tatsächlich aber gab es einen düsteren Gedanken, der ihn verfolgte: Er sah keinen Weg, wie Lanzengeneral von Thurgau, selbst wenn er wieder auferstehen würde und selbst wenn er die Macht Askirs hinter sich hatte, die Hoffnung erfüllen konnte, die man hier in ihn setzte. Niemand konnte das. Und mochte er auch zehnmal der Engel des Todes sein, Blixens Ansicht nach brauchte es die direkte Hilfe der Götter, damit sich das Blatt in dem verlorenen Kampf um die Südreiche doch noch wendete.

Manchmal, dachte er, während er über Anlynn schmunzelte, die ihn und seine Rüstung soeben mit einem Krebs verglichen hatte, war er froh darüber, dass er keine Entscheidungen treffen musste. Er ging, wohin man es ihm befahl, und starb dort, wo das Reich es von ihm verlangte.

Das Geschick großer Reiche zu lenken, überließ er dankbar anderen.

»Dein Hauptmann hat eine Hand für Seras«, meinte Hauptmann Janos etwas später schmunzelnd zu Leandra und wies mit seinem Blick auf Blix hin, der Anlynn in den Sattel half. »Sie kann aus zehn Schritt aus dem Stand in ihren Sattel springen, aber schau, wie sie lächelt. Nur schade, dass daraus nichts wird.«

Nach einem kurzen Frühstück waren sie jetzt bereit zum Aufbruch. Janos hatte die Dritte Königliche geteilt. Vier von ihnen, unter dem Befehl von einem bärbeißigen Korporal, einem Veteranen, der den Eindruck erweckte, als hätte er alle Kriege der letzten tausend Jahre persönlich erlebt, sollten das tun, was sie am besten konnten: spähen und den Feind aufstöbern, bevor er sie bemerkte. Zwei andere, darunter die Späherin Anlynn und ein Mann mit Namen Odgar, sollten dagegen sie begleiten. Odgar war ein mittelgroßer schlanker Mann mit durchschnittlichen Gesichtszügen, mausgrauen Haaren und einer unauffälligen Art, die dazu einlud, ihn in dem Moment wieder zu vergessen, in dem man ihn sah. Er wirkte so harmlos wie ein Bauernjunge, der sich im Wald verirrt hatte. Anlynn hingegen wäre als Späherin, so meinte Janos, höchstens noch von Zokora zu übertreffen.

»Warum?«, fragte Leandra, während sie anritten. »Sie dient nicht unter Blix, also steht dem nichts im Wege.«

Sieglinde ritt an der Seite von Zokora, nahe genug, dass die beiden Seras miteinander flüstern konnten, Anlynn führte, mit dem Schwertmajor an ihrer Seite. Bruder Gerlon, dessen Arm dank eines Aufstrichs, den Zokora ihm bereitet hatte, wieder deutlich abgeschwollen war, ritt dahinter.

Janos, Leandra und Odgar bildeten den Schluss. Auch wenn sich Leandra ab und zu umsehen musste, um sich zu vergewissern, dass der mausgraue Mann tatsächlich noch hinter ihnen ritt.

»Das ist es nicht«, erklärte Janos leise. »Solche Dinge interessieren uns hier nicht. Es ist anders. Sie trägt den Fluch des Wolfsgotts in sich. Sie ist eine Werkreatur. Ein Fuchs, um genau zu sein. Nur dass es nichts an ihrem Fluch ändert. Wenn sie bei ihm liegt, besteht die Gefahr, dass er den nächsten Mond anheult. Dann hast du die längste Zeit einen Hauptmann gehabt.«

»Er ist ein Schwertmajor«, verbesserte Leandra den Hauptmann. »Das entspricht bei uns dem Rang eines Regimentskommandeurs. Wenn die Legion auf voller Stärke ist, wird er tausend Mann befehlen. Und ich habe einen Nordmann kennengelernt ... Angus heißt er und ist ein ganz und gar unerträglicher Mensch.« Sie seufzte. »Er ist wohl auch ein Werwolf. Wenn man seinen Worten glauben kann, hat er mit so vielen Frauen gelegen, dass er den Fluch über das halbe Kaiserreich getragen hätte, wenn das stimmen würde, was du sagst.«

»Man hat ihn nicht erschlagen?«, fragte Janos verwundert.

Leandra schüttelte schmunzelnd den Kopf. »Du müsstest ihn einmal kennenlernen«, sagte sie. »Er schert sich um nichts, stört sich nicht an Flöhen und versuchte unentwegt, mich, Zokora oder auch Helis zu verführen. Ein ungehobelter Klotz ... und offenbar dennoch ein treuer und loyaler Freund.« Sie seufzte. »Ich verstehe nicht, wie Havald es macht, dass ihm solche Leute folgen und bereit sind, für ihn zu sterben.«

»Dieser Angus hat sich uns im Kampf angeschlossen?«, fragte Janos interessiert.

»Nicht direkt«, lachte Leandra. »Er ist König der Varländer geworden und hat geschworen, die Allianz mit uns mit seinem Leben und Blut zu besiegeln und die Nekromantenhorde aus unseren Landen zu treiben ... auch alleine, wenn es denn sein muss.« Ihre Augen funkelten erheitert. »Nur dass er jetzt unter der Fuchtel seines Eheweibs steht, deren Wünsche er eilfertig von ihren Augen liest!«

»Was zumeist das Schicksal eines guten Mannes ist«, grinste Janos und schaute zu Sieglinde hin. Dann blieb sein Blick an Blix und der Späherin hängen. »Hier verhält es sich anders«, sagte er leise. »Du erinnerst dich an die Kreatur, die Havald erschlug. Diesen Unglückseligen, den dieser Anhänger in einen Wolfsmann verwandelte?«

»Ja«, sagte Leandra und schloss die Augen. Die Erinnerung war deutlich genug. »So schnell werde ich es nicht vergessen.«

»Es gibt eine Abart dieses Fluchs, ganz ohne einen solchen Anhänger. Man sagt, dass, wenn sie ihn dreimal küsst, er bereits verloren ist.«

Leandra drehte sich im Sattel um und war fast überrascht, diesen Mann, wie hieß er noch, hinter sich reiten zu sehen. »Sind das nicht Ammenmärchen?«, fragte sie, wieder an Janos gewandt.

»Nein«, antwortete dieser. »Nicht hier. Nicht in diesen Bergen. Warne deinen Hauptmann ... Schwertmajor. So sehr ich sie auch schätze, ihre Reize sind es nicht wert, dass einem in der Nacht ein Pelz wächst.« Er sah nach vorne und seufzte. »Sie wird es ihm erzählt haben, aber ich glaube nicht, dass er es ernst nimmt.«

Ganz vorne, an der Spitze des kleinen Zuges, lachte Zokora unvermittelt auf.

»Was ist?«, fragte Sieglinde neugierig. Sie hatte die dunkle Elfe länger nicht gesehen und fand sie nun verändert vor, freundlicher und zugänglicher als früher. Und voller Fragen. Was Sieglinde nicht störte, sie hatte selbst genug von ihnen. Sie mochte ihren Traum begraben haben, Bardin zu werden, dennoch reizte es sie, von Zokora Dinge zu erfahren, die diese in ihrem langen Leben gesehen und erlebt hatte. Die Dunkelelfe sah viele Sachen aus einem ganz eigenen Blickwinkel, der Sieglinde ungeheuer faszinierte, und jetzt, da sie offener und zugänglicher erschien, hielt sie sich auch nicht mehr damit zurück, nach diesem zu fragen.

»Janos empfahl soeben Leandra, dass sie den Major vor seiner Späherin warnen sollte«, schmunzelte Zokora. »Manchmal finde ich euch Menschen drollig. Aber es erinnert mich an etwas. Weißt du, was mit dem Wolfsamulett geschah?«

»Welchem Amulett?«

»Das, das Havald in einen Mannwolf verwandelte, als es in dem alten Tempel gegen Balthasar ging.«

»Ich weiß es nicht sicher«, sagte Sieglinde. »Aber ich glaube, Leandra hat es für ihn repariert, er trug es danach bei sich. Ich sah ihn das eine oder andere Mal, wie er mit der Silberkette in der Hand darüber grübelte, wie es seine Art ist. Sie schien ihn zu faszinieren. Soviel ich weiß, hat er sie aber nie wieder angelegt. Warum?«

»Nur eine Idee«, sagte Zokora. Sieglindes Pferd scheute, und auch Anlynn reckte plötzlich den Kopf in die Luft, als ob sie Witterung aufnehmen würde.

»Halt«, rief die Späherin leise und hob die Hand, um den Rest des kleinen Zugs zu warnen. »Hier ist etwas ...« Sie zog ihren Bogen aus der Hülle und legte einen Pfeil auf, während sie ihr unruhig tänzelndes Pferd nur mit den Schenkeln unter Kontrolle hielt. »Ein seltsamer Geruch ... und auch die Tiere sind verschreckt!«

»Es ist die Bestie«, erklärte Zokora ruhig. »Hinter der nächsten Biegung wird sie liegen.« Auch sie reckte jetzt den Hals und sah sich um, während eine feine Falte zwischen ihren Augen erschien. »Was nicht heißt, dass man nicht vorsichtig sein sollte«, fügte sie hinzu und glitt ohne weitere Worte von ihrem Pferd. In einer flüssigen Bewegung zog sie ihre schwarze, schlanke Klinge und rannte geduckt zum Waldrand hin, wo sie verschwand, als hätte es sie nie gegeben. Sieglinde sah auf ihre Hand hinab, welche mit einem Mal die Zügel von Zokoras Pferd hielt, und seufzte. »Irgendwie«, sagte sie wie zu sich selbst, während sie Eiswehrs Knauf berührte, »hatte ich vergessen, wie sie ist.«

Nur wenig später, als Janos, Anlynn und dieser andere Mann fassungslos den Kadaver der Bestie bestaunten, kam sie wieder aus dem Wald hervor. Sie trug ihr Schwert in der Scheide und schien nicht weiter beunruhigt. Wenn sie es denn jemals war, dachte Blix.

»Ein Jäger Thalaks ist in der Nähe«, teilte sie ihnen mit, »und hat den Bestienmeister unter dem Zeichen des dunklen Gotts bestattet.«

»Woher wisst Ihr, dass es einer der Jäger ist?«, fragte Blix.

»Weil neben dem Grab ein Haufen Vartramenkot zu finden war, deshalb.« Sie sprach etwas lauter, damit auch die anderen sie hören konnten. »Wenn wir auf ihn treffen, überlasst mir den Kampf mit ihm. Greift ihn nicht an. Er verfügt über das Talent der Täuschung und wird uns glauben machen wollen, dass er einer von uns ist, sodass wir uns dann selbst niedermetzeln.«

»So einer«, meinte Janos grimmig. »Ich überlasse ihn Euch gerne, Sera«, fügte er hinzu. »Das letzte Treffen mit einem von ihnen steckt auch mir noch in den Knochen.«

»Diese Vartramen«, sagte Anlynn. »Wie sehen sie aus?«

»Wie ein dreckiger Köter mit ölig wirkenden Schuppen anstelle eines ordentlichen göttergegebenen Fells und Flügeln, ähnlich denen einer Fledermaus«, erklärte Janos und runzelte die Stirn. »Ach ja, sechs Beine hat er auch.«

»Hm«, sagte Anlynn und strich über ihren Bogen, der dick genug erschien, um selbst einem Mann wie Janos Schwierigkeiten zu bereiten, geschweige denn einem zierlichen Geschöpf wie ihr. »Und was machen diese Vart…, diese Biester? Spüren sie für ihn seine Beute auf?«

»Der Jäger kann durch ihre Augen sehen«, erklärte Zokora.

Anlynn hob den Bogen an, zog ihn unmöglich weit aus und ließ den Pfeil fliegen, der in flachem Bogen im Unterholz des Waldes verschwand. Von weiter hinten, tiefer im Wald, ertönte ein fernes kurzes Fiepen.

»Jetzt nicht mehr«, sagte sie zufrieden und zog einen neuen Pfeil aus ihrem Köcher. »Ihr habt vergessen zu erwähnen, dass sie stinken.«

Janos grinste breit, als er sich zu Leandra hinüberbeugte. »Fluch oder nicht, ich *mag* sie! Sie ist viermal stärker, als sie aussieht, und mit ihrem Bogen nur von Varosch übertroffen.«

Sein Gesicht verdüsterte sich. »Was mich daran erinnert, dass es eine verdammte Schande ist, was mit ihm geschah. Was meinst du, sollte ich zu Zokora gehen und ihr sagen, dass es mir leidtut?«

»Das ist nicht nötig«, sagte Zokora von weiter vorne, was Janos dazu veranlasste, leise zu fluchen. »Ich vergaß«, grollte er, »was für große Ohren sie hat.«

»Sie sind nicht groß«, gab Zokora zurück. »Nur gut. Und was Varosch angeht...« Sie strich fast zärtlich über die große Armbrust, die an der Seite ihres Pferdes hing, »hege ich die Hoffnung, dass die Wege der Götter wahrhaft unergründlich sind.« Sie sah zu der Späherin hin. »Ein guter Schuss. Aber er wird sich gemerkt haben, wer ihn erschossen hat. Achte auf dich, damit er keine Rache üben kann.«

»Sie ist richtig fürsorglich geworden, nicht wahr?«, fragte Janos leise und fluchte erneut, als er Zokora lachen hörte.

»Ja«, sagte Leandra schmunzelnd. »So scheint es wohl. Du kannst aber auch den Bestienmeister dazu befragen, der im Wald begraben liegt, was er von ihrer Fürsorglichkeit gehalten hat.« Doch jetzt runzelte sie die Stirn. »Sag Zokora, kennst du den Grund, warum wir so vereinzelt angegriffen werden? Der Angriff mit dem Gift, dann diese Kriegsbestie ... Wenn dieser Corvulus uns tot sehen will, warum greift er uns dann nicht direkt mit seinen Soldaten an?«

Zokora zügelte ihr Pferd, sodass sie nun neben Leandra und Janos ritt.

»Die Antwort hast du dir doch selbst gegeben«, sagte sie grimmig.

»Er will uns nicht tot sehen?«, fragte Leandra.

Zokora nickte. »Das erscheint mir schlüssig. Er prüft uns, testet aus ... und ist recht erfolgreich darin. Er hat eine Kriegsbestie und fünf seiner Anhänger verloren, aber schau dir an, was er damit erreichte. Havald, dem hier jeder folgen würde, liegt wie tot in Soltars Haus, Blixens Lanze ist aufgehalten worden, er hat viele Dinge über uns herausgefunden, und zudem hat es uns mehr gekostet als ihn. Außerdem weißt du seit den Feuerinseln, was er will.«

»Was wäre das?«, fragte Leandra.

»Was Celan wollte. Dich.«

Der verwunschene Wald

18 Der Hauptmann hatte recht, dachte Blix, als er die dunkle Elfe verstohlen musterte, die sich nun mit ernstem Gesicht mit Leandra unterhielt. Irgendwann in den letzten Tagen war etwas geschehen, das die Sera Zokora verändert hatte. Es dauerte eine Weile, bis er es näher fassen konnte. Auch wenn sie es verborgen hatte, war es wohl doch so gewesen, dass sie um Varosch getrauert hatte. Auch wenn der Adept des Boron nur ein Mensch gewesen war, hatte er sie offensichtlich berührt. Seit ein paar Tagen schien die Trauer vergangen. Sie war immer noch genauso finster entschlossen, Thalaks Schergen zu vernichten, wo sie diese auch antraf, zugleich aber schien sie erleichtert. Und noch etwas anderes hatte sich an ihr verändert. Wo man vormals oft nur erahnen konnte, ob sie lächelte oder doch nur unbeteiligt dreinsah, war nun ihr Lächeln weit deutlicher, und er hatte sie sogar mehrfach lachen hören.

Während er dies dachte, sah sie plötzlich zu ihm hin. »Keine Angst, Major«, sagte sie, als ob sie seine Gedanken hätte erahnen können. »Was den dunklen Gott und seine Legionen angeht, war meine Klinge niemals schärfer. Ich will das Blut des dunklen Kaisers, und ich werde es bekommen!« Es klang wie ein Schwur, und die harte Entschlossenheit in ihren Augen erinnerte Blix mit Macht daran, dass es neben einer alten Magie auch genügend andere Gründe gab, die Dunkelelfe zu fürchten.

Weit war es nicht mehr nach Lassahndaar, und sie verhielten sich vorsichtig. Der Handelsweg, der von der Hafenstadt Melbaas aus ins Landesinnere führte, lag nicht weit entfernt, und sie mussten immer mit Streifen des Feindes rechnen. Eine andere Lektion, dachte Blix, war auch gelernt: Jeder der kleinen Gruppe suchte regelmäßig den Himmel ab. Doch bislang hatte sich keine weitere Wyvern sehen lassen.

Doch anderes sah man immer öfter, je näher man sich der Stadt annäherte: die Früchte Soltars an den Ästen der Bäume, die den Weg säumten. Manche hingen frisch dort, die Gesichter noch verzerrt und voller Verzweiflung, andere waren so lange tot, dass manches Gliedmaß bereits abgefallen war und auch den Krähen nicht mehr viel zum Picken übrig ließ. Er sah zu Anlynn hin, die neben ihm mit flinken Augen die Gegend absuchte, und schüttelte innerlich den Kopf über sich selbst. Da ritt er nun in den fast sicheren Tod, und dennoch fühlte er sich wohler als seit Langem zuvor. Viele Jahre hatte er in der Legion gedient, hatte fast vergessen, wie frei sich eine kleine Gruppe bewegen konnte. Jetzt aber trug er nicht an der Last der Verantwortung, die das Führen einer Lanze mit sich brachte, brauchte nicht zu entscheiden, musste nur mitreiten und sah sich so seltsamerweise imstande, die Schönheit des Tages wahrzunehmen, obwohl dort vorne schon wieder ein Baum diese toten Früchte trug, deren Anblick ihm zu schaffen machte.

»Weißt du, warum sie so viele erhängt haben?«, fragte er leise die Späherin, die nun auch zu dem Baum vor ihnen schaute und dann seufzte.

»Sie finden jeden Grund. Sie nennen es mangelnden Respekt, aber es reicht ein Blick oder auch nur der Umstand, dass man nicht schnell genug den Weg freigab. Wenn einer von ihnen fällt, hängen sie gleich zehn von uns.« Ihre feinen Züge zeigten einen ungeheuren Grimm. »Es lastet schwer auf mir«, fuhr sie dann fort und wischte sich schnell über die Augen. »Jedes Mal, wenn einer meiner Pfeile einen von ihnen zu ihrem unheiligen Gott schickt, weiß ich, dass zehn von uns ihm folgen werden. Es zermürbt einen jeden von uns, auch Hauptmann Janos sah ich schon vor einem dieser Bäume stehen und weinen. Er versucht uns daran zu erinnern, dass sie es waren, die in unser Land einfielen, und dass sie es sind, die diese Menschen töten. Dass es sein muss, wir ihre Kräfte binden müssen, Zweifel streuen und auch die Besatzer zittern lassen müssen, und doch …« Sie blickte zu dem Baum dort vorne und dann rasch zur Seite hin. Blix sah hilflos zu, wie ihre schlanken Schultern zuckten. Götter!, dachte er bedrückt. Was für eine Last! Dieser Hauptmann Janos war ein harter Kerl, auch wenn es ohne Zweifel stimmte, was er sagte.

Sie hatten den Wald inzwischen hinter sich gelassen, links und rechts des Weges erstreckten sich weite, fruchtbare Felder, die jedoch niemand mehr bestellte. Die Gehöfte, die man sah, schienen unberührt. Nur war dort niemand mehr am Leben.

Die Sonne schien, und diesmal war keiner der verfluchten Bäume mehr in Sicht, für einen Moment war es, als ob nichts die Idylle trüben könnte.

Dies war ein anderer Krieg, als Blix ihn kannte. Bislang hatte er seine Lanze gegen Banditen, Wegelagerer und hier und da gegen Aufständische und Rebellen geführt, aber im Großen und Ganzen war es eher selten, dass seine Lanze in den Kampf marschieren musste.

In all den Jahren, in denen er schon in der kaiserlichen Legion diente, hatte er bisher erst neun Menschen erschlagen müssen. Und immer war es so gewesen, dass er die Gesetze des Kaiserreichs auf seiner Seite wusste, sicher sein konnte, dass er die Ordnung hielt, die Menschen dankbar waren, wenn sie das Stampfen genagelter Stiefel hörten oder das Horn der Legion ertönte.

Unter den Gehenkten auf dem Wegesrand waren auch Kinder gewesen. Er hatte zu wissen geglaubt, was Pflicht von ihm fordern könnte, aber solches hatte er sich nicht ausgemalt!

Jetzt drehte er sich im Sattel um und sah zu Gerlon zurück, der mit hängendem Kopf zwei Pferdelängen hinter ihm und der Späherin ritt. Beim ersten Galgenbaum hatte Gerlon noch darauf bestehen wollen, den Toten einen Segen zu erteilen, und hatte sich nur widerwillig gefügt, als sowohl Leandra als auch Janos es ihm verwehrten.

»Jeder von ihnen hat bereits Gebete zum Geleit bekommen«, hatte der große Hauptmann überraschend sanft erklärt. »Von Vater, Mutter, Kindern, Verwandten oder einfach denen, die sie sehen. Wenn Ihr jeden segnen wollt, Bruder Gerlon, habt Ihr hier so viel zu tun, dass es bis zum Krieg der Götter reicht. Betet lieber für uns, und gebt uns Soltars Segen, wir brauchen ihn vielleicht noch dringender.«

Seitdem war der Priester immer mehr in sich gegangen, bis er kaum noch aufsah, wenn einer dieser verfluchten Soltarbäume am Wegesrand zu finden war. Seitdem sie als Kinder Freunde gewesen waren, waren viele Jahre vergangen, und doch hatte Gerlon sich kaum verändert. Man musste lang und weit suchen, dachte Blix bedrückt, bis man einen finden konnte, der ein größeres Herz besaß als sein alter Freund. Jetzt, als er zu ihm zurückschaute, sah er, wie die Schultern des jungen Priesters verhalten zuckten und er sich immer wieder über die Augen fuhr. Blix schaute weg, wieder nach vorne, und spürte, wie auch ihm die Augen feucht wurden. Hastig wischte er sie ab und fühlte überraschend Anlynns Hand auf seinem Arm. Er blinzelte hastig und schaute hin zu ihr. Sie hatte sich im Sattel zu ihm hin gebeugt und musterte ihn mit forschendem Blick.

»Es ehrt einen Krieger, wenn er weinen kann«, meinte sie dann leise, fast schon flüsternd. »Wenn es uns nicht mehr berührt, dann sollten wir den Kampf verlassen. Denn dann trennt uns nicht mehr viel von unserem Feind.«

Auch Hauptmann Janos hatte seine übliche gute Laune eingebüßt, und so ritt die kleine Gruppe schweigend daher. Schnell ritt man nicht, es würde die Pferde ermüden, doch das

Klappern der Hufe auf dem harten Untergrund hatte diesmal nicht die beruhigende Wirkung, die für Leandra sonst so häufig davon ausging. Denn die Maestra hatte ebenfalls Mühe, an sich zu halten. Die Toten auf den Ästen berührte sie mehr, als sie es wünschen konnte.

Dies sind alles deine Untertanen, dachte sie, während sie sich zwang, einem jeden dieser Opfer ins Gesicht zu schauen. Du hast geschworen, sie zu beschützen, gerecht über sie zu wachen. Sie alle blicken auf dich, sehen in dir Hoffnung und Zuversicht für ihre Zukunft. Dafür knien sie auf den Straßen und schließen dich in ihre Gebete ein! Dafür ziehen sie unter deinem Befehl in eine Schlacht, und dafür sterben sie: in der Hoffnung, dass es für die, die sie lieben, eine gerechte Zukunft gibt.

Für diese, die hier hingen, an denen die Krähen pickten, gab es keine Zukunft mehr. An ihnen hatte sie versagt, wie an Tausenden anderen auch. Götter, dachte sie und schloss die Augen. Wie musste es den Verteidigern der Kronstadt gehen, die jeden Tag ansehen mussten, wie die Dämonen Thalaks ihre Frauen und Kinder vor den Toren der Stadt auf Pfähle setzten. Wie musste es sein, die Schreie zu hören und zu wissen, dass man nichts tun konnte … außer aufzugeben. Dann weiter auszuharren, diesem Morden zuzusehen und nicht zu wanken … Götter, bat sie, gebt mir die Kraft und Weisheit, die Eleonora besaß, lasst mich weise handeln und das Richtige tun!

Linkerhand wichen die bestellten Felder wieder dichtem Wald. Ein Meilenstein zeigte sowohl die Entfernung zu Lassahndaar an, sechs Meilen noch, als auch, dass es sich bei diesem Wald um den Kronforst handelte. Dort also durfte nur der jagen, der adlig war und der Krone diente. Tat es ein anderer, war dies mitunter Grund genug, ihn zu hängen.

Ein Gesetz, das sie ändern sollte. Jemanden wegen eines Hasen zu Soltar zu schicken, der Gedanke erschien ihr nunmehr kleinlich, sie hoffte nur, dass der Wald jenen genug gab, die sich in ihm versteckten. Wenn es nach ihr ging, gönnte sie ihnen jeden Hasen, den sie fangen konnten.

»Es ist ein dichter, unberührter Wald, und man sagt ihm nach, dass die Fey ihn schützen«, hatte Janos in der Nacht erklärt, als sie leise besprochen hatten, wie sie nun verfahren sollten. »Vielleicht ist es tatsächlich so, denn es gibt Lichtungen dort, die geradezu verzaubert wirken, und es gibt Geschichten zuhauf über diesen Wald, von verwunschenen Plätzen, Steinen, die reden können, und manchem alten Zauber. Frag Sieglinde danach, sie kennt eine jede von ihnen. Der Wald reicht bis nah an die Stadtmauern von Lassahndaar heran, so nah, dass man in der Stadt kein Osttor baute, denn es würde in diesen Wald führen. Es muss etwas dran sein an diesen Geschichten«, hatte er in fast ehrfürchtigem Ton erzählt. »Denn unsere neuen Freunde aus Thalak versuchten schon mehrfach vergeblich, den Wald dort abzubrennen, wo er der Mauer nahe kommt. Bisher ohne Erfolg, wie man hört, denn welche Bäume auch immer man dort fällt, wie viel an Feuer man dort legt, wie sehr man die Erde mit Salz verwüsten will, bei Sonnenaufgang des nächsten Tages erscheint aus dem Nebel der Wald, wie er zuvor war, gänzlich unberührt von den Versuchen der Menschen. So soll es schon immer gewesen sein, vom Anfang aller Tage, und man versicherte mir, dass die Geschichten wahr sein sollen. Doch anders als viele verwunschene Wälder an anderen Orten gilt dieser hier als freundlich gegenüber Menschen, solange sie sich an die Regeln halten, die er ihnen vorgibt: Nur das fürs Feuer nehmen, was die Bäume fallen ließen, nur das jagen, was man zum Leben braucht, und den Wald mit Ehrfurcht behandeln. Tut man das nicht, verirrt man sich in ihm und kommt nicht wieder aus ihm heraus.« An dieser Stelle hatte Janos leise lachen müssen. »Es scheint, als ob die Herrschaften aus Thalak diese Regeln nicht kennen und sich so die Missgunst der Geister dort zugezogen haben. Der Wald ist wie eine Festung, die uns nährt und schützt, kaum mehr als einen Steinwurf von den Mauern Lassahndaars entfernt. Dies ist unser nächstes Ziel, dort warten andere auf uns, die uns helfen werden.«

Dies also war der Wald, von dem Janos gesprochen hatte. Hier lagen die kalten Flanken der Donnerberge weit entfernt, und der Frühling zeigte sich in satten, bunten Farben. Das Grün dieses Waldes war wie eine Verheißung, so dicht drängten sich die Kronen hoher Bäume, dass es schien, als ob kaum ein Licht durch das Blätterdach dringen könnte. Auch das Unterholz, weitaus höher und dichter, als sie es von anderen Wäldern kannte, schien wie eine lebende Mauer, die sich schützend vor das stellte, was sich in diesem Wald verbarg.

Vielleicht lag hier auch der Zugang zu dem alten Tempel, von dem die Eule Asela gesprochen hatte. Der Weltenstrom, den zu lenken sie hierhergekommen war, war für sie im Moment kaum mehr als eine ferne Ahnung, zu tief im Boden gelegen und zu undeutlich, um erkennen zu können, wohin er lief. Aber sie spürte seine Nähe wie einen trägen und gewaltigen Strom, der sich tief unter ihren Füßen durch das Erdreich wälzte. Erde, dachte sie. Das schwerste und zugleich auch mächtigste der Elemente. Sie hoffte nur, dass sie stark genug sein würde, um den Strom zu bändigen.

Während sie Janos die Führung überließen und langsam weiterritten, griff Leandra gedankenlos in eine Satteltasche und holte dort ein festes Brot heraus, das Sieglinde erst vor zwei Tagen in dem Ofen eines verlassenen Hofs gebacken hatte. Wilde Zwiebeln hatte sie hineingebacken, sodass es noch immer feucht und frisch war. Sie brach ein Stück ab und kaute, während sie versuchte, zu erkennen, wo der Zugang zu dem verwunschenen Wald sein mochte. Noch immer hatte sie sich nicht von der Begegnung mit der Bestie erholt, ermüdete rasch, konnte nichts gegen das Zittern ihrer Hände tun und verfluchte zudem noch immer mit jedem zweiten Gedanken den Piraten Marcus, während jeder erste ihm wider

Willen dankbar war: Ohne den Zorn, den er in ihr geschürt hatte, und ohne seine Warnung, Steinherz nicht zu berühren, wusste sie, dass sie das Biest nicht so hart hätte treffen können.

Janos hatte sich skeptisch gezeigt, als sie von ihrer Hoffnung sprach, diesen alten Tempel in dem Wald zu finden. »Es mag sein, doch ich glaube es nicht«, hatte er dazu gesagt. »Es ist schwer zu sagen, ob er dort ist, Bachläufe wie die, die du uns beschrieben hast, gibt es dort ein paar, aber es ist kaum möglich, den Wald zu durchsuchen, zu leicht kommt man vom Weg ab, zu oft irrt man nur umher und weiß nicht, ob man im Kreise geht, oder doch nur einem Pfad folgt. Ich weiß es nicht«, hatte er hinzugefügt. »Ich war bisher nur einmal dort. Doch mein Gefühl sagt mir, dass der Wald ein anderes Geheimnis birgt als jenes, das wir suchen. Der Tempel des Wolfsgottes, den wir damals unter den Donnerbergen fanden, war alt und leblos, gefüllt mit Magie, doch ohne Seele. Selbst diese verfluchten Zwerge waren alles andere als lebendig, nur zu lange auf den Beinen! Doch in diesem Wald gibt es etwas, das lebt und wacht und denkt und auf dich schaut, du spürst es mit jedem Schritt, den du zwischen den Bäumen tust, und mit jedem Sonnenstrahl, der dich durch das grüne Dach erreicht.« Lange hatte er geschwiegen und versonnen in das trübe Licht der Kohlen in der Feuerschale geschaut, bis er weitergesprochen hatte. »Ich weiß nicht, ob wir finden wollen, was sich dort verbirgt, doch in meinem tiefsten Inneren glaube ich nicht, dass es das Ziel unserer Reise sein wird. Ich fürchte, Leandra, dass wir den Tempel an anderem Ort suchen müssen. Aber etwas anderes kann er uns geben, dieser Wald, eine sichere Heimstatt, bis wir den Feind geschlagen haben.«

Den Feind zu schlagen, dachte Leandra jetzt, das war zu viel verlangt. Selbst wenn Blixens Lanze gegen den Feind bestehen würde und Lassahndaar befreien konnte, würde es nicht lange dauern, bis die nächste Legion des Feindes heranmarschierte, und dann war zu bezweifeln, dass er die Stadt so stehen lassen würde, wie sie jetzt noch stand. Es musste warten. Wie so vieles andere auch.

»Hier«, sagte Janos und nickte nach vorne, wo Anlynn, die Späherin, ihre schlanke Hand erhob und auf eine Stelle deutete, die nicht weniger undurchdringlich schien, als das wehrhafte Unterholz, das hier mit Dornen und scharfen Blättern den Waldrand schützte.

Es war, als ob der Wald sich ihnen öffnete, die scharfen Sträucher vor ihnen zurückwichen, als sie langsam einritten. Obwohl die mächtigen Bäume dicht an dicht zu stehen schienen, fand die zierliche Späherin den Weg hindurch, und etwas weiter hinein, dort, wo das Licht grün und geheimnisvoll zu schimmern schien, weitete sich der Wald vor ihnen und bot unter den mächtigen Baumkronen das Bild eines hohen Tempels, einens Orts der Wunder und des Glaubens. Still war es hier, das Klopfen der Hufe auf dem dichten Waldbogen war nur gedämpft zu hören, aber die Vögel zwitscherten, und dort stand äsend ein Reh und hob neugierig und ohne Furcht den Kopf, um die Eindringlinge wiederkäuend zu beäugen. Allzu sehr schienen die fremden Gestalten dem Reh nicht zu gefallen, denn es wanderte nun langsam und ohne Hast davon.

Jeder dieser Bäume hatte Jahrhunderte gesehen, die Luft roch nach Wald und Laub, nach Regen und fruchtbarem Boden, so dicht, so reich, wie sie es noch nicht kannte. Zugleich aber war es so, als ob sich diese grünen Mauern schützend um sie schlossen, als ob es eine Stimme gäbe, die davon sprach, dass kein Übel sie hier befallen würde, solange man dem Wald kein Übel tat.

Diese Regeln, dachte die Maestra, von denen der Hauptmann Janos gesprochen hatte, sie brauchten keine Tafel, auf der sie standen, man wurde ihrer gewahr, wenn man hier eindrang. Man verstand und fühlte, dass man hier nur eines war: ein geduldeter Gast. Aber vielleicht nicht nur geduldet, sondern auch willkommen, denn es dauerte nicht lange, bis sie einen kleinen Bachlauf fanden.

»Wir können hier rasten«, schlug Janos vor. »Der Wald erlaubt uns, ihn zu passieren, doch nur langsam, und es ist ein gutes Stück bis hin zu dem Lager unserer Freunde.« Er lächelte ein wenig. »Unsere Füchsin sagt, dass es gut wäre, das Geschenk des Waldes anzunehmen, so wüsste der Wald, dass wir ihn ehren. Wer bin ich, solchen Rat abzuwehren, wer sonst sollte es besser wissen als unsere kleine Späherin?« Janos schmunzelte, als er zu Sieglinde hinschaute, die den Wald um sich mit großen Augen betrachtete. »Abgesehen davon weiß ich, was Sieglinde dazu sagen würde: dass man auch nicht in vollem Galopp durch einen Tempel reitet!«

Lange hatten sie nicht vor zu rasten, hier ein Feuer zu entfachen schien ihnen allen falsch, und so füllten sie nur ihre Schläuche auf, ließen die Pferde ihren Durst stillen oder tranken selbst. Ein Fels, so dick mit Moos bewachsen, dass es einem Polster glich, lud zum Verweilen ein. Mit einem Seufzer der Erleichterung setzte sich Leandra, froh darum, dass ihre Beine sie so weit noch trugen, schwach und zittrig, wie sie sich immer noch fühlte.

Fast ungesehen gesellte sich Zokora zu ihr, nur ihre leise Stimme machte die Königin auf sie aufmerksam. Die Dunkelelfe saß am Boden neben ihr, den Rücken an den Stein gelehnt, und sah sich andächtig um.

»Ich hatte diesen Ort vergessen«, sagte sie mit Ehrfurcht. »Dies ist nicht mehr mein Land, hier gilt meine Stimme nicht. Und doch ist es mit uns verbunden, ich spüre es mit jeder Faser.«

»Ich weiß, was du meinst«, gab Leandra zu, während sie den Beutel öffnete, den sie aus der Satteltasche genommen hatte. Sie nahm ein Stück von Sieglindes Brot heraus und bot es der Dunkelelfe an, die schüttelte jedoch nur leicht den Kopf. Mehr für mich, dachte die Maestra und biss herzhaft hinein.

Die dunkle Elfe schien ungewöhnlich gesprächig. »Dieser Wald ist älter als meine Mutter. Älter noch als die, von der sie kam. Er stammt aus einer Zeit, da es nur das Volk der Elfen gab und wir uns noch nicht in hell und dunkel unterschieden.« Sie hielt ihre Hand zur Seite und hob sie wieder an, dort auf ihrem Handrücken saß nun eine Spinne, die beide zu betrachten schien, bis sie gemächlich einen Faden sponn und sich an diesem von der dunklen Hand abseilte, um rasch unter einem Blatt zu verschwinden. »Eine alte Macht ruht hier und schläft. Vergessen, aber nicht verloren.« Sie sah zu Leandra hoch, die den ungewöhnlichen Worten der Elfe wie gebannt lauschte. Fast hatte sie vergessen, dass sie ein Stück Brot gebrochen hatte. Jetzt aber aß sie weiter.

»Es mag sein, dass wir hier Hilfe finden können«, fuhr Zokora leise fort. »In unseren Legenden ist von einem Wald die Rede, bei dem es sich um diesen handeln müsste, von einem verwunschenen Ort, der unter dem Schutz einer alten Göttin steht. Eine, die vor uns kam.« Sie sah bedeutsam zu Leandra hin. »Eine der Alten, Leandra, eine derer, von denen ich vermute, dass du von ihnen kommst.«

»Wie meinst du das?«, fragte Leandra heiser und räusperte sich, während ihr durch den Kopf schoss, was Taride ihr auf dem Trutzturm der Donnerfeste erzählt hatte.

»Es kann sein, dass das, was wir hier finden können, wichtiger ist als das, was wir hier suchen wollten«, erklärte die Elfe und wiederholte so fast Janos Worte vom Vortag, nur mit anderer Bedeutung. »Was hier schläft und träumt und wacht, hat schon lange keine Stimme mehr gehört, die sie erwecken könnte. Der Wald hier, er lebt und nährt sich, wird wiedergeboren durch ihren schläfrigen Gedanken. Sie spürt uns, doch nimmt sie uns nicht wahr. Doch mit dir wird es anders sein. Wenn du sie findest, du vor sie trittst, dann glaube ich, dass sie dich hören wird. Vielleicht, aber nur vielleicht, wird sie auch erwachen.« Sie sah mit ernsten Augen zu Leandra hoch. »Sie schläft so lange schon, Leandra, dass nach einem Traum wie diesem, der so lange währt, dass die Gebirge ihre Form verändern, es schwer wird, in diese Welt zurückzufinden.

Doch wenn eine ihrer Art sie bittet zu erwachen, vielleicht wird sie es tun.«

»Und dann?«, fragte Leandra wie gebannt. Die leise Stimme der dunklen Elfe, der Wald um sie herum lud zum Flüstern ein, also tat sie genau das.

»Dann sage Ihr, dass sich Omagor erheben will, der Dunkle, der Schwarze und Verwüster der Seelen. Dann, Leandra, kann es sein, dass sie über die fährt, die ihm dienen, wie die Göttin, die sie einst war.« Zokoras Stimme senkte sich, bis auch sie kaum mehr als ein Flüstern war, kaum lauter als das Rascheln der Blätter im Wind. »Denn meine Furcht vor Omagor hat einen Ursprung, eine Angst, einen Schatten in unseren Legenden. Es kann sein, dass er schon einmal geschlagen wurde und sich dann doch wieder erhob. Wenn sie die ist, die hier liegt, von der ich hoffe, dass sie es ist, dann wird sie sich daran erinnern können, denn selbst die Steine in den tiefsten Höhlen meiner Heimat sprechen noch von ihr.«

»Wer ist sie?«, flüsterte Leandra.

»Sie ist es, die Astartes Tränen in den Himmel hob«, erklärte Zokora mit einer vor Ehrfurcht bebenden Stimme, die Leandra noch nie von ihr gehört hatte. Zugleich aber schloss sie ihre Hände über ihren flachen Bauch und schien einen Moment in sich zu lauschen. »Ihr Name ist auch für uns verloren, aber sie ist einst die gewesen, deren Mantel heute Astartes Schultern ziert, welche Solantes helle Schwester ist. Das Licht, das seit Anbeginn der Zeiten Hoffnung in der Dunkelheit versprach.«

»Und du meinst, ich kann, ich soll sie wecken?«, fragte Leandra ungläubig. »Eine Göttin?«

»Ja«, sagte Zokora und stand in einer fließenden Bewegung auf. »Wenn die Legenden wahr sind, wenn es dieser Wald ist, wenn sie hier ruht und sie es ist und sie dich hört, dann ja, Leandra, dann solltest du sie wecken.« Sie sah sich um, musterte die Bäume und das dichte Grün und seufzte.

»Die Schwierigkeit dürfte sein, sie zu finden. Denn es wird gesagt, dass man sie nicht suchen kann, dass man sie findet, ohne sie zu sehen, dass sie dort ist, wo du sie siehst, aber nicht selbst verweilst.«

»Verdammt!«, entfuhr es Leandra, und hinter ihr stoben Vögel auf, die an ihrem Ausbruch Anstoß nahmen. »Wie kommt es, dass diese Legenden niemals klar und deutlich sind, sich immer in Andeutungen ergehen und man jedem Rätsel mühsam die Zähne ziehen muss? Warum kann nicht ein einziges Mal etwas klar gesagt werden, sodass man einen Pfad hat, dem man folgen kann?«

Zokora folgte dem Flug der Vögel mit ihrem Blick, bis sie sich in den Baumkronen verloren, und sah dann lächelnd zu Leandra hin. »Sag, was meinst du, wäre es dann noch eine Legende, der man mit Ehrfurcht lauscht?« Sie lachte leise. »Die Götter wünschten es schon immer, dass sich die um sie bemühen, die sie verehren wollen. Dass man ihnen zeigt, dass sie es einem wert sind. Sie hier ist eine der Ersten, die es gab ... warum soll es bei ihr anders sein?« Sie wandte sich zum Gehen ab, doch Leandra hielt sie zurück.

»Zokora«, begann sie zögernd. »Wenn du sagst, dass sie eine der Alten ist, und du denkst, dass ich von ihnen abstamme, was bin ich dann? Auch eine Göttin?«

»Wir stammen alle von den Göttern ab«, schmunzelte Zokora. »Aber wenn du mich das Gleiche noch einmal in hunderttausend Jahren fragen kannst und du zwischenzeitlich die Welt nach deinen Wünschen formtest, dann wäre ich sicherlich geneigt, die Frage zu bejahen.«

Ein letztes schnelles Lächeln, dann war die dunkle Elfe verschwunden und ließ die Maestra auf ihrem Stein mit grüblerischen Gedanken zurück.

In der Ferne schälte sich eine schlanke Gestalt aus dem Schatten eines Baumes und zerrte ungehalten an ihrem Umhang, den ein Strauch mit seinen Dornen halten wollte. Dieser

Wald war ihr nicht freundlich gesonnen, ein unheimlicher Ort, mit Säulen, die keinen Himmel trugen, der fest und nah und dunkel war.

»Unvorsichtig bist du geworden, gehasste Schwester! Nicht einmal hast du geschaut, ob dir jemand folgt! In der Sonne bist du blind geworden, und du wirst es bereuen.« Ein anderer Strauch schien nach ihr zu greifen, und sie schlug ihn mit ihrem Stab zur Seite. »Deine Mutter wird nicht erfreut sein, dass du die Geheimnisse unseres Volks an einen Bastard verschwendest«, flüsterte sie erzürnt und ballte ihre Hände. »Wie sie denken kann, dass du es würdig bist, die Geschicke unseres Volkes zu lenken, verstehe ich nicht. Aber noch bist du nicht mehr als nur die Tochter. Warten wir, was die Mutter dazu sagen wird!«

Sie drehte sich um und ging, aber auch wenn ihre Füße keine Spur im Boden hinterließen, zerrten doch beständig Äste und Sträucher an ihr, versuchten gefallene Stämme, sie zu Fall zu bringen oder ihr den Weg zu versperren. Trugbilder lockten sie zu falschen Orten, und Stimmen flüsterten in ihren Ohren. Doch sie brauchte keine Sicht, um ihren Weg zu finden, sie folgte einer anderen Stimme. Als es ihr zu viel wurde, sprach sie ein dunkles Wort, und vor ihr wichen Baum und Strauch erschreckt zurück, denn nun hinterließ sie Spuren, fahle Flecken, verdorrt und tot, wohin sie ihre fein bestickten Stiefel setzte. Mit jedem Schritt zog sie mehr aus dem Leben dieses Orts, fiel das Moos ausgetrocknet von der verdorrten Rinde. Ein grimmiges Lächeln spielte um ihre Lippen, als sie den Waldrand erreichte, der sich hinter ihr schloss wie eine blutende Wunde. Sie sah zurück und lachte grimmig. »Wir brauchen keine Allianz mit den Sterblichen, Schwester! Wir besitzen bereits jede Macht, die nötig ist, um das zu schützen, was uns gehört! Man muss sie nur zu nutzen wissen.«

Sie richtete sich auf und wollte gehen, als sie in der Ferne Hufschlag hörte. Wie dumm die Menschen doch sind, dachte sie und lächelte grimmig. Da reiten sie auf diesen seltsamen Tieren in den Kampf und denken, sie hätten dadurch einen Vorteil.

Es waren nur vier. Sie trugen diese ledernen Rüstungen und gehörten diesem anderen Menschenstamm an, gegen den Zokora in den Krieg ziehen wollte. Sie sollte ihr dankbar sein, wenn sie diese nahm. Doch sie hatte bereits Sklaven genug, also zögerte sie einen Moment. Dann lachte sie erheitert auf. Was brauchte sie denn einen Grund, um das zu tun, was ihr Recht war? Keinen Grund zu haben, war nicht genug. Sie dachte an die Bäume zurück, die sie auf ihrem Weg hierher mit Toten behangen vorgefunden hatte.

»Wenn Ihr es liebt, solche Zeichen zu setzen, dann bin ich bereit, euch zu zeigen, wie es richtig geht!« Sie hob ihren Stab und dort, wo eben noch eine Spruchweberin der Elfen gestanden hatte, wartete nun ein altes Weib auf ihre Opfer. Diese Verkleidung hatte ihr schon oftmals gute Dienste erwiesen. Kalte, knochige Hände und ein Wort woben Magie und ließen einen Apfel entstehen, den sie sorgsam polierte und bewundernd hochhielt. Fast echt genug, um einen Baum damit zu pflanzen!

Lass uns spielen, dachte sie und setzte sich an den Wegesrand. Wenn ihr einer Greisin einen solchen schönen Apfel gönnt, dann lasse ich euch leben. Wenn nicht, dann werdet ihr mein Apfel sein!

Wiesels Traum

19 Wiesel öffnete ein Auge, stöhnte auf und war versucht, seinen Kopf wieder unter dem Kissen zu begraben. In Anbetracht der Umstände schien ihm das eine schlechte Idee, also richtete er sich auf und gähnte. Schlimm genug, dass er von ihr geträumt hatte, doch sie hier sitzen zu sehen, setzte dem Ganzen die Krone auf.

»Was tust du denn hier«, fragte er scheinbar schläfrig seinen ungebetenen Gast, während er darüber nachdachte, wie sie es vermocht hatte, durch diese Tür zu kommen, ohne dass ihn das Glöckchen am Riegel gewarnt hatte.

»Du hast schon immer zu lange geschlafen«, meinte Marla, die auf seinem besten Stuhl am Tisch saß und gedankenverloren mit ein paar Münzen spielte, die er am Vorabend gewonnen hatte. Die dunkle Priesterin war ähnlich gekleidet wie vor zwei Nächten, nur dass ihr Ausschnitt heute noch tiefer war und die Seiten ihres festen Busens zur Schau stellten.

Die Art, wie sie ihn mit ihren dunklen Augen musterte, gefiel Wiesel gar nicht, und er zog sich hastig die Decke über den Schoß, was sie nicht daran hinderte, ihren Blick über seine blanke Brust gleiten zu lassen, als wäre sie die Katze und er das Töpfchen Rahm.

Bei Borons Bart, dachte er erbost. Dies ist das zweite Mal, dass sie ihn so erwischte, langsam war das Grund genug, an seinem eigenen Ruf zu zweifeln!

»Komme herein und setze dich«, sagte er bissig. »Fühle dich wie zu Hause.« Er wies mit einem Blick zu der halben Flasche Wein hin, die mitsamt einem fein getriebenen goldenen Becher auf dem Tisch stand. »Nimm einen Schluck, lass uns trinken und fröhlich sein!« Seine Augen bohrten sich in ihre. »Das nächste Mal klopfst du an, oder, bei allen Göttern, Ratten und Schatten oder nicht, du wirst es bereuen!«

»Ach, Wiesel«, meinte sie und lehnte sich bequem zurück. »Ist das ein Dolch, den du unter deiner Decke gefunden hast, oder freust du dich doch, mich zu sehen?« Ihre Hand hob eine der Münzen an, die kurz dort schwebte und dann langsam anfing, sich in der Luft zu drehen. Licht und Schatten vermischten sich in dem Metall und ließen Wiesel blinzeln.

»Versuche nicht, mich zu bezaubern«, knurrte er. Sei's drum, dachte er erbost. Soll sie sehen, was sie will! Er stand auf, ließ

Decke Decke sein und ging hinüber zu dem anderen Stuhl, auf dem seine Hose lag. Er zog sie an und gab sich Mühe, dabei nicht allzu hastig zu wirken.

»Wissen deine anderen Eroberungen, welches Temperament sich in dir verbirgt, Wiesel?«, fragte Marla, während ihr Blick genüsslich über ihn streifte. »Gibt es andere, die wissen, wie man dich so erzürnen kann, dass du dich kaum mehr zu beherrschen vermagst? Die dich dazu bringen, sie zu reiten, als wolltest du sie mit deinem Fleisch erdolchen?«

»Die Lust auf solches Spiel ist mir vergangen«, schnaubte Wiesel, setzte sich auf den anderen Stuhl und griff nach der Flasche. Fast wie zufällig glitten die Finger seiner anderen Hand unter die Tischkante.

»Wenn du dort deinen Dolch suchst, der ist nicht da«, erklärte sie ihm lächelnd. »Auch die anderen sind nicht an ihrem Ort ... ich will doch nicht, dass Missverständnisse entstehen! Übrigens«, fuhr sie spöttisch fort, »solltest du dir überlegen, ob du nicht besser neue Orte suchst, um Dinge zu verstecken.«

Ein guter Ort für einen Dolch wäre auch ihr schwarzes Herz, dachte Wiesel grimmig und zwang sich zur Ruhe. Ein Blick auf das Fenster verriet ihm, dass hinter den Lamellen des Fensterladens gerade das Morgenrot aufzog ... es war deutlich zu früh für ihn, um bereits klare Gedanken fassen zu können. Sie war zu nahe, ihr Geruch alleine weckte Erinnerungen, die er nicht mehr haben wollte.

Vielleicht erging es ihr ähnlich, denn sie stand nun auf und ging hinüber zu dem Bett, das er eben verlassen hatte. Selbst auf diesen zwei kurzen Schritten gelang es ihr, die Hüfte verführerisch zu schwingen.

»Noch warm«, schnurrte sie wie eine Katze. »Ich glaube gar, das ist noch das gleiche Bett ... schau, dort sieht man noch die Zahnabdrücke in dem Holz.« Sachte strich sie über die Spuren. »Wie oft habe ich hier hineingebissen, um nicht zu schreien. Weißt du noch, was du mit mir gemacht hast, um mich schreien zu lassen? Und doch war ich still. Keine Schreie für uns, nur das Zittern meiner Flanken, um dir zu zeigen, wie du mich berührst! Still, auch wenn ich schreien wollte. Dir zuliebe. Damit niemand mitbekam, was wir hier trieben. Geschämt hast du dich für mich. Wegen deiner geliebten Schwester. Sie sollte nichts von uns erfahren. Sag, hat sie denn noch Zeit für dich? Oder ist es jetzt schon so, dass du hinten anstehst, hinter all den neuen Pflichten, die sie hat, und anderen Dringlichkeiten?«

»Sie hat Zeit genug für mich«, knurrte Wiesel und schob die Erinnerungen beiseite, auch wenn es ihm schwerfiel. Er griff die Münze aus der Luft und knallte sie auf den Tisch. Und fluchte, als Eiseskälte ihm fast die Finger verbrannte.

»Ich habe dich geliebt«, sagte sie nun leise.

»Ja. Sicherlich!«, fauchte Wiesel erzürnt. »Was ist das für eine Liebe, die Schmerzen will statt Küsse? Die Dämonen in einem Menschen schürt, ihn fordert, ihnen freien Lauf zu lassen? Wie soll das Liebe sein, wenn es dich erregt, wenn man dir das Leben aus dem Halse presst? Nein!«, sagte er rau. »Liebe war das nicht! Ein Dämon, der einen besitzt, eine Leidenschaft des Hasses vielleicht … aber das Liebe zu nennen, vergeht sich an Astarte!« Er funkelte sie wütend an. »Und doch habe ich auf dich geachtet, dafür gesorgt, dass es das Maß nicht verlor, und als ich dich gehen ließ, warst du besser gestellt als je zuvor.«

»Ja«, sagte sie in einem seltsamen Ton. »Du hast auf mich geachtet. Vielleicht war dies dein Fehler, Wiesel. Vielleicht hättest du mich zu Tode würgen sollen, als du die Gelegenheit dazu hattest.« Sie trat wieder an ihn heran und beugte sich etwas nieder, um dann den Kragen ihres Kleides mit Gewalt aufzureißen, sodass ihr schlanker Hals und ihre Brust blass und verletzlich vor ihm lagen. »Hier«, sagte sie mit belegter Stimme und ergriff seine Hände, um sie an ihren Hals zu legen. »Hole es nach. Drücke zu, und erlöse die Welt von einer Priesterin des Namenlosen … eine Statue wird man dir zum

Dank errichten, wenn man davon erfährt!« Ein Stöhnen entfuhr ihr, und ihre Augen hatten diesen fiebrigen Glanz, den Wiesel schon immer gefürchtet hatte.

Wiesel riss seine Hände von ihr los, als hätte ihre warme Haut ihn verbrannt, und sprang so schnell zurück, dass er den Stuhl umwarf, auf dem er gesessen hatte. »Götter!«, fluchte er. »Du bist von Sinnen!«

»Wieso?«, lächelte sie und fuhr sich mit der Zunge über die Lippen, während ihr brennender Blick ihn bannte. »Bin ich nicht eine, die den Tod verdient hat? An den Füßen am Galgen baumelnd, die Adern aufgeschlitzt, danach mein Kopf mir abgeschlagen und gebrandmarkt? Das ist doch das Schicksal, das eine wie ich sich ausgesucht hat, nicht wahr? Tue der Welt einen Gefallen ... du brauchst nicht einmal deine Dolche dazu!«

»Nein«, keuchte Wiesel und wich noch mehr vor ihr zurück, bis er sich fast mit dem Rücken an das Fenster drückte. »Ich bin kein Mörder.«

»Ja«, sagte sie leise. »Das bist du nicht. Aber es wäre mir lieber gewesen, hättest du mich gemordet. Nie zuvor wurde ich so gedemütigt.« Sie lachte bitter. »Und glaube mir, darin haben sich schon andere versucht.«

»War es nicht das, was du wolltest?«, setzte Wiesel brutal nach. »Das war es doch, was deine Dämonen weckte, das, was du gesucht hast! Du hast es bekommen, willst du dich jetzt gar beschweren?«

Ein Schaudern schien sie zu überlaufen, dann holte sie tief Luft, und die Glut in ihren Augen erlosch, dafür kehrte die Kälte zurück, die er so unerträglich fand. Aber es war die Glut gewesen, die ihn damals so geängstigt hatte.

»Gut gemacht, Wiesel«, sagte sie mit einer Spur von Bitterkeit in ihrer Stimme. »Setze nach. Verachte mich. Keiner kommt dir darin an Meisterschaft auch nur nahe!« Doch dann lächelte sie und sah an ihm herab. »Oder versuchst du doch, mich zu täuschen?«

»Was mein Fleisch will und was mein Wille ist, sind zwei verschiedene Dinge«, sagte Wiesel grob und verfluchte ebenjenes Fleisch. Schwer atmend fuhr er sich durch sein Haar, stellte fest, dass er es offen trug, und suchte hastig ein Band, um es zu binden.

Sie sah wortlos zu und seufzte dann.

»Wiesel«, sagte sie leise. »Ich bin nicht dein Feind. Ich kann es nicht sein, selbst wenn ich es wollte.« Sie wies anklagend auf das Bett. »Dort hast du mich gebrandmarkt, und daran wird sich nichts ändern, wenn wir beide alt und grau sind. Wenn wir es denn werden«, fügte sie mit belegter Stimme hinzu.

»Und was ist mit den Ratten?«, fragte Wiesel barsch. »War das auch nur Ausdruck deiner Verehrung?«

»Nein«, sagte sie. »Das war, weil du über meinen Gott gelacht hast. Das kann ich nicht dulden. Wenn du mich zwingst, werde ich seine Hand sein, die dich züchtigt. Und weinen dabei.«

»Du kennst nur einen Grund für Tränen«, schnaubte Wiesel. »Und den bekommst du nicht von mir.«

»Autsch«, sagte sie leise. »So scharfsinnig, wie du sonst bist, so blind kannst du in anderen Dingen sein.« Sie sah an sich herab, seufzte und ordnete ihre Kleidung. Ein Stück war abgerissen und unwillkürlich sponn sie aus ihren Fingerspitzen einen schwarzen Faden, der den Stoff wieder hielt.

Sie zog den anderen Stuhl zu sich heran, gut zwei Schritt von ihm entfernt, und setzte sich, legte beide Hände züchtig in den Schoß. »Besser so?«, fragte sie, und wenn Spott in ihrer Stimme verborgen lag, dann konnte er ihn nicht finden.

Jetzt war es an Wiesel zu seufzen.

»Ja«, sagte er. Er trat an den Fensterladen heran und stieß ihn auf, sodass Soltars Licht den Raum flutete. Sie blinzelte gegen das Licht und lächelte, als würde sie einen Witz kennen, der ihm unbekannt bleiben würde.

»Schau«, lächelte sie und hob kurz die Hände, um sie wieder züchtig fallen zu lassen. »Kein Rauch, keine Schwaden, und ich zerfalle auch nicht vor seinem Angesicht.« Sie suchte seinen Blick. »Ich bin nicht gekommen, um zu streiten, Wiesel.«

»Und was sollte dann dies alles?«, fragte Wiesel und nahm jetzt endlich einen Schluck aus seinem Becher. Wenn sie mich vergiftet hat, dachte er bitter, dann soll es so sein. Er trank gierig und setzte den Becher mit einem Knall ab, bevor er den anderen Stuhl zu sich zog und sich rittlings auf ihn setzte, die Arme auf die Lehne gestützt.

»Dies alles«, sagte sie leise, »War einfach nur eine Versuchung, der ich nicht widerstehen konnte. Eine Erinnerung an eine Zeit, in der alles einfacher schien und klarer. Und doch nicht war.« Sie sah fast schon traurig drein, als sie weitersprach. »Ich verstand es nicht, Wiesel. Je mehr ich tat, um dich an mich zu binden, je mehr ich von mir gab, umso weiter hast du mich zurückgestoßen.«

»Verstehst du es denn jetzt?«, fragte er rau.

»Ja«, antwortete sie schwer. »Nicht, dass es mir half, denselben Fehler nicht zu wiederholen. Wie man ja sehen konnte. Aber du verstehst es nicht, und ich habe die Hoffnung aufgegeben, dass du es verstehen wirst. Also lass uns das beenden. Ich bin aus anderem Grund hier.«

»Was auch immer du meinst«, grollte Wiesel und nahm einen weiteren Schluck. Wein am Morgen bringt nur Sorgen, dachte er grimmig. Aber wenn sie schon auf einem Stuhl vor dir sitzen, kommt es darauf auch nicht mehr an.

»Gut«, sagte sie und schien sich zu sammeln. Als sie weitersprach, waren ihre Augen klar und ruhig. Und kühl. »Hast du meine Nachricht überbracht?«

»Ja«, antwortete Wiesel. »Bruder Jon nahm es gelassen auf. Aber Schwester Ainde sprang mir fast ins Gesicht dabei. Sie scheint dich nicht zu mögen«, fügte er spöttisch hinzu.

»Ich kann sie auch nicht leiden«, gab Marla ungerührt zurück. »Wenn sie die Tore des Tempels öffnen, um Astarte mit ihrem Fleisch zu ehren, liegt sie gleich als Erste auf dem Altar.« Sie zog eine Augenbraue hoch. »Hast du auch schon bei Ihr gelegen?«

»Nein«, sagte Wiesel und zwang sich zur Ruhe. »Ich gehe nicht auf dieses Fest.«

»Es ist ein Gottesdienst für sie«, lächelte sie spöttisch. »Da braucht es keine Tempeltage.«

»Wollten wir das nicht lassen?«, knurrte er. »Bruder Portus schwor, dass es mehr als nur die Worte eines Diebes braucht, um nicht bei dem Gedanken an dich zu seinem Kriegshammer zu greifen. Er konnte es kaum glauben, dass ich erst kürzlich Borons Segen erhalten habe und es nichts zu beichten gab! Er hätte wohl zu gerne etwas gefunden.«

»Er ist wahrlich nachtragend«, nickte sie. »Wir kamen uns einmal näher. Er wusste nicht, wer ich war, und schien mehr als versucht, seinen Hammer zu schwingen. Den anderen«, lächelte sie und fuhr sich mit der Zunge über ihre weißen Zähne. »Er war nicht erfreut, als ich ihm sagte, welchem Gott er damit opfern würde. Wenn auch ein klein wenig anders als bei Astarte.«

»So wird das nichts«, sagte Wiesel rau. »Lass diese Anspielungen sein oder geh.« Er wies auf die Tür. »Ich nehme an, du findest deinen Weg hinaus?«

Marla sah über ihre Schulter zur Tür und wieder zu Wiesel zurück. »Ja. Ich weiß, wo die Tür ist«, sagte sie gefasst. »Es waren keine Anspielungen, Wiesel. Es ist die Wahrheit.«

»Von mir aus«, meinte Wiesel. »Ich habe mit ihnen nichts zu tun. Also ja, ich habe deinen Botengang verrichtet. Gibt es sonst noch etwas, das du wissen willst?«

»Was braucht es«, sagte sie langsam, »damit du mir vertraust?«

»Da gibt es nichts.«

»Und wenn ich dir sage, dass es dieses Vertrauen aber braucht, damit ihr den Nekromanten fassen könnt, der den Lanzengeneral ermorden ließ?«

»Götter!«, fluchte Wiesel. »Warum soll denn immer alles an mir hängen? Es gibt sicher andere, die dir vertrauen, Marla. Nimm einen von ihnen und schick ihn, dein Werk zu tun!«

»Könnte ich es, würde ich es tun«, teilte sie ihm ruhig mit. »Aber es ist nicht meine Entscheidung.«

»Hat etwa der Namenlose dir gesagt, du sollst zu mir kommen?«, schnaubte Wiesel ungläubig.

»Ja«, sagte sie, sah auf ihre Hände herab, die noch immer ruhig in ihrem Schoß lagen, und wandte ihren Blick dann wieder Wiesel zu. »Genau das hat er getan.«

Teir'na'do

20 »Du warst schon öfter hier?«, fragte Blix Anlynn, als diese die kleine Gruppe tiefer in den verwunschenen Wald führte.

Die zierliche Späherin nickte. »Ich hielt Verbindung zu der Gruppe hier. Für mich ist das auch kaum gefährlich. Ein Fuchs interessiert die Streifen der dunklen Legion nur wenig, auch wenn einer mal nach mir geschossen hat.« Sie schmunzelte etwas. »In der Nähe der Stadt ist es schwieriger. Da sind es nicht die Soldaten Thalaks, um die ich mich sorgen muss, sondern die Bürger, die Angst um ihre Hühner haben!«

»Wie ist es so, ein Fuchs zu sein?«, fragte Blix neugierig, während er sein Pferd zwischen zwei mächtigen Bäumen hindurchführte, die unwirklich hoch in den Himmel ragten. An Durchmesser übertrafen sie bei Weitem alles, was er zuvor gesehen hatte, offenbar führte Anlynn sie nun in den ältesten Teil des Waldes.

»Andere Farben«, erklärte sie. »Und bunte Gerüche. Es ist alles intensiver, unmittelbarer, und die leisesten Geräusche tun den Ohren weh.« Sie lachte etwas. »Trage ich einen Pelz, bin ich ein kleiner Feigling. Die Füchsin will sich immer ganz sicher sein, bevor sie sich etwas traut.« Ihr Gesicht verdunkelte sich ein wenig. »Manchmal braucht es aber Mut. Dann zittert sie wie Espenlaub, wenn ich sie dazu zwinge, meinen Willen zu tun.«

»Du sprichst von ihr, als wäre sie eine andere.«

»So ist es auch. Sie ist eine Füchsin, und ich sitze nur bei ihr auf. Ich flüstere ihr meinen Willen ein. Für sie ist vieles nicht verständlich, was ich von ihr will. Ihre Welt ist eine andere, mit Spuren und vielen Verlockungen, die ich jetzt nicht erklären will. Und wenn sie mutig für mich ist und dabei doch so fürchterlich viel Angst hat, dann schmerzt es mich, dass ich sie kaum dafür belohnen kann. Wenn dann doch etwas geschieht«, fuhr sie leise fort, »Wie an dem Tag, als der Bolzen uns getroffen hat, dann bricht es mir das Herz. Denn sie kennt kein Mitleid mit sich selbst, sie nimmt es, wie es gekommen ist.« Sie lächelte ein wenig. »Und sie ist so schlau, wie man es ihnen nachsagt. Sie sieht Dinge und ahnt sie, die ich so gar nicht sehen kann. Und wenn die Sera Zokora recht hat, hat mein kleiner Freund mein Leben gerettet.«

»Wie das?«, fragte Blix der sich von ihrer Schilderung seltsam gerührt fühlte. Fast schien es ihm, als ob er die scheue Füchsin sehen könnte.

»Was meinst du«, sagte sie mit einem Blick zu den anderen zurück. »Hätten sie mich leben lassen, wenn ich ein Wolf gewesen wäre und nicht ein Rotpelz, der so klein und ängstlich ist?«

Blix hatte von dem Lager gehört, das sich hier im Wald befinden sollte. Was er sich darunter vorgestellt hatte, waren ein paar Zelte und einige ausgemergelte Gestalten, die sich mehr schlecht als recht versorgen konnten.

Was er vorfand und nun mit staunenden Augen begaffte, war etwas anderes.

»Sie nennen es *Tir'ni'do*«, erklärte Anlynn mit einem gewissen Stolz in ihrer Stimme. »Das ist angeblich Elfisch für …«

»Die Stadt im Wald«, ergänzte Zokora, die soeben wie ein Schatten neben ihnen auftauchte. Auch sie schien erstaunt, und es konnte sein, dass sie lächelte. »Nur wäre es dann *Teir'na'do*. Wenn man auf Kleinigkeiten Wert legen will.«

»Egal, wie es heißt, es ist beeindruckend«, entschied Blix.

Das war es in der Tat. Anstelle der wenigen, die er sich vorgestellt hatte, lebten hier bestimmt fünfhundert oder mehr, und sie hatten sich an die Regeln des Waldes gehalten.

Eine Lichtung mit fünf mächtigen Bäumen um sie herum und ein paar kleineren, die vereinzelt standen, hatte ihnen als Grundlage gedient. Sie mussten den Wald im weiten Umkreis abgesucht haben, um die vielen gefallenen Äste zu finden, die sie geschickt mit geflochtenen Gräsern oder Seilen verbunden hatten. Lehm und Gras hatten die Spalten gefüllt, und große, mit Steinen beschwerte Blätter bedeckten die Hütten. Es sah ungewöhnlich aus, fast, als wäre alles hier gewachsen, und an keinem lebenden Holz war auch nur die Spur eines Axthiebs zu erkennen.

Es war keine Zuflucht, sondern ein kleines Dorf, das hier im Wald entstanden war und nun die Lichtung fast ausfüllte, mit Wegen, die mit Fallholz gepflastert waren, und anderen, die sich in der Höhe quer über die Lichtung spannten, denn auch in die Höhe hatten die Flüchtlinge gebaut. Bei dem Anblick mancher Hütte, die sich in eine mächtige Astgabel schmiegte, war sich Blix nicht so sicher, ob er sie jemals würde betreten wollen, aber all dies nötigte ihm tiefen Respekt ab.

Kinder liefen ihnen lachend entgegen, und als sie Anlynn sahen, wurde diese belagert, bis sie ihnen aus ihrer Tasche ein paar Nüsse gab. Nach einiger Zeit schien sich ihre Ankunft herumgesprochen zu haben, denn von überall her kamen die Menschen aus diesen wundersamen Häusern heraus, um ehrfürchtig die Eine zu begrüßen, auf die sie gewartet hatten.

Erst hatte sich die Menge versammelt, und dann, als ihre

kleine Gruppe näher kam, war es, als ob eine Welle durch die Menge ging, und sie alle sanken auf ein Knie nieder und neigten ihre Häupter.

Leandra stand da, die Zügel ihres Pferdes in der Hand, während zwei der kleineren Kinder an ihrem Umhang zupften. Entweder weil sie Aufmerksamkeit forderten oder weil sie solchen Stoff noch nicht gesehen hatten.

»Götter«, flüsterte sie zu Janos hin. »Hilf mir, ich habe damit nicht gerechnet!« Janos lachte, sodass die meisten verstohlen zu ihm blickten.

»Da kann ich dir nicht helfen«, grinste er. »Du bist die Königin … sei einfach königlich.«

»Noch trage ich die Krone nicht«, widersprach sie flüsternd.

»Doch«, sagte Janos. »Du trägst sie bereits. Unsichtbar. Denn sie ist in ihren Herzen.« Jetzt schmunzelte er. »Sag irgendetwas. Egal, wie wenig geistreich, sie werden es großartig finden.«

»Danke«, zischte sie. »Du hast mir sehr geholfen.«

Doch es war Gerlon, der sich ihrer erbarmte und nun vortrat.

»Dies ist Leandra di Girancourt, Maestra der Künste, an Steinherz gebunden, das Schwert des Reiches«, begann er mit geübter Stimme, die bei einer Predigt auch die letzten Winkel eines großen Tempels füllen musste. »Sie ist es, welche Königin Eleonora zu ihrem Nachfolger erwählte. Sie wird sich gegen jene stellen, die einem toten Gott dienen wollen, und die strafen, die sie sich gegen den Willen der Götter vergangen haben.« Er sah verstohlen und fragend zu ihr hin, und sie nickte, er hatte ihr Zeit genug gegeben, sich zu sammeln.

»Im Namen Soltars sollt ihr gesegnet sein, die, die ihr als Erste eure Königin willkommen heißen könnt«, fügte er hinzu und deutete Leandra gegenüber eine leichte Verbeugung an.

Ein Raunen durchlief die Menge, als die Maestra Janos die

Zügel in die Hand drückte und vortrat. Ihre Hände zuckten nervös zu Steinherz hin, doch dann stand sie gerade und sprach mit klarer Stimme.

»Mein Name ist Leandra. Ich habe auf Steinherz geschworen, diese Lande mit meinem Leben zu verteidigen und nach dem Willen der Götter in Weisheit zu regieren. Erhebt euch und lasst uns ein, sodass wir uns begrüßen können. Ich verspreche euch, es wird sich ein Weg finden, die zu schlagen, die uns schaden wollen.«

Dafür, dass es nur ein paar Hundert waren, dachte Blix schmunzelnd, war der Lärm, der bei den Hurra- und »Möge sie ewig leben«-Rufen ausbrach, doch recht beachtlich. Er sah zu der Maestra hin, die sich nun niederkniete, zu den Kindern, die sie sofort umringten, nachdem die Eltern sie losgelassen hatten, um ihr die Hände zu reichen. Er sah, wie heftig sie schluckte, und erinnerte sich an die Bedenken, die Anlynn geäußert hatte.

Er sah zu der Füchsin hin. »Nun«, sagte er gerade so laut, dass sie ihn über die Rufe hören konnte, »meinst du noch immer, es besteht die Gefahr, dass sie ein kühles Herz besitzt?«

»Ich hoffe nicht«, antwortete die Späherin ernst. »Doch solange sie Steinherz trägt, besteht die Gefahr, dass es erkaltet.« Sie seufzte vernehmbar. »Vor allem, wenn es nötig wird, ein Herz aus Eis zu haben.«

Blix sah zu der Königin hin, die fast in dem Schwarm der Kinder unterzugehen drohte, und war nah daran, selbst zu seufzen. Ein Herz aus Eis. Es brauchte dazu kein Bannschwert oder andere Magie. Es brauchte nur die Gräuel eines Krieges, um selbst ein warmes Herz erfrieren zu lassen.

»Die Götter mögen mit ihr sein«, flüsterte er und hörte Anlynns leises Amen.

»Ich werde ein Lied darüber schreiben«, lachte Sieglinde etwas später, als ein wenig Ruhe eingekehrt war. Sie sah zu den Hütten hoch, die in schwindelerregender Höhe gebaut waren, und schauderte ein wenig. »Und darüber auch.« Sie warf einen Blick zu Leandra hin. »Wenn du erlaubst, werde ich für die Ballade deine Begrüßungsworte etwas anders wählen. Sie waren … mit Verlaub … doch etwas unbefriedigend.«

»Von mir aus«, seufzte Leandra, die dabei war, die Packen von dem Rücken des Lastpferds zu lösen und sie zu durchsuchen. »Vielleicht wäre es sogar besser, meine Worte zu verändern, noch *bevor* ich sie ausspreche.« Sie sah zu den Kindern hin, die von ihren Eltern eindringlich gemahnt worden waren, der neuen Königin etwas Raum zu geben. »In Worten war ich nie besonders gut.«

»*Etwas* unbefriedigend, sagte ich«, lächelte Sieglinde und half ihr einen besonders schweren Packen herunterzuwuchten. »Für eine Ballade, die deine Heldentaten beschreiben soll. Für diesen Ort und Anlass fand ich sie durchaus angemessen.«

Leandra hielt inne und ließ den Packen sinken. »Wahrhaftig?«

»Wahrhaftig«, nickte Sieglinde. »Darf ich fragen, was du suchst?«

»Die Hälfte der Kinder fragten mich, wo meine Krone wäre«, seufzte Leandra und sah niedergeschlagen auf die halb geöffneten Packen herab, die um sie herum auf dem Boden lagen. »Ich dachte, dass sich etwas finden müsste, das hier helfen kann.« Sie wies auf die Packen und zuckte hilflos mit den Schultern. »Waffen, Kleider, Rüstungsteile … Ausrüstung für ein halbes Regiment und mehr … aber kaum etwas an Schmuck. Ich besitze nicht einmal einen Spiegel, um mich zu vergewissern, dass ich tatsächlich eine Frau bin!«

»Dazu braucht es keinen Spiegel«, lachte Sieglinde. »Aber ich gebe zu, dass es mir bislang nicht auffiel, dass du keinen Schmuck an dir trägst.«

»Falls es unreines Metall ist und nicht von guter Qualität, dann kann er mir schaden, wenn ich Magie wirke«, erklärte Leandra und seufzte erneut. »Ich sollte mir vielleicht einen

Kranz aus Blumen binden. Als Kind hat das für mich ja auch gereicht.«

»Und was ist hiermit?«, fragte Sieglinde und zog aus einem der Packen eine flache Kiste heraus, deren glänzendes Mahagoni ihre Aufmerksamkeit erweckt hatte. »Für mich sieht das hier wie ein Schmuckkästchen aus.«

»Oh«, sagte Leandra leise. »Das hatte ich ganz vergessen.«

»Was ist es?«, fragte Sieglinde neugierig. »Mach es auf, ich will es sehen.«

»Es ist ein Geschenk. Vom Hüter des Wissens. Faihlyds Großvater, wie ich glaube. Er gab es mir, kurz bevor er zu Soltar ging, um seine Geheimnisse mit ins Grab zu nehmen. Ich hoffe nur, er und die Essera Falah finden sich im nächsten Leben wieder.«

»Soltar wird ihnen gnädig sein«, sagte Sieglinde. »Und nun mach es auf!«

»Wie redest du mit deiner Königin«, lächelte Leandra.

»Verzeihung, Eure Majestät, aber es geht um Schmuck!«, lachte Sieglinde, doch dann, als Leandra das Kästchen öffnete und ein vereinzelter Sonnenstrahl auf das herabfiel, was dort verborgen gewesen war, formten sich ihre Lippen zu einem ehrfürchtigen »Oh«.

»Götter!«, hauchte sie ergriffen. »Das ist wunderschön!«

Es war ein Diadem aus reinem Silber, fein gesponnen wie aus Spinnenfäden, die sich in unzähligen Strängen umeinander wanden und so ein glitzerndes Band erschufen, das das Licht zu halten und die Sonnenstrahlen aufzusaugen schien, bis es wie von innen heraus leuchtete. Keine Perlen oder kostbare Steine zierten das Stück, es wäre ihm auch nur abträglich gewesen. Was die Hand eines längst vergangenen elfischen Silberschmiedes hier geschaffen hatte, brauchte keinen weiteren Zierrat.

»Unrein und von schlechter Qualität?«, flüsterte Sieglinde noch wie gebannt, während Leandra das Diadem nur schweigend musterte. »Wenn das die Bedenken sind, dann kannst du dies hier tragen und dich nach Herzenslust in Magie üben! Götter!«, hauchte sie. »Ich frage mich, ob man diese Arbeit jemals übertreffen wird!«

»Von Menschenhand wird das wohl nicht geschehen«, stellte hinter ihnen Janos fest. Auch er starrte mit offensichtlichem Respekt auf das silberne Schimmern. »Komme du nicht auf die Idee, so etwas zu wollen«, sagte er dann zu Sieglinde. »Selbst wenn ich die ganze Welt absuchen würde, gibt es so etwas nicht ein zweites Mal.« Er schaute zu Leandra hin. »Worauf wartest du?«, fragte er. »Setze es auf. Es passt du deinem weißen Haar!«

»Es liegt Magie darauf«, erklärte Leandra. Sanft fuhr sie mit ihren Fingerspitzen über das schimmernde Gespinst. »Vor langer Zeit von Elfenhand erschaffen, wenn ich die Worte des Hüters des Wissens noch recht weiß. Nur weiß ich nicht, was für eine Magie es ist, noch kann ich es erahnen. Dass nach all der Zeit das Wirken noch zu fühlen ist, zeigt nur, wie machtvoll dort Magie gebunden wurde.« Sie schüttelte fast verzweifelt den Kopf. »Ich kann nicht wagen, es aufzusetzen. Was, wenn es nur dazu bestimmt war, von einer Person getragen zu werden? Was ist, wenn die Magie sich wehrt? Es ein Fluch ist? Ein Wirken solcher Stärke ... nein«, sagte sie bedauernd. »Ich kann es nicht wagen. Selbst wenn es noch so schön ist.«

»Und wenn ich dir nun sage, dass es für dich bestimmt ist?«, sagte Sieglinde in einem seltsamen Tonfall. Sie schaute zu Leandra auf, und in ihren Augen stand ein grünes Leuchten, das Leandra nur einmal zuvor an ihr gesehen hatte. »Es ist für dein Blut bestimmt und wartet nur auf dich. Schau ...« Sieglinde nahm Leandras Hände und führte sie so, dass sie das Diadem zu beiden Seiten berührten. Vor ihren erstaunten Augen öffnete sich das silbrige Gespinst, und ein Band von kleinen Rosen trat hervor, so fein gewirkt, dass man sogar die Blütenstempel schimmern sehen konnten. »Es ist eine Krone aus Rosen, mein Kind«, fuhr sie mit demselben Singsang in der Stimme fort. »Welch andre Zier willst du tragen, um das Erbe anzutreten?« Dann blinzelte Sieglinde irritiert. »Was siehst du mich so an?«, fragte sie. Und als ihr Blick auf das Diadem fiel, hauchte sie zum zweiten Mal: »Oh«, und fragte: »Wie hast du es herausgefunden?«

»Du hast soeben für die Fey gesprochen, Sieglinde«, sagte Janos rau und trat an sie heran, um ihre Hand zu greifen. »Du hast wohl doch mehr von ihnen, als nur die Geige und die Farbe deiner Augen.« Er sah sich im Wald um, als ob er eine der Fey hinter dem nächsten Busch vermuten würde. »An einem solchen Ort, ist es allerdings auch wenig verwunderlich.«

»Habe ich?«, fragte Sieglinde ehrfürchtig.

Leandra nickte und nahm das Diadem erneut in ihre Hände. »Hast du«, sagte sie, zögerte noch einen Moment und setzte den Reif entschlossen auf. Sie hielt den Atem an ... doch es geschah nichts. Was immer die Magie bewirken sollte, sie hatte sich nicht gewehrt. Erleichtert atmete sie aus.

»Die Stimme der Fey hatte recht«, sagte Janos ehrfürchtig und starrte sie an, als hätte er sie nie zuvor gesehen. »Es ist wie für dich gemacht.«

»Hier«, sagte Sieglinde und kramte in ihrem Beutel, um eine kleine polierte Metallscheibe herauszuholen. »Er ist nicht der Beste, aber man kann etwas erkennen.«

Leandra nahm den kleinen Spiegel und hielt ihn sich vor. Das silberne Band schmiegte sich an sie und senkte sich über der Nasenwurzel etwas ab, dort stand auch die größte der Rosen, aber selbst diese war nicht größer als eine Daumenkuppe. Das Diadem schimmerte und leuchtete, als wäre es nicht von dieser Welt, als hätte es einen lebenden Träger gebraucht, um sich erst zu entfalten.

»Tja«, sagte Janos rau. »Glaub mir, mit diesem Reif auf deinem Haupt, brauchst du keine Worte mehr, um königlich zu wirken. Du kannst durchaus erwägen, die Krone, die in Illian liegt, einschmelzen zulassen. Zu viel Protz und Prunk!

Ich fand sowieso schon immer, dass sie zu groß, zu schwer und zudem noch hässlich ist.«

»Das fand Elenora auch«, sagte Leandra leise. Sie gab den Spiegel an Sieglinde zurück, stand auf und straffte ihre Schultern.

»Die Krone haben wir damit gefunden«, sagte sie dann mit belegter Stimme. »Jetzt geht's daran, sie mir auch noch zu verdienen.« Sie sah zur Seite, zu Sieglinde hin. »Und wenn du mich noch einmal mein Kind nennst, werde ich mich zu beschweren wissen!«

»Du, bist du ein Ritter?«, hörte Blix von der Seite her, gerade als er seine Notdurft gegen einen Baum abseits des Lagers verrichten wollte. Hastig richtete er seine Hose und fluchte leise. Es war ihm schon vieles widerfahren, aber bei solcher Gelegenheit von einem Kind unterbrochen zu werden, das war etwas Neues.

»Nein«, antwortete er und widerstand der Versuchung, das Kind wegzuscheuchen. »Das bin ich nicht.«

»Aber du hast eine Rüstung an. Und ein Schwert hast du auch«, stellte das Mädchen fest und zupfte die Blätter einer Blüte ab, die sie in den Händen hielt. Große blaue Augen musterten den Schwertmajor neugierig. »Also bist du ein Ritter«, entschied sie. »Wann bringst du die bösen Menschen um?«

Götter, dachte Blix, was sollte er darauf sagen?

»Wir werden sie vertreiben, sobald es möglich ist.«

»Heute noch?«

»Sobald es geht.«

»Also nicht heute?«

»Nein. Nicht heute.«

»Kommen noch mehr Ritter?«, wollte sie jetzt wissen.

»Ja. Bald. In ein paar Tagen.«

»Und dann bringst du die bösen Menschen um?«

»Sobald als möglich«, antwortete er widerwillig. Wie sollte

er ihr erklären, dass es ihm auch reichen würde, wenn der Feind abzog, und er keinen Wert darauf legte, so viele wie möglich zu erschlagen.

Sie sah zu ihm hoch und schien über etwas nachzudenken. »Kann ich dann nach Hause?«

»Ich denke schon«, antwortete Blix und fühlte sich in die Enge getrieben, wie schon lange nicht mehr. Er sah sich suchend um und fand Rettung in Gestalt einer lächelnden Füchsin, die gerade zwischen den Bäumen herankam.

»Komm, Kleines, geh zurück zu deinen Eltern«, sagte sie zu dem Mädchen.

»Die sind tot. Wegen der bösen Menschen«, erklärte sie. »Jetzt muss ich neue Eltern finden.« Sie hielt der Späherin die Blume hin, immerhin waren noch zwei der Blütenblätter dran. »Für dich«, fuhr sie fort. »Weil du so hübsch bist.« Dann nahm sie ihre Röcke in die Hände und lief davon.

Beide sahen dem Mädchen nach, wie es anmutig über Wurzeln sprang und dann lachend einem Schmetterling hinterherjagte.

»Götter«, seufzte die Späherin und betrachtete die Blume. »Die Kinder sind das Schlimmste«, fuhr sie dann leise fort.

Der Schwertmajor nickte nur.

Sie legte die Blume zu den Blütenblättern am Boden und sah dann zu ihm auf.

»Hauptmann Janos lädt dich zur Besprechung.«

»Ich komme gleich nach«, sagte Blix mit einer gewissen Dringlichkeit. »Geh schon vor.«

Sie verstand und eilte lachend davon.

Er sah sich sorgsam um. Niemand war zu sehen.

Diesmal wurde er auch nicht gestört.

Von allen Hütten war dies die größte, und es gab sogar einen Tisch. Einen schönen großen Eichentisch, sorgsam mit Einlegearbeiten versehen, ein Prunkstück, das jedem Handelsherren gut gefallen hätte. Wie man das schwere Stück quer durch den Wald hierher gebracht hatte, darüber wollte Blix gar nicht erst nachdenken.

Dafür gab es keine Stühle, sondern Bänke, die aus Baumstämmen und Ästen gefertigt waren, und eine kleine Laterne, die für Licht sorgte, da hier, unter dem grünen Schirm der Baumkronen, die Dämmerung deutlich früher einsetzte.

Außer der Maestra, Anlynn, dem Hauptmann Janos und Sieglinde und Bruder Gerlon waren noch drei der Flüchtlinge dabei. Einer, ein älterer Mann, dessen Arm steif zu sein schien, und zwei jüngere. Alle drei trugen Kleidung, die einstmals bessere Zeiten gesehen hatte. Den Schwertmajor hätte es nicht gewundert, wenn einer von ihnen der Besitzer dieses Tisches gewesen wäre.

Woher die Maestra, nein, die Königin, verbesserte sich Blix in Gedanken, den Reif hatte, konnte er nicht erahnen, aber er schien wie für sie gemacht, betonte das kurze weißblonde Haar und die violetten Augen und ließ sie fast wie eine Lichtgestalt erscheinen. Den respektvollen Blicken der anderen nach zu urteilen, waren sie ähnlich beeindruckt wie er. Nur Janos nicht, der stand mit beiden Händen auf den Tisch gestützt da und betrachtete eine recht einfache Karte, die dort ausgebreitet lag.

»Dies ist Ser Terfil, der Obman dieser Zuflucht«, stellte er den älteren der Flüchtlinge vor. Seine zwei Söhne, Arfred und Morgau. Ser Schwertmajor Blix von der zweiten kaiserlichen Legion.«

Man nickte einander zu.

»Keiner von uns kommt aus dieser Gegend oder kennt sie sonderlich gut«, fuhr Janos dann zu Leandra gewandt fort. »Aber die Flüchtlinge kennen hier jeden Strauch und Ast. Seit zwei Wochen wird jeder, der sich ins Lager rettet, befragt, ob er einen Felsenquell kennt, an dem sich ein faustgroßer Stein befindet, der einen Wolfskopf trägt.« Er nickte Ser Terfil zu, der sich nun räusperte.

»Es gibt im weiten Umkreis einige Quellen, und alleine

hier im Wald sind uns drei bekannt. Es können noch mehr sein, aber …« Er hob entschuldigend die Schultern an und ließ sie wieder fallen, »Dieser Wald, sosehr er uns auch schützt, gibt seine Geheimnisse nur ungern preis. Von den Quellen, die wir kennen, passten nur zwei grob auf die Beschreibung. Da der Wolfskopf verwittert sein mag, schickten wir Männer aus, diese Quellen aufzusuchen und zu prüfen, ob sie der Beschreibung entsprechen. Wir haben einen unserer Männer dabei verloren, aber nun wissen wir, dass es keine dieser Quellen ist.«

»Ser Terfil, Ihr seid sicher, dass Ihr alle Quellen kennt, die es im Umkreis außerhalb des Waldes gibt?«, fragte Blix höflich nach.

»Ja«, nickte dieser. »Es haben sich genügend Flüchtlinge hier eingefunden, die sich in der Gegend auskennen, sodass wir recht sicher sein können, dass es keine weitere unbekannte Quelle gibt, auf die die Beschreibung zutrifft. Es sei denn, sie findet sich hier im Wald.«

»Wie ich unlängst erfuhr, hat dieser Wald eine ganz eigene Geschichte«, ergriff Königin Leandra das Wort. »Sie passt nicht dazu, dass der Quell, den wir suchen, sich hier befindet. Ausgeschlossen ist es jedoch nicht, also bitte ich darum, die Suche hier im Wald fortzusetzen.«

»Das werden wir tun«, versprach Ser Terfil. »Zumal es nicht gefährlich für uns ist. Nur langwierig«, meinte er mit Blick zu seinen Söhnen hin, die zustimmend nickten.

»Es fällt hier sehr leicht, sich zu verlaufen«, erklärte der ältere der Söhne.

Das hatte der Schwertmajor auch schon herausgefunden. Der Rückweg von der Stelle, an der er das Mädchen mit der Blüte angetroffen hatte, hatte länger gedauert als zuvor gedacht.

»Was ist mit alten, vertrockneten Quellen?«, fragte jetzt die Sera Sieglinde.

»Auch hiervon gibt es welche, nur sind sie sehr unauffällig«, sagte dann Ser Terfil. »Dennoch sind wir uns recht sicher, dass auch von denen keine auf die Beschreibung passt. Wenn sie jedoch zugewachsen ist, mag es sein, dass niemand sie gesehen hat«, fügte er entschuldigend hinzu. »Nach den achthundert Jahren, die diese Beschreibung alt sein soll, wird es wohl wenig geben, das unverändert geblieben ist. Es braucht nur ein Baum dort gewachsen zu sein, nach all diesen Jahren können seine Wurzeln alles bedeckt und verschlungen haben.«

»Und was ist mit Legenden von einem Tempel?«, fragte Leandra. »Einer, in dem einst der alte Wolfsgott verehrt wurde?«

»An Legenden mangelt es diesem Landstrich nicht«, entgegnete Ser Terfil. »Wir haben alles hier, von den Fey, die in diesem Wald hausen sollen, über eine Wasserschlange, die in der Lasse ihr Unwesen treiben soll, bis hin zu Geistern in der alten Burg, Erscheinungen in der Nacht und alten Schlachtfeldern, an denen sich die Toten in der Nacht erheben, um den Streit erneut auszufechten. Und sogar ein Hexenmoor mit einem toten Riesen. Wir haben die Schreine der Götter hier, sogar einen alten Tempel des Nerton irgendwo in den Hügeln. Es gibt auch Stelen, die den alten Wolfsgott ehren, und eine alte Tingstätte der Barbaren, wo ein verwitterter Wolf aus Stein steht, der an manchen Nächten heulen soll. Doch dort gibt es keinen Quell, weder sprudelnd noch vertrocknet. Nein«, sagte er abschließend, »von einem Tempel, der dem Wolfsgott dient, weiß hier niemand.«

»Niemand, der es zugeben will«, meldete sich der jüngere Sohn zu Wort. »Es hält sich zäh das Gerücht, dass es welche gibt, die sich von der Dreieinigkeit abwenden und die Gnade des alten Gottes suchen. Aber wenn es solche in unseren Reihen gibt, dann haben sie sich nicht dazu bekannt.« Er sah zu Anlynn hin. »Es sei denn, der Fluch gibt Euch neue Einsichten.«

»Nein«, sagte die Späherin mit steinernem Gesicht. »Das tut er nicht.«

»Also sieht es übel aus«, fasste die Königin zusammen. Sie atmete tief durch. »Ich kann versuchen, dem Weltenstrom zu folgen. Nur führt er tief unter uns hindurch und ist sehr schwer auszumachen. Ich müsste die Gegend sorgsam abreiten und dabei auch auf die Streifen des Feindes achten.«

»Es würde eine erhebliche Gefahr bedeuten«, meldete sich der Schwertmajor zu Wort. »Eine, die wir kaum zulassen können.«

»Es gibt noch eine andere Möglichkeit«, sagte Arfred, der ältere der Söhne. »Eine, die kaum besser gefallen kann.« Er wies auf die Karte, die auf dem Tisch lag, und setzte seinen Finger auf das Viereck, das die Stadt darstellte. »Lassahndaar.« Er tauschte einen Blick mit seinem Vater. »Wir sprachen vorhin darüber. Den Geschichten nach wurde noch vor der Stadtgründung ein Tempel des Soltar dort errichtet. Die Stadt wuchs erst, nachdem im Umland bekannt wurde, dass die Tempelbäder manche Krankheit heilen können. Nach und nach wurden neue Gebäude um die Bäder herum erstellt, bis schließlich, vor über vierhundert Jahren, die Stadtgründung erfolgte und Lassahndaar auch befestigt wurde. Die Lasse führt zwar durch Lassahndaar, aber genau das ist der Punkt: Der Tempel mit seinen Bädern liegt auf einem Hügel im Zentrum der Stadt und ist gut eine halbe Meile von der Lasse entfernt. Von dem Fluss kann er das Wasser demnach schwerlich haben.«

Er sah hoch zu Leandra, die langsam nickte. »Also denkt Ihr, dass es dort eine Quelle gibt.«

»Ja, Herrin«, meinte Arfred. »Genau das denken wir. Zumal es oftmals so ist, dass ein Tempel eines neuen Glaubens an alten heiligen Orten errichtet wird. Wenn es einen Wolfstempel gab, dann denke ich, dass die Priester des Soltar ihn damals als Baugrund nutzten. Bedenkt zudem, dass den Wassern dort auch heute noch eine heilende Wirkung zugesprochen wird.«

»Ich selbst kurierte in den Bädern meinen Arm«, behauptete Ser Terfil. »Zwar ist er noch steif, doch ich verlor ihn nicht nach der Entflammung. Mein Medikus ist der Ansicht, dass es die Wasser waren, die ihn mir erhielten. Man fühlt sich dort den Göttern nahe, und es besteht in meinen Augen kein Zweifel, dass es ein heiliger Ort ist.«

»Das bedeutet«, stellte die Königin seufzend fest, »Dass wir uns in die Höhle des Lindwurms wagen müssen.«

»In den Schlund der Dunkelheit, das passt eher«, sagte Ser Terfil rau. »Denn mit das Erste, was die Besatzer taten, war, den Tempel des Gottes mit dem Blut der Priester zu entweihen.«

»Das haben sie gewagt?«, fragte Gerlon fassungslos.

»Ja, Bruder Gerlon. Leider«, bestätigte der Obmann. »Noch heute verrotten dort auf Lanzen gespießt die Überreste der Priester im Tempelgarten. Es besteht kein Zutritt zu den Bädern mehr, und Nacht für Nacht werden dort unheilige Rituale zu Ehren dieses toten Gottes abgehalten.« Er holte tief Luft. »Meine Tochter Elsbeta«, fuhr er mit belegter Stimme fort, »das Glück meiner alten Tage, wurde uns an einem Abend von Soldaten der schwarzen Legionen aus dem Haus gezerrt und dorthin gebracht … nicht einmal ihre Gebeine haben wir zurückbekommen.«

»Ich versuchte herauszufinden, was mit ihr geschehen ist, bis einer der Soldaten dort meiner Fragen überdrüssig wurde und mich verhaften wollte«, erklärte der jüngste Sohn heiser. »Was der Grund ist, warum wir fliehen mussten und ihr uns hier findet.«

»Um das bittere Maß vollzumachen, folgt noch ein Tropfen«, fügte Ser Terfil bedrückt hinzu. »Die Präfektur wurde einst neben dem Tempelgrund errichtet. Genau dort aber hat sich die schwarze Legion eingerichtet. Sie patrouillieren den Tempelgrund nicht weniger gründlich als ihre eigenen Gebäude. Auch ein Fuchs käme nicht ungesehen durch«, fügte er mit Blick auf Anlynn hinzu. »Zumal das Gerücht geht, dass finsterste Magien den Tempelgrund und die Garnison schützen würden. Also ist es so, dass die Quelle, die Ihr sucht, sich mit großer Wahrscheinlichkeit dort befinden wird, es zugleich aber wenig wahrscheinlich ist, dass es Euch gelingen wird, sie zu erreichen.«

Einen Moment lastete drückende Stille auf der Hütte, während man die Worte des Obmanns überdachte.

»Es tut mir leid um Eure Tochter, Ser Terfil«, sagte Janos dann. »Doch was ist«, fuhr er bedächtig fort und räusperte sich, bevor er weitersprach, »wenn wir die Garnison des Feindes angreifen? Ist mit Unterstützung aus der Stadt zu rechnen?«

Blix fluchte innerlich. Ein Stadtkampf, in dem die Legion nicht auf die bewährten Taktiken einer Feldschlacht zurückgreifen konnte und ein jedes Haus zum Schauplatz eines blutigen Scharmützels werden konnte, war nicht seine erste Wahl. Wenn es aber sein musste, würde er seine Lanze dorthin führen, kämpfen und siegen. Doch wie hoch die Verluste sein würden, wussten nur die Götter. Niedrig würden sie nicht sein.

»Die meisten dort werden frei sein wollen, aber alle hoffen zu überleben«, antwortete Ser Terfil, jedes Wort sorgsam überlegend. »Selbst wenn dies gelingt … könntet Ihr die Stadt gegen die Legionen des Feindes halten, die dann kommen werden? Lassahndaar bewacht die Brücke über die Lasse, auf der die Handelsstraße verläuft. Der Feind wird sich den Nachschub nicht abschneiden lassen wollen.«

»Ich fürchte, nein«, sagte Janos bedauernd. Er sah zu Blix hin. »Aber fragen wir den Schwertmajor.«

Dazu müssen wir die Stadt erst einmal nehmen!, dachte Blix missmutig. Er straffte die Schultern und behielt den Gedanken für sich. »Nicht, wenn der Feind mit Macht aufzieht. Den Tempelgrund vielleicht, aber wir sind zu wenige, um die Wälle zu bemannen. Und selbst den Tempel könnten wir nur so lange schützen, bis der Feind uns aufgerieben hat. Was nicht lange dauern wird. Wir sind nur eine Lanze … es braucht die Legion, um den Feind zu schlagen.«

»Also müsste man nach einem Aufstand die Stadt wieder an den Feind fallen lassen«, sagte der Obmann niedergeschlagen und tauschte einen Blick mit seinen Söhnen. »Wir wissen, wie ernst es der Feind mit seinen Drohungen meint. Zehn von uns für einen von ihnen. Es gibt fast fünfhundert Soldaten dort … gewinnt Ihr die Schlacht, Ser Schwertmajor, und erschlagt sie alle, wird der Feind, um den Blutzoll zu erheben, sogar noch die Hunde hinrichten müssen, um die fünftausend vollzukriegen.«

»Das braucht es gar nicht«, meinte der jüngste Sohn bitter. »Ob erfolgreich oder nicht, man drohte schon, die ganze Stadt zu schleifen, wenn auch nur einer einen Aufstand wagt. Sie werden es tun, daran besteht kein Zweifel. Jeder hier weiß, welches Schicksal Kelar ereilte. Es scheint ihnen daran gelegen, uns sterben zu sehen.«

Einen langen Moment fehlten jedem die Worte. Es war Leandra, die als Erste wieder sprach. »Und wenn«, begann sie und schluckte schwer, als ihre Stimme zu versagen drohte. »Und wenn wir es trotzdem wagen? Wird es welche geben, die uns unterstützen?«

»Ja. Einige wenige. Die so viel verloren haben, dass ihnen das eigene Leben nicht mehr zählt«, antwortete Ser Terfil bedrückt. »Doch wir wollen alle leben und in Lassahndaar hat man sich mit der schwarzen Legion geeinigt. Wir halten still dort und hoffen, dass andere uns befreien werden. Eher würde man sich gegen Euch wenden, als zuzulassen, dass dieses Schicksal sich erfüllt. Wenn Ihr Hilfe von den Bürgern wollt …« Er schloss die Augen, als könne er allein den Gedanken nicht ertragen, und als er weitersprach, war seine Stimme kaum zu hören. »Dann, Majestät, werdet Ihr sie belügen müssen.«

Licht und Schatten

21 »Du willst mich auf den Arm nehmen, nicht wahr?«, fragte Wiesel ungläubig. Marla sah ihn nur an. Nein, dachte Wiesel, sie meint es ernst! Götter!, fluchte er innerlich. »Was soll das bedeuten?«, fragte er dann mit rauer Stimme. »Dass er vor dir stand und sagte, gehe hin zu Wiesel, mache ihn wahnsinnig, und sorge dann dafür, dass er dir vertraut?«

»Mache ich dich wahnsinnig, mein Wiesel?«, fragte sie mit einem feinen Lächeln.

»Eine Redensart«, wehrte der Dieb ab und fuhr sich wieder durch die Haare. »Beantworte mir meine Frage!«

»Er erschien mir in einer Vision und zeigte mir das erste Bild. Ein Mann lag auf einem Altar, der blutig schäumte. Und ich sah dich, wie du ihm eine Seele gabst, die man jemand anders gestohlen hat.«

»Genau«, lachte Wiesel. »Das mache ich jeden Tag. Noch vor dem Frühstück. Was mich daran erinnert, es ist Zeit dafür!« Er wies auf die Tür. »Also, geh besser gleich.«

»Es gab noch ein zweites Bild«, sagte Marla und rührte sich nicht vom Fleck. »Ein Diener des Soltar lag in seinem Blut und sah hilflos zu, wie ein finsterer Schatten das Schwert seines Herrn in die Brust einer weißhaarigen Frau stieß, die einen Reif aus Silber trug, auf dem die Rosen verwelkten. Eine schwarze Katze kam und sprang den Düsteren an und zerriss ihn mit dunklen Klauen, doch es war zu spät, denn in der Ecke lag nun nur noch eine welke Rose.«

Sie lächelte ein wenig. »Bist du jetzt bereit, mir zuzuhören?«

Wiesel fluchte innerlich. »Was hat das mit mir zu tun?«, herrschte er sie an. Er konnte sich denken, wer der Priester war und wer die weißhaarige Frau. Mit der Katze konnte er wenig anfangen. Aber …

»Vorerst nichts«, sagte Marla. »Die Seele wird geopfert werden, doch der Priester wird überleben und das Schwert seines Herrn zurück zu seinem Tempel bringen. Der Düstere ist erschlagen. Doch auch die Sera mit den weißen Haaren ist verloren. So soll es auch geschehen, denn dies ist ihr Schicksal, von den Dreien so vorgezeichnet.«

»Also wird Gerlon das Schwert tatsächlich zurückbringen können«, sagte Wiesel leise. Er erinnerte sich an die Verzweiflung der Maestra, als sie auf den Körper ihres toten Liebhabers schlug, die stolze Art, wie sie ihr Kinn gereckt hatte, bevor sie aus der Gebetskammer stürmte.

»Ja«, bestätigte Marla. »Der Mann in Soltars Haus wird wieder leben und sein Schwert zu einem Krieg erheben, wie ihn diese Welt noch nicht gesehen hat! Aber er hat auch ein Licht verloren, das ihm den rechten Weg gewiesen hätte.«

»So ist es vorgezeichnet?«, fragte Wiesel bedrückt. Aus irgendeinem Grund zweifelte er nicht mehr an Marlas Worten.

»Die anderen Götter denken, dass es der Weg ist, der gegangen werden muss«, nickte sie und zuckte die Schultern. »Ihr Tod wird den Engel Soltars mit Zorn erfüllen, und er wird das Gericht der Götter mit Macht über den Feind bringen, mit finsterer Entschlossenheit und wenig Gnade.« Sie seufzte. »Vielleicht ist es notwendig, dass es genau so vonstattengeht. Wer bin ich, die Pläne der Götter zu verstehen? Doch mein Herr sagt, dass es einen anderen Weg gibt. Einen, den die Drei nicht wollen. Weil es andere gibt, die in diesem Kampf an ihrer Seite stehen könnten, und sie diese fürchten, da sie die Macht der Drei schmälern würden.«

Wiesel rieb sich die Nasenwurzel, um den Kopfschmerz zu vertreiben, der sich regte. »Wen sollen die Drei denn fürchten, wenn nicht diesen toten Gott?«

»Wiesel, denk nach«, sagte sie und beugte sich vor, um ihm besser in die Augen zu sehen. »Wen fürchten Götter?«

Da fiel ihm wenig ein. »Andere Götter?«

»Genau das.«

»Aber welche?«, fragte Wiesel verständnislos. »Wer soll das sein? Es gibt doch nur noch Marendil, die Herrin der Meere, aber sie hat wenig genug mit ihnen zu tun, und sie liegen nicht im Zwist!«

»Was ist mit Mama Maerbellinae?«, fragte Marla.

»Warum sollten die Götter Mama fürchten? Sie trug mir auf, zu Bruder Jon zu gehen und ihm eine Nachricht zu überbringen! Mehr tat sie doch nicht, und auch Bruder Jon schien nicht im Geringsten beunruhigt!«

»Warum sollte er es auch sein? Denn du hast ja recht, Wiesel. Sie tat nicht viel. In all den Jahren, die sie schon hier ist, kümmerte sie sich nur um die Kinder des Hafens. Bis auf ein einziges Mal. Als sie den erwählte, der ihr Priester sein würde.«

»Meinst du etwa mich?« Wiesel sah sie nur fassungslos an. »Du kennst mich doch! Jemand wie ich ist nicht zum Priestertum bestimmt!« Es hielt ihn nicht mehr in seinem Stuhl, er sprang auf und trat ans Fenster, um über den Hafen hinauszusehen. Eines der neuen, großen Schiffe wurde von Jagdbooten aus dem Werftkanal gezogen, und nach dem Regen der letzten Nacht sah alles wie frisch gewaschen aus. Er sah zu Marla zurück, die immer noch ruhig und still dort saß. »Du musst dich irren!«

»Aber du weißt, dass sie eine Göttin ist?«, fragte sie.

»Sie sagte etwas in der Hinsicht. Ich nahm es nicht ernst. Außerdem, wer soll sie sein? Ich habe noch nie zuvor von ihr gehört!«

»Weil du die Namen aller Götter kennst?«, fragte sie spöttisch. »Also kann es nicht sein? Eine wunderbare Logik. Schade nur, dass sie beim ersten Schritt schon strauchelt.«

»Aber Götter laufen doch nicht einfach so herum!«, protestierte Wiesel.

»Und das weißt du woher?«, fragte Marla spöttisch. »Kennst du einen Grund, warum sie es nicht tun sollten? Es sind Götter!«

»Aber Mama …«

»Es ist dir aber aufgefallen, dass sie anders ist als andere?«, fragte Marla etwas spitz.

»Ja, schon«, gestand Wiesel und raufte sich erneut das Haar. »Aber selbst wenn sie eine Göttin wäre, müsste ich dann nicht an sie glauben, um ihr Priester zu sein?«

Marla nickte. »Ja. So ist es. Dies ist der erste Schritt. Jetzt sage mir einfach, dass es nicht so ist, und ich gehe, mit der sicheren Gewissheit, dass mein Gott sich in dir irrt.« Sie lächelte spöttisch. »Also, Wiesel, sage mir, dass du nicht an sie glaubst, und du bist mich auf der Stelle los.«

»Ich glaube nicht daran, dass sie eine Göttin ist«, sagte Wiesel standhaft. »Es war nur ein Scherz von ihr. Ein Trick.«

Marla sah ihn einen Moment lang schweigend an, dann raffte sie ihre Röcke und stand auf.

»Freier Wille«, flüsterte sie. Sie drehte sich um und ging zur Tür, zog dort den Riegel zurück, was das Glöckchen bimmeln ließ. Eine Erinnerung kam ihm, verwaschen, wie aus einem Traum.

»Warte«, bat er leise.

Sie hielt inne und sah ihn fragend an.

»Setz dich wieder«, seufzte er und fuhr sich erneut durchs Haar. »Sagen wir, dass ich nicht sicher bin«, gestand er dann. »Sagen wir, dass es sein kann, dass ich an sie glaube. Was dann? Das alleine macht mich noch nicht zu ihrem Priester, oder doch?«

Sorgsam schob Marla den Riegel wieder vor und berührte das Glöckchen, sodass es verstummte. »Ich sagte nichts davon, dass du beschlossen hast, ihr Priester zu sein. Es war die Rede davon, dass sie einen auswählte. Dich. Denn du hast recht«, fügte sie hinzu, als sie sich wieder auf den Stuhl setzte, um die gleiche Haltung einzunehmen wie zuvor. »Du wirst erst ihr Priester sein, wenn du dich auch dazu entscheidest.«

»Gut«, sagte Wiesel und gab den Kampf mit seinen Haaren auf. So verknotet, wie sie waren, musste er sich die ganze Nacht im Schlaf gewälzt haben. Er ging zur Anrichte und nahm eine Bürste heraus.

»Soll ich es für dich tun?«, fragte sie leise, doch Wiesel schüttelte den Kopf und begann seine Haare auszubürsten.

»Also gut. Sei sie eine Göttin. Warum sollten die Drei sie fürchten?«

»Weil sie alt ist.«

»Und?«

»Schau, Wiesel«, sagte sie, während sie mit ihrem Blick jeder Bewegung der Bürste folgte. »Götter gewinnen ihre Macht aus dem Glauben an sie. Was aber geschieht, wenn sie ihre Gläubigen verlieren? Die Welt dreht sich auch für die Götter weiter. Was, wenn die, die einst an sie glaubten, gegangen sind? Verloren, erobert, zu anderem Glauben verführt? Was bleibt dann von ihnen?«

»Nicht viel«, sagte Wiesel, legte die Bürste zur Seite und band sich das Haar neu. Er nahm sich den Becher und stellte sich mit dem Rücken zum Fenster, um Marla nachdenklich zu mustern. »Sie haben dann an Macht verloren. Ist es so Mama ergangen?«

Marla neigte ihr Haupt. »Vielleicht. Aber was hat sie behalten?«

»Ich weiß es nicht?«

»Wissen, Wiesel. Es gibt so vieles, das vergessen ist und nur sie noch weiß. Bedenke, manche der Götter verschwanden auch, weil sie es so wollten. Was nun, wenn sie sich wieder zeigt, neue Anhänger um sich scharen will, um erneut Macht zu erlangen?«

»Das ist es, was dieser tote Gott tut, nicht wahr?«, erkannte Wiesel. »So will er wieder Macht gewinnen!«

»Bei ihm ist es etwas anders. Er ist tot. Er muss vollständig neu entstehen. Aber ja, Wiesel. Das ist es, was Kolaron Malorbian, der Nekromantenkaiser erreichen will: dass Omagor neu entsteht und ihm seinen Mantel überträgt.«

»Und Maerbellinae? Ich weiß, dass sie die Drei achtet. Sie führt hier keinen Krieg!«

»Ja. Sie scheint keinen Zwist zu suchen. Doch die Götter wachen eifersüchtig übereinander und wollen sich nicht schmälern lassen. Sie schachern um jede Seele, die sie bekommen können. Sie sind unsere Götter und dulden keine anderen neben sich. Aber auch, wenn Maerbellinae nicht mehr so mächtig ist wie einst, hat sie doch ihre Göttlichkeit behalten. Und alleine dadurch, dass du an sie glaubst, hat sie hier bereits einen Einfluss gewonnen, den die anderen Götter misstrauisch beäugen.«

»Du denkst, die Drei werden gegen sie vorgehen?«, fragte Wiesel erstaunt. »Das kann ich mir nicht denken!«

Marla lachte verhalten. »O Wiesel«, schmunzelte sie. »Auch die Götter haben ihre Regeln. Solange sie sich daran hält, müssen sie Maerbellinae gewähren lassen. Malorbian ist es, der die Regeln bricht und so den Kampf der Götter ausgelöst hat. Nicht erst jetzt, Wiesel, sondern schon vor langer Zeit.« Sie strich ihre Röcke gerade. »Die Welt ist alt, Wiesel. Nicht vieles an ihr ist neu. Und manches hat sich schon oftmals wiederholt. Dies ist nicht der erste Krieg der Götter, und er wird auch nicht der letzte sein. Aber diesmal sind es wir, die ihn für unsere Götter ausfechten müssen. Und hier kommt mein Herr ins Spiel. Er sieht die Dinge anders.«

»Und wie?«

»Es gibt andere, die einst den gleichen Kampf gefochten haben, der nun unseren Göttern bevorsteht. Doch die Drei wollen ihn allein bestreiten.« Sie zuckte ratlos mit den Schultern. »Vielleicht, weil sie denken, dass keine andere Hilfe nötig ist? Ich weiß es nicht. Nur mein Herr ist der Meinung, dass es andere gibt, die helfen würden. Alte Mächte. Wie Maerbellinae. Mein Herr denkt weit. Er will diese Dunkelheit, die Omagors Erbe ist, endgültig vernichtet sehen! Er sagt, dass dies auch unser Kampf ist und wir Menschen die Wahl haben sollten, wen wir zu Hilfe rufen und wen nicht.«

»Das soll ich glauben?«, begehrte Wiesel auf. »Dein Herr ist derselbe, der die verfluchte Gabe über uns gebracht hat! Er ist es, der das Reiten der Seelen erlaubt! Und nun soll er auf unserer Seite stehen?« Er stellte den Becher so hart ab, dass der Rest des Weines überschwappte. »Ich habe gegen die gekämpft, die ihm dienen, in seinem Namen Seelen reiten! Ich habe die Schatten gesehen, Marla, dieselben, mit denen du mir drohtest! Und ich sah auch, wie er die nahm, die ihm gehören. Fragst du mich, sehe ich wenig Unterschied zwischen ihm und diesem toten Gott! Und jetzt soll ich einfach glauben, dass er das Beste für uns will?«

Marla schloss einmal kurz die Augen, sonst zeigte sie sich von seinem Ausbruch unberührt. »Nein«, sagte sie dann. »Er will nicht das Beste für uns. Er will, dass *wir* entscheiden, was das Beste für uns ist! Der Fluch, von dem du sprichst, ist eine Gabe. Nicht anders als die deine, die dich vor suchenden Augen verborgen halten kann. Du hast sie benutzt, um dich vor den Wachen zu verbergen, wenn du gestohlen hast. Einmal auch, um jemanden aus dem Schatten zu erstechen, weil er Desina Übles wollte. Einmal, um mich beim Baden auszuspähen.« Sie lächelte etwas wehmütig. »Ich will nicht streiten, ob dies gut war oder schlecht, doch es bleibt, dass du entschieden hast, wie du das nutzt, was die Götter dir gegeben haben.« Sie sah ihm direkt in die Augen. »So ist es auch mit dieser Gabe, die mein Herr den Menschen gab. Ob sie Fluch ist oder ein Geschenk, liegt an dem, der sie benutzt. So ist es auch bei mir.« Sie schluckte. »Wiesel«, sagte sie dann leise. »Ich besitze die Gabe auch. Und ich habe dich geritten.«

»Wie das?«, fragte er erschrocken.

»Dein Traum.«

»Ich habe von dir geträumt ...«, flüsterte er und fühlte die Angst aufsteigen.

»Es war kein Traum«, gestand sie zögernd. »Ich wollte ... vergiss, was ich wollte! Es war nicht recht von mir, und du hast allen Grund, erzürnt zu sein, doch sage mir, habe ich dir geschadet?«

»Was … was hast du getan?«, fragte er so leise, dass sie ihn kaum hören konnte. Seine Hände waren zu Fäusten geballt, und jetzt war es an Marla, Furcht zu verspüren. So erzürnt hatte sie ihn noch nie gesehen. Auch wenn sie es früher oftmals darauf angelegt hatte, war dies etwas anderes. Er war ein Mann, kein Junge mehr, und sie sah ihren Tod in seinen Augen. Sie schluckte heftig. Doch sie blieb sitzen, wo sie war, floh nicht, hielt sogar noch die Hände ruhig im Schoß.

»Ich habe dich vergessen lassen, dass du mich hasst«, sagte sie mit belegter Stimme. »Nur für eine kurze Zeit … du wusstest es nicht, und es war doch nur ein Traum für dich. Doch für mich war es eine Erlösung. Alles andere ließ ich unberührt … und den Traum wirst du auch bald vergessen haben!« Sie sah ihn flehend an. »Ich schwöre dir, ich habe deine Seele nicht berührt!«

Doch, das hast du, dachte Wiesel bitter. Nur anders, als du denkst. Er sah sie an, und fast sah er sich schon, wie er aufsprang, um sie zu würgen. Um das Leben aus ihr herauszupressen, für das, was sie getan hatte! Sie würde sich nicht wehren. Ihn nur mit Augen ansehen, die er nie wieder vergessen würde! Beinahe ließ er es geschehen, doch dann seufzte er und schüttelte den Kopf.

Er müsste sich benutzt fühlen und befleckt, doch vom Traum war ihm nicht viel geblieben, nur das, was ihn schon immer an ihr ängstigte: dass sie ohne Grenzen bereit war, all das zu geben, was er von ihr wünschte. So ängstlich, wie sie ihn nun ansah, war es fast der Beweis dafür, dass sie nicht mehr getan hatte, sonst hätte sie sein Geheimnis leicht gefunden.

»Also gut«, sagte er rau. »Meine Seele hast du nicht geraubt. Was nicht heißt, dass ich dir verzeihen kann.«

»Das weiß ich, Wiesel«, sagte sie leise.

Er griff den Becher, sah, dass er leer war, und füllte ihn auf.

War das der Grund, warum die Flasche offen stand? Dass er sie im Traum geöffnet hatte? Für sie? Er vertrieb den Gedanken. Mühsam versuchte er, seine innere Ruhe wiederzuerlangen.

»Worum geht es hier wirklich?«, fragte er bitter, als er meinte, dass es ihm gelungen war. »Was haben all diese Geschichten über die Götter, dieses Bild, in der die Maestra starb, was hat es mit mir zu tun? Du sagst doch, es wäre ihr vorbestimmtes Schicksal.«

»Du weißt also, wer sie ist?«, fragte sie.

»Ja. Sag schon, was geht es mich an? Wenn es doch ihr Schicksal ist zu sterben?«

»Das ist eines, das uns alle trifft. Sogar die Götter. Nur trifft es manche früher als andere. Wiesel«, sagte sie eindringlich, »es ist *ein* Schicksal, das sich erfüllt! Es kann auch ein anderes geben, eines, das die Drei ihr verwehren wollen! Sie denken, sie hat dann ihren Zweck erfüllt, und wollen nicht erlauben, dass sich ihr ein anderes offenbart. Mein Herr nimmt Anstoß genau daran!«

»Warum?«, fragte Wiesel verständnislos.

»Weil es ein anderes Schicksal für sie gibt! Eines, in dem sie lebt! Einst hat jemand hart um ihre Seele gekämpft und den Göttern einen Sieg abgerungen. Die Götter versprachen, dass sie leben sollte. Jetzt sagen sie, dass dies gewährt wurde, sie ihr Wort gehalten haben, was ja auch stimmt. Doch sie könnten mehr tun als nur das. Sie könnten ihr erlauben, die zu werden, die sie sein sollte.«

»Was wäre das?«

»Das weiß ich nicht«, sagte Marla. »Vielleicht weiß es nicht einmal mein Herr. Er sagt nur, dass sie die Gelegenheit dazu erhalten sollte, es herauszufinden.«

»Und wie?«

»Da du Maerbellinae gehörst, haben die Drei nur wenig Einfluss auf dich«, erklärte sie. »Also kannst du auch freier handeln. Wenn du dort bist, wo dieses Bild entstehen wird, kannst du den Ausgang ändern.« Sie seufzte. »Ist es die Königin? Diese fremde Maestra, von der ich hörte? Die nun zu den Südlanden aufgebrochen ist, um ihre Krone zu retten?«

Einen Moment zögerte Wiesel, dann nickte er. Was sollte es denn schaden?

»Was meinst du, Wiesel, was würde Desina sagen, wenn sie erfährt, dass du diese Maestra vielleicht hättest retten können und es nicht einmal versucht hast?«

»Das ist ungerecht«, beschwerte er sich. »Lass Desina da heraus!«

Marla lachte auf. »Desina da herauszulassen, dürfte schwerlich möglich sein! Selbst die Götter betrachten sie mit Vorsicht. Aber gut, Wiesel. Dann stelle ich nur eine letzte Frage.«

Wiesel sah sie erwartungsvoll an.

»Bist du bereit, dich dem Willen der Drei zu beugen und diese Sera sterben zu lassen?«

Wiesel zögerte. Der Kopfschmerz drückte ihn, seine Gedanken überschlugen sich, und in seinen Ohren war ein Rauschen, ein Pochen, das ihn kaum mehr denken ließ. Die Welt schien stillzustehen in diesem einen Moment; der Schein der Sonne, die seinen Schatten vor ihm auf den Boden warf, war so grell, dass es schon schmerzte, der Schatten so schwarz, als ob er der tiefste Abgrund wäre.

»Nein«, entschied er, und es war, als ob etwas reißen würde. Licht und Schatten verwoben ineinander, und alles war wie zuvor. Nur dass etwas anders war.

Marla stand auf und trat langsam an ihn heran. Während er sie mit suchenden Augen anschaute, stellte sie sich auf ihre Zehenspitzen und hauchte ihm einen Kuss auf die Wange. Er ließ es geschehen.

»Dann treffe mich heute um Mitternacht an der alten Feste über dem Hafen. Dort, wo du dich mit Desina so oft getroffen hast.«

Er nickte nur. Es wunderte ihn nicht, dass sie davon wusste.

»Sag, kannst du reiten?«, fragte sie lächelnd.

»Wohl kaum. Was soll ich hier damit? In Askir ist man zu Fuß oft schneller. Du?«

»Nein«, sagte sie schmunzelnd. »Also werden wir es zusammen lernen.«

Sie ging zur Tür, sah kurz zu ihm zurück. Das Glöckchen klingelte, und sie war gegangen. Er seufzte, stellte den Becher unberührt zurück und setzte sich müde aufs Bett.

Er spürte etwas Hartes und schlug die Decke zur Seite. Dort lag ein anderer Becher, Bruder dessen, aus dem er getrunken hatte. Sah man genau hin, so konnte man die Spur von Henna vom Abdruck ihrer Lippen auf dem Rand erkennen.

Der Fleischbaum

22 »Und nun?«, fragte Anlynn. Die Worte des Obmanns hatten die Königin offensichtlich hart getroffen, und sie hatte die Besprechung danach beendet. Jetzt stand sie etwas abseits vor der Hütte, die man für sie hergerichtet hatte, und besprach sich mit Janos und Sieglinde. Wenn sie wollte, dass seine Lanze die Stadt angreifen sollte, dann würde sie es ihn wohl wissen lassen.

Nur zwei Hütten hatte man für sie geräumt, eine für die Königin, die andere für Janos und Sieglinde, die Restlichen schlugen ihr Lager auf, wo sie es wollten.

Blix und die Füchsin hatten sich entschlossen, am Fuße eines der Bäume außerhalb zu lagern, wo sie ihm nun half, die Zeltbahnen aus seinem Packen zusammenzuknüpfen. Es war eine Weile her, dass er ein solches Zelt hatte errichten müssen, und er tat sich schwerer damit, als es ihm lieb war. Jetzt waren sie fast fertig. Blix trat zurück, um ihr Werk zu betrachten. Grenski hätte nichts als Hohn und Spott für ihn übrig, so krumm und schief war es geworden, doch es würde für die Nacht reichen.

»Ich weiß es nicht«, beantwortete er die Frage der Späherin, die dabei war, vor dem Zelt sorgsam mit den Händen den Waldboden freizuräumen. Ein paar der Flüchtlinge hatten ihnen von dem trockenen Holz gebracht, das sie gesammelt hatten, aber sie auch zugleich davor gewarnt, das Feuer lebendes Holz berühren zu lassen. »Ich sehe nicht, dass sie eine andere Wahl hat«, fuhr der Schwertmajor leise fort, während er die anmutigen Bewegungen der Späherin mit den Augen verfolgte. »Nach allem, was ich weiß, werden wir die Kronstadt verlieren, wenn Leandra sie nicht erreicht. Es braucht dort eine lenkende Hand, jemanden, der Hoffnung geben kann. Abgesehen davon, dass die letzten Gerüchte davon sprachen, dass es andere gibt, die nach ihrer Krone greifen wollen. Um dann mit Thalak Frieden zu schließen.«

»Das glaube ich gerne«, sagte Anlynn leise. »Mein Vater war vor Jahren in der Kronstadt und sprach davon, dass die Politik dort schlimmer stinken würde als die Kanäle, die es dort geben soll. Nur Eleonora hielt sie alle zusammen. Auch wenn sie gelähmt war bis zum Hals, entging ihr wenig, und sie reagierte rasch und entschlossen, wenn sie einer Intrige gewahr wurde.« Sie seufzte. »Ich kann noch immer nicht wahrhaben, dass sie gegangen ist. Weißt du, dass man davon spricht, dass sie gar nicht starb? Der Feind wollte sie auf einem Scheiterhaufen verbrennen, doch sie rief Borons Lichtbrand zu sich herab und strafte die, die sich an ihr vergingen! Von ihr selbst blieb nicht mal Asche übrig! Einer der Flüchtlinge hier behauptet, dass sie ihm erschienen wäre, wieder jung und aufrecht gehend, nicht abgezehrt und krank. Er sagt, sie hätte ihm in finsterer Nacht den Weg zu diesem Wald gewiesen.«

»Ein schöner Gedanke«, meinte Blix und kramte seine Zunderbüchse hervor, um sie ihr zu reichen. »Diese Feder hier lässt den Stein gegen die Reibe scharren«, erklärte er ihr. »Der Funken reicht, um trockenes Moos zu entzünden.«

Sie sah zu ihm hin und lachte. »Ich kenne solche Zunderbüchsen«, schmunzelte sie. »Wir sind hier nicht gar so rückständig, wie du zu glauben scheinst.«

Tatsächlich gelang es ihr im ersten Versuch, das Feuer zu entzünden. Sie hängte einen kleinen Kessel an den gegabelten Ast, der über das Feuer ragte, und gab Teeblätter zu dem Wasser hinzu. Mittlerweile war die Nacht eingezogen. Über ihnen waren die Baumwipfel nur zu erahnen, es war dunkel und friedlich.

»Jeder hier meint zu wissen, dass du den Fluch trägst«, sagte er leise. Dies war auch der Grund, warum sie ihr Lager so weit von der Zuflucht entfernt aufgeschlagen hatten. »Warum?«

»Es ist meine Pflicht, jeden zu warnen«, erklärte sie mit leiser Stimme. »Dies war der Handel, den ich einging, um zu leben.«

So verschieden waren sie also nicht, dachte Blix bedrückt. Auch ihr hing ein Schwert über dem Nacken, nur dass sie nicht das Geringste dafür konnte.

»Es wäre ein harter Tausch«, nahm sie das Gespräch von vorher wieder auf. »Eine kleine Stadt gegen eine große. Wenn es uns nicht selbst betreffen würde, wären wohl die meisten bereit, die Wahl als richtig zu erachten. Nur ist es leichter, wenn andere sterben sollen als man selbst. Vielleicht sollte sie so entscheiden.«

»Sie wird es nicht tun«, sagte Blix bestimmt. Wieder sah er sie in dieser Gebetskammer stehen. »Sie kann es nicht. Wir müssen einen anderen Weg finden.«

»Ich kann versuchen, mich dorthin zu schleichen«, schlug sie zaghaft vor.

»Und dann? Was willst du tun? Sie muss dorthin, nicht du.«

»Du hast recht«, seufzte sie. »Ich nehme an, Janos wird

eher Odgar schicken, um die Stadt auszuspähen. Er fällt nicht so auf.«

»Wen?«, fragte Blix.

»Den Mann, den man so leicht vergisst«, schmunzelte sie.

Er wollte sie gerade fragen, wen sie meinte, als in der Nähe ein Zweig brach. Sie sahen beide hin und fanden den Hauptmann Janos dort stehen, mit einem Packen auf dem Arm. Für einen so großen Mann, dachte Blix, konnte sich der Hauptmann überraschend leise bewegen. Es würde ihn nicht wundern, wenn er absichtlich auf den Zweig getreten wäre.

»Der Götter Segen mit Euch«, sagte Janos, als er in den Schein des kleinen Feuers trat. Er musterte beide suchend, dann schüttelte er leicht den Kopf. »Ich hoffe, du weißt, was du da tust, Anlynn«, sagte er dann. »Wenn er den Fluch erhält, werden wir ihn erschlagen müssen.«

»Das wird nicht geschehen, Hauptmann«, sagte Anlynn ruhig, und ein Blick von ihr hielt den Schwertmajor davon ab aufzubegehren. »Wir lagern nur zusammen, sonst nichts.«

Janos nickte. »Ihr seid beide alt genug«, entschied er dann.

»So ist es«, sagte die Späherin. »Was habt Ihr dort?«, fragte sie und nickte in Richtung des Packens, den der Hauptmann in den Armen hielt.

»Für ihn«, meinte Janos, und ließ den Packen vor Blix auf den Boden fallen. Das Tuch ging auf, und ein Schulterschutz fiel heraus und blieb vor dem Schwertmajor liegen. Er bestand aus mehreren Lagen gekochten Leders, sauber zusammengeleimt, aber schon arg schartig und abgewetzt. »Mit seiner Rüstung kann er auch gleich eine Fahne schwingen und den Kaisermarsch anstimmen.«

»Was ist daran verkehrt?«, fragte Blix widerspenstig. »So ziehen wir nun mal ins Feld.«

»Am besten noch mit Schellenbaum und Spielmannszug, was?«, lachte Janos. »So kann ich es mir denken! Aber nicht morgen und nicht hier. Nicht, wenn es darum geht, dass wir nicht auffallen! Dies sind die besten Rüstungsteile, die ich in

Eurer Größe habe finden können. Ein wenig mitgenommen, das gebe ich zu, aber noch in Ordnung und gut geflickt. Vor allem aber seht Ihr damit nicht so aus, als wolltet Ihr eine Parade abhalten! Zudem seid Ihr so schneller, wenn es ans Rennen geht.«

»Ich pflege nicht zu rennen«, gab der Schwertmajor erhaben zurück.

»Das glaube ich gerne«, nickte Janos grimmig. »Mit dem Haufen Blech am Leib, würde ich auch nur watscheln wie eine waidwunde Ente! Ihr zieht diese Rüstung an, oder Ihr verbleibt hier im Lager, wenn wir morgen ausreiten! Wenn sie nicht passt, dann macht sie passend. Aber ich will in der Früh keinen Stahl an Euch sehen außer dem Eures Schwerts!« Und zu Anlynn gewandt: »Halte dich auch bereit, wir werden dich brauchen.«

Blix nickte widerwillig. Er sah den Sinn, auch wenn es ihm nicht gefiel.

»Also wollen wir nicht in die Stadt«, stellte er fest. »Was ist denn jetzt geplant?« Verspätet wies er auf die Baumwurzel neben sich. »Setzt Euch, Hauptmann. Euch so stehen zu sehen, macht mich unruhig.«

Der Hauptmann tat wie geheißen und streckte seine langen Beine aus. Die Späherin füllte den Tee ein und reichte auch ihm eine Blechtasse, erst jetzt, als der Hauptmann danach griff, fiel Blix auf, dass ihm ein Finger fehlte. »Danke, Anlynn«, sagte Janos höflich und grinste breit. »Ich verspreche auch, dass ich Sieglinde nicht verraten werde, dass dein Tee nicht schlechter schmeckt als ihrer.«

»Ein schwaches Lob«, grinste die Füchsin. »Aber was ist denn jetzt der Plan?«

»Wir greifen nach Strohhalmen«, ließ sie der Hauptmann wissen und trank einen Schluck. »Einer der Flüchtlinge erinnerte Sieglinde an eine alte Legende. Es gibt nicht sehr weit von hier einen Sumpf. Nicht weniger verwunschen als dieser Wald, aber nicht halb so freundlich. Dort haust die alte Enke.

Eine Hexe, wie man sagt, mit der man schon seit Jahrhunderten die Kinder erschreckt. Wenn es sie gab und sie auch dort ist. Der Bauer schwört darauf.«

»Eine Hexe?«, fragte Blix ungläubig. »Eine Maestra?«

»Nein. Eine Hexe. Alt und fett, verrunzelt, mit Warzen übersät und so hässlich, dass der Namenlose selbst sie nicht haben wollte!« Janos deutete mit dem Becher auf den Topf. »Sie kocht Fledermäuse in solchen Kesseln, fügt Rabenkot hinzu, Ihr gebt es jemanden zu trinken, und die wird Euch dann lieben. So eine Hexe soll sie sein.«

»Und was wollen wir von Ihr?«, fragte Blix unverständig. »Wie soll so eine uns denn helfen können? Wenn es sie denn überhaupt gibt!«

»Wir haben ja herumgefragt, ob jemand eine Legende über einen Wolfstempel kennt. Einer der Bauern erinnerte sich an die alte Enke und die Ballade über sie. Auch Sieglinde meint jetzt, sie schon gehört zu haben, nur war sie ihr zuvor entfallen. In der Ballade, die sie kennt, übernachtet ein fescher Wandersmann bei einer schönen Frau. Doch er findet heraus, dass es die alte Vettel ist und verführt sie zu einem Wettspiel, das, wenn er gewinnt, ihm das Leben und die Seele retten soll. Sie spielen, und er gewinnt.« Janos zwinkerte den beiden zu. »Das ist natürlich nicht der volle Umfang der Ballade, in der es zuvor noch recht zotig zugeht. Der Punkt ist, dass sie ihn erbost mit einem Zauber zu einem Ort bringt. Um genau zu sein, wirft sie ihn in einen unterirdischen See, in dem er fast ertrinkt und auch noch gegen ein Ungeheuer bestehen muss.«

»Und?«

»Die Ballade beschreibt, dass der Held unter der Oberfläche des Sees eine Tür aus Stein gesehen hat, in die ein Wolf gemeißelt war. Sie hat in einem dunklen Licht geleuchtet.« Janos zuckte mit den Schultern. »Sieglinde ist eine Bardin, da verwundert es nicht, dass sie daran glaubt, dass diese Geschichte einen wahren Kern enthält. Das ist der Plan: Wir suchen diese Hexe auf, und sie schickt uns mit ihrem Zauber hin zu diesem Ort.«

»Das ist der Plan?«, fragte Blix ungläubig.

»Das ist der Plan«, bestätigte Janos, trank seine Tasse aus und stand auf. »Bis morgen also«, nickte er den beiden zu und machte sich auf den Weg zurück.

»Morgen«, gähnte der Hauptmann und bedachte den Schwertmajor mit einem müden Blick. »Jetzt seht Ihr wenigstens aus wie ein Veteran und nicht wie ein Rekrut mit nagelneuer Rüstung!«

»Besten Dank«, meinte Blix mit scharfem Unterton. »Schön, dass es Euch gefällt.«

»Er hat recht, weißt du«, schmunzelte die Füchsin und reichte ihm einen Becher Tee vom Feuer. Frühstück war wohl nicht vorgesehen, nur für eine Tasse war noch Zeit. Dort hinten brachte der graue Mann, dessen Name Blix schon wieder vergessen hatte, die Pferde heran, während die Bardin Leandra half, die Rüstung anzulegen. Zokora kam von irgendwoher, es war das erste Mal, seitdem sie die Zuflucht erreicht hatten, dass er sie sah. Sie nickte Anlynn und ihm zu, schien aber an diesem Morgen noch zurückgezogener als sonst. »Du siehst aus, als hättest du zwanzig Kriege darin ausgefochten«, fuhr Anlynn fort und grinste breit. »Wenn du nicht aufpasst, macht Janos aus dir noch einen von uns.«

Es wäre nicht das Schlechteste, dachte Blix wehmütig. Von der Ordnung, die er von der Legion gewohnt war, fehlte jede Spur, und doch schien jeder genau zu wissen, was zu tun war. Er sah verstohlen zur Königin hin, die ihren Sattel überprüfte, ihre Augen trafen sich, und sie schenkte ihm ein seltsam scheues Lächeln. Sie war eine Halbelfe, also täuschte ihr Aussehen, doch in diesem Moment schien sie ihm kaum älter als zwanzig zu sein. Gerlon kam heran, auch er sah müde und zerschlagen aus. Kein Wunder, denn unter den dichten Wipfeln war der herannahende Tag nur zu ahnen, und sein alter

Freund hatte den Flüchtlingen noch eine Mitternachtsmesse gehalten und sich um ihr Seelenheil gekümmert. Blix bezweifelte, dass er viel Schlaf gefunden hatte.

»Was hältst du von dieser Idee mit der Hexe«, fragte Gerlon ihn leise, während er dem grauen Mann dankbar zunickte, als dieser ihm die Zügel reichte.

»Mir gefällt die ganze Sache nicht«, gab Blix unumwunden zu. »Aber es ist nicht meine Entscheidung. Und wer weiß, vielleicht ist es der rechte Weg.«

»Hexerei ist etwas, das mein Gott nicht dulden will«, teilte Gerlon ihm mit, als er und Blix ihre Pferde hinter Anlynn herführten, die den Weg aus dem Wald hinaus weisen sollte. »Ihre Zauberei ist räuberisch, sie nehmen die Kraft aus dem Leben um sie herum. Tiere, Vögel, sogar aus einem Strauch oder einem Baum, der dann verdorren wird. Es ist eine dunkle Form der Kraft und der Blutmagie ähnlich, die einst von den dunklen Elfen gewirkt wurde. Es kann nicht meinen Beifall finden, wenn wir ihre Zauberei zu unseren Zwecken nutzen sollen!«

»Noch ist es nicht so weit«, meinte Blix beruhigend. »Es mag eine blinde Fährte sein, und es ist noch nicht gegeben, dass diese alte Hexe wirklich existiert. Wenn es die ist, von der diese Ballade spricht, dann müsste sie Hunderte von Jahren alt sein.«

»Was möglich ist, wenn man sich der dunklen Kräfte bedient«, sagte Gerlon rau. »Es wäre meine Pflicht, sie vor Soltar zu verdammen und darauf zu beharren, dass man sie erschlagen muss.«

Blix musterte seinen alten Freund mit einiger Überraschung. So streitbar kannte er ihn nicht. »Wenn sie sich nur an Tieren vergeht, dann ist es nicht so schlimm«, meinte der Major im Flüsterton. Anlynn besaß scharfe Ohren, und auch vor Zokora war man nie sicher, aber andere sollten dies nicht mithören. »Bislang habe ich noch nicht gesehen, dass du einen gebratenen Hasen abgelehnt hast, wo liegt da der Unterschied?«

»Die Götter haben es so gefügt, dass wir die Tiere essen dürfen. Doch sie hat nicht das Geschenk der Magie erhalten, sondern stiehlt es sich. Hexerei ist Raub. An allen Dingen, und es verdirbt die Seele! Und du wirst keine finden, die nicht dem Namenlosen dient. Hast du nicht gehört? Sie lockt Wanderer in ihre Falle und frisst sie auf!«

»Das hat Janos nicht erwähnt.«

»Hat er wohl. Nur nicht sehr deutlich. Die Ballade sagt, dass der Wandersmann sich nur durch eine Wette vor ihr retten konnte!«

»Dann sei es so«, sagte Blix hart. »Sie ist dennoch das kleinere Übel, als eine ganze Stadt dem Feind auszuliefern!«

Gerlon sah seinen alten Freund fast erschrocken an. »Die Götter geben uns einen Weg vor, auf dem wir wandeln sollen. Weichen wir davon ab, hat dies Folgen!«

»Also gut«, sagte Blix entnervt. Vielleicht lag es daran, dass er nicht viel Schlaf gefunden hatte. »Was willst du tun? Die Hexe tot sehen? Und dann? Vielleicht ist dies der einzige Weg, den Tempel zu finden, und wir verlieren die Kronstadt und mit ihr die Südlande? Ist es das, was du willst? Oder sollen wir Lassahndaar opfern, nur damit sie stirbt?« Er war versucht, seinen Freund an der Kutte zu packen und zu schütteln. »Die Königin trägt ein Boron geweihtes Schwert! Meinst du nicht, sie wird richtig entscheiden können?«

»Sie hat doch schon entschieden! Sonst wären wir nicht auf dem Weg zu dieser alten Vettel! Sie ist bereit, ein Geschäft mit dem Namenlosen einzugehen, und das kann nur übel enden!«

»Gerlon«, sagte Blix eindringlich. »Was ist los mit dir? Bist du nicht der, der fast alles leicht verzeiht? Der immer ein Wort der Güte kennt und Gnade predigt?«

»Mein Gott ist streitbar gegen jene, die gegen ihn stehen«, sagte Gerlon kühl. »Als sein Priester ist es meine Pflicht, seinem Willen zu folgen.«

»Um der Götter willen, Gerlon!«, fluchte Blix. »Meinst du

wahrhaftig, er will viele sterben sehen, anstatt eine leben zu lassen? Es gibt die Waage des kleineren Übels, Gerlon. Das musst du doch erkennen können! Götter«, ereiferte er sich, »wir sind noch gar nicht dort, und schon willst du die Hexe erschlagen sehen? Warte doch auf das, was wir finden werden. Entscheide dann, aber fahre dich doch nicht jetzt schon fest!«

»Du verstehst nicht«, sagte Gerlon und blieb stehen. »Geh voran«, sagte er kühl, als der Schwertmajor ihn fragend ansah. »Ich habe keine Lust mehr, mit dir über meine Pflichten zu streiten.«

Einen Moment zögerte Blix, dann nickte er grimmig und führte sein Pferd weiter. Er hatte wahrlich genug von diesen Dingen. Götter, dachte er erzürnt. Er war Soldat, was musste er sich da noch mit solchen Dingen belasten!

Anlynn sah zurück zu ihm, und er beeilte sich, ihr zu folgen. Sie musste alles mitgehört haben, doch sie sagte nichts dazu. Wieder sah er nicht weit entfernt ein Reh, doch diesmal freute ihn der Anblick nicht, im Moment entging ihm das Wunder dieses Waldes. Was für ein sturer Kerl, dachte er empört. Als hätten wir nicht genug andere Sorgen!

Dass dem in der Tat so war, zeigte sich, als sie den Waldrand erreichten. Dort wartete ein alter Jäger, den Janos für die Nacht eingeteilt hatte, um die Straße im Auge zu behalten. Zwar glaubte auch der Hauptmann, dass der Wald sie schützen würde, doch wollte er ganz sichergehen.

Die Nacht war ruhig verlaufen, doch am Morgen hatte der Jäger ein Pferd wiehern hören und war dem Geräusch gefolgt. Was er gefunden hatte, erschütterte den Mann so sehr, dass er auch jetzt noch kaum ein Wort herausbrachte. Nur so viel war von ihm zu erfahren, dass unweit von hier, ein Stück nordöstlich die Straße hoch, etwas zu finden war, das ihn mit nie gefühltem, tiefem Schrecken erfüllte. Kaum hatte er dies gestammelt, hastete der alte Mann, so schnell es ihm eben möglich war, davon und floh zurück zum Lager.

Janos tauschte einen Blick mit Leandra aus, die fast unmerklich nickte.

»Gut«, sagte er dann ergeben. »Wollen wir sehen, was den alten Mann derart in Schrecken versetzt hat.« Er sah die ruhige Straße hoch, dann zurück in Richtung Lassahndaar. »Weit ist es nicht und kein großer Umweg. Mit etwas Glück werden wir auf keine feindliche Streife treffen. Es sind faule Hunde, allesamt, und es ist noch viel zu früh für sie!«

Darin sollte er sich freilich täuschen, wenn auch auf andere Weise, als man hätte denken mögen. Denn weniger als vierhundert Schritte den Weg hoch fanden sie eine Streife. Oder was davon noch übrig war.

Ein Baum war rechts am Wegesrand gewachsen, mit schwarzer öliger Borke und Wurzeln, die Tentakeln gleich den Boden brachen. Dort, wo sie unter der Erde verliefen, war diese mit dunklen Strichen gezeichnet, wich das gesunde Grün des Waldes vor ihnen zurück. Schlimmer anzusehen waren nur Stamm und Äste, die sich wanden und schlängelten und mit den Körpern der Unglücklichen verwachsen waren. Wo schwarze Borke anfing und Fleisch endete, war nur mehr schwer auszumachen, hier klapperten scharfkantige Blätter, dort pulsierte schwarzes Blut und tropfte auf den Boden, wo es lebendes Grün zerstörte. Einen der Soldaten Thalaks hatte es am schlimmsten getroffen, obwohl ihm ein Ast aus der Brust wuchs und seine Arme Äste waren, regte sich ein Auge, und aus dem verhärteten hölzernen Mund kamen gurgelnde Geräusche. Ein Bein, von dem Fluch fast völlig unberührt, zuckte noch, während das andere im Stamm des Fleischbaums verwoben war.

Die Pferde scheuten und wollten nicht näher, schweigend nahm der graue Mann die Zügel, während die anderen absaßen und widerwillig näher traten.

Gerlon vor allem konnte nicht fassen, was ihm seine Augen zeigten, er weinte bei dem Anblick, während seine Lippen sich lautlos im Gebet bewegten. Dann, als der verwachsene Mann erneut gurgelte, war es zu viel für den jungen Priester, er verdrehte die Augen und sackte mit einem Seufzer in sich zusammen. Es war Blix, der seinen alten Freund rasch auffing.

Auch Leandra war der Anblick zu viel, sie wandte sich ab und übergab sich am Waldrand, selbst Blix, der bis eben dachte, alles schon einmal gesehen zu haben, kämpfte gegen seinen Magen an. Sieglinde reichte der Königin einen Wasserbeutel, damit sie sich den Mund ausspülen konnte, und schließlich war es trotz allem sie, die Königin, die als Erste etwas sagte.

»Götter«, flüsterte sie und griff mit zitternden Fingern nach ihrem Schwert. »Welch übler Fluch ist das?«

Janos schüttelte nur den Kopf, auch ihm schien es die Sprache verschlagen zu haben.

»Hier«, sagte die Füchsin gepresst und wies mit der Spitze ihres Schwertes zum Waldrand hin, wo sich Spuren fanden. Inmitten des satten Grüns, das diesen Wald auszeichnete, führte eine Spur verdorrter Pflanzen tiefer in den Wald, und dort hinten stand ein Baum, gerissen, dürr und ausgetrocknet, als hätte er Jahrzehnte in einer Wüste darben müssen, die Äste leer von Blättern, die braun und welk den Boden um ihn herum säumten. »Schau dir das an«, sagte sie zu Blix und wies erneut auf diese unheilige Spur. »Was siehst du hier?«

»Welkes Gras?«, antwortete Blix mit Mühe, denn es würgte ihn noch immer.

»Was siehst du nicht?«

Er schaute nur verständnislos, das Denken fiel ihm schwer, auch wenn er nicht mehr hinsah, presste sich dieser dunkle Baum doch noch immer in seine Gedanken.

»Das Gras ist tot, verdorrt«, erklärte sie. »Doch es ist nicht gebrochen, oder niedergedrückt. Was immer es verdorben hat, hat es nicht berührt. Und diese Abdrücke …« Sie setzte ihren eigenen schlanken Fuß daneben, sorgsam darauf bedacht, die Spur nicht zu berühren. Selbst mit dem Lederstiefel war ihre Sohle kaum größer als der Abdruck dieser Spur. Beide sahen sie dann auf, zu Zokora hin, die abseits stand und mit unbewegtem Gesicht diesen Baum betrachtete. Neben Anlynn war sie die Einzige, die so kleine Füße besaß.

Leandra war währenddessen näher an den Baum getreten und hielt nun Steinherz mit beiden Händen.

»Sag, Soldat«, bat sie leise. »Bevor ich dich erlöse, kannst du uns sagen, was sich hier zugetragen hat?«

Dass der Unglückliche das Schwarz des Feindes trug, war jetzt nicht mehr von Belang, dies ging tiefer als Farbe und Art der Rüstung. Nur schwer verständliche Laute kamen aus dem hölzernen Mund. Leandra trat noch näher heran, doch noch immer gelang es ihr nicht, auch nur ein Wort zu verstehen.

»Er sagt«, sprach Zokora mit tonloser Stimme, »dass es gestern zum Abend hin geschah. Er und seine Kameraden ritten Streife ...« Ein Bein zuckte, und der Mund gurgelte erneut. »Da sahen sie an der Seite eine alte Vettel sitzen. Sie wollte einen Apfel essen, so schön, dass er dem Streifenführer gefiel und er ihn von ihr forderte. Er nahm ihn der Alten ab, stieß sie zurück und biss hinein, dann wuchs dieser Baum so schnell aus ihm heraus, dass dieser Mann hier und die anderen nicht ausweichen konnten, bevor sie diese Äste vom Pferd pflückten und mit ihnen verwuchsen. Seitdem hängt er da und ist nun bereit, auf jeden Gott zu schwören, solange nur seine Seele von diesem Schicksal befreit wird.«

»Eine alte Vettel?«, stöhnte Gerlon vom Boden her. Der Priester hatte sich auf einen Arm gestützt und sah mit fiebrigen Augen zu dem Fleischbaum hin. »Es muss die Hexe sein!« Kraftlos fiel er zurück, und seine Hände suchten zitternd das Symbol des Soltar, das er an einer silbernen Kette unter seiner Robe trug.

Leandra sagte nichts, sie nickte nur und griff das Heft des Schwertes fester, bevor sie mit grimmigem Gesichtsausdruck weit ausholte und mit aller Kraft zuschlug.

Die fahl schimmernde gottgeweihte Klinge schnitt Fleisch

und schwarzes Holz wie eine Sense das Gras, mit einem letzten Stöhnen verlor der Soldat sein Leben, während Schatten um ihn wogten und er und die Reste seiner Kameraden zu Boden fielen, als der Baum in Rauch verging, als hätte es ihn nie gegeben. Nur die verdrehten, aufgerissenen Körper, die aufgewühlte Erde und das tote Gras zeugten jetzt noch von dem Unheil, das hier gestanden hatte.

Schwer atmend stand die Königin da und sah auf die Toten herab, bevor sie mit angewidertem und grimmigem Gesicht ihre Klinge, von der es schwarz und ölig tropfte, am Gras des Waldrands säuberte. Das verwelkte sogleich, wo das Öl es berührte.

»Götter«, seufzte sie dann, bevor sie sorgsam die Klinge wieder in die Scheide führte. »Wären dies nicht Soldaten aus Thalak und ohne das Zeugnis dieses Mannes, ich hätte es für ein Werk der Nekromanten gehalten und hätte jeden Mut verloren, denn wie will ein Mensch gegen solche Zauberei bestehen? Doch so ...« Sie sah zu Gerlon hin, der mit geschlossenen Augen am Boden kniete, das Symbol seines Gottes hochgereckt und betend. »Wer unter den Augen der Götter wagt es noch, solch Unheil zu beschwören!«

»Es war Dorin«, teilte Zokora den anderen tonlos mit. »Sie ist eine Spruchweberin, und als solche kennt sie auch die alten Formen. Wie diese hier ... in alten Tagen markierten wir so die Grenzen unseres Reichs gegen die Menschen.«

»Die Spruchweberin?«, fragte Leandra fassungslos, während die anderen ungläubig starrten, auch Gerlon hatte aufgehört zu beten und schaute sie ungläubig an. »Bist du sicher?«

»Würde ich es sonst sagen?«, fragte Zokora.

»Aber warum?«

»Weil sie es kann?« Zokoras Augen glühten rötlich. »Wir dulden euch Menschen nur in unserem Land. Wenn sie beschloss, diese hier nicht mehr zu dulden und ein Mahnmal mit ihnen zu setzen, dann war es ihr nach unserem Recht erlaubt. Mehr noch, ich bin sicher, dass Dorin ein Argument finden könnte, das sie sogar verpflichtet hätte, so zu handeln.« Sie machte eine kleine Pause. »Tatsächlich aber ist es, weil sie einen Gefallen daran findet, Menschen leiden zu sehen. Sie ist die mit dem höchsten Verbrauch an Sklaven, und selbst die meisten meiner Schwestern fühlen sich von ihren Vergnügungen abgestoßen. Denn ihr Handeln dient nicht einem Ziel, das uns allen nützen soll, sondern nur der Befriedigung ihrer eigenen Lust.«

»Wäret auch Ihr imstande, ein solch ungeheures Ding zu tun?«, fragte Gerlon nun gepresst.

Die dunkle Elfe sah zu ihm hin und nickte mit unbewegtem Gesicht.

»Würde ich die nötige Magie beherrschen, sicherlich«, antwortete sie, als spräche sie davon, einen Tee zu kochen. »Wenn es nützlich ist, ein Ziel verfolgt oder getan werden muss. Um daraus meine Befriedigung und Lust zu ziehen? Niemals. Ich versichere dir, Diener des Soltar, dass auch meine Göttin an solchem Wirken keine Freude findet und es keinen Zweifel gibt, das sie es nicht will, sondern verabscheut. Die Kunst, Magie in dieser Art zu wirken, stammt aus alter Zeit, noch bevor Solantes Gnade Einzug in unsere Herzen hielt. Ich glaubte sie vergessen. Es tut Solante keinen Dienst, diese Magie zu wirken.«

»Ich dachte, ihr glaubt alle an Solante?«, fragte Sieglinde leise.

»Glauben alle Menschen an die Dreieinigkeit? Ich glaube an Solante und meine Mutter auch. Die meisten von uns tun es, denn Ihr Licht hat uns über Jahrtausende sicher geschützt und geleitet. Doch es gibt immer jene, die Eigennutz über das stellen, das allen hilft. Es ist bei uns nicht anders als bei euch.«

»Folgt daraus, dass diese Dorin Omagor dient?«, fragte Janos mit rauer Stimme. Es war das erste Mal, dass er etwas sagte. Der große Mann, der sonst so furchtlos wirkte, war noch immer aschfahl und arg betroffen.

»Nein«, sagte Zokora und sah dorthin, wo die Erde noch

immer aufgewühlt war. »Sie dient nur sich selbst. Was in gewissem Sinne noch schlimmer ist. Doch es bleibt, dass es ihr nach altem Recht gestattet ist.«

»Ihr verteidigt sie auch noch?«, fragte Bruder Gerlon entsetzt.

»Das tat ich nicht«, sagte Zokora kühl. »Ich teilte euch eine Tatsache mit.«

»Wir können sie doch nicht mit solchem Frevel leben lassen!«, flehte der Priester. Blix musterte ihn mit gerunzelter Stirn. Dies war so gar nicht der Mann, den er kannte. Doch bevor er etwas sagen konnte oder auch nur wusste, was er sagen wollte, sprach die dunkle Elfe weiter.

»Es steht dir nicht zu, Priester, über uns zu richten«, teilte sie ihm kühl mit.

»Ihr wollt sie gewähren lassen?«, fragte der Priester fassungslos.

»Auch das waren nicht meine Worte«, antwortete Zokora. »Doch ich denke, sie wird mir noch einen Grund geben, sie zu erschlagen.« Wieder legte sie eine Hand auf ihren flachen Bauch. »Ich bin mir dessen sogar sicher.«

Als die kleine Gruppe weiterritt, war die Stimmung gedrückt und schweigsam. Da half es auch nicht viel, dass die Sonne schien und die Vögel ihr Lied sangen, ein jeder von ihnen würde lange brauchen, um dieses dunkle Bild vergessen zu können. Zokora hatte die Pferde der Streife zu sich gerufen und sie von Sattel und Zaumzeug befreit, dann hatten sie sich beeilt, von diesem Ort zu fliehen.

»Wie konntest du den Soldaten verstehen?«, fragte Sieglinde die dunkle Elfe leise, als der Ort hinter einer Biegung verschwand.

»Ich besitze die Gnade meiner Göttin, oder einen Zauber, wenn du willst, das, was ihr Menschen sagt, dem Sinn nach zu verstehen«, erklärte Zokora. »Welche Sprache ihr sprecht oder wie undeutlich es ist, ist dabei unerheblich.«

»Oh«, sagte Sieglinde, und man sah ihr an, wie ihre Gedanken sich überschlugen. »Kannst du es mir beibringen?«

»Nein«, antwortete Zokora. Als Sieglinde überaus enttäuscht dreinschaute, schien Zokora fast zu lächeln. »Aber ich kann dich im Namen Solantes damit segnen«, fuhr die dunkle Elfe fort. »Wenn du es so wünschst.«

»Ich diene Astarte«, sagte Sieglinde. »Ist dies ein Problem?«

»Wohl kaum«, meinte Zokora, und diesmal war sich die Bardin sicher, dass sie lächelte. »Solante mag die andere Seite sein, aber es ist derselbe Spiegel. Doch es wird nicht helfen, unsere Sprache zu verstehen.«

»Glaub mir«, strahlte Sieglinde, das schreckliche Mahnmal für den Moment vergessend. »Es ist ein guter Anfang!«

Das Blubbermoor

23 »Wie heißt denn dieses Moor?«, wollte Blix etwas später wissen. Anlynn hatte sie weiter gen Norden geführt, was die Gefahr ein wenig minderte, von einer Streife des Feindes überrascht zu werden. Am Mittag hatten sie dann beschlossen, an einem Bachlauf zu lagern, und Sieglinde war bereits emsig dabei, Kräuter in den Topf zu werfen, der auf dem Feuer hing, die zwei Hasen, die Anlynn auf dem Weg geschossen hatte, waren auch bereits darin. Weit, so hatte die Füchsin soeben der Königin erklärt, war es nicht mehr hin zu diesem Ort. Der Schwertmajor hatte seine vertraute Karte herausgeholt und einen Kohlestift.

»Dort ist alles krumm und schief«, hatte Anlynn gelacht, als sie seine Karte sah.

»Es ist die beste Karte, die wir haben«, grummelte der Schwertmajor. »Sag mir einfach den Namen, und überlass es mir, das Moor dann falsch einzuzeichnen!«

»Also gut«, sagte sie und zuckte mit den schlanken Schultern. »Blubbermoor.«

»Blubbermoor?«, fragte Blix ungläubig. »Willst du mit mir scherzen?«

»Nein«, lachte sie. »Es heißt tatsächlich so. Wohl weil es dort besonders blubbert.«

»Dein Freund ist krank«, sagte Zokora als Begrüßung, als sie sich zu dem Schwertmajor und der Füchsin gesellte. Blix wischte gerade seine Schale mit einem Stück Brot aus und bewies wieder einmal die Richtigkeit des alten Sprichworts: Ein Soldat konnte alleine damit zufriedengestellt werden, dass man ihn gut genug fütterte. Was Sieglinde mit nur wenigen Zutaten auftischen konnte, grenzte fast schon an Magie. Wenn es nicht tatsächlich so etwas war. Den schrecklichen Anblick vom Morgen hatte er schon fast wieder vergessen, zum einen, weil er geübt darin war, schlimme Bilder zu verdrängen, zum anderen, weil es ihm nunmehr fast schon wie ein übler Traum vorkam. Er sah zu Gerlon hin. Der junge Priester saß bei Leandra und Janos und unterhielt sich mit ihnen, während er langsam und methodisch aß. Er sah müde aus, aber seine Augen hatten diesen erschreckenden Glanz verloren. Auch schien er deutlich ruhiger als am Morgen.

»Wie das?«, fragte er jetzt und wischte seine Schüssel sorgsam aus, bevor er sie wieder in seinem Packen verstaute. »Ich habe auch schon daran gedacht, nur kenne ich mich in solchen Dingen nicht so aus. Ich weiß nur, dass er nichts anderes gegessen hat als wir anderen.«

»Daran liegt es nicht«, sagte die Dunkelelfe und sah zu Gerlon hin, der kaum etwas gegessen hatte, aber wieder betete. »Er wird jede Nacht von dunklen Träumen geplagt, die ihn tiefer in den Wahn zu stürzen versuchen. Es ist auch nichts neu an seinem Leiden, er hat es schon seit Jahren. Nur dass die Strapazen dieser Reise es jetzt verschlimmert haben.«

»Seit Jahren?«, fragte Blix bestürzt. »Als ich ihn in Askir wiedertraf, ist mir davon nichts aufgefallen.«

»Glaub mir«, sagte Zokora leise. »Es berührt ihn schon seit Langem. Er hat ganz sicher schon seit Langem Träume, hört Stimmen und sieht Zeichen, wo nichts ist.«

»Er ist ein Priester«, meinte der Schwertmajor achselzuckend. »Da soll es oft so sein.«

»Ich diene auch einem Gott. Und doch kenne ich den Unterschied zwischen Wahn und Wahrheit!«, gab Zokora scharf zurück. »Die Zeichen sind deutlich: Wenn man nichts tut, wird dein Freund sterben! Bald schon, ein paar Wochen noch, dann wird der Wahn ihn vollends besiegen, und er wird sich nicht mehr bändigen lassen, nicht imstande sein, sich um sich selbst zu sorgen. Danach brauchst du nur zu warten, bis du ihn begraben kannst.«

»Aber Ihr sagt, er sei krank und nicht vom Wahn befallen?«

»Was dennoch oft das Gleiche ist.«

»Was hat er dann? Wisst Ihr es?«

»Ich kann es nur ahnen. Aber wenn ich recht behalte, ist es etwas, das in seinem Schädel wuchert, eine Art Pilz, der ihm das Gehirn zerquetscht.«

Blix stellte sich vor, wie ein Pilz im Kopf seines Freundes wucherte, und schauderte. »Götter!«, flüsterte er. »Das hat er nicht verdient. Gerlon ist jemand, den die Götter lieben sollten.«

»Sie sagte, wenn man nichts tut«, bemerkte Anlynn, die der Unterhaltung wortlos gelauscht hatte. »Kann man denn überhaupt etwas tun, wenn dieser Pilz doch in seinem Schädel wächst?«

»Man kann ihm den Schädel aufmeißeln und den Pilz herausschneiden«, sagte die dunkle Elfe. »Wenn man über die Magie verfügt zu sehen, wo sich der Pilz genau befindet, und über die Gabe, die Wunde dann zu heilen.«

»Kann man so etwas überleben?«, fragte Anlynn gebannt.

»Ja. Es wurde schon mit Erfolg getan«, erklärte die Dunkelelfe. »Doch er ist nicht von meinem Volk, vielleicht gibt es Unterschiede, von denen ich nichts weiß. Und, da er menschlich ist, fehlt es ihm an Kraft zur Genesung. Man müsste ihn mit Gebeten heilen.«

»Aber Ihr könntet es versuchen?«, fragte Blix hoffnungsvoll.

Langsam nickte die Elfe. »Ja. Versuchen kann ich es. Nur braucht es mehr dazu. Wir bräuchten einen Ort, der nahe meiner Göttin ist. Man braucht Werkzeuge dazu, die dafür gedacht sind. Eine scharfe Klinge, Nadel und Faden tun es in dem Fall nicht. Bis ich solche Instrumente holen kann und aus unseren Höhlen zurückgekehrt bin, ist es schon zu spät.«

Sieglinde, die dabei war, das Feuer zu begraben, schob die letzte Erde über die Glut und kam zu ihnen hinüber.

»Vielleicht kann Leandra helfen«, sagte sie.

»Götter!«, fluchte Blix. »Hat denn ein jeder hier nur scharfe Ohren, und bin ich denn der Einzige, der hier noch taub ist?« Von einem nahen Ast stob ein Rabe auf und flog davon. Sieglinde und die dunkle Elfe schmunzelten und tauschten einen Blick. Doch die Bardin ging nicht auf den Vorwurf ein. »Leandra trägt alles mit sich herum, was sie auf der Reise eingesammelt hat«, erklärte sie. »Sie hat mir vor einiger Zeit einen Kasten gezeigt, den Havald auf dem Basar in Gasalabad für sie gefunden hat: einen Kasten mit den Instrumenten eines Chirurgen. Havald hat ihn ihr geschenkt. Mit etwas Glück besitzt sie diesen Kasten noch.«

»Bedenkt man, dass es Menschen sind, ist die Heilkunst in Bessarein recht weit fortgeschritten«, sagte Zokora nachdenklich. »Es mag sein, dass es uns nützt.«

»Bleibt der Ort, von dem du sprachst. Einer, der deiner Göttin nahe ist. Was braucht es?«

»Einen Tempel meiner Göttin. Oder ein Haus der Astarte. Oder einen geweihten Schrein, an dem der Glaube besonders stark ist.« Sie sah zu Blix hin. »Der Schrein an dem Ort, an dem deine Lanze rastet, tut es nicht, der Wille der Göttin ist dort kaum noch zu spüren.«

Der Schwertmajor nickte, das hatte er sich schon fast gedacht.

»Wie sicher seid Ihr Euch?«, fragte er sie.

»Wie sicher bist du dir, dass die Nacht dem Tage folgt?«, gab sie zurück und stand auf. »Es geht weiter«, stellte sie fest. »Ich werde mich mit Leandra besprechen.«

Als sie ein Stück geritten waren, fielen Gerlon wohl Blixens besorgte Blicke auf. Er ritt heran und begrüßte den Schwertmajor mit einem scheuen Lächeln.

»Es tut mir leid, Kurtis«, sagte er dann leise. »Ich habe mich heute Morgen gehen lassen. Ich weiß auch nicht, was in mich fuhr, jetzt kommen mir deine Worte weitaus vernünftiger vor als vorhin.« Er lachte leise. »Mein Gebet eben gab mir die Gelassenheit zurück, es geschieht nicht oft, dass ich mich so verliere.«

»Ja«, sagte Blix leise. »Ich verstehe.«

»Das ist gut«, meinte Gerlon sichtlich erleichtert. »Es ist schon, wie ich sagte, Soltar wünscht von seinen Dienern, das sie seinem Willen folgen, aber dann doch auch mit Verstand und Weisheit. Ich kann mir auch nicht erklären, warum ich beides heute Morgen verlor.«

»Aber es geht dir jetzt besser?«, fragte Blix besorgt.

»Ja, doch«, lachte Gerlon. »Siehst du es nicht? Mir fehlt nichts, was nicht von Schlaf und Gebet kuriert werden könnte. Verzeihst du mir?«

»Es gibt nichts zu verzeihen«, sagte Blix und schluckte. »Du warst nur etwas stur.«

»Etwas mehr als das«, lachte Gerlon und ließ sein Pferd wieder zurückfallen. »Aber danke für dein Verständnis. Ich lasse euch jetzt wieder allein.«

»Er sieht munterer aus als zuvor und scheint mir ganz normal«, stellte Anlynn fest, als Gerlon zurückgefallen war.

»Vielleicht irrt die dunkle Elfe. Wenigstens stört er sich nicht daran, dass wir zusammen reiten.«

»Er vertraut darauf, dass ich weiß, was ich tue«, sagte Blix. »So war er schon immer. Es passt so gar nicht zu ihm, in religiösen Eifer zu verfallen. Auch wenn er sein Amt sehr ernst nimmt.« Er seufzte. »Ich würde gerne hoffen, dass Sera Zokora sich täuscht. Doch was ich von ihr weiß, sagt mir, dass ihr das so gut wie nie geschieht.«

Sie erreichten die Ausläufer des Moors am frühen Abend. Als Anlynn die Hand hob, um die Gruppe anzuhalten, stützte Blix die Hände auf den Sattelknopf und schaute auf die unwirtliche Landschaft vor ihm. Dunkles Wasser umspülte Inseln, auf denen es grün wuchs, doch in der Ferne sah er schwarze Bäume, die verdorrte Äste warnend in die Höhe reckten und unangenehm an das Mahnmal der Elfe Dorin erinnerten. In der Ferne wurden die grünen Flecken weniger, selbst die Tiere mieden die Gegend, kein Vogel war zu hören. Es stank nach Fäulnis, Öl und anderem. Kein Ort, der einen willkommen hieß, dachte Blix, und zog seinen Umhang enger um sich. Er verspürte keinen Wunsch, tiefer in diese verdorbene Landschaft zu reiten, am liebsten wäre er auf der Stelle umgekehrt.

»Das ist es«, teilte Anlynn den anderen mit. »Ich weiß, dass wir es eilig haben, aber es empfiehlt sich nicht, den Weg in der Dunkelheit zu suchen. Es ist schon bei Tage trügerisch.«

»Ich kann ein Licht erschaffen, das uns leuchtet«, sagte die Königin, als sie ihr Pferd neben ihnen zügelte und mit gerunzelter Braue nach vorne schaute. »Würde das helfen?«

»Ich rate trotzdem dazu, bis zum Morgen zu warten, Eure Majestät«, beharrte Anlynn. »Es gibt mehr dort als nur trügerischen Grund. Es gibt Geister, die einen verwirren wollen, Gase, die einen Dinge sehen lassen, die gar nicht sind. Von Ungeheuern ganz abgesehen.« Sie schauderte sichtlich. »Es gibt Schlangen dort, länger als vier Pferde, und eine Art Kröte, die im Schlamm lauert und einen mit Gift bespuckt. Und anderes. All diese Gefahren sind bei Tage besser zu umgehen. Aber Ihr seid meine Königin, wenn Ihr es verlangt, gehe ich voraus, auch wenn der Weg uns in eine Hölle führt.«

»Danke, Anlynn«, sagte Leandra und schien gerührt von diesen Worten. »Aber das wird hoffentlich nicht nötig sein. Ich folge lieber Eurem Rat.« Sie streckte sich im Sattel. »Ein wenig Rast wird uns nicht schaden.«

Obwohl das Moor ihm unheimlich erschien, geschah während der Nacht nichts weiter. Es war Leandra, die Blix zur zweiten Wache weckte und ihn auf ein paar Irrlichter hinwies, die in der Ferne aufkamen und auch wieder vergingen, mehr hatte auch sie nicht zu berichten. Er sah ihnen eine Weile zu, doch sie blieben, wo sie waren, und kamen auch nicht näher. Der Rabe war schon wieder da. Blix griff nach einem Stock, um ihn zu werfen, da flog der Vogel schon davon. »Schlaues Biest«, murmelte Blix und gähnte. Flogen Raben in der Nacht? Er wusste es nicht.

Zur nächsten Wache war dann dieser andere Mann dran, es dauerte eine Weile bis der Schwertmajor ihn fand, letztlich stolperte er fast über ihn.

Was ihm von der Nacht übrig blieb, war gestört durch fremde Geräusche und den Gestank, nicht zuletzt auch von feuchtem Nebel, der dann aufzog und seine Decke klamm werden ließ. Als Sieglinde am Morgen mit dem Löffel gegen ihren Kessel schlug, fühlte er sich steif und alt; ein alter Hieb, den er vor Jahren an der Seite empfangen hatte, schmerzte ihn. Vom versprochenen Frühling war zumindest heute nicht viel zu bemerken.

»Wir sollten warten, bis der Nebel sich gelichtet hat«, schlug Janos vor. Es fand sich niemand, der widersprach, vielmehr versammelte man sich um das Feuer und suchte die Wärme, als ob es tiefster Winter wäre.

»Ich hasse solche Morgen«, meinte Gerlon unglücklich und zog seine Decke fester um sich, um dann die heiße Tasse mit beiden Händen zu umklammern.

Es dauerte nicht lange, bis die Sonne die Nebel vertrieb und nur noch leichte Schwaden übrig blieben. Die Zeit verbrachte man damit, die Lederstiefel aufzurollen, hochzuziehen und sie einzufetten, so gut es ging, dann löschte Sieglinde das Feuer, und sie nahmen die Zügel ihrer Pferde.

Es gab einen Moment, in dem sie alle so dastanden und auf das Moor schauten, niemand schien bereit, den ersten Schritt zu tun.

»Also dann«, seufzte die Königin, und Anlynn nickte und führte ihr Pferd voran.

Wie die Späherin wusste, wo sich unter dem schwarzen Wasser der Pfad befand, wo man auf scheinbar festem Boden einsank oder nicht, konnte Blix nicht erahnen. Nicht eine Kerzenlänge später wusste er, dass er den Weg kaum zurückfinden würde.

Die Einzige, die keine Schwierigkeiten mit dem feuchten Moorgrund hatte, war Zokora. Ihre Füße schienen den Grund nicht zu berühren.

»Wie machst du das?«, fragte Leandra irgendwann. »Ich bin sicher, dass du es nicht immer konntest.«

»Da war ich auch fern von unserem Land, wo der Segen meiner Göttin nicht mehr galt.« Sie zeigte kleine weiße Zähne, als sie lächelte. »Ich habe keinen Grund, nasse Füße zu bekommen, wenn es nicht sein muss.« Sie wies auf ihr Pferd, das genauso litt wie die der anderen. »Ich hörte von Zaubern, die es auch gestatten, dass die Pferde auf dem Wasser gehen. Es wäre nützlich, wenn du einen solchen Zauber kennen würdest.«

»Glaub mir«, seufzte Leandra und sah auf ihre Füße hinab, die fast bis zu den Knien im Morast steckten. »Wenn ich einen solchen Zauber kennen würde, hätte ich ihn gleich als ersten gewirkt.«

»Es gibt einen Zauber, den du bereithalten könntest, von dem ich weiß, dass du ihn kennst«, sagte die Elfe nachdenklich.

»Welcher wäre das?«

»Die Kugel, die du um uns gesponnen hast, als die Krabbler uns in den Höhlen angegriffen haben. Wenn du vom Weg abkommst und versinkst oder ein Pferd stecken bleibt, solltest du damit wieder nach oben kommen können.«

»Ein guter Rat«, sagte Leandra, »hätte ich noch von dem Diamantenpuder übrig. Ich habe in Gasalabad nachgekauft, aber vergessen, ihn mitzunehmen.«

»Dann ist es gut, dass es noch Seile gibt«, sagte Zokora, und sie stapften weiter.

Es dauerte überraschend lange, bis es eines der Pferde traf. Aber auch hier machte sich Zokora nützlich. Statt dass das Pferd sich immer tiefer wühlte und in Panik ausschlug, hielten die Worte der dunklen Elfe es ruhig und still, bis man das Tier aus dem Morast gezerrt hatte, und als es weiterging, schien das Pferd nicht verängstigt.

»Wie hat sie das gemacht?«, fragte Anlynn erstaunt. »Ich sah noch nie jemanden, der solche Wirkung auf die Pferde hat.«

»Sie sagt, es liegt daran, dass die Elfen einst die Pferde erschaffen haben und sie auf ihre Worte hören«, sagte Blix schulterzuckend. »Auf jeden Fall hören sie mehr auf sie als auf uns.«

Anlynn nickte und sah zu Leandra hin, die gerade mit ihrem Pferd zu kämpfen hatte. »Für sie scheint es nicht zu gelten«, stellte sie dann leise fest.

»Sie ist nur eine halbe Elfe«, meinte Blix. »Vielleicht gilt es deshalb nicht für sie.«

Wie gut Anlynn führte, sah man spätestens am frühen Nachmittag, als sie die erste Wegmarke erreichten.

»Es ist tatsächlich ein Schädel«, stellte Janos beeindruckt fest. Er zog den Helm ab und erschlug eine Stechmücke an seinem Hals. Er betrachtete das Insekt und schnippte es weg. »So groß wie Vögel diese Biester«, stellte er fest und übertrieb nicht viel damit.

Es war eine der größeren Anhöhen hier im Sumpf, auch wenn sie kaum mehr als einen Schritt aus dem schwarzen Wasser ragte, so war sie doch fest und trocken. Ein guter Ort, um kurz zu rasten. Wenn da nicht der Schädel gewesen wäre.

Wie in der Ballade beschrieben, ragte er gut drei Schritt aus dem Morast heraus, nur ein Teil des Kiefers steckte noch im Boden. Blix erschien er unförmig, zu flach und mit dicken Augenwülsten versehen, im Oberkiefer waren sogar noch mächtige Zähne zu sehen, zwei fehlten allerdings. Sträucher und die niedrigen Bäume des Sumpfes wuchsen um ihn herum und auch in den Augenhöhlen. Dort hatten auch Vögel ihr Nest gebaut, aber von denen war jetzt nichts zu sehen.

»Ich hoffe, er ist nur aus Stein geschlagen und nicht echt«, sagte Leandra dazu, doch Blix hatte seine Zweifel. Er schien ihm echt genug.

Während Anlynn Sieglinde dabei half, das Feuer zu entfachen, und Blix mit Gerlon zusammen die Pferde versorgte, zog Janos sein Schwert und kratzte an dem moosbewachsenen Schädel herum, bis er eine Stelle freigelegt hatte. »Knochen«, stellte er dann fest. »Zwar hart wie Stein, aber ganz zweifelsohne ist es Gebein.«

»Das muss dann einer der letzten Riesen gewesen sein«, vermutete Leandra. »Ich dachte, sie wären schon so lange ausgestorben, dass es nichts mehr von ihnen gibt, nicht einmal mehr Gebein.«

»Wir sind in einem Moor«, meinte Zokora dazu. »Wer weiß, wie lange es schon existiert und wie tief es einst gewesen ist. Was das Moor bekommt, behält es auch und gibt es nur ungern frei. Es mag sein, dass dieser hier vor Urzeiten versank und erst jetzt wieder zum Vorschein kommt, da das Moor kleiner und kleiner wird.« Sie sah sich um. »In tausend Jahren kann es ganz verschwunden sein.«

»Eines ist sicher«, sagte Janos und pochte ein letztes Mal mit seinem Schwert auf das Gebein. »Lebend wollte ich unserem Freund hier nicht begegnen!«

Von den Kreaturen hier im Moor schien keines essbar, also tat es ein letzter Hase vom Vortag. »Wir könnten mal einen braten«, schlug Blix Sieglinde vor, als sie das Fleisch von den Knochen zog und in den Topf warf.

»Dann ist es nicht genug für alle«, teilte sie ihm mit, und ihr Blick sagte ihm deutlich, was sie davon hielt, beim Kochen Ratschläge zu erhalten. Hastig leitete Blix den Rückzug ein, denn was man in der Legion als Erstes lernte, war, den Koch auf keinen Fall zu ärgern. Ein Rabe landete auf einem Ast und beäugte ihn und krähte, Blix bückte sich nach einem Stein, doch Anlynn hielt ihn zurück. »Nicht«, sagte sie leise. »Ihn anzugreifen bringt nur Unglück.«

Offenbar war die Drohung auch genug, denn der Rabe spreizte seine schwarzen Schwingen und flog davon. »Es ist das dritte Mal, dass ich ihn sehe«, meinte Blix und sah dem Vogel nach.

Anlynn zuckte mit den Schultern. »Mir ist er lieber als die anderen Biester hier.«

Gerade als Sieglinde den Topf für gut befand und nach der Kelle griff, was sofort auch Blixens Magen grollen ließ, sprang Zokora auf und zog ihr Schwert.

Bevor noch irgendjemand reagieren konnte, rannte sie auf das Moor hinaus.

»Was ist?«, fragte Anlynn, als sie ihren Bogen griff und einen Pfeil auflegte.

»Ich weiß es nicht«, antwortete Blix und zog, wie der Rest von ihnen, dann auch sein Schwert.

Zokora indes rannte nicht mehr, sie ging langsam weiter, den Kopf gesenkt, als würde sie etwas unter dem schwarzen Wasser suchen.

»Was …«, begann Leandra, der wieder silberne Funken

über den Körper liefen. Vor allem um den Reif schienen sie sich zu sammeln, um dann darin aufzugehen. Doch bevor sie noch ein Wort sagte, brach das Wasser auseinander, und ein riesiger geschuppter Kopf erhob sich auf langem, schmalem Leib, eine dieser Schlangen, von denen Anlynn erzählt hatte, mit schwarzen, ölig glänzenden Schuppen und Augen, die einen erstarren lassen konnten.

Die Sumpfschlange öffnete ihr Maul, und die Zähne klappten hervor, so lang wie Zokoras Arme.

»Habt acht!«, rief Anlynn über das schwarze Wasser weg. »Sie kann auch speien!«

Die Warnung kam keinen Moment zu früh. Selbst auf die Entfernung hin sah Blix den dunklen Auswurf, der Zokora nur knapp verfehlte.

Bislang hatte er die Elfe noch nie kämpfen sehen. Sie verschwand im Wald und ließ dort tote Gegner liegen. Jetzt aber konnte er den Kampf atemlos verfolgen. Die Elfe schien klein und unbedeutend gegen dieses Tier, einmal hob sich die Sumpfschlange so weit aus dem Wasser heraus, dass ihr glänzender Leib Zokora um ein Vielfaches überragte, was die Elfe nicht zu stören schien. Immer wieder sprang sie hoch, um mit ihrer dunklen Klinge zuzuschlagen, und Streich um Streich traf sie dieselbe Stelle, seitlich an dem Hals des Ungeheuers. Wasser, schwarzer Schlamm und Morast spritzten auf, als die Bestie sich darin wälzte, doch dann schoss der mächtige Schwanz hervor und traf Zokora so hart, dass sie gut fünf Schritt zur Seite geworfen wurde, sodass sie über das Wasser schlitterte, als wäre es aus schwarzem Eis. Erst eine der kleinen Inseln brachte sie zum Stillstand, wo sie benommen liegen blieb. Die Schlange wiegte ihren Kopf hin und her, den Rachen weit geöffnet, während sie zu überlegen schien, dann glitt sie voran, auf die kleine Gruppe zu. Anlynn, die nur auf freies Schussfeld gewartet hatte, ließ ihre Pfeile fliegen, die jedoch nur harmlos an den harten Schuppen abprallten, bloß einer traf den Spalt dazwischen, unweit der Stelle, an der Zokora die ersten Schuppen abgeschlagen hatte. Leandra und Sieglinde standen Seite an Seite, wobei die Bardin ihre fahle Klinge mit der linken Hand führte, Janos griff mit grimmiger Miene nach seinem Schild. Blix, der sich nutzlos fühlte, sprang hin zu Zokoras Pferd und griff sich die Armbrust, die dort am Sattel hing. Sie war nicht gespannt, also stellte er den Fuß in den Bügel und fing an, wie wild zu kurbeln.

Von Leandra kam ein Blitz, bei Weitem nicht so mächtig wie der, der die Kriegsbestie aus Thalak getroffen hatte, doch das Gleißen umhüllte die Bestie und ließ das Wasser kochen. Außer dass sie kurz zuckte und schreckenerregend zischte, zeigte er jedoch keine weitere Wirkung.

Zwei Dinge schossen Blix jetzt durch den Kopf, während er mit der Kurbel kämpfte, die weitaus schwerer ging als vorher vermutet: zum einen, dass der Pirat gewusst hatte, was er tat, als er Leandra reizte, zum anderen, dass auch Zokora richtig entschieden hatte, den Kampf ins Moor hinauszutragen. Ihr Schwert schien das Einzige zu sein, das half.

Blix hatte Geschichten von der Zähigkeit der Elfen gehört, besorgt sah er nun, das Zokora sich die Seite hielt, während sie Blut ausspuckte, um sich dann grimmig aufzurichten.

Ihr Schwert hatte der Schlange bereits eine fürchterliche Wunde zugefügt, aus der Blut wie ein dunkler Wasserfall pulsierte, doch war es nicht genug, unbeirrt kam die Bestie näher, bis es jedem klar erschien, wer ihr Ziel war: Leandra oder vielleicht auch Sieglinde, die bei ihr stand.

Endlich lag der Bolzen auf, und Blix hob die schwere Armbrust an, es war Jahre her, dass er damit geübt hatte, und er hatte wenig Hoffnung auf einen Treffer, dann sah er das Zeichen Borons auf der Waffe. Da er jede Hilfe brauchen konnte, rief er den Gott laut an und bat um Beistand, dann drückte er ab. Die Rune auf der Waffe schien vor seinem erstaunten Auge aufzuleuchten, dann gab es einen Ruck zur Seite hin, erst jetzt, verspätet, löste sich der Bolzen. Ungläubig sah Blix den schwarzen Punkt fliegen, weitab von der Stelle, wo die Schlange sich befand. Doch bevor er noch den Gott verfluchen konnte, schnellte der mächtige Kopf der Schlange vor und biss nach Leandra. Deren Streich nahm der Bestie einen Zahn, doch was die beiden rettete, war Janos, der sich todesverachtend mit seinem Schild vor den Rachen der Bestie warf und den Biss abwehrte, indem er der Bestie den schweren Schild in den Rachen rammte.

Die Schlange biss zu, und fast wäre Janos mit seinem Arm gefangen gewesen, im letzten Augenblick konnte er sich aus der Schlingen lösen, dann brach das Schild mit lautem Splittern und dem Kreischen von Metall.

Der riesige Kopf zuckte zurück, der Leib der Schlange zog sich zusammen und ließ einen Schwall von schwarzem Wasser über die Schädelinsel schwappen, dann fiel sie zurück in den Morast, was eine neue Welle auslöste, um sich dort zu winden und zu wälzen, bis sie endlich liegen blieb.

Während ein jeder noch schwer atmend starrte, zitterte der Leib der Bestie noch, es dauerte endlos lange, bis keine Wellen mehr zu sehen waren.

»Götter«, sagte Janos und musterte seinen Schildarm, der seinen Unterarmschutz verloren hatte und rau und blutig aussah. »Das war knapp.« Er bückte sich und hob den Zahn auf, den die Königin der Schlange genommen hatte und lachte grimmig. »Ich denke, den werde ich behalten … und auf unseren Kamin legen.«

»Wenn wir einen haben«, sagte Sieglinde schwer atmend. Wie Leandra auch war sie aschfahl geworden. Zokora trat an die Bestie heran und sah auf sie herab, dann kam sie zu der Insel zurück.

»Ein guter Schuss«, sagte sie dann. »Varosch wäre stolz gewesen.« Sie streckte die Hand aus, und Blix reichte ihr die Armbrust. Sie hing die Waffe an ihrem Sattel ein, wieder war es alleine ihr Pferd gewesen, das nicht geflohen war. Die anderen hatten sich hinter den Schädel gerettet, nur eines war ins Moor geflohen und wieherte kläglich, bis man es mit viel Mühe herausgezogen hatte.

Zokora war diesmal nicht dabei, denn Sieglinde bestand darauf, ihr die Seite zu verbinden. »Ist es schlimm?«, fragte Blix besorgt. Janos, Gerlon, Anlynn und der graue Mann kümmerten sich bereits um das Pferd, und er wäre nur im Weg gewesen.

»Nein«, antwortete Zokora. »Es sind drei Rippen gebrochen, und eine ist angeschlagen. Es ist nichts. Doch ich gestehe, dass ich in dem letzten halben Jahr mehr Schaden nahm als in den letzten fünfhundert Jahren seit der Zeit der Prüfung!« Sie schüttelte erheitert den Kopf. »Dabei war es das Erste, das ich lernte, dass ich nicht für andere kämpfen soll! Ihr Menschen bringt mir so manche schlechte Angewohnheit bei!«

»Einander beizustehen lässt uns länger leben«, sagte Sieglinde voller Ernst.

»Wird es Euch arg behindern?«, fragte Blix besorgt, während er hinter dem Schädel Janos fluchen hörte, als das Pferd sich wehrte.

»In ein paar Tagen wird sich das gerichtet haben«, teilte ihm Zokora mit. Sie sah fragend zu ihm hoch. »Wie hast du treffen können, Major? Hast du gewusst, wo das Biest sein wird?«

»Ich habe es verfehlt.«

»Hast du nicht. Der Bolzen steckt bis zu dem Gefieder in dem linken Auge der Bestie. Dein Bolzen und ein Splitter des Schilds, der durch den Rachen drang, haben es erlegt.«

»Es gibt eine Rune des Borons auf Eurer Waffe«, teilte Blix ihr mit. »Ich sah sie, bat um Seinen Beistand und sie gleißte auf. Wenn ich tatsächlich getroffen habe, war es die Hand des Gottes, die den Bolzen lenkte, nicht die meine.«

Zokora, die gerade den Arm gehoben hatte, um den Verband genauer zu betrachten, erstarrte in ihrer Bewegung. Dann ließ sie den Arm langsam sinken.

»Das kann nicht möglich sein«, flüsterte sie. »Dies war Varoschs Waffe. Die Rune darauf wurde ihm gegeben, als er die Weihe zum Akolythen empfing. Er sagte, sie sei an ihn gebunden und würde die Waffe Boron weihen, solange er lebt. Doch als er starb, verlor die Rune an Kraft, ich habe selber nachgesehen.« Sie wollte aufstehen, doch Sieglinde schüttelte den Kopf und drückte die Elfe herunter. »Nicht, bis ich nicht fertig bin«, mahnte sie und an Blix gewandt: »Bringt die Waffe her.«

Dass ein jeder hier der Meinung war, man könne ihm befehlen, störte den Major jetzt nicht. Er ging hin zu Zokoras Pferd und brachte der Elfe die Waffe, die er nun auch zum ersten Mal richtig betrachtete.

Sie war nach kaiserlicher Bauart gefertigt, von mittlerer Größe, gerade noch so, dass ein Mann alleine sie führen konnte. Auf beiden Seiten des Schafts hatte ein Künstler mit Elfenbein ein Bild aus Borons Buch fein eingelegt. Die ganze Waffe glänzte und schimmerte, als wäre sie tausendmal poliert, und die Rune des Gottes dort am Stock trat klar hervor. Vielleicht waren die neuen Armbrüste aus hohlem Stahl noch besser, doch Blix wagte es zu bezweifeln, diese Waffe war so außergewöhnlich wie die Sera, die sie nun fassungslos in ihren Händen wog. Noch nie hatte er die Elfe weinen sehen, doch nun beugte sie ihr Haupt über diese Waffe, und ihre zierlichen Schultern zuckten, sodass der Major und Sieglinde einander hilflos ansahen.

»Was ist?«, fragte Sieglinde sanft.

»Die Rune ist zurückgekehrt«, sagte die Elfe mit erstickter Stimme. »Vor Kurzem noch war sie fast vollends verblasst, doch sieh selbst, hier ist sie, als ob er noch leben würde!«

»Wie kann das sein?«, fragte Sieglinde.

»Es kann nicht sein«, sagte die Elfe und unternahm sichtliche Anstrengung, ihre Fassung zurückzuerlangen. Sie wischte sich die feuchten Augen ab. »Ich habe seine Asche selbst verbrannt und einen Gottesdienst abgehalten, sowohl in Borons Haus als auch im Namen meiner Göttin!« Ohne sich abzustimmen, hatten Blix und Sieglinde, die Elfe vor der Sicht der anderen abgeschirmt, und als jetzt Anlynn näher trat, war nichts mehr von dem Gram zu sehen, den Zokora eben noch gezeigt hatte.

»Ist etwas?«, fragte die Späherin besorgt. »Ist es doch schlimmer als befürchtet?«

»Nein. Nur ein Kratzer«, sagte die Elfe, als wäre nichts gewesen. Doch ihre Finger strichen noch immer zärtlich über diese Rune. »Geht«, bat sie dann. »Ich brauche etwas Ruhe.«

»Was war?«, fragte Anlynn etwas später leise. Der Topf mit dem guten Eintopf darin, der Blixens Magen hatte knurren lassen, war im Tumult umgestürzt, aber an diesem Ort wollte ohnehin keiner mehr verweilen, also rüstete man sich wieder zum Aufbruch. Blix sah zu Zokora hin, die, wie die anderen auch, jetzt doch vom Scheitel bis zur Sohle von den Spuren des aufgewühlten Morasts bedeckt war. Doch schon jetzt schienen ihre Rippen sie kaum mehr zu belasten.

»Ich weiß es auch nicht«, gab der Schwertmajor flüsternd Antwort. »Es mag jedoch sein, dass es Boron selbst war, der den Bolzen in das Auge lenkte. Ein Wunder also.«

»Wunder«, meinte Anlynn daraufhin, »können wir hier gut brauchen.«

Ein Wunder, wiederholte Blix in Gedanken und sah nachdenklich zu Gerlon hin, der sich notdürftig vom Matsch befreite. Vielleicht gab es sie ja doch.

Ein gelehrtes Spiel

24 »Da«, sagte Wiesel laut. »Schaut Euch den größten Dieb von Askir an!« Er blickte etwas unglücklich drein, als er sich beschaute. Kein Wunder. Alleine am Hals sah er drei

Bissmale von Zähnen, die ihm arg bekannt erschienen, auch an anderer Stelle waren sie zu finden. Zudem hatten scharfe Fingernägel auf seinem Rücken Furchen gezogen, als hätte er sich mit einer Raubkatze gepaart. Er warf einen Blick hin zu dem zerwühlten Bett und den beiden Bechern auf dem Tisch und seufzte. Viel anders war es auch nicht gewesen. Schöner Traum!, dachte er und ertappte sich dabei, dass er wünschte, die Erinnerung wäre ihm deutlicher geblieben. Götter, dachte er und gähnte. Ich bin so müde, dass es mir gerade so gelingt ein Auge aufzuhalten, was hat sie nur mit mir gemacht?

Er trat ans offene Fenster und sah hinaus über den Hafen. Fast acht Jahre waren es jetzt, dass er Marla die Tür gewiesen hatte. Am selben Tag hatte sie auch die »Gebrochene Klinge« verlassen und seitdem nie wieder betreten. Bis heute Nacht. Kinder waren sie nicht mehr gewesen; wuchs man am Hafen auf, war man schnell erwachsen. Aber noch so jung, dass sie nicht immer wussten, was sie taten. Er erinnerte sich noch immer gut an Istvans Gesicht, als dieser ihm mitteilte, dass Marla ihren Lohn gefordert hatte und gegangen war und dass auch er, der gutmütige Wirt, sie nicht hatte zurückhalten können. Bis vor Kurzem hatte er sie nur ab und an durch Zufall und auch nur in der Ferne gesehen, und was er über sie an Geschichten hörte, hatte ihm kaum gefallen können.

Immer hatte etwas an ihm genagt. Dass es vielleicht ein Fehler gewesen war, dass er sich vielleicht doch in ihr getäuscht hatte, dass er es war, der sie in dieses Leben zurückgestoßen hatte.

Er hatte sie aus seinem Leben und über die Jahre auch aus seinem Gedächtnis verbannt. Na, dachte er bitter, das hatte sie ihm nun gründlich verwehrt.

Er zog sich Hemd und Stiefel an und machte sich auf die Suche nach seinen Dolchen. Er fand sie unter dem Bett, schön säuberlich aufgereiht, auf dem guten Dutzend Goldbarren liegend vor. Die stammten aus dem Wrack einer Kriegsgaleere, die vor Jahrzehnten kurz vor den rettenden Seetoren des Hafens von einer Welle erfasst und unter die See gedrückt worden war. Der Goldschatz, den sie an Bord geladen hatte, war der Stoff von Legenden. Sie lag nicht weit entfernt vom Hafen, bei gutem Licht konnte man sie mit bloßem Auge dort unten liegen sehen. Wieder und wieder hatten Taucher versucht, das Gold zu bergen, doch es lag an der Grenze dessen, zu dem ein Mensch fähig war. Nur zwei Barren hatte man damals heben können, dafür viele Männer an die See verloren. Nicht nur, weil es so tief dort war, sondern auch, weil sich dort Seeschlangen herumtrieben. Nicht die Marinesoldaten Askirs, sondern die Seeungeheuer, von denen die Soldaten den Namen und das Lindgrün ihrer Rüstungen übernommen hatten.

Marendil gab nicht gerne her, was ihr einmal gegeben worden war.

Als vor ein paar Wochen Nekromanten aus Thalak in die Stadt gekommen waren und eine ganze Schiffsladung intelligenter Echsen mitbrachten, hatten sie diese Wesen, die K'aah, wie sie sich selbst nannten, dazu gezwungen, das Gold für sie zu bergen. Diese Echsenwesen, um die Hälfte größer als ein Mensch und gute Taucher, folgten den geistigen Befehlen einer Königin, der Brutmutter, wie sie diese nannten … und genau die war von einem Nekromanten mit dunkler Magie versklavt worden. Als Desina diesen Nekromanten erschlagen hatte, kamen die Echsen frei von diesem dunklen Einfluss … und hatten danach wenig Interesse an dem Gold gezeigt.

Vor Jahrhunderten war die See niedriger gewesen. Als sie gestiegen war, hatte sie einen alten Palast überflutet, der nun versunken war, dort hatten die Echsen ihr Nest gebaut, dort hausten sie noch immer. Und dort hatten die Barren auf einem wilden Haufen herumgelegen. Eine Verschwendung, wie er fand, dort nützten sie ja herzlich wenig. Nach dem Angriff auf die Gildenhalle, bei dem ein Nekromant ein Tor direkt nach Thalak hatte öffnen wollen, um auf magischem Weg eine Armee nach Askir zu bringen, hatte sich Wiesel vierzehn dieser Barren als Belohnung gegönnt. Verdient, wie er fand, denn schließlich war er maßgeblich daran beteiligt gewesen, das Tor zu zerstören und den Angriff abzuwehren. Das war ein bisschen Gold durchaus wert.

Es lagen dort unten noch immer Dutzende dieser Barren herum, und er war es nach diesen vierzehn leid gewesen, sich weiter abzuschleppen. Jeder der Barren wog zwanzig kaiserliche Pfund, und es war eine rechte Plage gewesen, sie hierher zu tragen, ohne dass ein anderer sie gesehen hatte. Auch sein Rücken teilte schließlich die Meinung, dass sein Anteil jetzt groß genug wäre.

Bislang hatte er sich aber noch nicht dazu durchringen können, Desina von dem Rest des Schatzes zu erzählen. Das würde er wohl noch tun, denn Askir konnte jedes Gold brauchen, um auch im Krieg die Legionen zu bezahlen.

Zwei Dinge wusste er jetzt mit Bestimmtheit: Diese Barren hatten ihm den Spaß am Stehlen gründlich verdorben, und Marla kannte jetzt auch dieses Geheimnis. Wie andere Geheimnisse auch. Er seufzte und nahm die Dolche auf. Sein Magen knurrte, es war wohl eine anstrengende Nacht gewesen. Wenn er sich denn nur erinnern könnte! Es war nun wahrlich Zeit für das Frühstück.

Unten im Gastraum gab er einem der Mädchen das Zeichen, ihm ein Frühstück zu bringen. Da er immer dasselbe aß, fragte sie nicht weiter nach und nickte nur. Um diese frühe Zeit war der Gastraum gerade erst geöffnet, eines der Mädchen fegte noch, und außer einem Seemann, der auf einer Bank seit letzter Nacht seinen Rausch ausschlief, war der Gastraum leer.

Nur Istvan hatte Besuch erhalten und saß an dem Tisch in der Ecke nahe der Theke, an dem nur erwählte Gäste Platz nehmen durften. In diesem Fall ein freundlicher Gelehrter, der, seitdem Wiesel sich erinnern konnte, einmal jede zweite Woche zum morgendlichen Shah vorbeikam. Wie so oft zuvor schienen auch diesmal nur wenige Züge auf dem Brett getan, dafür hatten die beiden alten Sers die Köpfe zusammengesteckt und tuschelten wie Tempelbuben, die einen Streich ausheckten.

Wiesel und Desina waren die Einzigen, die es wagen durften, dieses zweiwöchentliche Ritual zu stören, also begab sich Wiesel müde hinüber und grüßte den Gelehrten, der fast überrascht aufsah, bevor er mit einem freundlichen Lächeln den Gruß erwiderte.

Für einen Moment sah der große Wirt ungehalten auf, dann lächelte auch er.

»Schön, dass du kommst«, sagte er und wies auf den Stuhl an der Stirnseite des Tisches. »Setz dich. Wir sprachen gerade über Desina. Kennard hier will wie üblich alles von ihr wissen.«

»Sie ist Kaiserin geworden und schläft zu wenig«, sagte Wiesel und zog sich den Stuhl heraus. »Das ist so in etwa das Wesentliche.«

Meister Kennard lachte auf. »Gut zusammengefasst, mein Freund«, schmunzelte der Gelehrte. Seine blassgrauen Augen musterten Wiesel suchend, doch das freundliche Lächeln blieb erhalten. Wie bei Istvan auch war sein Alter nur schwer abzuschätzen. Das Gesicht zeigte den Charakter, der von einem langen Leben kommt, doch auch wenn es ihm nicht an Falten mangelte, schien er doch rüstiger als die gut fünfzig Jahre, auf die ihn Wiesel schätzte. Das volle graue Haar, das ihm in Wellen bis auf den Kragen ging, und die glitzernden Augen, die er oftmals scheinbar kurzsichtig zusammenzog, sowie die Tintenflecke auf seinem Ärmel ließen ihn wie den Gelehrten erscheinen, der er ja auch war, nur dass unter seiner Robe Muskeln spielten, die auch einem Soldaten gut gestanden hätten.

Auch wenn er gegen seinen alten Freund eher schmächtig wirkte. Wiesel kannte nur zwei Menschen, die dem Gastwirt in Größe und Breite nahekamen, Santer, der Schwertleutnant, der nun Desina als Adjutant diente, und der Lanzengeneral, der noch immer im Tempel Soltars lag. Eine tiefe, breite Narbe durchzog Istvans Gesicht, die Kluft in der Augenbraue zeigte noch heute, wie nahe er daran gewesen war, dieses Augenlicht zu verlieren.

Solange Wiesel denken konnte, hatten die beiden jeden zweiten Tempeltag am Morgen die Köpfe zusammengesteckt, und wie so oft zuvor fragte sich Wiesel, welche Geschichte die beiden verband, den Schreiber und den Bullen.

Gefragt hatte er nie. Es gab kaum einen Mann, den Wiesel so sehr respektierte wie den Wirt, wenn der etwas dazu sagen wollte, gut, ansonsten gab es genügend andere Geheimnisse, an denen sich Wiesel üben konnte.

»Marla war hier«, eröffnete Istvan das Gefecht, was sich Wiesel ja auch hätte denken können.

»Ja«, sagte er und nickte dankend, als ihm eines der Mädchen sein Frühstück brachte: frisches Brot, so fein gebacken, wie er es nur von Istvans Ofen kannte, Speck, gerührte Eier und Kafje. Eine ganze Kanne von Letzterem, sonst bekam er das zweite Auge nicht ganz auf. »Das war sie.«

»Sie ist ein gutes Mädchen«, sagte Istvan.

Und eine Priesterin des Namenlosen, dachte Wiesel und unterdrückte einen Seufzer. Der Wirt war schon immer loyal zu denen gewesen, die er unter seine Fittiche nahm, und sah in ihnen stets das Beste, auch wenn er oft damit enttäuscht worden war. Der scharfe Blick des Wirts blieb an Wiesels Hals hängen, und der widerstand nur mit Mühe der Versuchung, den Kragen zuzuziehen.

»Die Dunkelhaarige?«, fragte der Gelehrte nach, und Istvan nickte. »Sie hatte einen schnellen Verstand. Scharf wie ein Rasiermesser«, meinte der alte Mann und schenkte sich Kafje nach. »Wenn ich mich richtig erinnere, lernte sie fast so schnell wie Desina«, sagte er und seufzte. »Ich fand es stets schade, dass sie sich nicht ausstehen konnten.«

»Ich habe nie verstanden, wieso«, sagte der Wirt. »Desina hatte nichts gegen sie, doch Marla stieß sie stets zurück.«

Das könnte er erklären, dachte Wiesel bedrückt, hielt sich aber zurück.

»Sie hat uns das Spiel verdorben«, schmunzelte der alte Mann. »Sie kam heran und begrüßte uns, als wären gar nicht Jahre vergangen, warf einen Blick auf das Brett und erklärte mich für geschlagen. In zwölf Zügen.«

»Ich sah es auch nicht«, lachte Istvan. »Die Einzigen, die weiter denken, sind er und Desina.« Er zwinkerte hinüber zu seinem alten Freund. »Wolltest du mich gewinnen lassen?«

»Gewiss nicht. Ich war nur abgelenkt«, gestand der alte Mann. »Es geschieht so viel zur Zeit, da verliert man leicht den Überblick.« Seine Augen suchten Wiesel. »Wobei wir wieder bei Desina wären. Erzähle mir ein wenig mehr von ihr, ich habe sie lange nicht gesehen.«

Als sie noch klein gewesen war, hatte sie oftmals lange auf seinem Schoß gesessen und den Geschichten gelauscht, die er erzählte. Istvan vertraute seinem alten Freund, und auch Wiesel hatte keinen Grund an ihm zu zweifeln.

Also erzählte er.

Als Wiesel dazu kam zu erwähnen, wie der Handelsrat eifrig Gold gegeben hatte, um die Kaiserin zu feiern, lachte der alte Mann. »Ich hörte, Stofisk wäre dafür verantwortlich gewesen.«

»Der Schwertleutnant?«, fragte Wiesel überrascht. Er hatte den hageren Leutnant mit dem Pferdegesicht bei Stabsmajorin Helis gesehen, Schwertobristin, verbesserte er sich in Gedanken.

»Nein, sein Vater. Baron Stofisk. Er war schon immer ziemlich gerissen. Jetzt hat er den Handelsrat in der Hand, und er selbst tanzt nach Desinas Pfeife. Besser hätte ich es auch nicht hinbekommen«, meinte Ser Kennard zufrieden.

Das Gespräch lief hierhin und dorthin, ganz so, wie es Wiesel von den beiden gewohnt war. Meist hörte er nur zu. Dafür, dass Istvan kaum seine Herberge verließ und stets vorgab, nur ein simpler Wirt zu sein, lagen seine Interessen weit gefächert. Vielleicht war es das, was diese beiden Männer verband, denn auch Meister Kennard zeigte sich an allem Möglichen interessiert. Von dem Neubau der Flotte über das Rad, das sich im alten Arsenal wieder drehte, bis hin zu dem nicht ganz so toten Lanzengeneral, von dem weder Istvan noch der alte Mann etwas hätten wissen dürfen.

»Du warst doch dort im Tempel«, sagte Istvan jetzt. »Was meinst du zu der Geschichte?«

Wiesel zuckte nur die Schultern. »Sowohl Schwertobristin Helis als auch die Maestra di Girancourt sind fest davon überzeugt, dass er wieder auferstehen wird. Vor allem Letztere scheint erzürnt darüber, dass er sich Zeit dafür lässt.«

»Vielleicht solltest du zum Tempel gehen?«, schlug Istvan seinem Freund vor, doch der schüttelte nur den Kopf.

»Besser nicht. Reat ist oft da und weicht dann nicht von seiner Seite«, sagte er und spießte Wiesel mit seinen Augen auf. »So, junger Freund, jetzt erzählst du uns, was Marla von dir wollte. Sie schien gelöst wie seit Langem nicht mehr. Um genau zu sein, seit dem Tag, als du sie so unfein vor die Tür gesetzt hast.«

Wiesel verschluckte sich fast an einem Kafje. Da zeigt sich wieder mal, dachte er erzürnt, dass kaum etwas geheim zu halten war. Morgen würde er bestimmt einen Tafelsinger auf dem Markt vorfinden, der alles brühwarm unter das Volk brachte!

»Mit Verlaub …«, begann er. Doch Meister Kennard schüttelte nur leicht den Kopf. So leicht kam ihm Wiesel nicht davon.

Wiesel seufzte. »Wir haben uns über die Götter unterhalten.«

»Was nie falsch ist«, meinte der Gelehrte und sah ihn weiterhin so an, als wollte er ihm in die Seele schauen.

»Sie will, dass ich ihr vertraue.« Wiesel sah Hilfe suchend zu Istvan hin. »Deshalb wollte ich eigentlich mit dir sprechen. Ich weiß nicht, ob ich das kann.«

»Das ist eine Lüge«, lächelte Meister Kennard freundlich.

»Du willst es nur nicht zugeben.« Er lehnte sich zurück und schmunzelte ein wenig. »Ich kann erkennen, dass du unruhig bist. Junge Beine und so. Geh ruhig, wir kommen hier alleine zurecht.«

Und bevor er sichs versah, fand sich Wiesel außerhalb des Gasthofs wieder. Er sah zurück durch die offene Tür, der Tisch war nur schwer einzusehen, nur so viel war zu erkennen: Die beiden tuschelten wieder um die Wette. Er schüttelte fassungslos den Kopf und lachte laut. Er würde gerne wirklich wissen, was die beiden in ihrer Jugend getrieben hatten, sie waren auch jetzt noch gerissen genug, um ihn wie einen Tempelbuben fühlen zu lassen. Er steckte die Hände in die Hosentaschen und schlenderte davon. Bedachte man alles im Gesamten, dachte er, hatte er überraschend gute Laune. Wenn er heute Nacht reiten sollte, war es vielleicht angebracht, sich gute Hosen zuzulegen. Und Reitstiefel. Vielleicht auch ein schönes Wams. Es war Zeit für ein neues. Nur eines war seltsam, dachte er, als er den Stand der Sonne bemerkte. Er konnte sich gar nicht daran erinnern, dass er so lange am Tisch der beiden Männer geblieben war.

Die beiden Sers sahen Wiesel nach, dann wandte sich Istvan an seinen alten Freund. »Das war nicht gut getan von dir«, beschwerte er sich. »Wiesel ist ein guter Junge, und wir könnten offener zu ihm sein. Er hat uns schon sehr geholfen, weißt du?«

»Ja«, nickte Meister Kennard nachdenklich und spielte mit seiner Tasse. »Es wird der Tag noch kommen, an dem es möglich ist. Aber im Moment scheint es mir besser, wenn er sich bald nicht mehr an dieses Gespräch erinnert.« Er betrachtete einen Moment den schweren Ring an seiner Hand und seufzte dann.

»Es ist alles noch viel schwerer, als ich befürchtet habe«, sagte er leise. »Am schlimmsten ist, dass ich nichts offen tun kann. Es würde sofort alles verändern, und Malorbian wäre gewarnt.« Er sah verstimmt auf das Brett herab. »Wie spielt man die Partie, wenn ein jeder daherkommt und einem die Figuren auf dem Feld verschiebt?«

»Du bist der einzige Mensch, den ich kenne, der es wagt, sich so über die Götter zu beschweren«, sagte Istvan und schüttelte leicht den Kopf dabei. »Du kannst doch zufrieden sein. Du wolltest doch auch nicht, dass die Maestra stirbt!«

»Ich hätte einen Weg gefunden. Vielleicht muss ich das auch noch. Es ist ja nicht gewiss, dass Wiesel Erfolg haben wird.« Er trommelte mit den Fingern seiner Hand auf den Tisch, als er das Brett musterte. »Der Namenlose also«, sagte er dann leise. »Wie macht er das, dass man ihn so leicht vergisst? Die anderen drei weiß ich einzuschätzen, doch er …« Er nahm den schwarzen König in die Hand, betrachtete ihn kurz und stellte ihn zurück aufs Feld. »Ich habe ihn verflucht, als er Nataliya nahm.«

»Die kleine Schwester?«, fragte Istvan nach. Der Gelehrte nickte.

»Ich erinnere mich«, meinte der Wirt erheitert. »Du hast ihn gelästert, bis ich fürchtete, er würde selbst vorbeikommen, um dich zu ermahnen. Was ist mit ihr?«

»Ich beginne zu verstehen, welch genialer Zug es war«, sagte Kennard leise und betrachtete missmutig die Figuren vor sich. »Ich frage mich nur, für welche Seite.«

Die alte Enke

25 »Du solltest besser darauf achten, wohin du deinen Fuß setzt«, meinte Anlynn lachend, als sie Blix die Hand reichte.

»Ich bin in deinen Spuren gegangen«, beschwerte sich der Schwertmajor. »Was kann ich dafür, dass ich schwerer bin als du?« Er wischte sich Schlamm und Morast von der Lederrüstung, die jede Feuchtigkeit sofort aufzusaugen schien. Wenn das so weiterging, dann konnte er auch in einem nassen Lappen kämpfen, dachte er missmutig.

»Wie lange noch?«, fragte er und puhlte Schlamm aus seinem Ohr. Es war nicht das erste Mal, dass er in den Sumpf gefallen war, und den anderen erging es nicht viel besser. Nur Zokora nicht, aber ihr gönnte er es. Ohne sie wäre wohl die Begegnung mit der Schlange nicht so glimpflich verlaufen.

»Wir sind fast da«, sagte Anlynn und wies mit der Hand nach vorne. »Schau!«

Wenn er die Augen zusammenkniff und ihm nicht der verdammte Schlamm die Sicht verklebte, konnte er in der Ferne einen grünen Fleck ausmachen. Eine bebaute Insel, die sich aus dem Moor erhob.

»Ein Turm?«, fragte er verdutzt. »War in der Ballade nicht eine windschiefe Hütte erwähnt?«

»Was fragst du mich?«, entgegnete Anlynn. »Es ist der Mittelpunkt des Sumpfes, und ich glaube nicht, dass wir noch eine andere große Insel finden werden. Wahrscheinlich hat es dem Dichter besser gepasst, auf Hütte zu reimen als auf Turm. Was reimt sich schon darauf?«

»Wurm«, sagte Blix und bereute es fast sofort schon wieder. Es war unheimlich anzusehen gewesen, wie wenig sich die Schlange von Zokora hatte ablenken lassen und wie zielgerichtet sie auf die Maestra und die Bardin losgegangen war. Hatte vielleicht die Hexe die Schlange geschickt? Wenn ja, stand ihnen gewiss kein freundlicher Empfang bevor.

Als sie die Insel endlich erreichten, war Blix vorerst nur erleichtert, dass sie endlich wieder festen Boden unter den Füßen hatten. Fast wünschte er sich, dass die Ballade wahr wäre, dann brauchten sie nicht auf dem Rückweg durch das Moor zu gehen. Dann sah er sich um. Er hatte recht behalten, ein freundlicher Empfang war dies nicht.

»Hübscher Anblick«, meinte Sieglinde.

»Wenn man Totenköpfe mag«, antwortete Blix verstimmt. Er sah nicht zu ihr hin, so entging ihm, wie sie stutzte und dann verschmitzt zu lächeln anfing.

Vor ihnen erstreckte sich ein überwucherter Weg, der sich durch einen ungepflegten Garten zu der niedrigen Tür einer windschiefen Hütte schlängelte, die sich an die Ruine eines alten Wachturms lehnte, der wiederum am Fuße eines Hügels stand. Was Blix etwas wunderte. Baute man Türme nicht üblicherweise auf einen Hügel? Das Ganze sah verlassen aus, wäre da nicht die Rauchfahne, die aus einem Loch im Dach der Hütte aufstieg, und die Reihe von Totenschädeln, die auf verrottete Stangen oder Äste gesteckt, den Weg zur Hütte säumten. Einer von ihnen grinste Blix an. Er besaß noch schwarze Haut, die dunkel glänzte, und bleckte die Reihen seiner Zähne; sogar noch blondes, in Zöpfen geflochtenes Haar, hing von diesem Kopf herab.

Anlynn folgte seinem Blick und schüttelte den Kopf. »Die Götter wissen, wie lange der im Moor gelegen hat«, sagte sie dann. »Ein paar Jahrhunderte sind es wohl gewesen.«

Eine Moorleiche also, dachte Blix erleichtert. Dennoch, es war ein unheimlicher Anblick, und er fragte sich, was der Sera Sieglinde zu solch guter Laune verhalf, denn die Bardin schien nahe daran zu lachen. Grund dazu gab es hier wahrlich wenig.

Gerlon hatte inzwischen sein Amulett ergriffen und hielt es fest in seiner Hand, doch zu Blixens Erleichterung tat er nicht mehr, sondern sah sich nur mit gerunzelter Stirn um. Zokora blickte unbeteiligt drein. Janos und Leandra tauschten einen Blick, dann trat der Hauptmann vor und ging den Pfad entlang zur Hütte hin. Einer der Äste, der einen Totenkopf hielt, war fast umgefallen, was Janos dazu nötigte, ihm auszuweichen, woraufhin die Sera Sieglinde leise lachte. Blix sah besorgt zu ihr hin, er hoffte nur, dass sie nicht irgendeinem Sumpffieber zum Opfer gefallen war.

Als der Hauptmann die Hand zum Klopfen hob, öffnete

sich eine Tür mit dem schauerlichen Quietschen rostiger Angeln, was fast jeden zusammenzucken ließ. Doch es war nicht die Tür, vor der der Hauptmann stand, sondern die der Turmruine.

»Wir sind nicht dort«, ertönte eine schrille Stimme. »Wir sind hier. Ihr seid zu spät zum Tee«, fuhr die alte Vettel fort, als sie an die Sonne trat. »Also, was wollt ihr hier?« Den Göttern sei Dank dafür, dachte Blix und schauderte alleine bei dem Gedanken, den Tee zu trinken, den sie braute.

Sie war also der wahre Teil der Legende. Die alte Enke selbst, dachte Blix mit Abscheu. Das Problem bestand nur darin, dass die Ballade wahr gesprochen hatte: Sie war alt, fett und hässlich. Widerwillig fasziniert gestand sich Blix ein, dass er noch nie eine so große Warze gesehen hatte. Was kein Wunder war, denn es brauchte auch eine große Nase dazu. Wie viele Lagen alter Kleider die Vettel sich übergeworfen hatte, war nicht abzuschätzen, dafür wusch sie diese wohl im Sumpf … wenn sie es denn je tat, denn sie starrte vor Schmutz und Dreck.

Damit nicht genug, saß auf ihrer Schulter ebenjener Rabe, der Blix nun schon mehrfach aufgefallen war, und erklärte somit auch das »Wir« der alten Enke. In ihrer Hand, die wie eine Klaue mit schwarzen Krallen war, hielt sie einen verwachsenen Stock mit Federn und, wie konnte es auch anders sein, einem Rattenschädel obenauf als Zierde.

Kurzum, die alte Enke hielt, was die Ballade versprochen hatte, und in Blix regte sich in Anbetracht der anderen Verse, die Sieglinde auf dem Weg hierher vorgetragen hatte, der Gedanke an eine schnelle Flucht.

Selbst Janos, der nur schwer zu erschüttern war, stutzte, und Blix hörte die Maestra seufzen. Den Strohhalm hatten sie gefunden, ob die Suche nach ihm eine gute Idee gewesen war, musste sich noch zeigen.

»Wir …«, hob der Hauptmann an, doch Blixens alter Freund war schneller.

»Alte Hexe!«, rief Gerlon und streckte der Vettel Soltars Zeichen entgegen. Zokora sah auf und musterte ihn überrascht.

»Gerlon!«, zischte Blix. »Was machst du da?«

Doch der Priester ließ sich nicht bremsen. «Wisse«, intonierte er, »dass wir unter dem Schutz Soltars stehen, des Herrn über das Leben, das Licht und die Nacht! Versuche nicht erst deine üblen Zaubereien oder uns zu täuschen, denn es wird dir nicht gelingen!«

»Nicht?«, fragte die alte Vettel freundlich.

»Nein. Denn Soltar wacht über uns!«, erklärte Gerlon bestimmt.

»Wenn das so ist, will ich dir nicht widersprechen, Priester Soltars«, sagte die alte Vettel und hob eine Augenbraue an, als Sieglinde zu husten anfing. Der Bardin liefen Tränen aus den Augen, und sie schien Atemnot zu haben, doch als Blix besorgt zu ihr hinsah, winkte sie nur ab. »Es ist nichts«, schnaubte sie und schüttelte den Kopf, der ihr rot geworden war.

»Gibt es sonst noch etwas?«, fragte die alte Enke höflich.

»Ja«, antwortete Janos mit einem scharfen Blick zu Gerlon hin, doch der Priester blieb still, hielt nur warnend das Zeichen Soltars empor, als drohe er damit, dass ein Blitz aus Seiner Hand die alte Vettel erschlagen würde, schaute sie nur einen Einzigen falsch an.

»Dies ist Eure Königin, Leandra die Erste«, sagte Janos knapp und wies mit seinem Blick auf Leandra. Was nicht nötig gewesen wäre, denn sonst sah hier niemand aus wie eine Königin. Wenn sie auch schlammbedeckt war. »Wir sind hier, um Eure Hilfe einzuford…, zu erbitten. Es geht darum, dass Ihr angeblich in einer Ballade einen jungen Mann zu einem unterirdischen See geschickt habt, wo sich eine Tür mit einem Wolfskopf befindet. Wir möchten auch dahin. Bitte«, fügte Janos noch hinzu.

»Ich dachte, Marelle wäre Königin«, sagte die alte Vettel

und blinzelte kurzsichtig, um Leandra besser sehen zu können.«

»Das ist eine Weile her«, sagte Leandra höflich. »Jetzt bin ich es.«

»Und wahr gesprochen ist es auch«, sagte die alte Enke und stützte sich auf den Stock, um sich gedankenverloren am Hintern zu kratzen. »Diese Ballade«, seufzte sie. »Ich wusste, dass sie mir früher oder später Ärger einbringen würde.«

»Wir sind nicht auf Ärger aus«, beeilte sich Janos zu versichern. »Wir wollen nur wissen, ob es wahr ist, dass Ihr uns mit Eurem Zauber zu diesem unterirdischen See bringen könnt.«

»Nur wenn Ihr diesen Heißsporn dazu bringt, mich nicht mit Soltars Worten zu verdammen«, sagte die alte Vettel und deutete mit ihrem Stab auf den jungen Priester. »Solche Worte haben Macht, weißt du?«

»Deshalb sprach ich sie«, antwortete Gerlon tapfer.

Irgendetwas stimmte nicht, dachte Blix und runzelte die Stirn. So weit entsprach alles der Legende. Nur zwei Dinge störten. Zum einen zeigte sich die alte Enke recht unbeeindruckt von der Menge Schwerter, die vor ihr waren, zum anderen drückte sie sich jetzt gerade so gewählt aus wie eine Adelige am Hofe Aldanes. Gewählter, befand er, als die eine oder andere hohe Dame dort, an die er sich erinnerte. Dafür, dass sie angeblich allesamt so keusch waren, ging es dort mitunter doch recht zotig zu.

Er sah zu Sieglinde hin, die noch immer maßlos erheitert war, und dann zu Zokora, die ebenfalls leicht zu schmunzeln schien. Bei ihr war er sich allerdings nicht ganz sicher. Blix schob seinen ledernen Helm nach vorne und kratzte sich am Hinterkopf.

»Ihr seid doch die alte Enke, nicht wahr?«, fragte er höflich.

»Wieso?«, fragte sie. »Zweifelt Ihr daran?«

Drei Dinge, dachte Blix. Auch der Schalk in ihren Augen passte nicht zu dem, was er hier sah.

»Ja«, sagte er, während Janos nun ihn mit einem mahnenden Blick bedachte. »Wer seid Ihr wirklich?«

»Die alte Enke«, antwortete die Hexe. »Wirklich.«

»Ihr seid auch eine Hexe?«

»Ja«, lächelte sie und zeigte stolz ihre verrotteten Zahnstümpfe. »Wollt Ihr sehen, wie ich den Bockschritt mache?«

»Danke«, sagte Blix steif. »Das wird nicht nötig sein. Ihr habt diesen Wandersmann in der Ballade mit Eurem Zauber zu dem See geschickt?«

»Nein«, lächelte sie. »Das nicht.«

»Ihr …«, begann Blix, doch sie sprach schon weiter.

»Er war einer jener dummen Burschen, die ihren Mut und ihre Männlichkeit beweisen wollen, indem sie eine alte Hexe ärgern«, sagte sie mit einem Lächeln, das einem das Mark gefrieren lassen konnte. »Als ich ihn erwischte, rannte er davon. Dort den Weg hoch«, sagte sie und wies mit dem Stock hinter sich. »Er versteckte sich zwischen den alten Steinen, und dann war er weg.« Sie hob die Schultern und ließ sie fallen. »Puff! Weg! Damit dachte ich, sei dies erledigt. Bis ein Soltarpriester herkam, um mich zu vertreiben. Ich lud ihn zum Tee und erfuhr, dass dieser junge Bursche irgendwie den Weg zum Soltartempel drüben an der Lasse gefunden und den guten Brüdern dort eine wirre Geschichte aufgetischt hatte. Jahre später, als ich zum Markt ging, hörte ich dann die Ballade von der alten Enke und dachte, dass er mir einen Gefallen getan hatte. Ich wunderte mich schon, warum keine anderen Burschen mehr kamen. Also war ich zufrieden damit, und das war es auch schon. Bis jetzt.« Sie seufzte. »Ich hätte wissen müssen, dass man nichts geschenkt bekommt.«

»Ihr verwandelt Euch also nicht des Nachts in eine junge hübsche Frau und verführt unschuldige Wanderer, um sie dann aufzufressen?«, fragte Bruder Gerlon misstrauisch.

»Nur zu«, lachte die Alte. »Redet um den Brei herum, seid bloß nicht direkt!« Sie schüttelte belustigt den Kopf. »Nein, guter Bruder. Ich gebe zu, ich war damals jünger und ansehnlicher als heute, aber in eine junge Frau verwandelt habe ich mich nie.«

»Aber der Wanderer verschwand?«, hakte Janos nach.

»Ja. Oben, zwischen den alten Steinen. Ich kann Euch den Weg weisen, wenn Ihr wollt, doch es wird Euch nichts nützen. Nehmt Ihr den alten Weg, werdet ihr ersaufen, wenn ich nicht mit Euch komme.«

»Der Wandersmann …«, begann Janos, doch die alte Sera schüttelte den Kopf.

»Er muss Glück gehabt haben oder ein ausgezeichneter Schwimmer gewesen sein. Nachdem der Soltarpriester mir so höflich seine Aufwartung gemacht hatte und erzählt hatte, dass der Kerl plötzlich bei ihnen im Tempelbad planschte, wurde ich neugierig und habe mich selbst an den Steinen versuchte. Und wäre fast ersoffen. Bei mir, solltet Ihr wissen, will das etwas heißen.«

Einen Moment herrschte Stille. Leandra musterte die alte Vettel lange, bevor sie sprach. »Also sagt Ihr, dass es tatsächlich von hier aus einen Weg zum Soltartempel gibt.«

»Wenn Ihr den Tempel an der Lasse meint, Eure Majestät, dann ja. Vielleicht auch zu anderen Orten, aber das kann ich nicht mit Bestimmtheit sagen.« Sie schmunzelte ein wenig. »Zurück müsst ihr dann allerdings laufen, denn die Pferde würden es nicht überleben.«

»Und Ihr müsst uns begleiten, damit wir nicht ertrinken«, sagte Leandra zweifelnd.

»Ich kann es auch noch einmal wiederholen«, lächelte die Hexe. »Ich dachte, ich hätte es gut genug erklärt.«

Die Königin entschloss sich, die Spitze zu überhören. »Gut«, sagte sie entschlossen. »Dann führt uns dorthin.«

»Nicht jetzt«, sagte die alte Enke. »Da müssen wir noch bis zur Mitternacht warten. Bis dahin …. wie wäre es mit einem Tee, und Ihr erzählt mir, warum Ihr nicht einfach zum Tempel reitet. Ich kann mir nicht vorstellen, dass der Weg dorthin so beschwerlich ist, dass Ihr lieber einen Sumpf durchquert!«

Sie schüttelte unverständig den Kopf. »Oder warum Ihr so verzweifelt seid, dass Ihr Euch dieser alten Hexe aus der Ballade anvertraut!«

»Wir verzichten dankend auf den Tee«, meinte Janos steif. »Wir warten dann hier, bis es so weit ist.«

»Ich hätte nichts gegen einen Tee einzuwenden«, sagte Sieglinde lächelnd und kam heran. »Welche Sorte wird es sein?«

»Es riecht nach Hagebutten«, meinte Zokora. Sie drückte dem überraschten Gerlon die Zügel ihres Pferdes in die Hand. »Ich komme mit.«

»Aber …«, begann Janos verständnislos, und Sieglinde prustete los. »Götter!«, lachte sie. »Ihr solltet eure Gesichter sehen!«

»Ich sehe nicht, was jetzt so witzig ist!«, sagte Janos steif, während Leandra stutzte und dann nach ihrem Wasserbeutel griff, um sich etwas auf die hohle Hand zu geben. Sie fuhr mit der anderen Hand darüber und benetzte ihre Augen, wie sie es schon einmal getan hatte, damals bei dem blutigen Kreis. Sie blinzelte, sah sich mit weiten Augen um und fing dann an zu schmunzeln. Blix kam ein ungeheuerlicher Verdacht.

»Sagt, Sera«, wandte er sich an die alte Frau. »Wie viel von dem, was ich hier sehe, ist wahr?«

»Wenig genug«, lächelte sie. »Aber schaut am besten selbst.«

Während er ungläubig starrte, wich der verwahrloste Garten ordentlichen Beeten, und vor einem gut erhaltenen Turm stand eine Sera mit blondem, ordentlich aufgestecktem Haar und sauberer, frisch gewaschener Kleidung. Jung war sie nicht mehr, sie mochte um die vierzig sein, doch auch nicht fett, wenn auch nicht schlank zu nennen. Die Hütte, die so schief an diesem Turm gelehnt hatte, war nun ein fest gefügtes Haus mit Blumen vor den Fenstern und Butzenscheiben, die in der Abendsonne glänzten. Der Rabe, der auf ihrer

Schulter saß, blieb ein Rabe, der Blix belustigt anzusehen schien, doch der Stab in ihrer Hand, war nicht mehr als ein Rechen. Sie hatten sie wohl bei der Gartenarbeit gestört.

»Götter!«, entfuhr es Janos, der sein Schwert fester griff. »Welch üble Zauberei ist dies?«

»Gar keine«, lachte Sieglinde. »Das ist der Punkt!«

Janos schien damit noch nicht zufrieden.

»Erklärt Euch«, forderte er grimmig. »Wie kommt Ihr dazu, Eurer Königin einen solchen Streich zu spielen!«

»Lass, Janos«, sagte Leandra leise. »Oder wäre es dir lieber, das andere wäre wahr?«

»Nein«, begann Janos. »Aber ... Wie kommt Ihr dazu!«, herrschte er die Sera an, die sich indes von dem Ausbruch wenig beeindruckt zeigte.

»Ich lebe nun schon recht lange«, unterbrach ihn die Sera schmunzelnd. »Aber ich habe in meinem ganzen Leben noch keine Hexe getroffen, die so aussah, wie der Bursche mich beschrieb, und ich kenne einige! Aber um Störenfriede fernzuhalten, schien es mir geeignet.« Ihre Augen blitzten belustigt. »Ihr müsst zugeben, dass ich Euch genügend Anhaltspunkte gab, um die Täuschung zu durchschauen.«

»Ach ja?«, fragte Janos ungehalten. »Welche denn, und warum solltet Ihr das getan haben?«

»Ich war ausgesprochen höflich«, lächelte die alte Enke. »Jeder, der einen Kopf zum Denken hat, hätte merken können, dass etwas nicht stimmte. Zum anderen hat mein Rabe Konrad Euch begleitet, ich fand es erheiternd zu hören, was man von mir denkt. Also gab ich mir die Mühe, Eure Erwartungen nicht zu enttäuschen!«

»Das soll ich glauben?«

»Nein«, lachte sie. »Von mir aus glaubt, dass Soltars Auge niemals untergeht und Astartes Tränen Ziegenkäse sind. Es ist mir egal, was Ihr glaubt und denkt. Ich habe schon vor langer Zeit gelernt, dass man in manche dicken Schädel keine neuen Gedanken hämmern kann.«

Sieglinde lachte, was ihr einen verletzten Blick des Hauptmanns einbrachte.

»Ach, komm«, sagte sie und lächelte ihn an. »Du weißt selbst, wie stur du manchmal bist!«

»Blix«, flüsterte Anlynn und stieß ihn in die Seite. »Sieh dorthin!« Er folgte ihrer deutenden Hand mit seinem Blick und schüttelte fassungslos den Kopf. Hinter ihnen, fast völlig unverändert, lag noch immer dieser Sumpf, durch den sie sich gequält hatten. Doch dort, wohin die Späherin jetzt deutete, erstreckte sich nunmehr trockenes und blühendes Heideland. Dies war keine Insel, sondern nur ein Hügel, der am Rand des Sumpfes lag.

»Beeindruckend«, sagte Zokora anerkennend. »Das ist auch mir entgangen. Wollen wir jetzt hineingehen? Ich könnte eine Rast brauchen.«

»Wollt Ihr Euch nicht zuerst noch waschen?«, fragte Enke höflich. »Der Brunnen befindet sich hinter dem Haus. Und keine Angst, das Wasser daraus ist klar und rein.«

»Der Scherz ging zu meinen Lasten«, gestand Gerlon freimütig, während er mit beiden Händen eine Tasse dampfenden Tee festhielt und sich mit neugierigen Augen in der guten Stube der alten Enke umsah. »Wenn Ihr meinen Bruder im Glauben so wie jetzt uns empfangen habt, ist es kein Wunder, dass er nichts gegen Euch unternahm. Ich sehe keine toten Fledermäuse und auch keinen Hexenkessel. Aber Ihr sagt doch, Ihr wäret eine Hexe?«

»Bruder Avrim gab sich alle Mühe, mich zu bekehren. Er blieb sogar ein Weilchen hier«, lächelte die Sera, während sie geschäftig an ihrem gemauerten Herd hantierte. Sieglinde hatte ihre Hilfe angeboten, doch Enke hatte abgelehnt. »Hier gibt es nur einen Koch«, hatte sie gesagt und scheinbar drohend einen Löffel erhoben. »Also setz dich, Kindchen, und warte, bis ich auftische!«

»Er stellte fast die gleichen Fragen wie Ihr«, fuhr sie jetzt an Gerlon gewandt fort. Draußen rasselte die Kette von dem Brunnen, an dem sich die anderen wuschen. Blix, Sieglinde und Gerlon hatten es schon hinter sich und saßen nun in der guten Stube. Es dämmerte bereits, doch eine Laterne und das Feuer im Herd spendeten freundliches Licht. »Es kommt ganz darauf an, was man unter einer Hexe versteht«, sagte sie und wuchtete den Kessel über das Feuerloch. »Die alte Enke aus der Ballade mag es auch irgendwo geben, ausgeschlossen ist dies leider nicht. Es kommt darauf an, wie sehr man sich den dunklen Mächten öffnet. Die meisten aber, die ich kenne, sind Kräuterkundige mit einem Talent zur Heilung. Mehr nicht. Und glaubt mir, Fledermäuse eignen sich nicht zu einem Liebestrank.«

»Aber Ihr seid nicht nur eine Kräuterkundige?«, fragte Sieglinde. Wohl kaum, dachte Blix. Nicht bei einer magischen Täuschung, die so umfassend gewesen war!

»Nein«, gab Enke zu. »Ich nicht. Ich folge einer anderen Tradition. Ich bin hier, weil ich darüber wache, dass das, was in diesem Sumpf gefangen ist, auch dort verbleibt.«

»Der Riese?«, fragte Blix erstaunt.

»Nein, der nicht«, lachte die Sera und gab Gemüse in den Topf hinzu, bevor sie rührte und kostete. »Um den muss man sich schon lange keine Sorgen mehr machen. Es gibt dort Schlangen«, fuhr sie fort.

»Ja«, sagte Gerlon. »Das haben wir bemerkt.«

»Also seid Ihr einer von ihnen begegnet«, stellte sie fest. »Sie sind recht hinterlistig und würden allzu gerne den Sumpf verlassen. Zäh sind sie auch noch. Irgendwo tief unten im Sumpf gibt es eine wahrlich große, die immer wieder neue Eier legt. Irgendwann werde ich sie finden, dann kann ich endlich von hier weg. Doch bislang hält sie sich verborgen. Es gibt irgendwo dort eine Quelle der Magie, die ihr hilft, sich meinen Blicken zu entziehen.«

»Welche Art der Magie ist es?«, fragte Leandra von der Tür

her. Sie hatte ihre Rüstung ausgezogen und trug nur Steinherz und ein kurzes Leibchen, das den Blick auf ihre langen Beine gestattete. Blix sah schnell weg, genau wie Gerlon, der sofort rot wurde. »Erdmagie vielleicht?«

»Ganz richtig, Eure Majestät«, sagte die alte Enke und sah schmunzelnd zu ihr hin. »Bevor Ihr noch Eure Freunde verwirrt, mögen Eure Majestät vielleicht eine saubere Robe von mir überwerfen? Sie mag an Euch etwas kurz geraten sein, aber sie ist frisch gewaschen, und ich verspreche, dass sie frei ist von lebendem Beiwerk. Ihr findet sie dort drüben im Schrank.«

»Danke«, sagte Leandra und öffnete den Schrank, um sich die Robe überzuwerfen. »Beim Kampf mit der Schlange floh mein Pferd in den Sumpf, und meine Satteltaschen liefen voll«, erklärte sie, schnürte die Robe um ihre schmale Taille und setzte sich mit an den Tisch, wo sie ihr Schwert neben sich stellte.

»Hm«, sagte Enke und musterte das Schwert. »Ist das Steinherz?«

»Ja«, nickte Leandra. »Ihr kennt ihn?«

»Er ist alt, Kindch..., Eure Majestät. Ich kenne ihn. Aber Ihr seht mir gar nicht danach aus, als wäret Ihr an ihn gebunden.«

»Wie meint Ihr das?«, fragte Leandra neugierig.

»Ihr seid ihm nicht kalt genug«, stellte Enke fest. Sie sah traurig drein. »Es ist gut, dass Ihr Euch wehrt. Versucht es, solange Ihr nur könnt, aber bislang ist noch jeder ihm erlegen. Es gab einen Grund, weshalb man ihn in den Tempel brachte.«

»Und einen Grund, weshalb ich ihn erhielt«, antwortete Leandra ruhig. »Manchmal wird er eben noch gebraucht. Aber erzählt mehr von dieser Magie und dieser Schlange, die dort unten sein soll. Wie lange bewacht Ihr sie schon?«

»Lange«, seufzte Enke. Sie strich sich über ihr flachsblondes Haar. »Schon bevor Ihr hierhergekommen seid.«

»Ich bin noch nicht lange hier.«

»Das meinte ich nicht. Ich kam her, bevor die zweite Legion hier aufmarschierte.«

»Ihr seid … eine Barbarin?«

»Nach all den Jahren? Genauso sehr wie Ihr.« Enke lachte leise. »Ich dachte eher, ich wäre eine weise Frau. Eine Elfe, die hier einst lebte, hat mich ausgebildet und mir diese Pflicht aufgetragen. Aber sagt, woher wusstet Ihr davon, dass es Erdmagie ist?«

»Weil ich den Weltenstrom spürte, als wir uns durch den Sumpf kämpften«, erklärte Leandra. »Vielleicht können wir uns gegenseitig helfen. Meine Aufgabe ist es, den Weltenstrom hier umzulenken. Wenn es mir gelingt, wird die Schlange der Magie beraubt sein.«

»So wie auch ich. Ich nutze den Strom, um über die Zeit den Sumpf trockenzulegen.« Sie rührte in dem Topf, während sie grübelte. »Auf der anderen Seite denke ich, dass es sie hinaustreiben wird.«

»Wen?«, fragte Sieglinde.

»Die Schlange. Ich bin neugierig, ob es wahrhaftig ein Lindwurm ist oder nur ein besonders großes Biest.«

»Wie groß schätzt Ihr sie denn ein?«, fragte Blix neugierig.

»Nun, wenn sie sich regt, steigen Blasen auf, die so groß sind wie mein Haus. Es klingt wie Donner, wenn sie platzen, und der gesamte Sumpf gerät in Wallung. Hundert Schritt? Vielleicht mehr? Sie ist uralt. Schon die Elfen fürchteten sie, und das will etwas heißen.«

»Hundert Schritt«, wiederholte Blix langsam und nickte dann. »Ja, das ist eine ordentliche Größe. Und ein ordentlicher Blubb.«

Die Sera, Leandra, Sieglinde und auch Gerlon sahen ihn unverständig an.

»Es ist das Blubbermoor«, versuchte Blix zu erklären, was nicht viel half. Er spürte, wie ihm die Ohren warm wurden. »Die Blasen, die das Untier aufwirft? Oh, Götter, vergesst es!«

»Schon gut«, meinte Sieglinde und winkte ab. »Ich will es gar nicht wissen.«

»Wir wollen nicht mehr von ihr reden«, entschied die Sera. »Das Essen ist fertig und du, junger Ser« – sie wies mit ihrem Löffel auf den Schwertmajor –, »gehst besser hinaus und sagst den anderen Bescheid, dass sie sich mit dem Waschen beeilen sollen.« Sie schaute in den Topf hinein. »Viel ist es nicht, aber ich will keine Beschwerden hören, es sei nicht gut, wenn man mit vollem Magen schwimmen muss.«

»Ein Kaiser der Nekromanten, sagt Ihr?«, fragte Sera Enke nach dem Essen und seufzte. »Das hat man nun davon, wenn man den Kopf in einem Sumpf vergräbt. Die Welt dreht sich, und ehe man sichs versieht, ist alles anders.«

»Ihr verlasst dieses Haus so selten?«, fragte Blix erstaunt.

»Ich meditiere oft«, erklärte die Sera. »Dann gehen die Jahreszeiten vorbei, ehe man sichs versieht. Einen Sumpf trockenzulegen, dauert lange und ist nicht sonderlich aufregend. Es sei denn, die Schlangen brechen durch die Netze, die ich ihnen auferlege. Dem Gott sei Dank, geschieht es nicht so oft.«

Blix wusste, welchen Gott sie meinte. Den Winterwolf der Barbaren, die hier einst lebten. Da sie eine war, schien es Blix nicht verwunderlich. Nur sein Freund Gerlon war enttäuscht, dass sie an dem Glauben festhielt und auch nicht die Absicht hatte, von ihm abzulassen. Den anderen war es egal. Es ging nicht mehr um diesen alten Krieg. Wie Leandra sagte, sollte die Sera Enke doch glauben, was sie wollte. Solange sie nicht den Namenlosen oder den toten Gott anbetete. Und das, musste auch Gerlon zugeben, war nicht der Fall.

»Ich kenne nicht viele Götter«, sprach Enke weiter, »aber von dem toten Gott habe ich schon gehört.« Sie sah zu Zokora hin. »Eure Art hat ihm einst gedient und verlor in einer großen Schlacht, die Euch unter die Erde verbannte.«

»Das stimmt so nicht ganz«, sagte Zokora milde. »Mein Stamm kämpfte an der Seite des Lichts. Wir wurden auch nicht in die Tiefen verbannt, wir gingen dorthin, um uns von unseren hellen Schwestern zu lösen. Sie folgten einem Weg, den wir nicht für gut befanden. Es stellte sich heraus, dass sich beide Seiten irrten, das ist jedoch eine andere Geschichte. Aber ja, andere von unserer Art folgten dem Dunklen. Und tun es noch.«

»Und jetzt hat dieser Nekromantenkaiser Truppen hierher entsandt«, sagte Enke und nickte bedächtig. »Ich sollte Euch darauf hinweisen, dass man das, was man sät, auch ernten muss und es mir gerecht erscheint, dass nun Ihr es seid, die erobert werden. Aber nach all den Jahren findet sich das Blut unserer Clans in jedem von euch«, sie neigte den Kopf in Zokoras Richtung, »Euch ausgenommen. Und den blonden Hauptmann auch.«

Schwertmajor, dachte Blix seufzend, sparte es sich aber.

»Außerdem kann ich es genauso wenig dulden, dass sich die dunkle Gabe hier verbreitet. Also werde ich Euch nicht nur begleiten, sondern auch gegen diese schwarzen Soldaten beistehen. Jetzt sagt mir nur eines: Wenn Ihr den Weg zum Tempel gefunden habt, wie wollt Ihr von dort wieder wegkommen? Der einzige Weg hinaus führt durch die Quelle, welche die Tempelbäder speist. Und Ihr, Hauptmann«, sagte sie mit Blick auf Janos, »werdet Euch dort fühlen wie ein Korken in der Flasche.«

»Es wäre nicht das erste Mal«, sagte Janos gelassen.

»Wie Ihr meint«, sagte die Sera und neigte das Haupt. »Meine Frage bleibt. Wie wollt Ihr von dort entkommen, wenn doch der Soltartempel entweiht wurde und nun von diesen schwarzen Soldaten besetzt ist?«

»Es gibt keinen anderen Weg?«, fragte Leandra.

»Nein. Tief unten, am Grund des Sees, stehen alte Steine, die vielleicht woandershin führen könnten. Doch wenn Ihr kein Wasser atmen könnt, wird es Euch nicht helfen.«

»Könnt Ihr es?«, fragte Leandra interessiert. »Kennt Ihr einen Zauber, der dies bewirkt?«

»Nein«, sagte Enke. »Und selbst wenn, ist es nicht gewiss, ob sich der Weg auch öffnen lässt. Es ist nicht so einfach, wie es erscheint.«

»Und diese Quelle, sie führt in die Tempelbäder?«, fragte Janos nach.

»Ja. Sie sind etwas seitlich vom Haupttempel gelegen, aber von den meisten Seiten frei einsehbar. Es mag sein, dass man nicht entdeckt wird, wenn man in das Becken fällt, aber ich halte es nicht für sehr wahrscheinlich.«

»Es ist der einzige Weg zu dem alten Tempel«, sagte Leandra entschlossen. »Also müssen wir es wagen. Wie wir ungesehen entkommen, werden wir dann erkunden.«

»Dann hoffe ich, dass Euch etwas einfällt, Eure Majestät«, sagte Enke. »Denn ich habe hier noch ein paar Jahre lang zu tun. Obwohl, wenn diese schwarzen Soldaten mich erschlagen, geschieht es ihnen recht, wenn sie von Schlangen gefressen werden. Aber vielleicht lassen sich diese Soldaten ja täuschen, wenn keine Priester in der Nähe sind. Ich besitze ein gewisses Talent in dieser Richtung«, fügte sie bescheiden hinzu.

»Alte Steine«, sagte Blix, als sie die Kuppe des Hügels erreichten. »Irgendwie habe ich sie mir anders vorgestellt.«

Alt waren sie, die Steine. Aber auch sorgsam behauen und an manchen Stellen, wo die Witterung nicht zu arg geschadet hatte, auch noch poliert. Fünf Wölfe standen oder lagen hier in unterschiedlichen Posen, und sie alle sahen zur Mitte des Fünfecks hin, wo ein großer Stein stand, an dem noch immer Blutrinnen zu erkennen waren. Es gab einen Wolf, der grimmig dreinsah und seine Zähne fletschte, aber die anderen waren weniger kriegerisch geformt, einer kratzte sich mit hängender Zunge hinter dem Ohr, an anderer lag zusammengerollt auf seiner Seite und schlief, wieder ein anderer leckte sich seine Pfote und schien die Gruppe belustigt anzusehen.

Der Ort war überwuchert, es standen hier zwei Bäume, einer von ihnen hatte mit seinem Wurzelwerk auch einen der

Wölfe leicht angehoben. Doch inmitten des Fünfecks wuchs das zähe Gras nur spärlich.

»Ein heiliger Ort«, erklärte Enke, die sich auf einen Stecken stützte, der aus zwei umeinander gewundenen Ästen bestand. Kein Rattenschädel war daran, wie Blix erleichtert festgestellt hatte.

»Die Schamanen der Clans haben hier ihre Rituale abgehalten.« Sie wies zu dem Altarstein hin. »Wie ihr seht, ist der Altar nicht groß genug für Menschenopfer, diese alten Geschichten stimmen nicht. Oft gab man dem Gott Hasen.« Sie schmunzelte. »Bedenkt man, wer er ist, scheint es mir sehr passend.«

»Ihr seid aber keine Schamanin?«, fragte Gerlon jetzt, während er frierend die Arme um sich schlang.

»Nein. Eine Elfe hat mich ausgebildet. Zu einer Wächterin, wie sie sagte.« Sie schüttelte traurig den Kopf. »Sie fand den Krieg unerträglich und machte sich auf zu dieser neuen Festung, die Ihr im Pass erbaut habt. Sie hoffte, dort zwischen unseren Völkern vermitteln zu können. Aber sie kam nicht wieder, und ich hörte nie mehr etwas von ihr. Ich denke, Ihr habt sie erschlagen.«

In ihrer Stimme klang kein Vorwurf mit, nur eine gewisse Traurigkeit. Dennoch fand sich Blix unangenehm berührt. Die legendäre zweite Legion, der er sich so stolz angeschlossen hatte, war hierhergekommen, um zu erobern. Mag sein, dass es nötig gewesen war, um den Knotenpunkt des Weltenstroms, der unter den Donnerbergen lag, zu sichern, aber die Barbaren, die hier gelebt hatten, waren dem Kaiserreich keine Bedrohung gewesen, zu viele Meilen lagen zwischen diesem Land und Askir.

Ein Wind wehte und brachte feuchte Luft vom Moor und ließ ihn frieren. So nackt hatte er sich schon lange nicht mehr gefühlt. Sie alle trugen nicht mehr am Leib als ihr Unterzeug, sodass Blix gar nicht wusste, wohin er schauen sollte, um nicht ein Bein, ein Knie oder einen schlanken Fuß zu sehen.

Nur Zokora trug ihre volle Ausrüstung mitsamt dem dunklen Kettenmantel. Neben ihrem Schwert hatte sie auch die Armbrust dabei und einen Köcher voll mit zwanzig Bolzen. Die Armbrust war mit Draht bespannt, den sie sorgsam eingefettet hatte. Sie war sich sicher, dass ein kurzes Bad die Waffe nicht beschädigen würde. Um sie, beharrte die Elfe, brauchte man sich keine Sorgen zu machen. In diesem Land und unter der Erde, so hatte sie es ihnen erklärt, hatte sie vollen Zugang zu den Segen ihrer Göttin und wäre somit wohl am wenigsten gefährdet. Nach der Rast von eben, stünde es sogar um ihre Rippen besser.

»Schwertmajor«, sprach ihn die Königin jetzt an. »Habt Ihr die Nachricht an Eure Soldaten verfasst?«

»Ja, Majestät«, antwortete Blix und sah verzweifelt zur Seite hin.

Die Königin seufzte. »Lasst das«, gebot sie. »Wenn sich hinter mir der Feind anschleicht, wie wollt Ihr mich dann warnen?«

»Aber …«, begann er, doch sie winkte schmunzelnd ab.

»Wenn sich Eure Blicke verirren, werde ich es überleben. Seht mir ins Gesicht … ich hörte, man kann sich daran gewöhnen!«

»Ja, Major«, lachte Sieglinde heiter. »Man könnte meinen, wir wären so hässlich, dass Eure Augen den Anblick kaum ertragen können!«

Blix spürte, wie seine Ohren brannten. Auch Gerlon erging es nicht besser. »Wenn Ihr es so wünscht!«, sagte er und sah ihr ins Gesicht. Bei ihr war es auch nicht so schwer, dachte er fast verzweifelt. Wie Sieglinde sagte, hässlich waren sie ja nicht. Doch bei der Füchsin verlor er in der Tat seine Gedanken! Es gab wahrlich nichts an ihr, das ihm nicht gefiel!

Als Einzige trug sie kein Schwert, sondern nur zwei lange Dolche, die in Scheiden an ihren Unterarmen steckten. Ihren Bogen hatte sie bedauernd im Haus der Hexe zurückgelassen, Der Tauchgang hätte ihn nur nutzlos gemacht. Was Blix zu schaffen machte, war das dünne Leibchen aus Leder, das sich an sie schmiegte wie eine zweite Haut und ihn aus dem Gleichgewicht brachte. Genauer das, was sich darunter nur unzureichend verbarg. Unwillkürlich sah er zu ihr hin. Sie fing seinen Blick auf und lächelte. Götter, dachte Blix, schenkt mir Gelassenheit! Aber es fiel ihm schwer, seinen Blick von ihr zu lösen.

»Ihr seid sicher, dass Euer Vogel die Nachricht überbringen wird?«, fragte Leandra jetzt die alte Enke, nachdem Blix an den Fuß des Raben seine Nachricht angebunden hatte. Die Augen des Raben hatten dabei listig gefunkelt, und einmal hatte er auch nach der Hand des Schwertmajors gepickt, nicht fest, nur mahnend.

»Ja«, meinte die alte Enke zuversichtlich. »Über die Jahre ist mein Konrad fast so gescheit geworden, wie ich es bin. Er kann auch sprechen, wenn er sich die Mühe gibt. Selbst ein Adler dürfte ihn kaum aufhalten, und er ist geduldig. Er wird das Lager Eurer Kompanie schon finden können.« Sie bedachte Blix mit einem strafenden Blick. »Wenn man ihn nicht damit beleidigt, mit Steinen nach ihm zu werfen!« Sie hob die Hand und ließ den Raben fliegen.

Der Schwertmajor seufzte. Es war nicht das erste Mal, dass sie ihm das vorgehalten hatte. Er fragte sich nur, wie Grenski reagieren würde, wenn ihr ein Rabe Befehle brachte. Oder was sie sagen würde, wenn sie diese las.

»Den Ort, den Ihr mir empfohlen habt ...«, begann Blix doch die alte Enke hob die Hand und unterbrach ihn.

»Wenn Ihr mich wieder fragen wollt, ob es der beste Ort ist, dann merkt Euch jetzt die Antwort: Ja! Er ist zwar nahe der Stadt, aber bessere Voraussetzungen werdet Ihr woanders nicht finden. Ihr müsst mir einfach glauben.«

Blix seufzte. Der Rabe war schon davongeflogen, jetzt war es so oder so zu spät.

»Und jetzt?«, fragte Janos rau. »Wie geht es weiter?« Er

sah hoch zu Soltars Tuch, wo die Sterne zwischen Wolkenfetzen ein strahlendes Bild zeichneten. Es war nicht mehr weit bis Mitternacht. In guten Nächten wie in dieser konnte man ein Band erahnen, das sich schräg über den ganzen Himmel zog. Hier im Süden, dachte Blix, schienen die Sterne ihm heller zu leuchten, und Soltars Werk stellte sich auch anders dar, manche Sterne waren verschoben, andere hatte er gar nicht wiedergefunden.

»Man muss die Steine in einer bestimmten Reihenfolge berühren«, sagte Enke. »Ich brauchte geraume Zeit, um es herauszufinden, bis mir einfiel, dass sich der Bursche vor mir hinter verschiedenen Steinen versteckte, als ob er Fangen mit mir hätte spielen wollen. Er hatte fürchterliche Angst vor mir.«

»Das kann ich mir denken«, entfuhr es Blix, der nur hoffen konnte, dass ihm die alte Vettel nicht in seinen Träumen erschien.

»Hauptmann!«, beschwerte Enke sich und hob eine Augenbraue an. »Ich war jung und hübsch damals. Nur ein wenig zornig!«

»Und dann öffnet sich das Tor?«, fragte Leandra, die das Zwischenspiel ignorierte.

»Es ist kein Tor.« Enke zögerte ein wenig, bevor sie weitersprach. »Es ist, als ob man in einem trägen Strom schwimmt, der einen unaufhaltsam weiterträgt. Lange dauert es nicht, aber die Dunkelheit ist eine, die man fürchten kann. Man muss sich zusammennehmen, und am besten hält man sich an den Händen. Denn Seil haben wir ja nicht genug.« Nur zweimal fünfzehn Schritt. Nicht genug, um alle aneinanderzubinden; dennoch war es wichtig, denn Enke sagte, dass sie es vielleicht brauchen würden, um den Ort lebend zu verlassen. Sieglinde und Leandra trugen die beiden Seile nun jeweils um ihre schlanke Taille gewickelt. Der Rest von ihnen hatte sich einen kleinen Leinenbeutel mit dem Nötigsten um die Hüfte geknotet, gerade so viel, dass es sie nicht beim Schwimmen unter Wasser ziehen würde.

»Der Weltenstrom«, sagte Leandra ehrfürchtig. »Wir schwimmen in ihm?«

»Ja, Kindchen«, sagte die alte Enke. »So ist es. Er führt von hier nach dort. Wenn Ihr ihn umlenkt, wird auch dieser Weg zum alten Tempel nicht mehr offen sein.«

»Gibt es einen Weg zurück vom Tempelbad zu diesem alten Tempel Eures Gottes?«, fragte Janos jetzt.

»Den gleichen wie hinaus. Nur dass es in einer Richtung einfacher ist. Ihr werdet beim Verlassen durch einen gut dreißig Schritt langen Tunnel gepresst, der Flaschenhals, von dem ich sprach. Dies geschieht mit großem Druck. Ich sehe nicht, wie man dagegen anschwimmen könnte.«

»Das kann nicht stimmen«, widersprach Blix. »Die Maestra Asela sprach von einem Zugang *an* der Quelle, nicht davon, dass man schwimmen müsste.«

»Ich weiß nur von der Quelle selbst«, sagte Enke und schaute zu dem Himmel hoch. »Es ist bald so weit. Denkt daran, es wird dunkel sein, und es ist einfacher, sich bei der Hand zu halten. So kommen wir dann auch zugleich an. Wenn wir im Wasser sind, wird Euch eine Strömung zur Seite drücken wollen. Kämpft dagegen an und folgt mir, ich weiß den schnellsten Weg zur Oberfläche, die Strömung dagegen zieht Euch zu einer anderen Höhle, wo es keine Luft zum Atmen gibt.«

»Also gibt es einen zweiten Abfluss«, sagte Janos. »Wo führt der hin?«

»Zur Lasse, denke ich«, sagte die alte Enke. »Eine halbe Meile müsstet Ihr dann tauchen können. Wenn Ihr wollt, könnt Ihr es ja versuchen. Aber jetzt ist es Zeit, betreten wir den Ort der Steine.«

Was Blix an Magie so irritierend fand, war, dass sie sich oftmals ganz anders darstellte als erwartet. Keine großen Gesten, wildes Wedeln mit den Armen oder lange Rituale. Die gab es auch, das wusste er, doch bislang hatte er sie noch nicht gesehen. So war es auch jetzt. Enke wartete, bis alle um den Altar herumstanden, dann ging sie von einem Stein zum anderen und klopfte den Wölfen mit ihrem Stab leicht auf die Schnauze. Beim letzten Wolf ergriff sie fest Zokoras Hand und holte tief Luft. Die anderen taten es ihr nach, sie klopfte dann den letzten Stein.

Was dann geschah, fiel ihm schwer zu beschreiben. Als ob sie in den Boden sänken. Es war, als ob er schweben würde, nur dass es einen trägen Widerstand gab. Es schien, dass man in einem trägen Fluss dahintrieb, von ihm fortgespült wurde, doch es fühlte sich gemächlich an, ruhig und still und warm, als ob die Erde einen freundlich empfangen würde. Atemnot verspürte er keine, und auch die Gedanken waren träge. Er spürte Anlynns Hand und die von Janos. Letzterer drohte ihm die Hand zu brechen, so fest drückte der Hauptmann zu.

Das Wasser war ein Schock, die Kälte, obwohl Enke davor gewarnt hatte, wie tausend Messer aus Eis, die ihm fast sofort jede Kraft zu nehmen drohten. Die Dunkelheit war absolut; wo oben war und unten, vermochte er nicht mehr zu erkennen. Er spürte Anlynn an seiner Hand ziehen und strampelte, so fest er konnte. Während ihm die Brust zu bersten drohte, nahm er einen schwachen blauen Schimmer wahr, der vor ihnen auftauchte und grob einen rechteckigen Umriss bildete. Doch Anlynns Hand zog ihn weg davon, schräg vorbei nach oben. Er spürte Janos Hand an seiner, manchmal zog der Hauptmann so fest, dass Blix befürchtete, dass er ihm den Arm aus der Schulter reißen wollte.

Die Strömung, von der Enke gesprochen hatte, ergriff sie und schlug sie gegen harte Felsen, ohne dass eine Hand frei war, um sich zu schützen, nur die Füße fanden Halt, um dann dabei zu helfen, sich nach oben abzustoßen.

Es war mehr als eine Ewigkeit, mehr, als seine Lungen halten konnten. Verzweifelt versuchte er es zu halten, doch das Band um seine Brust zog sich mehr und mehr zusammen, bis aller Wille, alle Kraft nichts halfen. Bläulich schimmernde

Luftblasen entwichen seinem Mund, nichts half, es war nicht aufzuhalten, sein Mund öffnete sich gegen seinen Willen, doch es war nicht rettende Luft, sondern Wasser so kalt wie Eis, das dennoch brannte, als wäre es geschmolzenes Metall. Ein Licht entstand weit über ihm, wohl die Pforten Soltars. So hatte er sie sich nicht vorgestellt. Er spürte noch, wie Anlynn an ihm zerrte, den Hauptmann hatte er schon losgelassen, dann wurde das Dunkel dichter, und er fühlte, wie er sich vom Leben löste.

»Hrrggl«, brachte Blix hervor und hustete schmerzhaft, während seine Bauchmuskeln krampften und ein Schwall Wasser aus seinem Mund strömte. Er hustete, ein neuer Schwall verwehrte ihm das Atmen, dann zog er Luft ein, eiskalte, klare, rettende Luft, bis er erneut Wasser auswarf.

Die Welt war verkehrt herum, er hing mit dem Kopf herab, und seine Arme schlugen in Panik auf harten, kalten Fels. Vor ihm sah er Leandras geschmückte Sandalen, die ursprünglich für einen Ball gedacht gewesen waren und nicht für diese feuchte Reise. Ein Schlag traf ihn hart auf die Brust und ließ ihn erneut husten, er krümmte sich und spie weiteres Wasser aus, dann löste sich der harte Griff an seinen Knöcheln, und er fiel hustend zu Boden. Wäre da nicht Anlynn gewesen, die ihn hastig festhielt, wäre er wohl wieder ins Wasser abgerutscht, denn die kleine Insel, auf der sie sich befanden, war nicht besonders groß.

»Was ... was habt Ihr mit mir gemacht«, fragte Blix erschöpft nach zwei Versuchen, mehr als ein jämmerliches Krächzen herauszubringen. Es war nicht mehr dunkel, über ihren Köpfen schwebte ein helles, klares Licht, das harte Schatten warf. Eine Höhle wölbte sich über ihnen, mit mächtigen Stalaktiten, die im Wasser verschwanden, es glitzerte allen Ortes wie Zuckerguss auf einer Torte, und das Wasser, aus dem sich diese kleine Insel gerade so eben erhob, war so klar, dass es schwer war zu erkennen, wo es anfing und die Luft aufhörte.

»Du bist ertrunken«, sagte Anlynn und drückte seine Hand fester. »Zokora wies Janos an, dich an beiden Füßen hochzuheben, und Leandra, dir in bestimmter Weise auf die Brust zu schlagen, bis du wieder lebst.« Sie lächelte mühsam. »Ich bin froh darum.«

Blix schüttelte benommen seinen Kopf und schaute hoch zur Königin, die ihn besorgt musterte. Und ihre Hand rieb.

»Erinnert mich daran, mich nicht im Faustkampf mit Euch zu messen«, krächzte er dann.

»Das will ich gerne tun«, schmunzelte sie.

»Und habt Dank«, brachte Blix schwer hervor und hustete erneut. Nachdem er wieder leben durfte, fiel ihm jetzt auch auf, wie erbärmlich kalt ihm war. »Götter«, stöhnte er. »So schlimm habe ich es mir nicht vorgestellt. Ich bin kein schlechter Schwimmer, aber das ...« Er schüttelte fassungslos den Kopf.

»Es hätte uns alle fast erwischt«, sagte Janos und sah bewundernd zu Zokora hin, die etwas abseits auf der Wasseroberfläche saß. Sie schien zu meditieren und reagierte nicht auf seine Worte. Selbst das kurze Haar der dunklen Elfe war schon wieder trocken. »Sie als Einzige verlor nicht die Kraft und zog uns mit Gewalt nach oben. Ich glaubte auch mich verloren, als sie an mir vorbeitauchte, ohne mich zu beachten. Doch sie suchte Euch, und als sie mit Euch wieder hochgeschwommen kam, griff sie mir ins Haar und zog mich mit nach oben, wie einen toten Wal, den man am Strand anlandet.« Er fuhr sich über seinen nassen Schopf und lachte leise. »Glaubt mir, es war schmerzhaft, sie hat mir büschelweise Haare ausgerissen!«

»Du hast sowieso zu viel davon«, lachte Sieglinde und ließ ihren Blick über ihn schweifen. In seinem Lendenschurz zeigte der Hauptmann fast so viel an Pelz wie Meister Petz.

»Es war so auch nicht geplant«, sagte jetzt die Sera Enke schwach. Sie sah erschöpft aus und auch älter. »Als ich hier war, war es später Sommer und die Höhle nur halb so voll gelaufen. Jetzt hat uns die Schneeschmelze mehr Wasser gebracht.« Sie schaute zur nahen Höhlendecke hoch. »Doch der Wolfsgott hat uns verschont. Wäre der Winter nur etwas härter gewesen, als er es schon war, hätten wir keine Luft mehr vorgefunden. Es wird jetzt alles schwerer werden.« Sie wies mit der Hand nach unten und zur Seite. Blix hielt die Hand gegen das magische Licht und erkannte dort unten, weit entfernt, das schwache blaue Leuchten. »Wir müssen dort hinein.«

»Dort liegt der Tempel?«, fragte Leandra mit belegter Stimme.

»Ja«, sagte Enke. »Ich wüsste nicht, wo er sonst noch sein sollte. Es liegt Magie dort, der Weltenstrom führt dorthin, und der Stein trägt das Zeichen meines Gottes. Er muss dort sein.«

»Und er ist ohne Zweifel vollgelaufen«, stellte ein Mann fest, der es sich hinter Leandra auf dem Felsen bequem gemacht hatte und nun methodisch sein langes Haar auswrang. »Das wird ein rechter Spaß!« Er trug, wie Anlynn auch, nur zwei scharfe Messer und war dem Schwertmajor vollends unbekannt.

»Wer …?«, begann er, doch Anlynn lachte belustigt. »Das ist Odgar«, schmunzelte sie. »Man braucht eine Weile, bis man ihn nicht mehr übersieht.«

Richtig, erinnerte sich Blix. Der graue Mann. Odgar nickte ihm freundlich zu.

»Und jetzt?«, fragte Blix, hustete und rieb sich die Arme. Er wusste nicht, was schlimmer war, der Schmerz in seiner Lunge oder die beißende Kälte.

Die dunkle Elfe öffnete die Augen. »Ihr werdet schnell entscheiden müssen«, sagte sie. »Jeden Atemzug, den ihr zaudert, raubt Euch die Kälte mehr an Kraft. Wer sich an der Tür versuchen will, ist noch schlimmer dran. Und …«, sagte sie, während sie aufstand und langsam zu ihnen kam, »wir sind auch nicht alleine.« Sie wies zur Seite und nach unten. »Da ist das Ungeheuer, das der Wandersmann bekämpft haben will. Nur hat er es wohl doch nicht besiegt.«

Dort unten, tief im klaren Wasser, bewegte sich träge ein Schatten und stieg langsam auf. Er ähnelte einem dieser Flussdrachen, von denen Blix gehört hatte, dass es sie in Bessarein so reichlich gäbe. Nur dass ihm vom mächtigen Schädel bis hin zu der Spitze seines dornenbewehrten Schwanzes ein Kamm wuchs und er größer war. Weitaus größer. Zudem war er von ungesunder heller Farbe und seine Schuppen fast durchscheinend, dahinter ahnte man sogar die inneren Organe. Nur einen Moment lang erschreckte er sie mit seinem Anblick, dann sank er träge wieder tiefer.

»Wir haben Glück, dass ihn das kalte Wasser träge macht«, sagte Zokora leise. »Er schläft noch fast. Aber wir sollten laute Geräusche vermeiden.« Sie berührte ihre Seite. »Heute will ich keinen weiteren Kampf mehr gegen Ungeheuer führen.«

»Na, ein Gutes hat das Ganze«, meinte Janos fröhlich.

»Und was?«, fragte Blix verärgert. Wenn die Kälte sie nicht umbrachte und das Ungeheuer sie nicht fraß, würde der einzige Ausweg ihnen die Knochen zerschlagen. So heiter fand er das alles nicht.

»Wenn es uns gelingt, den Weltenstrom umzulenken, wird es den schwarzen Priestern wohl kaum möglich sein, etwas dagegen zu unternehmen.« Janos lachte. »Ich würde gerne sehen, wie sie es mit diesem Drachen aufnehmen. Wenn sie es versuchen, werden sie sterben!«

»Wie wir auch«, sagte Gerlon leise. »Aber ich werde für uns beten.«

Kräähnski!

26 »… und ich hoffe, dass es die letzte Seele ist, die das Gift zu Soltar schickt«, berichtete Korporal Loska von den Federn, der Medikus der fünften Lanze.

»So Soltar will«, sagte Grenski seufzend. »Wie viele sind es dann gesamt?«

»Neunzehn.«

»Danke, Korporal«, sagte Grenski, Loska salutierte, machte auf dem Absatz kehrt und marschierte aus der Tür heraus. Keine Zeltbahn. Eine Tür. Sie wusste die Vorteile eines festen Hauses zu würdigen, aber dafür waren sie nicht hier. Die Stabssergeantin seufzte erneut. Zwei Tage lagen sie schon hier, drei, wenn man den Tag der Ankunft mitrechnete, und noch immer hatte die Lanze sich nicht von dem Giftanschlag erholt. Sie sah auf das Lanzenbuch herab und tunkte die Feder ein. Schwertrekrut Pestok. Einer von den Neuen. Sie trug den Namen ein und das Datum und schüttete Löschsand auf das Blatt. Die Neuen starben immer als Erste.

Dass der Schwertmajor nicht zugegen war, störte sie mehr, als sie es sich eingestehen wollte. Es war eine Sache, Befehle auszuführen, eine andere, sie selbst zu geben. Kein Wunder, dass der Major so oft die Dinge mit ihr besprochen hatte, nur eine Meinung war auf Dauer nicht genug. Man geriet ins Zweifeln.

Es klopfte an der Tür, und sie sah auf. Schwertsergeant Avron trat breit grinsend ein.

»Ihr habt einen Besucher, Stabssergeant«, sagte er und salutierte, während sein Grinsen noch breiter wurde und er den anderen Arm anhob, auf dem ein Rabe saß, fast so groß wie ein Adler, der sie mit listigen Augen betrachtete.

»Kräähnski!«, krähte der Rabe, hüpfte von dem Arm des Schwertsergeanten herab auf ihren Tisch. Fassungslos sah sie den Vogel an, dann brachte sie schnell das Tintenfässchen in Sicherheit, als der Rabe auf dem Tisch herumlief, als wolle er sich alles ganz genau besehen.

»Was, bei Borons Bart, ist das?«, fragte sie und wies anklagend auf den Raben.

»Er wollte zu Euch«, sagte Avron und drohte sich die Ohren abzubeißen, so breit grinste er.

»Schön, dass Ihr es lustig findet«, meinte Grenski kühl. »Und jetzt …«

»Krääähnski!«, rief der Vogel fordernd und pickte nun an seiner Klaue. Nein, nicht an seiner Klaue, sondern an dem Lederband und der Rolle aus hauchfeinem Leder, die dort angebunden war. Vorsichtig streckte sie die Hand aus, der Vogel ließ es geschehen.

»Er kam angeflogen, landete vor Eurer Tür und rief Euren Namen«, erklärte Avron belustigt. »Es sah wahrhaftig so aus, als wolle er zu niemand anders als zu Euch.«

Den Knoten kannte sie, Blix verwendete ihn oft genug. Und nur er. Angeblich benutzten die Händler am Tempelplatz solche Knoten, um ihre Stände zu markieren. Wofür das gut war, hatte er ihr allerdings nicht erklärt. Jetzt gab der Major schon seine Befehle durch einen Raben!

Es gab für diesen Knoten einen Trick. Richtig. Sie zog daran, er ging auf, und der Rabe schob die Lederrolle mit seinem Schnabel zu ihr hin. »Krääähnski«, sagte er stolz, hüpfte dem überraschten Schwertsergeanten wieder auf den Arm, um ihm mit dem Schnabel hart auf die metallene Schulter zu picken und dann fordernd zur Tür zu schauen.

Grenski rollte das Leder aus und runzelte die Stirn. Der Major hatte ein halbes Buch geschrieben, und es sah aus, als hätte er es eilig gehabt, an manchen Stellen hatte seine Feder das dünne Leder aufgerissen.

»Scheint, als hätte der Major gerade keine Brieftaube zur Hand gehabt«, lachte Avron.

Sie sah ihn strafend an, und er stand gerade. »Bring das

Vieh raus, Avron«, befahl sie gereizt. »Ich mag keine Raben in meiner Stube!«

»Ay, Ser!«, grinste der Sergeant und stapfte mit dem gefiederten Boten davon, während Grenski nur fassungslos den Kopf schüttelte. Dann öffnete sie den Packen mit den kostbaren Karten des Schwertmajors, zog eine heraus und drehte den Docht der Lampe etwas höher, um besser sehen zu können.

Die Schrift auf dem feinen Leder war wohl etwas feucht geworden und verlaufen, dennoch war sie gut lesbar. Wenn man davon absah, dass Blix fürchterlich krumm und schief schrieb. Der Major sprach von einem Hügel nordöstlich von Lassahndaar, einen Tagesmarsch entfernt. Fast schon vor der Stadt. Bewaldet auf der Kuppe, beinahe drei Seiten steiler Abhang, nur eine Seite, die zugänglich war. Mit Sicht auf die Straße … und, wenn es klar genug war, sogar auf die Stadt. Direkt vor der Nase des Feinds. Sie suchte die Stelle auf seiner kostbaren Karte und fand dort nur Leere vor. Dennoch, mit drei Seiten steiler Abhang sollte der Hügel zu finden sein. Sie las weiter. Dort sollten sie sich verschanzen und jederzeit mit einem Angriff rechnen.

Hm. Sie nickte. Es war besser, den Feind aus der Stadt zu locken, als ihn dort anzugreifen. Er sagte zwar nichts davon, aber sie kannte ihn gut genug, um zu wissen, wie er dachte. Sie las weiter. Ich weiß, wie ich ein Lager zu befestigen habe, das hätte er sich sparen können! Dann, als sie weiterlas, lachte sie unvermittelt. Das sah Blix ähnlich. Als sie zum Rest der Nachricht kam, konnte sie allerdings nur fassungslos den Kopf schütteln. Von einer Hexe war da die Rede, einem Steinkreis, den Tempelquellen in Lassahndaar … und davon, dass, wenn sie in fünf Tagen keine Nachricht erhielt, sie den Rückzug einleiten sollte.

Sie rollte das Leder zusammen, tat es zu seiner Kartentasche, dann dachte sie eine Weile nach. Gestern in der Frühe hatte sie wieder einer dieser Wyvern ausgespäht, der Feind wusste also, wo sie lagen.

Aus einer Schließkassette entnahm sie ein schmales Buch, suchte zwei Seiten darin heraus und schrieb die beiden Seitenzahlen auf die obere rechte Ecke eines frischen Blatts. Die Zeilen in dem schmalen Buch enthielten nur Reihen von Buchstaben und ergaben keinen Sinn.

Auf ein neues Blatt schrieb sie ihre Nachricht und zählte dort die Buchstaben, trug diese Anzahl bei dem ersten Blatt zu den anderen in der Ecke ein. Dann fing sie von unten an und ging rückwärts hoch, suchte sorgsam jeden Buchstaben auf der zweiten Seite, um an der gleichen Stelle auf der ersten Seite nachzusehen und dann dort um die Anzahl der geschriebenen Buchstaben zu versetzen. Sie übertrug den so gefundenen Buchstaben auf das erste Blatt mit den Zahlen in der Ecke, wobei sie von oben anfing zu schreiben. Obwohl es nur wenige Zeilen waren, dauerte es lange, bis sie fertig war. Dann rief sie Avron herein, der vor der Tür Wache stand.

Sie sah auf die endlose Reihe von Buchstaben herab. Blix und sie waren gewarnt worden, dass der Feind wusste, wie man in den Legionen Schlüssel setzte, doch das würde ihm kaum nützen. Von dem schmalen Buch gab es nur zwei, das andere befand sich im Besitz der Schwertobristin Helis.

»Ist der Vogel weg?«, fragte sie, während sie die Nachricht ablöschte, faltete und sorgfältig siegelte.

»Ay, Stabssergeant, Ser!«, antwortete Avron und nahm Haltung an. »Er flog sofort davon, kaum dass ich aus der Tür war.«

»Schickt Romark mit einem schnellen Pferd zur Feste«, befahl sie und hielt Avron den Umschlag hin. Der nahm ihn und räusperte sich.

»Romark wurde gestern zu Soltar gerufen.«

Richtig. Sie seufzte. »Dann Waltis. Soviel ich weiß, lebt der noch und hat nur noch ein Magengrimmen. Sagt ihm, dass er ein Legionär ist und Legionäre Mägen aus Stahl besitzen! Dann setzt ihn auf ein Pferd und gebt ihm zwei weitere dazu. Mir ist egal, ob der Sattel braun ist, wenn er an der Donnerfeste ankommt, oder ob er die Pferde zuschanden reitet! Von denen haben wir jetzt genug, Hauptsache, er kommt an!«

»Ay, Ser!«

Avron eilte hinaus und zog die Tür hinter sich zu.

Wenn er jetzt noch losritt, dachte sie, hatte Waltis die halbe Nacht Zeit, den Augen des Wyvernreiters zu entgehen. Der Weg zurück zur Feste war zur Zeit auch frei vom Feind. Es sollte gehen.

Loska war der Meinung gewesen, dass die Lanze noch zwei Tage Ruhe bräuchte. Das sah Grenski anders. Sie waren Legionäre der zweiten Bulle. Wenn man fluchen kann, dann kann man auch marschieren, und Flüche hatte sie in der letzten Zeit genug gehört! Sie zog das Lanzenbuch hervor und trug kopfschüttelnd den Besuch des Raben ein. Und fragte sich, wie schlau Steinwolke denn wirklich war. Einer der neuen Rekruten konnte Bessa, die Sprache des Kalifats von Bessarein. Von da kam der Greif doch her. Vielleicht konnte der Greif auch Imperial. Was herauszufinden war.

»Fünf Tage«, sagte die Stabssergeantin laut in den leeren Raum hinein. Eine halbe Lanze der einundzwanzigsten Feindlegion. Fünfhundert Mann. Mit gehärtetem Leder gerüstet. Bewaldetes Gelände für sie, ein Abhang für den Gegner. Armbrüste. Ein hartes Lächeln spielte um ihre schmalen Lippen. So konnte es gelingen. Sie schaute zur Zimmerdecke hoch, doch sie sah nicht das grob behauene Holz, sondern die Wyvern, die bestimmt auch morgen wiederkommen würde. Geben wir dir etwas zum Schauen, dachte sie grimmig und schlug das Lanzenbuch zu. Sehen wir, ob wir die Ratte nicht doch aus ihrem Loch locken können! Sie stand auf und drehte den Docht herab; es war Zeit, die Wachen zu überprüfen.

In neuem Gewand

27 Die achteckige Zitadelle mit ihren mächtigen Türmen und hohen Mauern, die so dick waren, dass acht Pferde nebeneinander auf dem oberen Wehrgang Platz fanden, war die letzte Bastion der alten Reichsstadt. Zwar war es undenkbar, dass es jemals so weit kommen würde, dass der Feind diese Mauern belagerte, aber alleine ihr Anblick demonstrierte kaiserliche Macht. Zu jedem Wall gab es ein Tor, auch wenn die meisten stets verschlossen waren. Das westliche Tor ging auf eine Straße hin, die direkt zum Hafentor führte und von dort, wie nicht anders zu erwarten war, zum Hafen.

Wiesel spazierte fröhlich auf das Hafentor zu, an den Handelswagen vorbei, die sich hier stauten, denn an diesem Tor wurde auch der Zoll erhoben. Er hatte sich entschieden, das zu tun, was Marla von ihm forderte, aber zuvor wollte er sich mit der einzigen Person besprechen, der er wahrhaftig in allen Dingen vertraute: seiner Ziehschwester Desina, Eule und Kaiserin von Askir. Wiesel sah manierlich aus: Er trug graue Hosen aus feinem weichem Leder, seine alten Stiefel, die angeblich Drachenleder waren und sich nicht abzunützen schienen, ein weiches, weites Hemd aus Leinen, ordentlich in Flieder umgefärbt, darüber eine Lederweste, die zwar nicht mit dem Brokat besetzt war, den er so mochte, aber dafür viele Taschen hatte. Ein weiches Tuch, passend zu dem Hemd, hatte er sich um den Hals gelegt und keck verknotet, selbst beim Barbier war er gewesen.

Schon vor zwei Wochen hatte er sich ein Stück eines Barren abgesägt und aufwiegen lassen, jetzt klimperte Gold in seinem Beutel, nicht in dem, den er am Gürtel trug, der enthielt nur Kupfer und etwas Silber, sondern in dem um seinen Hals. Gold, von dem er nun so überreichlich hatte, dass er auf dem Weg gleich dreimal einen fremden Beutel mit einem Goldstück gefüllt hatte, weil er fand, dass der es brauchte.

An seiner Seite baumelte ein neues Rapier, und er fühlte sich noch immer seltsam wohlgemut. Er war gespannt, was Marla zu den neuen Sachen sagen würde.

Am Hafentor war noch mehr Gedränge als sonst üblich. Der Grund war leicht zu erkennen, so viele Bullen hatte er dort noch nie zuvor gesehen. Kein Wunder, denn seit Tagen marschierten Werber durch die Stadt, mit Trommel und Schellenbaum und sauber herausgeputzten Sergeanten, die mit lauter Stimme die Abenteuer priesen, die in fernen Landen zu finden waren, und was der Dienst am Reich dem Mutigen einbringen würde: neben Gold und den Schönheiten ebendieser fremden Länder auch Wissen, denn jeder Legionär musste das Lesen und Schreiben erlernen. Nach zwanzig Jahren konnte man sich eine Pension erhoffen, und war man sparsam genug, so konnte man sich dann, wie der Werber angab, es selbst getan zu haben, sogar ein kleines Häuschen leisten. Vielleicht auch eine Frau. Zudem war einem der Dank der Götter, des Reichs und der Kaiserin gewiss! Aber am besten war noch, dass man sofort, schrieb man nur sogleich sein Zeichen auf die Stelle des Vertrags, den ersten Monatssold erhielt: eine Halbkrone und drei Silber! Vor allem aber eines: die Bürgerrechte im Reich! Was einem dann erlaubte, Grund zu erwerben, Handel zu treiben oder anderen, zuvor verwehrten Berufen nachzugehen.

Meist ging auch ein Priester oder Akolyth Borons neben dem Werber einher und bestätigte auf Anfrage, dass der Mann die Wahrheit sagte, was Wiesel schmunzeln ließ: Stabsobrist Orikes musste in den Legionen sorgfältig gesucht haben, um Bullen zu finden, die tatsächlich so sparsam gewesen waren, dass sie sich ein Haus erworben hatten.

Was nicht erwähnt wurde, aber jeder wissen sollte, war, dass sich das Reich im Krieg befand. Dass das stolze Kriegshandwerk mit Kampf zu tun hatte und mit Sterben oder schweren Wunden, konnte man sich denken. Dafür, dass es sich die meisten jedoch nicht dachten, sah er die vielen neuen und frisch glänzenden Brustpanzer, die noch gänzlich ohne Dellen und Kratzer waren, als Beweis. Von denen gab es hier genügend.

Auch das ein Hinweis auf die Eile, mit der man neue Soldaten rekrutierte: Vorher hatte es Monate gedauert, bis man eine Rüstung erhielt. Was dann auch erklärte, warum die glänzenden Soldaten sich steif wie Marionetten bewegten und oftmals auch zu taumeln schienen. Um den schweren Panzer eines Bullen leicht zu tragen, brauchte es einen Berg von Muskeln; die entstanden nun mal nicht innerhalb weniger Tage.

Der Schwertrekrut, der ihm nun schwerfällig den Weg versperren wollte, zeigte dies deutlich: Der Arme war unter seinem Helm schweißnass und schien vor Erschöpfung fast zu taumeln, dabei war der halbe Tag noch nicht vorbei. Wiesel nickte ihm freundlich zu und wich ihm aus, was den Mann etwas krächzen ließ. Was nun folgte, glich der Mär von dem Hasen und der Schildkröte, nur dass es von Letzterer mehr als eine gab, die nun alle anfingen, schwerfällig auf ihn zuzuwanken. Als sich ihm zum vierten Male einer der Schwertrekruten in den Weg stellte und ihn halten wollte, verstand Wiesel, dass dies kein Zufall war, und blieb gelassen stehen.

»Halt«, keuchte der Rekrut, der ihn als Erster hatte stellen wollen. »Bleibt stehen!«

Da Wiesel nun schon stand, verschränkte er die Arme vor der Brust und hob die Augenbraue an. Er war sich keiner Schuld bewusst und hatte auch nichts zu verzollen.

»Was gibt es, Soldat?«, fragte Wiesel höflich. Es war Wochen her, dass er sich an fremdem Eigentum vergangen hatte, und das sogar im Dienste des Reichs und mit Borons Segen. Es gab auch keine alten Haftbefehle mehr, all dies Bestandteil des Geschäfts, das er mit Stabsobrist Orikes getätigt hatte, noch bevor Desina den Thron erklommen hatte. Obwohl er daran zweifelte, dass sie bisher auch nur einmal darauf gesessen hatte.

Vier andere Rekruten hatten sich jetzt auch noch drohend um ihn herum aufgebaut, und oben am Tor merkte nun auch ein erfahrener Sergeant auf, den Wiesel recht gut kannte, und schlenderte in ihre Richtung. Er trug die gleiche Rüstung wie die Rekruten, nur dass es bei ihm so schien, als wöge sie nicht viel mehr als ein Kettenhemd.

»Ihr seid …«, keuchte der Rekrut, »Ser Wiesel, nicht wahr?«

»Ja, schon«, gestand Wiesel ein. »Aber was …«

»Ihr werdet gesucht«, teilte ihm der Rekrut entschlossen mit und legte mannhaft die Hand an das Schwert, das er an der Seite trug. »Ihr seid aufgefordert, ruhig mit uns zu kommen und Gegenwehr zu unterlassen.«

Ruhm, dachte Wiesel zerknirscht, war oft weniger wert, als die Waage zeigte, er hatte auch seine Schattenseiten. Am besten versuchte man es mit Vernunft.

»Soldat …« begann er.

»Vorwärts«, befahl der Rekrut in einem Ton, den er sicherlich erst kürzlich erlernt hatte, es klang fast wie ein richtiger Befehl, nur dass ihm der Atem dazu fehlte. »Mitkommen!«

»Schaut …«, versuchte Wiesel es erneut und wollte unter seine Weste greifen, dort befand sich ein gesiegeltes Schriftstück, dessen Inhalt diese neuen Rekruten sicherlich in Ehrfurcht erstarren lassen würde.

»Waffe!«, rief einer der Rekruten und warf sich auf ihn, die anderen Rekruten taten es ihm gleich nach, und mit blechernem Getöse ging der überraschte Wiesel zu Boden. Unter einem Haufen von fünf schwer mit Plattenpanzern gerüsteten Soldaten zu landen, fand er dabei heraus, war kein Spaß mehr, er fühlte, wie seine Rippen bedenklich knirschten, und vor lauter Metall fehlte ihm die Luft.

»Rohl«, japste Wiesel, als er den Sergeanten durch zwei gepanzerte Beine hinweg näher kommen sah. »Tu etwas!«

Es war nie ein Fehler, die Soldaten am Tor zu kennen und sie sich mit Witzen und Freundlichkeiten und dem einen oder anderen Gefallen gewogen zu halten. Nur kein Geld, das brachte einen schneller in den Kerker, als man die Münzen abzählen konnte. Wiesel kannte Lanzensergeant Rohl nun schon seit Jahren, und ohne sein Blech war er ein freundlicher Kerl, der gerne Bier trank und Würfel spielte und sich um eine Schwester sorgte, die einen Taugenichts von einem Barbier geheiratet hatte, dem der Sergeant nicht einmal seinen Hund anvertraut hätte, hätte er denn einen gehabt. Bis Wiesel den Kerl eines Nachts aus seinem Bett geholt hatte, um ihm aus Astartes Buch vorzutragen. Und aus dem von Boron. Und was ihm geschehen würde, sollte er weiter das Geld verspielen oder seine Frau nur einmal noch schräg anschauen! Danach hatte der Sergeant Wiesel sogar ein Bier spendiert und auch immer mal wieder den einen oder anderen kleinen Gefallen getan.

Jetzt trat der Sergeant näher heran und sah belustigt auf den Haufen herab. Es ging den Soldaten nun nicht mehr darum, Wiesel auf dem Boden zu halten, der drahtige Dieb hatte auf jede Gegenwehr verzichtet, sondern vielmehr darum, in der schweren Rüstung wieder aufzustehen. Was fast so schmerzhaft war wie der Fall zuvor, denn aus irgendeinem Grunde bestanden die Soldaten darauf, sich bei dem Versuch auf ihn zu knien.

»Wenn das nicht Ser Wiesel ist«, begrüßte Rohl ihn freundlich. »In gänzlich neuem Gewand. Bis auf die Stiefel. Die erkenne ich wieder.« Kein Wunder, dachte Wiesel säuerlich und japste, als ein anderes Knie eine empfindliche Stelle drückte, alles andere war ja unter Blech begraben!

»Rohl!«, keuchte der drahtige Dieb. »Sorg dafür ... autsch ... dass diese ... passt doch auf, Ihr Hornochsen!«

»Von dir runtergehen?«, fragte Rohl höflich. Wiesel japste nur.

»Gemach, mein Freund«, lächelte der Sergeant. »Wollen

wir doch erst mal sehen, warum du dich in dieser misslichen Lage befindest. Hast du wieder etwas angestellt?«

»Nein«, keuchte Wiesel. »Und du weißt es!«, fügte er vorwurfsvoll hinzu.

»Fragen wir diese tapferen Helden«, schlug Rohl vor. »Wer von Euch hat denn die glorreiche Idee gehabt, Askirs berühmtesten Dieb zu verhaften?«, fragte er freundlich.

»Ich!«, meldete sich der erste Rekrut stolz zu Wort.

»Und wer ist ›ich‹?«, fragte Rohl höflich. Wenn ich der Rekrut wäre, würde ich jetzt anfangen zu rennen, dachte Wiesel und versuchte erneut zu atmen. Mit mäßigem Erfolg. »Ich kann gerade dein Gesicht nicht sehen, Rekrut, dein Helm ist mir im Weg dabei!«

»Ser, Schwertrekrut Talas, Ser!«

»Und warum?«

»Ser, sein Bild hing in der Wachstube, mit dem Vermerk, ihn möglichst schnell zu Stabsobrist Orikes zu bringen, Ser, Lanzensergeant, Ser!«

»Also, Schwertrekrut Talas. Stand dort auch dabei, dass er in schweren Ketten und unter Bewachung dorthin gebracht werden soll?«

»Nein, Ser, Lanzensergeant, Ser!«

»Und wie kommt Ihr *Hornochsen* dann auf die *wahnwitzige* Idee, euch zu *fünft* auf den *Bruder* der *Kaiserin* zu werfen?«, brüllte Rohl so laut, dass es sicherlich noch von den fernen Seemauern des Hafens hallte.

Stille. Die Händler auf den Wagen und andere Passanten hatten sich das Spektakel gerne angeschaut, auch Wetten abgeschlossen, was geschehen würde, und sich auch allgemein belustigt gegeben, Witze waren gerissen worden, auch zotige Kommentare waren umhergeflogen. Doch jetzt, in diesem Moment, war den Leuten das Wort auf der Zunge kleben geblieben, sogar die Ochsen vor den schweren Handelswagen stellten das Muhen ein und schauten her.

Vorsichtig, als wäre er ein rohes Ei, stiegen die Soldaten

von Wiesel herunter. Hoben ihn hoch und stellten ihn auf die Beine. Rekrut Talas versuchte ihm noch den Staub abzuklopfen. Wiesel sah auf das Pflaster zu seinen Füßen nieder. Die Pfütze dort passte zu dem feuchten Gefühl an Rücken und Hintern. Talas sah Wiesels Blick, erbleichte und trat hastig zurück.

»Stabsobrist Orikes gab Anweisung, Euch zu suchen und Euch auszurichten, dass Ihr ihn so schnell wie möglich aufsuchen sollt«, sagte Rohl jetzt grinsend. »Braucht Ihr ein Geleit, Ser Wiesel?«

»Danke«, sagte Wiesel grimmig und versuchte feuchten Dreck von seinem neuen Hemd zu klopfen. Ein jeder starrte ihn jetzt an. »Das wird nicht nötig sein.« Er bedachte Rohl mit einem bösen Blick. »Warum bist du Bulle geworden, wenn du dich als Marktschreier so gut eignest?«

»War mir zu anstrengend«, lachte der Sergeant. »Übrigens, ich habe gern geholfen.«

»Danke«, knirschte Wiesel, zog sich seine Weste zurecht und marschierte davon. Diesmal stellte sich ihm niemand in den Weg, eher öffnete sich ihm hastig eine Gasse.

»Ich dachte, er wäre ein Dieb?«, hörte er den Rekruten noch kleinlaut sagen. »Ser!«

»Gut, Talas«, lachte Rohl. »Wenn du jetzt noch Beweise dafür hast, kannst du ihn gerne verhaften! Aber für den Moment schauen wir doch mal, was du dir mit dieser Glanztat eingehandelt hast. Sag, du weißt doch, was eine Latrine ist? Wenn nicht, hast du jetzt die Gelegenheit, es *von Grund auf* zu erlernen!«

Seitdem Desina in den Eulenturm gezogen war, der auf dem Grund der Zitadelle weiß und fensterlos acht Stockwerke in die Höhe ragte, und dort die Geheimnisse der Magie studierte, war Wiesel auch mit dem Stabsobristen gut bekannt, spätestens als ihn raue Bullenhände in ebenjenes Zimmer schleiften, an dessen Tür er nun klopfte. Damals war man etwas ungehalten gewesen, da er versucht hatte, den Ratssaal auszuspähen, in dem sich hinter dem Thron ein großes Siegel auf dem Boden befand, das Wiesel maßlos faszinierte. Dass man ihn dort aufgegriffen hatte, hatte weniger gewogen als die Tatsache, dass er sich an Dutzenden von Wachen vorbeigeschlichen hatte, die sonst keine Mücke ohne Passierschein hindurchließen. Damals war er kaum älter als vierzehn gewesen. Seitdem ging das Gerücht, er hätte damals auch die Schatzkammer geplündert. Er sollte vielleicht doch seinen Ruf verbessern, dachte Wiesel säuerlich und klopfte sich erneut die Kleidung ab.

Der Empfang heute war weitaus freundlicher als damals. Orikes sah von seinem Schreibtisch auf, der mit Rollen und Papyiri überladen war, legte seine Feder ab und lächelte erfreut, als er sich erhob.

»Wiesel«, begrüßte er den Dieb. »Schön, dass du so schnell hast kommen können. Ich habe eben erst Anweisung gegeben, dass ich dich sehen will. Der Bote muss schnell gewesen sein.« Eine Augenbraue hob sich, als der Stabsobrist die Verwüstung an Wiesels neuen Kleidern wahrnahm. »Ist dir ein Missgeschick geschehen?«

»Kann man sagen«, meinte Wiesel seufzend, zog sich einen Stuhl heran und stahl einen Apfel aus der Schale, die am Rand des Schreibtisches stand. Wie seit Jahren ignorierte Orikes die freche Tat und musterte den jungen Mann genauer. Außer der neuen Kleidung und dem Dreck trug Wiesel nun auch Kratzer, Schürfwunden und eine Beule auf der Stirn, er sah fast aus, als wäre er von einem Ochsenkarren überrollt worden. »Ich habe zur Ausbildung Eurer neuer Rekruten beigetragen«, fuhr Wiesel grimmig fort. »Und stelle fest, dass Ihr neue Richtlinien erlassen haben müsst, jetzt brauchen sie tatsächlich nicht mehr schlauer zu sein, als ein Rindvieh es an schlechten Tagen ist! Und Rohl«, fuhr Wiesel erzürnt fort, »hat nichts Besseres zu tun, als herumzublöken, dass ich Desinas Bruder bin!« Er schüttelte den Kopf. »Ich war mir sicher, dass er es gar nicht wusste.«

»Es haben einige gewusst«, sagte Orikes schmunzelnd. »Aber es ist nicht schlimm. Wenn man nicht weiter darauf eingeht, wird man es vergessen.«

»Man wird sich die Mäuler darüber zerreißen«, sagte Wiesel unglücklich. »Ich hoffe, es wird ihr nicht schaden.«

»Das wird es nicht«, schmunzelte der Stabsobrist. »Aber ich werde mich darum kümmern, dass es nicht weiter herausposaunt wird. Ich wollte dich wegen etwas anderem sehen.«

»Und ich wollte eigentlich Desina aufsuchen«, erklärte Wiesel.

»Sie ist in einer Besprechung mit Schwertobristin Helis und Marschall Hergrimm. Aber das wird nicht mehr lange dauern; ich denke, du kannst sie später im Turm finden.« Der Obrist schmunzelte ein wenig. »Sie meidet zur Zeit öffentliche Orte wie die Pest.«

Das konnte er verstehen, dachte Wiesel. Erst kürzlich hatte er gehört, dass ihr, als sie unvorsichtig durch die Stadt gegangen war, von einer Meute treuer Bürger vor Verehrung fast die Kleider vom Leib gerissen worden seien. Erst das Eingreifen von Santer, ihrem Adjutanten, hatte Schlimmeres verhindert, sonst hätte seine Schwester noch Magie zu ihrer Rettung nutzen müssen. Seitdem verließ sie den Zitadellengrund nicht mehr ohne mindestens vier starke Männer der Kaisergarde als Eskorte. Was ihr, wie er sie kannte, ganz bestimmt nicht passte.

»Gut«, sagte er jetzt. Seitdem es Desina gelungen war, auch Personen ohne magisches Talent Zugang zu dem alten Turm zu ermöglichen, schätzte er die Ruhe dort. »Was wolltet Ihr von mir?«

Orikes wurde wieder ernster. »Hochinquisitor Pertok hat der Schlag getroffen.«

»Oh«, sagte Wiesel betroffen. Obwohl sie zeitlebens auf unterschiedlichen Seiten gestanden hatten, schätzte Wiesel den alten Mann, der der Kaiserstadt Jahrzehnte als oberster Richter und Inquisitor gedient hatte. An einen Eid gebunden, der nicht viel weniger hart band als der der Eulen, war er gerade wie ein Fahnenmast und so gerecht, dass selbst Boron ihm angeblich anerkennend zunickte, wenn der alte Mann den Tempel betrat. Bei drei Gelegenheiten hatte Wiesel selbst vor seinem Gericht gestanden und in diese harten Augen gesehen. Er hatte gespürt, dass Pertok wusste, was er angestellt hatte. Es war in diesem Blick klar zu erkennen gewesen. Und dennoch hatte er Wiesel jedes Mal gehen lassen, weil die Beweise unzureichend waren.

»Wie geht es ihm?«, fragte Wiesel nach. Der alte Mann musste fast fünfzig Jahre in dem Amt gewesen sein. Es war schwer, sich Askir ohne seinen Einfluss vorzustellen.

»Die Gebete halfen«, sagte Orikes. »Die Priesterinnen der Astarte kamen noch rechtzeitig zu ihm hin. Es fehlt ihm nichts, außer dass er alt geworden ist. Das Amt ist auf Lebenszeit gegeben, und der Eid lässt es nicht zu, dass er sich zur Ruhe setzt, doch man hat ihm dringlich geraten, es ruhiger anzugehen.«

Wiesel nickte. Das war verständlich, aber was hat es mit ihm zu tun?

»Das Amt des Hochinquisitors«, fuhr Orikes bedächtig fort, »birgt so einiges in sich, das nicht öffentlich bekannt ist. Er alleine steht über dem Gesetz und ist nur an seinen Eid gebunden. Dies erlaubte ihm einige … Freiheiten, wenn es darum ging, das Reich zu schützen.«

»Ich dachte, Ihr wäret der Meister der Spione?«, fragte Wiesel erstaunt.

»Nein«, lächelte Orikes. »Pertok berichtete nur an mich. Dieser Teil seines Auftrags ist mit der anstrengendste. Und er gestand sich nun ein, dass er Unterstützung braucht, jemanden ausbilden muss, der zumindest diesen Teil ihm erleichtert. Wir besprachen das letzte Nacht, er rief mich sogar dazu in den Tempel der Astarte. Wie gesagt, die guten Schwestern konnten ihn zur Gänze heilen, aber das wussten wir noch nicht. Er weiß, dass du seit Langem für mich arbeitest … und traf eine, sagen wir, überraschende Wahl. Die guten Schwestern haben ihm verboten, die nächsten zehn Tage auch nur aufzustehen oder jemanden zu empfangen. Aber danach wünscht er dich zu sehen.«

»Mich?«, fragte Wiesel erschrocken. »Ich soll … ist der alte Mann von Sinnen?«

»Nein«, lachte Orikes. »Weit gefehlt. Ich wünschte, ich hätte die Schärfe seines Verstands!« Er beugte sich etwas weiter vor, und seine grauen Augen bohrten sich in Wiesels. »Seine Wahl ist nicht so wahnwitzig, wie es sich im ersten Moment darstellt. Er erinnerte mich daran, dass es für das Amt eine unabdingbare Voraussetzung gibt: absolute Loyalität zum Reich und seiner Kaiserin. Egal, wie alt sie wird, und wenn es wie bei ihrem Großvater Jahrhunderte sein werden, Desina vertraut niemandem so sehr wie dir. Das wissen wir beide. Und wir wissen auch, dass du für sie sterben würdest, sollte es denn nötig sein. Du hast es immer wieder bewiesen. Mehr als alles andere ist es das, was es für das Amt braucht, eine Loyalität, die sich nicht nur auf den Eid stützt, sondern von Herzen kommt. Du liebst Desina und auch Askir … das ist es, was es braucht.«

Wiesel rutschte unruhig auf seinem Stuhl hin und her. »Desina schon«, gestand er ein. »Seitdem ich sie aus dem Hafenwasser zog und sie mich angelächelt hat. Wie eine Schwester natürlich«, beeilte er sich zu sagen. »Für anderes sind wir uns zu nah. Was Askir angeht, glaube ich es nicht, dazu liegt zu viel im Argen!«

»Und wer wüsste das besser als du«, sagte Orikes bedächtig.

»Ich bin der Falsche dafür«, begehrte Wiesel auf. »Fragt jeden hier in Askir! Ich bin der Dieb und nicht der Richter! Das ist meine Rolle!«, sagte Wiesel fast verzweifelt. »Wenn ich an Borons Haus vorbeigehe, geschieht mir fast immer ein Missgeschick, somit kennt Ihr jetzt auch die Meinung des Gottes dazu! Es … es gibt fast Knoten in meinem Gehirn, wenn ich auch nur dran denke! Es gibt zwei weitere Inquisitoren, sollten die nicht in Betracht gezogen werden?«

»Pertok hat sich für dich entschieden. Er sagt, du hättest, was es braucht. In fast jeder Beziehung. Und der Eid, in Verbindung mit dem Amt, lässt, wie schon erwähnt, durchaus gewisse Freiheiten zu.« Er schmunzelte ein wenig. »Er sagt, du bist gutmütig, und auch wenn es mich überraschte, es von ihm zu hören, gebe ich ihm recht. Du bist nicht verpflichtet dazu, aber er will selbst mit dir darüber sprechen. Diese Ehre solltest du ihm erweisen.«

Wiesel nickte widerstrebend.

»Ich werde mich heute Nacht auf eine Reise begeben«, sagte er dann zurückhaltend. »Ich weiß nicht, wie lange sie dauern wird und ob ich sie überlebe, aber wenn ich zurückkehre, werde ich ihn aufsuchen und hören, was er mir sagen will. Doch ich glaube nicht, dass er mich umstimmen kann.«

»Das wird genügen«, nickte Orikes. »Es geht zuerst auch nur um den Schutz der Stadt. Er will dich ausbilden und bat Bruder Jon, ihm den Zeitpunkt seines Todes zu nennen, und meint jetzt, es wäre noch Zeit genug dazu.«

Wiesel pfiff durch die Zähne. Er hatte schon davon gehört, dass man in gewissen Fällen von den Priestern erfahren konnte, wie lange man noch zu leben hatte, aber alleine der Gedanke grauste ihn.

»Warum ich?«, fragte er jetzt leise. »Neben all den anderen Gründen, warum ich?«

»Er sagt«, lächelte der Stabsobrist, »Weil du ihn an ihn selbst erinnerst, als er noch jung und dumm gewesen ist.«

Als Desina von der Besprechung mit Helis und Marschall Hergrimm zu dem Eulenturm zurückkam, sah sie müde und ausgezehrt aus. Sie kam allein, weder Schwertleutnant Santer noch die Eule Asela waren bei ihr. Ihre Haare waren kunstvoll aufgesteckt, und sie trug nicht die Robe einer Eule, sondern ein kostbares Gewand, das mit all dem Stoff wahrscheinlich mehr wog als ein Kettenmantel, und war so eng geschnürt, dass er sich fragte, wie sie noch atmen konnte. Dafür quoll sie oben herum fast aus dem Mieder heraus. Es mochte modisch sein und ihre Figur vorteilhaft betonen, aber es war nicht die Desina, die er kannte. Er war sich gar nicht sicher, ob ihm der Anblick gefiel. Doch, er war sich sicher. Es gefiel ihm nicht.

Ein kleines Häuschen war an den Turm angebaut, und vor diesem befand sich eine Bank, auf der Wiesel gewartet hatte. Doch als er aufstand und sie ihn sah, gelang ihr nicht viel mehr als ein müdes Lächeln. »Was tust du denn hier?«, fragte sie und gähnte hinter vorgehaltener Hand.

»Ich wollte mit dir sprechen«, sagte er und musterte seine Ziehschwester besorgt. Es war nicht lange her, dass er sie zuletzt gesehen hatte, aber die Zeit hatte ihren Tribut gefordert: Sie sah verhärmt aus, und ihre Augen trugen Schatten, die er dort noch nie gesehen hatte.

»Ist es wichtig?«, fragte sie. »Ich hatte einen anstrengenden Tag.« Dabei war es noch gut eine Kerzenlänge vor dem Mittag.

»Ich denke schon«, sagte Wiesel. »Eigentlich ja. Sehr sogar.«

»Dann komm herein«, sagte sie matt. Auf eine Geste hin verschwand die scheinbar massive Eichentür des Turms, und er folgte ihr hinein.

»Ich muss mich aufschnüren und etwas anderes überwerfen«, teilte sie ihm erschöpft mit. »Ich bin gleich wieder da.« Die letzten drei Male, da er hier gewesen war, war sie die Wendeltreppe hinaufgestürmt wie ein junges Fohlen, jetzt ging sie wie eine alte Frau.

Die Götter mögen diese Krone verfluchen, dachte Wiesel erzürnt, sieht denn keiner, dass sie die Last nicht tragen sollte? Sie war dazu geboren, alte Bücher zu durchwühlen und in Ruhe deren Geheimnisse zu entschlüsseln, und nicht, um ein Reich zu vereinen, das sich kaum vereinen lassen wollte, und es dann auch noch in einen Krieg zu führen, der, wie Wiesel nun auch wusste, bereits Jahrhunderte währte! Götter, fluchte er, habt ihr dafür keinen anderen finden können?

Sein Blick fiel auf das Gemälde neben dem Treppenaufgang. Balthasar, der letzte Primus der Eulen, für lange Jahre ihr Held, dann ein Verräter am Reich. Er hätte die Krone tragen sollen, dachte Wiesel erzürnt, aber dann musste er sich gefangen nehmen lassen, um alles gründlich zu versauen! Etwas anderes fiel ihm auf. Da er nun wusste, dass der Mann Desinas Vater war, konnte er die Ähnlichkeit mit ihr erkennen, in der Augenpartie war sie zu sehen und im sturen Kinn, aber, den Göttern sei Dank dafür, nicht in dieser krummen Nase! Der Maestro sah Wiesel aus seinem Bild heraus spöttisch an. Santer hatte davon gesprochen, dass der Mann hier noch immer herumspuken solle. Sollte der Geist nur wagen, Wiesel über den Weg zu laufen, dann würde er ihm die Meinung deutlich sagen!

»Dieses Mieder bringt mich noch um«, sagte Desina, als sie die Treppe wieder herunterkam, dann lächelte sie. Sie hatte die Haare ausgeschüttelt, auch wenn eine glitzernde Nadel noch aus ihrem Haar hing, und sich ein Leinenkleid übergeworfen, das bestimmt schon drei Jahre alt war. Die seidenen Pantoffel waren verschwunden, dafür ging sie barfuß einher.

Sie sah nicht mehr aus wie eine Kaiserin, sondern nur noch wie eine junge Frau und gefiel ihrem Bruder so deutlich besser. »Du siehst gut aus«, lächelte sie. »Ich mag das Hemd und diese Weste, nur sieht es aus, als ob du in eine Pfütze gefallen wärst.«

»Danke, für das Kompliment«, schmunzelte er und verbeugte sich galant vor ihr. »Ein paar deiner neuen Rekruten haben sich auf mich gestürzt, um mich zu verhaften, und drückten mich in eine Pfütze hinein.«

Jetzt war sie es, die besorgt dreinschaute. »Hast du wieder etwas ausgefressen?«, fragte sie.

»Götter, nein!«, widersprach Wiesel. »Ich bin in der letzten Zeit so brav gewesen, dass ich mich fast dafür schämen müsste!«

Sie lachte und führte ihn den Weg in die Küche, die sich in dem Anbau befand. Dort setzte er sich an den Tisch, sah ihr zu, wie sie geschäftig Tee aufsetzte und mit jedem Lidschlag wieder zu der Schwester wurde, die er liebte.

»Darf ich dir raten?«, fragte er fast kleinlaut. Wenn man es recht bedachte, war es nicht ganz einfach, eine Kaiserin zur Schwester zu haben.

»Du auch?«, fragte sie entnervt, doch dann schüttelte sie den Kopf. »Verzeih. Ich werde unter gut gemeintem Rat geradezu begraben! Sag.«

»Ändere dich nicht«, sagte Wiesel ernsthaft. »Dieses Kleid, in dem ich dich eben sah, das bist nicht du. Trag das Gewand der Eule, das bringt dir mehr Respekt ein als dein blanker Busen. Und lass andere für dich tun, und schlaf endlich wieder. Du siehst schrecklich aus!«

Sie blinzelte, lachte laut und umarmte den überraschten Wiesel. »Danke dafür«, lächelte sie und gab ihm einen schnellen Kuss auf seine Wange. »Das habe ich gebraucht.« Sie grinste breit und war fast wieder die Schwester, die er kannte. »Das mit dem blanken Busen ist dir aufgefallen?«

»War ja schwer zu übersehen«, grummelte Wiesel und half ihr mit den Tassen und der Kanne, die sie ihm reichte.

»Das fand Marschall Hergrimm auch«, sagte sie bitter, als er einschenkte. »Er starrte beständig darauf und schien unfähig, den Blick zu meinen Augen zu erheben. Ich fühlte mich wie Schlachtvieh auf dem Markt! Auch Helis fiel es auf, sie schlug vor, ihn blenden zu lassen, wenn wir ihn nicht mehr brauchen. Was noch lange sein dürfte.« Sie schüttelte erstaunt den Kopf. »Bei Ihr bin ich mir nicht sicher, ob sie es ernst meint oder nicht, aber sie sagte es so, dass er es hörte, und es verfehlte seine Wirkung nicht.«

»Gut so«, nickte Wiesel.

»Ich bin schon zu demselben Schluss gekommen und habe für heute alles abgesagt. Wenn du gegangen bist, werde ich das Kleid in einem Ritual verbrennen! Oder du kannst mir dabei helfen, wenn du willst«, schlug sie ihm schelmisch vor. »Du hast recht, die Robe einer Eule ist gut genug für mich. Und wenn jemand etwas anderes meint, dann ist es mir egal. Es muss auch von Nutzen sein, wenn man eine Krone trägt! Die wir noch immer nicht gefunden haben. Götter«, seufzte sie, »wie ertragen es die anderen Seras, derart begafft zu werden?«

»Die meisten verdienen ihr Geld damit«, sagte Wiesel und sah auf, als sie sich am Tee verschluckte. »Ich meine es ernst!«, verteidigte er sich.

»Das Kleid entspricht der neuesten Mode aus Aldane und hat uns ein Vermögen gekostet«, erklärte sie und schmunzelte. »Es ist an mich verschwendet. Ich glaube, das Mieder verbrenne ich gleich mit, es ist ein Instrument der Folter, das die Aldanen erfunden haben, um ihre Seras abhängig zu halten! Ich schwöre, du gehst darin keine drei Schritt die Treppe hinauf, ohne ohnmächtig zu werden!« Sie sah lächelnd zu ihm hin. »Genug von mir. Du musst dir keine Sorgen machen, ich werde heute nichts mehr tun als schlafen. Ich musste nur lernen, was mir guttut und was nicht. Aber was ist mit dir? Kommst du wegen Pertoks Angebot?«

»Du weißt davon?«

»Natürlich«, schmunzelte sie. »Ich habe ihn in Astartes Tempel aufgesucht, als es noch so aussah, als käme die Hilfe doch zu spät. Ich habe ihn immer bewundert. Und nicht wenig gefürchtet«, fügte sie lachend hinzu.

»Orikes hat mir davon erzählt, doch ich wollte vorher schon zu dir.« Wiesel schüttelte ungläubig den Kopf. »Kannst du dir mich als Inquisitor vorstellen? Eine unmögliche Idee.«

»Der Hochinquisitor ist mehr, als es scheint«, sagte sie ernst. »Seine größte Aufgabe ist es, mir den Rücken zu decken. Es ist das, was du schon immer getan hast, und ich kann mir keinen Besseren dafür wünschen. Aber es muss deine Entscheidung sein. Doch wenn das nicht der Grund für dein Kommen ist, was ist es dann?«

»Kannst du für den Moment vergessen, dass du Eule und Kaiserin bist?«

»So gewichtig?«, fragte sie überrascht, dann nickte sie. »Wenn es keine klare Gefahr darstellt und nicht gegen meinen Eid verstößt, dann ja. Worum geht es?«

»Um Marla.«

»Marla?«, fragte sie erstaunt. »Von der habe ich seit Jahren nichts gehört. Nicht, seitdem du sie vor die Tür gesetzt hast.« Sie lachte, als sie Wiesels Blick sah. »Ich war vierzehn und schon ein paar Jahre hier im Turm. Aber weder blöde noch blind! Was ist mit ihr?«

»Hör es dir an …«

So schwer es ihm auch fiel, er ließ fast nichts aus. Auch nicht die Vergangenheit … und auch nicht, dass er sich um Mitternacht mit ihr treffen würde, um zu einem Tempel zu reisen, und dass sie eine Priesterin des Namenlosen war. Dass er nicht wusste, wie lange es dauern würde und wie gefährlich es sein würde. Er sprach von seinem Besuch bei den Priestern und Marlas Versicherung, dass der Gott seinen Geschwistern beistehen wollte, und auch davon, dass vielleicht, aber auch nur vielleicht, der Namenlose anders sein könnte als oftmals gedacht. Nur eines hielt er für sich zurück, dass sie ihn geritten hatte und die dunkle Gabe besaß.

Desina hörte zu, wie es ihre Art schon immer war, so als ob sie niemals seine Worte vergessen wollte, und fragte nur ganz selten nach. Als er fertig war, fühlte er sich, als wäre er gerannt, und der Tee war kalt geworden. »Außer dir«, schloss er, »gibt es niemanden, dem ich es erzählen kann, und ich musste mit jemandem darüber sprechen.«

»Sie sagt also, die Drei sind bereit, Leandra sterben zu lassen, weil es das Schicksal ist, das ihnen bequemer ist. Und der Namenlose will, dass du ihr Schicksal änderst und sie leben kann. Und Marla hilft dir dabei. Und es trifft dich, weil du an Mama Maerbellinae glaubst, die auch eine Göttin ist?«

Er nickte, und sie seufzte.

»Jedem anderen hätte ich das nicht geglaubt, Wiesel«, sagte sie dann nachdenklich. »Aber es ergibt auch einen Sinn. Richte Marla aus, dass ich sie nach eurer Rückkehr sehen will.«

»Du hast nichts dagegen? Bist nicht erstaunt oder erschrocken über das, was ich dir über Marla und mich gestanden habe?«

»Zum einen sind kleine Mädchen oftmals sehr neugierig. Das meiste weiß ich längst. Zum anderen mochte ich Marla, weil sie so unabhängig war und stolz. Zum dritten will ich, dass die Maestra lebt. Denn auch ich denke, dass sie ein anderes Schicksal haben sollte, als feige gemeuchelt zu werden.«

»Du hast also nichts dagegen?«

»Nein, Wiesel. Natürlich nicht.« Sie lächelte. »Ich vertraue dir. Sag, hat Marla in ihrer Vision das Schwert der Maestra erwähnt?«

Er schüttelte den Kopf. »Nur, dass es das Schwert Soltars ist, das ihr das Leben nehmen soll.«

»Was sich der Lanzengeneral nie verzeihen würde! Nebenbei bemerkt, er macht mir Angst. Wie ich vorhin erfuhr, sind seine Wunden jetzt geheilt. Doch er liegt noch immer still und regt sich nicht.«

»Von mir aus kann er auch dort liegen bleiben!«, meinte Wiesel grob. »Er hat mich schon genug erschreckt. Dass Marla dem Namenlosen dient, das stört dich also nicht?«

»Es kommt wohl darauf an, *wie* sie es tut. Sie sollte besser keine Seelen reiten«, fügte Desina entschlossen hinzu. »Denn sonst kann ich sie nicht leben lassen. Deshalb will ich sie ja sehen, wenn Ihr wiederkommt. Doch ich werde mich dazu noch mit Bruder Jon besprechen. Ich mag zwar nicht den Prunk, mit dem er sich so gerne umgibt, aber seinen Rat habe ich zu schätzen gelernt.« Dann gähnte sie und sah ihn wie eine kleine Schwester an. »Kann ich jetzt schlafen gehen? Ich bin gerade so herrlich müde!«

Der Weltenstrom

28 Die alte Enke hatte ihren Leinensack aufgeknotet und nahm eine kleine Kerze heraus. Eine Geste und ein Funken, und der Docht sprühte, knisterte und funkte, als ihm die Feuchtigkeit entwich.

»Es bereitet mir keine Mühe, das Licht aufrechtzuerhalten«, sagte Leandra, und die alte Enke nickte.

»Für Licht ist es auch nicht gedacht.« Sie scheuchte Blix mit einer Handbewegung fort. »Gebt mir etwas Platz«, forderte sie. So einfach war das nicht, die Insel war nicht groß genug dafür; so presste er sich neben Anlynn. Die Hexe sprach ein Wort, das in seinen Ohren seltsam hallte, und die kleine Flamme veränderte die Farbe, wurde kleiner und von dunklem Rot und flackerte auch nicht mehr.

»Was ...?«, begann Leandra und stockte dann, auch die anderen fühlten schon die Wärme, die von der kleinen Flamme ausging. »Das ist Magie und keine Hexerei!«, stellte Leandra begeistert fest. Fast sah sie aus wie ein kleines Kind, das vor Freude in die Hände klatschen wollte. »Könnt Ihr mir beibringen, wie das geht? Der einzige Zauber, den ich in dieser Hinsicht kenne, erwärmt nur einen Raum und würde sich hier verlieren!«

Die alte Enke sah auf und lachte, auch Sieglinde schmunzelte ein wenig. »So begierig darauf, Kindchen?«, fragte die Hexe schmunzelnd. »Dann habe ich ein Geschäft für Euch. Ich begleite Euch, ein Jahr und einen Tag, helfe euch gegen den toten Gott und seine Schergen und lehre Euch alles, was ich weiß. Ihr hingegen helft mir, meine Schlange zu erlegen, die den Sumpf verlassen wird, wenn sie merkt, dass meine Schranken nicht mehr stehen.«

»Ich weiß nicht, ob wir die Zeit dazu noch haben«, sagte Leandra nachdenklich.

»Ich kann Euch in vielem helfen«, meinte die alte Enke. »Im Gesamten wird es für Euch von Vorteil sein.« Sie schmunzelte. »Was nützt es Euch, eine so mächtige Begabung zu besitzen, wenn Ihr sie gar nicht richtig nutzen könnt?« Sie wies mit ihrer Hand dorthin, wo es unter Wasser bläulich schimmerte. »Wenn Ihr den Weltenstrom umlenkt, bricht ein Ungeheuer aus seinem Gefängnis frei, das dieses Land verwüsten wird. Meint Ihr nicht, dass es auch Eure Pflicht ist, die Menschen hier gegen seinen Zorn zu schützen? Denn zornig wird die Schlange sein, das wäret Ihr wohl auch, hätte man Euch seit Jahrtausenden in dieses Moor dort eingesperrt.«

»Wenn es Byrwylde ist, dann solltest du es tun«, sagte Zokora von der Seite her. Sie hatte wieder meditiert, jetzt stand sie in einer flüssigen Bewegung auf und legte Varoschs Armbrust sorgsam am Rand der kleinen Insel ab. »Unsere Erinnerung spricht von einem Wyrm, der groß genug war, die Erde zu verschlingen. Unsere Wächterinnen hatten viel zu tun, das Biest zu bändigen. Aber sie besaßen auch kein Schwert wie dieses.« Sie nickte in Leandras Richtung hin.

»Steinherz?«, fragte Leandra, doch Zokora schüttelte den Kopf.

»Nein. Er wird nicht viel gegen sie zu tun vermögen. Ich meinte Eiswehr.«

»Mein Schwert?«, fragte Sieglinde überrascht, die schräg hinter Leandra saß. Wie die dunkle Elfe auch schien sie wenig Schwierigkeiten mit der Kälte zu haben, wo andere Lippen langsam blau geworden waren, waren ihre immer noch rosig.

»Eis ist das Einzige, was Byrwylde bändigen kann«, erklärte Zokora. »Zwar wurde sie einst von einem Gletscher geboren, und Kälte schadet ihr nicht viel, doch es macht sie träge. Friere sie mit Eiswehr ein, dann reicht ein Schlag auf die richtige Stelle, und Byrwylde wird in Stücke springen.«

»Ich zweifle nur daran, dass Eiswehr etwas so Großes einfrieren kann«, meinte Sieglinde skeptisch.

»Das liegt nur daran, dass du zweifelst«, meinte Zokora bestimmt. »Zudem muss es nicht der ganze Wyrm sein, es reicht, wenn der Kopf ein Eisblock ist.« Sie drehte sich um und sprang mit dem Kopf voran ins Wasser, so geschickt, dass kaum eine Welle dabei entstand.

»Sie ist gesprächiger geworden«, stellte Leandra kopfschüttelnd fest, als sie aufstand, um vom Rand der Insel den Tauchgang zu verfolgen. »Ich hatte fast gehofft, sie würde sich auch angewöhnen, uns zu sagen, was sie vorhat.«

Blix, der froh war um die Wärme, die von Enkes wundersamer Kerze kam, fror es schon wieder, als er der dunklen Elfe nur zusah, die Erinnerung an dieses Wasser würde ihn so bald nicht verlassen. Es graute ihn schon vor dem Gedanken, dort wieder hineinzumüssen!

Er beugte sich vor, um nach dem Ungeheuer zu sehen, doch Leandras Licht reichte nicht so weit, das Ungeheuer blieb verborgen.

Tief unten hatte die Elfe nun die blau schimmernde Steintür erreicht, tat dort kurz etwas, was es war, konnte er nicht erkennen, dann schwamm sie auch schon wieder zurück zu ihnen. Als sie durch das Wasser brach, stieg sie darin empor wie auf einer Treppe, schüttelte sich wie ein nasser Hund und kam über das Wasser zu ihnen hingelaufen.

»Dafür ist kurzes Haar gut«, stellte Sieglinde fest, als Zokora ihr Haar abwischte.

»Ich hätte lieber mein langes Haar behalten«, sagte die dunkle Elfe, streckte ihre Hände Enkes Kerze entgegen und atmete erleichtert aus. »Wasser raubt einem das Leben schneller als die Luft«, stellte sie dann fest. »Aber wir haben Glück gehabt.«

»Wieso?«, fragte Leandra neugierig. »Was hast du dort unten denn gefunden?«

»Zwerge«, begann Zokora. »Sie …«

»Es gibt dort unten tote Zwerge?«, fragte Leandra erschrocken, und auch Janos fing gleich mit dem Fluchen an.

»Götter«, schimpfte er. »Nicht auch noch tote Zwerge! Ich habe wahrlich genug von denen!«

Enke, Blix und Anlynn sahen ihn fragend an, nur Gerlon nicht, der saß einfach zusammengesunken da und döste träge vor sich hin. »Vergesst es«, sagte Janos rau. »Wir werden auch mit ihnen fertigwerden!«

Zokora verschränkte ihre Arme vor ihrer Brust. »Darf ich weiterreden?«, fragte sie höflich, aber mit einem Unterton, der Blix trotz Enkes Kerze erneut schaudern ließ.

»Ich wollte sagen«, fuhr sie mit kühler Stimme fort, »dass sie auch mich noch überraschen können. Es gibt sie hier schon lange nicht mehr, doch ihr Werk besteht. Sie waren Meister der Erdmagie, und sie haben einen Weg gefunden, den Stein durchlässig zu gestalten. Kurz gesagt, die Tür dort unten lässt uns passieren, nur das Wasser nicht. Und noch eines«, fügte sie hinzu und sah alle strafend an. »Ich schätze es so gar nicht, wenn man mich unterbricht!«

»Ich hab doch gar nichts gesagt!«, beschwerte sich Gerlon von der Seite her und sah sich verwirrt um. »Geht es weiter? Soll ich beten?«

Blix musterte seinen alten Freund besorgt. Der Priester schien sich nicht ganz sicher zu sein, wo er sich befand. Sie hätten ihn besser zurücklassen sollen, dachte Blix zerknirscht. Das ist alles zu viel für ihn.

Sollte jemand ihn in seinen Ehrenjahren fragen, was denn das Schwerste war, dass er je getan hatte, dann war es das, dachte Blix, als er in das eisige Wasser stieg. Er hätte nicht gedacht, dass er noch den Mut dazu besaß. Vielleicht war es auch nur, weil die Füchsin ihn besorgt gemustert hatte und er einfach niemand war, der andere im Stich ließ. Abgesehen davon, dachte Blix, als er untertauchte, dass es auch keine andere Wahl gegeben hatte.

Zokora schwamm diesmal voran, doch nicht alle waren so geschickte Schwimmer, Janos stellte sich nicht besser an als er, wie der Schwertmajor mit einiger Befriedigung dachte. Dann war kein Platz fürs Denken mehr, die Kälte raubte alles bis auf diesen letzten Rest des Willens.

Als Nächstes lag er keuchend in einem aus dem Stein gehauenen Gang, in dem die Luft feucht war und muffig roch, und versuchte wieder Kraft zu finden. Wie er hierhergekommen war, wusste er fast nicht mehr, nur, dass er den Winterwolf in Stein gemeißelt sah und er sich unmittelbar darauf hier befand.

»Das war knapp«, stellte Zokora fest, während die alte Enke ihre Kerze wieder herauskramte.

»Ja«, pflichtete Blix ihr bei, während er besorgt zu Gerlon hinsah, der noch erschöpfter wirkte als er selbst. »Ich wäre beinahe schon wieder ersoffen!«

»Das meinte ich nicht«, sagte Zokora. »Das Ungeheuer hat nach dir geschnappt, Major, und hätte dich beinahe wieder aus dem Stein gezogen!«

»Kann es hier hinein?«, fragte Blix entsetzt und rückte hastig von der Steintür in seinem Rücken ab.

»Wohl nicht«, antwortete die dunkle Elfe. »Sonst hätte er dich gehabt.« Sie nickte in Richtung seiner Beine, wo er zu seinem Erstaunen an der linken Wade einen langen, tiefen Kratzer vorfand, auch sein Knöchel war dort aufgerissen, er hatte es noch gar nicht bemerkt. »Das stammt von seinen Zähnen … er hat dich nur knapp verfehlt.«

»Ihr sagtet ja, Ihr wäret gut im Überleben«, lächelte Leandra ihn an und beugte sich Enkes Flamme entgegen. »Es scheint, als wäre es doch ein nützliches Talent.«

Der Major besah sich die Wunde, sie war wirklich kaum mehr als ein tiefer Kratzer, nur am Knöchel blutete es ein wenig. »Glück findet stets ein Ende«, sagte er mit rauer Stimme.

»Das ist wohl so«, meinte die Königin dazu, und ein Schatten lief über ihr Gesicht. Entschlossen stand sie auf und ließ ihr Licht nach vorne wandern.

Sie befanden sich in einem kurzen Gang, vielleicht drei mal drei Schritt hoch und breit und zehn Schritt lang. In den Wänden waren Runen eingelassen, die rotbraun leuchteten und langsam pulsierten. »Ich sah Runen dieser Art schon einmal«, sagte sie ergriffen. »Da bändigten sie sogar einen Vulkan!« Sie schüttelte fassungslos den Kopf. »Wie kann man Magie wirken, dass sie so lange hält?«

»Es bedeutet nur, dass der Weltenstrom sehr nahe ist«, sagte Enke und stand ebenfalls auf. Auch sie wirkte müde und erschöpft. »Er speist das Werk. Kannst du ihn nicht fühlen? Er liegt vor uns, hinter dieser letzten Tür.«

Leandra nickte und trat vor die letzte Tür, um sie sorgfältig zu mustern.

»Das letzte Mal, als ich einen dieser Tempel sah, war er mit einer Rune versehen, die tödlich war«, erklärte sie. »Aber ich sehe hier keine.« Sie sah suchend zu Zokora hin. »Siehst du etwas?«

»Nein«, sagte die dunkle Elfe. »Hier ist nichts in der Art.« Sie wies auf den Wolfskopf, der in die Wand neben der Tür gemeißelt war. »Schaue dort nach, ob es eine Falle gibt. Wenn nicht, greif in sein Maul hinein und zieh an der Kette, die es dort geben wird.«

»Woher wisst Ihr das?«, fragte Anlynn neugierig.

»Es ist die übliche Methode. Zwerge sind gewissenhaft und nicht sehr einfallsreich. Das, was seinen Sinn erfüllt, behalten sie stets bei.«

Leandra ließ ihr Licht so schweben, dass sie dem steinernen Wolf ins Maul schauen konnte, stutzte dann und fragte nach einem Dolch. Anlynn lieh der Königin den ihren, und mit diesem schabte Leandra sorgsam rostige Klumpen aus dem Loch.

»Eine Fallklinge«, stellte der Mann fest, der sich neben ihr das Loch besah. »Vollends weggerostet, sonst hätte sie Euch die Hand nehmen können.« Er sah kopfschüttelnd auf die Rostklumpen herab, die nun auf dem feuchten Boden lagen. »Und ich dachte, Zwergenstahl hält ewig.«

Blix hätte beinahe gefragt, wo der Mann denn herkam, dann fiel ihm mit Mühe wieder ein, dass der graue Mann sie die ganze Zeit schon begleitet hatte.

»Auch eine Ewigkeit geht irgendwann vorbei«, stellte Enke fest. »Wollen wir hoffen, dass die Kette besser erhalten ist!«

Das war sie auch. Aus einem blauen, dunklen Stahl gefertigt, war nur feuchter Schleim darauf, darunter sah sie aus wie neu. Doch Leandra gelang es nur, den Ring am Ende aus dem Wolfskopf zu ziehen, mehr vermochte sie nicht zu tun. »Janos, Blix«, keuchte sie dann und trat zurück. »Versucht Ihr Euch daran.«

»Irgendetwas klemmt«, keuchte Janos dann schwer atmend, als sie sich vergeblich gegen die Kette gestemmt hatten, so sehr, dass ihm die Adern daumendick am Halse hervorgetreten waren. »Götter, ich wollte, ich hätte noch Ragnars Axt!« Bevor Blix noch fragen konnte, was er damit meinte, nickte ihm der Hauptmann zu. »Noch einmal! Zugleich!« Hastig griff Blix fester zu und warf sich mit vollem Gewicht zurück, Gleiches tat auch Janos, etwas knirschte hinter dem Stein, und beide stürzten hart zu Boden, als die Kette plötzlich den Widerstand aufgab.

Hinter dem Stein polterte es so laut, dass sich die Füchsin hastig die Ohren zuhielt, dann hob sich langsam die Tür, und Blix stöhnte auf.

»Götter!«, fluchte er. »Das war nur die erste.«

Zokora sah auf den kleinen Raum vor ihnen, der gleich zwei Türen besaß. »Wenigstens ist eine schon geöffnet. Ich nehme an, dieser Raum hier diente nur dazu, das Wasser aufzuhalten, sollte die Magie doch einmal versagen und die äußere Tür undicht werden.«

Geöffnet war das falsche Wort, dachte Blix staunend, als er das geschmolzene Loch in der Tür zur rechten Seite hin betrachtete. Der Stein war dort zerlaufen wie Wachs und hatte sich auf dem Boden ausgebreitet. Das Loch im dicken Stein war gerade groß genug, dass sich wohl auch Janos hindurchquetschen konnte.

»Nun«, sagte Leandra und ließ ihr Licht durchscheinen, sodass man dahinter einen langen Gang erkennen konnte, der sanft abwärts ging und sich dann in der Dunkelheit verlor. »Jetzt wissen wir, welchen Weg Asela nahm«, fuhr sie fort.

»Das war sie?«, fragte Blix beeindruckt. Der Stein war gut einen halben Schritt dick, und er wollte sich gar nicht vorstellen, welche Macht dazu vonnöten war, ein solches Loch zu schmelzen.

»Und den Grund dazu sehen wir hier«, meinte die Königin und bewegte ihr Licht ein wenig, sodass es auf das Ende einer gebrochenen Kette fiel. »Zur nächsten Tür«, meinte sie dann und holte ihr Licht wieder zu sich zurück.

Diese war dann einfach. Die Kette hing schon aus der Wand heraus, Janos zog daran, und die Tür hob sich mit dem gleichen lauten Poltern tief im Stein, das sie ja schon kannten.

»Hui«, meinte Janos beeindruckt. »Wer auch immer diese Asela ist, ich will sie nicht wütend auf mich machen.«

Zokora hatte sich getäuscht, hier hatte es doch Zwerge gegeben. Gut ein Dutzend ihrer Skelette lagen hier herum, in rostige Plattenpanzer gehüllt, manche hielten sogar jetzt noch mächtige Äxte in den knochigen Fingern.

»Ich dachte, Zwerge wären klein«, sagte Blix, als er einen der toten Zwerge musterte, der im Leben wohl nur zwei Handbreit kleiner gewesen war als der Major. Dafür waren die Knochen fast doppelt so dick wie die eines Menschen, und wenn man nach den Maßen der alten Rüstung ging, war er furchterregend stark gewesen.

Was auffiel, war, dass jedem Schädel ein Loch von den Maßen einer Silberkrone in die Stirn gebrannt war. Als ob das, was diese Unglücklichen getötet hatte, nicht genug gewesen wäre. Kaum ein Knochen war noch ganz, manche der Toten waren entzweigeteilt, andere in ihre Rüstung geschmolzen.

»Das kommt auf den Maßstab an«, erklärte Zokora mit Blick zu Leandra hin. »Unsere hellen Schwestern sind im Schnitt größer, und sie haben die Erdenschmiede so genannt. Es sind unsere Legenden, die ihr Menschen euch erzählt. Ich zweifle daran, dass ihr einen Zwerg noch lebend angetroffen habt.«

»Was ist mit diesen hier?«, fragte Blix. »Asela ist doch wohl ein Mensch?«

»Vielleicht«, schmunzelte Leandra. »Man kann daran manchmal Zweifel hegen. Aber diese hier waren tote Wächter, die sich geopfert haben, um auf ewig das zu schützen, was ihnen heilig war. Dort drüben«, sagte sie und wies mit Steinherz zu dem hin, was inmitten des großen Raums stand. Sie schien fast verzückt von dem, was sich dort befand. »Das war es, wofür sie ihr Leben gegeben haben.«

Hinter den erschlagenen Zwergen weitete sich der niedrige Raum, der an den Wänden mit Reliefs verziert war. In der Mitte standen vier aus einem Block gehauene Steine, einer in der Mitte, die drei anderen um ihn herum, aber nicht gleichmäßig verteilt, sondern auf einer Seite im Winkel leicht verschoben. Der Stein in der Mitte war ausgehöhlt, im Hohlraum stand ein schwarzer Stein, grob und primitiv in der Art eines Wolfskopfs geformt. Die anderen Steine hielten goldene und hohle Kugeln auf ihrer Spitze. Dass sie hohl waren, erkannte er daran, dass zwei von ihnen geöffnet waren und nun wie Schalen waren, die den Blick auf Kristalle in ihrem Inneren freigaben. Die Kugeln und Schalen schimmerten, als wären sie frisch poliert, und in seinen Knochen konnte Blix ein Brummen spüren. Sonst gab es jedoch nichts zu sehen.

»Das ist alles?«, fragte Janos erstaunt.

»Alles?«, fragte Leandra. »Ich kann mich kaum sattsehen

daran! Allein das Spiel der Farbe ist genug, um dafür sterben zu können.«

»Sie sieht den Weltenstrom, Junge«, sagte Enke freundlich. »Was nur beweist, wie blind du bist.« Und an die Königin gewandt: »Ihr wisst, dass Ihr wahr gesprochen habt? Der Strom ist tödlich für die meisten!«

»Man muss nur vermeiden, ihn zu berühren«, sagte die Königin und stieg vorsichtig über einen der toten Zwerge. »Wollt Ihr mir helfen? Wir müssen möglichst zur gleichen Zeit diese Kugel dort öffnen und jene Schale schließen.«

Die alte Enke nickte. »Wenn mein Rücken es mir erlaubt.« Und zu den anderen gewandt: »Verlasst den Raum, es ist nicht sicher, wo der neue Strom verlaufen wird.« Sie wies auf die eine Schale links. »Er wird von dort ausgehen, aber mehr ist nicht gewiss. Solltet ihr ihn berühren, bleibt nichts mehr von euch als Asche, vielleicht nicht einmal das.«

Es sah seltsam aus, die Königin und die Hexe kriechen zu sehen und zu beobachten, wie sie sich unter etwas duckten, das er nicht sehen konnte. Der Rest hatte sich zur Tür zurückgezogen und sah gespannt zu. Der konzentrierte Gesichtsausdruck der beiden war genug, um Blix zu versichern, dass in der Tat Gefahr bestand.

Leandra fluchte und ließ sich zu Boden fallen, doch es reichte nicht, ein Funkenregen verbrannte einen Teil des Leders von ihrem Leibchen, sodass es halb aufklaffte und eine breite Brandspur auf ihrem Rücken zeigte, welche die Königin nun schmerzhaft aufstöhnen ließ.

»Was ist passiert?«, fragte Janos erschrocken, während die Königin die Zähne zusammenbiss und weiterkroch.

»Der Weltenstrom fließt nicht ruhig, sondern wandert umher und wirft immer wieder Tentakel aus, die sich im Raum winden. Einer dieser Tentakel hat sie gestreift«, erklärte Zokora leise. »Es sind die Folgen des Untergangs der Feuerinseln, der Weltenstrom hat dort den Knotenpunkt verloren und schwingt noch immer wie ein tanzendes Seil.«

Endlich waren die beiden Seras bei den Schalen angekommen und richteten sich vorsichtig auf. Leandra war es zugedacht, die Kugel zu öffnen, Enke die andere Schale zu schließen.

»Auf drei«, sagte Leandra, Enke nickte, sie zählten und klappten die Schalen auf oder zu.

Was dann geschah, konnte auch Blix später nicht mehr mit Sicherheit sagen. Leandra gab eine Art Grunzen von sich, leuchtete in einem gleißenden Licht auf und wurde so hart zurückgeworfen, dass sie von der Wand abprallte und auf dem feuchten, schleimigen Boden fast bis zu einem der toten Zwergenkrieger schlitterte. Sandalen und Leibchen sowie das Seil, das sie noch immer um die Hüfte trug, leuchteten rötlich auf und vergingen als Asche, sodass die Königin nackt und wie tot vor ihnen lag. Nur das silberne Diadem trug sie noch am Kopf, und Steinherz lag zur Seite hin, so heiß, dass das Leder, mit dem sein Heft umwickelt war, aufglühte und brannte. Auch die Scheide rauchte, und die rubinroten Steine seines Drachenkopfs gaben rote Strahlen von sich, die nur langsam wieder verblassten. Funken tanzten auf ihrer Haut, nicht die bläulichen, die Blix schon kannte, sondern solche, die aussahen, als wären sie einer Glut entsprungen, von dunklem bis zu hellem Rot.

»Götter!«, fluchte die alte Enke und hechtete überraschend behände unter etwas Ungesehenem hinweg, um hart neben Leandra auf dem Boden aufzuschlagen.

»Du!« rief sie und deutete mit einem Finger auf Zokora. »Komm und hilf!«

Ausnahmsweise ließ sich auch Zokora befehlen und eilte rasch herbei.

»Halte sie und achte darauf, dass sie ihre Zunge nicht verschluckt«, befahl die Hexe. »Nehme einen Dolchgriff, damit sie dir die Finger nicht abbeißt!« Während Zokora dies tat, sah sich die Hexe um und seufzte.

»Wenigstens sind wir am richtigen Ort dafür«, sagte sie,

hob ihre Hände an, die blau gleißten, während Blitze durch den Tempelraum zu tanzen begannen, als wäre hier ein wilder Sturm ausgebrochen. Das Haar der Sera wehte in einem unsichtbaren Wind, während sie die Arme höher und höher hob, bis sie am ganzen Leib zu zittern begann. Dann trieb sie ihre Hände mit einem mächtigen Stoß tief in Leandras Brust. Die Königin bäumte sich auf und zitterte, doch dann fiel sie wieder schlaff zurück. »Noch einmal«, knirschte die alte Enke mit sichtlicher Anstrengung und hob die Arme erneut. Wieder tosten Blitze um die drei Seras herum, und als diesmal die Hexe ihre Fäuste in Leandras Brust rammte und sie zucken ließ, stöhnte die Königin auf und hob schwach die Hand, dann drehte sich die Königin zur Seite weg, ganz so, als ob sie schlafen wollte.

»Du«, rief die Hexe jetzt und deutete mit einem zitternden Finger auf den grauen Mann. »Dein Hemd!« Der zog es wortlos aus und reichte es ihr.

Gemeinsam zogen Zokora und die alte Enke der Königin das Hemd des Mannes an, sie ließ es widerstandslos geschehen und wachte auch nicht auf dabei, es war nur etwas zu kurz für sie, doch würde es ihr wohl weitaus besser stehen als ihm.

Und Blix schämte sich dafür, dass er die Königin begafft hatte, als sie nackt und schutzlos vor ihnen lag; dass es selten war, dass er solche Schönheit sah, war ihm selbst nicht genug an Entschuldigung. Er sah zu Gerlon hin, der noch immer die Hände vor die Augen hielt und seufzte. Jetzt hatte er doch etwas zu beichten.

»Der Weltenstrom schwang wie eine Peitsche«, erklärte Leandra später müde. Sie aß von den Nüssen, die die alte Enke aus ihrem Beutel verteilte. »Er traf mich mit voller Wucht. Ein Wunder, dass ich nicht vergangen bin, sondern lebe.« Gar so glimpflich war sie nicht davongekommen, ihre linke Wange war schon dabei anzuschwellen, eine Schulter hatte ihr Zokora eingerenkt, und morgen würde sie am halben Körper schillern wie ein Regenbogen. Besser, als in Soltars Hallen zu stehen, war das allemal, und nicht nur Blix betrachtete die alte Enke jetzt mit neuem Respekt.

»Das war die Hexe«, sagte Janos bewundernd. »Sie rief Blitze auf dich herab, die dich zurück ins Leben holten.«

»Blitze?«, fragte Leandra erstaunt und zog das Hemd des grauen Mannes tiefer in den Schoß. Es reichte nicht annähernd, um ihre langen Beine zu bedecken. Steinherz stand kalt und blank neben ihr, seine Scheide war zu Staub zerfallen, als Sieglinde ihn aufgehoben hatte. Blix hatte ihr dabei zugeschaut und gesehen, wie sie ihr Gesicht angeekelt verzogen hatte. Auch Gerlon hatte es bemerkt. »Ich frage mich langsam, was es wirklich mit dieser Klinge auf sich hat«, hatte er ihm zugeflüstert.

»Du bist aus dem Blitz geboren, Kindchen«, sagte die Hexe jetzt freundlich zu Leandra. »Ich dachte, dass es für dich passend wäre.« Sie legte den Kopf zur Seite und schien auf etwas zu lauschen. »Hörst du, wie es rumort?«, fragte sie dann mit Ehrfurcht in der Stimme. »Er bahnt sich seinen neuen Weg, der Weltenstrom.«

»Und Byrwylde erwacht«, fügte Zokora gedämpft hinzu. »Doch ein anderes Ungeheuer bereitet mir jetzt mehr Sorgen. Wir müssen wieder an ihm vorbei.« Sie wies mit ihrem Blick zu der Steintür hin, hinter der das eisige Wasser auf sie wartete. Und der Höhlendrache.

»Oder wir nehmen den anderen Gang«, sagte Janos düster. »Den, den diese Asela für uns aufgebrochen hat.«

Leandra schüttelte nur müde das Haupt. »Damit zeigen wir den Priestern eines toten Gottes geradewegs den Weg, um all das rückgängig zu machen, für das wir gelitten haben!«

»Das glaube ich nicht«, sagte der graue Mann und hob seinen Leinenbeutel an, etwas Schweres lag darin.

»Was meint Ihr damit?«, fragte Janos überrascht.

»Ich habe mir erlaubt, den Stein mitzunehmen, der in der

Kugel lag, die Sera Enke geschlossen hat.« Er zuckte die Schultern. »Es schien mir angebracht.«

Blix schüttelte erstaunt den Kopf, er hatte es nicht wahrgenommen, obwohl es vor aller Augen geschehen war.

»Und der Weltenstrom?«, fragte Leandra und verzog ihr Gesicht, als ihr die Rippen schmerzten. »Wie kamt Ihr denn an dem vorbei? Oder konntet Ihr ihn sehen?«

»Nein«, gestand der graue Mann. »Doch ich glaube, dass er mich ignorierte.«

Familienbande

29 Desina räkelte sich im Bett, lächelte und schlug dann die Augen auf. Sie hatte eine zärtliche Berührung an ihrem Haar gespürt und aus irgendwelchen Gründen an Balthasar gedacht, doch es war die Eule Asela, die sich über sie beugte und sie besorgt musterte.

»Ich habe von dem Primus geträumt«, gestand Desina schläfrig, zog die Decke hoch und setzte sich auf. »Was gibt es denn? Seid Ihr zurück von Brandenau, wie steht es dort?«

»Kaum wach, und schon plagt Ihr Euch«, beschwerte sich Asela und zog sich den Stuhl heran, der an einem Schreibtisch gestanden hatte. Ein Buch lag darauf, eine Handbewegung Aselas beförderte dieses in die Lücke im Regal neben der Tür, dann setzte sich die Eule und strich ihre schwere Robe glatt. Die Roben einer Eule sahen nur aus wie schwerer Stoff, sah man genau hin, konnte man erkennen, dass es sich um Kettenmäntel handelte, jedoch aus so feinen Ringen gewirkt, dass man sie kaum wahrnahm. »Ich wäre nicht hier, wenn um die Festung noch gefochten werden würde.«

Asela war eine Frau von fast überirdischer Schönheit, mit bleicher Haut und rabenschwarzem Haar. Ihre Augen, von vielen anderen als eisig blau wahrgenommen, schauten besorgt drein und schienen eher warm als kalt. Es war schwer ihr Alter einzuschätzen, doch waren ihre sonst so feinen Falten deutlich tiefer als zuvor.

»Wie ging es aus?«, fragte Desina, die sich wunderte, wie erholt sie sich fühlte. Im Traum hatte Balthasar ihr etwas gegeben, Kraft, ein Gefühl der Wärme, sie wusste es nicht, nur, dass es ihr gutgetan hatte. Vielleicht, dachte sie träge und streckte sich, war sein Geist ja noch immer zugegen. »Haben wir gewonnen?«

»Solche Schlachten gewinnt man nicht, Desina. Man verliert nur unterschiedlich schwer«, gab die Eule müde Antwort und holte tief Luft. »Es ist lange her, dass ich ein solches Gemetzel sah, wenn überhaupt jemals. Ihr könnt es einen Sieg nennen, wenn Ihr wollt, denn die Barbaren verloren wohl dreißigfach mehr an Männern als wir. Es gab einen Moment, an dem ich dachte, dass sie es darauf anlegten, aus den Körpern ihrer toten Kameraden eine Rampe zu errichten, mit deren Hilfe sie unsere hohen Mauern stürmen wollten, fast sah es auch aus, als ob ihnen das gelingen würde.« Sie schüttelte erschöpft den Kopf. »Desina«, sagte sie dann leise und übersah wohl, mit wem sie sprach. »Ich habe einiges gesehen in meinem Leben, aber diese Barbaren stürmten an, bis der Letzte von ihnen fiel. Als keiner der anderen mehr stand, torkelte er diese tote Rampe hoch, gerade so, als folge noch immer eine Armee hintenan, und noch im Sterben versuchte er, den Speer zu werfen. Es müssen an die viertausend gewesen sein, die dort gestorben sind, und wo die Rampe sich befindet, entstand ein See aus Blut.« Sie lächelte schwach. »Es ist getan. Reden wir nicht mehr darüber. Ich hörte, dass Marschall Hergrimm Dringenderes zu tun hatte, als die Schlacht zu befehlen, und hier einen schöneren Anblick genoss.« Ihr Blick schweifte hin zu dem kostbaren Kleid, das zusammen mit dem Mieder achtlos auf dem Boden lag.

Die junge Kaiserin stöhnte auf, lehnte sich im Bett zurück

und schloss die Augen. »Erinnert mich nicht daran«, bat sie. »Ich wusste nicht, ob ich Hergrimm schlagen sollte oder fliehen. Ich glaube, ich wurde noch nie so angesehen!«

»Das Schicksal schöner Frauen, wenn sie solche Kleider tragen«, lächelte Asela.

»Ihr müsst es ja wissen«, sagte Desina, ohne nachzudenken, dann flogen ihre Augen auf. »Verzeiht«, fügte sie rasch hinzu. »Ich …«

»Schon gut«, sagte die Eule ruhig. »Als Asela jung war, hätte man sie nicht tot in ein solches Kleid bekommen, in Wahrheit brauchte sie solche genau so wenig, wie Ihr sie braucht. Als sie die Kurtisane gab und so die Männer köderte, stand sie unter dem Einfluss Malorbians … und im Vergleich zu dem, was er ihr sonst noch angetan hat, war das nichts.«

Desina hatte sich daran gewöhnt, dass die Eule von sich selbst sprach, als wäre sie bis vor Kurzem eine andere gewesen. Es fühlte sich ja auch so an, so lange war es noch nicht her, dass Asela beinahe die junge Eule in einem harten Kampf erschlagen hätte, wäre nicht Istvan mit seiner Axt im letzten Moment hinzugekommen.

Desina richtete sich auf und griff zu einer der drei Miniaturen, die in schweren Silberrahmen auf ihrem Nachttisch standen.

»Seid Ihr das?«

»Ja«, sagte die Eule leise. »Das ist Asela.« Die junge Kaiserin betrachtete das Bild erneut, obwohl sie es wohl schon tausendmal studiert hatte, um es dann an die Eule weiterzureichen.

»Feltor, Asela und Balthasar«, sagte Asela, als sie das Bild in ihren Händen hielt. »Götter«, hauchte sie dann hinzu, »wir sehen so jung darauf aus!« Sie strich fast zärtlich über die Miniatur, die so fein gemalt war, dass es wie aus dem Leben gegriffen schien. Die drei standen lächelnd beieinander, Asela in der Mitte, die beiden anderen zu ihren Seiten, und hatten die Arme umeinander gelegt. Asela lächelte etwas schwermütig. »Wir dachten damals, es gäbe nichts, was wir nicht erreichen könnten.«

Da Asela es bislang vermieden hatte, das Zimmer zu betreten, und es Wichtigeres zu tun gegeben hatte, war Desina nicht dazu gekommen, ihre Neugier zu stillen. Asela schien nicht in Eile oder gehetzt, vielleicht war jetzt die Zeit dafür.

»Und wer ist sie?«, fragte Desina und wies auf eine junge Frau in einem eigenen Rahmen, die der Künstler lachend eingefangen hatte.

»Ein Staatsgeheimnis«, lächelte die Eule wehmütig und nahm das Bild in die Hand, um es traurig anzusehen. »Sie war die Geliebte Askannons. Die Mutter Balthasars. Wie später die Kaiserin auch, wurde sie ermordet. Es hat den Kaiser damals hart getroffen.«

»Also meine Großmutter«, meinte Desina und schüttelte ungläubig den Kopf, um sich dann die junge Frau näher und mit anderen Augen zu besehen. »Warum hat er sie nicht geehelicht?«, fragte Desina neugierig. So etwas stand auch nicht in alten Büchern, Asela war vielleicht die Einzige, die von solchen Dingen noch etwas wusste. Im Übrigen hatte Desina schon selbst versucht herauszufinden, wer diese Menschen waren, die Balthasar so nahegestanden hatten, dass er ihr Bildnis auf seinem Nachttisch sehen wollte.

»Sie hatten es wohl vor«, erklärte Asela leise. »Doch sie war Astarte versprochen, und es war ein ungeheuerlicher Skandal, den man mit allen Mitteln zu vertuschen versuchte. Ich weiß, dass sowohl Balthasar als auch der Kaiser vermuteten, dass die Nachtfalken selbst es waren, die sie getötet haben«

»Die Nachtfalken?«, fragte Desina überrascht. »Ich dachte …«

»Sie dienten damals noch dem Reich«, sagte Asela rau. »Doch vielleicht auch nicht.« Sie seufzte. »Damals befehligte noch Talisan, ein Elf und alter Freund des Kaisers, die Nachtfalken, und er schwor, dass es nicht der Fall wäre. Aber heute wissen wir, dass sich einige der dunklen Elfen wohl schon damals Malorbian zugewendet hatten. Oder es war ganz anders, und jemand wollte nicht, dass der Skandal öffentlich wurde. Balthasar war neun Jahre alt, als es geschah, und wurde Zeuge ihres Mordes. Es plagte ihn bis zu seinem Ende, dass er nie herausgefunden hatte, was damals wirklich passierte.«

»Wie hieß sie denn? Und wie alt wurde sie? Sie sieht auf diesem Bild sehr jung aus.«

»Marbetha war ihr Name«, sagte Asela traurig. »Sie wurde sechsundzwanzig. Kaum älter als du … Ihr jetzt. Das Bild zeigt sie, als der Kaiser sie kennenlernte. Er hat es selbst gemalt, ich glaube, sie war sechzehn damals.« Sie sah sich in dem Raum um und seufzte. »Die meisten Bilder hier stammen aus seiner Hand.«

»Ich dachte, sie wäre mit Euch verwandt«, sagte Desina. »Es gibt gewisse Ähnlichkeiten.«

»Das wundert nicht. Sie ist auch ihre … meine Großmutter.« Asela seufzte. »Meine Mutter war acht Jahre jünger als Balthasar … und seine Schwester. Sie war dem Tempel gegeben und kaum ein Jahr alt, als ihre Mutter starb. Ihr Name war Beldis. Niemand wusste es, außer dem Kaiser und der Hohepriesterin der Göttin. Es war ein Bestandteil des Geschäfts, um Marbetha vom Tempel abzulösen, sodass er sie heiraten konnte. Beldis diente der Göttin fast neunzig Jahre. Es heißt, dass die Gnade der Göttin sie jung gehalten hätte, aber ich glaube, es hatte eher damit zu tun, dass auch sie des Kaisers Magie geerbt hatte.« Die ältere Eule hielt kurz inne, bevor sie bedächtig weitersprach. »Gegen Ende ihres langen Lebens gewährte ihr Astarte noch die Gnade, ein Kind zu gebären. Asela, die so auch dem Tempel geweiht war. Als sich zeigte, dass auch sie über große magische Fähigkeiten verfügte, gab der Tempel auf Druck des Kaisers sie widerwillig frei, und Asela wurde eine Eule. Es ist eine tragische Geschichte«, fügte sie bedrückt hinzu. »Denn Balthasar und

Asela wussten nicht voneinander, fühlten sich nur seltsam zueinander hingezogen. Als dann sowohl Feltor als auch Balthasar um sie warben, sprach der Kaiser ein Machtwort, aber zunächst, ohne sich zu erklären. Erst vor Kurzem erfuhr Balthasar, warum sein Vater so handeln musste, bis dahin aber war es ihm schwergefallen, dem Kaiser zu verzeihen.«

»Und Ihr?«, fragte Desina betroffen. »Wann habt Ihr es erfahren?«

»Asela fand es nie heraus«, sagte die Eule bitter, als würde sie nicht von sich selbst sprechen. »Sie verstand nicht, warum Balthasar sie zurückgestoßen hatte … kein Wunder, damals verstand auch er es nicht, warum sein Vater es so befahl.« Sie sah auf das Bild herab und stellte es sorgsam auf den Nachttisch zurück und rückte es dort zurecht. »Bis dahin war Balthasar ein treuer Sohn gewesen, danach aber trotzte er dem Vater bei jeder Gelegenheit, die sich ihm bot, und versuchte ihn auch zu übertreffen. Mit einem Vater wie dem Kaiser war das ein hoffnungsloses Unterfangen. Was Balthasar später am härtesten getroffen hat, war die Erkenntnis, dass sein Vater starb, während er noch glauben musste, dass Balthasar ihn verraten hätte.«

»Der Lanzengeneral beharrt darauf, dass Askannon noch leben muss. Vielleicht ist es nicht zu spät.«

»Ich weiß, dass der General so denkt«, sagte die Eule traurig. »Und ich würde alles dafür geben, dass es wahr wäre. Doch dann müsste er ja irgendwo zu finden sein, nicht wahr? Nein, er starb in dem Hinterhalt, den Balthasar ihm vorbereitet hat. Alle Wünsche, jedes Flehen an die Götter, wird daran nichts ändern. Was Asela angeht, nun, in vielen Dingen war Feltor auch der bessere Mann für sie. Er machte sie glücklich … bis Balthasar auch diese beiden Malorbian zuführte. Der Nekromantenkaiser machte sich einen Spaß daraus, Asela zu demütigen, während er Balthasar und Feltor dazu zwang, dabei noch zuzusehen. Gleich drei für den Preis von einem«, fügte sie bitter hinzu. »Wenn ich Soltar für etwas dankbar bin, dann dafür, dass er diese Erinnerung verwischte und fast vollständig von mir genommen hat.«

Desina nickte, sie hatte schon von Aselas wundersamer Reinigung in Soltars Tempel gehört.

»Dann seid Ihr meine ... Cousine?«, fragte sie leise. »Und habt den gleichen Anspruch auf die Krone und das Reich?«

»Zum ersten, ja«, sagte Asela lächelnd. »Zumindest in gewisser Art. Zum zweiten, nein ... ich habe jeden Anspruch auf den Kaiserthron verwirkt.«

»Und warum habt Ihr ... hast du das nie gesagt?«, beschwerte sich Desina.

»Nachdem ich mein Bestes tat, Euch umzubringen?« Asela schüttelte den Kopf so sehr, dass ihre rabenschwarzen Haare flogen. »Nein, es schien mir nicht recht, auf familiäre Bande zu pochen, von denen sonst niemand etwas wissen kann. Ihr seid mit Recht Kaiserin von Askir, der Rest ist nur Folge tragischer Ereignisse. Vertraut mir, weil ich mir das Vertrauen verdiene, nicht, weil ein Zufall der Geburt uns bindet. Aber sagt, warum lebt Ihr hier, und nicht in einem anderen Raum? Es gibt so viele hier, und ihr haltet diesen wie einen Schrein«, versuchte sie rasch abzulenken.

Desina musterte die letzte der alten Eulen und lächelte ein wenig. Es war für den Moment genug. Es gab noch anderes in diesem Raum, andere Bilder und andere Fragen, die sie stellen würde, nur nicht jetzt.

»Ich fühle mich wohl hier«, sagte sie und strich über die Decke des Betts. »Die anderen Zimmer sind so leer, haben nicht die gleiche Wärme wie dieses hier. Selbst als ich noch nicht wusste, dass er mein Vater war, fühlte ich mich hier geborgen. Zudem war er mein großes Vorbild ... und seitdem ich weiß, dass es nicht seine Wahl war, so zu handeln, ist er es wieder. Ich las seine Tagebücher«, vertraute sie ihrer Cousine an, die überrascht und vielleicht auch etwas betroffen aufsah. »Auch wenn ich nun weiß, dass er selbst dort nicht jedes Geheimnis preisgab, fühle ich, als würde ich ihn kennen seit dem ersten Tag, als er diesen Turm betrat. Ich liebe es, wie er schreibt, Schweres so einfach erklärt, die Schärfe seines Geistes und auch seinen Wagemut, gegen alle Regeln zu denken und zu handeln. Ich habe ihn nie kennengelernt, aber hier ist er bei mir.« Sie sah ernsthaft zu Asela hin. »Ich hatte nie einen Vater«, gestand sie leise ein, »und jetzt fühle ich ihn hier in jeder Ecke und jedem Winkel dieses Raums. Lass mir das, Asela«, bat sie leise. »Die Tochter braucht manchmal noch immer den Vater ... hier fühlte es sich so an, als wäre er nur kurz gegangen und könnte jederzeit dort in der Tür erscheinen.«

»Täte er es, müsstest du ihn hinrichten lassen«, sagte Asela rau.

Desina sah überrascht auf. »Warum?«

»Er hat das Reich ins Unglück gestürzt und hat geholfen, seinen Vater zu ermorden.«

»Aber dafür konnte er doch nichts!«

»Manche Dinge sind nicht zu verzeihen«, beharrte die Eule und rang sichtlich um ihre Fassung. Dann holte sie tief Luft und wischte hastig ihre Augen ab. »Ich hatte einen anderen Grund zu kommen«, sagte sie und zog ein weißes Tuch aus dem Ärmel ihrer Robe, um sich zu schnäuzen. »Wir haben Nachricht von Grenski erhalten, dem Stabssergeanten der fünften Lanze, und noch eine weitere. Welche wollt Ihr zuerst hören? Die gute oder doch die schlechte?« Ihr Ton machte deutlich, dass sie sich nicht länger an die Vergangenheit erinnern wollte.

Während Asela gesprochen hatte, war die junge Kaiserin aufgestanden und hatte sich ein sauberes Leinenkleid übergeworfen, das sie schon seit Jahren gerne trug. Jetzt fuhr sie sich mit den Fingern durch die Haare und setzte sich auf die Bettkante, um Asela aufmerksam anzuschauen. »Die wichtigere zuerst.«

Die Eule seufzte. »Es muss Leandra gelungen sein, den Weltenstrom umzulenken, er führt nun zur Kronstadt hin.

Ich werde mich noch heute daranmachen, ein neues Tor nach dort zu berechnen. Es wird etwas dauern, fürchte ich, doch dann haben wir den Zugang zur Kronstadt, den wir brauchen.«

»Und die schlechte Nachricht?«

»Grenski schreibt, dass Leandra gezwungen war, einen gefährlichen Weg zu wählen, der entweder ihren Tod bedeutet oder aber sie geradewegs in die Hände ihrer Feinde führt. Schwertmajor Blix begleitet sie zusammen mit Janos und Sieglinde und hat sich dazu noch einen Plan ausgedacht, der fast so gewagt und irrsinnig ist wie der, den Leandra verfolgte.«

Desina nickte leicht. »Was keine Überraschung ist, Orikes warnte mich davor, dass der Schwertmajor gerne selbst seine Geschicke lenkt.«

»Ein schöne Wortwahl, um anzudeuten, dass er sich nicht immer an Befehle hält«, meinte Asela. »Die Stabssergeantin deutete es nur an, aber ich glaube, sie wird einen Ablenkungsangriff starten, um der Königin und den anderen bei der Flucht zu helfen.«

»Und wie ist das zu verstehen, was Grenski über Leandra und die anderen schreibt?«

»Sie wollten eine Hexe nahe einem Moor dazu bewegen, sie mit einem Zauber direkt in den unterirdischen See in Lassahndaar zu bringen, der von einer Seite her den Tempel schützt, denn der Zugang, den ich damals benutzte, konnte wohl nicht gefunden werden. Es scheint so, als hätten sie zum Teil einen Erfolg erzielt, der Weltenstrom hat ja seine Bahn geändert. Was jetzt mit ihnen ist, wissen nur die Götter. Und dann ist da diese Hexe.«

»Eine Hexe«, sagte Desina nachdenklich und zuckte dann die schlanken Schultern. »Gut, ein Krieg zwingt manchmal zu seltsamen Verbündeten. Vielleicht kann sie hilfreich sein.« Sie sah, dass Asela leicht den Kopf schüttelte. »Nicht?«

»Grenski schreibt, dass der See nahe einem Tempel Soltars

liegt, den die Diener des toten Gottes entweihten. Was dann erklären würde, warum sie den Zugang nicht gefunden haben, er muss direkt zu diesem Tempel führen.«

»Direkt in das Herz des Feindes«, flüsterte Desina.

»Es gibt noch mehr.«

»Was noch?«

»Die einzige Hexe, von der ich weiß, dass sie dort ein Moor bewacht, ist eine Wächterin der Elfen. Balthasar traf einst auf sie. Sie forderte den Abzug der Legion, sonst würde sie den Wyrm, den sie im Moor bewachte, gegen die Legion ziehen lassen. Die Legion weicht nicht zurück, und es galt, den Knotenpunkt zu sichern. Als Eule hätte Balthasar sich vielleicht auf irgendeine Art von Handel eingelassen, Verträge, alles, irgendetwas, das den Krieg hätte verhindern oder beenden können, es ging uns ja nicht darum, die Barbaren auszulöschen. Aber Balthasar stand damals schon unter Malorbians Macht … und griff die Hexe an! Ein Fehler, wie sich zeigte, denn die Wächterin war weitaus stärker als gedacht und ihm fast ebenbürtig. Sie konnte der Niederlage entfliehen und war fortan der ärgste Feind der Legion. Sie schwor, jeden Einzelnen zu erschlagen … dreimal traf er noch auf sie, jedes Mal unterlag sie, einmal nahm Balthasar sie auch kurz gefangen. Doch es gelang ihr immer zu entkommen, und ein jedes Mal durchkreuzte sie die Pläne der Legion und ließ nur Verwüstung zurück. Bei dem letzten Kampf der beiden, versuchte er erneut, sie einzufangen, doch sie wählte den Freitod und sprang in eine Felsspalte, so tief, dass sie den Sturz unmöglich überleben konnte.« Asela atmete tief durch. »Wieder ist es Balthasar, der uns ein unglückliches Erbe hinterlässt. Denn sie scheint nun doch am Leben.«

»Er stand unter Malorbians Macht, wie Ihr selbst gesagt habt«, meinte Desina zögernd. »Es ist lange her, vielleicht hat sie uns verziehen.«

»Wohl kaum«, sagte Asela mit rauer Stimme. »Balthasar hielt sie vier Tage gefangen. Malorbian benutzte ihn, um sich an der Wächterin und ihrem Geist aufs Schrecklichste zu vergehen. Danach war sie dem Wahnsinn nahe, wenn ihm nicht sogar verfallen, was auch sein Ziel gewesen ist! Nein«, sagte sie und schüttelte traurig den Kopf. »Sie weiß nicht, dass Balthasar besessen war und denkt wahrscheinlich immer noch, er hätte in kaiserlichem Auftrag so gehandelt. Sie hasst ihn und alles, für das er stand, und es gibt nur einen Hoffnungsschimmer: Es kann sein, dass sie die Diener dieses toten Gottes noch mehr hasst als uns. Wenn nicht … wenn sie den Wyrm entfesselt und auf uns hetzt … dann könnte sogar die Donnerfeste fallen.«

Desina nickte langsam. »Hat sie es denn damals getan? Den Wrym freigegeben?«

»Nein«, sagte die Eule leise. »Das hat sie nicht. Sie alleine war schon tödlich genug. Denn es gibt niemanden, der sich auf Täuschung mehr versteht als diese Wächterin.«

»Und wenn sie nicht die ist, die Ihr meint? Eine andere vielleicht?«

»Grenski erfuhr von Blix durch einen Raben. Auch die Wächterin hatte einen Begleiter, eben einen solchen Raben. Nein«, sagte Asela leise. »Sie muss es sein. Und vielleicht war auch diese Nachricht falsch, und die fünfte Lanze läuft in eine Falle.« Sie sah Desina mit ernsten Augen an. »Ich brauche Eure Erlaubnis, mich nach der Errichtung des Tors zur Kronstadt hin nach Lassahndaar begeben zu dürfen. Vielleicht kann ich etwas richten, das Balthasar im Argen liegen ließ.«

Desina schüttelte den Kopf. »Noch nicht. Ihr werdet hier gebraucht, seid für das Reich unentbehrlich« Und für mich, dachte sie.

»Ich weiß«, seufzte Asela, als sie aufstand. »Das Reich geht vor.«

Nachdem Asela die Tür hinter sich zugezogen hatte, ging Desina zu dem Regal hinüber und entnahm diesem ein Buch. Eine Geste ließ den Stuhl, auf dem die ältere Eule gesessen hatte, zu dem Schreibtisch zurückkehren, vor dem er zuvor gestanden hatte, danach legte die junge Kaiserin das Buch wieder sorgsam auf den Stuhl zurück, gerade so, wie es vor dem Besuch gelegen hatte. Sie sah auf das Buch herab, schüttelte den Kopf über sich selbst und straffte ihre Schultern. Es gab viel zu tun.

Auf dem gleichen Stockwerk lagen auch die Zimmer von Feltor und Asela. Beide Räume lagen nebeneinander und hatten eine Verbindungstür. Als Desina zur Treppe ging, fand sie die Tür zu Aselas Zimmer leicht geöffnet vor, und leise Geräusche drangen heraus. Niemand konnte den Eulenturm betreten, ohne dass es Desina wahrnahm, also musste es sich um Asela handeln. Doch das war verwunderlich, denn bislang hatte die Eule es vermieden, ihr altes Quartier zu betreten, vielmehr hatte sie sich zwei Stockwerke tiefer in einem leeren Raum neu eingerichtet.

Leise trat Desina an den Türspalt heran und sah hindurch. Sie fand die Eule inmitten des Raumes vor, auf dem Boden kniend das Gesicht in ein Kissen gepresst und bitterlich weinend.

Desina wusste weitaus mehr von der Reinigung im Tempel Soltars, als Asela dachte, denn einer von Orikes Agenten war zufällig zugegen gewesen und hatte ihr unter Tränen davon berichtet, was er dabei von dem Leid der Eule gefühlt und verstanden hatte. So viel wusste Desina: So scharf der Verstand der anderen Frau auch war, ein Teil von ihr hatte sich dem Wahn ergeben. Lange hatte sie auch mit Bruder Jon darüber gesprochen, der ebenfalls zugegen gewesen war, als das Wunder geschah. Der Priester war unwillig, auf Einzelheiten dieser Läuterung einzugehen, aber darum war es der jungen Kaiserin auch nicht gegangen. Was Bruder Jon ihr sagte, ergab dennoch einen Sinn: dass manchmal, wenn das Leid zu groß war, der Geist sich in eine andere Welt flüchtet. »Es ist eine einfache und zugleich geniale Strategie, die der Geist benutzt, um sich über Zeit zu heilen«, hatte ihr der alte Mann nachdenklich erklärt. »Wenn es an Leid zu viel wird, muss man Abstand schaffen, oder man geht daran zugrunde. Man kann nicht immer die gleichen Körner mahlen! Also tat sie etwas Verzweifeltes, sie teilte sich selbst in zwei. In eine, die diese grausame Schicksal ereilte, und in die andere, die nach der Läuterung neu entstanden ist. Vielleicht war es auch die Hand meines Herrn, sie in sich selbst so zu trennen: dass das eine vergangen und abgeschlossen ist und das andere neu leben kann, so wie nach der Nacht nach Seinem Versprechen der Tag stets folgen wird! So ist es nicht verwunderlich, dass die Sera Asela von ihrem alten Selbst spricht, als wäre es nicht mehr. Es befreit sie davon, im Grauen der Erinnerung zu leben, und erhält ihr ihren scharfen Geist, um sich so dem zu stellen, was die Zukunft bringen wird.« Der alte Priester hatte daraufhin einen Seufzer nicht mehr unterdrücken können. »Ich habe die alten Bücher durchforstet, um mehr über sie zu finden, und fand einen Bericht des Priesters, der die Trauung vollzogen hatte: Der Kaiser selbst gab die Sera Asela in die Hand der Eule Feltor, und es war Balthasar, der ihr Zeuge war. Er schwor sie mit Schwert und Schild zu schützen. Der Priester schrieb dazu, dass er es selten erlebt hätte, so viel Liebe derart verbunden zu sehen.«

Desina fragte sich, um wen Asela weinte. Um sich selbst, um Feltor oder gar doch um Balthasar, obwohl sie ihm so offensichtlich noch immer nicht verziehen hatte? Die mächtigen Eulen des alten Kaiserreichs wurden immer so strahlend und golden dargestellt … welche anderen tragischen Geschehnisse mochten noch im Dunkel der Geschichte verborgen liegen?

Desina hatte sich immer als Waise gefühlt, doch allein war sie nicht mehr, sie hatte einen alten, weisen Mann gefunden, ihren Großvater, und nun auch ihre Cousine. Wenn Asela dachte, es wäre nicht von Belang, dass es nur ein Zufall des Blutes wäre, dann irrte sie. Es gibt ein Schicksal, dachte die junge Kaiserin, nichts geschieht uns ohne Grund. Sie erinnerte sich an das alte Bild, das diese drei so glücklich zeigte. Für Balthasar und Feltor war es zu spät, beide waren in der Magie vergangen, aber für Asela gab es Hoffnung. Wenn Desina dazu beitragen konnte, sie irgendwann wieder glücklich lachen zu sehen, dann würde sie es tun. Aber jetzt war es wohl besser, Asela die Zeit zu geben, von der Bruder Jon dachte, dass sie nötig wäre.

Einen Moment zögerte Desina noch, dann wandte sie sich ab und ging mit leisen Schritten davon.

Der Hauptmann und der Drache

30 Es war Blixens liebster Spruch, dachte Grenski befriedigt, als sie die Reihe Gräber vor sich liegen sah. Täuschung war mehr wert als zwei Lanzen. Er sollte zufrieden sein. Sie sah zum Himmel hoch zu dieser Wyvern, die dort kreiste. »Ich hoffe«, sagte sie laut. »Du beschaust dir das alles ganz genau.«

Dann straffte sie die Schultern und wandte sich an Sergeant Avron, es gab noch mehr zu tun.

»Lasst aufsitzen und abreiten«, befahl sie.

»Ay, Ser!«, gab Avron zurück, doch er blieb dort stehen, wo er war.

»Gibt es noch etwas?«, fragte sie kühl.

»Warum habt Ihr uns in der Nacht Gräber graben lassen, wenn sie doch leer sind?«

Grenski seufzte innerlich. So musste sich also Blix fühlen, wenn sie beständig nach seinen Gründen fragte.

»Sie sind ja nicht alle leer«, sagte sie rau. »Aber wenn der Reiter dort oben sie zählt, muss er denken, dass das Gift von größerem Erfolg gewesen ist, als es tatsächlich der Fall war.«

»Ah«, sagte Avron, dem wohl eben ein Licht aufgegangen

war. »Deshalb habt Ihr auch die vielen Tragen hinter die Pferde spannen lassen, und darum habt Ihr befohlen, dass jeder, der sich noch übel fühlt, darauf liegen soll? Kein Legionär lässt es sich entgehen, sozusagen schlafend zu marschieren! Deshalb auch keine Formation?«

Grenski nickte. »Der da oben soll denken, dass wir zerrüttet sind und unsere Moral am Boden liegt.«

Avron schob den Helm ein wenig zu Seite und kratzte sich hinter dem Ohr.

»Aber so ist es doch zum großen Teil«, meinte er dann.

Damit hatte er unbestritten recht. Die neuen Rekruten klagten beständig, und auch die erfahreneren Soldaten grummelten. Eine Lanze marschiert auf ihrem Bauch, und wenn der schmerzte, war sie nicht mehr viel wert.

»Das mag so sein«, antwortete Grenski. »Aber das wird sich ändern, wenn ich mit Euch fertig bin! Sagt, Schwertsergeant, habt Ihr nicht eben einen Befehl erhalten?«

»Ay, Ser!«, rief Avron und stand stramm. »Ser, sofort, Ser!«

Während sich der ungeordnete Haufen auf den Weg machte, stieg Grenski auf ihr Pferd und ritt zu dem Versorgungswagen hin, der, von einer kleinen Truppe bewacht, mit einigem Abstand als letzter folgte. Anders als die anderen drei Wagen besaß dieser einen stabilen Holzaufbau. Sechs Pferde zogen diesen Wagen, zwei mehr als sonst üblich, und sie hatte die Pferde sorgfältig gewählt, nach Stärke und nach einem Gemüt, das sich nicht erschüttern ließ. Vielleicht sollte sie noch zwei weitere anspannen lassen, doch dann würde das Lenken noch schwerer werden.

»Wie geht es voran, Korporal?«, fragte sie den Bullen, der neben dem Koch auf dem Kutschbock saß.

»Es geht«, sagte dieser und sah etwas unglücklich zu dem großen Schnabel hoch, der über ihm nach vorne ragte. Steinwolke lag dort auf dem Wagendach, eine Schwinge eingezogen, die andere halb herunterhängend. Mit Streifen, die

Grenski zu dem Zweck aus alten Zeltleinen hatte schneiden lassen, hatte man sie so umfassend verbunden, dass man es aus der Luft unschwer erkennen konnte. Das war schon der Grund, weshalb der Wagen einen Meister an den Zügeln brauchte, mit dem Greifen auf dem Dach waren die sonst so ruhigen Pferde beständig dem Scheuen nah.

Der Greif hob träge und scheinbar erschöpft den Kopf und sah sie mit goldenen Augen an. Das Wesen schien belustigt. Obwohl die Lage alles andere als heiter war, lachte Grenski leise. Hier war der Beweis, dachte sie, dass diese Wesen uns an Geist nicht nachstehen! Wer hätte denn jemals gedacht, dass ein solches Wesen Vergnügen daran finden konnte, so zu schauspielern?

Ein Schatten huschte über sie hinweg, und Steinwolke reckte den großen Kopf ein wenig, während die goldenen Augen den Punkt am Himmel verfolgten. Mehr Adler als ein Adler selbst, dachte Grenski und musterte respektvoll diesen bronzenen Schnabel, der ein Schaf mit einem Bissen entzweiteilen konnte und dem auch eine Kuh nicht zu viel wurde.

Grenski beschattete ihre Augen mit der freien Hand und sah nun selbst hoch zu dieser Wyvern, die sie seit Sonnenaufgang verfolgte. Fast hatte sie Mitleid mit dem Gegner. Denn Steinwolke war alles andere als verletzt, und auch sie wartete nur auf den Moment, den Grenski ihr versprochen hatte. Doch das konnte der Wyvernreiter dort oben nicht wissen, es war ja immerhin möglich, dass die Wyvern, die dem Feind verloren gegangen war, den Greifen so verletzt hatte.

Zwei Tage, dachte die Stabssergeantin, zwei Tage mussten sie sich noch alle gedulden, dann kam es darauf an.

Sie nickte dem Korporal zu, der zwangsverpflichtet worden war, weil er ein Talent dafür besaß, Pferde seinem Willen zu unterwerfen, auch wenn sie ihm nicht gehörten. Dann ritt sie weiter.

Man kann Pläne schmieden, wie man will, es wird dennoch anders kommen. Noch so ein Spruch des Schwertmajors.

Doch wenn es dann so kam, brauchte man nur darauf vorbereitet zu sein. Dafür, hatte er gesagt, brauchte er dann sie.

Wollen wir mal schauen, ob er recht behalten wird, dachte sie schmunzelnd, als sie sich an die Spitze der Kolonne setzte.

»Das sind die letzten Nüsse«, sagte die alte Enke, als sie diese in Leandras Hand legte. Sie musterte die Königin besorgt. »Ihr braucht mehr an Nahrung, wenn Ihr genesen wollt.«

»So geht es nicht weiter, Leandra«, sagte Zokora. »Du musst eine Entscheidung treffen.«

Leandra nickte müde, als sie die Nüsse aß. Es war die Entscheidung zwischen Feuer und glühenden Kohlen, dachte Blix, der wie die anderen auch in Sorge um die Königin war. Ihre Begegnung mit dem Weltenstrom war nun schon einige Kerzenlängen her. Obwohl der Strom selbst ihr nicht viel geschadet hatte, sah man von der Brandspur auf ihrem Rücken ab, war sie hart aufgeschlagen und hatte Schwierigkeiten, auch nur zu stehen.

Niemand verstand, weshalb der Weltenstrom sie verbrannte, als er sie nur streifte, dafür aber verschonte, als er sie mit voller Wucht getroffen hatte. Auch Zokora und die alte Enke wussten es nicht zu erklären. Noch immer tanzten diese Funken über die Maestra, was wohl mit der Nähe des Weltenstroms zusammenhing. Je näher sie ihm kam, um so mehr tanzten diese Funken um sie, aber da sonst nichts geschah, versuchten die Anwesenden, es zu übersehen. Was nicht immer einfach war.

»Zokora, was hast du über den anderen Gang herausgefunden?«, fragte Leandra jetzt erschöpft und schloss müde die Augen.

»Er führt hinab und ist an einer Stelle zum letzten Drittel hin auch überflutet. Dann steigt er stark an. Danach endet er zunächst an einer dieser Zwergentüren, die auch durchbrochen ist, doch nicht von Magie, sondern von Hammerschlägen. Dahinter dann, vielleicht drei Schritt entfernt, gibt es eine grob gefügte Mauer. Von Menschenhand errichtet, es fehlt dieser Steinefügung die Präzision der Zwerge.« Sie hob eine Augenbraue an. »Ich habe es dir erst vorhin berichtet.«

»Ja«, sagte Leandra, ohne die Augen zu öffnen. »Das hast du. Ich wollte es noch einmal hören. Und hinter dieser Mauer?«

»Es gab kein Loch, durch das man hätte hindurchspähen können, doch ich roch Weihrauch und hörte Gesänge. Ich kann es nicht genau sagen, dazu waren die Mauern doch zu gut gefügt und dick, doch aus der Art des Halls würde ich schließen, dass sich dort eine Halle befindet, gut dreißig Schritt im Durchmesser und gut fünfzehn Schritte hoch. Es müsste noch zwei andere kleinere Hallen geben, die von dort abgehen, und Säulen die ein offenes Kuppeldach stützen. Ob es zehn oder zwölf Säulen sind oder mehr, kann ich nicht sagen.« Zokora schüttelte verärgert den Kopf. »Dort haben vier Priester gesungen, die meinem Volk entstammen, und neun Menschen. Letztere haben den Ton nicht richtig halten können, also kann ich nicht mehr sagen. Sie haben den Gesang zu sehr verzerrt.«

»All dies habt Ihr aus dem Hall erkennen können?«, fragte Blix erstaunt.

»So schwer ist das nicht«, antwortete die dunkle Elfe bescheiden. »Ich sah einmal einen blinden Menschen, der nicht viel schlechter darin war als ich.«

»Wenn wir diese Mauer durchbrechen, landen wir also im Allerheiligsten des Tempels und präsentieren den dunklen Priestern den Weg zum Wolfstempel auf einem goldenen Tablett«, stellte Leandra fest und versuchte sich so hinzusetzen, dass es sie nicht schmerzte. Ihrem leisen Fluch zufolge, dachte Blix, gelang es ihr nicht richtig. Besorgt sah er auf Enkes Kerze, von der nicht mehr viel übrig war. Verharrten sie hier noch länger, würde auch die feuchte Kälte wieder zu einem Problem werden.

Leandra sah lange zu Janos hin, der ihren Blick unbewegt

erwiderte. Dann seufzte die Königin und wandte sich an Enke. »Und der andere Weg?«

»Dies ist ein alter Vulkanschlot, der zum Teil zusammenstürzte«, erklärte die Hexe geduldig. »Ein unterirdischer Fluss füllt ihn von unten auf und hat sich eine Spalte gesucht, um sich dann einen Weg nach draußen zu bahnen. Die Oberfläche des Sees liegt also höher als der entweihte Tempel Soltars. Das Wasser hat die Wände glatt geschliffen, aber es ist eine Röhre, die sich dreht und windet und seitlich in das Tempelbad mündet. Dieses Tempelbad befindet sich rechterhand und etwas über dem Tempel und war, als ich es zuletzt gesehen habe, nicht überbaut. Bleiben wir im Wasser, werden wir zunächst nicht gesehen, aber wir müssen es verlassen, da es kaum wärmer sein wird als der See selbst.«

»Kaltes Wasser, um Rheuma zu kurieren?«, fragte Janos erstaunt und schüttelte den Kopf. »Was man alles so auf sich nimmt, wenn man an Wunder glaubt!«

»Und wenn wir aus dem Wasser draußen sind, was dann?«, fragte jetzt Sieglinde.

»Bedenkt, dass es sich geändert haben kann«, sagte die alte Enke. »Es ist eine Weile her, dass ich es sah. Wenn der Tempelgrund so blieb, wie ich es in Erinnerung habe, dann führt eine Treppe vom Bad herab zum Tempelgrund. Dieser ist in einer Zweidrittel-Rundterrasse angelegt, das letzte Drittel wird vom Tempel ausgefüllt, der zum Teil in den Hügel gebaut ist. Diese Terrasse ist mit einer etwa mannshohen Mauer versehen, die den Tempelgrund einschließt. Vom Tempel wegführend gibt es eine breite Treppe, die in die Terrasse gegraben ist. Sie endet an einem großen Tor, das etwa zwei Mannslängen tiefer als die Terrasse gelegen ist.«

»Gut zu verteidigen«, stellte Janos fest und kratzte sich am Kopf. »Die Präfektur, von der Ser Terfil sprach, müsste sich auch in der Nähe befinden, und wie er sagt, bewachen die Soldaten dort den Tempel mit. Dennoch … ich denke, dass es der bessere Weg ist.« Er sah zu Sieglinde hin, die nickte. »Ich habe Angst vor diesen dunklen Priestern«, gestand er dann ein. »Ich kämpfe lieber gegen etwas, das ich sehen und verstehen kann.«

»Wie den Wasserdrachen«, sagte Leandra und seufzte. »Du hast recht, Janos«, meinte sie dann. »Ich kann es wenden und drehen, wie ich will, es ist der bessere Weg und erlaubt uns wenigstens zu hoffen! Und hält den Zugang zum Wolfstempel verborgen.«

»Was sagen wir, wenn sie uns ergreifen?«, fragte der graue Mann überraschend. »Wie erklären wir, woher wir kommen und was wir hier wollten?«

»Das ist einfach«, sagte Blix. »Wir wollten uns auf den Tempelgrund schleichen, um die Priester zu ermorden.«

Zokora sah hin zu ihm und nickte. »Das werden sie glauben«, sagte sie dann. »Es entspricht ihrer Art zu denken. Und wie kamen wir hierher?«

»Durch den Abfluss, der zur Lasse hinführt«, sagte Blix.

»Dann wären wir ersoffen«, widersprach Janos.

»Ziegenhäute«, erklärte Blix. »Nur haben wir sie verloren, als wir durch die Quelle kamen.«

»Ziegenhäute?«, fragte Sieglinde überrascht. »Was haben denn Ziegen damit zu tun?«

»In unseren Rüstungen können wir Bullen nicht schwimmen«, erklärte Blix. »Also müssen wir manchmal unter Wasser durch einen Fluss hindurchmarschieren. Was nicht einfach ist. Ist der Fluss breiter, nehmen wir aufgeblasene Ziegenhäute mit. Sie machen uns leichter, und wir atmen die Luft daraus.«

Stille. Jeder sah ihn mit ungläubigen Augen an.

»Es ist eine Notlösung«, fügte Blix schulterzuckend hinzu. »Es ist ja nicht etwa so, dass wir das tagtäglich tun. Glaubt mir, wir warten lieber darauf, dass jemand eine Brücke baut, denn ohne Verluste kommen wir so gut wie nie auf der anderen Seite an.«

»Gut«, sagte Leandra entschlossen. »Dann Ziegenhäute.

Sollen sie ersaufen, um uns das Gegenteil zu beweisen.« Sie sah zu dem grauen Mann hin. »Ein guter Einwand, Oskar ...«

»Odgar«, warf der graue Mann ein und lächelte ein wenig.

»Odgar«, verbesserte sich die Königin. »Aber wir wollen hoffen, dass sie uns nicht greifen werden.«

Sie schlang die Arme um sich und starrte auf Enkes Kerze. »Und wie kommen wir an dem Flussdrachen vorbei?«

»Das lass meine Sorge sein, Kindchen«, sagte die alte Enke. »Er fühlt sich ähnlich an wie die Schlangen in meinem Moor. Ich kann für ihn ein Netz spannen, das ihn aufhalten wird. Für wie lange, das kann ich nicht sagen, aber es sollte reichen.« Sie sah zu Janos hin und musterte dessen breite Schultern.

»Du bist zu breit für den Kanal«, teilte sie ihm mit. »Wahrscheinlich wirst du ersaufen, weil du stecken bleiben wirst. Du musst es als Letzter versuchen, sonst bringst du uns noch alle um.«

Sieglinde stieß einen erstickten Laut aus, während Janos nur langsam nickte.

»So ist das also«, sagte er langsam und atmete tief durch.

»So ist es«, sagte die alte Enke, während die anderen den großen Mann bestürzt ansahen.

»Wir bleiben dabei«, sagte Janos rau. »Denn es ist noch immer der bessere Weg für euch.«

»Warum habt Ihr uns nicht vorher schon gewarnt?«, weinte Sieglinde und drückte sich enger an den großen Mann, als wolle sie ihn nie wieder freigeben.

»Aber das habe ich doch!«, sagte die Hexe erstaunt. »Hast du es nicht gehört? Ich sagte ihm, er würde sein wie der Korken in der Flasche.«

»Es ist zu spät für solches, Liebes«, sagte Janos sanft. »Es ist, wie es ist. Hab Vertrauen in die Götter. Und in mich. Ich bin zäh, so leicht bekommt Soltar mich nicht.«

»Ich werde dennoch für Euch beten«, sagte Gerlon bestimmt. »Für ein Wunder. Kommt es nicht, ist zumindest Eure Seele sicher.«

»Bedenkt man, wo wir uns befinden«, nickte Janos mit belegter Stimme, »ist es ein Angebot, das ich zu schätzen weiß.«

»Wir müssen den anderen Weg nehmen«, forderte Sieglinde mit Tränen in den Augen. »Leandra! Wir können doch nicht ...«

Die Königin sah nur traurig zu ihr hin.

»Sie weiß es besser, Linde«, sagte Janos leise und nahm sie in die Arme. »Und du auch. Sie hörte auch, wie die Hexe es sagte, deshalb ließ sie sich mit der Entscheidung Zeit. Nehmen wir den anderen Weg, dann werden wir alle sterben. Und es ist nicht sicher, dass ich stecken bleiben werde.«

»Doch«, sagte die alte Enke hart. »Du wirst in die Röhre gepresst werden wie in einen Flaschenhals! Du kannst nur hoffen, dass der Fels dir Knochen bricht, anders kommst du dort nicht hinaus. Nur wirst du dann schon nicht mehr leben.«

»Dann will ich, dass du Eiswehr nimmst«, sagte Sieglinde entschlossen. »Sie ist imstande, Fels zu schneiden.«

»Das wird nicht helfen, Kindchen«, sagte die Hexe sanft.

»Vielleicht doch«, beharrte Sieglinde. »Und wenn nicht ...«, fuhr sie mit versagender Stimme fort. »So brauchst du sie nur loszulassen, und sie kehrt zu mir zurück.« Sie sah zur alten Enke hin. »Die Röhre führt doch in das Tempelbad, nicht wahr? Sie wird dort landen, wenn ...«

»Ja«, sagte die alte Sera bedächtig. »Das wird sie wohl.«

Während die alte Enke vor der Steintür zum See saß und mit leiser Stimme singend mit alten Schlangenhäuten hantierte, trat Leandra zu Janos hin, der mit Sieglinde etwas abseits stand.

»Janos«, sagte die Königin leise. »Auf ein Wort?«

Sieglinde sah aus, als ob sie protestieren wollte, doch der Hauptmann nickte. »Was gibt es?«

»Ich will mich bei Euch entschuldigen«, sagte Leandra und musste nun selbst schlucken. »Wie Ihr wisst, habe ich Euch nie zur Gänze vertraut.«

»Der Räuber war zu überzeugend, nicht wahr?«, fragte Janos mit einem schiefem Lächeln. »Dafür hielt ich Euch für berechnend, als ich sah, wie Ihr Havald für Eure Zwecke eingenommen habt.« Er hob eine Augenbraue an. »Damit sind wir wohl gleichauf.«

»Was willst du sagen, Leandra?«, fragte Sieglinde ungehalten. »Viel Zeit haben wir nicht mehr miteinander, und ich will sie nutzen.«

»Dass es mir leidtut«, flüsterte Leandra. »Dass ich Euch für alles danken, will, was Ihr für mich getan habt. Ihr seid ein tapferer Mann.«

»Wartet, bis Sieglinde die Ballade fertig hat, dann bin ich ein Held«, lachte Janos, doch dann wurde er wieder ernst. »Es gibt die Pflicht, Eure Majestät«, sagte er leise. »Aber was darüber ging, tat ich nicht für Euch, sondern für sie.« Er sah zärtlich zu Sieglinde hin. »Sie glaubt an Euch. Also werdet eine gute Königin, sodass sie es nie bereuen muss.«

Leandra sah ihn an, dann nickte sie entschlossen und ging zurück, dorthin, wo Steinherz abseits stand, und griff hart nach ihm, um dann zu Janos zurückzukehren. »Ich schwöre«, sagte sie leise, während sie mit beiden Händen das fahle Schwert so fest gepackt hielt, dass ihre Knöchel weiß wurden. »Dass ich nicht nur gerecht regieren werde, sondern auch mit Gnade. Ich werde eine gute Königin sein, die der Dreieinigkeit der Götter dient und nicht nur Boron!«

Die fahle Klinge leuchtete auf, bis ihr Licht den feuchten Gang erfüllte. Dennoch schien es Blix, als wären die Rubine in dem Drachenkopf von Zorn erfüllt.

»Oh«, flüsterte Anlynn ehrfürchtig. »Ich glaube gar, das könnte die Lösung sein!«

»Tut dies«, sagte Janos mit belegter Stimme. »Oder ich werde Havald fragen, wie man es anstellt, um aus Soltars Reich zurückzukehren! Dann werde ich Euch ein Plagegeist werden, der Euch nicht schlafen lässt! Und nun, bitte, lasst uns für kurze Zeit allein.«

Leandra nickte langsam und trat zur Seite weg, um Steinherz wieder abzustellen.

Als sie zu den anderen zurückkam, sah Blix, wie sie ihre Hände betrachtete. In beiden Handflächen war das Fleisch zornig und rot, hatte Blasen geworfen und war zum Teil auch schwarz verbrannt, als hätte sie glühendes Eisen gehalten. Die Königin bemerkte den Blick des Schwertmajors. »Ein kleiner Preis«, flüsterte sie und ballte die Fäuste. »Vergesst es einfach.« Sie stützte sich an den kalten Stein des Gangs und sah zu Enke hin. »Wie weit seid Ihr?«

»Nur wenige Momente noch.«

»Lasst Euch Zeit«, sagte Leandra leise, während Zokora wortlos an sie trat, um sich die Hände zu besehen, und dann einen kleinen Tiegel aus ihrem Beutel nahm. Während die dunkle Elfe die Wunden bestrich, schaute die Königin zu Janos und Sieglinde hin, die sich eng umschlungen küssten. »So sehr kommt es jetzt nicht darauf an.«

»Es ist bestimmt schon Nacht«, sagte die alte Hexe und hielt ein Netz hoch, das sie aus den Schlangenhäuten gewebt hatte. Es schimmerte schwach mit eigenem Licht. »Jetzt ist der Zeitpunkt. Warten wir noch länger, dann wird uns die Kälte die letzten Kräfte rauben.«

Leandra sah zu Janos hin, der schweigend nickte.

»Also gut. Dann jetzt«, entschied sie. »Sagt uns noch mal, wohin wir müssen.«

»Von hier aus«, sagte die Hexe und deutete auf etwas, das hinter dem grauen Stein der Zwergentür lag, »hoch und dann links. Die andere Strömung wird versuchen, uns zur Seite hin zu ziehen, deshalb schwimmen wir so gut wir können links. Wenn uns die erste Strömung loslässt, haben wir kurz Zeit, um Luft zu holen.«

»Wir könnten auf die kleine Insel«, schlug Sieglinde zaghaft vor.

»Nein«, sagte Enke und schüttelte ihr graues Haupt. »Das

Netz wird den Wasserdrachen nicht so lange halten können, wir haben nicht die Zeit dazu.«

»Und weiter?«, fragte Janos mit belegter Stimme.

»Wir halten uns weiter links und tauchen dann etwa vier Mannslängen tief, bis wir eine zweite Strömung fühlen. Sie ist nicht so stark wie diese andere, aber wir werden sie bemerken. Sie zieht uns dann in eine Spalte hinein ... die ist dort noch rau und schartig, also achtet darauf. Danach dann ...« Sie hob die Schultern an und ließ sie wieder fallen. »Danach liegt es in der Götter Hand.« Sie sah zu Blix hin. »Wenn Ihr diesmal ersauft, wird Euch niemand retten können, denn einmal in dieser Röhre gibt es kein Zurück. Die Strömung, die am Anfang so schwach erscheint, ist in dieser Röhre eine eiserne Hand, die uns hindurchpressen wird.«

»Ob lebend oder tot«, fügte Janos tonlos hinzu.

»So ist es«, sagte die alte Enke. »Ob lebend oder tot. Und denke daran. Du versuchst es als Letzter.«

Janos sah auf das Schwert Eiswehr hinab, das Sieglinde ihm gegeben hatte. »Dann los«, sagte er. »Ich hasse es, Zeit nutzlos zu vertrödeln.«

Die alte Enke nickte und trat entschlossen an die Tür. Kaum hatte sie den Stein berührt, war es, als ob er sie aufsaugen würde. Eben noch da, war sie jetzt verschwunden.

»Weiter«, befahl die Königin, Blix nahm seinen Mut zusammen und trat entschlossen vor.

Es war ein Albtraum. Leandras Licht schien gerade so stark, dass Blix durch die Luftblasen hindurch den mächtigen Rachen der Bestie sehen konnte, der sich bereits öffnete, um die alte Hexe zu verschlingen. Die warf ihm das kleine Netz entgegen, das wuchs und wuchs, bis es sich in golden schimmernden Bahnen um den Wasserdrachen legte, der strampelte und sich drehte und dann langsam zum Grund hin sank.

Die Hexe schaute nicht hin zu ihm, um ihr Werk zu bewundern, sondern schwamm entschlossen weiter. Blix tat es ihr nach und betete wie nie zuvor, neben ihm schwamm Gerlon mit einem so entschlossenen Gesichtsausdruck, dass sich sogar Blix darüber wunderte, ein Stück zur Seite hin versetzt folgte Anlynn und darauf Zokora, die Leandra mit sich zog, den Schluss bildeten der graue Mann, dann Sieglinde und Janos.

War ihm das Wasser vorher schon eisig erschienen, so fühlte er sich jetzt in die kältesten Höllen des Namenlosen verbannt. Nur die Luftblasen zeigten ihm, wo oben war und wo unten, doch sie wurden bereits weniger. Er hatte jede Orientierung verloren und schwamm nur stur der alten Enke nach.

Als er durch die Wasseroberfläche brach, hatte er kaum Zeit, zweimal zu atmen, dann tauchte die Hexe wieder ab, mit Grund, denn im Wasser war das Grollen des Drachen fast betäubend laut. Er sah zurück, doch so klar das Wasser auch war, so weit konnte er nicht sehen, er erkannte nur ein schemenhaftes goldenes Schimmern, das zusehends an Kraft verlor. Blix entschied, dass die Hexe wusste, was sie tat, und verdoppelte seine Anstrengung, das kalte Wasser betäubte die Zahnspur am Bein, doch er hatte sie noch nicht vergessen!

Wie die alte Enke es vermochte, sie unter diesen Umständen so sicher zu führen, würde er nie verstehen. Dort war die schwache Strömung, die so schwach in Wahrheit nicht war, dann kam, wie vorgewarnt, die Spalte, deren rauer Rand ihn schmerzhaft streifte, dann ein dunkler, gewundener Tunnel, er sah nichts mehr, da Leandras Licht so weit nicht reichte, und das Wasser presste ihn hindurch, packte ihn und schlug ihn gegen die Wände dieser Röhre, als wollte es ihn zermahlen. Dann spie ihn die Röhre aus, und er fiel in ein mit dunklen Steinen gefasstes großes Becken. Über ihm schimmerte die Wasseroberfläche. Er lebte noch. Mit letzter Kraft erreichte er die rettende Luft und schwamm an den Rand des Beckens, das überlief und sich in Strömen über die Treppe ergoss, von der die alte Enke berichtet hatte. Über ihm spannte sich die Nacht mit Sternen, die ihn willkommen hießen, und er dankte Soltar mit einer Inbrunst, die er zuvor nie gekannt hatte.

Keuchend klammerte er sich neben die Hexe an die Brüstung und sah zurück.

Nach und nach spie die Röhre über seinem Kopf die anderen aus. Gerlon wurde gerade hochgespült, ohne Besinnung, wie es schien, doch da kam Anlynn prustend hoch, und zog ihn sogleich zu Blix hin, der seinen Freund an die Brüstung zerrte und erleichtert schon wieder dem Gott dankte, als er den Priester prusten sah.

Zokora folgte mit der Königin. Wie sie es vermocht hatte, den Griff in der Röhre nicht zu verlieren, würde der Major wohl nie verstehen, doch auch diese beiden lebten. Dann kam der graue Mann, dann, nach einer Weile erst, Sieglinde. Prustend und keuchend, in dem kalten Wasser zitternd, warteten sie auf Janos. Doch dann versiegte der Wasserfall, der sich in das Becken ergoss. Sie sahen alle zu der Quelle hoch, aus der nun kaum mehr Wasser kam und die nur mehr ein dünnes Rinnsal war.

»Er steckt in der Röhre fest«, sagte die alte Enke schwer atmend. »Wir können nichts mehr für ihn tun.«

Sieglinde schluchzte auf, und drückte den Kopf gegen ihren Arm, um die Laute zu ersticken, doch diese Mühe war vergeblich, denn im nächsten Moment entstand über ihnen ein magisches Licht, das das Becken zur Gänze ausleuchtete.

»Ich sagte Euch doch, dass sie hier herauskommen würden«, hörten sie die Stimme des Piraten Marcus, der nun reich gewandet hinter einer Säule hervortrat und anklagend mit dem Finger auf sie wies. »Das sind die, die mich überfallen haben, und diese drei hier, ganz wie ich es Euch sagte, Fürst, und wie es die Papiere auch belegen, sind die zwei Frauen und der Mann, die Sklaven, die sie mir gestohlen haben.«

»Ja, so scheint es«, antwortete der, zu dem Marcus gesprochen hatte, und war nun auch zu sehen, zusammen mit zwei dunkel gewandeten Priestern, die hasserfüllt auf Zokora herabsahen, und etwa zwanzig Soldaten, die zumeist Armbrüste auf Leandra und die anderen gerichtet hielten. »Fast wie Karpfenschießen«, stellte der schlanke Mann mit der bleichen Haut und dem rabenschwarzen Haar befriedigt fest. Er war nicht besonders groß und eher zierlich geraten und trug eine weiße Lederrüstung, die mit Prägungen verziert war. In seiner Hand hielt er ein fahl schimmerndes Schwert.

»Mein Name ist Corvulus«, stellte er sich höflich vor und zeigte weiße Zähne. »Es ist ein unverhofftes Vergnügen, Maestra«, fuhr er mit Blick auf Leandra fort. »Celan hat an Euch versagt«, fuhr er dann kalt lächelnd fort. »Ihr werdet mich … anspruchsvoller finden.« Er gab den Soldaten ein Zeichen. »Ergreift sie.«

»Die Abtrünnige gehört uns«, widersprach einer der dunklen Priester.

»Erst wenn ich mit ihr fertig bin«, meinte der Kriegsfürst milde. »Dann könnt ihr sie gerne haben.«

»Kämpfen wir?«, fragte Blix leise, doch die Königin schüttelte leicht den Kopf. »Es hätte keinen Sinn«, flüsterte sie mit blauen Lippen, während sie mit brennenden Augen zu Marcus hinsah, der gehässig grinste und sich über die kostbare neue Robe strich, die über seinen dürren Knochen hing.

»Was ist mit meinen Sklaven?«, fragte er jetzt.

»Du hast dir deinen Lohn verdient, Sklavenhändler«, entschied Corvulus. »Nehmt die drei, die Euch entflohen sind, auch wenn sie mir mehr wert erscheinen, als auf Euren Papieren steht. Um meine Großzügigkeit zu beweisen, gebe ich euch noch dieses alte Weib dazu.«

Der Pirat Marcus sah fast schon entsetzt zur alten Enke hin. »Götter!«, rief er aus, »dafür müsste man mich noch bezahlen.«

»Nimm sie«, befahl der Kriegsfürst, während die Soldaten vortraten und die anderen wie tote Fische aus dem Wasser zerrten. »Und verschwinde. Sonst erfährst du noch selbst, wie es ist, ein Sklave zu sein!«

Der Pirat verbeugte sich so tief, dass seine Haare fast den nassen Rand des Tempelbades berührten. »Dann kommt, ihr vier«, befahl er und hob drohend die kurze Sklavenpeitsche, die er in der Linken hielt, während er auf den Schwertmajor, Anlynn, Sieglinde und die alte Vettel deutete, zu der die alte Enke so plötzlich geworden war. Und zu Sieglinde gewandt: »Weine nur, meine Schöne, es hat dir nichts gebracht, als dein Vater dich an mich verkaufte, und wird an deinem Schicksal auch nichts ändern.«

»Ach ja«, fügte der Kriegsfürst freundlich hinzu, während er befriedigt nickte, als Leandra an ihm vorbeigezerrt wurde. »Und holt mir das Schwert aus dem Bad heraus, das sie darin hat fallen lassen.« Er hob die fahle Klinge an, die er noch immer offen trug. »Ich habe beschlossen, eine Sammlung anzulegen.«

»Es wird Euch nichts nützen«, hustete Gerlon, während harte Hände ihn zur Seite zerrten. »Die Götter sind gegen Euch gestellt!«

»Das glaube ich gern«, lachte der Sohn des Nekromantenkaisers. »Nur gut, dass es ihnen an der Macht fehlt, Eure Drohung wahrzumachen. Oder ...«, fügte er mit breitem Grinsen hinzu, »habt Ihr eine andere Erklärung, warum Ihr Euch nun in dieser misslichen Lage befindet? Wenn Soltar nicht einmal auf seine Priester aufpassen kann und sie alle so schwach sind, wie Ihr es seid, habe ich wohl nichts zu befürchten.« Er wandte sich an den Offizier der Truppe. »Lasst diese vier zum Wagen des Händlers bringen. Die anderen sperrt in eine Zelle, aber habt bei der Dunkelelfe acht, ich hörte bereits, sie wäre gerissen. Und diese dort«, er wies auf Leandra, »bringt ihr in mein Quartier, dort warten ganz spezielle Fesseln auf sie. Und holt mir einen Heiler ran ... so beschädigt, wie sie ist, wird sie mir keine Freude sein.« So schwach Leandra auch war, gelang es ihr doch, dem Kriegsfürsten vor die Füße zu spucken.

»Ihr werdet Celans Schicksal teilen«, schwor sie.

»Ich glaube nicht«, sagte der Kriegsfürst ungerührt und gab mit der freien Hand ein Zeichen. »Und jetzt zurück«, befahl er und sah auf seine nassen Stiefel herab. »Ich mochte nasse Füße noch nie leiden.«

Hinter ihnen, unbeachtet, spuckte die Quelle einen breiten Schwall blutigen Wassers aus, um fast sofort wieder zu versiegen.

Lange nachdem ein jeder gegangen war, zog sich der graue Mann mühsam aus dem Wasser heraus. Mit Lippen, die blau angelaufen waren, totenblass und mit fast schwarzen Fingernägeln kroch er langsam zur Seite weg, auf die Plattform neben dem Bad, wo die Soldaten gelauert hatten. Keuchend blieb er dort liegen und rührte sich vorerst nicht mehr. Dann, nach einer Weile, richtete er sich zitternd auf und besah sich das schlanke schwarze Schwert, das er zusammen mit einem silbernen Reif am Grund des Beckens gefunden hatte. Er saß da und sah zu dem Tempel hin, in dessen hell erleuchtetem Eingang Corvulus stand. »Es scheint, als wäre Eure Sammlung noch nicht so ganz vollständig«, flüsterte er und hustete erneut.

Hinter ihm spie die Quelle blutiges Wasser aus und einen geschundenen Körper, der wie ein Korken aus der Flasche flog. Das Wasser schäumte auf und schwappte über den Beckenrand, um den grauen Mann erneut zu überfluten, doch dieser schien es kaum zu bemerken, denn er sah nur ungläubig zu dem Hauptmann hin, der nahe dem Rand im Becken trieb und schon wieder abzusinken drohte.

Mit letzter Kraft zog der graue Mann Janos aus dem Wasser. Als der wie ein toter Wal vor seinen Füßen lag, schüttelte Odgar nur traurig den Kopf. Niemand konnte so lange unter Wasser überleben und der Hauptmann war über und über mit dickflüssigem Blut und anderem bedeckt, das nicht einmal die Quelle hatte abwaschen können. Noch immer hielt er das Schwert Eiswehr in der bleichen, toten Hand, dessen Klinge dick mit blutigem Eis verkrustet war.

Dann, zu Odgars großem Entsetzen, schlug der Hauptmann die Augen auf und hustete.

»Beim großen Wolf«, flüsterte Odgar ehrfürchtig. »Wie habt Ihr das gemacht?«

Janos spuckte Wasser aus und hustete erneut und drehte sich erschöpft zur Seite hin. Sein Grinsen war müde im Vergleich zu sonst, doch seine Augen glitzerten belustigt.

»Das war einfach«, behauptete er und hustete erneut, oder war es doch ein Lachen? »Das Problem war ja«, keuchte er, immer wieder von heftigem Husten unterbrochen, »Dass die Röhre so eng war. Eiswehr kann den Fels schneiden, doch es braucht Zeit, und unter Wasser atmen kann ich nicht.«

»Soweit verstehe ich es auch«, sagte der graue Mann und sah besorgt zum Tempel hin, wo die Türen nun geschlossen wurden. Wie viel Zeit verlieb, bis eine Streife das Becken erneut absuchte, wussten nur die Götter. »Und dann?«

»Also brauchte ich Luft«, grinste Janos. »Da fielen mir die Ziegenhäute ein, von denen der Major gesprochen hatte.«

»Ja«, nickte der graue Mann. »Nur dass die Ziege fehlte.«

»Dafür gab es einen Wasserdrachen. Ich erschlug ihn, zog ihm die Gedärme heraus, verknotete sie und blies sie auf. Besser als eine Ziegenhaut, zumal ich nichts zum Nähen hatte.«

»Ihr habt den Drachen erschlagen«, wiederholte der graue Mann ungläubig, »und seine Gedärme aufgeblasen?«

»Ich gebe zu, mich hat es auch geekelt. Aber es blieb mir ja nichts anderes übrig, nicht wahr?«

»Aber in der kurzen Zeit?«, fragte Odgar. »Die Quelle versiegte doch fast sofort!«

»Das war der Wasserdrache … das blöde Vieh ignorierte mich und schwamm Sieglinde nach. So dumm es war, verkeilte es sich mit der Schnauze in der Spalte und versperrte mir den Weg. Damit war sein Maul zu, mir fiel die Sache mit den Ziegenhäuten ein, und es bot sich die Gelegenheit.« Er schüttelte ungläubig den Kopf. »So groß und dann so dämlich! Aber er gab mir auch noch die letzte rettende Idee.«

Nun, dachte der graue Mann, das erklärte wohl die Innereien und das Blut und zudem auch diesen bestialischen Gestank. »Welche Idee?«

Janos hatte sich etwas erholt und lachte wieder, während er sich mit suchenden Augen umsah. Seine Augen zogen sich zusammen, als er die verrotteten Leichen der Priester wahrnahm, die auf Spießen die Mauer des Tempelgrunds zierten.

»Er hatte die Quelle einmal verstopft, warum also nicht ein zweites Mal? Es war eine rechte Mühe, den Kopf dort herauszubekommen, hineinzuschwimmen, um dann den Körper hinter mich heranzuziehen, sodass er die Spalte füllte. Eiswehr tat den Rest und versiegelte die Fugen mit Eis. Das Biest selbst hat mir dann noch das Leben gerettet ... es stank erbärmlich, aber sein Blut und der Rest der Innereien wärmte mich. Da das Wasser nun abgelaufen war, hatte ich Luft zum Atmen und konnte mit Eiswehr dort die Röhre angehen, wo sie für mich zu eng war. Es war dennoch knapp, denn ich war noch nicht ganz fertig, als das Biest auftrieb, wohl weil es kein Pfropfen mehr sein wollte! Ich klemmte fest und dachte schon, die alte Hexe würde doch noch recht behalten, doch dann war ich hindurch ... und nun seht Ihr mich hier.« Er wuchtete sich mühsam auf die Knie auf und sah zu Odgar hoch. »Warum haben sie dich zurückgelassen, und was machst du mit Zokoras Schwert?«

»Ich glaube, das wird Euch gar nicht gefallen, Hauptmann«, begann der graue Mann und erzählte Janos die ganze Geschichte, während dieser leise zu fluchen anfing.

Dann richtete sich Janos auf, um zu dem Tempel hin zu spähen. »Ein Gutes hat es ja«, stellte er grimmig fest, während er die dunklen Schatten zählte, die den Tempelgrund bewachten. »Mit uns werden sie nicht rechnen. Bist du dabei?«

»Ja, Ser«, antwortete Odgar. »Sie werden mich nicht kommen sehen.«

»Guter Mann«, meinte Janos, während er sich auf Eiswehr stützte, um sich mühsam aufzurichten. »Obwohl es sein kann, dass du es bereust. Wir müssen einige erschlagen. Kannst du denn mit dem Ding umgehen?«, fragte er und wies mit seinem Blick auf Zokoras dunkle Klinge.

»Nein«, sagte der graue Mann bedächtig und beschaute sich erneut das Schwert. »Aber das wird nichts machen. Es weiß schon, was es tut. Nur eines beunruhigt mich ein wenig.«

»Du bist beunruhigt?«, schmunzelte Janos. »Schön gesagt. Was ist es? Dass es so viele sind, es diese Priester gibt und einen Kriegsfürsten? Oder dass wir so gut wie nackt sind?«

»Das ist es nicht«, sagte Odgar und wog nachdenklich Zokoras Schwert in seiner Hand. »Es beunruhigt mich, dass ich keine Furcht verspüre.«

Die Krone der Kaiserin

31 Den Ratschlag hatte Desina von Faihlyd erhalten, und tatsächlich schien die Täuschung zu wirken, kaum jemand schenkte ihr noch Aufmerksamkeit. Anders war es bei Stabsleutnant Santer, der ehemals den Seeschlangen angehört hatte und nun schon seit einigen Wochen ihr Adjutant war. Er war schlichtweg zu groß, um übersehen zu werden. Er schien auch etwas unglücklich zu sein, beständig waren seine Augen in Bewegung, schauten hierhin und dorthin, bedachten jeden mit einem düsteren Blick, der sich ihr näherte. Er trug seine alte Rüstung, die der Seeschlangen, was vielleicht ein Fehler war, denn hier und dort gab es jemanden, der ihn erkannte und ihm grüßend zuwinkte oder -nickte.

Im weiteren Umfeld gab es andere, die nicht so waren, wie sie schienen. Dort der dicke Händler, dessen Bauch manchmal zu rutschen schien. Oder sein Leibwächter, der immer wieder an seiner zerschlissenen Lederrüstung herumfingerte, als ob sie ihm nicht so recht passen würde. Dann gab es einen Mann, der die Tracht der Schmiede trug, was seine breiten Schultern erklären mochte und auch den Hammer, den er an seiner Seite trug. Sie fand, dass der etwas groß geraten war, aber sonst schien das niemanden zu stören. Dann gab es noch einen Söldner, der leicht betrunken einhertorkelte. Sie alle hatten kurze Haare, glatt rasierte Wangen, waren zwischen dreißig und vierzig Jahre alt, gingen, als hätten sie einen Stock verschluckt, und besaßen breite Schultern und eine Menge Muskeln.

Desina unterdrückte ein Schmunzeln. Die Rüstung eines kaiserlichen Drachen war nicht nur besonders sorgfältig gefertigt und magisch verstärkt, sondern auch prunkvoll verziert. Das Symbol des Drachen war in die Brustplatte geprägt und der karminrote Umhang mit Goldfäden umfasst. Dazu gehörte noch ein offener Reiterhelm mit einem Federbusch. Den Drachen anzugehören, die einst dem Kaiser als Leibgarde gedient hatten, war ein teuer erkauftes Privileg, denn es waren die besten der Legionen, die sich in ihren Fähigkeiten immer weiter übten. Seitdem sie Kaiserin geworden war, hatte Hochkommandant Keralos entschieden, dass die Drachen von zehn auf dreißig Soldaten aufgestockt werden sollten, in den wenigen Tagen seit dem Ausruf waren bei Orikes Hunderte von Bewerbungen eingegangen. »Bedenkt man, dass die Voraussetzung darin besteht«, hatte er ihr seufzend erzählt, »dass man im aktiven Dienst sein muss und mindestens schon zehn Jahre dient, hat sich also fast jeder gemeldet, der auch nur entfernt infrage kommt. Der Rest, so scheint es, will geschlossen in die zweite Legion eintreten!«

Wer zu den Drachen gerufen wurde, war stolz darauf. Sie trugen gerne ihre Rüstungen, in denen man sich spiegeln konnte. Sie wurden von kleinen Kindern bestaunt, genossen die Aufmerksamkeiten der Seras. Dass sie nun ihre geliebten

Rüstungen und vor allem diesen schönen Helm mit seinem roten Federbusch aufgeben mussten, war ein Opfer, das ihnen nicht gefallen konnte. Sie mochten vieles können, in vielen Dingen die Besten sein, nur eines war ihnen nicht gegeben: unauffällig zu sein. Eher war es das Gegenteil, schließlich sollte ihre reine Anwesenheit jeden abschrecken, der es wagen wollte, die Hand gegen den Kaiser zu erheben.

Zudem hatte es Proteste gegeben, als sie die großen Schilder zurücklassen mussten, die dazu dienen sollten, ihre zerbrechliche Person vor Bolzen und Pfeilen zu schützen. Lormann, der hier nun den Schmied gab, stand so fest dafür ein, dass er ihr beinahe damit drohte, immer vor ihr herzulaufen, wenn es schon kein Schild aus Holz und Stahl sein sollte, dann eben einer aus lebendem Fleisch!

Auch damit musste sie noch umzugehen lernen, mit der Verehrung, die ihr diese Männer entgegenbrachten.

»Was findet Ihr so erheiternd?«, fragte Santer von der Seite her. Sie sah zu ihm hoch und lächelte, als sie seinen besorgten Blick wahrnahm. Dann sah er schon wieder zur Seite hin, wo ein Betrunkener einen anderen gerade geschubst hatte.

»Sie marschieren immer noch«, schmunzelte Desina und sah zu Lormann hin, der in den genauen Schritt der Legionen verfallen war, jeder Schritt vier Fuß, angeblich so genau bemessen, dass man nach den Strecken bauen konnte, die ein Legionär mit seinen Sohlen abmaß. Dann sah sie herab auf Santers große Füße. »Ihr nicht.«

»Es gibt auch wenig Grund, auf dem Deck eines Schiffs zu marschieren«, antwortete Santer und schmunzelte nun selbst ein wenig. »Es ist verwunderlich, wie wenig sie auffallen, man sieht daran, wie selten die Leute wirklich hinschauen ... sie nehmen es als gegeben an, dass es auch so ist, wie es ihnen erscheint.«

»Gemeinhin ist es ja auch so«, sagte Desina bedauernd. »Ich finde es anstrengend, hinter jedem Ding zwei andere Bedeutungen und eine Gefahr zu suchen müssen.« Sie sah zurück zu den beiden Betrunkenen, die sich nun herzhaft prügelten. »Mir wäre es lieber, wenn alles das wäre, wie es erscheint. Insofern ist es ihnen anzurechnen, dass sie kaum verbergen können, wer sie sind.« Sie seufzte erneut.

»Warum dieser Seufzer jetzt?«, fragte Santer leiser.

»Weil ich darin um so vieles besser bin.«

»In Täuschung?«

»Ja. Vergesst nicht, bevor ich in den Turm gekommen bin, war ich eine Hafenratte. Täuschen gehörte zum Überleben genauso dazu wie der schnelle Dolch im Ärmel. Glaubt mir, Stabsleutnant, ich wäre ohne euch wahrscheinlich sicherer. Eine Eule braucht keine Eskorte ... und eine Sera aus den Docks auch nicht.«

»Tatsächlich sind es sie, die man vor Euch schützt«, widersprach Santer leise und wies mit seinem Blick auf die Bürger, die sich dicht gedrängt durch diese Straße schoben. »Wüssten sie, wer Ihr seid, würden sie Euch berühren wollen, anflehen oder verehren. Oder anderes. Sie würden Euch erdrücken, und Ihr müsstet Euch dagegen wehren. Was nur zu einem üblen Ende führen kann.«

»Ihr habt Orikes zugehört, nicht wahr?«, meinte die junge Kaiserin mit einem Lächeln. »Gleiches hat er wieder und wieder gesagt, um mich zu überzeugen.«

»Es ist einmal geschehen«, beharrte Santer. »Wäre es mir erlaubt, würde ich Euch darauf hinweisen, dass sowohl Orikes als auch ich in dieser Sache recht behalten haben und Ihr nicht.«

»Aber das würdet Ihr niemals sagen, nicht wahr?«, schmunzelte sie.

»Natürlich nicht«, gab Santer todernst zurück.

Sie gingen weiter. Ihr Ziel war die Gildenhalle, wo sich die junge Kaiserin mit ihrem Großvater treffen wollte. Auch hier befolgte sie einen Rat, nämlich den von Asela und Wiesel. Alles, was ein anderer ähnlich gut zu tun imstande war, sollte sie dem anderen dann auch überlassen. Sie hingegen sollte nur das tun, das auch nur einzig sie tun konnte. »Man reißt kein Gespann auseinander, das gut miteinander läuft«, hatte Asela ihr ernsthaft erklärt. »Hochkommandant Keralos ist für Euch unermesslich wertvoll. Er, Orikes, all die anderen, sie sind das Gespann, Ihr lenkt. Spannt Ihr Euch selbst in das Geschirr, werden alle stolpern. Auch müsst Ihr Euch schonen, auch für Eulen gilt, dass sie, wenn sie verausgabt sind, nicht mehr gut denken können. Was wichtig ist für Euch, ist es auch fürs Reich. Also nehmt die Zeit für die, die ihr liebt, oder jene, die Eure Freunde sind. Was geschieht, wenn man dies missachtet, steht als mahnendes Beispiel vor Euch.« Als Desina erwähnte, dass sie ihren wöchentlichen Tee mit dem alten Gildenmeister vermisste, hätte nicht viel gefehlt, und Asela hätte sie noch selbst hingetragen. Sie schien auch sehr daran interessiert zu wissen, wie es Desinas Großvater ergangen war und wie es um ihn stand.

So vertieft war sie in ihre Gedanken, dass es ihr beinahe entgangen wäre, dass dort vorne, inmitten der Straße, eine Sera stand, um die ein jeder einen Bogen machte, sogar der Kutscher eines der schweren Handelswagen, von denen es hieß, dass sie nicht einmal für den Kaiser selbst Platz machen würden. Nun, dieser hier tat es, zwang seine Ochsen zur Seite hin, sodass die schweren Räder die Furche verließen, die über die Jahrhunderte von ähnlich schweren Wagen in den harten Stein gerieben worden war.

»Santer«, sagte Desina leise. »Dort!«

»Ich sehe sie«, kam seine Antwort, und sie fühlte, wie seine Anspannung wuchs. »Wir könnten hier rechts abbiegen«, schlug er leise vor. Doch Desina schüttelte nur leicht den Kopf. So wie die Frau sie ansah, wollte sie etwas von ihr, doch sie stand nur so da, die Arme locker an den Seiten, und der Gesichtsausdruck der Sera war eher von freundlicher Neugier geprägt als von Verachtung oder Hass. Nur dass man eben vor Täuschung nie gefeit sein konnte.

»Mir kommt sie irgendwoher bekannt vor«, sagte Santer

jetzt leise, als sie näher kamen. Auch Desina schien es so, und sie musterte die Sera genauer. Es war zu erkennen, dass sie aus Bessarein kommen musste, sie besaß die honigfarbene Haut, das schwarze Haar und die dunklen Augen, die man im Kalifat so oft finden konnte. Sie trug ein Kleid, das dem der jungen Kaiserin glich, dazu einen Umhang von fahlem Türkis. Ein schmaler goldener Reif zierte die hohe Stirn, die Kapuze ihres Umhangs war zurückgeschlagen und gab den Blick frei auf lange schwarze Haare, die sie offen trug, nur zu einer Seite hin von einer kleinen goldenen Spange gehalten.

Ihr Alter war schwer abzuschätzen, etwas, das Desina aufmerken ließ. Verließ sie sich auf das, was ihre Augen sagten, dann mochte diese Sera um die vierzig sein, doch die Falten, die sie besaß, waren glatt und nicht von sonderlicher Tiefe. Auch bei Asela war dies der Fall und bei anderen, die über ihre Zeit hinweg lebten.

Etwas war an dieser Sera, warum sollten ihr sonst alle ausweichen, aber so fein Desinas Gespür für solche Dinge auch war, konnte sie dennoch keine auch noch so geringe magische Begabung an ihr erkennen.

Auch wenn Santer nicht besonders glücklich darüber schien, ging Desina weiter und hielt dem Blick der Sera stand. Ein freundliches Lächeln entstand auf den Lippen der fremden Sera, dann schaute sie zu den Drachen hin, die um sie herum Stellung bezogen.

»Das wird nicht nötig sein«, begrüßte sie die junge Kaiserin in der kaiserlichen Handelssprache, doch mit jenem weichen Unterton, den Desina aus Bessarein kannte. Sie neigte ihr Haupt und tat einen kleinen Knicks. »Der Götter Segen mit Euch, Tochter des Balthasar, welcher Sohn des ewigen Herrschers ist. Mögen Eure Tage ewig währen, die Liebe Euch nie verlassen und Eure Lenden fruchtbar sein.« Beim letzten Satz verschluckte sich Santer ein wenig und auch zwei der Drachen sahen etwas erzürnt drein. »Ihr könnt mich Safar nennen, Essera, ein Wort, ein Name, für die Farbe meines Umhangs und auch für mich.«

»Der Götter Segen auch mit Euch«, erwiderte Desina den Gruß. »Ihr wollt etwas von mir?«

»So direkt?«, fragte die Sera lächelnd. »Komme ich Euch ungelegen?«

»Ja«, sagte Santer rau, was ihm einen nachdenklichen Blick einbrachte. »Wenn Ihr wisst, wer sie ist, warum habt Ihr dann keine Audienz beantragt?«

»Oh, das habe ich«, lächelte die Sera. »Ich erhielt auch einen Termin. In vier Monden wäre es dann so weit. Wie ich es verstanden habe«, fuhr sie an Desina gewandt fort, »hättet Ihr dann auch ein Zehntel einer Kerze für mich Zeit.« Sie hob ihre schlanken Schultern an und ließ sie sinken. »Manchmal sind vier Monde nur ein Augenblick, manchmal aber hat sich die Welt zu weit gedreht, als dass man Dinge dann noch ändern könnte.«

»Also ist es dringlich«, stellte Desina fest. Sie sah sich um. Niemand schien der kleinen Gruppe irgendeine Beachtung zu schenken. Bis auf den Kutscher des nächsten Handelswagens, der sein schweres Gespann aus der Furche lenken wollte. Die Sera nickte. »Dann tretet mit mir zu Seite«, bot Desina an und hörte, wie Santer einen Fluch verschluckte. Er war nicht glücklich, dafür, als die Sera zur Seite trat, der Kutscher umso mehr. Er gab den Versuch auf, den Wagen aus den Furchen zu befreien, und rollte gemütlich weiter, ohne den beiden Seras auch nur einen Blick zu schenken. »Jetzt sagt mir, was Ihr von mir wollt.«

»Ich von Euch?«, fragte die Sera und schien bei dem Gedanken ins Schmunzeln zu geraten. »Nichts. Aber es gibt etwas, das Euch gehört und sich in meinem Besitz befindet. Ich bin gekommen, um es Euch zu geben. Es steht Euch zu und wird auch jene, die an Euch noch zweifeln, zufriedenstellen können.«

Sie griff unter ihre Robe um dann innezuhalten und eine

schlanke Augenbraue anzuheben. Santer sah aus, als ob er sich soeben auf sie stürzen wollte, und auch die vier Drachen standen sprungbereit. Und noch immer schien kein anderer etwas davon zu bemerken. »Wollt Ihr unter meine Robe greifen?«, fragte sie Santer freundlich. »Ich versichere Euch, dass es Eurer Kaiserin nicht schaden wird.« Ein feines Lächeln umspielte ihre Lippen. »Eher das genaue Gegenteil.«

»Zeigt, was Ihr mir geben wollt«, entschied Desina mit einem warnenden Blick zu Santer hin, aber zugleich öffnete sie sich auch für die Magie, um vorbereitet zu sein.

Die Sera nickte und zog nun langsam eine flache Schachtel hervor, ungefähr von den Maßen eines Buches. Sie war aus einem dunklen Holz gefertigt, darin war in Gold der Kaiserliche Drache eingelegt, der im Licht der Mittagssonne schimmerte. Beide Seras sahen auf die Schachtel herab. Fast zärtlich strich die Sera Safar ein letztes Mal über das polierte Holz, und als sie weitersprach, war Wehmut in ihrer Stimme zu hören. »Sie kann nur persönlich übergeben werden«, erklärte sie leise. »Einst hoffte ich, sie einer anderen zu geben, doch sie ist vergangen. Euch steht sie zu, so gebe ich sie Euch aus freien Stücken, unbeeinflusst von anderen Mächten und unter den Augen der Götter, die es bezeugen sollen. Ein Rat ist mit dem Geschenk verbunden, nämlich, dass Macht nur dem Frieden dienen sollte. Ich selbst füge noch hinzu, dass es nur eines gibt, vor dem sich selbst die Götter verbeugen, das über größere Macht verfügt als sie, danach solltet Ihr streben und es suchen … und findet Ihr es, dann lasst es niemals wieder los.«

Langsam, aber unvergleichlich anmutig ging die Sera vor Desina auf die Knie herab und hob das Kästchen ihr entgegen.

»Was wäre das?«, fragte Desina, der es schwerfiel, diese Kühle aufrechtzuerhalten; die Sera hatte etwas an sich, das es sehr erschwerte. Noch hatte sie das Kästchen nicht genommen, und auch Santer war offenbar der Meinung, dass sie es nicht nehmen sollte, denn er streckte jetzt die Hand danach aus.

»Nein«, sagte die Sera leise und bestimmt. »Es ist nicht für Euch.« Während der Stabsleutnant mit überraschtem Gesichtsausdruck die Hand sinken ließ, sprach die Sera weiter und beantwortete die Frage der jungen Kaiserin: »Ihr werdet es wissen, wenn Ihr es findet.«

Dann senkte sie das Haupt und verharrte so.

Desina nahm das Kästchen an und war überrascht von seinem Gewicht. Genauso anmutig, wie sie niedergesunken war, stand die Sera wieder auf.

»Ich hoffe, man sieht sich in glücklichen Zeiten wieder«, sagte sie traurig, bedachte Santer mit einem letzten Blick, drehte sich um und ging davon. Doch nicht einfach so, denn jeder ihrer Schritte war weiter als der davor, nur drei Schritte brauchte sie, dann war sie verschwunden.

»Schau«, sagte Santer mit rauer Stimme. Er deutete zum Boden hin, und Desina folgte seinem Blick. Dort, wo die Sera gestanden hatte, hatten zierliche Winterblumen das festgefügte kaiserliche Pflaster gesprengt, auch dort, wo sie zuvor gestanden hatten, schimmerte es golden, auch dort hinten, wo sie den Fuß auf das Pflaster gesetzt hatte. »Wer, bei allen Göttern, ist diese Frau?«, fuhr Santer fort und besah sich noch immer staunend die Blumen.

»Vielleicht erfahren wir es hierdurch«, meinte Desina und öffnete das Kästchen. Dort, in einem Bett aus Samt, lag ein goldener Reif, fein und zierlich gewirkt, der dem kaiserlichen Drachen nachempfunden war. In der Mitte reckte der Drache sein Haupt, um dem Betrachter in die Augen zu schauen. Inmitten all des edlen Metalls hatte der Goldschmied dem Drachen noch fein gefügte Schuppen aus Türkis eingelegt.

»Bei Borons alten Stiefeln«, fluchte Santer. »Das ist die Krone, die Ihr gesucht habt!«

»Nein«, sagte Desina ergriffen und sah sich suchend um, doch die Sera blieb verschwunden. »Wir suchten die Krone meines Großvaters, nicht diese.«

»Aber … das ist unzweifelhaft der kaiserliche Drache«,

stellte Santer fest. »Doch Ihr habt recht, diese hier ist ohne Zweifel für eine Frau bestimmt!«

»Ich weiß, wem diese Krone gehörte, und auch, wer diese Sera war«, flüsterte Desina mit feuchten Augen.

»Und wem?«, fragte Santer verwirrt. »Außer Euch, wer sollte eine kaiserliche Krone tragen?«

»Sie«, sagte Desina und schluckte. Sie wies nach vorne, zu der Kaiserbrücke hin, wo eine Statue den Beginn der weiten Spanne markierte.

Santer sah mit ungläubigen Augen zu der fernen Statue hin. Sie stand zu weit entfernt, um ihr Gesicht zu erkennen, doch das brauchte er auch nicht, er war oft genug über diese Brücke gelaufen. »Aber ... ist sie denn nicht tot?«

»So steht es geschrieben«, sagte die junge Kaiserin mit belegter Stimme. »Ich war auch schon an ihrem Grab. Orikes sagte, dass auch der Kaiser daran keinen Zweifel ließ, dass es ihr Tod gewesen ist, der ihn in so tiefe Verzweiflung stürzte, dass er kurz danach die Gelegenheit des Prinzenaufstands ergriff, um abzudanken. Ich weiß nur von einem, der darauf bestand, dass sie noch leben würde.«

»Und wer?«, fragte Santer neugierig, während Desina das Kästchen langsam schloss und an ihren Busen drückte.

»Lanzengeneral von Thurgau«, sagte die Kaiserin leise. »Er war der festen Ansicht, dass Askannon gegangen wäre, um sie zu suchen. Und er glaubte daran, dass entweder der Kaiser selbst oder seine Kaiserin zum Kronrat kommen würde. Warum, das hat er nie gesagt, doch er schien davon überzeugt.«

»Also war es nicht sein Plan, Euch auf dem Thron zu sehen?«, fragte Santer überrascht. »Ein jeder denkt, es wäre so gewesen!«

»Ihr wart doch dabei. Habt Ihr nicht die Überraschung in seinem Gesicht gesehen, als Zokora mein Geburtsrecht offenlegte? Unzufrieden schien er nicht, aber selbst in diesem Moment sah er noch zur Tür hin, als ob er noch immer auf jemanden warten würde.« Sie presste das Kästchen fester an sich. »Letztlich hatte er aber trotzdem recht. Sie ist am Leben. Und wenn sie es ist, dann behält er vielleicht auch damit recht, dass auch der Kaiser noch am Leben ist. Helis sagt, der Lanzengeneral behauptet, dass er ihn schon getroffen hätte. Dass er der Gelehrte wäre, der ihnen den Schlüssel zu den Toren gab, die Leandra und den General letztlich zu uns brachten. Seltsam«, sagte sie und runzelte die Stirn. »Er nannte den Namen des Gelehrten, und ich wollte etwas tun … aber ich habe es vergessen. Das geschieht mir nicht so oft.«

Noch immer standen sie auf dieser Straße. Santer sah sich wieder sorgsam um, aber alles schien ruhig und ungefährlich. »Was bedeutet dies jetzt für uns?«, fragte er leise.

Desina sah mit ihren grünen Augen zu ihm auf. »Dass ich sie Großvater zeigen werde«, sagte sie mit einem strahlenden Lächeln. »Das gibt uns die Gelegenheit, uns über anderes zu unterhalten als nur über heißes Eisen! Sagt, Santer, was habt ihr gefühlt, als Ihr sie saht? Als sie so nahe bei uns stand? Was habt Ihr gedacht?«

»Dass ich sie befremdlich fand.«

»Habt Ihr nicht die Freundlichkeit bemerkt? Die Wärme?«

Santer hob die massiven Schultern und ließ sie fallen. »Schon«, gestand er ein. »Aber die Haare in meinem Nacken standen auf und sagten mir, dass sie auch ganz anders kann.«

Nachtmahr

32 Wiesel spähte hoch zu Soltars Tuch, auf dem heute die Sterne ganz besonders prachtvoll standen. Astartes große Träne war fast voll, die kleine Träne der Göttin nur eine schmale Sichel knapp über dem Horizont.

Es müsste nun bald Mitternacht sein, und tatsächlich hörte

er in der Ferne auch schon die Glocken von den Tempeln läuten. Jede Glocke hatte einen eigenen Klang, da war der tiefe Glockenschlag, den man, stand man dem Tempel nahe genug, in der Brust und in den Knochen fühlen konnte, dann der Klang von Stahl aus Borons Haus und, zum Schluss, die gläserne Glocke von Astarte, die als heller Ton oben auflag. Obwohl sie im Abstand eines Herzschlags voneinander angeschlagen wurden, klangen sie gemeinsam aus.

Desina hatte ihm unbemerkt einen Gefallen getan, oder es lag an dem alten Turm, der noch immer voll von solchen Magien war, denn als Wiesel die Zitadelle verließ, hatte er zu seinem Erstaunen festgestellt, dass seine Kleider wieder sauber waren.

Er vermutete eine Magie des Turms, was auch erklärte, warum Desina niemals waschen musste und immer saubere Kleider trug. Zu der neuen Weste war noch ein Ledermantel hinzugekommen, mit weiten, aufknöpfbaren Schößen und einem hohen Kragen, den er bis über die Ohren hochklappen und seitlich knöpfen konnte. Ein Rapier hing an seiner Seite, mit einem Schwert brauchte man Wiesel gar nicht erst zu kommen, es war zu schwer und zu langsam für ihn. Er hielt seinen breitkrempigen ledernen Hut in der Hand, an dem eine lange, geschweifte Feder prangte, so neu, dass er noch gänzlich steif erschien.

Zwei Satteltaschen, diese schnell aus Istvans Stall gegriffen, waren voll mit Dingen, die Wiesel für eine Reise notwendig hielt. In einer Kammer in der »Gebrochenen Klinge« hing ein Spiegel aus Kristallglas an der Wand, den Istvans Vater in Zahlung genommen hatte, darin hatte sich Wiesel angeschaut und war ganz zufrieden mit dem Anblick. Wenn er nicht mit sich selbst haderte, weil er sich solche Mühe gab und zugleich auch fürchtete, von Marla Spott zu ernten. Schließlich war er Wiesel und kein Junker aus Aldane.

Die alte Feste über dem Hafen war schon seit langer Zeit nur noch eine Ruine, hier war eine der wenigen Stellen, an denen man die Spuren des Bebens vor gut tausend Jahren noch sehen konnte.

Die hohe Klippe, auf der die Feste stand, war wie von einem gewaltigen Hieb gespalten, ein guter Teil der Wehrmauer war damals in die Tiefe gestürzt, der Rest hatte sich nicht nur zum Teil gehoben, sondern auch leicht verdreht.

Der Turm stand noch, auch wenn eine Ecke fast zur Gänze fehlte und er innen nur noch hohl und leer war, auch die festen Mauern einiger Nebengebäude und der Halle hielten noch stand.

In der großen Halle gab es einen Kamin, groß genug, um darin Ochsen zu braten, und hinter diesem begann ein geheimer Gang in die Tiefe, der zu den Echsen und ihrem Gold führte. Unter seinen Fußen lagen unterirdische Gänge und Hallen, einst prunkvoll gestaltet und eingerichtet, heute zusammengedrückt, geborsten und zerfallen und zu weiten Strecken unter dem Wasser gelegen.

Mit ein Grund, warum er den Rest der Barren dort belassen hatte, es war unheimlich dort unten, und der enge Weg, der zum Teil nur bei Ebbe und an manchen Stellen kriechend passiert werden konnte, nicht nur anstrengend, sondern auch gefährlich.

Wiesel stand vor dem alten Wehrtor, mit dem Rücken zum Hafen hin, mit einem guten Blick auf den überwachsenen Weg, der sich den Hang hochschlängelte, um an dem alten Tor zu enden. Marla hatte sich noch nicht blicken lassen, was nicht bedeutete, dass er keine Gesellschaft hatte, denn dort oben auf den Zinnen ging langsam eine geisterhafte Erscheinung auf und ab, die immer wieder zur See hin spähte. Dies war nun schon das vierte Mal, dass er den Geist antraf. Die Legende sagte, dass man sterben würde, sollte man sie erblicken, doch davon hielt er nichts, vielmehr sah Wiesel sie als seinen Glücksbringer, denn jedes Mal danach hatte er sein Glück dringend brauchen können. Vielleicht sollte er Bruder Jon auf die Sera ansprechen, und was es bedeutete, dass es doch noch Geister gab. Dass sie ihn angelächelt hatte und auf Wiesels höfliche Begrüßung auch noch mit einem Hofknicks antwortete, hatte ihn doch etwas stutzig gemacht.

Ein Rätsel gab es noch, um darüber nachzudenken: Im rechten Bogen des alten Tors stand ein eiserner Kessel, der mit glühenden Kohlen gefüllt war. Eine lange Zange lag noch daneben, aber wem der Kessel gehörte, zu welchem Zweck er dienen sollte, war nicht erkenntlich. Der Geist würde ihn wohl kaum dorthin gestellt haben. So sternenklar die Nacht auch war, so kalt war sie auch, und auch wenn sein neuer Mantel ihn warm hielt, war er für die Wärme dankbar, wenn er sich auch fragte …

»Ich mag die Feder«, hörte er Marlas lächelnde Stimme hinter sich und fuhr mit einem Fluch herum, was sie breit grinsen ließ. »Warum so schreckhaft?«

»Ich hatte mir vorgenommen, mich nicht mehr von dir überraschen zu lassen«, knurrte Wiesel. »Ich hätte schwören können, dass keine Maus in diesem Gemäuer haust, ohne dass ich sie kenne! Und du warst eben bestimmt noch nicht da!« Da ihr Lächeln nur immer breiter wurde, gab er es auf. »Du kommst spät«, fügte er vorwurfsvoll hinzu.

»Du hast recht«, lächelte sie. »Um etwa zehn Atemzüge, wenn es nach der Glocke geht.« Sie lachte verhalten. »Du siehst gut aus Wiesel, all die Mühe nur für mich?«

»Natürlich nicht!«, widersprach Wiesel eilig. »Da hast davon gesprochen, dass wir reiten werden, also habe ich mich nur entsprechend eingekleidet.«

»Ja«, sagte sie mit einem Schmunzeln. »Genauso habe ich es auch gehalten.« Sie drehte sich vor ihm. »Gefällt es dir?«

Sie hatte einen geteilten Reitmantel ganz ähnlich dem seinen an, mit weiten Aufschlägen, darunter einen geteilten Rock aus Leder, sowie Handschuhe und einen kleinen Hut mit einem Schleier, den sie offen trug. Der Mantel war eng auf Figur geschnitten und betonte ihre schlanken Formen, die Haare hatte sie in dicken Zöpfen um ihren Kopf gelegt.

Unvermittelt überkam Wiesel die Erinnerung, wie er Nadeln aus ihrem Haar gezogen und sich ihre ganze Pracht wie ein schwarzer Fluss über ihn ergossen hatte. Vor sieben Jahren hatte sie noch keine silbernen Haarnadeln besessen, und das bedeutete …

»Wollten wir nicht reiten?«, fragte Wiesel rau und sah sich übertrieben suchend um. »Wo sind die Pferde?«

»Hier«, sagte Marla und griff in eine der weiten Taschen ihres Mantels, um ihm dann auf ihrer Handfläche zwei daumengroße Statuetten aus schwarzem Stein zu präsentieren. Sie berührte eines der Pferde leicht mit ihrer Fingerspitze. »Das hier ist Boron«, sagte sie schmunzelnd. »Man sieht es an der stolzen Haltung … und diese hier ist Astarte. Zierlicher, als der Gott der Schlachten, zugleich auch gewitzter und gewandter. Und etwas schüchtern. Hat man mir gesagt.«

»Das ist Blasphemie«, stellte Wiesel fest und hätte dennoch beinahe geschmunzelt, so ernsthaft hatte sie ihm die Pferdchen präsentiert.

»Ich kann nichts dafür«, antwortete sie lächelnd. »Der Gott hat sie so benannt … höflich ist es nicht, aber wenn es ein Gott tut, ist es dann noch Blasphemie?«

»Ein guter Scherz«, gab er zu und schmunzelte jetzt doch ein wenig. »Aber wo sind die echten Pferde?«

»Das sind sie«, sagte sie und bückte sich, um die beiden Pferdchen auf das alte Pflaster zu stellen. Sie trat etwas zurück und gebot ihm mit einer Bewegung, es ihr gleichzutun, dann flüsterte sie etwas, das einen fernen Widerhall besaß.

Vor seinen ungläubigen Augen wuchsen die schwarzen Pferde, bis ein Hengst und eine Stute vor ihnen standen und sie beide mit glühenden Augen besahen. Ihr Atem war ein Feuerhauch, die Zähne die von Raubtieren, und wo Hufe hätten sein sollen, schlugen schwarze Krallen Funken auf den alten Pflastersteinen. Jedes der beiden Dämonenpferde kam mit Zaumzeug und mit Sattel, an beide Sättel waren linkerhand noch schwarze Schwerter befestigt. Packrollen und Satteltaschen aus Rauch und Leder waren hinter die Sättel geschnallt, und aus der Stirn wuchs beiden Ungeheuern ein schwarzes Horn von gut einem Fuß Länge, dessen Spitze unheilvoll glühte.

Wäre Wiesel nicht Wiesel gewesen, er wäre schon auf der Flucht gewesen, bevor sie noch ganz ausgewachsen waren, so aber hielt er daran fest, dass sein Ruf von ihm verlangte, dass er durch nichts zu erschüttern wäre.

Als Boron sein mächtiges Haupt ihm zuwandte und mit dem Fauchen einer Esse feurig schnaubte, war Wiesel dennoch nahe daran, seinem Ruf Lebewohl zu sagen, nur die Einsicht, dass dieses Biest wohl schneller laufen konnte als selbst ein Wiesel, hielt ihn davon ab.

»Beindruckend«, gab er dann zu und war stolz darauf, dass seine Stimme nur ein leises Beben verriet. »Und … unerwartet.«

Auch Marla schluckte. »Ich muss gestehen, dass auch ich nicht wusste, wie … imposant sie sein würden.«

»Dir ist aufgefallen, dass es Dämonen sind?«, fragte Wiesel höflich.

»Sei nicht blöde, Wiesel«, gab sie scharf zurück. »Mit Dämonen lasse ich mich nicht ein! Es sind Nachtrösser oder Mahre, das sieht doch jedes Kind!«

Als ob es einen Unterschied machen würde, grummelte Wiesel in Gedanken. Aber seine Furcht ließ langsam nach, denn abgesehen davon, dass sie rochen, als kämen sie direkt aus einer heißen Esse, verhielten die Nachtrösser sich nicht viel anders als ihre sterblichen Verwandten, nur dass Astarte an dem Kessel mit den heißen Kohlen schnupperte.

»Das hatte ich vergessen«, sagte Marla und trat vorsichtig an den Kessel heran, um eine der glühenden Kohlen mit der langen Zange aufzunehmen. Gleich schnappte das Nachtross danach, um dann, als Marla sie ihr hinhielt, sie mit scharfen schwarzen Zähnen aufzunehmen und genüsslich darauf zu kauen, als wäre es ein saftiger Apfel.

»Hier«, sagte Marla und bedeutete ihm, näher zu kommen, um ihm dann die Zange zu reichen. »Füttere du Boron.«

Das tat Wiesel dann auch, und etwas später, als der Kessel leer war, rieb Boron seinen großen Kopf an ihm. Er war warm und fast so hart wie Metall, und dennoch fühlte Wiesel, wie unter dem drahtigen Fell die Muskeln spielten. Als Boron ihn fast spielerisch schubste, musste auch er lachen. Solange sie bestechlich waren, dachte er belustigt, kam er wohl auch mit Nachtrössern zurecht.

»Wo ...«, begann er.

»Wo habe ich die Pferde her?«, fragte Marla.

Wiesel nickte.

»Als ich aus dem Traum aufwachte, der mir diese Vision zeigte, fand ich sie auf dem Altar stehend vor.«

»Du schläfst in deinem Tempel?«, fragte Wiesel überrascht.

Marla schüttelte den Kopf. »Nein«, sagte sie und beschrieb mit den Händen etwas von der Größe eines dicken Buchs. »Ich habe nur einen kleinen Hausaltar, ungefähr von dieser Größe.« Sie sah seinen Blick und schmunzelte. »Zu klein für anständige Blutopfer.«

»Ich verstehe etwas nicht«, gestand Wiesel. »Ich habe bis auf den des Rabens noch nie einen Tempel deines Gottes gesehen, doch hörte ich schon Erzählungen. Allen war gemein, dass es schlimme Orte waren, verseucht mit der Magie des Blutes und dem, was üble Taten übrig lassen. Der Gott, so wurde es oft berichtet, ist ein Mann, der kaum zu erkennen wäre, da er sich in wabernde Dunkelheit hüllt. Denke ich an das Böse, denke ich an ihn.« Er musterte die Nachtrösser, die nun so zahm wie Ponys auf ihn wirkten. »Wie kann er so sein, wie du beschreibst, wenn er doch ein Gott des Bösen ist? Oder ist er es doch nicht, und alle sehen es nur falsch?«

Sie musterte ihn prüfend an. »Das war jetzt keine Ironie?«

Wiesel schüttelte den Kopf.

»Wir haben beide keine weiße Weste«, sagte Marla dann

leise. »Aber anders als du, habe ich für lange Zeit meinen Stolz verloren und tat manches, das ich nun bereue oder für das ich mich heute schäme. Das Leben hier in Askir ist für unsereins eine harte Lehre, und als ich damals dachte, ich müsste aus Istvans Gasthof fliehen, war es umso härter. Ich hatte mich zu schnell daran gewöhnt, dass ich ein warmes Bett besaß und Mahlzeiten bekam und dass ich dafür nur zu fegen hatte und zu lernen.«

»Ich …«, begann Wiesel unbehaglich, doch sie hielt die Hand hoch und schüttelte den Kopf.

»Der Punkt ist«, sprach sie weiter, »Dass ich vieles tat, was mir geschadet hat. Ich habe sieben Seelen zum Namenlosen geschickt, aber selbst Boron hätte mich dafür wohl kaum belangt. Für einen feinen Herrn tauge ich wohl nicht, aber ich bin nicht schlecht.«

Wieder setzte Wiesel zum Sprechen an, doch ein Blick von Marla hielt ihn zurück.

»Aber es gibt andere«, fuhr sie leise fort. »Sucht man sie, wird man im Hafen zu leicht fündig. Sie sind böse, übel, verdreht und verkommen. Aber auch für sie gilt das Versprechen der Götter, dass es einen geben soll, den sie anbeten können. Schau, Wiesel«, fuhr sie ernsthaft fort. »Es gab schon einen Krieg der Götter. Damals wurde der Gott der Dunkelheit geschlagen und vernichtet. Dass ein Gott stirbt, kommt wahrlich selten vor, aber so geschah es: Soltar selbst hat ihn mit seinem Schwert erschlagen. Danach standen die Götter vor einem Problem: Omagors Anhänger gab es noch. Und sie wollten nicht glauben, dass er nicht mehr war. Das war vor dem Zeitalter der Menschen, aber vieles haben wir von den Elfen übernommen, so auch den Glauben daran, dass es einen Gott des Bösen geben muss. Glauben erschafft Götter, Wiesel. Jeder Mörder hofft auf einen göttlichen Segen, jeder Betrüger tut es auch. Und so wäre irgendwann ein neuer Gott entstanden … der sich dann, wie schon oft zuvor, gegen die anderen Götter gestellt hätte. Diesmal jedoch suchten die

Götter unter sich einen aus, der diesen Platz besetzen sollte, einen, der stark genug dafür war, dieses Leiden zu ertragen ... aber, wenn auch abseits, bei seinen Brüdern und Schwestern stehen würde. Die Elfen nennen ihn den feigen Gott, doch er ist alles andere als das.« Sie tätschelte Astarte an ihrem schwarzen Hals und fuhr zurück, als das heiße Maul ihr zu nahe kam. »Er ist der böse Gott, als den du ihn kennst, Wiesel«, fuhr sie fast schon flüsternd fort. »Er gewährt Mördern und Nekromanten manchmal ihre Gebete, und er steht auch dort in diesen dunklen Tempeln und sieht zu, wie man ihm auf diese Weise opfert, und schlimmer noch, er gewährt jenen, die auf diese Weise an ihn glauben, sogar auch Macht.« Sie sah mit ernsten Augen zu ihm hoch. »Für die, die so an ihn glauben. Wiesel, sag mir, du hast gestohlen, betrogen und gemordet. Bist du ein guter Mensch?«

»Ich habe nicht gemordet«, widersprach Wiesel betroffen.

»Und was war mit dem Kerl, der es auf Desina abgesehen hatte? Er war größer und stärker als du, du warst ein Kind, in einem offenen Kampf hättest du verloren. Du hast ihn hinterrücks erdolcht. Das war kein Mord?«

»Ich musste es tun, um Desina zu schützen«, gestand Wiesel wiederstrebend. »Was du auch weißt!«, fügte er vorwurfsvoll hinzu.

»Das mag sein. Aber du hast dich angeschlichen und ihm deinen Dolch ins Herz gerammt. Wie alt warst du damals? Zehn? Elf? Hast du nicht gewusst, was du da tust?«

Wiesel sagte nichts, und sie nickte.

»Also, sage mir, bist du ein guter Mensch?«

»Ich fürchte, nein«, gab Wiesel unwillig zu. »Aber ... ich halte mich für einen. Es zählt doch auch, was ich an Gutem tat!«

Sie nickte und lächelte etwas. »Mir kannst du es so erklären, weil ich dich kenne. Weil ich weiß, dass du auch Gutes tust. Nicht, weil es den Göttern gefällt, sondern weil es dir als richtig erscheint. Aber sag, wenn ich nur von deinen Schandtaten wüsste und nichts von deiner anderen Seite, wie müsste mein Urteil über dich ausfallen? Müsste ich nicht glauben, dass du ein Mörder, Betrüger und Dieb bist, dessen Seele bereits unrettbar an meinen Herrn verloren ist?«

»Worauf willst du hinaus, Marla?«, fragte Wiesel ungehalten.

»Nur auf eines: Stelle dir vor, es gäbe einen Gott, der all dessen schuldig ist, was man ihm vorwirft. In dessen Namen die grausamsten Verbrechen und Rituale verübt werden. Stelle dir vor, dass man nur von diesen Taten wüsste ... wäre er ein Gott des Bösen?«

»Für die, die nur diese Seite kennen, ja«, sagte Wiesel knapp. »Gibt es denn diese andere Seite an deinem Gott?«

»Das darf ich dir nicht sagen«, antwortete Marla und klang traurig dabei. »Er will es so.«

Lange sah Wiesel sie an, dann nickte er.

»Was opferst du ihm?«

Sie zögerte etwas mit der Antwort. »Heute habe ich ihm Blut gegeben, aber nur das meine«, gestand sie dann. »Aber nur, weil ich die Kraft brauche, die es mir gibt. Meist sind es Blumen, oder«, sie sah verlegen drein, »kandierte Früchte aus Bessarein ... wenn ich zu viel davon kaufe.«

»Also ist er in Wahrheit nicht böse«, stellte Wiesel fest und sah sie vor seinem inneren Auge, wie sie ihrem Gott die Zuckerfrüchte opferte, ein Gedanke, der ihn irgendwie erheiterte. Einem Gott gingen die Süßigkeiten gewiss nicht auf die Hüfte.

»Nein, Wiesel«, widersprach sie ihm. »Er ist es. Das versuche ich dir doch zu erklären: All das, was du über ihn gehört hast, ist in großen Teilen wahr. Aber er ist eben nicht nur das: Er ist, mehr als andere, der Gott der Menschen, und er ist so, wie wir sind: in Teilen gut, in Teilen böse. Ein Gott für die, die sich von den anderen Göttern verlassen glauben.« Sie schluckte. »Wäre mein Herr nicht an die Stelle Omagors getreten, hätte es einen anderen gegeben. Einen, der nicht der Dreieinigkeit zur Seite stehen würde.«

»Das ist die andere Seite, von der du sprichst?«, fragte Wiesel nachdenklich.

Sie sagte nichts.

Wiesel kratzte sich am Kopf. »Aber warum sollte er das tun? Warum ein Gott des Bösen sein, wenn er es nicht sein will?«

»Er ist ein Gott der Menschen. Ob sie nun böse sind oder nicht.« Sie lächelte ein wenig. »Hauptsächlich aber füllt er Omagors Platz, sodass sich die Dunkelheit nie wieder gegen das Licht erheben kann. So, verstand ich, war wenigstens der Plan.«

Wiesel nickte. »Das ergibt Sinn.«

»Tut es das?«, fragte sie überrascht.

»Ja«, nickte Wiesel. »Es ist, als ob ein Agent der Krone die Diebesgilde leiten würde. Er muss zulassen, dass die Verbrechen geschehen, aber er kann hier und da so eingreifen, damit der Schaden nicht zu groß wird.«

»So habe ich es noch nicht betrachtet. Aber du hast recht. Nur dass es keine Gilde der Diebe gibt«, schmunzelte sie. »Aber danke, Wiesel, dass du mir glaubst. Und noch etwas, das du mir glauben kannst. Es lastet schwer auf ihm.«

»Was – wenn es so ist, wie du es sagst – mich kaum verwundert.« Wiesel sah zu Boron hoch, der geduldig auf ihn wartete. »Was geschieht jetzt?«, fragte er zögernd.

»Wir müssen zu zwei Orten hin. An einem müssen wir eine Seele retten, an dem anderen eine nehmen, damit diese Maestra leben kann. Beides gehört zusammen. Wie wir dahin kommen, weiß ich nicht, aber die beiden hier, sie wissen es und werden uns dorthin tragen. Doch wir werden Spuren hinterlassen, in einer anderen Welt, denn wir reiten durch die Träume der Menschen. Morgen wird man sich von einem Traum erzählen, in dem man die Nachtrösser hat reiten sehen. Wir werden die Dinge erblicken, die die Träume der Menschen bevölkern … aber nicht die guten Träume, sondern die, die von Angst und Furcht geplagt sind.« Sie schlang ihre Arme um sich, als ob sie frieren würde. »Wir werden durch ihre Albträume reiten, Wiesel«, fuhr sie flüsternd fort. »Schlimmer noch, wir werden sie als echt erleben. Deshalb diese Rösser, sie sind die einzigen, die uns unbeschadet durch den dunklen Traum bringen können.«

»Und wenn ich aus dem Sattel falle?«, fragte Wiesel mit belegter Stimme.

»Das sollte besser nicht geschehen«, sagte sie und schluckte. »Du wärest im Traum verloren.«

»Wir reiten durch einen Alb zu einem Ort, den du nicht kennst, doch die Rösser wissen, wohin es geht«, fasste Wiesel zusammen. »Das ist es?«

Sie nickte.

»Gut«, sagte Wiesel entschlossen. »Was hält uns dann noch hier?« Er ergriff das Sattelhorn und zog sich hoch, es gelang ihm sogar auf Anhieb, die Füße in die Steigbügel zu setzen. Der Boden lag zu tief, dachte Wiesel unbehaglich, dann sah er erschreckt auf. Um ihn herum wuchsen Wände in die Höhe, gewann die zerstörte Festung ihre alte Form. Die Nacht wurde dunkler, und von dem Wehrgang erklang ein Schrei. Wiesel sah noch, wie die alte Frau von einer jüngeren erstochen wurde und in die Tiefe stürzte ... doch im nächsten Moment war die Sera wieder da und wandelte erneut, während sich die jüngere schon wieder anschlich.

»Sie träumt auch«, stellte Wiesel erschüttert fest, während unter ihm Boron ungeduldig tänzelte.

»Ja«, sagte Marla leise, die nun auch aufsaß. Erneut ertönte dieser Schrei. »Beständig nur den gleichen Traum. Lass uns reiten.«

Wiesel nickte, unter Borons Krallen stoben Funken auf, und die Nacht wurde zu Dunkelheit und Rauch.

Einfache Vergnügungen

33 Blix sah durch das hölzerne Gitter zu, wie das Tor zur Tempelterrasse immer weiter hinter ihnen zurückfiel. Die Ochsen waren noch genauso träge wie zuvor, also geschah es nicht schnell. Er hatte Zeit, sich Lassahndaar zu besehen. Nach dem kalten Wasser war ihm die Luft zuerst warm erschienen, jetzt jedoch fror er ganz erbärmlich, da ging es ihm wie den anderen. Sie waren ein unglückliches Häuflein, dachte Blix bitter, und jetzt konnte er sich bei dem Piraten auch noch dafür bedanken, sonst hätte man ihnen die Täuschung mit den Sklaven nicht geglaubt. Blix sah hin zum Kutschbock, auf dem der Pirat mit den Ochsen kämpfte. Wenn der Kerl sie nicht doch noch verkaufen wollte! Was sollte das nur, sie zu verraten, um dann vier von ihnen doch zu retten? Die Frage würde er dem Piraten noch stellen, nur nicht jetzt, da noch so viele Augen sie misstrauisch betrachteten.

Es war noch immer tiefste Nacht, und die Straßen waren menschenleer, bis auf Zweiergruppen von Soldaten, welche die Straßen patrouillierten. Ein fürchterliches Brüllen erschütterte die Luft und ließ alle zusammenzucken, nicht nur die Gefangenen im Käfig sondern auch den Piraten auf dem Kutschbock, der zu fluchen anfing, als die eben noch so trägen Ochsen plötzlich ungewohnt lebhaft wurden und um ihr Leben rannten. Nur mit Mühe gelang es dem Piraten, die Viecher wieder zu zügeln.

Zur rechten Hand gab es eine befestigte Mauer mit Zinnen, darin ein Tor, das offen stand. Als der Wagen des Sklavenhändlers daran vorbeipolterte, konnte der Schwertmajor durch das Tor einen weiten Hof erkennen und darin, neben einer Vielzahl von Zelten, auch vier festgefügte Käfige aus eisenverstärktem Holz. In dreien von ihnen regten sich mächtige dunkle Schatten. Auf dem Tor der Wehrmauer sah der Schwertmajor gleich zwei dieser götterverfluchten Vartramen sitzen, die dem Wagen des Sklavenhändlers mit ihren Blicken folgten.

Die Stadt selbst war ordentlich angelegt, mit überraschend breiten Straßen, eine Anlage, die zumindest hier im Kern nicht gewachsen, sondern sorgfältig geplant worden war. Der weite Platz, über den sie nun fuhren, war dem Tempel vorgelagert und von vier großen Gasthäusern gesäumt, viele der Häuser waren aus Stein errichtet und zumeist sogar mit Schiefer gedeckt. Der große Brunnen in der Mitte des Platzes war reich mit Szenen aus dem Buch der Götter verziert, und zwei Statuen säumten die Straße, die von diesem Platz abging. Das große Gebäude dort vorne musste eine Wiegestation sein, richtig, es hing dort ein Schild, das eine Waage und ein Wagenrad zeigte.

Klein mochte Lassahndaar sein, aber alles, was er sah, zeugte von großem Reichtum. Kein Wunder, dachte Blix, mit dem Tempel, seinen wundersamen Bädern und an einer wichtigen Handelsstraße gelegen, warum sollte es auch anders sein?

Aber außer den Soldaten der schwarzen Legion war niemand auf den Straßen zu sehen, und hinter keinem der Fenster, die er sah, brannte auch nur ein einziges Licht. Selbst die Fenster der Gasthöfe waren dunkel und verrammelt.

Die alte Enke, die wieder ihre ganze hässliche Pracht zeigte, saß in der anderen Ecke des Käfigs und schien zu schlafen, doch hinter den Schlitzen ihrer Augen sah Blix, wie diese wanderten und sich sorgsam umsahen. Blix sah nun zur blonden Bardin hin, die mit um sich geschlungenen Armen in der Ecke des Käfigs saß und still weinte, dann zu Anlynn, die ihn aus großen Augen fragend anschaute. Die fest gefügten Hölzer, die den Käfig formten, ließen selbst für ein Kind keinen Platz zwischen den Balken, doch für einen Fuchs mochte der Platz reichen. Für einen Moment spielte Blix mit dem Gedanken, sie zu bitten, ihr Glück zu versuchen, doch dann schüttelte er kaum merklich den Kopf, ohne Plan ergab das keinen Sinn.

Aber es gab hier jemanden, der offenbar einen Plan verfolgte.

»Pirat«, sagte Blix leise, »Könnt Ihr mir einen Grund nennen, warum ich Euch nicht in diesem Augenblick den dürren Hals umdrehe?«

»Außer den Käfigbalken?«, fragte der blutige Marcus zurück und fluchte, als die Rindviecher wieder stur sein wollten. Diese rannten zwar nicht mehr so schnell, zeigten sich nun aber besonders unwillig, den Zügeln zu gehorchen.

»Außer den Balken«, knurrte Blix. »Auf Dauer werden sie Euch nicht schützen können, und das wisst Ihr auch!«

»Beruhigt Euch, Mann!«, flüsterte der Pirat und beäugte verstohlen die beiden Soldaten, die ihnen nun entgegenkamen. »Ich habe mich an einem Scherz versucht.«

»Dann müsst Ihr Euch in dieser Kunst noch reichlich üben«, grollte Blix. »Was sollte das alles?«

»Vielleicht kennt Ihr die Maestra ja bereits ein wenig«, flüsterte der Pirat. »Sie wäre anders nicht bereit gewesen, sich zu ergeben. Wärt Ihr aus dem Becken heraus gewesen und hättet Zeit gehabt, etwas zu Kräften zu kommen, hätte es einen Kampf gegeben. Ihr selbst habt Grund, mir dankbar zu sein, denn Euer Lebensblut wäre dort geflossen. Der Rest von Euch hätte es sogar geschafft, aus dem Tempel zu entkommen, doch zu dem Zeitpunkt war der Alarm bereits gegeben. Seht nach vorne, Schwertmajor ...«

Schon bevor er sie sah, hörte Blix den gleichen Tritt, dann sah er über die Rindviecher hinweg die Fackeln und Laternen. Der Pirat lenkte den schweren Wagen zur Seite hin und stemmte sich gegen den Bremsbalken, schweigend sahen die fünf zu, wie die zweite Hälfte der Feindlanze in geordneten Reihen die breite Straße hinaufmarschierte. Weitere fünfhundert Mann, dachte Blix erschüttert. Tausend waren es jetzt insgesamt. Der Major fluchte verhalten. Schon bei fünfhundert Gegnern war der kleine Plan, den er sich für den Notfall ersonnen hatte, mehr als gewagt gewesen, bei dieser Übermacht konnte er nun kaum mehr gelingen.

In der Mitte des Zuges saß ein Bestienmeister auf dem Rücken seines Ungeheuers, ein Bruder dessen, das unter Leandras Blitz sein Ende gefunden hatte. Es zog einen großen, schweren Wagen. Neben diesem gingen zwei der dunklen Priester einher. Was sich in dem Wagen befand, konnte man nicht erkennen, aber Gutes versprach es ganz sicher nicht.

»Sie sind müde und haben einen weiten Weg zurückgelegt«, flüsterte der Pirat. »Aber in meiner Vision waren sie nicht müde genug, um einen Alarm zu überhören. Die Maestra wäre ebenfalls gefangen genommen worden, aber sonst hätte niemand von Euch überlebt, selbst die dunkle Elfe nicht, die auf Eurer Seite kämpft.«

»Sagt Ihr.«

Der Pirat nickte. »So wäre es auch gewesen.«

»Und woher wollt Ihr das wissen?«, fragte Blix rau.

»Ich überlegte mir, mich Euch anzuschließen, als wir uns auf dem Weg zur alten Warte trafen. Das wäre dann geschehen, also unterließ ich es, die Maestra zu überzeugen.« Er sah kurz zu Blix zurück. »Woher sollte ich sonst von diesem Hauptmann Janos wissen und dem Wasserdrachen? Übrigens, mich hätte es noch am Tor zum Tempel erwischt, ein besseres Schicksal, als auf dem Altar meine Seele aufzugeben, gewiss, aber noch immer keines, das ich mir wünsche. Also bin ich zurück und habe den Wagen geholt, nachdem ihr gegangen wart.« Er hob die dürren Schultern an und ließ sie fallen. »Dies war der beste der Wege, die mir einfielen. Denn meine Visionen zeigten mir, dass die Maestra imstande sein würde, sich bei mir zu beschweren. Auf eine Art, die mir auch nur einen Weg ließ, wenn ich überleben wollte. Sie kann ziemlich wütend werden.«

»Und was geschieht jetzt?«, fragte Blix, der sich entschlossen hatte, dem Mann für den Moment zu glauben. Für den Moment. Vertrauen konnte er ihm nicht.

»Wenn die Maestra den Befehl gibt, mich aufzuhängen, werden wir uns in einem Lager der Legion befinden, und Ihr tragt wieder Eure glänzende Rüstung.« Er sah über seine Schulter hin zu Blix. »Ich dachte, die Rüstung der Legionen wäre schwerer?«

»Es ist eine neue Rüstung«, knurrte Blix ungehalten. »Ich meinte, was geschieht mit uns … jetzt?«

»Das weiß ich nicht«, gestand der Pirat. »Die nächste Entscheidung ist ein paar Tage hin, und mein Talent zeigt mir nur die Gegebenheiten, die mein Leben bedrohen. Also kann ich auch nur Schlüsse ziehen. Allerdings weiß ich auch so, was geschehen wird, wenn ich jetzt aufspringe und ein Hoch aufs Kaiserreich rufe, aber selbst ich bin nicht so dämlich, diesen Pfad dann weiterzuverfolgen! Aber dazu braucht es kein Talent, nicht wahr?«

»Also geht es zurück zum Lager meiner Lanze.«

»Das ist der Schluss, zu dem auch ich gekommen bin«, meinte der Pirat. Er sah zu den marschierenden Soldaten hin. »Ich verstehe das nicht«, gestand er dann leise. »Schaut sie Euch an, keiner dieser Burschen sagt auch nur einen Ton! Ich habe fast nackte Schönheiten hier im Käfig liegen, und diese Burschen hier schenken ihnen nicht einen Blick, ich hätte nicht gedacht, dass ein Soldat je so müde werden kann!«

Marcus hatte recht. Die schwarzen Soldaten marschierten, als hätten sie nur diesen einen Gedanken. Wenn sie zur Seite hin sahen, dann um die Häuser und die Dächer zu mustern und auch den Wagen, aber kein Blick verharrte auf der blonden Bardin. Oder auf Anlynn. Oder erlag der Faszination der Hässlichkeit, welche die alte Enke ihnen darbot.

Wenn Blixens Lanze marschierte, war es so gut wie nie ruhig. Beständig wurde geflucht, den Göttern gelästert oder zotige Witze gerissen. Fast bekam er Heimweh bei diesem Gedanken.

Das Ende der langen Schlange näherte sich, und der Pirat ließ die Rindviecher wieder laufen. Blix sah zu den Soldaten zurück und fühlte ein ungewisses Grauen. Es war der Sinn eines Drills, aus Hunderten von Menschen eine Einheit zu formen, und die kaiserlichen Truppen waren gut darin. Doch dies hier ging darüber hinaus, hier kam keiner aus dem Schritt, es war, als ob es nur einen Gedanken gäbe, der diese Füße marschieren ließ, und nicht fünfhundert, die gemeinsam gingen.

Sie erreichten bald das Tor, wo ein Sergeant vortrat und die Papiere forderte und sich dann die Sklaven näher besah. Ein Blick auf die alte Enke ließ ihn zurückzucken und etwas Unverständliches fluchen, fast schon hastig gab er dem Piraten die Papiere zurück und wies die Männer am Tor an, dieses schnell zu öffnen.

Der Wagen polterte hindurch, und hinter ihnen fielen die Mauern der Stadt langsam zurück. Für eine kleine Stadt, dachte Blix anerkennend, war Lassahndaar gut geschützt. Die Mauern waren drei Mannslängen hoch, sauber aus Stein gefügt und zudem noch mit einem Graben versehen, der auch Wasser hielt. Dunkle Spitzen ragten aus dem Wasser und rieten, einen anderen Weg zu suchen.

»Wie kommen wir zu Eurem Lager?«, fragte der Pirat den Schwertmajor.

»Dort vorne, hinter dem Galgenhügel und dem Pranger, müssen wir auf die Handelsstraße treffen. Haltet Euch dann rechts.«

Der Gestank, der von dem Galgenhügel kam, war weit schlimmer als der im Käfig. Drei Balken waren im Dreieck in der Höhe zusammengefügt, und an diesen hingen dicht an dicht geschundene Leiber. Krähen saßen überall und beäugten den Wagen mit schläfriger Neugier, und neben dem Richthügel häufte sich ein Berg von Leichen, an denen ein ganzes Rudel wilder Hunde zerrte. Das Bersten von Knochen war weithin zu hören. Nur einer der Hunde sah kurz auf, bevor er sich wieder seinem Mahl widmete.

Niemand sagte etwas, bis der Anblick hinter einem Hügel verschwand. Dann räusperte sich der Schwertmajor. »Was ist mit den anderen?«, fragte er den Piraten.

»Wenn mich die Maestra hängen lassen will, werde ich Euch sehen und den großen Freund der Blonden hier. Es war nach einem Kampf, das war zu erkennen. Eure schöne neue Rüstung hat etwas gelitten, und Ihr seid verletzt am Arm. Dann eine große grauhaarige Frau in einer gleichen Rüstung. Euer Freund Gerlon wird mich retten wollen, aber er wird selbst übel dran sein, ich weiß nicht, was man ihm antun wird, aber er wird an wilden Zuckungen leiden, und seine Augen wissen nicht, wohin sie sehen wollen. Die Maestra ...« Der Pirat schluckte. »Sie wird arg gelitten haben und wirft mir vor, dass ich daran Schuld trage. Der Kriegsfürst hat, so wie es scheint, eine Leidenschaft für scharfe Klingen. Aber sie wird leben ... und ich hoffe, Ser Major, dass Ihr Euch an den Handel haltet und mir meinen dünnen Hals retten werdet. Denn sie wird sich nur von Euch umstimmen lassen.«

»Und welcher Handel wäre das?«

»Seht Ihr«, sagte der Pirat beunruhigt. »Darin liegt das Problem. Ich weiß ihn nämlich nicht, ich dachte nur, dass Ihr es mir schuldig seid, aber nicht daran, warum.«

Sieglinde hob langsam ihren Kopf und wischte sich ihre roten Augen ab.

»Ihr spracht von meinem großen Freund?«, fragte sie mit belegter Stimme.

»Hauptmann Janos, ja«, bestätigte der Pirat.

»Also lebt er noch?«

»Ich sah ihn dort stehen«, sagte Marcus schulterzuckend. »Also nehme ich an, dass er noch leben wird. Euch dagegen sah ich nicht. Ihr solltet also Vorsicht walten lassen.«

»Aber ...«, hauchte Sieglinde mit weiten Augen, diese letzten Worte ignorierend. »Wie kann dies möglich sein?«

»Fragt ihn doch selbst«, schlug der Pirat vor. »Was mir dazu einfällt, ergibt nämlich keinen Sinn.«

»Und was wäre das, Pirat?«, fragte jetzt Anlynn ungehalten. »Spannt sie doch nicht auf die Folter!«

»Ich hörte, wie jemand sagte, dass er den Drachen aufgeblasen hätte«, antwortete der Pirat leicht gereizt. »So. Seid Ihr jetzt klüger?«

Als Leandra die Augen aufschlug, wusste sie zuerst nicht, was so anders war, dann fiel es ihr auf: Sie hatte keine Schmerzen mehr. Dafür lag sie nackt und mit festen Gurten festgezurrt auf einem harten Tisch. Viel Bewegungsfreiheit hatte sie nicht, sie konnte nur den Kopf etwas heben und sich umsehen. Es musste einer der Gebetsräume sein, wie man sie in jedem großen Tempel finden konnte, nur hatte hier jemand die Fresken mit einem schweren Hammer weggeschlagen, sodass man von den Bildern aus dem Buch der Götter kaum mehr etwas erkennen konnte.

Breite goldene Manschetten waren an ihren Hand- und Fußgelenken festgemacht, eine weitere um ihren Hals gelegt. Dünne Ketten gingen von diesen ab und vereinten sich irgendwo unterhalb des Tisches, auf dem sie lag. Die Ketten waren nicht dafür bestimmt, sie zu halten, die breiten Lederriemen, mit denen man sie festgeschnallt hatte, waren dazu besser geeignet, doch das dumpfe Gefühl in ihrem Kopf fand in diesen goldenen Fesseln seine Erklärung, sie dienten dazu, ihr den Zugriff auf ihre magischen Fähigkeiten zu verwehren. Dunkle Flecken auf den Wänden und der Geruch von altem Blut ließen sie das Schlimmste befürchten, doch für den Moment war sie hier alleine.

Außer dem Tisch, auf dem sie lag, gab es einen zweiten, kleineren, auf diesem stand eine sorgsam gearbeitete Kiste aus poliertem Holz.

Zwei Laternen erhellten den Raum, aber sonst gab es außer dem zerstörten Putz und den Blutflecken nichts zu sehen. Leandra hob den Kopf und sah an sich herab und fand bestätigt, was ihr Köper ihr meldete: Von all den Blessuren und

Schrammen, die sie sich in den letzten Tagen zugezogen hatte, war nichts mehr zu sehen.

Sie hörte die Tür hinter sich gehen, doch sie lag mit dem Kopf in die andere Richtung und war nicht imstande zu sehen, wer da kam, dennoch behielt sie recht in ihrer Vermutung, denn es war der Kriegsfürst Corvulus, der sich nun über sie beugte, um sie sorgsam zu betrachten.

»Ich sehe, unsere Priester haben wieder eindrucksvoll ihre Fähigkeiten bewiesen«, sagte der Kriegsfürst zufrieden. »Es geht ihnen gegen den Strich«, fuhr er im Plauderton fort. »Sie sind um so vieles besser darin, Schmerzen zuzufügen, als sie zu nehmen, dennoch ist es beeindruckend, meint Ihr nicht?«

»Ich weiß nicht, was Ihr vorhabt«, zischte Leandra. »Aber Ihr werdet dasselbe Schicksal erleiden wie Celan!«

»Ja, Celan«, schmunzelte der Kriegsfürst. »Er hatte die Idee, dass man Euch umstimmen könnte, auf unsere Seite ziehen, und hoffte, so meinen Vater zu beeindrucken. Nun, Ihr wisst am besten, was es ihm gebracht hat.«

»Dasselbe steht auch Euch bevor.«

»Ihr seid wahrlich nicht in der Position zu drohen, doch wenn Ihr Euch damit besser fühlt, nur zu. Erlaubt mir, Euch mitzuteilen, was der Plan ist: Wir haben ein Tor hergebracht und werden es noch heute aufstellen. Sobald es fertig ist, überstelle ich Euch gesund und ohne jeden Kratzer an meinen Vater.«

»Gut«, meinte Leandra. »Ich habe schon befürchtet, er wäre schwierig zu finden!«

»Ah«, schmunzelte er. »Wollt Ihr ihn ebenfalls erschlagen? Nun, es dürfte schwer werden, aber wenn es Euch gelingen sollte, wäre mein Dank Euch gewiss.« Er ging hinüber zu der Kiste auf dem anderen Tisch und öffnete den Deckel. »Vergesst Celan. Ich bin ein Freund einfacherer Vergnügungen.« Er nahm ein matt glänzendes Messer heraus und hielt es hoch. Es war zur Gänze aus Metall, und die Klinge maß nur ein Drittel des Griffs, dafür glänzte die Schneide im Licht der Laternen. »Ich will Euch nur schreien hören.«

»Den Gefallen werde ich Euch nicht tun«, versprach die Maestra, und wenn Blicke töten könnten, wäre der Kriegsfürst hier und jetzt Soltar gegenübergetreten. Oder seinem toten Gott. So aber gleißten nur die Ketten auf.

»Da wäret Ihr die Erste«, meinte er freundlich und trat an sie heran. »Das Schöne ist«, erzählte er weiter, als er ihr den ersten Schnitt zufügte, »dass es keine Grenze geben wird. Ich kann diesen Schnitt wieder und wieder ansetzen, jedes Mal küsst der Stahl zarte, unversehrte Haut.«

Er fuhr mit den Fingerspitzen über den Schnitt und zeigte ihr das Blut, um es dann genüsslich abzulecken. »Denn schaut«, fuhr er im selben freundlichen Ton fort, »die Wunde schließt sich bereits schon wieder.« Er sah auf sie herab, suchte ihre Augen. »Ah«, strahlte er, »ich sehe, Ihr versteht nun, was geschehen wird.« Wieder fuhr die Klinge durch ihre Haut und ließ sie zischend den Atem einziehen.

»Das werdet Ihr bereuen«, keuchte sie, während der Schnitt wie Feuer über ihren Oberschenkel lief und sie zittern ließ.

»Ich glaube nicht«, meinte der Kriegsfürst und setzte die Klinge erneut an. »Ihr könnt gerne versuchen, nicht zu schreien«, bot er ihr an. »Denn ich ziehe meine Freude auch daraus zu sehen, wie ihr brechen werdet. Wie Ihr versucht, Euch dagegenzustemmen … um dann doch zu unterliegen! Bisher kämpfte noch jeder vergeblich, aber wenn Ihr Euch anständig bemüht, bin ich mehr als bereit, die Herausforderung anzunehmen.«

»Der Namenlose soll Euch holen«, presste Leandra mühsam hervor und spürte, wie sie zu schwitzen begann, während sie versuchte, nicht der aufkommenden Panik zu erliegen.

»Ihr könnt mich auch beschimpfen«, schlug der Sohn des Nekromantenkaisers vor. »Verflucht mich gerne, so viel Ihr wollt. Ich werde mich währenddessen daran erbauen, dass wir beide wissen, dass es nur leere Worte sind.«

Er beugte sich über sie und zeigte ihr die blutige Klinge. »Sehen wir mal, wie Euch das hier gefällt …«

Als der erste Schrei zu hören war, sahen die beiden Wachen vor der Tür sich gegenseitig an.

»Das hat lange gedauert«, stellte die eine beeindruckt fest. Die andere gähnte.

»Ich glaube, er geht es langsam an. Er sagte, dass er es genießen wolle.« Wieder ertönte ein gedämpfter Schrei, der diesmal länger währte.

»Offensichtlich tut er das«, meinte die eine Wache und gähnte nun auch selbst. »Wenigstens ist sie nicht so laut wie der Letzte, der mir die Ohren nur so hat klingeln lassen.«

Der Winterwolf

34 Der albtraumhafte Ritt währte endlos. Zuerst hatte Wiesel nicht gewusst, wohin er sehen oder wie er seiner Angst und Panik Herr werden sollte, dann aber, nach einer Weile, nachdem ihm nichts geschehen war und er noch immer fest im Sattel saß, stellte er fest, dass man sich an alles gewöhnen konnte und der ganze Schrecken zu einem großen Ganzen wurde, bis er kaum noch einzelne Szenen wahrnahm. Zudem ritten die Nachtmahre nicht auf festem Grund, sondern über die Träume der Menschen hinweg. Einzelne Bilder aber prägten sich ihm unauslöschlich ein, so wie die junge Frau, die ein Neugeborenes über einen Brunnenrand hielt und fallen ließ, während ein Mann daneben kniete und bitterlich weinte. Oder der Topf mit Milch, in dem ein gewappneter Krieger vergeblich gegen einen Strudel kämpfte, der ihn in die Tiefe ziehen wollte. Eine schöne Frau, die durch eine dicht gedrängte Straße ging und bei jedem Schritt ein weiteres Stück ihrer Kleidung verlor, während ein jeder auf sie deutete und auslachte. Ein Mann, der mit seiner Hand in einer Geldkiste steckte und daran zerrte, als die Wachen kamen … Aber die meisten Bilder, die er sah, verstand er nicht. Er sah nicht, was so bedrohlich wäre. Und auch Bilder, die nicht dazuzugehören schienen; so ritten sie durch eine gute Stube, warm und hell, in der eine junge Frau Flachs sponn, während ein Hund schlafend zu ihren Füßen lag.

Die meisten sahen in ihrem Traum nicht auf, nahmen sie nicht wahr, nur das eine oder andere Mal wurden sie gesehen, woraufhin der Traum oft zerfaserte. Geschah das, ritten die Rösser schneller. Was geschehen würde, wenn sie in einem Traum verblieben, der zerfiel, wollte sich Wiesel gar nicht ausmalen, so klammerte er sich nur an die drahtige Mähne Borons und betete, dass es nicht geschehen würde.

Dann endlich wurden die Rösser langsamer und blieben stehen. Sie befanden sich in einer großen, dunklen Höhle, vor ihnen versperrte eine tiefe Schlucht den Weg, dahinter lag eine schwarze Festung, von kaiserlichen Soldaten besetzt. Eine Zugbrücke überspannte die breite Schlucht, und abgesehen davon, dass die Soldaten Speerwerfer bemannten und offenbar angespannt Ausschau hielten, geschah vorerst nichts weiter. Die Decke der Höhle war hier so niedrig, dass sie ihm aufs Gemüt drückte und von den Stalaktiten über ihm tropfte ihm Wasser in den Kragen. Für einen Traum war ihm das Wasser zu kalt, zu feucht, zu echt.

»Was ist los?«, flüsterte Wiesel, dem das alles nicht behagte.

»Ich weiß es nicht«, antwortete Marla genauso leise. Unter ihrer braunen Haut war sie fahl, und ihre Augen zeigten ihm, dass auch sie von manchem Schrecken dieses Ritts nicht unberührt geblieben war. »Ich weiß nur, dass es nicht geplant gewesen ist, dass wir hier verharren!«

Wiesel versuchte, sein Ross anzuspornen, doch Boron wandte nur den mächtigen Kopf und sah zurück zu ihm, als wolle er ihn fragen, was seine Absicht sein mochte.

»Sollen wir absteigen?«, fragte Wiesel leise.

»In einem Traum?« Marla schüttelte ihren Kopf so heftig, dass die schwarzen Haare flogen. »Wenn wir die Zügel aus der Hand verlieren, kommen wie hier nie heraus!«

Vor ihnen löste sich etwas aus dem Stein und kam näher. Nur die Fackeln auf den Zinnen dieser unterirdischen Festung gaben hier ein schwaches Licht, so dauerte es ein wenig, bis Wiesel erkennen konnte, was sich ihnen hier so gemächlich näherte.

Es war ein Wolf von der Größe eines Pferdes, alt und grau, der an einer Pfote etwas lahmte. Vor ihnen hielt er an und sah mit gelben Augen zu ihnen hoch, um dann seine Form zu verlieren und zu einem Mann zu werden. Er trug einen Lendenschurz und einen mächtigen Schmiedehammer, Arme und Beine waren zudem noch mit breiten Lederbändern geschmückt. Das Haar war flachsblond, und strahlend blaue Augen musterten die Priesterin des Namenlosen und den Dieb. So groß war der Mann, dass er sich mit ihnen, obwohl sie in den Sätteln saßen, auf gleicher Augenhöhe befand. Ein Barbar, dachte Wiesel, wenn auch etwas groß geraten.

Der Mann hob den schweren Hammer an, um damit auf Wiesel zu deuten. Das graue Metall des Hammerkopfs war mit Frost überzogen, und bläuliche Funken liefen über ihn. Solche Funken hatte Wiesel das letzte Mal über die Haut einer Maestra und Königin tanzen sehen.

»Du«, sagte der Barbar, »darfst passieren. Du hingegen«, der Hammer schwenkte zu Marla hin, »hast kein Recht, hier zu sein. Dies ist nicht das Reich deines Herrn.«

»Wir befinden uns in einem Traum«, sagte Marla höflich und im Ton der Vernunft. »Also ist es sein Reich.«

»Die, die träumt, gehört zu mir«, sagte der Mann.

»Und wer seid Ihr?«, fragte Marla.

»Ich bin der Winterwolf«, antwortete der Mann und zeigte scharfe Zähne. »Schon seit Anbeginn der Zeiten. Die Elfen beteten zu mir, und die vor ihnen kamen. Dies ist mein Reich.« Er sah über seine Schultern hinweg zu der schwarzen Festung hin. »Sie wollen es nicht wahrhaben, kommen hierher, als gehörte alles ihnen. Mein Volk können sie unterjochen, aber den Winter nicht. Ich komme ewig wieder. Ich bin …«

»Ich habe es verstanden«, sagte Marla kurz angebunden, was die Blitze an dem Hammer stärker werden ließ, als der Mann sie mit zusammengezogenen Augenbrauen betrachtete. »Deine Zeit ist vorüber, Wolf«, fuhr sie kühl fort. »Heute schläfst du, nur dein kalter Atem kehrt Jahr für Jahr zurück. Du bist nur hier, weil jemand dich träumt.«

Wiesel zog scharf die Luft ein, er war keineswegs sicher, ob es eine gute Idee sein konnte, jemanden zu verärgern, der sich für einen Gott hielt. Vielleicht auch tatsächlich war.

Für einen Moment schien es, als ob der Mann den Hammer gegen Marla erheben wollte, doch dann lachte er nur und schüttelte den Kopf.

»Ich hatte vergessen, wie er immer den einen auswählt, der seinem Pfad folgt. Er war schon immer schlau … aber er hat dir nicht alles gesagt.«

»Warum sollte er?«, fragte Marla spitz. »Er sagt mir, was ich wissen muss.«

»Vor wenigen Jahren noch hättest du mit dem, was du gesagt hast, noch recht gehabt«, antwortete der Gott und schien belustigt. »Doch kürzlich erst hat sich ein Verfluchter an mir vergriffen, und ich wurde geweckt. Dass ich nicht vollends erwachte, verdankt ihr diesem Lanzengeneral. Obwohl er wie eine ganze Legion über mein Bett getrampelt ist!«

»Wie das?«, fragte Wiesel, bevor er seine Neugier zähmen konnte.

»Er tat mir einen Gefallen, er hat diesen Verfluchten in den Weltenstrom geworfen. Was dich angeht, Priesterin, es ist die Zeit, in der die Götter streiten, hast du es schon vergessen?«

»Wir haben es eilig, Wolf«, sagte Marla. »Wir liegen nicht im Streit. Warum also versperrst du uns den Weg?«

»Du bist die Einzige unter den Dienern deines Herrn, für die das gilt«, sagte der blonde Mann. »Es bleibt dennoch dabei, du wirst nicht passieren.«

»Ich folge dem Willen meines Herrn«, antwortete sie unbeeindruckt. »Wenn Ihr Euch mit Ihm in Streit begeben wollt ...«

»Wer sagt, dass ich das will?«, unterbrach der Gott sie. »Er will einen Gefallen von mir. So soll es sein, du erweist mir einen Dienst dafür, und Ihr könnt passieren.« Er legte den Kopf schräg und musterte die Priesterin des Namenlosen mit Augen, in denen es gelb schimmerte. »Zwei Gefallen«, fügte er hinzu. »Der eine besteht darin, dass du mir den Respekt erweist, der mir zusteht.«

»Verzeiht«, sagte Marla rasch. »Ich glaubte Euch nur eine Figur in einem Traum.«

»Und glaubst es noch immer«, stellte der Mann fest und schüttelte den Kopf. Als er weitersprach, lag Verachtung in seiner Stimme. »Ich forme die Welt mit meinem Atem, kleine Priesterin. Wenn du willst, dass ich vollends erwache und die Welt mit meinem Atem überziehe, den Streit und die Zwistigkeiten der Menschen unter einem Panzer aus Eis begrabe, dann fordere mich heraus.«

Während er sprach, nahm seine Stimme einen Widerhall an, der Wiesel frösteln ließ. Auch um sie herum bedeckte Frost die Höhle, und der Atem der Rösser wurde zu Dampf. So dick sein neuer Mantel auch war, er konnte dennoch nicht verhindern, dass Wiesel die Kälte spürte, die von Lidschlag zu Lidschlag stärker wurde, nun begannen auch die Flanken der Rösser zu dampfen, als das Eis Halt auf ihren heißen Leibern suchte. »Dein Herr tut gut daran, mich nicht zu erzürnen«, grollte der Winterwolf. »Er könnte meine Hilfe noch brauchen!«

»Verzeiht«, bat Marla erneut. »Ich werde mich bemühen. Nur dient keiner gut, der zwei Herren dient!«

»Nur einen Gefallen will ich von dir, Mensch!«, rief der Wolf erzürnt. »Ich brauche deine Anbetung nicht! Nur das, was sich in deiner Satteltasche befindet! Du sollst mir nur etwas richten, das lange schon im Argen liegt!«

»Gut, alter Wolf«, sagte Marla leise. »Was verlangt Ihr von mir?«

Die Kälte verschwand so plötzlich, wie sie gekommen war. »Warum nicht gleich so?«, fragte er und lächelte. »Du hast dir eine sture Wölfin ausgesucht«, sprach er dann mit Blick zu Wiesel weiter.

»Beständig ist das Wort, alter Wolf«, stellte Marla richtig. »Also, worum geht es?«

»Elfen denken, sie haben keine Seele«, begann der alte Wolf. »Sie glauben, sie besitzen eine ureigene Essenz, etwas, das sie ausmacht, ihnen von ihrem großen Baum gegeben wurde und dorthin zurückfinden wird.« Er schüttelte den Kopf. »Was sie davon haben, einen Baum zu verehren, verstehe ich nicht, er steht nur da und wächst. Aber einige Elfen dienten einst auch mir. Von ihnen ist nur noch eine übrig, und sie ist in diesem Traum gefangen.« Er wandte sich zur Festung hin. »Schaut«, sagte er leise. »Es beginnt.«

In der Festung wurde der Alarm gegeben, Glocken läuteten, und das Licht der fernen Fackeln bewegte sich, zugleich begann die Zugbrücke, sich zu heben. Ein Donnerschlag ließ das schwere Tor bersten, und eine Frau sprang wie ein schlanker weißer Schatten über die sich hebende Kante. In einer Hand hielt sie ein schwarzes, schlankes Schwert, das sie jetzt in den Abgrund fallen ließ, als sie sich vor Wiesels ungläubigen Augen in einen Wolf verwandelte. Was eben noch menschlich erschien, landete jenseits der Schlucht auf vier Pfoten. Doch bevor sie sich sammeln konnte, sprang ein anderer ihr hinterher. War der Sprung schon für einen Wolf zu groß, so hätte ein Mensch ihn nicht wagen sollen, dennoch sprang der Mann in dieser blauen Robe weiter noch als sie und versperrte ihr den Weg.

»So leicht entkommst du mir nicht, Hexe!«, rief er und schlug die Hände hart zusammen. Der Donnerschlag, der folgte, traf die Wölfin und warf sie zurück, nur mit Mühe verhinderte sie, dass sie in die Schlucht rutschte. Jaulend duckte sie sich und rannte davon, doch aus der Hand des Maestros schnellte eine goldene Spur hervor, die sich um die Wölfin legte und sie fing. Vor ihren ungläubigen Augen erstarrte jede Bewegung.

»Ich kenne diesen Mann«, hauchte Wiesel. »Es ist die Eule Balthasar!« Er erkannte ihn von dem Bild im Eulenturm, doch war er anders als auf dem Gemälde, sein Gesicht von Hass verzerrt, die Augen kalt und ohne Gnade.

»Er ist besessen«, stellte Marla fest. »Ich weiß nicht, wer er ist, doch ich weiß, dass er nicht seinem eigenen Willen folgt.«

»Und es ist doch er, der in den letzten Tagen mit ihr Dinge tat, die kein Mensch je ertragen sollte«, grollte der Winterwolf. »Ob seine Hand geführt wurde oder nicht, es war sein Werk, das ihr hier seht.«

»Ist … ist das hier die Vergangenheit?«, fragte Wiesel mit belegter Stimme.

»Nein«, antwortete der alte Wolf. »Es ist ein Traum, wie deine Priesterin es sagte. Und doch ist es mehr als das. Es geschah so, wie ihr es seht, und das ist der Alb, der auf ihr lastet.« Sein Blick lag auf der weißen Wölfin, in deren Fell das goldene Band blutige Wunden schlug. »Sie glaubt sich verloren und ihre Seele in Gefahr, von einem anderen gestohlen zu werden. Sie tut etwas, das nur die Größten unter ihnen können … achtet genau auf das, was jetzt geschieht.«

Die Wölfin jaulte auf, als Balthasar sie mit grausamer Ruhe zu sich zog, unter dem goldenen Band sprang das weiße Fell auseinander und legte blanke Knochen frei, Blut floss in Strömen aus den schauerlichen Wunden, und noch immer zog sich das Band zusammen, dann lief ein Schimmern über die Wölfin, und sie sackte in sich zusammen.

»Jetzt«, flüsterte der alte Wolf, als die Zeit erneut erstarrte. »Seht Ihr es? Seht Ihr den Schemen?«

Zuerst sah Wiesel nichts, doch dann erkannte er neben dem gequälten Wolf die durchscheinende Gestalt einer Elfe.

»Sie mögen es nennen, wie sie wollen«, sagte der alte Wolf rau. »Es bleibt dennoch eine Seele. Sie hat ihre Seele freigegeben, all das, was sie ist und war und sein könnte, um sie vor dem Verfluchten zu retten. Zurückgelassen hat sie nur das Tier. Doch das gibt so schnell nicht auf ...«

Balthasar, der seinen Sieg errungen glaubte, trat an die golden gefesselte Wölfin heran und griff ihr ins blutige Genick. »Hab ich dich, Hexe!«, rief er triumphierend, während das goldene Band verschwand. »Du entkommst mir nicht wie ...«

Vor Wiesels ungläubigen Augen schlossen sich die Wunden in einem Lidschlag, und der Wolf wand und drehte sich unter der Hand der Eule, mächtige Zähne schnappten nach Balthasars Gesicht, und er fuhr zurück. Mit einem mächtigen Satz wählte die Wölfin den einen Ausweg, den er ihr ließ, sie sprang dorthin, wohin er ihr nicht folgen würde, in die tiefe Schlucht. Ihr letztes Heulen erfüllte einen langen Moment die Luft, dann brach es ab. Balthasar schüttelte sich wie ein nasser Hund und schaute sich mit weiten Augen um, dann trat er langsam an den Rand der Schlucht und sah hinab. Lange verharrte er so, bevor er sich umdrehte und zurück in die schwarze Festung ging. Zufrieden sah er nicht aus, dachte Wiesel bei sich, vielmehr ließ er den Kopf hängen und ging, als wäre er ein alter Mann. Doch auf der Schwelle verharrte er regungslos, als die Zeit erneut erstarrte.

»Dort«, flüsterte der alte Wolf. »Seht Ihr sie?«

»Ja«, sagte Marla leise, ihr Blick auf den Schemen gerichtet. »Was willst du von mir?«, fragte sie erneut. »Es ist tragisch, was hier geschehen ist, aber wie ...«

»Du trägst eine Seelenvase mit dir«, sagte der alte Wolf rau. »Ich will, dass du dieser Seele folgst. Sie hat den Weg verloren, diese dunklen Höhlen sind nichts für sie. Sie wird sich verirren, und dort, wo sie nicht weiterweiß, wird sie verbleiben und warten, bis ihr Körper vergeht und sie vollends gehen kann. Sie wird eine Wurzel suchen, irgendetwas, das sie mit der Welt dort oben verbindet. Folge ihr und fange ihre Seele ein.«

»Das werde ich nicht tun«, sagte Marla und schluckte schwer. »Diese Sünde lade ich nicht auf mich, ich werde dem Fluch nicht erliegen, egal, was du mir androhst!«

»Dummes Kind!«, schimpfte der Gott erzürnt. »Meinst du nicht, das weiß ich nicht! Du sollst diese Seele nicht reiten, sie hat genug Leid erfahren, du sollst sie finden, um sie ihr zurückzubringen!«

»Wem?«, fragte Wiesel verwirrt.

»Der Wölfin!«, grollte der Gott. »Sie ist noch immer hier, zur Zeit liegt sie oben in der Feste und schläft … und träumt diesen endlosen Traum! Ich will, dass sie daraus erwachen kann, also findet ihre Seele und gebt sie ihr zurück!« Seine gelben Augen fixierten Marla. »Wenn das eine Sünde für dich ist, hat dein Gott dich falsch gelehrt!«

»Deshalb die Seelenvase«, flüsterte Marla und nickte dann. »Ich werde es tun.«

»Dann verliert sie nicht aus den Augen«, grollte der alte Wolf. »Du wirst die Träumerin in der Feste finden.«

Damit verschwand er vor ihren Augen, als hätte es ihn nie gegeben, nur Wiesels rasender Puls und der schimmernde Schemen einer Elfe zeugten vom Gegenteil.

»Dann los«, sagte Marla leise, und die Pferde setzten sich in Bewegung, folgten diesem Schemen.

»Götter«, fluchte Wiesel leise, als er sich wieder etwas gefangen hatte. »Warum musst du auch mit jedem streiten!«

Sie bedachte ihn mit einem erzürnten Blick. »Sag mir eines, Wiesel: Warum trat er nicht vor uns und sagte: Ich bin der Wintergott, eine, die mir dient, verlor hier ihre Seele, und ich bitte dich, sie ihr zurückzugeben? Meinst du, ich hätte mich dann stur gestellt?«

»Er …«, begann Wiesel, doch sie ließ ihn nicht zu Wort kommen.

»Sie sind alle eitel«, schimpfte sie. »Jeder Einzelne von ihnen. Er wollte, dass wir ihn sehen und bewundern … und dafür habe ich jetzt gerade keine Zeit!«

Es kam Wiesel vor, als wären es Stunden, die sie der Seele folgten, auch sein Magen schien der Ansicht, denn er grollte laut genug, sodass Marla zu ihm hinsah. »Ich habe Hunger«, beschwerte sich Wiesel, als er ihren vorwurfsvollen Blick bemerkte.

Sie schüttelte nur leicht den Kopf, dann folgten sie weiter diesem Schemen.

Schließlich kniete sich die Elfe hin und schmiegte sich gegen eine Wand, zuerst sah Wiesel nicht, was sie so angezogen hatte, dann erkannte er das feine Geflecht von weißen Wurzeln. Dort verharrte sie. Einmal dachte Wiesel, dass sie zu ihnen hinübersehen würde, doch dann schloss der Geist die Augen und war still.

»Wenn wir absteigen, verlassen wir den Traum«, flüsterte Marla. »Nur müssen wir die Zügel halten, sonst können wir nicht wieder zurück und müssen hier verbleiben.«

Wiesel nickte, zum Zeichen, dass er verstanden hatte, dann saßen beide ab.

Von einem auf den anderen Moment waren die feinen Stränge dickes Wurzelwerk geworden, das den Felsen über ihnen sprengte, ein kopfgroßer Felsbrocken unter seinem Fuß, der eben noch nicht da gewesen war, ließ Wiesel straucheln, nur seine sprichwörtliche Gewandtheit und der Todesgriff, mit dem er den Zügel hielt, retteten ihn.

»Dort ist sie«, hauchte Marla und wies auf ein Schimmern, das in die Wurzeln verwoben schien. Jetzt konnte Wiesel auch Einzelheiten sehen. Diese Elfe war anders als Taride, ihr Kinn kantiger, ihre Züge nicht so fein, selbst in diesem ewigen Schlaf zeigte sich eine Wildheit, die den hellen Elfen abging. Vorsichtig öffnete Marla mit der freien Hand eine ihrer

Satteltaschen und entnahm ihr eine kleine Vase aus dunklem Glas.

»Ziehe den Stöpsel für mich«, bat Marla ihn. »Aber Vorsicht, er sitzt fest, und wir dürfen ihn nicht verlieren.«

Wiesel tat wie ihm geheißen und löste den Stöpsel für sie. Marla trat nun an das Gespinst der Wurzeln heran und berührte den Schemen mit der kleinen Vase, woraufhin der Geist in diese kleine Vase floss, wie die Djinns aus diesen Geschichten, die Desina so gerne gelesen hatte. Marla hielt ihm die Vase hin, die nun in einem blauen Schimmer leuchtete, und er drückte den Stöpsel wieder hinein.

»Das war alles?«, fragte Wiesel überrascht.

»Alles, was es braucht«, antwortete Marla und besah selbst ergriffen diese kleine Vase. »Es ist trotzdem ein Wunder.«

»Und jetzt?«, fragte er ehrfürchtig und betrachtete das kleine Gefäß, das vor seinen ungläubigen Augen die Seele einer Elfe aufgenommen hatte.

»Jetzt«, sagte Marla, »suchen wir die Träumerin.« Vorsichtig verstaute sie die Vase unter ihrem Kleid und schwang sich ungeschickt in Astartes Sattel. »Die Rösser werden uns zu ihr führen können.«

»Sie schläft mit Wölfen«, stellte Wiesel fest, während er sich staunend umsah, Borons Zügel gleich dreifach um seine Faust gewunden. Sie standen in der Donnerfeste, und es war die Gegenwart, was man daran erkennen konnte, dass auch zu dieser Stunde Soldaten damit beschäftigt waren, Reparaturen auszuführen. Die Träumerin schlief in der Ecke der großen Messe, nahe einem der Kamine, und war umgeben von gut einem Dutzend Wölfe, die sich um sie scharten oder zum Teil auch auf ihr lagen.

Abgesehen von dem einen oder anderen Blick wurden die Träumerin und ihre Wölfe von den Soldaten ignoriert. Auch Marla, Wiesel und die Nachtmahre wurden keines Blickes gewürdigt.

Sie war älter geworden, dachte Wiesel bedrückt, von vielen Narben gezeichnet. Sie trug ein einfaches Lederkleid und primitive Stiefel, aber die Arme und das Gesicht unter dem weißen, verfilzten Haar lagen frei und waren zu großen Teilen tätowiert. Sie sah wild aus und zugleich auch edel, dachte Wiesel und musterte die tiefen Spuren in ihrem Gesicht, die er bei jemandem wie ihr nicht erwartet hätte. Leid, Gram und mehr hatten sich dort eingegraben. Wie sie noch leben konnte, wie sie den Sprung in die Tiefe überstanden hatte, war ihm ein Rätsel. Er erinnerte sich daran, wie dieses goldene Band den weißen Wolf geschnitten hatte, und seufzte. Niemand hatte es verdient, so etwas zu erleiden. Was Balthasar hier getan hatte, gehörte zu den Dingen, die er bei sich behalten und Desina nicht über ihren Vater erzählen würde.

»Es sind nicht einfach *nur* Wölfe, Wiesel«, sagte Marla leise und hielt ihm die Vase wieder hin. Er zog den Stöpsel heraus und sah zu, wie Marla vorsichtig zwischen die Wölfe trat und die Vase unter den Kopf der Träumerin hielt. Ein Schimmern trat aus der schmalen Öffnung hervor, und es schien, als ob die Träumerin es einatmen würde. Als das Schimmern vergangen war, trat Marla leise zurück, hielt die Vase Wiesel zum Stöpseln hin und saß wieder auf.

»Weiter«, flüsterte sie, als ob sie die Träumerin nicht wecken wollte. »Wir haben noch viel zu tun.«

Als er aufsaß, umfasste ihn wieder der Traum der schlafenden Elfe, wieder befand er sich in dieser Höhle, wieder versperrte ihnen die Festung ihren Weg, doch diesmal hielten die Rösser nicht inne, sondern stürmten weiter, durch den Stein hindurch, durch die Dunkelheit der Felsen, hinaus in die Nacht, weiter in die Träume anderer.

»Was meinst du damit, dass es nicht einfach nur Wölfe waren?«, rief Wiesel zu Marla hin.

»Ich dachte, du hättest es dir denken können!«, rief sie zurück.

Mannwölfe, dachte Wiesel. Mannwölfe, die in einer Ecke

der Messe ihr Lager hatten. Wie war es nur dazu gekommen, dass sie dort schliefen?

»Was geschieht jetzt mit ihr?«, rief er.

»Das weiß ich nicht, und es geht mich auch nichts an!«, rief Marla und sah über ihre Schultern zurück. »Du kannst ihn ja fragen, wenn du willst!«

Im Traum war die Donnerfeste noch erkennbar und auch, auf allen vieren über ihr stehend, als ob er sie schützen wollte, der alte graue Wolf.

Die fünfte Lanze

35 Nur mit einem Leibchen bekleidet hielt Sanja Grenski sich in lichter Höhe mit einer Hand am Wipfel eines Baumes fest, in der anderen hielt sie das Sehrohr und kaute nachdenklich an ihrer Unterlippe. Auch ohne das Glas waren die Fackeln und Laternen der halben Lanze zu erkennen. »Das«, murmelte sie in Gedanken, »könnte die Sache etwas erschweren.«

Sie hatten den Hügel, den der Major meinte, ohne Schwierigkeiten finden können, nur hätte sie nicht gedacht, dass er sich gar so nahe vor den Mauern der kleinen Stadt befinden würde. Wenn die Wyvern morgen früh aufstiegen, würden sie eine Überraschung erleben, das Lager der Fünften lag nun kaum mehr als drei Meilen von der Stadt entfernt. Noch einmal sah sie durch das Glas, diesmal folgte sie dem Weg vom Tor zum Galgenhügel und dann der Handelsstraße, bis sie den Ochsenkarren sah. Belustigt schüttelte sie den Kopf. Sicher hatte der Ser Major eine gute Geschichte bereit, um den Verlust seiner neuen Rüstung zu erklären. Was sie jedoch nicht daran hindern würde, ihn auf Jahre hin damit aufzuziehen. Das Sehrohr hing mit einer Schlinge um ihren Hals, also brauchte sie es nicht zu halten, als sie behände wieder den Baum herunterkletterte. »Götter, warum ist es hinunter immer schwerer!«, fluchte sie, als sie beinahe abrutschte und sich im letzten Moment fing, auch wenn sie sich ihren Oberschenkel arg zerkratzte.

Unten am Baum stand Schwertsergeant Avron und war bemüht, nicht zu genau hinzusehen, bis sie vor ihm stand.

»Wir bekommen mehr Gäste als erwartet«, teilte sie ihm mit, während er ihr half, ihre Rüstung wieder anzulegen. »Die zweite Hälfte der Lanze ist soeben einmarschiert.«

Er hielt kurz inne, dann nickte der Sergeant. »Es macht wohl keinen Unterschied«, meinte er und zog die Schnalle fest. »Es war schon vorher unwahrscheinlich, dass wir überleben werden.«

»Ein bisschen mehr Zuversicht, Schwertsergeant«, wies Grenski ihn zurecht. »Wir sind die zweite Legion, habt Ihr das vergessen?«

»Ich denke jeden Tag daran«, grinste Avron. »Und würde gerne auch noch in zehn Tagen daran denken können!«

»Wir werden sehen, was sich da machen lässt. Wie weit sind die Vorbereitungen gediehen?«

»Von den Kisten mit den Krähenfüßen haben wir aus irgendeinem Grund zu wenig. Fünf anstelle der sechs, die angeblich geladen waren. Wo sollen wir sie verteilen?«

»Verteilt den Inhalt einer Kiste an die Schleuderer, den Rest bringt in Zone vierzehn aus, das muss reichen. Sonst etwas?«

»Wenn die Sonne aufgeht, werden wir nicht ganz fertig sein«, sagte der Sergeant und folgte Grenski, die nun vor der Baumgruppe innehielt und sich sorgsam umsah. »Auch kann es geschehen, dass die halbe Lanze schläft, wenn wir unsere Gäste empfangen!«

»Unseren Freunden in der Stadt ergeht es nicht viel anders. Zumindest die Hälfte von ihnen ist die ganze Nacht marschiert. Zudem werden auch sie ihre Zeit brauchen, um auszurücken. Die Leute sollen einfach schneller graben.«

»Aye, Ser!«, gab Avron zurück, doch sie wussten beide, dass das nicht möglich war. Was Grenski ihrer Lanze in den letzten zwei Tagen zugemutet hatte, lag weit über dem, was man erwarten konnte. Hier hatte sich der Giftanschlag lohnend ausgewirkt. In dieser Lanze gab es niemanden, der leicht verzeihen konnte, und Grenski hatte ihr Möglichstes getan, ihre Leute darauf einzuschwören, es dem Feind heute heimzuzahlen.

Beide Speerwerfer waren bereits aufgebaut, die Sergeanten sahen zu, wie die Mannschaften die Maschinen wieder und wieder luden und auf einen fernen Fackelschein abschossen. So setzten sich die Seilbündel, die die großen Bogen spannten, und sie lernten das Schussfeld zu bestimmen. Eine Feder stand dabei und notierte die Ergebnisse jeden Schusses auf ihrem Brett. An anderen Stellen taten Bullen das, was sie fast noch besser konnten als kämpfen: Sie gruben. Hinter ihnen rief jemand eine Warnung, und wieder knirschte und knackte es, als ein Baum mit Rauschen und einem dumpfen Schlag zu Boden ging. Der Baum lag noch kaum am Boden, da ertönten auch schon die Schläge von schweren Äxten.

Außer den beiden Sergeanten gab es niemand im Lager, der stillstand, keiner ging, ein jeder rannte. Selbst die neuen Rekruten, wer von ihnen nach dem Gift noch am Leben war, taten alles, was sie konnten.

Grenski nickte und wandte sich nach rechts, wo der große Greif wartete. »Es wird ihnen schon schwer genug fallen, uns hier zu ignorieren«, erklärte sie, während der Pfleger den Greifen von den falschen Bandagen befreite. »Nur wird das nicht reichen. Wir brauchen ihre Aufmerksamkeit so schnell wie möglich, noch bevor der Feind sich erholt. Also sehen wir zu, dass man uns nicht ignorieren kann! Und jetzt, bei Nacht, ist es am besten, die meisten werden in ihren Quartieren sein.«

»Sollten wir nicht auf den Major warten?«, fragte Avron beunruhigt.

»Er ist auf dem Weg«, erklärte Grenski. »Es ist so gekommen, wie er befürchtet hat, denn die Königin ist nicht bei ihm. Was mich daran erinnert, dass er eine neue Rüstung braucht. Seht zu, dass er sie erhält, und sagt dem Koch, er soll uns zwei Kessel Kafje zubereiten und doppelte Rationen Frühstück für jeden Mann. Und erklärt den Neuen, warum sie sich erleichtern sollen, bevor es heut ans Sterben geht.«

»Aye, Stabssergeant, Ser!«, rief Avron und eilte davon, wohl auch um Abstand von dem Greifen zu wahren, der nun sein mächtiges Haupt erhob, um zu Grenski hinüberzusehen.

»Wie geht es ihr?«, fragte Grenski den Pfleger, als sie näher trat und dem Greifen freundlich über den glänzenden Schnabel fuhr. An den letzten beiden Tagen hatte sie immer wieder Zeit mit dem Greifen verbracht.

»Sie hat zwei Tage lang nur geschlafen und gefressen«, erklärte der Pfleger mit einem Lächeln. »Ich könnte schwören, dass sie gewachsen ist.«

Die Stabssergeantin nickte und musterte die fünf schweren Netze, die, mit kopfgroßen Steinen und tönernen Ölflaschen gefüllt, neben dem Greifen auf dem Boden lagen. Jedes Netz wog gut und gerne so viel wie drei Pferde, aber Steinwolke schien sich sicher, dass sie diese tragen konnte, wenn auch nur über eine kurze Strecke.

Steinwolke legte den Kopf zur Seite und sah Grenski fragend an.

»Ja«, sagte diese leise. »Es ist so weit, meine Schöne. Fliege hin und schaue nach, wo diese Soldaten sich einquartieren. Den Tempel wirst du auch erkennen. Vier Netze für die Soldaten. Das letzte Netz für diesen Tempel.«

Steinwolke nickte und schlug beide Vorderkrallen in das erste Netz. Ein festes Seil hing aus dem Netz heraus, groß und fest genug, sodass sie mit ihrem Schnabel daran zerren konnte, um das Netz aufzuziehen.

Grenski nickte, und der Greif breitete die Schwingen aus. Hastig traten der Pfleger und die Stabssergeantin zurück, als die mächtigen Schwingen einen Wind entfachten, der sie von den Beinen zu reißen drohte. Dann duckte sich Steinwolke zum Sprung ... und sprang.

Für einen atemlosen Moment sah es aus, als ob die Steine zu schwer wären, doch dann hoben sie sich vom Boden ab, während der Wind in den Federn des majestätischen Greifen rauschte wie in einem Sturm. Dann stieg der mächtige Greif langsam höher und höher, bis ihn die Nacht verschlag.

»Es beginnt«, sagte Grenski mit rauer Stimme, und der Pfleger nickte.

»Was steht Ihr noch herum?«, fuhr sie den armen Mann an. »Ihr habt eine Armbrust und eine Stellung, die Euch erwartet!«

»Aye!«, rief der Mann und eilte davon. Jetzt gibt es kein Zurück, dachte die Stabssergeantin. Sie ging zu dem Zelt des Majors zurück, legte ihm sein Sehrohr auf das Feldbett und zündete die Kerze in dem Stövchen an. Bekam der Major am Morgen keinen Tee, war er zumeist über den ganzen Tag nur schwer auszuhalten.

Als sie Wasser auf die Blätter geben wollte, ließ sie der entfernte Triumphschrei des Greifen innehalten. Grenski lächelte grimmig und füllte die Kanne sorgsam weiter auf.

Was auch immer kommen würde, heute würden sie Geschichte schreiben.

Der Plan des Lanzengenerals

36 »Ihr wolltet mich dringlich sprechen, Asela?«, fragte Desina müde und gähnte hinter vorgehaltener Hand. Sie hatte endlich wieder richtig schlafen können, doch die Nacht war viel zu kurz gewesen, der Morgen war noch nicht einmal zu erahnen.

Ihre Cousine hatte sie in einen Raum des alten Eulenturms gebeten, den Desina gut kannte, es handelte sich um eine kleine Bibliothek im zweiten Stock, die hauptsächlich Karten enthielt.

Ein runder Tisch stand in der Mitte, genau unter einem der magischen Leuchtgloben, der den Raum mit mildem warmem Licht erfüllte.

Die andere Eule stand über diesen Tisch gebeugt, aus der Tiefe ihrer Augenringe schloss die junge Kaiserin, dass Asela bislang nicht gerastet hatte. Vor ihr lag ein großes Blatt aus feinem Pergament, daneben standen eine Schale mit Löschsand und ein Tintenfässchen, in dem eine silberne Feder steckte.

»Es ist alles in Gefahr«, sagte die ältere Eule schwer und seufzte. »Der Weltenstrom ist umgeleitet, aber etwas muss sehr schiefgegangen sein.« Sie sah zu Desina auf und lächelte schwach. »Verzeiht, dass ich es auch als einen Vorwand für eine Lektion nehme. Ihr kennt das Prinzip der Ähnlichkeiten?«

»Ja«, sagte Desina und gähnte erneut. »Aber könnte es nicht bis zum Frühstück warten? Ihr habt jeden Tag Dutzende Lektionen für mich.«

»Dann fügt noch die hinzu, dass es Dinge gibt, die dringender sind, als dass Ihr Euren Bauch beizeiten füllt«, antwortete die ältere Eule überraschend scharf. Für einen Moment hatte Desina den Drang aufzubegehren, schließlich war sie die Kaiserin, doch dann hielt sie sich zurück. Ihre Cousine war vielleicht die Einzige, die es wagte, so mit ihr umzugehen, und irgendwo war Desina froh darum, dass es zumindest eine gab, die ihr nicht nach dem Mund redete.

»Gut«, gab sie dann nach. »Was wollt Ihr mir zeigen?«

»Eine Karte ist dazu da, Dinge zu zeigen, die man nicht selbst sehen kann«, sagte Asela in ihrem schulmeisterlichen Ton. »Es folgt daraus, dass man das Prinzip der Ähnlichkeiten auch auf sie anwenden kann, um genau das zu tun, einen fernen Ort zu zeigen. Dazu bedarf es der Vorstellung, dass es einen gibt, der sich dort befindet und diese Karte zeichnen könnte, einen Federkiel, der den Strömen der Magie folgen kann, und eine Tusche, mit Silber angereichert, dass auch sie dem Fluss der Magie unterliegt.« Sie sah zu der jungen Kaiserin auf. »Bedenke, dass Magie auch dort wirkt, wo etwas zwar nicht ist, aber sein könnte. Die Möglichkeit, dass etwas sein könnte, reicht, um die Magie zu formen, dass es auch ist.«

Desina nickte, das war ihr schon bekannt, wenn sie es auch noch nicht vollends begriffen hatte.

»In diesem Fall stellen wir uns vor, dass eine der Federn von Major Blixens Lanze uns diese Karte gezeichnet hätte … also geben wir dieser unbekannten Feder die Gelegenheit, es auch für uns zu tun.«

Sie hob die Hände an und hielt sie über den Federkiel, der sich in die Luft erhob, einen Tropfen am Rand des Fässchens abstreifte und die silberne Spitze auf der Karte ansetzte.

»So …«, sagte Asela leise, dann begann der Federkiel zu tanzen und Tuschespuren zu hinterlassen. »Habt Ihr es gesehen?«

Desina nickte, doch sie sagte nichts, sie sah nur gebannt zu, wie der Federkiel sein Werk verrichtete. Wieder und wieder kehrte er zu dem Fässchen zurück, um erneut Tusche aufzunehmen, und zog seine Spuren. Keine menschliche Hand hätte ihn so schnell und sicher führen können. In kühnen Strichen skizzierte er eine Karte, von einer rechteckig befestigten Stadt, mit dem Symbol eines Tempels darin, einem Hügel dort, wo auch der Tempel stand, einem Wald im Osten der Stadt, den der Federkiel mit dem Symbol eines schlafenden Drachen versah, Häusern in der Stadt und Straßen, den Zeichen für eine Lanze, die dort Quartier bezogen hatte, und dann, weiter, Tor und Straße, Galgenhügel und Handelsweg und schließlich einen Hügel mit steilen Hängen und erneut dem Zeichen einer Lanze, diese allerdings im letzten Achtel gebrochen. Der Federkiel tanzte herum, zog Linien für Befestigungen, Speerwerfer und, auf einem weiteren Hügel links davon, noch eine Katapultstellung des Feindes. Dann schwebte der Federkiel zurück zu seinem Fässchen und verharrte still.

Sorgsam schüttete Asela den goldenen Sand aus der Schale über die Karte und blies ihn wieder ab, um sie sorgfältig zu mustern.

Desina selbst hatte jede Müdigkeit vergessen, Aselas Werk faszinierte sie ungemein. Ihr rascher Verstand erfasste die Möglichkeiten, die diese Art von Magie bot, aber zugleich auch den Grad ihrer Beherrschung, den die ältere Eule damit bewies.

»Etwas ist seltsam an der Karte«, sagte die junge Kaiserin und besah sich diese feinen Linien. Keine einzige war krumm oder unterbrochen, alles gar so, als hätte ein Architekt sie sorgsam angefertigt.

»Ihr habt es bemerkt«, nickte Asela und runzelte die Stirn. »Der Reichtum der Einzelheiten der Stadt ist viel zu groß, als dass es eine von Blixens Federn hätte zeichnen können, so gut werden sie Lassahndaar nicht ausgespäht haben.«

»Das bedeutet?«

»Dass ich etwas zu weit gegriffen habe. Es war eine Feder der schwarzen Legion, die wir uns geliehen haben.« Asela lächelte grimmig. »Danke auch dafür. Nun«, fuhr sie fort, »sie zeigt uns trotzdem, was wir sehen wollen: Das hier auf dem Hügel ist Blixens Stellung, die fünfte Lanze der zweiten Legion …« Ihr schlanker Finger ruhte auf acht Strichen unter dem gebrochenen Teil des Lanzensymbols. »Sie ist nur noch achtzig Mann stark.«

»Götter«, hauchte Desina. »Mehr als die Hälfte verloren.«

Der Finger schwebte nun über dem breiten Lanzensymbol nach dem Tempel in der Stadt. »Die Lanze ist gefüllt … eine volle Lanze«, stellte Asela fest und räusperte sich ein wenig, bevor sie weitersprach. »Tausend Mann.« Ihr Finger wanderte ein wenig, um ein Achteck auszudeuten. »Dieses Symbol kennt Ihr ebenfalls.«

»Ein Tor«, nickte die junge Kaiserin. »Ich dachte, es gäbe dort keines?«

»Vor drei Tagen war es auch noch nicht da«, sagte Asela. »Jetzt ist es eingezeichnet ... ich glaube wirklich, dass wir uns eine Feder des Feindes geliehen haben.« Sie sah zu Desina hin. »Mit dieser Art der Karten gibt es ein kleines Problem. Es ist nie sicher, *wann* die größte Möglichkeit besteht, dass eine solche Karte gezeichnet wird. Sie kann von gestern oder auch von morgen sein, viel weiter wird die Varianz nicht reichen.«

»Sie kann die Zukunft zeigen?«, fragte Desina fasziniert.

»Nein«, sagte Asela. »Nur eine Möglichkeit einer Karte, die vielleicht erst morgen gezeichnet werden könnte. Das ist nicht das Gleiche, und wie ich sagte, sind die Varianzen meist nicht groß. Ich schätze sie auf zwei oder drei Glocken, eher vier bis fünf Kerzenlängen. Hier. Das ist der Tempel.«

»Das sehe ich.«

»Was seht Ihr noch?«

»Das Zeichen für Ruine und einen dunklen Kreis. Ist Soltars Zeichen nicht die Sonne?«

»Ja. Der Tempel ist Omagor geweiht, und er ist oder wurde oder wird zerstört.«

»Verflucht«, sagte Desina und seufzte dann. »Aber das war wohl zu erwarten.«

»Seht genauer hin.«

Desina musterte die feinen Striche und fand dort das Zeichen für einen Spähtrupp. Mit Mühe konnte sie die unendlich feinen Linien erkennen, die den kaiserlichen Drachen zeigten.

»Wir haben Leute dort«, stellte sie fest.

»So ist es«, sagte Asela und biss sich auf die Unterlippe, was sie für den Moment um vieles jünger aussehen ließ. »Die Karte kann nur das zeigen, was sie weiß und wie sie es kennt. Hier ist der Wolfskopf eingezeichnet, gleich daneben die schwarze Scheibe Omagors, was bedeutet, dass die Priester Soltars den Tempel nahe, wenn nicht gar auf dem Tempel des alten Wolfs errichtet haben. Da Leandra den Weltenstrom hat umleiten können, mag es sein, dass unsere gedachte Feder sie mit diesem Spähtrupp meint und sie sich dort befindet.«

»Müsste es dann nicht eine Krone sein?«

»Durchaus«, gab Asela zu. »Aber noch hat sie ihren Thron nicht bestiegen, und die Feder sieht es vielleicht anders. Oder es ist nur ein Spähtrupp und nicht mehr. Aber es gibt auch nirgends sonst auf dieser Karte eine Krone.«

Sie seufzte und wandte sich dem eingezeichneten Hügel mit seinen Stellungen zu.

»Ich kenne diesen Hügel«, sagte sie leise. »Die Legion hat dort schon einmal gekämpft. Er ist anders, als ich mich an ihn erinnere, aber die Zeit verändert vieles. Sei es drum … es ist Blixens Lanze, die hier liegt. Es sind nicht mehr als drei Meilen von dort zu den Toren dieser Stadt. Er fordert die Feindlanze heraus. Zeigt ihnen eine Nase.«

»Aber warum?«, fragte Desina leise. »Es steht elf zu eins gegen ihn, er muss verzweifelt sein, so etwas zu wagen. Zeigt die Karte wirklich Wahres an?«

»Nur das, was möglicherweise dem Kenntnisstand unser eingebildeten Feder entspricht. Sie lügt nicht, ist aber vielleicht in dem nicht wahr, was diese Feder nicht wissen kann. Was die Position der Lanze angeht, müsste unsere Karte hier die Wahrheit zeigen. Doch warum sich Blix opfern will, kann ich nicht sagen. Es ergibt für mich keinen Sinn.«

»Kann … kann … wenn sich die Feindlanze fordern lässt, kann dann Blix gewinnen?«, fragte Desina zögernd.

Asela schüttelte den Kopf. »Ich habe einige Erfahrung sowohl mit kaiserlichen Legionären als auch mit der schwarzen Legion. Ich setze einen von unseren Legionären gegen vier der anderen, aber nicht gegen zehn oder elf. Es ist eine gute Position, und in der Verteidigung sind die Bullen besser als alle anderen, aber dennoch ... die fünfte Lanze wird vernichtet werden, wenn der Feind sich locken lässt.«

»Warum sollte der Feind den Köder nicht wollen, wenn er doch gewinnen kann?«

»Weil Blix sie bluten lassen wird.« Asela seufzte. »Ich denke, er plante, die halbe Lanze anzugehen, und wusste nicht, dass es eine ganze Lanze werden würde. Gegen eine halbe Lanze hätte er vielleicht gewinnen können, gegen eine ganze nicht.«

»Also werden wir sie verlieren«, stellte Desina bedrückt fest und schüttelte den Kopf. »Es ist grausam, was du mir hier zeigst, Asela«, sagte sie leise, und ohne zu bemerken, dass sie das vertrauliche Du verwendete. »Noch leben sie, und wir wissen, dass sie sterben werden. Und ich habe sie dorthin geschickt ... und alles ist verloren.«

»Ja«, sagte Asela schwer. »Doch das darf nicht sein. Die ganze Hoffnung des Reichs ruht darauf, dass die zweite Legion immer siegen wird. Es war ein Fehler des Lanzengenerals, Blixens Lanze in die zweite Legion aufzunehmen. Aber sie gehört jetzt zur zweiten Legion ... und deshalb darf sie auch nicht fallen.«

»Ich sehe nicht, wie wir es verhindern können«, sagte Desina bedrückt. »Wir haben Truppen in der Donnerfeste, doch sie sind zu wenige und zu weit entfernt, sie kämen nicht rechtzeitig an.« Sie sah Asela an und sah deren Blick. »Nein«, sagte die junge Kaiserin leise, aber bestimmt. »Du wirst nicht alleine dort hingehen.«

»Ich bin eine ganze Lanze wert«, behauptete Asela. »Ich kann das Gewicht auf der Waage sein, das wir brauchen.«

»Und du bist sicher, dass du dort nicht fallen wirst?«

Asela zögerte. »Ich halte es für unwahrscheinlich, ich habe vieles überlebt.«

»Ich fragte, ob du dir sicher sein kannst.« Asela blinzelte, als sie diesen Ton in der Stimme der jungen Kaiserin hörte. Besorgt und zugleich auch kühl, bestimmt, aber nicht in Stein geschlagen … sie kannte diesen gewissen Ton, nur hatte sie ihn zuletzt von einem Mann gehört, der ebenfalls eine Krone getragen hatte.

»Du bist wie dein Großvater«, sagte Asela leise. »Er hat mich auch immer so angesehen, der gleiche Ton, der gleiche Blick …«

»Die gleiche Frage?«

Asela nickte.

»Was würdest du ihm antworten?«

»Ihm habe ich das Falsche gesagt«, gestand Asela. »Dir sage ich, dass ich es nicht wissen kann.« Sie lachte bitter. »Ich habe wohl doch etwas dazugelernt.«

»Dann kommt es nicht infrage«, entschied Desina. »Du bist zu wichtig. Für mich und das Reich. Alleine an dieser Karte sieht man es, es steht nirgends niedergeschrieben, dass man das tun kann.«

»Balthasar kam auf die Idee … und hat sie eifersüchtig gehütet«, sagte Asela leise. »Aber wenn Ihr mich nicht gehen lasst, was tun wir dann? Wenn Blixens Lanze untergeht, geht auch die Legende unter … und wir brauchen sie, um den Südlanden und auch uns Mut zu geben!«

»Hm«, sagte Desina und sah nachdenklich die Karte an. »Eine mögliche Feder hat sie uns gezeichnet, sagst du?«

»So in etwa.« Asela lächelte ein wenig. »Ihr wisst, es ist etwas komplizierter.«

»Gut«, sagte Desina. »Kannst du es noch mal tun?«

»Noch mal?«, fragte Asela überrascht. »Warum? Was ist an dieser Karte falsch?«

»Nichts. Ich will eine andere Karte sehen.« Desina strich sich ihre roten Locken aus dem Gesicht, und in ihren grünen Augen tanzte fast der Schalk.

»Zeig mir die Karte, die der Lanzengeneral uns zeichnen würde. Zeige mir, wie er die Lanze retten würde. Leandra sagt, es gibt keinen größeren Strategen als ihn.«

»Er liegt wie tot im Tempel.«

»Möglicherweise ist er es nicht.«

»Ich weiß, dass er keine Karten lesen kann, geschweige zeichnen«, widersprach Asela, der dieser Gedanke offensichtlich wenig behagte. »Er ist ungebildet und kann kaum richtig schreiben. Ich weigere mich zu glauben, dass er eine Lösung kennen könnte, die sich mir entzieht.«

»Hat er dich nicht im Schach geschlagen? Oder hast du verlieren wollen?«, fragte Desina verschmitzt.

»Gewiss nicht«, protestierte die ältere Eule und seufzte. »Ich brauche Schwertobristin Helis«, gab sie sich geschlagen. »Sie kennt ihn, ist ihm nahe, und sie kann eine Karte für ihn zeichnen, als ob er ihr den Schlachtplan erklären würde.«

»Und was soll ich tun?«, fragte eine müde Schwertobristin etwas später. Es war auch für sie etwas überraschend, dass die Kaiserin sie persönlich aus ihrem Bett geholt hatte. Jetzt fand sie auch noch die Eule Asela in ihrem Quartier vor.

»Nur wenig«, sagte die ältere der beiden Eulen und wischte mit einer Handbewegung den kleinen Tisch frei. Papiere, Rollen, Bücher, Karten, Federkiele, ein Tintenfässchen und ein leerer Becher flogen davon, um sich auf einer Anrichte, die an der Seite stand, ordentlich wie Soldaten aufzureihen. Dafür schob sich ein Stuhl einladend heraus.

»Setz dich dorthin, Finna«, bat sie ihre alte Freundin. »Schließe die Augen, denke an den Lanzengeneral und achte nicht auf das, was wir hier tun. Stell dir vor, er hätte ein Problem, das er lösen müsste. Dazu muss er eine Karte zeichnen. Da er das nicht kann, wird er sich an dich wenden, um seine Gedanken auf das Papyira zu bannen.«

Helis zuckte die Schultern und setzte sich, schloss gehorsam die Augen.

»Siehst du ihn bereits?«, fragte Asela leise. »Wie er dort sitzt und brütet?«

Helis Augen flogen wieder auf.

»Zwei Dinge, Asela«, sagte sie leise, aber bestimmt. »Wenn

du in meinen Geist willst, denke daran, dass es dir auch früher nicht gelang. Und Havald brütet nicht, er würde stehen, auf und ab gehen, gestikulieren, erzählen, was er erreichen will .... und dann stehen bleiben und einfach sagen, was er zu tun gedenkt.«

»Ja«, sagte Asela und sah sie seltsam an. »Das stimmt. Dein Geist war schon immer verschlossen. Ginge es nach dem, was ich von dir fühle, wärest du gar nicht da!«

»Ich mag dich auch nicht«, grinste Helis, doch dann wurde sie wieder ernst. »So wird das nichts.«

»Bitte«, sagte Desina leise. »Es ist wichtig. Helft uns.«

»Sagt mir, was Ihr von mir wollt«, sagte Helis, und ihr Blick bohrte sich in den der älteren Eule. »Nur bleibe aus meinem Geist heraus.«

Helis ließ die Feder sinken, während Asela die Tusche mit Sand ablöschte. Gedankenverloren stellte die Obristin die Feder zurück in das silberne Fässchen und runzelte die Stirn. Darin war sie nicht alleine, alle drei Seras trugen fast den gleichen Ausdruck im Gesicht.

»Das ist keine Karte«, stellte Asela grübelnd fest, während sie auf das Gewirr von Zeichen, Wörtern, Spalten, Tabellen und Linien sah. »Es ist alles zusammen, quer durcheinander, wild dahingekritzelt! Entweder hat die Magie falsch gewirkt, oder der Mann ist wahnsinnig.«

Desina seufzte. »Es fühlt sich an, als ob ein Sinn darin verborgen wäre, doch ich erkenne ihn nicht.«

»Weil ihr ihn, mit Verlaub, beide unterschätzt«, sagte Helis leise. »Er denkt einfach nicht in geraden Bahnen. Er springt, hierhin und dorthin, und dann sieht er das gesamte Bild. Und noch eines. Ich stellte ihn mir dort stehend vor, also müssen wir das Blatt so lesen, wie er es gesehen hätte.«

Sie drehte das große Blatt herum, bis es richtig vor ihr lag.

»Hier ist eine Skizze eines Gebäudes«, sagte sie. »Es kommt mir bekannt vor, aber ich ...«

»Die Gildenhalle«, sagte Desina bestimmt.

»Seid Ihr sicher?«, fragte Helis zweifelnd.

»Ich stand schon mal vor einer solchen Skizze, ich werde schwerlich vergessen, was sie zeigt!« Desina legte ihre Stirn in Falten. »Nur, was bedeutet es?«

»Ich glaube, das hier am Rand sind Abkürzungen für Farben«, sagte Helis. »Er schrieb sie so in sein Buch, wenn wir ein ...«

»Die Koordinaten für ein Tor«, sagte Asela mit weiten Augen. »Erlaubt mir einen Moment, ich muss kurz rechnen.«

Sie zog ein neues Blatt heran, tunkte die Feder ein und schrieb rasch neun Zahlenkolonnen nieder. »Rasch!«, rief sie dann aus. »Habt Ihr Karten von den Südlanden?«

Wortlos stand Helis auf, nahm die Karte von der Anrichte und breitete sie neben dem Blatt auf ihrem Tisch aus.

Asela nickte dankend. »Das ist nur grob«, teilte sie den anderen mit, »ich müsste noch ein paar Kerzenlängen rechnen, aber ...« Ohne zu zögern, setzte Asela die Feder an und zog zwei Linien ... und hob dann langsam die Feder an, um auf den Punkt zu starren, an dem sich die Linien kreuzten. »Götter!«, hauchte sie. »Das ist Lassahndaar! Aber ...«

»Die Gildenhalle«, sagte Desina aufgeregt. »Dort befindet sich ein Tor.«

»Es ist zu groß. Es ist ein Frachttor und ...« Sie unterbrach sich selbst und schüttelte fassungslos den Kopf. »Weiß der Lanzengeneral von dem Angriff auf die Stadt?«

»Natürlich«, sagte Desina. »Ich habe es ihm selbst erzählt, er gab nicht eher Ruhe, bis er alles aus mir herausgepresst hatte. Ich glaube, er vermutete eine Verbindung zwischen dem, was dort geschah, und den Geschehnissen auf den Feuerinseln. Man hatte ihm vorgeworfen, schuld an der Katastrophe zu sein, erinnert Ihr euch?«

Asela besah sich noch immer fassungslos das Kreuz auf Helis' Karte. »Ich verstehe nicht, wie er das können soll. Es ist nicht einmal möglich. Ich bin die Einzige, die noch über das Wissen verfügt, so etwas zu berechnen. Er könnte es nicht.«

Helis musterte ihre alte Freundin nachdenklich.

»Du hast mir selbst gesagt, dass du wissen wolltest, was er getan hätte. Ich sage dir, wer ihm diese Koordinaten ausgerechnet hätte. Er hätte dich gebeten, es zu tun.«

»Natürlich«, sagte die Eule und schlug sich leicht gegen die Stirn. »Aber ich hätte Tage gebraucht, es auszurechnen!«

»Dann hättest du auch Tage Zeit gehabt … ich frage mich«, sagte Helis leise. »Ob ich wirklich wusste, was er mit Blixens Lanze plante.«

»Er konnte nicht wissen, dass die schwarze Legion ein Tor dorthin bringen würde«, warf Desina ein.

»Hat er auch nicht«, sagte Asela erschüttert. »Die Koordinaten führen direkt vor den Tempel dort, nicht zu dem Tor, das auf der anderen Karte eingezeichnet war. Er hatte gar nicht vor, dass Blixens Lanze dorthin marschieren sollte, er wollte sie durch ein Tor dorthin schicken …« Sie sah Helis mit weiten Augen an. »Kennt er denn Lassahndaar?«

»Bestimmt«, nickte diese. »Er lebte fast dreihundert Jahre in den Südlanden, ich glaube nicht, dass es einen Winkel gibt, den er nicht bereiste. Ich weiß, dass er beständig auf Wanderschaft war, deshalb nennt man ihn doch den Wanderer.«

»Also hätte er mit meiner Beschreibung des Wolfstempels etwas anfangen können«, stellte die Eule fest und schüttelte fassungslos den Kopf. »Also gut«, sagte sie entschlossen. »Schauen wir, was wir noch aus seinen Notizen lesen können!«

»Zwei Namen«, sagte Helis. »Die Generalsergeanten Kasale und Rellin.«

»Die beiden können sich nicht ausstehen«, sagte Desina leise. »So viel weiß ich.«

»Das hätte Havald wenig interessiert. Zweitausendvierhundert und dreitausendundzwölf. Sagt euch das etwas?«

»Die Stärke der zweiten und dritten Legion. Der Stand von

dieser Woche. Ich habe die Zahlen erst vor drei Tagen erhalten«, sagte Desina.

»Gasalabad, Eisenpass, Donnerfeste, Askir, Gildenhalle, Hammerkopf, Tempel«, entzifferte Helis mit Schwierigkeiten. »Wieder Torfarben ... Götter, hat er eine krakelige Schrift!«

»Die Standorte der Legionen«, stellte Asela fest. »Und ... Götter! Es gibt ein Frachttor im Hammerkopf! Das ist nahe und wenn ... dort treffen sich fünf Adern des Weltenstroms, und von dort aus wäre es ein Leichtes, ein Tor zu diesem Tempel in Lassahndaar zu öffnen. Und wenn er die Legion durch die Tore nach Askir holt und dann zur Gildenhalle marschieren lässt, zum Hammerkopf verlegt, dann kann er von dort mit den Torsteinen, die wir gefunden haben ...« Sie stockte mitten im Satz und sah nur sprachlos auf die Notizen herab.

»Also will er die zweite und die dritte Legion zusammenziehen und sie mitten in diesen Tempel setzen«, sagte Helis. »Das ist mehr als gewagt.«

»Zumal der Tempel zerstört ist. Oder sein wird«, gab Asela zu bedenken und kaute wieder auf ihrer Unterlippe herum. »Tausend Mann hat er eingeplant«, sagte sie dann nachdenklich. »Stehen sie gedrängt, können Hunderte Soldaten auf einen Schlag durch ein solches Tor gebracht werden. Hinter die Mauern der Stadt, direkt neben das Gebäude, in dem der Gegner Quartier bezogen hat. Was ist das hier? Ist das der Hügel vor der Stadt?«

»Ja. Aber es ist nach seinem Plan nicht Blix mit einer Lanze, der dort steht, sondern jemand aus der dritten Legion, vielleicht, um die Straße zu bewachen. Blix ist direkt für Lassahndaar eingeteilt.« Die Obristin seufzte und schüttelte enttäuscht den Kopf. »Es ist nicht das, was er getan hätte, wäre er jetzt bei uns. Es ist das, was er vielleicht ursprünglich beabsichtigt hat. Ein Überraschungsangriff mit Macht auf die Garnison in Lassahndaar. Wahrscheinlich nicht nur, um den Weltenstrom zu sichern, sondern auch, um den Nachschub des Feindes zur Kronstadt hin abzuschneiden.«

»Vielleicht können wir den Plan doch nutzen?«, fragte Desina hoffnungsvoll.

»Nein«, sagte Helis enttäuscht. »Schaut hier. Hier hat er das Datum hingeschrieben. Es ist neun Tage her. Den Angriff selbst hatte er für das Datum vor drei Tagen angesetzt.« Sie sah zu Asela hin. »Was Eure Magie uns hier zeigt, ist faszinierend! Dieser Plan hätte wahrhaftig von Havald stammen können, er zeigt seine Art zu denken. Er schreibt sich meist nur Stichworte auf, für ihn ist es genug. Hier, diese anderen Spalten … Ausrüstungstabellen, Versorgung, Futter für die Pferde … alles sauber aufgezeichnet. Doch vor neun Tagen lag er bereits im Tempel, und er hat diesen Plan ja in Wahrheit nie gefasst.«

»Wie du sagst, Asela«, meinte die junge Kaiserin bedrückt. »Eine Möglichkeit, die bestanden hätte … nur dass sie vergangen ist.«

Die Eule schüttelte den Kopf. »So weit reicht die Varianz nicht. Ich sehe nicht, wie dieser Plan so alt sein kann!«

»Vergesst nicht, wer Havald ist«, sagte Helis. »Bei ihm ist alles möglich. Es ist schade, aber dieser Plan hier ist zu alt, wir können die Legionen nicht mehr rechtzeitig verlegen. Es tut mir leid um Blix, aber …« Sie schüttelte traurig den Kopf. »Mit diesem Plan ist uns nicht geholfen.« Sie sah zu der Eule hin. »Wollen wir es erneut versuchen? Vielleicht im Tempel selbst, neben seiner Bahre?«

»Nein«, sagte Asela. »Es würde nichts ändern, ich habe bei dem Wirken keinen Fehler begangen. Die Magie wird uns wieder die gleiche Antwort geben … nur dass es die falsche ist.«

Desina sah grübelnd auf das Blatt mit den fast unleserlichen Notizen. »Oder wir sehen sie noch immer nicht.«

»Wie war die Frage denn genau gestellt?«, fragte Helis.

»Zeigt mir den Plan, den der Lanzengeneral erstellt hätte, um Blixens Lanze zu retten.«

»Großartig«, meinte Desina bitter. »So, wie ich das verstehe, wäre Blixens Lanze nach diesem Plan gar nicht erst in Gefahr gekommen. Hier, schaut! Er war einfach nur zum Schutz des Tempels eingeteilt!«

»Also kann Havald uns nicht helfen. Wir brauchen einen anderen Plan«, sagte Helis. Sie sah mit besorgten Augen auf und ballte die Fäuste. »Wir können Leandra, Blix und die anderen doch nicht einfach sterben lassen!«

Der Handel der Götter

37 Es beeindruckte Janos immer wieder, mit welch grimmiger Effizienz Odgar das Morden betrieb. Er kannte den Mann schon seit Jahren, und dennoch fiel es ihm schwer, ihn dabei zu beobachten. Der graue Mann ging brutal und simpel vor: Er wartete, bis die Streife nahe genug an der Stelle war, wo sie sterben sollte, dann trat er von hinten an die beiden feindlichen Soldaten heran und stach jedem einmal in den Nacken.

Oftmals waren die Soldaten noch gar nicht tot, als Janos geduckt heraneilte, sie sich beide griff und zu der einen Stelle der Tempelterrasse brachte, wo es jenseits der niedrigen Terrassenmauer steil nach unten ging, hier hatte eine Laune der Natur eine tiefe Spalte in den Hügel geschlagen. Selbst mit einer Fackel in der Hand konnte man kaum den Boden der Spalte sehen, und sie war noch lange nicht aufgefüllt.

Als Janos den zweiten Mann dort hinunterwarf, sah er für einen kurzen Moment im Sternenlicht dessen ängstlichen Blick, der Mund des Mannes bewegte sich, dann fiel auch er. Wenigstens, dachte Janos grimmig, war es hier von Vorteil, dass der Feind diese Lederrüstungen trug, ein Legionär hätte bei dem gleichen Sturz so laut gescheppert, dass die ganze Stadt davon erwacht wäre. So aber gab es nur einen dumpfen

Schlag und ein entferntes Stöhnen. Jemand musste dort unten noch leben.

»Waren das jetzt alle?«, fragte Janos leise, während er die Tempelterrasse nach weiteren dunklen Schatten absuchte.

»Ja, Ser«, antwortete Odgar und zerrte ein wenig an seinem Brustpanzer, der nicht so ganz passte. Für ihn war es ein Leichtes gewesen, unter den Rüstungen der Wachen etwas Passendes zu entdecken. Janos hingegen war froh darum, einen Waffenrock gefunden zu haben, der halbwegs passte. Die Hose, die er trug, war viel zu kurz, und er war noch immer barfuß. Keiner der schwarzen Soldaten war bislang in passenden Stiefeln gestorben.

Vierzehn Mann lagen jetzt dort unten in der kleinen Schlucht. Selbst für Janos war dies der blutigste Tag seines Lebens. Sollten sie uns doch erwischen, dachte er jetzt grimmig, haben wir uns wenigstens teuer verkauft.

»Zum Tempel dann?«, fragte er flüsternd. Odgar nickte, und sie eilten geduckt hin zu dem dunklen Tempel, dessen Tor nur von einer Ölschale erleuchtet wurde. Gerade wollte Odgar sich an der kleinen Tür in dem Portal zu schaffen machen, als ein lautes Bersten und Krachen von der Präfektur her kam, gefolgt von Schreien und dann dem Schlagen des Alarms.

»Bei allen Höllen, was ist denn dort geschehen!«, fluchte Janos, als er sich mit einem Satz hinter dem Podest einer Blumenschale in Sicherheit brachte, während Odgar nur zur Seite hinter eine Säule trat. Gerade noch zur rechten Zeit, denn die Tempeltür flog auf, und einer der dunklen Elfenpriester kam zusammen mit vier der schwarzen Soldaten herausgerannt.

»Wo sind die ganzen Wachen hin?«, fragte einer der Soldaten, doch der Priester hörte nicht auf ihn, dafür deutete er hinauf in die dunkle Nacht und fluchte in seiner Sprache.

»Ein Greif!«, zischte er dann wütend. »Seht ihr blinden Hunde ihn denn nicht? Er greift euer Lager an!«

»Die Wachen müssten trotzdem …«, begann der eine Soldat, doch der Priester fuhr herum und bedachte ihn mit einem glühenden Blick.

»Sie werden dem Alarm gefolgt sein. Dafür lasse ich sie morgen früh auspeitschen. Doch ihr vier werdet hierbleiben und das Tor bewachen … und wehe, ihr rührt euch von der Stelle, sonst werdet ihr die Gnade unseres Gottes zu spüren bekommen!«

»Aber …«, begann ein anderer Soldat, doch weiter kam er nicht.

»Ihr seid dem Tempel unterstellt, und ich habe Wichtigeres zu tun, als bei jedem Alarm zu springen!« Damit eilte der Priester in den Tempel zurück und schlug die Tür mit einem lauten Schlag zu.

Janos und Odgar tauschten einen Blick, dann trat der graue Mann hinter den Soldaten, der ihm am nächsten stand. Die schwarze Klinge zuckte vor, der Mann brach zusammen und fiel seinem überraschten Kameraden direkt vor die Füße.

»Was …?«, begann der, dann war es auch für ihn zu spät. Nur der Letzte der vier verstand, was hier geschah, doch es half ihm nicht, er endete auf Eiswehrs fahler Klinge.

Schnell zog Janos den Mann von den Platten vor den Eingang, bevor er noch allzu viel Blut auf dem Boden verlor. Janos griff sich noch einen zweiten und rannte los, kurz darauf holte er auch noch die anderen Soldaten. Hat alles ein Gutes, dachte er, als er schwer atmend zum Tempel zurücktrottete, wo Odgar noch immer auf ihn wartete. Wenigstens hielt ihn die Bewegung warm.

Kaum hatte er das Tempeltor erreicht, da wies der graue Mann die Treppe hinab, wo das untere Tor soeben geöffnet wurde. »Verstärkung«, flüsterte er, und Janos nickte grimmig. Das ganze Morden war umsonst gewesen, dort unten trotteten bestimmt zwanzig Mann die Stufen hoch.

»Ich weiß, wo sie uns nicht suchen werden«, sagte Janos entschlossen und zog die Tempeltür auf. »Mal schauen, ob wir ein paar dieser Priester zu ihrem falschen Gott schicken können!«

»Was ist mit diesem Greifen?«, fragte Odgar leise, während er dem Hauptmann folgte.

»Lass ihn fliegen«, knurrte Janos und sah sich rasch in der Tempelhalle um. Nur die flackernden Flammen einer einzigen Ölschale gaben Licht, der größte Teil der Halle lag im Dunkeln. Was ihnen nicht von Nutzen war, denn für die dunklen Priester war es hell genug.

»Rechts«, zischte er und eilte geduckt die Wand entlang.

»Warum rechts?«, fragte Odgar flüsternd, während er dem großen Mann folgte.

»Zwei Gründe«, gab Janos leise Antwort und wies mit Eiswehrs Spitze zu dem Symbol einer Schriftrolle, das an der Wand in den Marmor eingeschlagen war. »Zum einen bezweifle ich, dass die dunklen Elfen Verwendung für die Schriften Soltars haben, zum anderen will ich einfach von hier weg!«

Gerlon saß in einer Ecke der Gebetszelle, die nun ihr Gefängnis war, und betrachtete mit feuchten Augen die zerstörten Wandmalereien. In dem flackernden Licht der Fackel schienen sich die Umrisse zu bewegen.

»Es gehört sich nicht«, flüsterte er nicht zum ersten Mal. »Warum zerstören sie sein Antlitz?«

»Weil sie ihn fürchten«, gab Zokora zurück. »Er hat ihren Gott erschlagen, erinnerst du dich?«

»*Und der Gott stritt gegen die Finsternis, auf seiner Seite die Heerscharen des Lichts und die Rechtschaffenen der Götter. Auf der anderen Seite trat ihm die Dunkelheit entgegen, begleitet von dem Heer der Nacht*«, intonierte Gerlon und seufzte. »Es hätte damals schon enden sollen.« Er sah zu der Fackel hin, die von einem groben eisernen Ring gehalten wurde, den jemand in die Wand geschlagen hatte. »Ich frage mich, warum sie die Fackel dagelassen haben.«

»Wegen mir«, erklärte die Dunkelelfe. »Sie denken, dass das Licht mich schmerzt.«

»Das ist dumm«, stellte der Priester fest. »Sie stört es doch auch nicht.«

»Das ist wahr. Sie müssen schon vor langer Zeit ihre Höhlen verlassen haben«, nickte Zokora. »Aber auch unsere Art hält an Altem fest.« Sie schmunzelte ein wenig. »Vielleicht noch mehr als Menschen. Sie wissen, dass es lange dauert, bis man sich an das Licht gewöhnt, mein Volk lebt noch in den Höhlen, daraus folgt, dass es mich blenden muss.« Sie hob ihr linkes Handgelenk an, sodass Gerlon die stählernen Manschetten sehen konnte, die man ihr angelegt hatte. »Aberglauben«, sagte sie mit einem grimmigen Lächeln. »Kalt geschmiedeter Stahl soll uns die Kräfte nehmen.«

»Warum denn das?«, fragte Gerlon erstaunt.

»Die Armeen des Lichts waren mit kaltem Stahl bewaffnet, der von Soltar gesegnet war. Ein Vorteil in der Schlacht.« Sie besah sich die Manschette genauer und lächelte. »Die Fackel und der Stahl sollen mich quälen. Es ist erstaunlich, wie lange sich manche falschen Vorstellungen halten können.« Sie richtete sich mit leisem Klirren auf. »Was besiehst du dir dort an der Wand?«

»Das Wirken der Götter«, erklärte Gerlon und wies mit der Hand auf ein Stück der Wand, an dem rohes Mauerwerk zu sehen war. »Sie beraten sich.«

»Tun sie das?«, lächelte Zokora. »Was sagt Soltar denn?«

»Es ist nicht Soltar. Es sind zwei, die ich vorher noch nie gesehen habe«, antwortete Gerlon ernsthaft. »Der eine ist in Dunkelheit gehüllt, wahrscheinlich ist er der Gott ohne Namen. Die andere ist eine große schwarze Sera mit den Augen einer Katze.«

»Mit den Augen einer Katze«, sagte Zokora langsam. »Wie siehst du diese Sera? Trägt sie eine Robe?«

»Nein. Sie ist gewappnet wie für einen Kampf. Sie trägt ein kleines rundes Schild an ihrem Arm, ein Schwert an ihrer

Seite und ein Kettenhemd, wie Ihr es besessen habt, lang und schwarz. In der Schildhand führt sie noch einen kurzen Speer. Auf einen Helm hat sie verzichtet, und ihr Gesicht ist katzenhaft.« Der Priester sah zu der dunklen Elfe hin, die, was selten genug bei ihr vorkam, fröstelte, als sie das Weiß in seinen Augen erblickte. »Kennt Ihr sie?«, fragte der junge Priester höflich.

»Gerlon«, sagte sie leise. »Du bist krank. Es wuchert etwas in deinem Gehirn, das auf deinen Verstand drückt. Was du siehst, ist eine Folge dessen.«

»Ich weiß«, antwortete Gerlon gelassen. »Bruder Jon fand es letztes Jahr heraus. Er versuchte mich zu heilen, doch es gelang ihm nicht. Er sagt, ich werde bald in Soltars Hallen stehen.« Er lächelte jungenhaft. »Auch Bruder Jon denkt, es ist der Wahn. Aber wie sonst soll man die Götter sehen?« Er schaute zur Wand hin und schüttelte den Kopf. »Jetzt ist Boron hinzugekommen. Er scheint unzufrieden, und sie streiten sich.«

»Gerlon«, sagte Zokora leise. »Die Götter erscheinen uns so, wie wir sie sehen wollen. Doch sie sind nicht wie wir. Sie werden sich bestimmt nicht vor deinen Augen streiten.«

»Es ist der Wahn«, lächelte Gerlon. »Ich weiß. Bruder Jon sagt es immer wieder. Doch ich werde von Visionen geplagt, seitdem ich das erste Mal den Tempel betreten habe, und glaube daran, dass es eine Bedeutung hat. Und oftmals erweisen sich meine Visionen als wahr … oder zumindest Teile davon. Denkt daran, wo wir uns das erste Mal getroffen haben. Ich wusste, dass der Verfluchte seinem Gefängnis unter dem Tempel des Göttervaters entkommen würde.«

»Ihm ist die Flucht schon vor langer Zeit gelungen.«

Gerlon zuckte mit den Schultern. »Also sah ich, was einst geschah. Doch jetzt wissen wir, dass der Verfluchte tatsächlich entkommen ist. Diese schwarze Sera, es ist Solante, die Göttin, der Ihr dient, nicht wahr?«

»Manchmal wird sie so beschrieben, ja. Ich wüsste nur nicht, was sie mit dem feigen Gott zu besprechen hätte.«

»Bruder Jon sagt, dass wir die Götter als Menschen sehen, damit wir sie verstehen können«, erklärte Gerlon ernsthaft. »Er sagt, dass es einst einen Kult gab, der Astarte als eine weiße Schlange wahrnahm, die für Weisheit stehen sollte, nur dass die Priester nicht verstanden, was die Schlange von ihnen wollte, was dann zu reichlich Missverständnissen führte. Ich glaube, man hat den Kult dann ausgelöscht und jeden Einzelnen verbrannt. Ich hingegen kann erkennen, dass der Gott ohne Namen Boron Argumente nennt, die der gerechte Gott nicht hören will, aber widerwillig einsieht.« Er schmunzelte ein wenig. »Ich sehe, wie er die Hände hochwirft, als ob er sagen wollte: ›Dann tut halt, was Ihr zu tun wünscht‹ und wieder geht. Kurtis war genauso, wenn ich ihn überzeugen konnte … es gefiel ihm wenig, aber er sah es oftmals ein.«

Gerlon blinzelte und schaute Zokora mit normalen Augen an. »Es ist vorbei«, sagte er leise und seufzte. »Was immer es war, Eure Göttin hat mit dem Namenlosen ein Geschäft getätigt.«

Zokora sah ihn traurig an und schüttelte den Kopf. »Sage keinem anderen, was du gesehen hast«, riet sie ihm. »Wenn ich nicht wüsste, dass der Wahn dich drückt, müsste ich dich erschlagen. Den, den du als Namenlosen kennst, nenne ich den feigen Gott. Unser Licht würde niemals mit dem Schatten ein Geschäft eingehen.«

»Ich möchte nicht, dass Ihr mich erschlagt«, sagte Gerlon ernsthaft. »Ich frage mich ja auch, welchen Handel es geben könnte, der sowohl Eure Göttin als auch den Namenlosen und den gerechten Gott betrifft. Sie haben nicht oft miteinander zu tun.«

»Das zumindest ist die Wahrheit«, seufzte Zokora, zog an ihrer Kette und besah sich dann die Stelle, wo sie im Mauerwerk endete. Dort war nur ein Stift eingeschlagen. »Mit etwas Glück und deiner Hilfe werde ich sie lösen können, bevor man mich holen kommt.«

»Das wird nicht nötig sein. Ich glaube, es wird bald beginnen.«

»Was?«, fragte Zokora, als Gerlon den Kopf reckte und nach oben sah.

»Das«, antwortete der junge Priester lächelnd, als selbst durch die dicken Mauern der Alarm zu hören war.

Doch im nächsten Moment ging die Tür auf, und zwei der dunklen Elfenpriester kamen herein, um hasserfüllt auf Zokora herabzusehen.

»Du«, sagte einer von ihnen und deutete mit einem vor Zorn bebenden Finger auf Zokora. »Du kommst mit!«

»Seht Ihr?«, sagte der Kriegsfürst Corvulus zu Leandra und strich ihr mit einem Finger über die Wange, um ihre Tränen aufzunehmen. Er leckte sie genüsslich ab. »Die Tränen einer Königin ... so schwer waren sie doch gar nicht zu bekommen.«

Leandra fehlte die Kraft, um ihm zu antworten, sie war nur froh, dass er für den Moment aufgehört hatte. Dieser letzte Schnitt hatte sie der Verzweiflung zu nahe gebracht.

»Ihr wart tapfer«, lächelte der Kriegsfürst nun. »Habt ausgehalten, solange Ihr es vermochtet ... und doch war alles ganz umsonst.«

Er bückte sich und griff unter die Liege, auf der Leandra lag. Es klackte laut, etwas zog an ihren Ketten, dann richtete sich der Sohn des Nekromantenkaisers auf und zeigte ihr einen bläulich schimmernden Kristall von der Größe eines Fingerhuts. »Hierum ging es. All Eure Leidenschaft, Eure Wut und auch all die Magie, die Ihr habt wirken wollen und nicht konntet, all dies floss hier hinein.« Er hob den Kristall, um ihn gegen das Licht der Laterne zu besehen. »Beachtlich, nicht wahr? Er wird mir noch gute Dienste leisten.« Er steckte den Kristall ein und löste das Band an Leandras Stirn. »Habt Ihr den Mut, Euch anzusehen, was meine Klinge angerichtet hat?«, fragte er spöttisch. »Nur zu. Seht dem Grauen ins Auge, das Ihr erlitten habt.«

Sie wollte es nicht sehen, und doch musste sie es. Mühsam hob sie den Kopf und sah an sich herab. Kein Blut. Keine Wunde. Nur war sie über und über mit feinen Kratzern bedeckt.

»Ihr seid so stolz auf Euren Geist und Euren Willen, doch seht, wie leicht er sich hat täuschen lassen«, sagte er, während Leandra noch ungläubig starrte. »Ich sagte doch, mein Vater will Euch unversehrt und hätte mir die Haut abgezogen, hätte ich Euch ernstlich beschädigt. Er hat große Dinge mit Euch vor, allerdings will er keine Überraschung erleben. Deshalb bat er mich, Euch Eure Magie zu nehmen.« Er lachte, als er sah, wie sich ihre Augen weiteten. »Nur für ein paar Tage, aber es ist lange genug. Heute ist das Tor gekommen, auf das wir so sehnlich gewartet haben, und in weniger als einer Kerze werdet Ihr vor ihm stehen.« Er hielt die Klinge hoch, die sie zu hassen gelernt hatte, dann ging er daran, die goldenen Manschetten von ihr zu lösen. »Ist es nicht erstaunlich, wie weit die Kraft unserer Einbildung reicht? Wie schwer es ist, zwischen einem kleinen Kratzer und einem Schnitt zu unterscheiden? All der Schmerz, den Ihr so tapfer ausgestanden habt, es gab keinen Grund dafür. Es war alles nur in Eurem Geist! Was nicht bedeutet, dass Ihr ihn nicht gefühlt und ich ihn nicht genossen habe.«

»Aber … wie?«, keuchte Leandra.

»Ihr besitzt eine Erinnerung an einen Schmerz. Wie jeder andere auch habt Ihr Euch schon geschnitten«, erklärte er belustigt, während er ihr die Schnallen von den Handgelenken löste. »Ich tat nichts anderes, als Euch erinnern zu lassen, wie es sich anfühlt, den Rest überließ ich eurer Phantasie. Es war mir ein besonderes Vergnügen zu sehen, wie ihr gelitten und gekämpft habt, um dann doch zu brechen … und das alles nur wegen ein paar Kratzern, die man in zwei Tagen nicht mehr sieht.«

Er ließ ihre Schnallen offen und ging an seine Kiste. Er tat das Messer und die goldenen Manschetten hinein und entnahm ihr eine leichte Robe, die er auf Leandra warf. Sie war sogar zu schwach, die Robe aufzufangen.

»Bedeckt Eure Blöße, Maestra. Und wenn Malorbian vor Euch steht, denkt daran, vor ihm zu knien. Nicht, dass er es zulassen würde, dass Ihr es vergesst.«

Er klappte die Kiste zu und klemmte sie sich unter seinen Arm und ging zur Tür. »Ihr habt etwa eine Kerzenlänge Zeit, dann werden Euch die Wachen holen. Nutzt die Zeit, um Euren Frieden zu finden, denn wenn mein Vater mit Euch fertig ist, werdet Ihr eine andere sein.«

Mit einem gurgelnden Schrei nahm Leandra all ihre Kräfte zusammen, um sich auf ihn zu stürzen, doch ihre Beine trugen sie nicht mehr, und sie fiel schwer vor ihm zu Boden.

»So wird er Euch mögen«, lachte der Kriegsfürst und ging.

Mühsam richtete sich Leandra auf alle viere auf und starrte wie gelähmt auf diese Tür. Ihre Gedanken waren noch immer von Unglauben erfüllt. Das alles konnte doch nicht wahrhaftig so gewesen sein!

Und doch war es so. Er hatte recht. Sie hatte all ihren Mut gebraucht, um ein paar Kratzern zu widerstehen. Irgendetwas regte sich ganz tief in ihr, ein unheiliger Zorn, entstanden aus all dem, was sie erlitten hatte, und dieser letzten Demütigung. Die Laterne flackerte und rauchte, und sie lachte grimmig. »Meine Magie wolltet Ihr mir stehlen, ja?«, keuchte sie, als sie sich mühsam aufrichtete und nach der Robe griff. »Es scheint, als hättet Ihr Euch überschätzt!«

Von der Tür kam keine Antwort.

Ihr wollt mich doch nur glauben machen, dass ich keine Kraft mehr besitze, dachte sie zornig. Glaubt Ihr wahrhaftig, ich falle auf den gleichen Trick ein zweites Mal herein? Sie griff mit ihren Sinnen um sich, doch für einen langen Moment schien es, als wäre es dieses Mal kein Trick gewesen, doch dann, als ob sie eine Wand zerschlagen würde, kam die Magie zu ihr zurück.

Als sie vor ihm auf dem Boden lag, hatte sie durch die Tür

die zwei Soldaten gesehen, die vor der Zelle Wache hielten. Wie es für Soltars Tempel üblich war, maß auch diese Tür eine gute Handbreit Stein. Als der Kriegsfürst eben den Riegel vorlegte, hatte sie das Geräusch von Stahl auf Stein vernommen. Und auch diese Tür, so sorgsam sie gefügt war, besaß notgedrungen einen Spalt. Mehr würde Sie nicht brauchen.

»Wir sind da«, sagte Marla leise. »Gerade noch zur rechten Zeit, der Traum beginnt bereits, sich aufzulösen.« Sie wickelte sich Astartes Zügel fest um die Hand und glitt vom Sattel, Wiesel tat es ihr nach. Kaum hatten seine Stiefel die Marmorplatten berührt, atmete er erleichtert auf. Dieser letzte Rest des Weges war ihm fast noch schlimmer vorgekommen, nur vage Schemen und Dunkelheit, nur hier und da ein Fetzen, der dem Traum Gestalt verlieh.

Jetzt aber befanden sie sich in einem großen Tempel. Die flackernde Ölschale gab kaum genug Licht, um die Halle zu erleuchten, doch es reichte, um die Zerstörung wahrzunehmen.

Ein Tempel Soltars, dachte Wiesel, als er sich umsah, oftmals hatte man nur das Gesicht zerschlagen, sodass die Robe des Gottes noch erkennbar war.

»Haben Anhänger des Namenlosen diesen Tempel entweiht?«, fragte Wiesel leise, während er sich fragte, ob in der Ferne wirklich Glocken läuteten. In diesen Träumen war alles ungewiss, und solange er Borons Zügel hielt, war alles um sie herum irgendwie entrückt und fern.

»Nein«, antwortete Marla und runzelte die Stirn. »Dies ist das Werk der Diener des toten Gottes, ich fühle auch, dass sie ihm schon geopfert haben.« Sie wies auf den Altarstein hin, der, wie der Boden um ihn herum, mit dunklem Blut befleckt war. »Es wird schwer sein, diesen Ort zu reinigen. Was mir jedoch größere Sorge bereitet, ist, dass es nicht mehr meiner Vision entspricht, verflucht sei dieser Wolfsgott, er hat uns zu lange aufgehalten!« Sie schien in sich hineinzuhorchen. »Dort entlang«, sagte sie und wies den Weg nach links. »Glaube ich.«

Hinter ihnen öffnete sich das Tempeltor, und vier Soldaten stürmten mit gezogenen Schwertern herein. Sie waren in schwarzes Leder gerüstet, und einer von ihnen rannte mitten durch Boron und Wiesel hindurch, was den Dieb laut fluchen ließ. Das Nachtross war weniger milde gestimmt, es schnappte nach dem Mann und biss ihn in den Nacken. Vor Wiesels schreckensweiten Augen zog es einen Schemen aus dem Soldaten heraus. Der Körper des Soldaten brach zusammen, als wäre er nur eine Puppe, der man die Fäden durchgeschnitten hätte, sein Schemen schrie lautlos, bevor das Nachtross ihn durch seine Fänge saugte.

»Erinnere mich daran«, sagte Wiesel kreidebleich und zog Boron zur Seite weg, damit es nicht noch einmal geschah, »Dass ich ihn nicht verärgern sollte. Ich wusste nicht, dass sie so etwas können!«

»Ich auch nicht«, sagte Marla knapp und ging nach links davon. Wiesel sah zu den drei überlebenden Soldaten zurück, die sich um ihren gefallenen Kameraden sorgten und ängstlich in die Runde starrten. Ich kann euch verstehen, dachte Wiesel und schaute zu dem Nachtross hin, der seinen Blick mit glühenden Augen erwiderte. »Na, dann komm«, sagte Wiesel zu ihm. »Aber lass bloß deine Zähne von mir!«

Marla führte sie in die linke, kleinere Halle hinein und dann dort in einen Gang.

»Marla«, sagte Wiesel leise. »Warte.«

»Was ist?«, fragte sie ungehalten.

»Hier ...« Wiesel wies auf den Marmor zu seinen Füßen. Dort war eine Blutlache zu sehen, offensichtlich noch ganz frisch. Wiesel war unachtsam hineingetreten und die Spur seines linken Absatzes war deutlich zu erkennen und auch die blutige Fährte, die er jetzt hinterließ.

»Götter!«, fluchte Marla. »Der Alarm weckt hier noch jeden auf, und die, die trotzdem noch träumen, träumen nicht von hier!«

»Und was bedeutet das?«, fragte Wiesel zögernd.

»Dass wir den Traum verlassen haben«, gab sie ihm entnervt Antwort. »Man kann uns sehen! Jetzt müssen wir uns erst recht beeilen.«

Sie eilte voran, sodass es fast aussah, als zöge sie Astarte hinter sich her. Doch im nächsten Moment strauchelte sie, als sie den Halt am Zügel verlor, zugleich fielen hinter ihnen zwei kleine Figuren zu Boden. »Götter!«, fluchte Marla und sammelte schnell die beiden Pferdchen wieder ein. »Weiter!«

Wiesel zog seinen Glücksbringer aus seiner Nackenscheide und folgte ihr auf leisen Sohlen. Um sich selbst sorgte er sich wenig, für ihn gab es an jeder Ecke einen Schatten, in dem er sich verbergen konnte. Nur Marla ...

»Hier!«, flüsterte sie und wies auf den kaum sichtbaren Umriss einer Tür in der linken Wand. »Hier muss er liegen!«

»Wer?«, fragte Wiesel. Doch Marla hörte nicht auf ihn, sie eilte bereits weiter, um sich dann überraschend zu bücken. Aus dem dunklen Schatten kam eine Ratte angerannt, die ihr auf die Hand sprang, den Arm herauflief, um dann, auf ihrer Schulter angekommen, der Priesterin etwas ins Ohr zu fiepen. »Die Seele finden wir weiter vorne«, teilte Marla Wiesel mit. »Die dritte Tür auf der rechten Seite ... und es befindet sich ein dunkler Priester dort.«

»Hat dir das die Ratte verraten?«, fragte Wiesel flüsternd.

»Nein, du siehst doch, dass ein Hund auf meiner Schulter sitzt!«, gab sie unwirsch zurück. »Hör zu. Ich lenke den Priester ab, und du schneidest ihm die Kehle durch. Er darf nicht dazu kommen, um Hilfe zu rufen.«

»Ich bin nicht so gut im Morden«, gestand Wiesel leise. »Ich weiß nicht, ob ich das kann.«

»Er ist ein Priester des toten Gottes. Ein dunkler Elf. Was meinst du, was er mit uns macht, wenn es dir nicht gelingt?«

Sie trat an die Tür heran und zog sie auf, als ob sie hineingehen wollte, stutzte Wiesels Meinung nach zu deutlich übertrieben, gab einen kleinen, ängstlichen Laut von sich, um dann sofort in scheinbarer Panik zu fliehen. Doch nur zwei Schritte weit, dann hielt sie inne und zog nun selbst auch einen Dolch. Kaum einen Lidschlag später rannte der Priester aus der Tür heraus, Wiesel zog den Dolch durch die Kehle seines Opfers und der Priester ging in Flammen auf. Vier Seelen stiegen aus der Glut auf und vergingen.

»Bei Soltars Gericht«, flüsterte Marla, als der dunkle Elf vor ihren Augen wie glühende Asche in sich zusammensackte. »Wie hast du das gemacht?«

»Es ist der Dolch«, erklärte Wiesel schwer atmend. Er zeigte ihr die Klinge mit den Xiang-Runen darauf, die hell schimmerten, bevor sie wieder verblassten. »Er mag keine Nekromanten.«

»Ein Banndolch?«, fragte sie fasziniert.

»Ich glaube nicht. Er kommt aus Xiang.«

Doch Marla hörte schon nicht mehr zu, sie verteilte die Asche bereits mit dem Fuß, nur der Schädel hielt ein wenig länger stand, also schob sie ihn mit ihrer Stiefelspitze einfach durch die Tür.

Wiesel folgte ihr in den kleinen Raum hinein und sah sich neugierig um. Auch hier hatte man den Putz mit den Bildern der Götter zerstört, ein kleiner schwarzer Altar stand in der Mitte, auf ihm fünf Schalen. Die vier äußeren waren aus Gold getrieben und mit Blut gefüllt, die in der Mitte aus schwarzem Stein geschliffen. Diese letzte Schale enthielt nicht mehr als eine daumengroße schwarze Perle.

»Die anderen Götter erlauben nicht, dass man Seelen nimmt«, erklärte Marla flüsternd, während sie die kleine Vase aus ihrer Tasche holte und den Stöpsel zog. »Deshalb braucht es jemanden wie dich dafür.« Sie hielt die Vase an die schwarze Perle heran, und wie zuvor bei der Seele der wilden Elfe löste sich die Perle in einen Schwaden auf, der in die Vase hineingezogen wurde.

»Die Perle ist eine Seele?«, fragte Wiesel empört. »Kann man die jetzt handeln oder auf einen Faden aufziehen, um sie sich um den Hals zu hängen?«

»Da fragst du die Falsche«, sagte Marla und ging zurück zur Tür, um vorsichtig um den Rand zu schauen, ob der Weg noch frei war. »Hier«, sagte sie und drückte dem überraschten Wiesel die Vase in die Hand. »Und schnell!«

Hastig eilten sie zu der anderen Tür und zogen sie auf. Der Raum war gleich dem anderen, nur dass hier auf einer Bahre ein dunkler Priester lag. Wiesel fluchte leise und sprang nach vorne, den Dolch erhoben, um den Priester niederzustrecken, bevor der noch die Augen öffnen konnte, doch Marla warf sich gegen ihn, sodass der Dolch die Kehle des Mannes um Haaresbreite verfehlte.

»Wiesel!«, flüsterte sie verärgert.«Was machst du da!«

»Ihm die Kehle durchschneiden, was sonst«, gab Wiesel erzürnt zurück. »Eben wolltest du das Gleiche von mir, was ist jetzt falsch daran?«

»Er ist der, den wir suchen«, zischte Marla. »Beinahe hättest du einen Plan der Götter zunichtegemacht!«

»Was nicht geschehen wäre, hättest du mir mehr darüber gesagt!«, beschwerte sich Wiesel empört.

»Ich sage es dir jetzt!«, gab sie zurück. »Und jetzt mach schon!«

»Was?«

»Gib ihm die Seele!«

»Da«, sagte Wiesel und hielt ihr die Vase hin. »mache es doch selbst. Das ist mir zu unheimlich!«

»Von unseren Göttern darf nur Soltar solches erlauben, und er ist dagegen. Mir ist es nicht gestattet, also bleibst nur du!«

»Warum ich?«, fragte Wiesel stur.

»Götter!«, fluchte Marla und sah aus, als ob nicht viel fehlen würde, bis sie sich die Haare raufte oder auf den Boden stampfte. »Weil Mama Maerbellinae keine unserer Götter ist und sie es dir gestatten kann! Nimm einfach die verfluchte Vase und halte sie ihm unter die Nase!«

»Gut«, sagte Wiesel widerstrebend. »Ich mache es. Aber du wirst mir alles haarklein erklären, was du über die Götter weißt, langsam habe ich nämlich genug!«

Er beugte sich über den Mann, der offenbar in einem tiefen Schlaf gefangen lag, es war kaum zu sehen, dass er atmete, so langsam hob sich seine Brust. Er trug die schwarzen Roben dieser dunklen Elfenpriester, war wie die meisten von ihnen klein und drahtig. Vom Alter her kam er Wiesel wie Ende zwanzig vor, doch der Dieb wusste, wie sehr das bei Elfen täuschen konnte. Sei es drum, dachte Wiesel verärgert. Wenn es das braucht, um von hier zu verschwinden, dann soll es so sein!

Er hielt die Vase dem Mann unter die Nase. Hinter dem dünnen Glas wogte etwas, doch sonst geschah nichts weiter.

»Es geschieht nichts«, stellte er das Offensichtliche fest.

»Das sehe ich auch«, gab Marla gereizt zurück und runzelte die Stirn. »Er ist ein Dunkelelf«, dachte sie dann laut. »Und die Seele ist von einem Menschen … so einfach ist es offenbar dann doch nicht.« Sie schaute zu Wiesel hin. »Versuche, deine Göttin darum zu bitten, dass diese Seele in diesem Körper eine neue Heimat findet. Sie ist alt genug, dass sie auch bei Elfen dazu berechtigt ist.«

Wiesel zuckte die Achseln.

»Maerbellinae«, sagte er. »Schicke diese Seele in diesen dunklen Elfen!« Er räusperte sich. »Bitte!«, fügte er dann rasch hinzu.

Nichts geschah, die Seele schien sich in der Vase immer noch besser aufgehoben zu fühlen.

»Mit mehr Inbrunst!«, forderte Marla. »Wäre ich eine Göttin, wäre mir dein Einsatz auch zu wenig!«

»Du hast doch beim letzten Mal gar nichts gesagt!«, beschwerte sich Wiesel.

»Wollen wir hier stehen und uns streiten?«, fragte Marla empört und raufte sich jetzt tatsächlich ihr Haar. »Wir stehen in einem geschändeten Tempel, tun hier das Werk der Götter, und du willst mit mir diskutieren?«

»Aber was soll ich machen?«, fragte Wiesel entnervt. »Du siehst doch, dass es nicht geht!«

»Dann machst du etwas falsch!«, beharrte Marla. »Du brauchst auch nicht laut zu reden, es müssen nur drei Dinge getan werden: Nenne deine Göttin bei ihrem Namen, erkläre Ihr, um was du bittest, und zudem, dass du sie verehrst!«

»Ich verehre sie nicht!«, widersprach Wiesel, dem das alles zu viel wurde. »Sie ist die einzige Mutter, die Desina und ich je hatten, und ich kenne sie lange genug, um ihre Fehler nicht zu übersehen!« Er dachte mit Schaudern an einige Dinge zurück, die er bei Mama Maerbellinae gesehen hatte, ein Wunder, dass sie nicht durch seine eigenen Albträume geritten waren! »Sie trinkt Tee aus einem Totenschädel!«, beschwerte er sich. »Wenn bei Ihr eine Kerze brennt, muss man aufpassen, dass die Flamme nicht beleidigt ist, wenn man sie ausbläst ... und sie hat Rattenfleisch in einen Kuchen gebacken!«

»Wir haben beide schon Ratten roh gegessen!«, gab Marla zurück, während die Ratte auf ihrer Schulter entsetzt fiepte. »Und? Ich kenne Maerbellinae auch! Jedes Kind im Hafen kennt Maerbellinae! Schon als ich so hoch wie dein Knie war, habe ich dich und Desina um sie beneidet! Sie hat euch behandelt, als wäret Ihr etwas Besonderes!«

»Desina ist ja auch etwas Besonderes!«, fauchte Wiesel. »Aber ich doch nicht!«

»Also magst du sie gar nicht?«, fragte Marla fast entsetzt.

»Blödsinn!«, schimpfte Wiesel. »Darum geht es nicht! Ich mag sie nicht, ich verehre sie nicht, aber, bei den Göttern, ich liebe sie wie meine Mutter!«

Ein schimmernder Hauch floss aus der Vase in die Nase des Elfen, der einmal seufzte und dann still lag und leise schnarchte.

Beide sahen auf die Vase herab, dann nahm Marla sie vorsichtig wieder an sich.

»Hast du ihr das jemals gesagt?«, fragte sie dann leise.

Wiesel stand da und kratzte sich am Kopf.

»Ich glaube, das war das erste Mal.« Er besah sich den Elfen. »Ich wusste gar nicht, dass sie schnarchen.«

»Elfen schlafen nicht, sie meditieren, also schnarchen sie auch nicht«, sagte Marla. Der Elf drehte sich zur Seite hin, um bequemer zu liegen, und schnarchte lauter.

»Das behauptet Istvan auch, wenn er sein Nickerchen macht«, sagte Wiesel »Wenn Elfen nicht schlafen, dann träumen sie auch nicht. Die Elfe in der Donnerfeste träumte. Und der hier … schnarcht!«

»Dann schläft er auch«, sagte Marla und griff in ihre Tasche, um die Pferdchen herauszuholen. »Das ist unsere Gelegenheit! Und keinen Moment zu früh!« Denn vom Gang her waren leise Schritte zu hören.

»Du bist unserem Meister ein Dorn im Auge gewesen«, hörten sie einen der dunklen Priester sagen. »Und dennoch schätzt er dich. Du hast nun eine Wahl, Abtrünnige. Die eine führt dich auf unseren Altar, mit der anderen erlaubst du dem, den du liebst, seinen Weg zu seinem Gott zu finden und in deine Höhle zurückzukriechen, solange du schwörst, hundert Jahre lang die Oberfläche nicht mehr zu betreten.«

»Dann ist der erste Teil der Drohung falsch«, hörte Wiesel eine kühle Stimme, die er kannte. »Es muss ihn etwas hindern, mich zu töten, sonst würde er es nicht mit einem solchen Trick versuchen.«

»Der Meister wird seine Gründe haben«, sagte eine andere Stimme. Wiesel und Marla drängten sich zur Seite an die Wand. Die drei dunklen Elfen schenkten der halb offenen Tür keine Beachtung, als sie vorübergingen. »Aber das ist die Wahl, vor der du stehst.«

»Das ist Zokora!«, flüsterte Wiesel Marla ins Ohr. »Sie haben sie gefangen genommen!«

»Ich habe keine Ahnung, wer diese Sera ist«, flüsterte Marla und drückte ihm Borons Zügel in die Hand. Der Kopf des Nachtrosses ragte hinter Wiesel aus der Wand und blies ihm einen etwas zu heißen Atem über die Schulter. »Es geht uns nichts an.«

»Sie führt einen Stamm der dunklen Elfen, der mit uns verbündet ist«, beharrte Wiesel. »Wir müssen ihr helfen!«

»Und wie?«, fragte Marla gereizt. »Wir müssen hier weg und können uns auf keinen Kampf einlassen!«

Wiesel sah zu Boron hoch. »Sag, Boron, verstehst du mich?«

»Natürlich!«, flüsterte Marla, während Boron seine glühenden Augen rollte und den Kopf schüttelte, als ob er nicht verstehen könnte, wie dumm Menschen doch waren. »Es sind keine Pferde, es sind Diener meines Herrn!«

»Ich handle nicht mit Seelen«, hörte Wiesel Zokora sagen. »Doch sag, welche Seele soll mir so wichtig sein?«

»Ich hörte, du kanntest einen menschlichen Schützen, einen Diener dieses falschen Gottes. Unser Meister nahm seine Seele mit, als er dich das letzte Mal gesehen hat.«

Wiesel und Marla hörten, wie die dunkle Elfe stöhnte, dann das Rasseln von Ketten und die Geräusche eines Kampfs.

»Boron«, sagte Wiesel leise, als er den Zügel des Nachtrosses losließ. »Die beiden Männer ... Fass!«

Die beiden Nachtmahre und Marla sahen Wiesel fassungslos an.

»Beiß die beiden Männer!«, erklärte Wiesel ungehalten. »Mach schon!«

Mit allen Zeichen verletzter Würde stolzierte das Nachtross durch die Wand in den Gang hinein. Es polterte zweimal, dann war es zurück. Wiesel griff wieder nach den Zügeln. »Dafür lass ich dir einen ganzen Eimer Kohlen anglühen«, versprach Wiesel und trat auf den Gang hinaus, wo Zokora auf dem Boden kniete und sich gerade einen schwarzen Dolch aus dem linken Oberarm zog, sie schien ihn nicht zu bemerken, vielleicht auch, weil sie bitterlich weinte. Oder … Wiesel ließ die Zügel los.

Zokora fuhr herum, und zum ersten Mal in seinem Leben war jemand anders schneller als Wiesel, der nur verdutzt guckte, als der schwarze Dolch eine feurige Spur an seinem Hals entlangzog.

»Wiesel«, stellte Zokora fest, als sie sich die Tränen aus den Augen wischte und aufstand. »Du hast Glück, dass ich dich erkannte. Was machst du denn hier?« Sie schlug einen Ton an, als wolle sie ihn fragen, wie ihm das Wetter hier gefiele.

An jedem anderen Tag hätten ihre rot glühenden Augen ihn vor Schreck erstarren lassen, nur heute nahm Wiesel es kaum wahr. Er betastete vorsichtig den Schnitt, fühlte, wie sein Blut ihm in den Kragen und über seine neue Weste lief, und seufzte. »Großartig«, grummelte er. »Nur gut, dass Ihr mich verfehlt habt!«

»Ich verfehle nicht. Ich sagte doch, ich habe dich erkannt. Was machst du hier?« Sie sah zu den beiden Priestern hin, die leblos auf dem Boden lagen. »Hast du damit etwas zu tun?«

»Das war Boron«, erklärte Wiesel. Er hatte die Kette an den Handgelenken der dunklen Elfe gesehen und durchsuchte jetzt rasch die Toten. Er fand, was er suchte, einen mehrkantigen Schlüssel, der mit seinen Aussparungen auf den Schraubenkopf ihrer Fesseln passte.

»Nun«, sagte Zokora. »Das passt. Wenn es auch überraschend ist.« Als Wiesel ihr die Fessel löste, nickte sie dankend, doch sie hielt sich nicht lange damit auf. »Leandra ist in Schwierigkeiten, wir müssen uns beeilen. Komm.« Sie ging zu dem schwarzen Dolch, hob ihn auf und wog ihn in ihrer Hand. »Er muss reichen«, sagte sie grimmig. »Also los. Wir müssen die anderen finden.«

»Warte«, sagte Wiesel leise. »Die Seele des Schützen …«

»Was ist damit?«, fragte sie. »Es war ein Trick, um mich zu quälen. Nicht mehr.«

»Ich glaube nicht«, meinte Wiesel und wies mit der Hand in den Raum, in dem der dunkle Elf schlief. »Wir haben eben die Seele gestohlen, von der sie gesprochen haben, und sie in diesen dunklen Elfen eingepflanzt.«

Nun, dachte Wiesel, als sich Zokoras Augen weiteten. Damit ist die Mär vom Tisch, dass man Elfen nicht überraschen kann.

»Varosch?«, fragte sie so leise, dass er sie kaum hören konnte.

Wiesel zuckte hilflos mit den Schultern. »Den Namen kenne ich nicht. Dort drüben in dem anderen Raum lag eine schwarze Perle zwischen Schalen, die mit Blut gefüllt auf einem Altar standen. Wir stahlen die Perle mit einer Seelenvase und gaben die Seele in den Mann, der dort auf der Bahre liegt.«

»Es gibt keine Seelenvasen mehr«, teilte sie ihm mit. »Sie wurden alle zerstört. Wer ist wir?« Sie sah sich mit glühenden Augen um.

»Eine lange Geschichte«, erklärte Wiesel, während er fühlte, wie ihm Marla Borons Zügel in die Hand drücken wollte. »Ich erzähle sie Euch ein anderes Mal. Ich habe noch mehr zu tun.«

Er griff die Zügel und sah sich Marla gegenüber, die unzufrieden den Kopf schüttelte.

»Wir müssen weg von hier!«, zischte sie. »Noch bevor sie ihn erweckt!« Sie wies auf den schlafenden Elfen. »Er ist der Einzige, der hier noch schläft, und wir brauchen seinen Traum, um zu entkommen!«

Wiesel sah, wie Zokora blinzelte, als er vor ihren Augen verschwand und dann langsam zu dem Raum hinüberging, um dort den schlafenden Elfen anzustarren. Rasch zog er sich in den Sattel, und Boron galoppierte los, als wäre der Namenlose selbst hinter ihm her.

Falscher Vergleich, dachte Wiesel, während sie durch die Wände des Tempels ritten. Vor ihnen gleißte es hell auf, und

Boron wich so rasch zur Seite aus, dass Wiesel fast aus dem Sattel gefallen wäre.

Wiesel konnte noch erkennen, wie Blitze durch einen Gang zuckten, dann waren sie weg.

»Das war so nicht geplant!«, beschwerte sich Marla, als sie über ein Moor ritten, aus dem sich gerade der Kopf eines schwarzen Lindwurms erhob, mit einem Rachen, der gleich ein ganzes Haus verschlucken konnte.

»Woher willst du das wissen?«, rief Wiesel über Borons Mähne hinweg, während er das Schauspiel fasziniert betrachtete. »Wenn du mich fragst, rühren zu viele Götter in diesem Brei!«

Schwarze, schmierige Schuppen glänzten unheilvoll, als Muskeln unter ihnen spielten. Höher und höher erhob sich der Wyrm aus dem Morast. An seinem Hals, knapp unter seinem Kopf, zeigte sich nun eine fürchterliche Wunde, alt und vernarbt, darin steckte noch immer eine Axt, selbst nicht kleiner als ein Haus, von der sich eine mumifizierte schwarze Hand löste, die groß genug war, um einen Wagen zu umfassen, um dann kraftlos in den Sumpf zurückzufallen.

»*Das* nenne ich mal einen Albtraum«, stellte Wiesel bewundernd fest.

»Ja«, sagte sie kühl. »Nur dass es keiner ist.«

Leandra legte die Hand an den heißen Stein der Tür und drückte. Es gab nur einen kleinen Widerstand, dann schwang die schwere Tür auf und gab den Blick auf die beiden verkohlten Wachen frei. Ein glühendes Stück Metall, der Rest des Riegels, fiel Funken sprühend auf den Boden. Blaue Funken tanzten um Leandra, als sie sich bückte. Sie schüttelte den Kopf, als sie sah, wie verformt das Schwert der Wache war. Ich glaube, dachte sie mit einem grimmigen Lächeln, ich habe ein wenig übertrieben. Sie lauschte in sich hinein und nickte,

Steinherz war nicht weit entfernt. Es war Zeit, ihn zurückzuholen. Sie mochten ihre Differenzen haben, aber er war noch immer an sie gebunden. Und wenn er Schwüre brauchte, um zufrieden zu sein, dann konnte er gerne einen neuen hören. Es gab da einen Kriegsfürsten, dem sie etwas schuldig war.

Jemand räusperte sich, und Leandra fuhr herum, die Funken in ihrer Hand sammelten sich zu einem gleißenden Ball, der genauso schnell verschwand, wie er gekommen war.

»Du bist wütend«, stellte Janos fest, als er vorsichtig um die Ecke kam. »Weißt du, dass du uns beinahe mitgebraten hättest? Wir wollten gerade die Wachen erschlagen, als der Riegel anfing, blaue Funken zu schlagen!« Neben ihm trat der graue Mann hervor, Odlon oder wie auch immer er hieß, und verbeugte sich wortlos.

»Du lebst«, stellte Leandra fest und warf sich dem überraschten Janos an den Hals, um ihn zu umarmen und dann an seiner Schulter haltlos in Tränen auszubrechen.

»Ja«, sagte Janos mit rauer Stimme und erwiderte ungeschickt die Umarmung, während die blauen Funken nun auch über ihn liefen und ihn mit tausend kleinen Nadelstichen traktierten. »So ist es wohl. Götter, was ist denn nur mit dir geschehen?«

Leandra schniefte, riss sich mühsam zusammen und löste sich von ihm, während Janos sie besorgt anschaute.

»Dieser neue Kriegsfürst, Corvulus, er bevorzugt ein ganz besonderes Spiel«, teilte sie dem großen Mann grimmig mit. »Steinherz wird dort hinten sein«, fügte sie hinzu. »Wir müssen ihn holen und dann die anderen befreien … weißt du, wo sie sind? Und wie …«

»Er blies den Drachen auf«, erklärte der graue Mann.

Leandra sah ihn unverständig an. »Ich weiß nicht, was Ihr meint«, sagte sie dann. »Ich wollte wissen, wie ihr an den Soldaten vorbeigekommen seid!«

»Wir haben sie erschlagen«, sagte Janos. »Bis auf drei, die neu hinzugekommen sind.«

»Gut«, sagte Leandra und straffte ihre Schultern. »Dann wollen wir hoffen, dass sie uns über den Weg laufen.«

Janos und der graue Mann tauschten einen Blick.

»In Ordnung«, sagte Janos dann und räusperte sich erneut. »Wenn das Euer Wunsch ist, Majestät, wird es sich wohl einrichten lassen.«

»Bevor wir Soldaten erschlagen, ich habe etwas, Majestät, das Euch gehört«, sagte der graue Mann und reichte Leandra mit einer tiefen Verbeugung einen silbernen Reif.

»Danke«, sagte Leandra einfach. »Ich wähnte ihn schon verloren.« Sie setzte die Krone wieder auf und wies mit ihrer linken Hand in den Gang hinein. Ein gleißender Blitz fuhr von ihrer Hand in die ferne Wand und prallte davon ab, um im nächsten Quergang zu verschwinden. Ein Donnerschlag folgte, der sogar Janos taumeln ließ, dann taumelte ein brennender Mann um die Ecke, um dann dort zusammenzubrechen.

»Das war nicht gerade unauffällig«, beschwerte sich Janos, während er mit seinem Finger in dem Ohr puhlte, auf dem er nichts mehr hörte, und fasziniert den Frost betrachtete, der an Wand und Boden entstanden war. Er glitzerte wie tausend kleine Edelsteine im Licht des silbernen Reifs und der Funken, die über Leandra liefen.

»Aye«, nickte der graue Mann und besah sich seine Königin. »Ich glaube, Ihr habt recht behalten, Hauptmann. Sie ist wahrlich wütend.«

»Das«, sagte Leandra grimmig, als sie sich entschlossen in Bewegung setzte, »habt Ihr gut beobachtet, und von unauffällig habe ich jetzt genug! Sollen sie nur kommen, ich habe genug Blitze übrig, um ihnen den ganzen Tempel einzureißen!«

»Weißt du«, flüsterte Janos dem grauen Mann zu, als sie ihrer Königin folgten. »Als ich sie kennenlernte, sprach sie davon, dass sie nur Haushaltsmagie kann. Und jetzt schau sie dir an!«

»Aye«, sagte der graue Mann mit einem seltenen Lächeln. »Ich fand die Seras schon immer besonders reizvoll, wenn sie wütend sind.«

»Götter«, seufzte Leandra und blieb stehen, während sie kopfschüttelnd zu den beiden hinsah und die Funken um sie herum verschwanden, als wären sie nie gewesen. »Musstet Ihr das jetzt sagen? Wie soll ich Blitze werfen, wenn Ihr mich zum Schmunzeln bringt?«

»Ich denke, Majestät«, grinste Janos, »dass es bei der Hitze deines Gemüts kein sonderliches Problem sein sollte.« Er sah ihr erstauntes Gesicht. »Was ist?«

»Mich hat noch nie jemand einen Hitzkopf genannt«, sagte sie leise.

Er lachte nur. »Wärest du es nicht, wärest du nicht hier.« Er wies mit Eiswehr den Gang entlang. »Wollten wir nicht ein paar Gegner erschlagen?«

Der dunkle Elf schlug die Augen auf und streckte sich, nur um sogleich in der Bewegung zu erstarren, als ihn scharfer Stahl am Hals ritzte. »Zokora«, sagte er erstaunt. »Was machst du da?« Er schob ihre widerstandslose Hand beiseite, richtete sich auf und blinzelte. »Wo sind wir hier?«, fragte er. »Hat es mich so übel erwischt, dass man mich in einen Tempel bringen musste? Und warum weinst du? Du weinst nie!«

»Es ist ein unangenehmes und seltsames Gefühl«, antwortete Zokora und schluckte heftig. »Es lässt einen in Gedanken verharren, wo die Welt doch wichtiger ist.« Sie beugte sich über ihn und wollte ihm einen Kuss geben, als er zurückzuckte.

»Varosch«, fragte sie verletzt, doch es war nicht sie gewesen, die ihn hatte zurückzucken lassen, vielmehr besah er sich nun fassungslos seine Hände.

»Zokora«, sagte er leise, »Was bei allen Höllen ist mit mir geschehen? Wieso sind meine Hände schwarz … und so klein?«

»Du bist gestorben«, sagte sie leise, aber deutlich. »Malorbian stahl deine Seele, um mich dazu zu erpressen, ihm aus dem Weg zu gehen. Jetzt befindet sich deine Seele in dem Körper von einem meiner Art.«

Der dunkle Elf sah sie mit weiten Augen an, dann griff er mit beiden Händen nach dem Dolch, den sie noch hielt. »Varosch, nein!«, rief sie, während sie sich verzweifelt gegen den Dolch stemmte, den er mit unerbittlicher Entschlossenheit in sein Herz zu rammen versuchte.

»Ich lasse nicht zu«, keuchte er, »dass man mit meiner Seele schachert, und erst recht nicht, dass man dich damit erpresst!«

»Halt ein!«, rief sie entsetzt. »So ist es nicht! Es gibt keinen Handel, jemand anders hat dich gerettet!«

Der Druck auf den Dolch ließ nach, und schwarze Augen, die so gar nicht die von Varosch waren, sahen fragend hoch zu ihr. Doch das Gesicht, so wenig es auch dem des Boron Geweihten ähnelte, zeigte die vertraute Mimik. Dies und seine Reaktion auf den vermeintlichen Handel wischten jeden Rest an Zweifel beiseite. Es war Varosch, auch wenn Zokora es noch immer nicht fassen konnte.

»Erzähle mir alles, was du weißt«, forderte er und ließ den Dolch langsam wieder sinken.

»Varosch«, sagte sie leise. »Es ist nicht der rechte Zeitpunkt dafür. Wir befinden uns in Lassahndaar, in einem Tempel des toten Gottes, Leandra ist in Gefahr, und das Schicksal deiner Heimat steht auf dem Spiel, wenn nicht noch mehr.«

»Lassahndaar?«, fragte der neue Varosch überrascht, dann schüttelte er den Kopf. »Dann erzähle schneller«, forderte er. »Ich werde keinen Schritt tun, bevor ich nicht weiß, ob es eine Blasphemie gegen meinen Gott oder ein Wunder ist!« Er sah sie mit Augen an, in denen es rot glühte. »Ich sage dir nur eines: Ich habe nicht darum gebeten! Ich tat, was ich für richtig erachtet habe, und jeden Tag sterben Menschen für die, die sie lieben, ohne dass man mit Ihrer Seele Handel treibt! In Borons Händen wäre ich sicher aufgehoben gewesen!«

»Daran besteht kein Zweifel«, lächelte sie. »Du hattest eine schöne Tempelfeier, und man nannte dich ein Beispiel für den Glauben Borons.«

»Keiner der Priester dort hat mich gekannt«, knurrte er und richtete sich auf. »Dann erzähle. Aber schnell.«

Zokora war meist ungehalten, wenn man ihr Befehle gab, doch in diesem Fall lächelte sie. »Wiesel, der Stiefbruder der Kaiserin ... der Eule Desina«, ergänzte sie, als sie seinen Blick wahrnahm, »er kam aus dem Nichts und sagte mir, dass er deine Seele von dem Altar des toten Gottes gestohlen und in diesen Körper eingepflanzt hätte. Wie er hierherkam, was er genau tat und was der Grund dafür gewesen ist, das musst du ihn fragen. Und du weißt eines von mir: Ich lüge nicht. Es ist ein Wunder, aber die Erklärung muss warten. Wir brauchen dich. Ich brauche dich.«

»Du liebst mich«, stellte Varosch erstaunt fest, dann verdüsterte sich sein Gesicht. »Wegen dem hier?« Er hob seine fremden Hände an, sodass sie sie sehen konnte. »Weil ich jetzt den Körper eines Elfen trage?«

»Es ist der Körper eines Priesters des toten Gottes«, sagte Zokora kühl. »Tatsächlich war ich sehr versucht, dir die Kehle durchzuschneiden.« Sie schüttelte den Kopf. »Es ist dieser zerbrechliche Mensch mit seinen Einsichten, seinem Mut und seiner Treue gewesen, der mich überwunden hat.«

»Ich glaube dir«, sagte Varosch einfach. »Sag, hättest du dich auf das Geschäft eingelassen?«, fragte er und sah sie prüfend an.

Sie seufzte. »Hätte ich es geglaubt, was ich nicht tat, dann ja«, gab sie zu. »Du hast oft genug von mir gehört, dass ich Liebe für eine Schwäche halte. Deshalb wollte ich nicht lieben.«

»Zokora?«, fragte er sanft.

»Ja?«

»Kommt so etwas wieder vor«, sagte er leise, »dann gehe keinen Handel ein. Gerade wenn du mich liebst, es verbiegt den Lauf der Welt und schmälert mich. Es ist seltsam«, fuhr er fort und runzelte die Stirn. »Es kommt mir vor, als wäre es nicht das erste Mal gewesen. Während ich dort lag, hatte ich einen seltsamen Traum, ich war im Eis gefangen, und jemand schacherte um meine Seele.«

»Die Götter?«, fragte Zokora leise, als sie sich an das erinnerte, was Gerlon ihr von seiner Vision erzählt hatte.

»Nein. Der Sergeant«, sagte Varosch. »Ich war … Mikail. Ein Soldat der Legion.«

»Der Geist aus dem Eiskeller?«, fragte Zokora. »Es werden seine Erinnerungen sein.«

»Vielleicht«, gab Varosch zu und richtete sich auf. »Götter, was bin ich steif«, fluchte er dann. »Halb verhungert und ausgetrocknet noch dazu.«

»Was war das für ein Geschäft?«, fragte Zokora so leise, dass nur seine feinen Elfenohren sie noch hörten.

»Der Sarge versprach uns, dass wir in diesem Loch nicht sterben würden. Und er forderte es von den Göttern ein.«

»Er forderte?«, fragte Zokora fassungslos. »Der Mann war dem Wahn verfallen!«

Überraschend lachte Varosch, und auch wenn es anders klang, war es doch seine Stimme.

»Damit hast du recht«, grinste er. »Das machte ihn doch gerade zu dem, der er war! Er hat seine eigene Seele verpfändet, um sein Versprechen zu halten! Dann weiß ich nur noch, dass Eiswehr blau zu leuchten anfing … und dann erwachte ich und fühlte deine Klinge an meinem Hals.«

»Warum sollten die Götter mit einem Soldaten um Seelen schachern?«, fragte Zokora ungläubig.

»Es war ein Traum«, meinte Varosch und stand mühsam auf. »Er muss nichts zu bedeuten haben. Sag, bist du gewachsen, oder bin ich tatsächlich so klein?«

»Letzteres.«

Er seufzte und sah sich um. »Dann ist es wohl so. Hast du eine Waffe für mich?«

»Draußen liegen zwei Priester, einer wird seinen Dolch noch haben«, sagte Zokora und stützte ihn, als seine Beine unter ihm nachgaben..

»Meine Armbrust wäre mir lieber«, meinte er wehmütig.

»Sie werden wir als Nächstes holen, ich habe sie dabei gehabt.« Sie schloss die Augen. »Solante, Boron und der feige Gott«, flüsterte sie. »Gerlon kann doch unmöglich wahr gesehen haben?«

»Bitte?«, fragte Varosch, doch sie schüttelte nur den Kopf.

»Es ist nichts«, sagte sie rasch. »Holen wir uns deine Armbrust zurück. Hast du eine Erinnerung daran oder eine Idee, wo sich unsere Ausrüstung befinden könnte?«

»Nein«, sagte er. »Ich habe keine Erinnerung von meinem … Vorbesitzer.« Er besah sich erneut seine Hände und schüttelte leicht den Kopf. »Wenn es, wie du sagst, ein dunkler Priester war, habe ich wahrscheinlich Grund, dafür dankbar zu sein.«

»Dann folge mir einfach«, flüsterte sie und spähte den Gang entlang. »Ich werde deine Armbrust für dich finden.«

Da sie nun den Gang ausspähte, nutzte er die Gelegenheit, um verstohlen die priesterliche Robe anzuheben und an sich herabzuschauen.

Zokora sah zu ihm zurück. »Ist etwas?«, fragte sie besorgt. »Hast du eben aufgestöhnt?«

»Es ist nichts«, sagte er rasch. »Ist der Gang jetzt frei?«

Sie nickte und eilte voran. Ich hätte es mir denken können, dachte Varosch grimmig, als er ihr folgte. Auch ein Wunder kommt nicht ohne Preis.

Das Banner der Legion

38 Grenski hatte sich selbst übertroffen, dachte Blix anerkennend, als der Ochsenkarren den Hügel hochrollte. Er zog eine Augenbraue hoch und musterte die Legionäre, die in der Mitte des Abhangs standen. Sie hielten die übliche Keilformation, mit schweren Schildern und Spießen an der Spitze und scharfen Klingenspeeren an der Seite, doch sie beachteten ihn nicht, standen nur still da.

Nur warum hatte Grenski *hinter* ihnen eine Grube ausheben lassen? Dann sah er, dass es nur leere Rüstungen waren, und pfiff leise durch die Zähne.

Dann stand sie auch schon grinsend da und zog die Tür des Gitterkäfigs auf. »Ich weiß nicht, ob ich für Euch bezahlen sollte, Schwertmajor«, lachte sie, »Ich fürchte, Ihr eignet Euch nicht gut zu einem Sklaven.«

»Ich brauche eine Rüstung, und auch die anderen brauchen neue Kleider«, sagte er, während Grenski an ihm vorbeistarrte und fasziniert die alte Enke musterte.

»Es wird sich etwas finden lassen«, antwortete die Stabssergeantin. »Sogar auch für … sie. Ich habe in deinem Zelt Kleidung und Rüstungen auslegen lassen.«

»Danke, Kindchen«, sagte Enke und nahm ihre alte Form wieder an, um sich mit blitzenden Augen umzusehen. Ganz die feine Sera, nahm sie sogar Blixens Hand an, als der erst ihr, dann Anlynn und Sieglinde aus dem Wagen half. »So sieht es also aus, wenn sich die Legion auf eine Schlacht vorbereitet«, stellte sie dann fest. Sie wies auf eine Gruppe kleiner Bäume und Buschwerk, das zur Seite hin den Weg hoch zum Hügel versperrte. »Lass dort auch eine Grube graben«, teilte sie Grenski mit. »Die Bäume dort werden die Bestien nicht halten können. Und lasst die anderen Gruben noch zwei Schritt tiefer graben, so sind sie noch zu flach.«

»Danke«, sagte Grenski steif. »Ich werde es berücksichtigen.«

»Störe dich nicht an mir, mein Kind«, lächelte die Hexe. »Ich kenne mich nur besser mit Bestien aus.«

»Es ist eine volle Lanze«, teilte Blix Grenski besorgt mit, als sie ihr zu seinem Zelt folgten. »Das hatte ich nicht vorgesehen.« Noch immer schufteten die Soldaten, man merkte ihnen an, wie dringlich die Arbeiten waren, kaum einer sah auf, verbissen wurden Schaufel und Äxte geschwungen. »Fast hoffe ich, dass sie nicht kommen werden.«

»Oh«, sagte Grenski und lächelte grimmig. »Sie werden kommen. Schau!«

Sie wies in den dunklen Himmel hoch, der den nahenden Morgen gerade so erahnen ließ. Ein Schatten spreizte seine Schwingen und landete in einem Sturm nicht weit von ihnen, um die mächtigen Krallen in ein Netz mit Steinen und tönernen Ölflaschen einzuhaken.

»Sie lässt aus großer Höhe diese Steine auf sie fallen«, fuhr Grenski mit bösem Lächeln fort. »Ich denke, sie werden es sich nicht gefallen lassen wollen. Diese Ladung ist jetzt für den Tempel bestimmt, ich denke, das wird den Ausschlag geben.«

»Versteht sie uns denn so gut?«, fragte Blix, als Steinwolke die mächtigen Schwingen erneut ausbreitete und sich zum Sprung duckte.

»Ja«, antwortete Grenski. »Besser als mancher Rekrut.«

»Steinwolke, halt!«, rief Blix daraufhin und rannte auf den Greifen zu, der eher ungeschickt wieder zu Boden plumpste und seinen riesigen Schnabel in seine Richtung schwenkte. Man hat fast den Eindruck, dachte Blix erstaunt, dass sie überrascht dreinschaut! Und, Götter, ist dieser Schnabel furchterregend!

»Steinwolke«, rief Blix erneut den Namen des Greifen. »Leandra ist in diesem Tempel gefangen! Du könntest sie verletzen!«

Der Greif sah ihn einen Moment lang an, dann hob er den Kopf, um einen Schrei auszustoßen, der jeden hier im Lager erstarren ließ. Eine primitive Furcht ergriff den Major, und hätte ihn beinahe in haltloser Panik fliehen lassen. Als würden die Steine kaum mehr als Federn wiegen, sprang der Greif mit einem mächtigen Satz in die Luft, der Sturm, den seine Schwingen entfachten, trieb den Major zurück.

»Habe ich etwas Falsches gesagt?«, fragte er und blinzelte den Staub und Dreck aus den tränenden Augen.

Auch Grenski sah dem Greifen nach. »Was weiß ich«, sagte sie dann leise. »Nur denke ich, dass sie jetzt die Königin suchen wird. Wenn sich ihr jemand in den Weg stellt, kann der wahrscheinlich zu seinem toten Gott beten, solange er nur will, nützen wird es ihm wohl kaum.« Sie schaute zu Blix hin, der sich noch immer die Augen rieb. »Wollen wir nur hoffen, dass dem Greifen nichts dabei geschieht«, fügte sie hinzu. »Das würde die Königin sehr übel nehmen. Sag, was ist mit dem Kerl dort?«, fragte sie und wies auf den Piraten, der neben dem Karren stand und sich mit weiten Augen umsah.

»Das ist ein Pirat. Der blutige Marcus nennt er sich. Lass ihn verhaften.«

»Aber, Schwertmajor, das könnt Ihr doch nicht tun!«, rief der Pirat entsetzt, als zwei stämmige Soldaten an ihn herantraten. »Ich habe euch gerettet!«

»Und auch verraten«, antwortete Blix grimmig. »Ihr habt selbst gesagt, Ihr würdet am Galgen enden. Wenn Euer Talent wirkt, wie Ihr behauptet, wisst Ihr auch, was geschehen wird, solltet Ihr Euch nicht fügen!«

»Verflucht!«, schimpfte der Pirat und riss sich frei. »Ich gehe schon alleine«, fuhr er die Soldaten an und wies auf einen Baum, der etwas abseits stand. »Ihr wollt mich doch dort festbinden, oder etwa nicht?«

Die beiden Soldaten sahen sich gegenseitig an, und Blix seufzte. »Bindet ihn fest an«, riet er dem Korporal. »Er hat auch ein Talent dazu zu fliehen!«

Er sah zu, wie der Pirat mit sichtlicher Empörung zu dem Baum hinüberschritt, und ging dann in sein Zelt hinein, wo neue Kleider und eine Rüstung auf ihn warteten. Sieglinde und Anlynn hatten sich bereits umgezogen, die alte Enke saß auf seinem Lieblingsstuhl und trank seinen Tee.

»Warum hat Eure Rüstung denn keine Stiefel?«, fragte sie und sah ihn über den Rand der Tasse neugierig an.

»Weil es nicht viele gibt, die auf solch großem Fuße leben«, grinste Grenski vom Eingang her. »Und Avron gibt seine Stiefel nicht mehr her, ich habe ihn schon dazu befragt. Du hättest deine Rüstung nicht verlieren sollen … doch ich gebe zu, ich bin gespannt, wie du es erklären willst!«

»Ein barfüßiger Legionär«, schmunzelte Sieglinde und wog ein Schwert in der Hand, um es dann Anlynn anzubieten. Die schüttelte nur den Kopf.

»Das werde ich nicht brauchen«, sagte sie leise und sah auf ihre Hände herab, bevor sie Blix einen fast schon traurigen Blick zuwarf. Der hätte sie gerne befragt, was diesen Blick auslöste, doch Sieglinde sprach schon weiter.

»Sagt mir, wie der Plan aussieht.« Die Bardin hatte die Lederrüstung verschmäht, die Grenski ausgelegt hatte, und auch wühlte nun in einem Haufen Rüstungsteile herum. Sie hielt auch bereits einen Brustpanzer in ihrer Hand. Er könnte sogar passen, dachte Blix erstaunt. »Ich will wissen, was ich tun kann.«

»Ihr könnt die Rüstung liegen lassen«, meinte Grenski. »Es braucht Übung, um darin zu kämpfen.«

»Jemand anders hat sich darin für mich geübt«, sagte die Bardin und fischte einen Schulterpanzer aus dem Haufen, um ihn kurz zu betrachten und wieder zurückzulegen. »Also sagt mir einfach, wo ich mich nützlich machen kann.«

»Was meint Ihr denn zu können?«, fragte Blix vorsichtig.

»Ich kenne das *Banner der Legion*«, sagte sie einfach. »Stellt mich dorthin, wo ein jeder mich sehen und hören kann, und wir werden eine Legende werden.«

»Ach«, sagte die alte Enke und trank ein wenig von dem Tee. »Du musst noch lernen, dass es besser ist, wenn andere zur Legende werden.«

»Und was, bei allen Höllen, ist das Banner der Legion?«, fragte Grenski etwas später, als sie das Zelt wieder für sich alleine hatten. Die Aussicht auf ein warmes Essen hatte die drei ungleichen Seras dann doch aus Blixens Zelt gelockt. Er hatte Grenski kurz berichtet, was ihm und den anderen widerfahren war, doch jetzt folgte sie einer anderen Fährte. »So, wie du geschaut hast, weißt du, von was sie gesprochen hat.«

»Ein altes Kampflied«, erklärte Blix und öffnete seine schwere Reisekiste. Erleichtert zog er zwei schwere Lederstiefel daraus hervor, er hatte fast vergessen, dass er sie besaß, aber das war es nicht, was er gesucht hatte. Er fand die lange Kiste auf poliertem Zedernholz ganz am Boden und zog sie heraus, um sie auf sein Bett zu legen. »Wir sind jetzt in der zweiten Legion«, erinnerte er sie. »Hast du das vergessen?«

»Wohl kaum«, schnaubte Grenski. »Ich habe in dieser Nacht jeden mindestens dreimal darauf hingewiesen. Wir werden nicht weichen. Unsere Freunde in der Stadt werden blutig für ihren Sieg bezahlen.«

»Es geht nicht darum, nicht zurückzuweichen«, sagte der Schwertmajor bedächtig und strich fast zärtlich über das polierte Holz der Kiste. »Es geht darum, dass die zweite Legion jeden Kampf gewinnt.«

»Dann wäre es schön, wenn wir die Legion wären und nicht nur eine Lanze«, meinte Grenski grimmig. »Dann würden wir gewinnen!«

»Die Ballade, die sie erwähnte, Sanja«, sagte er und öffnete die Kiste, »spricht davon, dass das Banner nicht untergehen wird. Wo die Flagge der Legion weht, wird sie siegreich bleiben.«

Ehrfürchtig entfaltete er die Flagge, die in der Kiste lag.

Eine Mannslänge hoch und anderthalb lang, bedeckte sie

das ganze Bett. Sie war so rot wie Blut, in der linken Ecke prangte golden der kaiserliche Drache. Der Saum war mit Wappen und Symbolen geschmückt, jedes davon stand für eine siegreiche Schlacht. Der schwarze, schnaubende Bulle schien aus dem Tuch springen zu wollen, so lebendig wirkte er, und zwischen seinen weiten Hörnen leuchtete die kaiserliche II.

Unter den silbernen Hufen waren in goldenen Lettern Worte eingewebt:

Für Askir, den Kaiser, die Ehre und unsere Pflicht.
Wo wir stehen, da weichen wir nicht.

»Das ist das Banner der Legion«, sagte Blix ehrfürchtig und strich sanft mit seinen Händen über den festen Stoff, der nach all den Jahren noch immer schwer und glatt und kein bisschen brüchig war. »Stabsobristin Helis gab sie mir mit. Was die Sera Sieglinde meint, ist die Legende, dass wenn sie dieses alte Lied singt und die Flagge dabei hält, niemand gegen uns bestehen wird.«

»Jeder feindliche Soldat wird sie erschlagen wollen«, stellte Grenski grimmig fest. »Das dickste Getümmel ist immer bei der Flagge!«

»Dann müssen wir die Sera dorthin stellen, wo sie uns am meisten nützt«, sagte Blix entschlossen. »Sie soll den Feind dorthin locken, wo wir ihn haben wollen.«

Grenski nickte schwer. »Nur wird sie es nicht überleben.« Sie sah auf die Flagge herab und seufzte. »Ich bin zwar aus Aldane, aber ich glaube nicht an solche Dinge. An die Götter, ja, oder auch an die Magie der Eulen, aber das hier, ist nichts als Aberglaube. Doch ich nehme alles, das uns nützt. Ob sie die Flagge hält oder nicht, jeder, der im Lager bleibt, wird heute Abend bei Soltar Schlange stehen.« Sie schaute zu ihm und zog eine Augenbraue hoch. »Oder glaubst du wahrhaftig, dass wir gewinnen können?«

»Nein«, sagte Blix rau. »Aber unsere Aufgabe ist es, die Königin zu schützen. Ich hatte es mir anders gedacht, als ein Ablenkungsmanöver, wenn der Feind erkennt, dass der Weltenstrom nun anders läuft, und um der Königin Zeit zu geben, aus dem Wolfstempel zu entkommen.« Er hob die Schultern und ließ sie wieder fallen. »Zu dem Zeitpunkt hielt ich es für eine gute Idee. Einer von uns gegen fünf von ihnen ... da hatte ich noch Hoffnung. Doch jetzt sitzt sie in diesem Tempel fest, und es mag ihr vielleicht gar nichts nützen.«

»Wir können die Stellung noch aufgeben«, sagte Grenski widerstrebend. »Es wäre vielleicht besser, die Flagge zu retten, um später irgendwo mit ihr zu siegen.«

Doch Blix schüttelte den Kopf.

»Je mehr Soldaten sie aus der Stadt abziehen, umso einfacher wird es für die Königin zu fliehen.« Er sah auf die Flagge, dann hin zu Grenski. »Wenn dir etwas Besseres einfällt, dann ist jetzt die Zeit dafür.«

Sie sagte nichts, und der Major nickte. »Dann wollen wir mal eine Lanze für das Banner finden.« Er schmunzelte ein wenig. »Glaub mir, es wird genügend Dumme geben, die uns darum beneiden werden, dass wir hier gestorben sind.«

»Ja«, sagte sie und seufzte. »Die ganzen Legionen sind voll davon. Und wären wir nicht gerade hier, gehörten wir wohl auch dazu.«

»Vielleicht«, sagte Blix und stand auf, um sich von dem Tee einzuschenken. Nur war die Kanne leer. Er hob fragend eine Augenbraue.

»Aye, Ser!«, sagte Grenski und salutierte. »Sofort, Ser. Ich weiß ja, dass es für den Ser Schwertmajor kaum etwas geben kann, das wichtiger ist als diese braune Brühe!«

»Gut«, grinste Blix und griff nach seinen Stiefeln. »Dann kümmert Euch darum. Und vergesst die Flagge nicht!«

In Soltars Haus

39 »Verflucht«, stellte Leandra grimmig fest, als der graue Mann den Soldaten der schwarzen Legion lautlos zu Boden gleiten ließ, während er Zokoras dunkle Klinge aus dem Körper des Toten zog. »Steinherz ist hier, aber dieser Kriegsfürst hat Seelenreißer noch bei sich!«

Indessen musterte Janos den Haufen in der Ecke der Kammer, der Zokoras Ausrüstung enthielt. »Eine komplette Rüstung«, seufzte er. »Und keiner, dem sie passt.«

»Das sehe ich anders«, sagte Zokora und ließ sie alle zusammenzucken. Sie und einer dieser dunklen Priester standen in der Tür.

»Hallo, Janos«, sagte der dunkle Elf mit einem freudigen Lächeln. »Die Berichte von deinem Tod sind wohl wieder übertrieben.«

»Ähm ... Zokora?«, fragte Leandra und griff Steinherz fester. »Was ...«

»Das ist Varosch«, sagte Zokora mit einem Glitzern in den Augen.

»Ja, klar«, sagte Janos und trat ein Stück beiseite, um Eiswehr mehr Platz zu geben. »Das hätte ich gleich sehen müssen, wo die Ähnlichkeiten doch so verblüffend sind!«

»Es ist wahr«, sagte Zokora ruhig. »Aber fragt mich nicht, wie es geschehen konnte.«

»Schaut mich nicht so an«, sagte der Priester. »Ich wurde nicht dazu gefragt. Aber ich glaube, ich bin wirklich ich.«

»Wo ist Gerlon?«, fragte Zokora. »Habt ihr ihn nicht befreit?«

»Er war nicht in den Zellen, die wir gesehen haben«, erklärte Janos der, wie Leandra auch, noch immer ungläubig auf den dunklen Elfen starrte. Der ignorierte sie und ging zu dem Haufen, um dort eine Armbrust herauszuziehen.

»Sie ist nass geworden«, teilte er Zokora vorwurfsvoll mit. »Ich dachte du hättest auf sie aufgepasst! Bis ich sie wieder richten kann, ist die Reichweite um gut zwanzig Schritt verkürzt!«

»Es ging nicht anders«, sagte Zokora kurz. »Du wirst es überleben!«

Janos lachte laut und schlug dem dunklen Elfen so hart auf die Schulter, dass dieser nach vorne taumelte und fast die Armbrust verlor.

»In Ordnung!«, rief der Hauptmann. »*Jetzt* glaube ich es dir!«

»Tatsächlich?«, meinte der graue Mann verblüfft, auch der Elf sah überrascht drein, während er sich die Schulter rieb.

Janos nickte. »Varoschs große Liebe ist diese Armbrust, er verwöhnt sie mehr als jede Sera.«

Leandra sah den wiedergeborenen Schützen noch immer ungläubig an, dann schüttelte sie geschlagen den Kopf. »Ich weiß ja, dass es so etwas geben kann«, sagte sie leise. »Aber irgendwie ist es doch ein Wunder zu viel!«

»Ja«, sagte Varosch grimmig. »Ich weiß, was du meinst. Bei Serafine war es etwas anders, sie kehrte dorthin zurück, woher sie einst gekommen war. Doch ich sage dir, nachdem ich erfahren habe, dass Malorbian mir im Kronsaal die Seele gestohlen hat, ziehe ich es vor, in diesem Körper herumzulaufen, anstatt an seinen toten Gott verfüttert zu werden.« Er schaute fragend zu Zokora hin. »Sag, wo sind die Bolzen?«

»Ich weiß es nicht«, sagte sie. »Ich hatte welche dabei. Wenn sie nicht hier sind ...«

»Nur ein Bolzen aufgelegt«, seufzte Varosch. »Und der ist auch noch nass geworden und so krumm wie eine Schlange ... hat denn wenigstens jemand ein Schwert für mich?«

»Hier«, sagte Janos und reichte ihm sein altes Schwert, das Sieglinde mitgenommen hatte. »Es ist eine gute Klinge ... und sie ist nicht krumm geworden.« Er musterte den dunklen Elfen vor ihm und schüttelte erneut den Kopf. »Achte darauf, dass du mir nicht in den Rücken kommst«, sagte er dann. »Ich hoffe, dass es wahr ist, was ich höre ... Doch in der letzten Zeit habe ich mir angewöhnt, jeden dunklen Elfen, den ich sehe, erschlagen zu wollen. Wir wollen doch nicht, dass ein Missgeschick geschieht, nicht wahr?«

Varosch wog das Schwert in seiner Hand. »Verständlich«, nickte er und lächelte das schnelle Lächeln, das der Hauptmann von dem Schützen kannte. »Ich würde mir ja auch nicht trauen.«

»Nun«, sagte der graue Mann leise. »Dann erlaubt mir die Frage, ob Ihr meint, Euch selbst trauen zu können? Selbst wenn es wahr ist, woher wollt Ihr wissen, dass nicht doch noch etwas von dem dunklen Priester in Euch steckt?«

Leandra sah auf und griff Steinherz fester. »Eine gute Frage ... Varosch«, sagte sie leise. »Wie lautet die Antwort?«

Varosch sah sie mit ernsten Augen an. »Ich weiß die Antwort nicht, Leandra«, gab er dann leise zu. »Ich weiß nur, wie ich mich fühle.«

»Und wie fühlt Ihr Euch?«, fragte der graue Mann.

»Voller Furcht, dass Ihr recht behalten könntet.«

Leandra nickte langsam. »Eine gute Antwort. Und eine, die zu Varosch passen würde.«

»Odgar wird nicht recht behalten«, erklärte Zokora mit Bestimmtheit, während sie sich bereits neu rüstete. Sie zog eine Schnalle zurecht und sah die anderen aus dunklen Augen an. »Ich bin eine Priesterin der Solante, ich würde es bemerken, wenn der Dunkle auf Varosch Einfluss hätte.«

»Wenn du es sagst«, meinte Leandra, doch sie klang nicht sonderlich überzeugt.

»Ja«, antwortete Zokora kühl. »Genau das sage ich.« Sie bückte sich und hielt Blixens Schwert dem grauen Mann hin. »Hier«, sagte sie. »Ich nehme jetzt mein Schwert zurück.«

»Es war eine Ehre«, sagte der graue Mann und gab ihr die Klinge, doch wollte er Blixens Schwert nicht nehmen. »Ich bin nicht gut darin.«

Zokora nickte nur.

»Gerlon«, sagte sie. »Wir müssen ihn befreien. Er ist wichtiger, als wir dachten.«

»Es ist unwichtig, wie wichtig er ist«, meinte Janos rau. »Wir lassen niemanden zurück.«

»Er war mit mir in einer Zelle«, teilte Zokora den anderen mit und wog ihr Schwert in ihrer Hand. »Wir suchen dort zuerst.«

»Danach ist dieser Kriegsfürst dran«, sagte Leandra grimmig. »Er will durch ein Tor verschwinden, und es bleibt uns nicht mehr viel Zeit, um dies zu verhindern.« Sie sah zu dem toten Soldaten hin. »Ich wundere mich nur, dass es hier so wenige von ihnen gibt.«

So schwer war es nicht, den jungen Priester zu finden. Doch in seiner Zelle war er wohl nicht, denn als sie der Haupthalle näher kamen, hörten sie bereits seine Stimme durch die Gänge dröhnen.

»... und ich sage euch, der Gott des Lichts ist hier und erwartet eure Seelen! Ihr habt diesen Ort entweiht, doch damit verwehrt ihr ihm nichts, seine Macht braucht keine Tempelmauern, und gegen euren toten Gott hat er bereits gesiegt!«

Die anderen sahen sich gegenseitig an, dann hob Janos hilflos die Schultern, und sie eilten geduckt weiter.

»Ich sage dir, der ist verrückt«, hörten sie eine Stimme in dem Dialekt, den die schwarzen Legionen sprachen. »Er steht hier und putzt den Altar ... lass uns lieber vorsichtig sein, mit Priestern ist nicht zu spaßen.«

Als sie näher kamen, konnte Leandra auch nur kopfschüttelnd starren. Der Soldat der schwarzen Legion hatte wahr gesprochen. Gerlon stand am Altar und versuchte mit einem Tuch, das aus einem Gewand der dunklen Priester abgerissen war, den Altar von dem Blut zu befreien. Der, dem er das Gewand zerrissen hatte, lag mit eingeschlagenem Gesicht vor dem Altar auf dem Boden und rührte sich nicht mehr, eine verbeulte Öllampe gab Auskunft über sein Schicksal.

»Ein wehrhafter Priester«, lachte Janos leise. »Das lob ich mir!«

»Psst«, zischte Leandra. »Willst du uns verraten?«

»Wir sind zwei und sind bewaffnet«, sagte der andere schwarze Legionär. »Ich habe eine Armbrust und kann dich von hier aus erschießen. Und du stehst da und putzt und willst uns drohen?«

»Ihr könnt den Willen Soltars nicht erweichen«, antwortete Gerlon und sah nur kurz auf, bevor er auf den Altar spuckte, um eine hartnäckige Stelle anzugehen. »Soltar hat mir den Zeitpunkt deines Todes genannt, du wirst mir nicht mehr schaden können!«

»Ach ja?«, höhnte der eine schwarze Legionär. »Wie soll das gehen? Willst du mich zu Tode predigen?«

»Der graue Mann wird dich holen«, teilte Gerlon ihm mit, ohne von seinem Werk aufzusehen.

Leandra stöhnte leise auf, während der graue Mann breit grinste. »Ich glaube, das ist mein Stichwort«, schmunzelte er und eilte auf leisen Sohlen davon.

»Und wo soll der herkommen? Hier ist niemand außer uns«, lachte der eine Soldat.

»Hör auf, mit ihm zu schwätzen!«, riet ihm der andere eindringlich. »Erschieß ihn und lass uns gehen! Es ist mir unheimlich hier, und Pelek ist auch nicht wieder gekommen!«

Odgar richtete sich hinter den beiden auf und stieß ihnen seine Dolche in den Nacken. Mit einem leisen Seufzer brachen sie zusammen und fielen schwer auf den blutbefleckten Boden.

»Ich wünschte, das hättet Ihr nicht getan«, sagte Gerlon bedauernd. »Jetzt habe ich noch mehr zum Putzen.«

»Sagt, Odwin«, flüsterte Leandra, während sie nach weiteren Feinden Ausschau hielt. »Kommt Euch das nicht unehrenhaft vor? Wie sollen sie sich wehren, wenn sie Euch nicht sehen?«

»Sie sollen sich nicht wehren können«, sagte der graue Mann und wischte seine Dolche an den Toten ab. »Das ist ja die Idee!«

»Endlich ein Mensch, der es versteht«, bemerkte Zokora. Sie sah sich um und schien zu lauschen. »Es ist alles still«, fügte sie dann hinzu. »Außer uns lebt niemand mehr im Tempel.«

»Wenn das so ist«, sagte Janos. »Dann hatten wir eine Menge Glück.«

»Das war kein Glück«, widersprach der junge Priester. »Es war Soltars Wille. Dies ist sein Haus … und sie haben es befleckt.« Er machte sich wieder daran, den Altar zu putzen.

»Gerlon«, sagte Leandra vorsichtig. »Es ist nicht der richtige Zeitpunkt dafür. Es werden sich andere darum kümmern.«

Der Priester ließ den Lappen sinken und schaute umher, als wäre dies das erste Mal, dass er die Tempelhalle sah. »Ihr habt recht«, sagte er überraschend. Er blickte auf den Altar herab und seufzte. »Er ist nur so … schmutzig. Es tut einem in der Seele weh, findet Ihr nicht?«

»Was ist hier geschehen?«, fragte die Königin.

»Der hier kam, um mich auf dem Altar zu opfern. Ich sagte ihm, dass er es nicht tun könnte, also schlug er mich, und ich fiel dort gegen die Säule«, antwortete Gerlon und wischte sich gedankenlos die blutigen Hände an seiner Robe ab. »Die Öllampe, die dort hing, fiel herunter, ich habe sie gefangen und warf sie nach ihm. Ich konnte schon immer gut werfen«, fügte er bescheiden hinzu. »Ich traf ihn am Kopf, und er fiel um. Dann sah ich das viele Blut auf dem Altar. Tut mir leid«, sagte er bedrückt. »Ich habe euch ganz vergessen, ich hätte mich bemühen sollen, euch zu befreien.« Er sah zu Varosch hin. »Ihr seid der Schütze, nicht wahr?«, fragte er freundlich, bevor einer der anderen etwas antworten konnte.

»Die Nachricht«, entfuhr es der Königin. »Das war der Inhalt der Nachricht!«, rief sie und lachte, als ein jeder sie verständnislos ansah. Sie wies mit einer Hand auf den wiedergeborenen Varosch. »Und dein Körper, Varosch, er gehörte wohl dem Priester, der Bruder Jon im Tempel des Soltar angriff!«

»Ich verstehe zwar kaum etwas von dem, was du da sagst, Leandra«, grinste Varosch. »Aber wenn er den Hohepriester Soltars in seinem Tempel angegriffen hat, dann wundert mich gar nichts mehr!« Er bückte sich, griff die Armbrust des einen schwarzen Legionärs, betrachtete sie kurz und warf sie verächtlich zur Seite. Dafür nahm er die Köcher des Toten an sich und seufzte erleichtert auf. »Die sind zwar auch krumm und schief, aber besser als nichts.«

»Ich will die glückliche Zusammenkunft nicht stören«, sagte Janos rau. »Aber ich glaube, unser Plan war, von hier zu entkommen und einen Kriegsfürsten seinem Schicksal zuzuführen.« Er wies mit Eiswehr auf die Tür des Tempels.

»Nein«, unterbrach ihn Gerlon. »Noch nicht.«

»Wieder eine deiner Visionen?«, fragte Zokora.

Der Priester schüttelte den Kopf. »Der hier« – er wies auf den Priester, den er mit der schweren Öllampe erschlagen hatte – »sagte, dass er mich vorbereiten wollte. Also wird noch jemand hierherkommen. Wenn wir hinausgehen, verlieren wir den Schutz des Tempels und sind den Mächten der dunklen Priester hilflos ausgesetzt.«

»So hilflos sind wir gar nicht«, grinste Janos. »Es liegen mehr als einer dieser Priester tot herum.«

»Und wie viele von ihnen haben Euch mit dunkler Magie angegriffen?«, fragte Gerlon im Ton der Vernunft. »Oder ist es so, dass sie alle starben, ohne sich wehren zu können?«

»Sie hatten nicht die Gelegenheit dazu«, sagte der graue Mann bescheiden. »Sie sahen mich nicht kommen.«

»Es sind dunkle Elfen«, sagte Gerlon. »Ich hörte von ihnen, dass man sich nicht an sie anschleichen kann. Es war Soltars Wille, dass sie starben. Der hier« – er wies auf den toten

Priester – »duckte sich in den Wurf hinein, und die Lampe brach ihm die Nase. Was einmal geschieht, ist Glück und Zufall. Geschieht es mehrfach, ist es Absicht.«

»Ich halte mehr von Glück als dem Willen der Götter«, ließ Janos mit rauer Stimme wissen. »Zudem brennt uns die Kerze ab. Der Kriegsfürst will durch ein Tor entfliehen.«

»Aber nicht ohne mich«, sagte Leandra grimmig. »Gerlon hat recht. Corvulus wird wiederkommen. Er will mich seinem Vater schenken.« Sie griff Steinherz fester, als in der Ferne Hörner ertönten. »Was, bei allen Göttern, geschieht dort draußen?«, fragte sie dann. »Es hört sich fast an, als gäbe es eine Schlacht!«

»Gibt es mehr als diesen Eingang zu dem Tempel?«, fragte Varosch Bruder Gerlon.

»Üblich sind drei, zwei in den Nebenhallen und der Haupteingang«, antwortete dieser. »In der Nacht sind die anderen geschlossen, nur das Haupttor steht dann auf.« Er zuckte die Schultern. »Warum sollten sie nicht durch dieses Tor kommen?«

»Ich weiß es nicht«, sagte Janos. »Aber wenn, dann können wir ihnen einen Empfang bereiten. Ich bin dafür, noch einen Docht zu warten, um zu sehen, ob der Priester recht behält. Wenn nichts geschieht, sollten wir unser Glück versuchen.«

»Ich …«, begann Leandra, doch dann knarrte bereits das Tor.

»Damit wäre das wohl geklärt«, sagte Janos grimmig und eilte zu einer Säule auf der rechten Seite. Varosch nahm hinter dem blutigen Altar Deckung, und Leandra zog Bruder Gerlon rasch zur Seite weg. Zokora und der graue Mann duckten sich in die Schatten.

Die schweren Torflügel schwangen knarzend auf und gaben den Blick frei auf den Kriegsfürsten in seiner weißen Lederrüstung, an seiner Seite zwei der dunklen Priester und dahinter zehn schwarze Legionäre.

Der Kriegsfürst hob die fahle Klinge an, die er in seinen

Händen hielt, und trat langsam näher. »Ich finde dieses Schwert sehr faszinierend«, sagte er im Plauderton. »Seine Fähigkeiten entsprechen nicht dem, was ich von ihm wusste. Wisst Ihr, dass es mir zeigt, wo Ihr Euch versteckt?«

Niemand gab ihm Antwort, und er lachte. »Was wollt Ihr tun? Der Tempel ist von fünfzig Mann umstellt. Ich weiß nicht, wie es Euch gelang, so weit zu kommen, aber hier endet Eure Reise.«

Varosch murmelte ein Gebet zu Boron und schoss seinen Bolzen ab. Er hatte gut gezielt, doch der Bolzen erreichte den Kriegsfürsten nicht, eine Handbreit vor dem linken Auge des Nekromanten blieb er in der Luft stecken.

Während Varosch leise fluchte, besah sich der Kriegsfürst den Bolzen und pflückte ihn aus der Luft, um ihn dann achtlos fallen zu lassen.

»Ich habe keine Lust mehr auf dieses Spiel«, sagte er dann gelangweilt. »Ergreift sie. Ich brauche nur die Königin und den Priester lebend.«

Einer der dunklen Priester im Eingang hielt die Hände hoch, und dunkler Rauch entsprang ihnen, der andere hielt nun eine kleine Stabtrommel in der Hand und drehte sie wie wild. Zugleich stürmten die schwarzen Soldaten vor.

Einer kam nicht weit, in seinem Auge steckte ein Bolzen, was Varosch grimmig lächeln ließ, als er seine Armbrust nachlud. Sein Lächeln gefror, als der gefallene Soldat mit ruckhaften Bewegungen versuchte, wieder aufzustehen. Auch hinter dem Altar regte sich etwas, es war der tote Priester, der blind um sich tastete.

»Frevel!«, rief Gerlon empört, und bevor Leandra ihn noch greifen konnte, sprang er aus der Deckung, griff die verbeulte Öllampe, die noch immer dort lag, und warf sie mit aller Kraft in Richtung Eingang.

Sie fiel harmlos vor dem Kriegsfürsten zu Boden, der sich das Schauspiel lächelnd besah.

»Varosch!«, zischte Zokora. »Es ist der Priester mit der

Trommel!« Doch auch der nächste Bolzen des Schützen erreichte sein Ziel nicht und blieb in der Luft hängen. Der dunkle Rauch des anderen Priesters schob sich wie eine Walze in die große Tempelhalle und drohte ihnen die Sicht auf diesen Feind zu nehmen, an der Seite war Janos schon in einen Kampf verwickelt. Leandra hob Steinherz an und hielt ihn hoch, mit lautem Donnerschlag fuhr ein Blitz in Richtung Tempeltor, um dort in einen kleinen Kristall einzuschlagen, den der lächelnde Kriegsfürst spöttisch grinsend zwischen Daumen und Zeigefinger hochhielt.

»Ist es nicht beachtlich?«, lachte er. »Fast scheint es, als ob ihr gegen Euch selbst kämpfen würdet, nicht wahr?«

Diesmal kam der Blitz von ihm, der Donnerschlag ließ den alten Tempel beben, und Staub rieselte von der Decke herab. Der Blitz selbst fuhr in den Altar, der mit lautem Knacken barst, Steinsplitter flogen umher und bohrten sich zumeist in ungeschützte Haut, doch weiter kam das Gleißen nicht, es fand, knapp an Bruder Gerlon vorbei, seinen Weg zu Steinherzens Klinge.

»Ha!«, rief Corvulus voller Triumph. »Ihr seht …«

Was sie sehen sollten, blieb ungesagt. Ein Bolzen traf den Kristall zwischen seinen Fingern, und es war, als ob der Zorn der Götter selbst sich in diesem Augenblick entlud, ein gleißender Ball aus blauen Blitzen füllte fast das gesamte Tempeltor, und der Donnerschlag traf das stabile Tor wie der Faustschlag eines Riesen, die mächtigen Flügel zersplitterten in Dutzende von Stücken und flogen in alle Richtungen. Die Säulen, die das Tor stützten, wurden gespalten. Reste des Tors, Steine, Staub und ein Teil des steinbedeckten Daches brachen ein und begruben den Kriegsfürsten und die Priester unter Trümmern, weißer Staub rollte, von einem mächtigen Windstoß getrieben, in die Tempelhalle, die unter ihren Füßen bebte.

Niemand stand mehr in dem Tempel, selbst Zokora wurde niedergerissen, als das Beben und Grollen unter ihren Füßen zunahm und den ganzen Tempel zittern ließ.

Benommen schüttelte Leandra den Kopf und sah sich um. Die eine Ölschale, die als einzige dem Tempel Licht gegeben hatte, war umgefallen, und brennendes Öl lief über den Marmorboden, in dem mehr und mehr Risse entstanden, beißender weißer Staub erfüllte die Luft und nahm ihr Sicht und Atem, und ein kaltes Brennen fuhr ihr in die Seite.

Unverständig sah sie zu dem Soldaten hin, dessen schwarze Lederrüstung von dem Staub grau geworden war und neben ihr auf dem Boden lag, um mit seinem blutigen Schwert zum zweiten Streich auszuholen.

Ohne dass sie wusste, was sie tat, fuhr Steinherzens fahle Klinge herab und durchbohrte Leder, Knochen und den Stein darunter, der Mann sah zu ihr auf, als ob er sich beschweren wollte, und lag dann still.

Am Tor knirschte es, dann flogen schwere Steinbrocken davon, als wären sie von einem Katapult geschossen worden. Was sich dort taumelnd erhob, hatte nicht viel mit dem Kriegsfürsten gemein, außer der fahlen Klinge, die er hielt und dem mörderischen Blick. Verkohlt, verbrannt bis auf die Knochen, fügten sich Sehnen, Knochen, Muskeln und blasse Haut erneut vor ihrem ungläubigen Blick zusammen, nur eines wuchs nicht nach, die linke Hand des Mannes, die den Kristall gehalten hatte.

Ein Stein fiel vom zerstörten Tor auf ihn herab, groß und schwer genug, um einen Wagen zu zerschlagen, doch der Kriegsfürst taumelte nur zur Seite weg, um sich sogleich zu fangen. Er richtete sich auf, zog Reste seiner verkohlten Lederrüstung von seiner Haut und sah sie mit brennenden Augen an, um dann auf sie zuzugehen, zugleich wurde seine Haut grau und matt, und seine Schritte schwerer, sodass die Marmorplatten unter seinen rauchenden Stiefeln knirschten und brachen.

Mit einem Schrei, den Leandras taube Ohren kaum vernahmen, sprang Janos aus der Staubwolke hervor, Eiswehr über seinem Kopf zu einem mächtigen Schlag erhoben, doch der Verfluchte wischte den großen Mann wie eine lästige Fliege zur Seite und ließ ihn fast zwanzig Schritt weit fliegen, wo er mit Wucht an der Wand der Halle abprallte. Benommen sackte der große Mann in sich zusammen, auf der nackten Brust zeigte eine blutige Spur, wie knapp er Seelenreißers fahlem Stahl entkommen war.

Mit letzter Kraft warf sich Leandra Corvulus entgegen, doch der Kriegsfürst gab sich nicht einmal die Mühe, ihren Schlag zu parieren, mit lautem Klingen prallte ihre fahle Klinge von seiner Haut ab und flog aus ihren Händen, die von dem Schlag taub und kraftlos wurden.

Hilflos sah Leandra zu, wie der Kriegsfürst eine Geste ausführte und unsichtbare Hände sie ergriffen, während sich neben ihr Gerlon hustend aufrichtete und dem Kriegsfürsten entgegenwarf, nur um sich auch in dem schimmernden Gespinst gefangen zu finden.

»Zwei für den Preis von einer«, grollte Corvulus. Er sah sich grimmig um, zu Janos hin, der mühsam versuchte, sich aufzurichten, zu dem dunklen Elfen und Zokora, die unter den Trümmern der Decke begraben lagen. »Das wären dann wohl alle«, stellte er fest, drehte sich um und ging davon. Hinter ihm ertönte ein Tosen und ein Grollen, die Wand brach, und eisiges Wasser ergoss sich in den Tempel, riss Säulen nieder und schob eine Lawine aus Stein, Staub, Dreck, lebenden und toten Körpern vor sich her, um durch das zerstörte Tor zu branden. Doch hinter dem Kriegsfürsten teilte sich die Gischt, spülte tote Körper an ihnen vorbei und ergoss sich über die Tempelterrasse, ohne den Kriegsfürsten und seine hilflosen Gefangenen auch nur zu berühren.

Waagrecht in der Luft schwebend, konnte Leandra die Flammen sehen, dort, wo die Präfektur sein musste und die Reihen der Soldaten vor ihnen, die vor dem Fluss, der nun dem Tempeltor entsprang, zur Seite traten. Hörner klangen, und lautes Brüllen fremder Bestien erschütterte die Luft, und als der Kriegsfürst am Rand des Flusses, der nun die Tempelstufen flutete, auf die Straße trat, sah sie dort Soldaten rennen, die sich in Formation einreihten. Ein Bestienmeister saß auf dem Rücken seines Ungeheuers, das ein schweres Katapult hinter sich herzog, während Unteroffiziere die Reihen der Soldaten mit gebrüllten Befehlen und harten Schlägen ihrer Lanzenschäfte in Reih und Glied zwangen.

Auf ein Zeichen des Kriegsfürsten eilten Soldaten herbei und ergriffen Gerlon und die Königin, dann ließ das schimmernde Gespinst sie beide frei.

»Was ... was geschieht hier?«, keuchte Leandra, während ihr Blut wie ein Bach aus ihrer Seite rann. Sie war der Ohnmacht nahe, und ohne den harten Griff an ihren Armen, wäre sie wohl gefallen.

»Was soll schon geschehen?«, fragte der Kriegsfürst rau. »Ich habe genug von Eurem Trotz und Euren Unverschämtheiten. Ich bringe Euch zu meinem Vater und setze dem Aufstand hier ein Ende.« Er hielt seinen Armstumpf hoch, sodass sie die glatte Haut sehen konnte, die den Stumpf umschloss, als hätte es dort nie eine Hand gegeben. »Ich weiß nicht, wie es Euch gelungen ist«, fuhr er grimmig fort. »Doch Ihr habt mir meine Hand genommen. Seid versichert, stolze Königin, dass ich Euch dafür bezahlen lasse.« Er stieß Seelenreißer in den Boden und riss ihr mit der nun freien Hand den silbernen Reif von der Stirn, um ihn achtlos zur Seite wegzuwerfen. »Eure Krone braucht Ihr jetzt nicht mehr, mein Vater wird Euch eine andere geben ... eine, die schwerer auf Euch lasten wird!«

Er wandte sich an einen der Soldaten.

»Bringt sie weg und legt ihnen die goldenen Fesseln an«, befahl er und nahm Seelenreißer wieder auf. »Lasst sie beide waschen und neu einkleiden, und verbindet ihr die Wunde. Schaut, ob noch ein Priester lebt, der soll sie heilen. Aber vor allem ... schafft sie mir aus meinen Augen!«

Als die Soldaten sie wegzerrten, fühlte Leandra ihren Greifen, schaute mühsam zum morgendlichen Himmel hoch und sah den fernen schwarzen Schatten kreisen. So schwach war sie, dass ihr das Denken schwerfiel und sie nicht wusste, ob sie Wahres sah oder nur dem Blutverlust erlag. Doch die Entschlossenheit des Greifen drang bis zu ihren müden Gedanken durch. Um sie herum konnte Leandra Dutzende Soldaten sehen, die mit Armbrüsten bewaffnet waren, und sie spürte zudem, dass Steinwolke bereits verletzt war. *Nein, Steinwolke,* dachte sie und hoffte, dass das stolze Wesen sie verstehen würde. *Es kann dir nicht gelingen. Schau, ob du im Tempel jemand retten kannst!* Dann endlich ergab sie sich der Dunkelheit.

Janos stöhnte leise und öffnete mühsam ein Auge, das andere war zugeschwollen oder zerstört. Noch immer floss eisiges Wasser aus der Tempelwand und flutete die große Halle, doch dort, wo er unter einer geborstenen Säule gefangen lag, war es nur hüfthoch. Aber so, wie er lag, stand es ihm trotzdem bis unter das Kinn.

Die Morgenröte flutete den zerstörten Tempel, die Sonne füllte blutrot das geborstene Tor, als würde es ihn einladen, direkt zu Soltar zu gehen.

Stimmen hatten ihn geweckt.

Mühsam versuchte er, sich zu bewegen, zu sehen, was dort vor sich ging. Seine Rippen knirschten unter den Kanten eines schweren Steins, und an seinem Bein war das Wasser rot gefärbt. Doch er spürte nichts, das eisige Wasser lähmte alles, nur tausend Nadeln stachen ihn.

Was er sah, ließ ihn beinahe laut fluchen, die dunklen Priester waren in den Tempel zurückgekehrt, und vor ihnen stand, das Kinn stolz erhoben, Zokora, die den anderen dunklen Elfen stützte, der nun Varosch war. Beide sahen mitgenommen aus, Varosch rechter Arm war grotesk zur Seite hin geknickt, und Blut floss reichlich aus einem tiefen Schnitt an seiner Seite, Zokora selbst war blutig und geschunden, ihr Kettenhemd zerrissen und gab den Blick auf einen Rippenknochen frei, der sich durch ihre dunkle Haut gebohrt hatte, blutiger Schaum floss heraus und bebte dort bei jedem ihrer Atemzüge.

Und doch stand sie gerade und stolz und sah die Frau vor ihr verächtlich an.

Das waren keine dunklen Priester, dachte Janos erstaunt. Jeder, den er bisher gesehen hatte, war von männlichem Geschlecht, doch die fünf, die vor Zokora standen, waren alle Seras, die sich, wie Zokora früher, Lederstreifen um die Augen gewickelt hatten. Vier von ihnen trugen schwarze Kettenmäntel wie Zokora, dazu noch Schwerter und kurze Bögen, die Fünfte trug ein reich verziertes Gewand und einen knorrigen Stab in ihrer Hand.

»… ist der Sinn des Ganzen, Dorin?«, fragte Zokora soeben scharf.

»Das weißt du selbst«, lächelte die Dunkelelfe in der bestickten Robe. »Du hast dich mit Menschen verbündet, willst uns in einen Krieg hineinziehen, der uns nicht betrifft, und wie es aussieht, hast du dich auch noch mit den Priestern Omagors eingelassen!«

»Es ist nicht, wie es aussieht«, sagte Zokora scharf.

»Oh«, lächelte die andere. »Ich glaube schon. Du spielst beide Seiten gegeneinander aus, darin warst du schon immer gut.«

»Denke, was du willst«, antwortete Zokora in einer Stimme, die Janos selbst in diesem eisigen Wasser noch heftiger frösteln ließ. »Du hast kein Recht, über mich zu richten. Ich bin die Erstgeborene.«

»Das mag sein«, antwortete die dunkle Elfe mit dem Namen Dorin. »Zumindest noch. Aber die, die uns schickt, hat alles Recht dazu. Spare deine Worte für deine Mutter auf, Zokora, sie will dich sehen. Ich rate dir, wähle deine Worte mit Bedacht, denn sie ist reichlich erzürnt.« Ihre schmalen Lippen verzogen sich zu einem unheiligen Lächeln, während der Stab in ihrer Hand entflammte. »Oder, Schwester, willst du mir den Gefallen tun und widerstehen? Ihr seid beide dem Tode nahe, du ersäufst in deinem Blut, und diesem hier steckt ein Splitter in seiner Leber.«

»Götter«, hörte Janos den Schützen fluchen. »Nicht schon wieder!«

»Ich habe noch Kraft genug, um dich mitzunehmen, Dorin«, schwor Zokora grimmig.

»Ja«, nickte die andere bedächtig. »Vielleicht. Doch was ist mit deiner Brut? Sie stirbt mit dir. Doch wenn du dich ergibst und dich vor deiner Mutter rechtfertigst, verspreche ich dir, dass du leben wirst, bis sie geboren werden. Noch mehr, ich verspreche dir, dass ich sie einem dieser stinkenden Menschen vor die Türe legen werde. Ob sie dann leben oder nicht, liegt dann nicht mehr in meiner Hand, aber wenn du nicht aufgibst, reiße ich sie dir mit bloßen Händen aus deinem toten Bauch.«

»Das ist barbarisch«, flüsterte Varosch entsetzt. »Wie könnt Ihr auch nur daran denken!«

»Es sind Bastarde«, sagte Dorin verächtlich. »Niemandem etwas wert, außer vielleicht ihr.« Sie sah Zokora mit glühenden Augen an. »Was soll es sein?«

Als Antwort griff Zokora an ihre Seite und löste ihre schwarze Klinge aus dem Schwertgehänge. Sie fiel scheppernd zu Boden, und die Elfe Dorin nickte knapp.

»So soll es sein.« Sie zog mit ihrem Stab eine Linie senkrecht durch die Luft und zog sie auseinander. Jeweils zwei der anderen Elfen ergriffen Zokora und den Schützen und traten durch das schwarze Tor, das aus dem Riss entstanden war.

Nur die Elfe Dorin blieb zurück und sah nun mit glühenden Augen zu Janos hin.

»Heute ist dein Glückstag, Mensch«, sagte sie verächtlich. »Wenn du lebst, kannst du deinen Artgenossen berichten, dass es keine Allianz zwischen unseren Völkern geben wird.« Ein feines Lächeln spielte um ihre schmalen Lippen. »Oder würdest du an der Seite von behaarten Tieren kämpfen wollen?«

Dann trat auch sie durch den schwarzen Spalt hindurch, der sich lautlos schloss und dann verschwunden war.

Janos lag unter seiner Säule und fluchte leise. Durch das eisige Wasser konnte er Eiswehr liegen sehen, nur einen Fuß zu weit von seiner Hand entfernt. Wieder stemmte er sich gegen den Stein, doch außer dass er danach blutig husten musste, half es ihm nicht.

»Verfluchte Dunkelelfen«, knirschte er. »Verrat ist alles, was ihr kennt ... ich schwöre dir, du Hexe, dass du das bereuen wirst!« Er hustete erneut und schüttelte grimmig den Kopf. »Ich habe geschworen, dass ich dich zu Sieglinde bringen werden!«, erklärte er der fahlen Klinge. »Und bei den Göttern, das werde ich auch tun! Ich muss nur ... diesen ... verfluchten ... Stein ...!«

Keuchend sackte er in sich zusammen. »Ich werde *nicht* hier sterben!«

»Das sehe ich genauso, Hauptmann«, sagte Odgar und bückte sich, um Eiswehr aufzuheben.

»Verflucht«, keuchte Janos erleichtert. »Wo kommst du denn her?«

»Ich lag dort drüben«, meinte der graue Mann und sah auf die Schwerter herab, die er eingesammelt hatte. Auch er sah aus, als wäre er unter einen Ochsenkarren geraten, und Blut strömte an seiner Seite aus einer klaffenden Wunde.

»Was meint Ihr, Hauptmann? Welches Schwert schneidet Stein am besten: Steinherz, Eiswehr oder Zokoras schwarze Klinge?« Er schüttelte verwundert den Kopf. »Dabei habe ich nie gelernt, mit einer solchen Klinge umzugehen.«

»Nimm irgendeines und fang an«, knirschte Janos. »Wir haben noch zu tun.«

Etwas verdunkelte das zerstörte Tor des Tempels. Ein bronzener Schnabel, groß genug, um einen Mann in einem Bissen entzweizuteilen, reckte sich in die Halle und spie die Reste eines Soldaten aus. Golden glühende Augen kündeten vom

Gericht der Götter, als das Fabelwesen auf scharfen Krallen in die zerstörte Halle trat.

Dutzende von Bolzen steckten in seinen Seiten, und an seinem linken Flügel sah man verkohlte Federn. Unaufhaltsam kam die Bestie näher, die Augen auf Steinherz fixiert, der nun aus Odgars kraftlosen Händen glitt.

So furchterregend, war der Anblick, dass er Odgar und den Hauptmann bewegungslos an ihre Stelle bannte, dann war das Ungeheuer heran und streckte eine Kralle aus, um mühelos den schweren Säulenbrocken von dem Hauptmann zu nehmen und achtlos zur Seite wegzuwerfen. Wasser spritzte auf, als der Schnabel herabstieß und Steinherzens Klinge erfasste, jeweils eine Kralle griff Janos und den grauen Mann, der noch immer die beiden anderen Schwerter an sich presste.

Mit seiner Beute in den Krallen, wankte der Greif ungeschickt auf Löwenfüßen aus dem Tempel, breitete seine Schwingen aus, schrie klagend auf und sprang in die Lüfte.

Janos sah noch, wie der alte Tempel unter ihm zurückfiel, und er nahm den Hügel dahinter wahr, der in sich zusammengefallen war und nun einen überfluteten Krater bildete, dann schwanden ihm die Sinne … nur dass er dankbar dafür war.

So sah er dann auch nicht mehr den Raben, der von dem Dach des zerstörten Tempels aufstieg, um über den schwarzen Truppen zu kreisen.

Wo wir stehen …

40 Als der Greif mit seiner Last im Lager landete, führte Blix seine Soldaten gerade durch das letzte Gebet. Er sah herab auf die viel zu dünnen gepanzerten Reihen, die der Sonne entgegenknieten, und sprach die letzten Worte:

»... und so wird Soltar unsere Seelen erheben, wiegen und mit den anderen Göttern richten und uns an einem neuen Tag ein neues Leben geben. In seiner Gnade gibt er uns diesen Trost, auch wenn wir heute fallen werden.«

»Amen«, schallte es ihm entgegen, und die knieenden Soldaten führten das Zeichen der Dreieinigkeit vor ihrer Brust aus.

Mit lautem Knall klappte der Schwertmajor das schwere Buch zu. »Damit ihr Hornochsen das nicht falsch versteht«, rief er laut, dass auch der Letzte ihn noch hören konnte. »Ich dulde nicht, dass auch nur einer sich auf diese Weise davonstiehlt! Ihr seid Soldaten der zweiten Legion, und wenn es hier ans Sterben geht, dann sorgt dafür, dass es unsere schwarzen Freunde trifft!«

»Aye, Ser, Schwertmajor, Ser!«, riefen die Soldaten im Chor, und Grenski trat vor.

»Jetzt habt ihr genug gefaulenzt«, rief sie, was die Soldaten stöhnen ließ. »Ihr könnt auch in euren Stellungen schlafen, bis der Feind zum Wecken kommt! Bewegt eure faulen Ärsche und tut, wofür ihr geboren wurdet! Ihr habt den Schwertmajor gehört: Kämpft für die Legion, und lasst die anderen sterben! Für die Legion, für Askir, den Kaiser und die Götter!«

»Für die Legion, für Askir, den Kaiser und die Götter!«, brandete es ihnen entgegen, und die gepanzerten Soldaten trotteten los.

»Dafür, dass sie fast im Stehen schlafen, war das fast laut genug«, stellte Grenski fest, als sie den Soldaten hinterhersahen, die eilig ihre Stellungen bezogen. »Keiner von ihnen hat die letzten zwei Nächte geschlafen.«

»Ja«, sagte Blix. »Ich hörte, du hast sie ordentlich getrieben.« Er schüttelte den Kopf, während sie beide zu dem Greifen hingingen. Dort betrachtete der Pfleger schon fassungslos die vielen Bolzen, während Korporal Loska sich bereits um die beiden Verletzten kümmerte, die der Greif vor sich hatte fallen lassen.

»Wie geht es ihm?«, fragte Blix den Soldaten, der den Greifen versorgte, der immer noch Leandras Schwert in seinem Schnabel hielt.

»Ihr«, verbesserte der Soldat, ohne von Steinwolke den Blick abzuwenden. »Die Bolzen haben die Federn kaum durchschlagen können, die meisten sitzen in ihrer Haut fest, ich muss sehen, ob es tiefere Wunden gibt. Ich kann Euch nur sagen, dass sie furchtbar wütend ist. Gebt ihr ein Schaf oder besser eine Kuh, und kommt ihr besser nicht zu nahe, bis sie sich beruhigt hat.«

»Wer sind die beiden?«, fragte Grenski und deutete auf die Verletzten, die gerade auf Bahren gelegt wurden.

»Der Große hier ist Janos, der Hauptmann, mit dem sich Leandra treffen wollte«, sagte Blix und runzelte die Stirn, als er den grauen Mann betrachtete. »Den hier kenne ich auch von irgendwoher, aber ich kann dir nicht sagen, wer er ist. Nur, dass das Eiswehr und das Schwert der Dunkelelfe ist, die er da an sich presst.«

»Janos!«, rief Sieglinde und rannte auf sie zu, um sich neben dem großen Mann scheppernd auf die Knie zu werfen.

Götter, dachte Blix beeindruckt. Er hatte noch nie zuvor jemanden gesehen, der an seinem ersten Tag in einer Legionärsrüstung so rennen konnte. Sie trug die Rüstung, als wäre sie es schon seit Jahren gewohnt.

»Janos«, rief sie mit Tränen in den Augen. »Sag, dass du noch lebst!« Sie schüttelte ihn so sehr, das Korporal Loska sich beschwerte, doch dann öffnete der große Mann ein Auge, das andere war ihm fest zugeschwollen.

»Ich habe dir Eiswehr zurückgebracht«, krächzte er. »Gib mir nur einen Moment, und ich ...«

»Gar nichts wirst du tun«, sagte Loska und presste den großen Mann mit der Hand in sein Lager zurück. »Und Ihr«, fuhr er an Sieglinde gewandt fort, »steht mir im Weg! Ich kümmere mich schon um die beiden, aber nur, wenn Ihr mir nicht in der Sonne steht!« Er bedachte sie mit einem kühlen

Blick. »Wir haben eine Schlacht zu schlagen. Verlieren wir, hilft den beiden meine Kunst auch nicht weiter!«

»Aber …«, begann Sieglinde, dann nickte sie und nahm dem grauen Mann Eiswehr aus der schlaffen Hand. »Ihr sorgt dafür, dass er gesundet«, sagte sie entschlossen. »Dann sorge ich dafür, dass wir hier gewinnen werden!«

»Das wäre ein lohnendes Geschäft«, nickte die Feder grimmig. »An mir soll es nicht liegen.«

»Amen«, sagte Grenski leise dazu, als Sieglinde aufstand und entschlossen auf den Greifen zuging, der sie über Steinherzens Klinge mit goldenen Augen anfunkelte.

»Du musst Steinwolke sein«, sagte die Bardin mit ihrer weichen Stimme. »Ich bin Sieglinde und eine Freundin von Leandra. Du kannst mit Steinherz nichts anfangen, gib mir das Schwert, ich finde jemanden, der es für sie führen wird.«

Der Greif besah sich die Bardin in ihrer Rüstung, dann schwenkte er den Schnabel zu ihr hinüber und öffnete ihn ein wenig, sodass sie Steinherz greifen konnte.

Mit beiden Klingen in der Hand kehrte die Bardin zu Blix und Grenski zurück und sah von dort aus zu, wie die Soldaten die beiden Bahren zu den Versorgungswagen brachten, die weiter hinten standen.

Man hatte sie im Viereck aufgestellt, die Lücken zwischen Wagen und Rädern mit schweren Turmschilden verschlossen. Dahinter waren Pritschen aufgestellt, und in großen Kessel kochten bereits die Verbände, durch den einzig offenen Eingang sah sie auch die Feldaltäre, die den Göttern geweiht waren.

Auf einem hohen Tisch ordnete ein Soldat der Federn mit grimmigem Gesicht glitzernde Instrumente, während ein anderer in einer Kiste die Flaschen mit dem Mohnsaft zählte.

»Korporal Loska wird in seiner Kunst nur von Stabsobrist Orikes übertroffen«, teilte Blix der Bardin leise mit. »Oder dieser Dunkelelfe.« Er sah auf Zokoras schwarzes Schwert, das achtlos auf dem Boden lag, und seufzte. »Anders als die meisten ist er nicht hier, weil er ein Leben nahm, sondern weil er sich weigerte, eines aufzugeben. Euer Freund kann sich schwerlich in besseren Händen befinden. Wenn er zu retten ist, wird es Loska gelingen.«

»Gut«, sagte die Bardin, während Blix dachte, dass er noch nie zuvor solch leuchtende grüne Augen gesehen hatte. »Ich brauche jemanden, der Boron verpflichtet ist, nicht wankt und auch noch weiß, wie man eine solche schwere Klinge führt.« Sie sah den Schwertmajor fragend an.

Doch es war Grenski, die ihre Hand austreckte. »Das wäre dann wohl ich«, sagte sie. »Ich habe im Zweihandkampf schon zweimal fast gegen Santer gewonnen.«

Doch die Bardin zögerte.

»Könnt Ihr Euch fallen lassen?« fragte sie leise. »Könnt Ihr Euch für Steinherz aufgeben? Er ist nicht an Euch gebunden, also wird er Euch nicht dienen. Ihr müsst im Geist das Knie vor ihm beugen, Euch ihm unterwerfen. Könnt Ihr das?«

Grenski schluckte. »Was geschieht mit meiner Seele?«, fragte sie dann leise.

»Ich vermute, nichts«, antwortete die Bardin. »Er hat an Euch kein Interesse, ihr seid nicht die Königin. Wenn es vorbei ist, werdet Ihr ihn wahrscheinlich einfach fallen lassen können.«

»Ihr vermutet und wahrscheinlich«, sagte Grenski rau und besah sich die fahle Klinge. Die roten Drachenaugen in seinem Heft schienen sie spöttisch zu mustern, sie zu fordern, es mit ihm zu wagen. »Aber wisst Ihr es?«

»Nein«, sagte die Bardin bedächtig. »Ich vermute nur und stütze mich auf Legenden. Es geschieht selten, dass ein Bannschwert von jemandem geführt wird, dem es nicht versprochen ist. Doch dieses Schwert ist Boron geweiht, und wenn er auch ein strenger Gott sein kann, ist er doch gerecht.«

Von vorne tönte ein Signal. »Sie kommen«, meinte Blix unruhig. »Wir haben noch etwas Zeit, aber nicht mehr viel.«

Grenski atmete tief durch, nahm ihr Schwert von dem Gehänge ab und stieß es vor sich in den Boden, um dann entschlossen Steinherzens Heft zu ergreifen.

Sieglinde ließ ihn los, und die Stabssergeantin blinzelte erstaunt.

»Es ist leichter, als ich dachte«, sagte sie überrascht. »Aber sonst geschieht nichts.«

»Wenn der Kampf beginnt, gebt ihm von Eurem Blut«, riet ihr die Bardin leise. »Dann kennt er Euch. Wehrt Euch nicht gegen ihn und lasst ihn tun.« Sie sah auf ihre eigene Klinge herab. »Darin sind sich diese Schwerter ähnlich. Wenn es ans Schlachten geht, wissen sie am besten, wie man es macht.«

Sie sah zu Blix hin, der unbehaglich Grenski und Steinherz musterte. »An wen glaubt Ihr?«, fragte sie leise.

»An alle und an keinen«, antwortete der Major gepresst. »Ich beuge mich ihnen, aber ich will und kann sie nicht lieben.«

»Ihr fürchtet sie?«, fragte die Bardin, während Grenski überrascht zu dem Major aufsah.

»Ja«, sagte Blix rau. »Das ist es wohl.«

Sieglinde wies mit Eiswehr zu Zokoras schwarzer Klinge hin. »Dann ist dies das Schwert für Euch«, sagte sie. »Nehmt es für die Schlacht, ich denke, Zokora wird Euch verzeihen.«

»Ich besitze bereits ein Schwert«, sagte Blix steif, während hinter ihnen ein Späher in einem Baumwipfel ein weiteres Hornsignal ertönen ließ. »Es wird mir reichen. Warum sollte ich meine Klinge tauschen?«

»Weil wir jeden Vorteil brauchen«, sagte Sieglinde, und ihre grünen Augen bohrten sich in seine. »Nehmt es.«

Warum auch nicht, dachte Blix bitter und bückte sich, um die schwarze Klinge aufzunehmen. Sie war leicht wie eine Feder und lag kühl und beruhigend in seiner Hand. »Sie ist zu kurz für mich«, beschwerte er sich.

»Das wird nicht stören«, meinte Sieglinde. Ein weiteres Hornsignal ertönte, und sie sahen alle drei zur Front hin. Die Bardin schluckte. »Ich brauche noch jemanden, der gutmütig ist und rechtschaffen. Gibt es in dieser verlorenen Lanze jemanden, auf den dies passt?«

»Nicht viele«, gab Grenski zu. »Sonst wären sie nicht hier.«

»Avron«, sagte Blix.

Die Stabssergeantin musterte ihn überrascht. »Wieso er?«

»Er nahm sich Zeit für das kleine Mädchen und hat es getröstet.« Er wies hin zu den Versorgungswagen, vor denen das Kind, das als Einzige der Flüchtlinge das Gift überlebt hatte, im Gras spielte und Butterblumen für eine geflochtene Krone pflückte. Der Anblick zog ihm das Herz zusammen, und er schluckte schwer. »Warum sucht ihr jemanden wie ihn?«

»Ich brauche noch einen Träger für mein Schwert«, teilte Sieglinde ihnen mit. »Ich kann nicht das Banner aufrecht halten und zugleich auch kämpfen. Ich brauche jemanden, der an meiner Seite steht und nicht von mir weicht. Sie hat mir versprochen, uns dann beide zu beschützen. Nur ist sie darin eigen, wer sie führt.«

»Sie?«, fragte Grenski.

»Ja«, antwortete die Bardin und hob ihr Schwert leicht an. »Sie. Sie sagte mir, dass es nur zwei von ihnen gibt, die weiblich sind. Eiswehr ist die Vernünftigere der beiden, die andere ist eine prüde Zicke.«

»Sagt Euer Schwert«, wiederholte Blix zweifelnd.

»Genau das«, antwortete Sieglinde und hielt seinem Blick stand. »Wo finde ich diesen Avron?«

»Hier«, sagte Grenski und winkte den Sergeanten heran.

Der kam und salutierte.

»Ihr müsst der Sera hier behilflich sein«, teilte Blix ihm mit.

»Ich leiste schönen Seras gerne jeden Gefallen«, zwinkerte der Sergeant. »Aber meint Ihr nicht, dass es jetzt etwas ungelegen kommt?«

»Hier«, sagte Sieglinde und drückte ihm ihr Schwert in die

Hand. »Alles Weitere«, fügte sie hinzu, als sich die Augen des Sergeanten weiteten, »wird sie Euch schon erklären.«

»Was tun sie für uns, diese Schwerter?«, fragte Blix leise. »Machen sie uns unsterblich wie den Lanzengeneral?«

»Nein«, antwortete die Bardin. »Dazu braucht es Seelenreißer. Unsterblich machen sie uns nicht, aber dafür umso mörderischer.« Sie bedachte die drei Soldaten mit einem harten Blick aus grünen Augen. »Wir werden diese Schlacht gewinnen«, teilte sie ihnen mit. »Das Banner wird uns helfen und diese Schwerter auch. Den Rest müssen wir dann selbst tun.« In der Ferne war dumpfes Trommeln zu hören. »Es geht los.« Sie drehte sich um und ging entschlossen davon, Sergeant Avron auf den Fersen, der noch immer verwundert dreinschaute.

Die alte Enke trat aus Blixens Zelt, eine Teetasse in der Hand, und sah hin zur Front, um dann zu Blix und Grenski zu schlendern. Sie musterte die drei Schwerter, die dort im Boden steckten.

»Wollt Ihr etwas von mir?«, fragte Blix und fragte sich, ob sie wieder seinen ganzen Tee getrunken hatte.

»Von dir erst einmal nichts«, sagte die Hexe und wandte sich dann Grenski zu. »Du verstehst dich doch gut mit diesem Greifen, nicht wahr?«

»Sie hat mich noch nicht gefressen«, antwortete Grenski und bedachte die alte Enke mit einem misstrauischen Blick.

»Dann geht zu ihr hin und sagt ihr, dass sie ein paar Öllampen auf das Katapult werfen soll, das sie hinter dem Hügel dort in Stellung bringen wollen.«

»Dort?«, fragte Blix zweifelnd und sah zur Seite hin. »Und wenn sie hundert Ochsen hätten, wären es nicht genug, dort ein Katapult hinaufzuziehen.«

»Wenn sie nur Ochsen hätten, dann hättest du auch recht, mein Junge«, meinte die alte Enke milde. »Aber da du schon mal hier stehst, kannst du mir auch sagen, wann ich am besten die Geister rufen soll.«

»Welche Geister?«, fragte Blix verwirrt.

»Deine Kameraden, die hier gefallen sind«, sagte die alte Enke lächelnd. »Was meinst du denn, warum ich dir empfahl, hier das Lager aufzuschlagen? Die Legion hat schon einmal hier gekämpft.«

»Hat sie?«, fragte Blix schwach.

»Ja«, nickte die alte Enke. »Sie gewann auch, das heißt, es waren am Schluss mehr von ihnen übrig als von uns.«

»Ihr wollt tatsächlich ...«, flüsterte Grenski und griff Steinherz fester.

»Pah«, lachte die Hexe. »Wenn ich das tatsächlich könnte, bräuchten wir hier nicht zu kämpfen! Aber ich kann es aussehen lassen, als kämen sie euch zu Hilfe. Und da sie tatsächlich hier begraben liegen, wird es ... sagen wir mal ... etwas überzeugender sein als üblich.« Sie grinste breit. »Und du weißt, mein Junge, wie überzeugend ich sein kann!«

Ja, dachte Blix und spürte, wie ihm ein Schauder über den Rücken lief. Das war wohl so.

»Wie viele liegen hier?«, fragte Grenski leise.

»Ich weiß es nicht mehr«, sagte die alte Enke. »Zählt die Bäume dort hinten auf dem Hügel. Als die Legion abzog, kam ich her und habe ihre Toten geehrt und in jedes Grab einen dieser Bäume gepflanzt. Damit ihre Seelen hier eine Heimat finden konnten ... denn sie haben gut und ehrbar gekämpft.«

»Aber ... waren sie nicht Eure Feinde?«, fragte Blix.

»Ich bin eine Hüterin«, sagte die alte Enke einfach. »Wir stellen uns nur selten auf eine Seite.«

»Aber jetzt ...«, sagte Blix, und die Hexe nickte.

»Ja«, sagte sie. »Ich habe entschieden. Sonst ständest du nicht hier.«

Sie sah zurück zu den Bäumen, die dort standen und den Versorgungwagen Schutz gewährten. »Mit dem Banner, dem Lied der Bardin, drei gottgeweihten Klingen und meinen Zaubern ...« Sie sah zu Blix hoch und zwinkerte ihm zu. »Wer weiß schon, was geschieht, wenn ich sie rufe. Vielleicht gewährt Soltar ihnen wirklich Ausgang.« Sie sah in ihre Tasse, trank sie leer und lächelte. »Dein Tee ist gut, Major«, sagte sie. »Ihr erlaubt, dass ich mir nachfülle?«

Beide sahen ihr nach, wie sie zurück in sein Zelt ging, dann schüttelte es Grenski sichtlich.

»Sie sieht aus wie meine Mutter«, flüsterte sie. »Doch ich gebe zu, sie macht mir Angst.« Ein neues Signal ertönte, und Blix tauschte einen Blick mit ihr.

»Es wird Zeit.«

»Dann wollen wir sie nicht länger warten lassen«, sagte Grenski, und sie gingen vor zur Front.

Das Gelände hätte sich hervorragend für eine kaiserliche Wehrstation geeignet, dachte Blix, als er seinen Blick über die Stellungen der Lanze gleiten ließ. An drei Seiten war der Hügel weggebrochen und verwittert, sodass eine Ebene übrig blieb, die grob die Form eines Vierecks hatte. Oder einer Faust mit einem offenen Daumen, dachte er, denn zur Rückseite hin gab es eine Art Vorsprung, dort standen auch die meisten der alten Eichen. Jetzt war auch erklärt, warum sie so regelmäßig standen und fast alle die gleiche Höhe besaßen. Dort standen auch die Versorgungswagen. Das Bild des spielenden Mädchens vor den Wagen ging Blix nicht aus dem Kopf und ließ ihn fast weinen. Verstohlen wischte er die Augen aus und sah zu diesen Bäumen zurück.

Achtundsiebzig waren es. Blix schüttelte ungläubig den Kopf. Er erinnerte sich an den Kopf des Barbaren im Gemüsegarten der Hexe, der im Nachhinein nicht mehr als ein Stecken mit einem Kürbis darauf gewesen war. Wie sie es fertigbrachte, solche Täuschungen hervorzubringen, war ihm egal, doch er hatte mit Grenski das Signal für die Hexe vereinbart: wenn der Kampfspruch der Legion ertönte. Er sah zu Sieglinde hin, die auf einem kleinen Vorsprung stand und dort mit Sergeant Avron und den Schildträgern sprach. Das Banner der Legion, davon sollte Grenski die Lanze in Kenntnis setzen, würde auch Kameraden aus vergangenen Tagen zu Hilfe rufen, wobei ein treuer Soldat des Kaisers – der Kaiserin, verbesserte er sich – nichts von ihnen zu befürchten hätte.

Schließlich, wusste Blix, wäre es nicht gut, wenn beim Anblick dieser Geister seine eigenen Soldaten in wilde Panik ausbrechen würden. Auf der anderen Seite, wenn er Grenskis Worten Glauben schenken wollte, dann waren seine Leute zu müde, um noch Angst zu haben.

Auf der einen offenen Seite erstreckte sich ein in seinen Augen viel zu flacher Abhang fast bis hin zur Straße nach Lassahndaar, im unteren Bereich noch von Buschwerk gesäumt. Die letzten Hundert Schritt dagegen waren von Sträuchern befreit, die hatte man den Hügel hochgeschleppt und hier oben wieder verwendet.

Im oberen Drittel verengte sich der Abhang etwas, um sich danach zu weiten, dort würde dann das Handgemenge stattfinden. Mit dem Sehrohr suchte er die markierten Stellen ab. Hier ein Stein, ein Rest von Buschwerk, ein Baumstumpf dort, der etwas höher abgeschlagen war, eine Kuhle im Abhang, in der sich bestimmt ein paar Gegner Deckung suchen würden.

Er zog die Karte heraus, die ihm die Federn vorbereitet hatten. Dort waren sorgsam Felder markiert und beziffert, schmal und lang für die Speerwerfer, kurz und breit für die Armbrüste der Lanze, lang gezogene Ovale für die Schleuderer, die zur Zeit gerade die kleinen Tontöpfe mit den Lunten überprüften.

Auf der Karte waren auch die Stellungen eingezeichnet, gerade vier armselige Doppellinien, die wie ein offener Trichter zur Vorderseite der Ebene hochwiesen, wo erst ein einziges Dreieck, dann drei weitere eingezeichnet waren. Zwanzig Schritt weiter hinten dann die Speerwerfer. Dahinter dann waren die Pferde festgebunden; was er mit ihnen machen sollte, wusste er noch nicht, vielleicht sie dem Feind entgegentreiben. Einen Reiterangriff hatte Blix nicht eingeplant, zum einen würden ihm die Soldaten in den Stellungen fehlen, zum anderen waren sie keine Kavallerie. Selbst wenn, einen Reiterangriff in diesen Massen auszuführen, kam einem Selbstmord gleich.

Eine Möglichkeit zum Rückzug gab es nicht; würde der Feind die Ebene erreichen, war der Kampf vorbei.

Der Feind.

Blix schwenkte sein Sehrohr nach vorne. Dort stand die achte Lanze der einundzwanzigsten Legion sauber in Reih und Glied. Sie hatten Turmschilde dabei, wie Blixens Lanze auch, aber es war eines, diese schweren, mit Stahl bespannten Schilde einen Hügel hinaufzuschleppen, ein anderes, sie in fest gefügten Stellungen einzugraben. Zudem sah er nicht viele von ihnen, vielleicht waren es fünfzig oder sechzig Stück. Meist trugen die gegnerischen Soldaten Rundschilde aus Holz, die mit gehärtetem Leder bespannt waren. Von größerem Interesse waren für den Major die Armbrustschützen der feindlichen Lanze, sie entsprachen dem alten Muster, dass jeder zehnte Soldat eine mit sich führte. Auch hier gab es einen Unterschied. Während seine Lanze mit zweischüssigen Doppelbögen aus Stahl ausgerüstet war, waren die Kreuzbögen des Feinds aus Horn gefertigt, was ihnen kaum die Hälfte der Reichweite gab, über die Blixens Lanze verfügte.

Doch hinter den Linien der Fußsoldaten sah Blix zwei Dinge, die ihm Sorge bereiteten. Zwei dieser Kriegsbestien, deren Anblick jedem Furcht einflößen konnten, auch wenn er sich im Moment kurios unbeeindruckt fühlte, zum anderen etwa hundert Mann schwere Reiterei mit Lanzen. Diese Soldaten trugen Rüstungsteile aus Metall an den Oberschenkeln und auf der Brust.

Signaltrommeln waren in der Ferne zu hören, Hörner gaben Befehle, und auch dort wurden Flaggen geschwenkt. Soweit er erkennen konnte, verwendeten sie noch immer die alten Signale der Legion.

Er ging mit dem Sehrohr die gegnerischen Reihen ab, bis er die gefunden hatte, die er suchte, eine Gruppe von Offizieren, die auf einem kleinen Hügel standen und miteinander diskutierten, einer dieser dunklen Priester war dort auch zugegen. Nur einer. Kurz fragte sich der Schwertmajor, was mit den anderen geschehen war.

Die Sonne stand bereits eine Handbreit über dem Horizont, doch noch hatte die Schlacht nicht angefangen. Ich kann mir denken, was sie dort besprechen, dachte Blix mit einem grimmigen Lächeln. Selbst der dümmste gegnerische Offizier musste wissen, dass dieser Hügel eine Einladung zum Sterben war. Vielleicht gab es dort unten einen, der klug genug war, den Angriff abzublasen und sich darauf zu beschränken, Blixens Lanze hier zu binden. Er setzte das Sehrohr ab und sah zu Grenski hin, die Steinherz auf ihrem Rücken trug. Dass Steinwolke lediglich das Schwert gebracht hatte, ließ nur den Schluss zu, dass die Königin verloren war. Damit war der Grund der Schlacht verloren, und wenn man ihn nur ließ, würde Blix die Lanze auch gerne zurück zur Donnerfeste führen. Nur zweifelte der Schwertmajor daran, dass ihm der Feind den Gefallen erweisen würde.

Auch der Pirat war jetzt der Ansicht, dass die Königin verloren war, vorhin hatte ein Soldat ihm mitgeteilt, dass der Gefangene ihn sprechen wollte. Der blutige Marcus war voller Angst und Panik gewesen, seiner Vision nach hätte die Königin hier sein müssen, dass sie es nicht war, erschütterte ihn zutiefst. »Etwas hat sich geändert«, hatte er wieder und wieder gebrabbelt. »Ich verstehe es nicht, es hat sich etwas geändert, und ich weiß nicht, wieso, das ist noch nie geschehen!«

Willkommen bei denen, die nicht wissen, was die Zukunft bringt, dachte Blix und verbannte den Piraten aus seinen Gedanken. Wieder suchte er die Gruppe der Offiziere. Die waren zu einer Einigung gekommen und redeten nun auf den dunklen Priester ein. Der Elf schien kaum auf sie zu hören, vielmehr sah er mit brennenden Augen zu Blix hin, als ob er den Schwertmajor auf die Entfernung sehen könnte.

»Und?«, hörte er Grenskis Stimme neben sich.

Blix seufzte und schob das Sehrohr zusammen. »Unsere Freunde dort unten sind vernünftiger, als ich dachte, sie wollen nicht den Abhang hoch.«

»Kann ich verstehen«, meinte Grenski. »Also wird es eine Belagerung. Ich weiß nicht, ob ich erleichtert sein soll, so etwas zerrt auch am Gemüt. Zudem missfällt es mir, wenn ein Gegner Klugheit zeigt.«

Er reichte ihr das Glas und deutete aus, wo die Offiziere standen. »Siehst du den dunklen Elfen im Priestergewand?«, fragte er sie.

Grenski nickte. »Ich sehe, was du meinst«, sagte sie dann leise und ließ das Rohr wieder sinken. »Wenn sie auf ihn einreden, heißt das, dass er entscheiden wird.« Sie seufzte. »Das bedeutet, sie werden kommen.«

»Ja«, sagte Blix. »Es ist nur die Frage, wann.«

Zum Tee

41 Als Leandra wieder zu sich kam, lag sie auf einer gepolsterten Liege in einem vornehm eingerichteten Raum. Wahrscheinlich gehörte er zu der Präfektur der Stadt. Brandgeruch lag noch immer in der Luft, und durch die offenen Fenster hörte sie Rufe und Befehle, wenn auch weitaus weniger als erwartet. Man hatte ihr eine neue Robe angelegt, sie gewaschen, und an ihrer Seite spürte sie sowohl einen brennenden Schmerz bei jeder Bewegung und jedem Atemzug als auch einen straffen Verband. Sie war nicht allein in diesem Raum, Bruder Gerlon lag vor ihrer Liege auf dem Boden und stöhnte leise, wie ihr auch hatte man ihm diese feinen goldenen Fesseln angelegt. Soweit Leandra wusste, besaß der junge Priester kein besonderes Talent, vielleicht wollte der Kriegsfürst diesmal sichergehen.

An einem Tisch stand Corvulus, wieder mit weißem, geprägtem Leder gerüstet, vor ihm lag Seelenreißer auf dem Tisch, um eine Karte zu beschweren. Bannschwerter hatten die seltsame Eigenart, auf ihrer Spitze stehen zu können; dass Havalds Schwert dort lag, sagte ihr, dass es Corvulus noch nicht zur Gänze gelungen war, die Klinge an sich zu binden.

Zwei Offiziere und ein dunkler Elf standen noch um den Tisch herum, der Elf war diesmal kein Priester des toten Gottes, sondern ein Maestro, komplett mit goldbesäumter Robe und einem dunklen Eschenstab.

Leandra hatte nie eine große Verwendung für Stäbe gehabt, auch Desina und Asela verschmähten sie, aber wer wusste schon, welchem Weg diese dunklen Elfen folgten.

Der Kriegsfürst schien nicht zufrieden, er sah finster auf die Karte herab. Leandra musste ein Geräusch von sich gegeben haben, denn nun sah er mit gerunzelter Stirn zu ihr hinüber.

»Ich sehe«, sagte er grimmig, »unsere Schönheit ist erwacht. Ihr braucht nicht zu lauschen, kommt herbei und beseht Euch die Lage.« Er wies mit seinem Finger auf einen gepolsterten Stuhl, der an der Wand stand, dieser schlitterte über das Parkett, um neben dem Tisch zum Stehen zu kommen. »Wenn Ihr zu schwach seid, setzt Euch auf diesen Stuhl. Habt Ihr Durst?«

»Ja«, sagte Leandra, die nur schwer abschätzen konnte, was diese Freundlichkeiten zu bedeuten hatten.

»Du«, sagte der Kriegsfürst zu dem Soldaten, der an der Tür des Raumes Wache stand. »Bringe der Fürstin ein Wasser .... oder«, fuhr er an Leandra gewandt fort, »vielleicht doch einen Tee?«

»Einen Tee«, sagte Leandra und stand mühsam auf, sofort eilte einer der Offiziere am Tisch herbei, um sie zu stützen und zu dem Stuhl zu führen. Auch Fürst Celan hatte sie eine Fürstin genannt, aber damals hatte sie gedacht, dass es zu dem üblen Spiel gehört hätte, das er mit ihr getrieben hatte.

Jetzt war sie nicht mehr sicher, Corvulus Stimme hatte kein Zeichen von Spott enthalten, es war, als wäre es einfach nur ihr Titel.

»Bevor Ihr auf dumme Ideen kommt«, sagte der Kriegsfürst nun, »bedenkt, dass Ihr verletzt seid und Eure Magie Euch im Moment nicht dient. Selbst ein verhungerter Sklave könnte Euch zur Zeit bändigen. Wenn Euch das nicht reicht: Ich habe diesen Priester mitgenommen, damit er ein Unterpfand für Euer Benehmen ist. Wenn Ihr mir Ärger bereitet, werde ich mein Missfallen an seiner Haut auslassen.«

»Ich habe es verstanden«, sagte Leandra kühl und sah auf die Karte herab. Sie zeigte die Südlande und seltsame Linien darauf, die offenbar mit großer Sorgfalt eingetragen worden waren. Der Wachsoldat kam wieder herein und stellte mit einer ehrfürchtigen Verbeugung eine tönerne Tasse und eine Kanne vor ihr auf den Tisch. Die Art, in der er vor ihr die Augen niederschlug, so sorgfältig, wie er die Kanne und die Tasse absetzte, die zwei Schritte rückwärts, die er dann tat, bevor er wieder an der Tür die Wache aufnahm, all das war nicht gespielt.

Jetzt erinnerte sie sich auch daran, dass, als man sie damals vor den Feuerinseln an Bord der *Lanze der Ehre* überwältigt hatte, der feindliche Kapitän mehrere seiner eigenen Leute hatte hinrichten lassen, weil sie im Verdacht standen, ihr Wunden zugefügt zu haben. Auch Havald hatte ihr berichtet, dass er Befehle gefunden hatte, die sie als Fürstin bezeichneten und jeden unter Strafe stellten, der ihr auch nur ein Haar krümmte.

Dass der Vater des Kriegsfürsten, der Nekromantenkaiser selbst, sie unversehrt zu sehen wünschte, beruhigte Leandra wenig. Dass Kolaron Malorbian ein Gott werden wollte, zeigte schon, wie sehr er dem Wahn verfallen war. Die Fürsorge eines solchen Mannes, der sowohl ein Maestro als auch ein Seelenreiter war, der schon Unzählige geritten hatte, konnte kaum etwas Gutes für sie bedeuten.

»Ich gönne Euch sogar noch einen Triumph«, fuhr der Kriegsfürst grimmig fort. »Ihr habt mir meine Pläne gründlich zunichtegemacht. Ich habe eben erfahren, dass Ihr es vermocht habt, den Weltenstrom umzuleiten. Ändern können wir daran nichts, denn der Hügel hinter dem Tempel ist in sich zusammengefallen und hat alles unter sich begraben. Damit ist auch klar, dass es einem von Euren Männern sogar gelang, mich gründlich zu täuschen. Ich hätte nicht gedacht, dass man mich noch so belügen kann. Wollt Ihr mir erklären, warum der angebliche Sklavenhändler Euch zuerst verraten hat, nur um diese anderen vier zu retten?«

Leandra zuckte mit den Schultern. »Das kann ich Euch nicht sagen.« Was die Wahrheit war. Er bedachte sie mit einem prüfenden Blick und nickte.

»Ich glaube Euch, Eurer Zorn und Eure Überraschung waren zu deutlich. Wenn Ihr lügt, dann gehört die Schauspielerei zu Euren größeren Talenten.« Er sah auf die Karte herab. »Wir haben ein Tor nach Melbaas eingeschifft, um es dann mit großen Mühen und Anstrengungen hierher zu bringen, nur damit ich jetzt erfahre, dass Ihr den Weltenstrom so umgeleitet habt, dass es nicht mehr möglich sein wird, durch das Tor nach Kolariste zurückzukehren.« Er lächelte grimmig. »Ich bin sicher, Ihr seid geradezu verzweifelt darüber, dass Ihr nun doch nicht in der nächsten Kerze meinem Vater gegenüberstehen werdet.«

»Ich bin untröstlich«, sagte Leandra kühl, während ihre Gedanken rasten. Wenn er erst erfahren hatte, dass der Weltenstrom nicht mehr seinem ursprünglichen Pfad folgte, dann war Corvulus zumindest kein Maestro. Was nicht viel half, denn es mangelte ihm offenbar nicht an anderen, wenn auch gestohlenen Talenten.

»Wie ich sehe.« Der Kriegsfürst durchbohrte sie geradezu mit seinen dunklen Augen, dann wandte er sich wieder der Karte zu. »Man sagt mir, dass der Weltenstrom nun durch Eure Kronstadt läuft und sich dort an einem alten Knotenpunkt verankert hat, ich nehme an, dies war auch der Grund Eures Bemühens. Ihr wolltet wohl dorthin ... was dumm gewesen wäre, denn die Stadt wird nicht mehr lange halten.« Leandra sagte nichts dazu, und er lachte kurz. »Ich sehe, Ihr seid anderer Ansicht. Nun, dann wird es Euch erfreuen, dass sich hier unsere Wünsche decken. Mein Vater wird noch etwas auf Euch warten müssen, aber ich werde Euch die Ehre erweisen, Euch nach Illian zu begleiten. Wir haben dort eine Puppe vorbereitet, aber ich denke, da Ihr nun schon Königin sein wollt, solltet Ihr es auch werden.«

»Von Euren Gnaden, nehme ich an?«, fragte Leandra höflich.

»Nein. Von meines Vaters.« Er sah sie mit dunklen Augen an. »Tatsächlich habt Ihr Grund, mir dankbar zu sein.« Er hob seinen Armstumpf an, um ihn ihr zu zeigen. »Ich werde meine Schuld noch eintreiben, aber solange Ihr uns dient, wird zumindest Euer Geist noch eine Weile weitestgehend Euch gehören. Seht es so ... auf diese Weise könnt Ihr die Einwohner Eurer geliebten Stadt vielleicht doch retten.«

»Nur dass Eure Versprechen keinen Kupfer wert sind«, sagte Leandra eisig. »Eleonora gab sich in Eure Hand, um die Stadt zu retten. Wir wissen beide, was geschah.«

»Fürstin Dereinis wird ihre Entscheidung noch bereuen.« Er sah zu dem dunklen Elfen hin, der bislang nichts gesagt hatte. »Er hier versichert mir, dass der Weltenstrom stabil genug ist, ein Tor in Eure Kronstadt zu öffnen. Es gab wohl auch dort einmal ein Tor, nur wissen wir nicht die Koordinaten. Kennt Ihr sie vielleicht?«

»Nein«, sagte Leandra knapp. »Wir wähnten das Tor zerstört.«

»Also wolltet Ihr ein neues Tor errichten«, nickte der Kriegsfürst nachdenklich. »Wer soll es tun? Eure neue Kaiserin? Oder doch Asela?« Obwohl sie nichts sagte, nickte Corvulus, als hätte sie ihm Antwort gegeben. »Also doch Asela. Sie hat uns bereits mehrfach überrascht, ich zumindest hätte nicht gedacht, dass Ihr Geist noch klar genug gewesen ist, um unsere Pläne derart zu durchkreuzen. Mein Vater hat sie so gebrochen, dass ich mich wundere, dass sie noch denken kann.« Er lächelte kühl. »Sie ist meine Urgroßmutter, aber ihr Talent hat sie mir nicht vererbt. Doch dafür habe ich mich bei Ihr schon ausgiebig bedankt.« Seine Augen bohrten sich in sie. »Auf gleiche Art werdet Ihr mir Eure Schuld für meine Hand entrichten.«

Mit Mühe verbarg Leandra ihr Entsetzen. Sie hatte schon gehört, dass der Nekromantenkaiser sich bemühte, Talent zu züchten, und damit war ihr nun auch klar, welches Schicksal man ihr zugedacht hatte und welchen Plan Fürst Celan auf den Feuerinseln mit ihr verfolgt hatte. Wäre es ihm gelungen, sie zu schwängern … trotz all ihrer Bemühungen schüttelte es sie vor Abscheu, was dem Kriegsfürsten ein schmales Lächeln entlockte.

»Ich sehe, Ihr versteht«, sagte er dann. »Schade, dass Ihr nicht wisst, wie das Gegentor zu finden ist, aber es macht nicht viel, man versichert mir, dass es uns gelingen wird, trotzdem dorthin zu gelangen, es wird etwas Kraft kosten, ein Tor ohne Gegentor zu öffnen, aber wie Ihr ja bereits wisst, ist es durchaus möglich.« Er sah fragend zu dem dunklen Elfenmaestro hin, der knapp nickte.

»Wir haben genügend Sklaven dafür. Es muss nur sorgfältig darauf geachtet werden, dass sie im richtigen Moment geopfert werden.«

»Gut«, sagte der Kriegsfürst und lächelte erneut, als er das Entsetzen im Gesicht der Königin erkannte. »Kommen wir zu dieser anderen Unannehmlichkeit … diese Lanze, die ihr so töricht vor unsere Tore geführt habt.«

Er zog die Karte unter Seelenreißer hervor und rollte sie zusammen, darunter kam eine andere Karte zum Vorschein. Sie zeigte die nähere Umgebung der Stadt, den Wald, die Handelsstraße und, besonders markiert, einen Hügel unweit der Tore.

»Ich sehe«, stellte er fest, »Ihr seid überrascht. Schade, ich dachte, Ihr wüsstet mehr. Euer Kriegsfürst hat die Reste seiner Lanze dort postiert und hat es gewagt, uns herauszufordern. Er hat Euren Greifen dazu benutzt, uns in der Nacht mit Steinen und Ölflaschen zu bewerfen. Mit mehr Erfolg, als uns recht sein kann.« Er sah zu dem einen Offizier hin. »Gebt Ihr die Genugtuung.«

»Zweiundachtzig verletzt und vierzehn Tote«, sagte der Offizier mit sichtlichem Unwillen. »Eine unserer *Ba'aris'ti* Bestien hat er auch erwischt.«

»Es ist der eine Sklave, nicht wahr?«, fragte der Kriegsfürst freundlich und lachte leise, als er ihren Blick sah. »Das habe ich mir gedacht. Schwertmajor Blix, wie ich vermute. Er ist uns bereits aufgefallen. Also gut«, wandte er sich an den Offizier, »erzählt mir noch einmal, was Ihr über diese Feindlanze wisst.«

»Unsere Flugreiter haben berichtet, dass die Moral gebrochen ist, sie schätzen die Stärke auf etwa achtzig ein, viele leiden noch unter dem Gift, und täglich kommen neue Gräber hinter dem Lager hinzu.«

Der Kriegsfürst beobachtete sie genau. »Das ist nur die halbe Wahrheit«, sagte er dann leise. »Hat das Gift denn überhaupt Wirkung gezeigt? Nein? Doch? Etwas? Etwas. Wie viele? Vierzig? Weniger? Zwanzig? Um die zwanzig also.« Er nickte zufrieden und sah zu dem Offizier hin. »Der Feind ist stärker, als Ihr denkt. Man hat Euch getäuscht, es sind noch über hundertvierzig Mann.«

Götter, dachte Leandra entsetzt. Deshalb hat er mich an den Tisch gebeten, er liest mir meine Gedanken!

»Ich lese Euch, Maestra«, schmunzelte der Kriegsfürst jetzt. »Gedanken können täuschen. Und jetzt, Schwertobrist, sagt mir, warum Ihr unwillig seid, den Feind dort anzugehen.«

Während Leandra versuchte, ihr Gesicht in eine Maske zu verwandeln, sprach der Offizier schon weiter.

»Sie haben eine Nacht Zeit gehabt, ihre Stellung vorzubereiten. Sie wollen, dass wir kommen, und die Bullen haben schon immer die Verteidigung bevorzugt. Wenn wir sie dort angehen, werden wir in Fallstricke laufen, Pfahlgruben und vorbereitete Schussfelder. Sie wissen, wo wir Deckung suchen werden, und sie wissen, wie man einen Reiterangriff abwehrt. Sie sitzen dort in der Falle, keine Maus kommt von diesem Hügel mehr herunter, aber wenn wir sie uns holen wollen, werden wir hohe Verlust erleiden. Ich rate von einem Angriff ab. Wir sollten sie aushungern, es gibt keinen Grund zur Eile.«

»Werden wir gewinnen?«, fragte Corvulus gefährlich leise.

»Ja, Ser«, antwortete der Offizier und schluckte. »Wir haben fast neunhundert Mann dort stehen gegen ihre achtzig .... hundertfünfzig. Der Ausgang dieser Schlacht ist gewiss.«

»Es ist eine Lanze der zweiten Legion, nicht wahr?«

»Ja, Ser. Das berichten unsere Späher.«

»Sogar Eure Männer glauben, dass die zweite Legion niemals einen Kampf verloren hat, ist das nicht so?«

Dem Offizier war offensichtlich unbehaglich zumute, feine Schweißperlen bildeten sich bereits auf seiner Stirn. Leandra war nur froh darüber, dass der dunkle Blick des Nekromanten nun auf ihm lag. Neunhundert Mann, dachte sie bestürzt. Bislang war sie von fünfhundert ausgegangen! Götter, Blix, warum habt Ihr das getan?

»Ja, Ser. Wir haben das Legionsbuch der zweiten sorgsam ausgewertet, es gibt keinen Hinweis darauf, dass sie je eine Schlacht verlor.«

Wie, bei allen Höllen ... dachte Leandra, und der Kopf des Kriegsfürsten schnellte zu ihr herum.

»Ihr wusstet nicht, dass wir das Legionsbuch haben?«, fragte er mit einem harten Lächeln. »Balthasar hat es uns mitgebracht. Mit den Resten der zweiten Legion, die ihm folgten, als die Magie der Tore erloschen war. Er versprach ihnen, sie nach Hause zu führen.« Er schmunzelte ein wenig. »Damit legte er den Grundstein für das neue Reich. Wenn Askir später fällt, ist es zum größten Teil auch sein Verdienst.« Sein Blick schwenkte zu dem Offizier hin. »Was auf diesem Hügel steht, ist *nicht* die zweite Legion. Es sind kaiserliche Legionäre, nur ein Bruchteil einer vollen Lanze stark, die sich eine alte Nummer auf die Panzer aufgemalt haben. Wenn wir zulassen, dass sie uns trotzen, stärken sie die Legende von der Unbesiegbarkeit. Aber wenn wir sie vernichten, bis zum letzten Mann, ihre Köpfe auf unseren Spießen aufreihen und ihr Schicksal im Land verkünden, brechen wir der Legende den Rücken. Ich denke, das sollte uns ein paar Hundert Soldaten wert sein, nicht wahr, Ser Schwertobrist?«

Der Offizier schluckte schwer.

»Wenn Ihr das so seht, Fürst, dann habt Ihr sicherlich damit recht.«

Corvulus nickte und wandte sich dem Maestro zu. »Wie lange werdet Ihr noch brauchen?«

»Zwei Kerzen, vielleicht auch drei, dann wird das Tor bereit sein.«

»Gut«, nickte der Kriegsfürst, und seine Augen bohrten sich in die der Königin. »Das sollte Zeit genug sein, um eine Legende zu begraben. Ich werde Euch den Kopf Eures Schwertmajors als Geschenk überreichen lassen.« Er wandte sich dem Schwertobristen zu. »Seht zu, dass die Fürstin nicht zu lange darauf warten muss.«

»Ja, Ser«, sagte der Offizier. »Erlaubt Ihr mir, dass ich die Schlacht führe?«

»Nein. Ihr bleibt schön hier. Behaltet Ihr recht, kann es sein, dass wir Euch verlieren. Eine Lanze kann man neu ausheben, gute Offiziere nicht. Lasst den Angriffsbefehl geben, aber haltet Euch mir zur Verfügung.«

»Euer Plan wird fehlschlagen«, sagte Gerlon schwach vom Boden her. »Soltar wird Euch nicht gewähren lassen.«

»Dann ist es ja gut, dass er nichts tun darf, nicht wahr?«,

lächelte der Kriegsfürst und sah zu dem Schwertobristen hin. »Hattet Ihr nicht einen Befehl zu geben?«

»Ja, Ser!«, rief dieser, salutierte und eilte aus dem Raum.

»Jetzt heißt es warten«, sagte Corvulus. »Oh, ich sehe, Ihr habt Euren Tee nicht angerührt. Wollt Ihr eine andere Sorte oder vielleicht Wein, um das Warten angenehmer zu gestalten?«

»Wenn ich das bekommen würde, was ich wollte«, sagte Leandra bitter, »Würdet Ihr in diesem Moment noch sterben.«

»Aber ich kann nicht sterben«, lächelte der Sohn des Nekromantenkaisers. »Wusstet Ihr das nicht?« Er fuhr mit seiner verbliebenen Hand fast zärtlich über Seelenreißers fahlen Stahl. »Soltars Klinge lässt es nicht geschehen.«

»Es ist das Schwert, das Euren Gott erschlug«, keuchte Gerlon vom Boden her und hustete Blut. »Es gehört Soltar, er hat es nur seinem Engel gegeben, damit er auf dieser Welt ihm dient. Ich weiß, dass er auch Euch erschlagen wird.«

»Wer?«, lachte der Kriegsfürst, doch in ihren Ohren klang das Lachen wenig echt. »Euer Held Havald? Er ist tot.«

»Nein«, sagte Gerlon mühsam. »Nicht Soltars Engel. Seelenreißer selbst wird Eure Seele nehmen. Keine gottgeweihte Scheide bindet ihn, Ihr habt vergessen, sie mitzunehmen. Ihm dürstet schon jetzt nach Euch, und Ihr wisst es auch.«

»Unfug«, sagte der Fürst, doch er klang sich seiner Sache nicht mehr ganz so sicher. »Es wird nicht mehr lange dauern, bis das Schwert mir vollends dient, und schon jetzt macht es mich unsterblich!«

Diesmal erlaubte sich Leandra ein kühles Lächeln.

»Ihr irrt«, teilte sie ihm freundlich mit. »Es ist nicht das Schwert, das Havald unsterblich macht, er selbst ist es, der nicht sterben kann.«

»Ihr seid gut«, höhnte der Fürst. »Ihr habt gelernt, Eure Mimik zu beherrschen und lügt besser, als ich dachte ... wenn es nicht das Schwert ist, warum ist Euer großer Held jetzt tot? Er hat den Fischen ein reiches Mahl bereitet.«

»Genau darin liegt der Fehler«, sagte Leandra mit falscher Freundlichkeit. »Er lebt. Das bedeutet zweierlei: Zum einen wird Euch Seelenreißer nie vollends dienen, zum anderen nimmt Havald es sehr übel, wenn man ihn ermorden will.« Zum ersten Mal sah Leandra Unsicherheit in den Augen des Kriegsfürsten. »Und Bruder Gerlon hat recht. Bis jetzt«, fügte sie kalt lächelnd hinzu, »hat Seelenreißer jedem, der ihn unerlaubt benutzte, selbst ein Ende bereitet.«

Nein, dachte Leandra mit grimmiger Befriedigung, als sie den Blick in seinen Augen sah. Das ist keine Unsicherheit mehr, das ist blanke Angst.

... da weichen wir nicht!

42 Auf einen Vorsprung auf dem steilen Teil des Hügels hoben sechs Legionäre ihre schweren Turmschilde in Position, während hinter ihnen Sieglinde vortrat und das stumpfe Ende einer Lanze in den Boden stieß. Avron stand entschlossen neben ihr, beide Hände auf Eiswehr gestützt. Über ihnen rollte sich die Fahne aus und hing für einen Moment schlaff herunter, dann kam eine Brise auf und entfaltete das blutrote Banner der Legion. Fast sah es aus, als ob der Bulle den Kopf heben und schnaubend mit den Hufen scharren würde, ein lautes »Huzaz!« brauste aus den Reihen der Soldaten auf.

Blix trat vor, nahm sein Sehrohr von seinem Gürtel und sah hindurch. Dort vorne, am Fuß des Hügels, teilten sich die schwarzen Reihen. Ein vertrautes Signal ertönte vom Feind, und die schwarzen Soldaten nahmen geschlossen ihre Schilde hoch und marschierten vor.

Grenski sah ihn fragend an.

Blix fluchte verhalten und schüttelte den Kopf. »Nur die

Speerwerfer«, sagte er leise. »Sie sollen mit den Bolzen warten. Nein, warte«, sagte er, als er durch das Glas zwei mächtige Köpfe erblickte. Rasch zog er die Karte heraus, die die Federn ihm in der Nacht vorbereitet hatte. »Die Speerwerfer auf zwölf und vierzehn«, sagte er leise und sah noch einmal prüfend durch sein Glas.

»Zwölf und vierzehn, aye«, sagte Grenski, während neben ihr ein Korporal die Fahnen schwenkte.

»Jetzt«, sagte Blix, und die Fahnen fuhren herunter. Hinter ihnen schlug schweres Holz dumpf in feste Taue, und zwei schlanke Schatten rauschten über sie hinweg.

»Laden«, sagte Blix und unterdrückte einen Fluch, beide Speere hatten zwar tiefe Kerben in die Reihen der Gegner geschlagen, doch beide Bestien knapp verfehlt.

»Sechzehn und achtzehn, nein, neunzehn«, befahl er, und die Fahnen tanzten wieder. »Und die Schützen sollen für Zone vier auf mein Zeichen achten.« Kühl schätzte er den Gegner ab. »Mit schweren Schilden können sie nicht stürmen. Schilde hoch!«, befahl er dann. »Sie machen sich bereit zum Schuss.«

Er selbst nahm gar nicht wahr, wie die zwei Legionäre vor ihnen ihre Schilde aufrichteten oder dass, als der schwarze Regen auf sie niederfuhr, ein Bolzen von seinem Helm abprallte.

»Schützen .... zwei Salven, jetzt!«, befahl er, als die schwarzen Legionäre ihre Reihen aufbrachen und jeder zweite vorstürmte. Diese trugen nur die Rundschilde aus Leder. Hinter Blix und Grenski und zu beiden Seiten rumpelten die schweren Armbrüste der Legion, wurden gewendet und zugleich erneut abgeschossen, sodass zweimal hundertzwanzig Bolzen in zwei Wellen auf den Feind herniedergingen. Fast alle lagen in der vorbestimmten Zone. »Laden und für Zone Sieben ausrichten«, sagte er und schluckte, als er sah, wie die Bolzen wie eine Sense durch die schwarzen Legionäre schnitten. Hier und da wurde selbst einer dieser schweren Schilde durchschlagen, die Rundschilde hingegen gaben ihnen kaum Schutz.

»Speerwerfer bereit«, sagte Grenski, als ob sie über das Wetter berichten würde. »Sechzehn und Neunzehn?«

»Ja. Auf mein Zeichen …« Ein Bolzen prallte von seinem gepanzerten Handschuh ab und verriss ihm die Sicht, mit einem kurzen Fluch richtete er das Glas neu aus. »Und … Schuss.«

Diesmal erschütterte der gequälte Schrei einer dieser Bestien die Luft.

»Gut so«, sagte Blix zufrieden. »Und laden. Beide auf die zweiundzwanzig … mach besser vierundzwanzig daraus, das Biest wird schneller!«

»Schützen bereit«, sagte Grenski und nahm die Fahnen des jungen Korporals auf, den ein Bolzen durch des Namenlosen Glück durch das Visier getroffen hatte, sodass er schwer zu Boden gefallen war. »Auf Zone sieben.«

»Schützen, zwei Salven, jetzt«, sagte Blix und wieder stiegen die schwarzen Bolzen auf. »Laden und auf Zone elf.«

»Sie ziehen sich nicht zurück?«, fragte Grenski leise, während eine neue Wolke von Bolzen auf sie herabprasselte.

»Sie denken nicht daran«, meinte Blix grimmig. »Sie marschieren einfach nur über ihre Kameraden hinweg.«

»Dann werden sie die Hälfte verlieren, noch bevor sie uns erreichen«, meinte sie und schluckte.

»Wahrscheinlich«, sagte Blix und beobachtete das Ungetüm, das immer schneller wurde. »Aber das sind dann immer noch zu viel.« Er schüttelte den Kopf, als er sah, wie die gegnerische Kavallerie sich hinter der Bestie sammelte, und schwenkte das Glas leicht zur Seite, dorthin, wo die andere Bestie zu finden war. Der schwere Speer hatte das mächtige Nackenschild gestreift und sich dann zur Hälfte in ihren Rumpf gebohrt. Helles Blut schäumte vor dem schnabelähnlichen Maul, während die Bestie in ihrem Todeskampf alles niedertrampelte, was in der Nähe war. Über ihm ertönte ein schauerlicher Schrei, dann fiel eine der Wyvern herab, prallte in die steile Seite des Abhangs und brach durch das Gebüsch. Er sah kurz hoch und sah den Greif der anderen Wyvern nachfliegen. »Nur noch eine übrig«, stellte er zufrieden fest.

»Schützen bereit«, teilte Grenski ihm mit. Er nickte grimmig. »Zone elf. Schuss.« Götter, dachte er, diese neuen Armbrüste sind fürchterlich. Ein Getriebe mit einer Kurbel erlaubte den Soldaten, beide Bögen auf einmal zu spannen, was letztlich bedeutete, dass die Schussrate sich beinahe verdoppelt hatte. »Laden, auf Zone fünfzehn.« Neben ihnen fluchte der tote Korporal und richtete sich benommen auf. Eine gepanzerte Hand brach den Bolzen ab, der wohl im Visierschlitz doch noch stecken geblieben war, und klappte das Visier hoch, um die Spitze herauszuziehen.

»Willkommen zurück, Korporal«, sagte Blix und wandte sich wieder dem Feind zu.

»In Ordnung«, meinte Grenski, die einen Moment lang bleich geworden war, und hielt ihm die Fahnen wieder hin. »Ihr habt Euch lange genug ausgeruht.«

»Aye, Stabssergeant, Ser!«, antwortete der Korporal keuchend. Zwar hatte der Bolzen ihn durch den Visierschlitz getroffen, aber zugleich an Wucht verloren. »Und schließt das Visier«, riet ihm Grenski freundlich. »Bevor es Euch noch mal trifft. Speerwerfer bereit.«

»Schuss. Auf vierundzwanzig.« Beide Speere verfehlten die Bestie, dafür schlugen sie eine Schneise durch die Reiterei, die sich hinter dem Ungeheuer versammelt hatte. Das gewann immer mehr an Geschwindigkeit. »Speerwerfer auf die einunddreißig. Die Schleuderer sollen die Lunten vorbereiten. Öl auf Zone zwölf, die Schützen auf die fünfzehn.«

»Aye«, sagte Grenski während der Korporal wieder die Fahnen schwenkte.

Das Biest donnerte jetzt den Abhang hoch. Direkt auf den ersten Keil von Legionären zu, die regungslos verharrten. Ihre Spieße schienen das Biest nicht zu schrecken, und hinter dem Ungetüm folgten fast hundert Mann an Reiterei. Das Donnern der Hufe, die Schreie der Bestien, Befehle und das Schreien der Verwundeten, das Klappern von Bolzen auf schwerem Stahl, all das verwischte für den Hauptmann, der sich weiterhin kühl den Angriff besah.

»Speerwerfer auf vierunddreißig«, gab er die geänderten Koordinaten durch. »Das Biest ist schneller als gedacht.«

»Vierunddreißig, aye«, sagte Grenski.

»Sie erreichen Zone vierzehn«, sagte Blix, und die Stabssergeantin nickte.

Die schweren Hufe der Kriegsbestie warfen nun nicht mehr nur Dreck und Gras auf, sondern manchmal auch etwas, das im frühen Sonnenlicht glitzerte. Was ihn nicht störte, hatte eine unmittelbare Wirkung auf die Pferde, als sich die Krähenfüße in ihre Hufe bohrten. Laut wiehernd brachen die Pferde zusammen.

»Speerwerfer bereit.«

»Schuss! Laden und freie Ziele befehlen!«

»Aye!«, sagte Grenski, während Blix fluchte, als beide Speere die Bestie verfehlten.

»Schützen bereit.«

»Zwei Salven auf die fünfzehn«, sagte Blix. Es war die letzte Zone, auf die indirekt geschossen wurde, er hoffte, dass die Bolzen flach genug flogen. So war es auch. Es war, als ob die Kavallerie in eine unsichtbare Wand geritten wäre. Stürzende Pferde, die Schreie der Soldaten, als sie aus den Sätteln in die Krähenfüße fielen ... und auch die Infanterie, die hinter den Pferden hergestürmt war, geriet ins Stocken. Die meisten der Reiter verstanden die Gefahr und versuchten ihre Pferde zurückzuhalten, an der Seite stürzte eines sogar schreiend den steilen Abhang herunter, der dort allerdings noch nicht so tief war, dass Ross und Reiter ernstlich Schaden nahmen. Die voranstürmenden Soldaten, denen der Weg nach vorne nun verwehrt war, duckten sich nieder, suchten Deckung hinter den Pferden und ihren gefallenen Kameraden.

»Die Schützen wieder auf die vierzehn ausrichten«, befahl Blix kalt. Die Bestie hatte sich von alldem nicht aufhalten lassen, wütend und entschlossen raste sie in den ersten Keil der kaiserlichen Truppen, deren leere Rüstungen wie Strohpuppen durch die Luft geschleudert wurden. Stabile, angespitzte Pfähle bohrten sich in den Unterleib der Bestie und brachen ab, was das Ungetüm jedoch nicht aufhielt, es brach zur Gänze durch den Keil hindurch, um dann in die Grube zu fallen. Diesmal klang sein Gebrüll gequält, als es sich aus der Grube zu befreien versuchte, aber immer wieder zurücksackte und erneut in die spitzen Pfähle fiel.

»Schleuderer bereit für Zone zwölf!«, rief Grenski, während Blix zusah, wie einer der Reiter einen Durchbruch versuchte. Fast schien es, als ob er die kaiserlichen Linien erreichen würde, dann brach auch sein Pferd schreiend zusammen.

»Vierzehn, Grenski. Auf Zone vierzehn, Schuss!«

Vielleicht hatte nicht jeder der Schleuderer die Änderungen erfahren. Als die rauchenden Tontöpfe aufstiegen, verteilten sie sich in einen größeren Bereich. Zudem war es aus irgendeinem Grund schwieriger, mit Schleudern blind zu schießen. Der Wirkung tat es keinen Abbruch, eher im Gegenteil. Die Töpfe brachen, als sie zwischen Pferden und Soldaten niederfielen, und setzten alles in der Nähe den Flammen aus.

»Wir haben den Angriff gebrochen«, stellte Grenski erleichtert fest. »Wir …«

In der Ferne ertönte tiefer Trommelschlag, und ein Ruck schien durch die gegnerischen Truppen zu gehen. Eben noch war es eine Masse aus sterbenden und verletzten Pferden, gefallenen und verwundeten Soldaten, die den Flammen und den Bolzen der Legion hilflos erlag, im nächsten Moment jedoch schien sie all dies nicht mehr zu berühren.

Durch sein Glas sah Blix ungläubig, wie ein gegnerischer Soldat, dem das Fleisch wie Wachs vom Gesicht brannte, sich entschlossen aufrichtete und im Gleichschritt der Trommel nach vorne marschierte, ob er seine ledernen Sohlen nun in Krähenfüße setzte oder nicht.

»Schützen bereit«, sagte Grenski. »Götter, was geschieht da?«

»Zwei Salven auf die fünfzehn«, rief Blix, »Dann freies Schießen, wenn sie ein Ziel erkennen können!«

Er wunderte sich ein wenig, dass ihn der Anblick nicht vor Furcht erstarren ließ. »Sie spüren nichts mehr«, teilte er der Stabssergeantin mit. Der brennende Soldat fiel nach vorne um und verschwand zwischen seinen Kameraden. »Sie merken den Schmerz nicht und kennen keine Angst mehr. Sie marschieren, bis sie fallen. Aber sie sterben«, fügte er mit grimmiger Genugtuung hinzu. »Sie sterben trotzdem.«

»Götter!«, hauchte Grenski.

»Die werden wir jetzt brauchen.«

Hinter ihnen donnerten die Speerwerfer erneut und schlugen Schneisen in die Masse der gegnerischen Soldaten, die still und ohne einen Ton von sich zu geben, brennend und sterbend den Hang hinaufmarschierten. Fast so schnell wie die massiven Speere die Breschen geschlagen hatten, schlossen sie sich wieder.

»Die Schützen aus den Gräben«, befahl Blix, und die Fahnen gaben das Signal. Zu den Seiten hin sah der Schwertmajor, wie seine Soldaten aus den Gräben kletterten und die Baumleitern hinter sich hochzogen. Was ihnen eben noch Deckung gegeben hatte, war nun ein Hindernis für den Feind. Schilde wurden in den Boden gerammt und Speere ausgebracht. »Signal für die Keile, dass sie sich bereit machen sollen.«

Auch aus ihrer neuen Position schossen die Soldaten über ihre Schilde hinweg in den Feind. Diesmal, da sie gezielt schossen, zeigten die Bolzen eine noch mörderischere Wirkung. Der Feind hingegen hatte den Fernkampf eingestellt, er marschierte nur immer weiter in das tödliche Schussfeld hinein. Krähenfüße hatten die Sohlen des Feindes durchbohrt, bei einem Soldaten sah Blix gleich zwei blutige Widerhaken aus dem Stiefel ragen. Manche von ihnen trugen nicht einmal Stiefel, sondern nur schwere Sandalen, die ihnen gegen die heimtückischen Stahlgebilde keinen Schutz gewährten. Und doch marschierten sie. Wer fiel wurde ersetzt, und unaufhaltsam kamen sie mit dem Schritt der Trommel näher. Noch fünfzig Schritt trennten sie von dem ersten der drei Keile.

Blix sah zurück, doch diesmal nicht, um seine Stellungen zu überprüfen, sondern für einen letzten Blick auf Anlynn, die nahe der Flagge stand und dort mit einem Bogen in rascher Folge Pfeil um Pfeil abschoss. Für einen Moment begegneten sich ihre Blicke, dann nickte sie ihm zu.

»Dann an die Arbeit«, sagte Blix und zog Zokoras schwarze Klinge. Der vordere Keil öffnete sich für die beiden und den Korporal, und Blix und Grenski nahmen ihre Positionen an den Flanken ein. Die Zeit für kühle Befehle war vorbei, die Stellungen waren vorgegeben, jeder Soldat der Lanze kannte seine Aufgabe. Wenn die Reihen brachen, dann war es vorbei. Es gab keine Reserven und auch keine Flucht.

Die Bardin begann zu singen, hob ihre Stimme über die Trommel und das unheimliche Schweigen der Gegner, sang davon, wie die Legion im Glauben an die Götter sicher stand, dass das Banner niemals fallen würde.

Lied und Text waren Blix fast gänzlich unbekannt, wieder etwas, dachte er, das sie verloren hatten. Was Lied und Banner half, war schwer zu sagen, die gepanzerten Schultern standen vielleicht etwas gerader, und es mochte sein, dass die Ruhe, die von Blix Besitz ergriff, Lied und Banner zu verdanken waren.

Dann war keine Zeit zum Denken mehr, an der Spitze dröhnten erste Schläge gegen Schilde, dann schwärmten schwarze Soldaten um den Keil. Mit beiden Händen führte Blix die schwarze Klinge, die durch Leder, Haut und Knochen ging, als wären sie aus Papyira. Sein schwerer Atem füllte ihm den Helm, das Rauschen seines Blutes war fast noch lauter, ständig wurde er von Schlägen erschüttert. Einer der Kameraden ging zu Boden, ein Spieß hatte ihn unter dem Helm getroffen, zusammen mit einem anderen richtete Blix den schweren Schild des Toten wieder auf, und schlug weiter auf die schwarzen Feinde ein. Die Reihen hielten, und dennoch waren sie dem Tod geweiht, denn entsetzt sah Blix, wie der Feind die Keile zum Großteil ignorierte, sich, fast ohne sich zu wehren, niedermetzeln ließ, aber für jeden, der von den schwarzen Legionären fiel, marschierten zwei andere weiter an den Keilen vorbei und hoch zum Hügel.

Durch diese mörderische Strategie wurde der Feind nicht an den Keilen gebunden, wie es vorgesehen war, sondern mochte so doch noch durch die Reihen brechen.

Das Erste, das man einen Legionär lehrte, war, niemals die Reihen aufzubrechen. Niemals. Das zweite war, sich niemals zurückzuziehen, ein Legionär starb dort, wo er stand. Aber es gab eine dritte Möglichkeit.

»Löst die Reihen auf!«, rief Blix, was ihm einen ungläubigen Blick durch das Visier seines Kameraden einbrachte. »In loser Schlachtenreihe, Angriff!« Blix wehrte mit Mühe einen Axthieb ab, der ihn erschütterte und fast taumeln ließ. »Habt Ihr nicht gehört, Soldat!«, schrie er über den Schlachtenlärm den Hornisten an. »Gebt das Signal zum Angriff in Keil und loser Schlachtenreihe!«

Erst zögernd, dann in verzweifelter Klarheit klang das Horn. Ungläubige Blicke wurden ausgetauscht, doch dann löste sich erst einer, dann der Nächste und dann mehr und mehr der kaiserlichen Bullen aus ihren Formationen, hoben mit grimmigem Gesicht ihre Schwerter, Äxte und Spieße und wateten in den Gegner hinein.

Vom Himmel her ertönte der Schrei des Greifen, die Trommel verstummte, und im Gesicht des feindlichen Soldaten vor ihm konnte Blix das ungläubige Entsetzen sehen, als dieser verstand, was gerade hier geschah, bevor ihm die schwarze

Klinge quer durch den Oberkörper fuhr. Zwanzig Schritt vor ihnen lagen die Krähenfüße, dachte Blix kühl. Das musste reichen.

An seiner linken Seite stand plötzlich Grenski, die mit beiden Händen wuchtige Schläge ausführte, die manches Mal gleich zweien der Gegner ihr Leben nahmen, dann stand eine andere gepanzerte Gestalt zur linken Seite, eine weitere kam hinzu, und die Schlachtenreihe füllte sich, ein schwarzer Soldat brach zwischen ihm und Grenski durch, nur um von dem Bullen rechts hinter Blix aufgespießt zu werden.

Schläge erschütterten ihn, und sein linker Schulterpanzer löste sich fast unter einem Axthieb, doch links und rechts von ihm nahm der Schlachtenkeil Gestalt an, sperrte den Abhang dem Feind ab und drängte ihn zurück. »Halten!«, rief er über die Schulter zurück, doch es war nicht der junge Hornist, der das Signal ertönen ließ, sondern Grenski, die dafür ihr Leben mit offenem Visier riskierte.

Doch auch mit einer Hand geführt, wob Steinherz ein Netz aus Stahl; wo er fehlte, tanzte Zokoras schwarze Klinge, schlug einem das Schwert zur Seite und durchbohrte einen anderen, schneller, als man blinzeln konnte.

Doch von ihrem Bann befreit, schreiend, sterbend, brennend und nur schwach gerüstet, zeigten nun auch die schwarzen Legionäre, welcher Stahl in ihnen steckte. Der Mann, der Blix nun mit wuchtigen Schlägen von einem schweren Kriegshammer zurücktrieb, hätte aus Aldane stammen können, der andere, der mit einem Speer nachsetzte, sah einem Bäcker ähnlich, den Blix einst kannte. Götter, dachte der Schwertmajor bestürzt, es ist, als ob wir gegen Brüder kämpfen würden!

Links neben ihm traf ein schwerer Hammerschlag den Kameraden dort, riss ihm den Helm vom Kopf und ließ ihn taumeln, eine Axt fuhr nieder, und er fiel.

Eine Schwertklinge fand den Weg unter Blixens losen Schulterpanzer, und er spürte das kalte Brennen, ein Kratzer nur, aber ein Zeichen für das, was kommen musste. Der feindliche Soldat vor ihm drängte Blix zurück, er selbst war schon gestorben, doch die Soldaten hinter ihm benutzten ihn als Schild. Wieder und wieder fiel eine schwer gewappnete Gestalt, mehr und mehr mussten die kaiserlichen Bullen weichen.

Eine Stimme ertönte von der Seite her, es war Grenski, die den alten Schlachtruf der Legion anstimmte, während ihre fahle Klinge um sie herum ein Feld der Toten richtete.

»Für Askir!«, keuchte sie, und Blix fiel mit rauer Stimme ein: »... den Kaiser, die Ehre und unsere Pflicht«, weitere Stimmen fanden ihre Worte, bis sie sich als viel zu dünner Chor über den Schlachtenlärm erhoben. »Wo wir stehen, da weichen wir *nicht*!«

Ein Hornsignal ertönte, so klar, so hell, dass es in den Ohren schmerzte. Andere Stimmen fielen in den Chor ein, ließen den Boden unter ihren Füßen beben, als Erde, Gras und Wurzelwerk aufbrachen.

Dort an seiner Seite, wo eben der Kamerad gefallen war, stieg eine fahl schimmernde Gestalt aus ihrem Grab, das gar nicht hier, sondern oben bei den Bäumen lag. Die Rüstung zeigte noch die Spuren dieses anderen, längst vergangenen Kampfes, doch das rostige Schwert wurde in festen Händen gehalten, als der Geist sich neben Blix in die Reihe stellte und den Kampf aufnahm, während auch von ihm hohl und geisterhaft die Worte der Legion ertönten: »... *da weichen wir nicht!*«

Kein Soldat wurde in seiner Rüstung begraben, dafür waren sie zu wertvoll, dachte Blix erleichtert, also waren es keine Geister, sondern doch nur Trugbilder, die die alte Enke hervorrief, und doch war mehr an ihnen als nur Trug und Schein, die Schwerter klangen, wenn sie Stahl trafen, und auch wenn sie auf den Lederrüstungen des Gegners keine Spuren hinterließen, fanden diese alten Schwerter das Mark des Feindes, obwohl es nicht sein konnte, hinterließ der geisterhafte Stahl dennoch tiefe Wunden.

Niemals hatte Blix Soldaten gesehen, die so verbissen kämpften, die in den Tod marschierten wie diese, wie die schwarz gerüsteten Soldaten, deren Moral einfach nicht zu brechen schien. Doch als die geisterhaften Legionäre aus der Erde kamen, war ihr Anblick dann doch zu viel für die Entschlossenheit des Feindes. Angst und Panik stand in ihren Gesichtern geschrieben, als sie sich zur Flucht wandten, ihren Rücken preisgaben und starben.

»Nehmt die Armbrüste wieder auf, und schießt was Ihr nur könnt!«, rief Blix. Diesmal folgte kein Hornsignal, keine Fahnen wurden geschwungen, also wurde der Befehl weitergegeben, bis erst ein Bolzen, dann mehr, dann ganze Scharen auf den fliehenden Feind niederregneten, der im Feld der Krähenfüße stecken blieb. Hinter Blix donnerten die Speerwerfer, schlugen ihre Breschen in den flüchtenden Feind, der über ein Feld aus Leichen mühsam den Rückzug versuchte.

Was an Bolzen ihre ledernen Rückenpanzer durchschlug, war nur ein schwaches Abbild dessen, was beim Ansturm auf den Feind herabgeregnet war, und doch zeigten die Bolzen Wirkung. Blix wollte das Visier anheben, doch sein linker Arm gehorchte ihm nicht mehr, also stieß er Zokoras Klinge in den Boden und hob das Visier mit der rechten an, woraufhin es brach, und ein Teil davon zu Boden fiel.

Neben ihm stützte sich Grenski schwer atmend auf Steinherzens fahle Klinge und starrte genau wie er auf den letzten feindlichen Soldaten, der taumelnd von dem Abhang fliehen wollte. Gleich drei Bolzen trafen ihn, er fiel, zuckte und lag still. Wie die meisten seiner Kameraden, die dort ihr Leben gegeben hatten.

»*Das wäre das*«, sagte eine hohle Stimme zufrieden, und Blix sah ungläubig zu dem geisterhaften Soldaten hin, der nun auch sein verrostetes Visier aufgeschoben hatte. Über dem gelben Schädelknochen war durchscheinend ein jugendliches Gesicht zu erkennen, das nun die Stirn in Falten legte. »*Wer waren die, und wo kamt Ihr denn her?*«, fragte der Soldat, ein Lanzenleutnant der vierten Lanze der zweiten Legion, wie noch immer an seinem Armpanzer zu erkennen war. »*Egal. Ist es jetzt genug?*«

»Ja, Leutnant«, sagte Blix rau, schluckte und salutierte. »Wir danken euch. Es ist genug.«

Als ob seine Worte sie gerufen hätte, kam eine kühle Brise auf und ließ den geisterhaften Legionär und seine Kameraden im Wind vergehen.

»Götter«, keuchte Grenski, während sie mit einer Hand die Schnallen ihrer Rüstung zu lösen suchte, dort an ihrer Seite hatte ein Axthieb den schweren Stahl durchbrochen und ließ sie bluten. »Wenn das ein Trugbild war …«

Blix sagte nichts dazu, er schaute nur ungläubig auf das Feld der Toten, dann drehte er sich langsam um und zählte, wer noch stand. Lange brauchte er nicht dazu

»Grenski«, krächzte er. »Kann es sein, dass wir nur noch neunundzwanzig sind?«

Doch die Stabssergeantin gab keine Antwort mehr. Noch immer stand sie auf Steinherz gestützt, doch ihr Kopf hing herab, und als der Schwertmajor sie berührte, fiel sie zur Seite weg und ließ Steinherz aus schlaffen Fingern fallen. »Sanja!«, rief Blix und verfluchte seinen linken Arm, der ihm nicht dienen wollte. »Zu Hilfe!«, rief er, doch es dauerte endlos lange, bis ein anderer Soldat ihm helfen konnte, die Stabssergeantin von der Rüstung zu befreien. Sie lebte noch, aber der Axthieb an der Seite war nicht die einzige Wunde, die sie davongetragen hatte. Blix kniete neben ihr am Boden, ihm war selbst zu schwindlig, um noch zu stehen.

»Sanja«, krächzte er, und die Stabssergeantin öffnete die Augen, um sich verwundert umzuschauen. »Wage es nicht, mir wegzusterben!«, drohte er, und sie lächelte ein wenig.

»Keine Angst, Major«, flüsterte sie. »Es muss ja schließlich jemand auf Euch achten. Ich werde schon nicht …« Doch mehr konnte er nicht hören, denn die Erde fiel ihm entgegen, und es wurde dunkel.

Im namenlosen Auftrag

43 Da der Morgen nahte und viele bereits erwachten, um ihr Tagewerk zu verrichten, war der letzte Teil des Ritts für Wiesel der wahre Albtraum. Wieder und wieder zerfaserten die Träume unter Borons Krallen, brachte nur ein weiter Sprung oder ein scharfer Galopp die Rettung in andere Träume. Einmal fielen Rösser und Reiter fast in einen dunklen Wald hinein, der sich unter ihnen erstreckte, nur im letzten Moment fanden die Krallen wieder Halt. Je mehr sich der Himmel rötete, umso schneller und wilder wurde der Ritt, und umso länger schien er Wiesel anzudauern. Er klammerte sich mit aller Kraft an das Sattelhorn und Borons drahtige Mähne und betete mehr als je zuvor. Zu wem, das wusste er selbst nicht so genau, er wollte nur, dass der Ritt ein Ende fand.

Eine Landschaft tat sich vor ihm auf, ein Fluss, eine Ebene, eine zerstörte Stadt, das Lager einer riesigen Armee, unzählige Feuer oder Scheiterhaufen, dann hohe schwarze Mauern die von Ruß geschwärzt waren, dann teils zerstörte Häuser, die sich in schmalen Gassen an die Mauer drückten, Soldaten, die müde die steilen Treppen zu den Mauern erklommen, ein großer Platz mit einem Tempel Borons, dann ragte vor ihnen ein Speicher in die Höhe, dessen aus Steinen fest gefügte Mauer er spüren konnte, als Boron sie durchbrach und im gleichen Moment zu Rauch zerfaserte, um Wiesel gegen eine schwere Kette prallen zu lassen … und dann fiel er in die Tiefe.

Nur einen Schritt weit, dann traf der Dieb hart auf steinerne Bodenplatten, rutschte in einen feinen Staub, der ihm die Nase reizte und ihn niesen ließ, gerade als er hart gegen eine Wand prallte. Alleine das nahm ihm den Atem, es half ihm alles nichts, der Nieser riss ihn fast noch zusätzlich entzwei.

Die Dunkelheit war nicht absolut, weit über ihren Köpfen fiel das Licht der Morgenröte durch flache Spalten und geschlossene Fensterläden, zudem war der Boden von hellem Staub bedeckt. Abgesehen davon, dass er bunte Bilder sah und der Aufprall ihn zudem noch mitgenommen hatte, dauerte es nicht lange, bis Wiesel Marlas regungslosen Körper liegen sah. Auf allen vieren krabbelte er zu ihr hin und fluchte, als sich eines dieser Pferdchen in seinen Handballen eingrub. Er tastete nach dem anderen, fand es aber mit einem Knie ... was ihn erneut lauthals fluchen ließ.

»Der Namenlose soll dich holen!«, schimpfte Wiesel. »Hättest du nicht woanders landen können?

»Fluchst du mir?«, fragte Marlas matte Stimme, als sie sich schwerfällig regte.

»Nein«, grollte Wiesel. »Boron! Er hat sich in mein Knie gebohrt!«

»Jetzt hast du Bruder Portus doch etwas zu beichten«, grinste Marla und zeigte in dem Dunkel weiße Zähne, bevor sie aufstöhnte. »Ich glaube, ich habe mir meinen Knöchel verstaucht.« Sie versuchte sich aufzurichten, während Wiesel ihren Fuß durch ihren weichen Stiefel hindurch betastete. »Au!«, beschwerte sie sich. »Pass doch auf!«

»Er ist tatsächlich nur verstaucht«, sagte Wiesel erleichtert.

»Woher willst du das wissen?«

»Glaub mir, ich habe Erfahrung damit«, gab Wiesel zurück und setzte sich neben sie an die Wand, um zu dem fernen Dach hinaufzusehen. Hier unten gab es keine Tür, nur eine Treppe aus Stein, die zu Galerien führte, die alle zwei Mannslängen innen im Rund verliefen. Dort fanden sich auch schwere Fensterläden, die mit schweren Riegeln verschlossen waren. Vier hohe Decken gab es hier, in der Mitte ausgespart, dort hing die schwere Kette herab, die seinen Flug so unsanft gebremst hatte, sie schwang noch immer langsam hin und her.

Er fuhr mit der Hand über den staubigen Boden und zerrieb leere Getreidehülsen zwischen den Fingern. »Ein Kornspeicher«, fluchte er. »Wir sind in einem leeren Kornspeicher! Und, Götter, ist er leer, es sieht aus, als hätte man jedes Korn einzeln aufgelesen!«

Die Ratte, die durch irgendeine Fügung noch immer auf Marlas Schulter saß, schnupperte und sah sich mit Knopfaugen um, dann fiepte sie und nickte, als wolle sie ihm recht geben, nicht ein Korn war hier vergessen worden.

Um dem die Krone aufzusetzen, stapelten sich an der Wand, durch die sie gekommen waren, leere Kornsäcke fast zur Hüfte hoch, tatsächlich wären sie wohl an jeder anderen Stelle weicher gelandet; nur hier, wo sie jetzt saßen, war hartes Mauerwerk zu finden.

Mühsam stand er auf. »Bleib hier sitzen«, sagte er zu Marla und sah sich suchend um. »Ich werde versuchen, uns den einfachsten Weg hinaus zu finden.«

»Das brauchst du nicht«, sagte Marla und massierte ihren Fuß. »Wir sind dort, wo wir sein sollen. Ich glaube, den Stiefel schneide ich besser nicht auf.«

»Besser nicht«, stimmte Wiesel zu und setzte sich erneut. Er kramte in seinem Mantel, zog seinen letzten Apfel heraus und ließ einen Dolch aus seinem Ärmel rutschen.

»Wie meinst du das?«, fragte er, während er den Apfel teilte und ihr die eine Hälfte hinhielt.

»Sag mir erst, wie es kommt, dass du so gern Äpfel isst!«, sagte sie und nickte dankend, als sie das Stück nahm.

»Sagt dir der Name Fefre etwas?«, fragte Wiesel.

»Er ist in eine Bäckerstochter verschossen, nicht wahr?«, fragte Marla. »Ein kleiner, drahtiger Kerl, mit einem großen Mund, schlechten Witzen und viel zu gutmütig für einen Seesoldaten?«

Wiesel sah sie erstaunt an. »Kennst du denn jeden?«

»So wie du«, grinste sie und biss in den Apfel. »Was ist mit dem Korporal?«

»Er schuldet mir etwas. Er wird ständig mit Äpfeln bestochen, da er diese nicht sehr mag, gibt er sie an mich weiter. Warum sind wir hier richtig?« Er gestikulierte mit dem Apfelstück. »Das ist ein Kornspeicher«, teilte er ihr erneut mit. »Was hat dein Gott denn mit so etwas zu tun?«

»Das ist der Ort, an dem die Maestra sterben wird«, erklärte Marla. »Hilf mir auf. Wir gehen besser einen Stock höher, damit wir nicht gesehen werden, wenn sie kommen.«

»Wenn wer kommt?«, fragte Wiesel. »Die Maestra?«

»Die dunkle Elfe, Gerlon und der Mörder. Die dunkle Gestalt«, erklärte sie geduldig und seufzte dann. »Wenn es überhaupt noch so geschieht. Der Winterwolf hat uns zu lange aufgehalten und uns alles verschoben.«

»Das erkläre mir«, verlangte Wiesel, als sie den Aufgang zum ersten Stock erreichten.

»In meiner Vision haben wir dem dunklen Elfen die Seele gegeben. Ohne dass es drei Versuche brauchte!«, fügte sie vorwurfsvoll hinzu.

»Entschuldige«, sagte Wiesel steif. »Es war mein erstes Mal. Bin ich jetzt schuld daran?«

»Nein«, seufzte sie. »Es wäre nur alles viel früher geschehen. Die Seele in dem dunklen Elfen hätte die andere Elfe …«

»Sera Zokora?«

»Ja, sie. Er hätte sie befreien sollen, doch dafür war es dann zu spät. Dadurch, dass wir aufgehalten wurden, verläuft jetzt alles anders. Wir hätten früher hier sein sollen. Noch vor dem Morgengrauen. Es war alles schon vorbei, noch bevor die Sonne aufging.«

»Nun«, sagte Wiesel und spähte die Treppe herunter. »Ich sehe keine Toten liegen und auch kein Blut. Es gibt nur unsere Spuren in dem Getreidestaub, hier war außer uns schon lange niemand mehr.«

»Dann werden sie noch kommen.«

Wiesel ging zu einem der Fensterläden und spähte durch eine Spalte. Er sah einen weiten Platz, einen Brunnen und ein paar einzelne Buden, die fest verschlossen waren. Die paar Leute, die er sah, schienen ihm nicht besonders wohlgemut. Eher, als ob sie sich daran gewöhnt hätten, beständig eine schwere Last zu tragen.

»Wo sind wir eigentlich?«, fragte er.

»In einem Kornspeicher«, sagte Marla.

»Danke, das weiß ich selbst«, meinte Wiesel grimmig. »Wo steht er?«

»Das …«, begann Marla, doch dann wehte ein harter Wind durch den leeren Speicher, und er sah dunkle Schatten fallen.

Der Kriegsfürst Corvulus hatte gerade sein Mahl beendet, er speiste vornehm, es gab Wachteln und trockenen weißen Wein, als die Wache an der Tür einen Soldaten einließ, der sich vor den Fürsten kniete und ihm mit zitternder Hand eine Meldetafel hinhielt. Der Kriegsfürst warf einen Blick auf die in Ton geritzte Nachricht und fluchte.

»Geht«, sagte er leise zu dem Soldaten, der noch immer zitternd kniete. »Bevor ich es mir überlege.« Mit vor Angst geweiteten Augen floh der Soldat, und der Kriegsfürst starrte brütend auf die Nachricht.

»Mir scheint, die Nachricht war nicht willkommen?«, sagte Leandra spitz, die selbst mit am Tisch saß. Auch für sie hatte der Kriegsfürst decken lassen. Weil sie fühlte, dass es den Fürsten ärgerte, wenn sie sich unbeeindruckt zeigte, hatte sie dem Mahl genüsslich zugesprochen. Jetzt tupfte sie sich die Lippen ab und legte das Tuch zur Seite. »Blieb die zweite Legion doch ungeschlagen?«

Mit einem Fluch sprang der Fürst auf, sodass er den Stuhl umwarf, war mit zwei schnellen Schritten bei ihr, um die Hand zum Schlag zu erheben. Der Zorn des Mannes entstellte sein Gesicht, seine Zähne waren einem Raubtier gleich gebleckt, doch Leandra zuckte nicht zurück.

»Schlagt mich doch!«, sagte sie spöttisch. »Zeigt an mir, wie mächtig Ihr doch seid!«

Schwer atmend ließ er die Hand sinken.

»Euch wird der Hochmut noch vergehen«, knirschte er zwischen seinen Zähnen hervor. »Ich gäbe meine andere Hand darum, Euer Gesicht zu sehen, wenn mein Vater Euch die Wahrheit enthüllt!«

»Welche Wahrheit?«, höhnte sie. »Dass er kein Gott werden wird?«

»Er ist es bereits«, verbesserte der Kriegsfürst sie und griff mit seiner Hand nach Seelenreißer, der noch immer blankgezogen auf der Tischplatte lag. »Wir gehen«, teilte er ihr grimmig mit. »Wenn Ihr nicht wollt, dass Euer Soltar-Priester tot zurückbleibt, werdet Ihr ihn tragen.«

Die Mahlzeit hatte ihr zum Teil ihre Kraft zurückgegeben, dennoch war sie froh, dass Bruder Gerlon eher dürr geraten war, auch so fiel es ihr schwer, den guten Priester zu stützen. Gerlon war weiter dem Fieber erlegen, das ihn plagte, er murmelte ständig vor sich hin, lachte oder weinte, und schien kaum wahrzunehmen, wo er sich befand. Er war ihr keine Hilfe, und mehr als einmal fürchtete sie, er würde ihr entgleiten.

Der Kriegsfürst sah nicht zurück, er ging nur voran, und vor ihm flogen die Türen auf, ohne dass er sie berührte. Weit war der Weg nicht, er führte in eine kostbar eingerichtete Halle, in der wohl vor nicht allzu langer Zeit noch Bälle gegeben worden waren. Neun schwere schwarze Platten aus poliertem Stein waren in der Mitte des Ballsaals zu einem Viereck gefügt und zeigten die wohlbekannte achteckige Bahn aus Gold und die Torsteine darin.

»Die Torsteine sind ein Geschenk Eures Liebhabers, Maestra«, teilte er Leandra spöttisch mit. »Er hatte sie in seinem Beutel, als er starb. So machte er dies alles überhaupt erst möglich. Wenn er tatsächlich noch immer lebt, erinnert mich daran, ihm dafür zu danken!«

Leandra hörte gar nicht hin, vielmehr musterte sie entsetzt die acht Gefangenen, drei Frauen, vier Männer und ein Kind, die vor jeweils einem Torstein knieten. Feine goldene Ketten, gleich der, die ihre eigene Magie bannte, führten von goldenen Manschetten um die Hälse der Unglücklichen zu der Stelle, an der sich in der goldenen Bahn die Vertiefungen für die Torsteine befanden. Jeder der verängstigten Menschen wurde von je zwei Soldaten aufrecht gehalten, jeweils ein dritter stand hinter ihnen und hielt einen schwarzen Dolch in seinen Händen, dessen Spitze bereits im Nacken der Gefangenen angesetzt war.

Der dunkle Elfenmaestro prüfte gerade das Gold an der Verbindung zwischen den Platten, als der Kriegsfürst hereingestürmt kam, jetzt sprang er hastig auf und verbeugte sich.

»Ist alles bereit?«, fragte der Kriegsfürst, und der dunkle Elf nickte.

»Wie ihr es wünschtet, Fürst. Das Tor ist ausgerichtet, und mit dem Weltenstrom und diesen Opfern wird es reichen, um Euch und diese beiden sicher dorthin zu bringen.«

»Gut!«, meinte der Kriegsfürst und betrat das goldene Achteck. Er wies mit Seelenreißers Spitze auf sie und den fiebrigen Priester. »Dann tretet zu mir.«

»Das werde ich nicht tun!«, schwor Leandra. »Dies ist nichts als übles Morden! Die Götter werden Euch strafen dafür!«

»Unwahrscheinlich«, sagte der Fürst und gestikulierte mit Havalds Schwert, eine unsichtbare Faust ergriff Leandra und den jungen Priester und zog sie zu ihm in die Mitte des Tors.

Ein Hornsignal ertönte von draußen, ein weiteres folgte, dann waren Schreie durch die geschlossenen Fenster zu hören. Ein Donnerschlag ließ die Halle beben, und ein Soldat taumelte herein.

»Fürst!«, rief er und warf sich auf den Boden. Es war der Schwertobrist von vorher, der selbst den Angriff hatte leiten wollen. »Die Kaiserlichen greifen an, sie kommen in Scharen über die Mauer und brechen durch das Tor!«

Der Fürst sah ungläubig auf den zitternden Mann herab. »Das ist nicht möglich!«

»Und doch ist es so! Es ist die zweite Legion!«

»Dann kümmert Euch darum, dass sie hier stirbt«, sagte der Kriegsfürst kühl und nickte dem Elfenmaestro zu, während er selbst sich bückte, um den zentralen Stein aufzunehmen. Mit einer Hand war das nicht möglich, also ließ er Seelenreißer los und hob den Stein. Der Maestro nickte und gab ein Signal, die Soldaten stießen die Dolche in die Nacken der Opfer, die goldenen Ketten leuchteten auf, und der Fürst ließ den Stein in die zentrale Mulde fallen.

Zugleich aber fielen auch sie.

Leandra schlug hart auf, dann traf Gerlons Ferse sie noch am Bauch, sodass er ihr die letzte Luft raubte. Weißer Staub stieg auf, und Seelenreißer fiel klingend neben ihr herab, während zwei Schritt entfernt der Kriegsfürst versuchte, sich aufzurichten.

Seelenreißers fahle Klinge leuchtete im Halbdunkel, er lag direkt neben ihrer Hand. Sie zögerte nicht lange. Die fahle Klinge schnitt ihre goldenen Ketten in einem Schauer von Funken, dann wirbelte sie herum, nur um zu sehen, wie der Kriegsfürst die Hand in ihre Richtung stieß. Eine unsichtbare Faust traf sie und warf sie gegen die harte Mauer, nahm ihr jede Luft und fast die Sinne. Ihr Ellenbogen schlug mit Wucht gegen harten Stein, kraftlos öffnete sich die Hand, die Seelenreißer hielt.

»Ich habe genug von dir«, knirschte der Kriegsfürst erzürnt. »Mir ist es bald egal, was mein Vater von dir will!« Er hielt seinen Armstumpf in ihre Richtung, und etwas drückte sie noch fester gegen diese Steine. Eine Geste, und Seelenreißer sprang ihm in die Hand.

Mit letzter Kraft zog Leandra die Magie in sich zusammen und warf sie dem Kriegsfürsten entgegen. Der Blitz traf den Nekromanten mittig und warf ihn zurück, ließ seine Rüstung rauchen. Grimmig richtete er sich auf, während verkohltes Fleisch abfiel. Sein Blick war mörderisch und voll von Hass, als er, mit Seelenreißer hoch erhoben, ihr entgegensprang. Die fahle Klinge fuhr herunter, doch etwas traf mit hellem Klang das Schwert und riss es zur Seite, sodass es neben Leandra tief im Stein versank. »Genug!«, brüllte der Fürst und schlug mit seinem Armstumpf zu, traf sie so hart, dass der Kopf der Königin gegen den Stein hinter ihr schlug und sie nur noch sah, wie ein schlanker blonder Mann hinter dem Fürsten auftauchte. Ihr letzter Gedanke war, dass es nicht Wiesel sein konnte ...

Nur weil Soltars Schwert im Stein feststeckte und so den Mann in der weißen Lederrüstung hinderte, gelang es Wiesel, dem nächsten Streich zu entgehen, so knapp war es, dass die fahle Klinge an seinem Zopf zupfte.

Wer immer dieser Kerl auch war, er war über alle Maßen wütend, dachte Wiesel, während er zurücksprang, dennoch teilte ihm Seelenreißers Spitze Mantel, Weste, Hemd und Haut. Das Schwert eines Gottes in der Hand eines Nekromanten gegen einen Dieb und seinen Glückbringer, dachte Wiesel und grinste breit, der Vorteil lag also klar auf seiner Seite!

Was es mit diesem Grinsen auf sich hatte, war ein streng gehütetes Geheimnis. Es kam nicht, weil er es lustig fand, hier bald zu sterben, sondern aus einem anderen Grund: Was andere vor Schreck erstarren ließ oder in Angst und Panik stürzte, ließ ihn nur umso breiter grinsen. Er konnte nichts dafür, so war es halt mit ihm ... aber wenigstens bekam er so auch keine feuchten Hosen!

»Machst du dich lustig über mich?«, grollte der Mann mit Soltars Schwert.

»Nur ein wenig«, gab Wiesel keuchend zurück, als der fahle Stahl neben ihm zwei Bodenplatten spaltete. »Sagt«, keuchte er und grinste breiter, »Kennt ihr den Witz von dem Reitersmann ... mit ... einer Hand?«

Der Mann brüllte auf, und ein silbrig schimmerndes Gespinst griff Wiesel so hart, dass ihm die Rippen knackten, dann schrie der Kriegsfürst auf, und das Gespinst ließ Wiesel wieder fallen. Eine Ratte hing dem Mann im Gesicht und biss ihm in die Nase, nur für einen Lidschlag, dann flog sie hart getroffen davon, doch dies reichte Wiesel, er war heran und stieß dem Nekromanten seinen Glückbringer in die Seite.

Die Xiang-Runen leuchteten auf, und der Dolch glühte, doch der Nekromant war doch zu zäh, er riss sich los und taumelte zurück, doch einen kurzen Lidschlag lang bot sich eine Gelegenheit, die Wiesel nutzte.

Mit beiden Händen griff er seinen Dolch und schlug zu, traf das Handgelenk des Mannes so hart, dass er ihm fast die Hand abtrennte … und Seelenreißer davonflog.

Nekromant, Maestra, Seelenreiter … bislang war Wiesel nur einer begegnet, die schneller war als er, dieser hier war es nicht, während der noch aufbrüllte und die blutende Hand gegen sich drückte und sich dort die Wunde schon wieder schloss, hatte Wiesel Soltars Schwert bereits ergriffen. Zuerst falsch, was er bemerkte, als es ihn schnitt und sein Blut im fahlen Stahl verschwand, dann richtig und mit beiden Händen.

Er konnte sehen, wie sich ein Ball aus dunklem Rauch in den Händen des anderen sammelte und auf Wiesel zuschoss, doch als ob es ein Stockspiel wäre, schlug Wiesel den Ball aus Dunkelheit und Rauch zur Seite.

Eine schimmernde Wand flog ihm entgegen, Seelenreißer teilte sie entzwei, ein Blitz traf den fahlen Stahl und wurde zurückgeworfen … und mit jedem Schritt kam Wiesel näher. Was der Mann auch tat, ob Blitz, Flamme oder schimmernde Magie, ob er mit unsichtbarer Hand die schwere Kette vom Haken zog und nach dem Dieb warf, stets verfehlte er das Ziel oder war Soltars Schwert im Weg.

»Kennt Ihr eigentlich den anderen Witz?«, keuchte Wiesel grimmig, als er erneut ein goldenes Gespinst zerteilte. »Von dem Mann ganz ohne Kopf?«

Nackte Angst stand dem Mann ins Gesicht geschrieben, als Wiesel zum letzten Schlag ausholte. Ein Gleißen umhüllte ihn, ein Donnerschlag wehte, und ein Luftstrom riss Wiesel fast mit, doch als Seelenreißer niederfuhr, war dort kein Mann in verkohlter Lederrüstung mehr, sondern nur mehr leere Luft und Stein.

»Verflucht«, sagte Wiesel schwer atmend und ließ das Schwert sinken. Er sah zu Marla hin, die jetzt am Fuß der Treppe stand und sich gerade bückte. »Hättest du nicht helfen können?«, beschwerte er sich.

»Habe ich«, sagte die Priesterin des Namenlosen und ließ die Ratte an ihrem Arm wieder hinauf auf ihre Schulter klettern. »Ich habe sie geworfen … und du willst nicht wissen, wie sie sich beschwert!«

»Gib ihr Käse und richte meinen Dank aus!«, keuchte Wiesel. »Götter, wer war der Kerl?« Er stützte sich auf Seelenreiter. »Der war zäher als jeder andere Nekromant, den ich bisher gesehen habe!«

Marla gab ihm keine Antwort, sie eilte zu der Maestra und Bruder Gerlon hin, die beide bleich am Boden lagen. Erleichtert atmete sie auf. »Sie leben noch«, teilte sie Wiesel mit. »Sag, hast du die schwarze Katze gesehen? Sie war in meiner Vision dabei.«

»Nein. Ich sah drei, die herunterfielen«, antwortete Wiesel und stöhnte auf, als eine seiner Rippen protestierte.

»Ich frage mich, was es bedeutet«, grübelte Marla und wies auf Bruder Gerlon. »Gib ihm das Schwert«, forderte sie ihn auf.

»Warum?«, fragte Wiesel verwirrt. »Ich dachte, ich bringe es selbst zurück …«

»Mama Maerbellinae sagte doch, dass er es tun würde, nicht wahr?«, erinnerte ihn Marla. »Bei allem, was misslang, können wir zumindest das noch richten. Drücke es ihm in die Hand und beeile dich, ich glaube, es geschieht noch mehr!«

Nun denn, dachte sich Wiesel. Er war mit Schwertern nie

gut gewesen, auch wenn dieses ihm recht gut gefiel, es war leichter noch als sein Rapier. Er drückte dem Priester Seelenreißer in die Hand, und fluchte, das Schwert war wirklich scharf, es hatte jetzt auch den armen Gerlon geschnitten!

»Wiesel!«, zischte Marla und wies nach oben, wo ein silberner Schimmer entstand und sich langsam ausbreitete. »Wir müssen weg!«

Hastig eilte er zu ihr, und sie rannten die Treppe hoch, dort versteckten sie sich hinter einer Tonne, um atemlos mit anzusehen, was dort geschah.

Mit einem Schrei fiel ein schwarz gerüsteter Soldat aus diesem Schimmern, als wäre er mit Macht hindurchgestoßen worden, und landete auf dem armen Gerlon, dann schälte sich dort eine weibliche Gestalt heraus, während der Soldat nur noch kurz zuckte und dann regungslos auf dem Priester liegenblieb.

Die Sera sank sanft zu Boden. Feurige Kugeln aus flüssigem Metall schwebten fauchend und knisternd über ihren offenen Händen, in der Höhe ihrer Schulter prangte auf ihrer Robe eine goldene Eule, und unter der Kapuze, die fast bis zum Mund herabgezogen war, wallte rabenschwarzes Haar.

Als sie den Boden berührte, blieb sie still stehen und besah sich sorgsam diesen Raum und die drei regungslosen Gestalten darin. Eine Geste zog die feurigen Kugeln wieder in ihre Handflächen hinein, eine andere Geste hob den toten Soldaten von der fahlen Klinge, die der Priester noch immer hielt.

Wieder stand sie so still, dass sie einer Statue glich, dann ging sie hinüber zu der Maestra und berührte ihren Hals. Sie nickte leicht, griff die Königin mit einem Arm und hob sie überraschend mühelos an, um sie zu dem Priester hinzutragen und neben ihn zu legen. Die Eule bückte sich und hob etwas auf.

Wiesel fluchte lautlos, als er sah, was es war, es musste der Wurfdolch sein, den er geworfen hatte, um Seelenreißers Schlag von Leandra abzulenken.

Asela legte die Maestra und den Priester so, dass sie auf der Seite lagen und sich an Händen und Füßen berührten und dabei die Eule selbst in der Mitte dieses krummen Kreises stand. Die Luft schimmerte erneut, und Eule, Maestra und Priester waren verschwunden, nur den toten Soldaten ließ sie zurück.

Wiesel atmete erleichtert aus, ihm war gar nicht aufgefallen, dass er die Luft angehalten hatte.

»Ich kann Asela nicht leiden«, teilte er Marla mit, die ebenfalls mit weiten Augen dorthin starrte, wo die Eule eben noch gestanden hatte. »Aber, bei den Göttern«, grinste er. »Sie beeindruckt mich! Vielleicht hätten wir sie doch bitten sollen, uns zu helfen. Und ich will meinen Dolch wiederhaben, gute Dolche sind nicht leicht zu finden!«

»Das vertage besser«, sagte Marla. »Wir haben hier noch zu tun.«

»Ist das so?« Er seufzte. »Nun gut. Doch das bringt mich zu der Frage von vorhin: Wo sind wir?«

»Das weiß ich nicht«, antwortete Marla. Sie wies auf den nächsten Fensterladen. »Ich schlage vor, wir finden es heraus.«

Der graue Mann

44 Als Blix die Augen aufschlug, sah er Anlynns besorgtes Gesicht über sich. Ihre Augen waren gerötet und ihre Wangen von Tränen nass. Doch als sie erkannte, dass er wach war, strahlte sie und beugte sich zu ihm herab, um ihm einen Kuss zu geben.

Dazu kam es nicht, eine breite, dick verbundene Hand hielt sie an der Schulter fest.

»Na, wir wollen doch nicht, dass ihm Haare wachsen«, meinte Janos, doch er lächelte. »Ich sag dir etwas, Anlynn. Ich werde mich dafür einsetzen, dass man versucht, den Fluch von dir zu nehmen, du hast es mehr als nur verdient.«

Blix wollte protestieren, doch sein Hals war zu trocken, er brachte kaum einen Ton heraus. Anlynn jedoch schüttelte ganz leicht den Kopf, dann hielt sie ihm eine Kelle hin, aus der er gierig trank, während sie ihm den Kopf stützte.

Seine Schulter, die Seite und sein linker Fuß pochten, und jeder Atemzug ließ flüssiges Feuer durch seine Lungen fließen.

»Was …», krächzte er.

»Was geschehen ist?«, fragte Grenski von der Seite her. Blix sah zwischen der Späherin und dem Hauptmann hindurch zur nächsten Liege, auf der die Stabssergeantin lag. Sie war kreidebleich, doch ihr Lächeln war ungebrochen. Er nickte mühsam.

»Sie haben uns den Arsch versohlt«, sagte Grenski, während Anlynn ihm wortlos mit einem feuchten Tuch die heiße Stirn kühlte. »So, wie es die alte Enke sieht, haben wir verloren, denn es gab am Ende noch immer mehr von ihnen als von uns. Nur dass die, die vom Gegner übrig waren, schneller rennen konnten!« Ihr Lächeln verging. »Unsere Verluste waren hoch. Achtundfünfzig gefallen, jeder andere verletzt, vierunddreißig davon so schwer, dass es an Soltar liegt, ob er sie nehmen wird.«

Blix nickte bedrückt. So etwas hatte er ja schon befürchtet. Er musterte eine Feder, die sich über eine andere Bahre beugte. Er kannte den Mann nicht. Er sah sich um und runzelte die Stirn.

Er erkannte die Versorgungswagen, sie standen noch immer dort, wo er sie das letzte Mal gesehen hatte, und über seinen Köpfen rauschten die Bäume, die aus den Gräbern der Legionäre gewachsen waren. Einer von ihnen gehörte zu dem jungen Leutnant, er fragte sich, welcher davon es war. Jede Pritsche war belegt, und ein halbes Dutzend Federn kümmerten sich um die Verwundeten, doch von den Federn war nur Loska ihm bekannt.

Bevor er noch mehr Fragen stellen konnte, trat eine stämmige Frau mit kurzen grauen Haaren an sein Lager heran, um ernst auf ihn herabzusehen. Ihre Rüstung war aus grauem Stahl, und an ihrem Arm fand sich eine goldene Lanze mit einem Stern unter der kaiserlichen Zahl zwei.

»Ich bin Generalsergeantin Kasale«, stellte sie sich vor und bedachte sowohl Janos, als auch Anlynn und Grenski mit einem prüfenden Blick, bevor sie sich wieder Blix zuwandte. »Ich schätze es nicht sehr, wenn eine meiner Lanzen ohne meine Erlaubnis so aufgerieben wird.«

»Aye, Ser«, krächzte Blix. Er hatte schon von ihr gehört, von Grenski, die ihm geflüstert hatte, dass diese Sera ihren Offiziersrang aufgegeben hatte, um als Generalsergeant die zweite Legion neu auszuheben. »Was die Kaiserin selbst von Eurem Kunststück hält, könnt Ihr hier nachlesen.« Sie legte ihm eine gesiegelte Schriftrolle auf die Brust. »Blix, ich erwarte, dass Ihr schnell wieder auf die Beine kommt, ich kann es mir nicht leisten, meine Lanzenmajore auf dem Krankenbett vergammeln zu lassen.«

Sie salutierte, nickte ihm und den anderen kurz zu und ging.

»Janos?«, fragte er und hob ungeschickt die Rolle an.

»Lass sie das machen«, meinte der Hauptmann und wies mit seiner verbundenen Hand auf Anlynn. »Ich kann im Moment nichts halten ... wenn es so weitergeht, habe ich bald keine Finger mehr. Wenn du lesen kannst, Anlynn«, fügte er hinzu.

»Ich kann lesen«, lächelte diese und nahm die Rolle in die Hand, um sie schnell zu überfliegen.

»Was ist es?«, fragte Blix mühsam.

»Ein Dispens«, antwortete die Füchsin leise. »Für dich und die Überlebenden der gesamten Lanze. Deine Todesstrafe ist aufgehoben. Wer von euch die Bürgerrechte noch nicht hat, erhält auch diese.« Sie ließ die Rolle sinken, um sie ihm wieder auf die Brust zu legen. »Ich wusste nicht, dass du ein Mörder bist«, sagte sie mühsam und wischte sich Tränen aus den Augen.

»Warte, Anlynn!«, rief Blix verzweifelt und versuchte sich aufzurichten. »Warte, es ist nicht, wie du denkst!« Doch die Füchsin hörte nicht auf ihn, sondern ging weiter, während ihre Schultern bebten.

Leandra saß auf einer Bank an einem Tisch nahe den Versorgungswagen und fragte sich, was die Späherin so bedrückte, doch dann vergaß sie den Gedanken wieder.

»Und ihr habt wahrhaftig ein Tor nach Lassahndaar geöffnet und eine volle Lanze hindurchgeschickt?«, fragte sie ungläubig und verzog etwas das Gesicht, als ihre Seite schmerzte. Doch nicht sie nur alleine. Leandra fühlte sich am ganzen Körper geschunden und konnte fast alle Farben bieten. Dass sie einigermaßen sitzen konnte, verdankte sie nur den straffen Verbänden.

»So ist es«, sagte Helis. »Wir haben die Stadt mühelos genommen, der Feind ließ nur knapp hundert Mann zurück, als er den Angriff auf Blix wagte.«

»Diese Hundert hätten gegen Blix das Blatt gewendet«, sagte Leandra und seufzte. »Man sieht ja, wie knapp es gewesen ist. Können wir die Stadt halten?«

»Ich weiß, dass die einundzwanzigste Legion bereits von Melbaas aus aufgebrochen ist. Sie hat nicht die volle Stärke, doch wir müssen in fünf bis sechs Tagen mit ihr rechnen.« Helis seufzte. »Unser Sieg hier wird nicht von langer Dauer sein. Wenn wir es einen Sieg nennen wollen. Der Feind hat eine Lanze verloren, aber davon hat er viele. Wir hingegen werden jeden Mann vermissen, den wir hier begraben. Wir können es uns noch nicht leisten, uns auf große Schlachten einzulassen. Es wird das Beste sein, die Bürger dieser Stadt zu verlegen.«

»Du willst Lassahndaar dem Feind lassen?«, fragte Leandra enttäuscht.

»Ich sehe keine andere Wahl. Noch nicht.«

»Wie kamt ihr überhaupt auf die Idee, hier so anzugreifen?«

»Es war auf eine verquere Art sogar Havalds Plan«, erklärte Helis. »Aber ohne Asela hätten wir es nicht vermocht. Sie war es, die das Tor öffnete, und sie war es auch, die dir durch das Tor nachging und dich zurückholte.«

»Daran erinnere ich mich nicht«, sagte Leandra zögernd. »Ich weiß nur noch, wie Corvulus mich niederstreckte. Was ist danach geschehen?«

»Eine gute Frage«, sagte Helis und musterte sie prüfend. »Das weiß auch Asela nicht. Sie fand Bruder Gerlon und dich in einem Kornspeicher am Boden liegend vor. Gerlon hielt Seelenreißer in der Hand, sonst war niemand dort.«

»Sag, wie geht es Bruder Gerlon?«

»Wahrscheinlich ist er schon auf dem Weg zurück zum Tempel. Asela hat das feindliche Tor in Lassahndaar neu eingestellt und den Weg nach Askir geöffnet. Und morgen wird sie den Weg nach Illian öffnen.«

»Endlich«, seufzte Leandra. »Aber sag, was ist mit Gerlon? Ging es ihm denn gut genug?«

»Ich denke schon«, schmunzelte Helis. »Er lächelte die ganze Zeit.«

»Nun Gerlon«, sagte Bruder Jon, als er den jüngeren Priester zu der Gebetskammer begleitete. »Hast du auf deiner Reise etwas gelernt?«

Gerlon sah voller Ehrfurcht auf das Schwert Soltars herab, das er auf zwei Händen vor sich trug, dann hin zu Bruder Mircha, der etwas abseits stand und ihn und den Hohepriester mit gerunzelter Stirn betrachtete.

»Nur, dass die Götter anders sind, als wir es denken«, sagte er dann leise. Bruder Jon selbst öffnete ihm die schwere Tür, und Gerlon trat ein.

Für einen langen Moment musterte er den Lanzengeneral.

Mit einem kleinen Lächeln trat der junge Priester an den General heran und legte ihm Seelenreißer auf die Brust. Er führte ihm die Hände auf das Heft des Schwertes und trat zurück.

Zuerst geschah nichts, dann schien es, als ob sich Rauch und Schatten um den Körper legen würden, zugleich aber leuchtete die fahle Klinge auf, strahlte umso heller, je dunkler der Schatten wurde, der sich um den Toten wand, und je heller die gottgesegnete Klinge leuchtete, um so schwärzer wogte der Schatten.

Vorsichtig traten der alte und der junge Priester von der Bahre zurück und besahen mit weiten Augen das Wunder, das sich ihnen bot. Dann, als es schien, als ob die Schwärze nicht schwärzer und das Licht nicht heller werden konnte, wogte das Gebilde aus Licht und Schatten lautlos auf. Als ob es miteinander ringen würde, durchbrach das Licht den Schatten, bedeckte der Schatten das Licht, und für einen endlos langen Moment sahen die beiden Priester dort, wo der Tote lag, die Nacht mit Sternen.

Noch während Gerlon ungläubig blinzelte, verschwand der unheimliche Spuk, als wäre er nie gewesen. Die Brust des Toten hob und senkte sich, dann blinzelte der Lanzengeneral und setzte sich auf, als wäre er nicht ganze Wochen tot gewesen.

»Götter«, sagte er und gähnte. »Was war das für ein Traum.« Er sah auf das Schwert in seiner Hand herab und legte es achtlos zur Seite. »Wo bin ich und, bei allen Höllen, wer seid ihr?«

Blix hatte Janos gebeten, für ihn die Späherin zu suchen, doch der große Mann konnte sie nicht finden, dafür aber fand Korporal Loska von den Federn ihn.

»Hauptmann«, bat der Korporal, »Könnt Ihr mir helfen?«

Janos hielt seine verbundenen Hände hoch und wies dann auf die Verbände, die seinen Körper zum größten Teil bedeckten. »Wenn ich helfen kann?«

»Kommt bitte mit«, bat die Feder und führte den Hauptmann an ein Feldbett, auf dem ein Tuch eine stille Gestalt bedeckte. »Steinwolke brachte ihn mit Euch zusammen her, doch niemand kennt ihn«, sagte die Feder leise und zog das Tuch von dem Gesicht des Mannes. »Er war zu schwer verletzt, als dass ich ihn hätte retten können, er ist innerlich verblutet und starb noch während des Kampfes. Ich wollte von Euch wissen, wer er ist, damit wir seinen Namen in den Grabstein schlagen können.«

Lange besah sich Janos den grauen Mann, dann schüttelte er bedauernd den Kopf. »Es tut mir leid«, sagte er. »Ich habe ihn noch nie zuvor gesehen.«

Handelnde Personen

Die Gefährten:

Maestra Leandra di Girancourt Halbelfe und schwertgebunden an das Schwert Steinherz, Königin der Südreiche, ehemalige Liebhaberin von Havald, dem Wanderer, Freundin und Reiterin von Steinwolke, dem Königsgreifen.

Serafine Durch ein Wunder des Soltar wiedergeborene Soldatin des Ersten Horns der zweiten Legion. In ihrem letzten Leben Tochter des Gouverneurs von Gasalabad, Freundin von Balthasar, Asela und Feltor, Eheweib von Jerbil Konai, der Säule der Ehre. Befreundet mit den Elfen Taride und Imra.

Varosch Akolyth des Boron, begnadeter Scharfschütze, Liebhaber der Dunkelelfe Zokora. Er opferte sein Leben, um Zokora zu retten.

Nataliya Das dritte Tuch der Nacht, einst Assassine des Nekromantenkaisers Kolaron Malorbian, dann treue Begleiterin Havalds, opferte ihr Leben für ihn.

Sieglinde Tochter von Eberhard, dem Wirt des Hammerkopfs. Eine junge Frau, der man nachsagt, dass sie die Gabe der Fey besitzen soll. Nun schwertgebunden an das Bannschwert Eiswehr und Liebhaberin von Janos.

Janos Räuberhauptmann und Agent der Königin Eleonora und Sieglindes Liebhaber.

Zokora von Ysenloh Eine dunkle Elfe und Priesterin der Solante. Nahm sich Varosch als Liebhaber.

Die fünfte Lanze der zweiten Legion:

Schwertmajor Kurtis Blix Ein Soldat des Kaiserreiches, kommandiert die fünfte Lanze der zweiten Legion, ohne sonderliches Talent.

Stabssergeantin Sanja Grenski Die Seele der fünften Lanze.

Schwertsergeant Avron Ein Soldat.

Schwertrekrut Balter Ein Soldat.

Korporal Hasin Ein Soldat.

Korporal Loska Von den Federn, Blixens Lanze zugeteilt.

Orvin Ein sturer und abergläubischer Soldat aus Blixens Lanze. Er stammt natürlich aus Aldane.

Lanzensoldat Waltis Ein Soldat und guter Reiter.

In Letasan:

Anlynn, die Füchsin Späherin der Dritten Königlichen Jagdlanze zu Illian, sie trägt den Fluch des Winterwolfs in sich.

Odgar Späher der Dritten Königlichen Jagdlanze zu Illian, ein Mann, der leicht zu übersehen ist.

Die alte Enke Eine gar hässliche Hexe.

Konrad Ein Rabe.

Byrwylde Ein Lindwurm aus ferner Vergangenheit.

Dorin Eine Spruchweberin (Maestra) der dunklen Elfen, zu Zokoras Stamm gehörig.

Eberhard Wirt des »Hammerkopfs« in Letasan, Vater von Sieglinde.

Der blutige Marcus Ein Pirat mit einem bewundernswerten Talent zur Selbsterhaltung. Nur die Götter selbst können ihn gefährden.

Ser Terfil Obmann der Flüchtlinge in Teir'na'do.

Ser Arfred und Morgau Ser Terfils Söhne.

Elsbeta Ser Terfils verlorene Tochter.

Soldaten des Kaiserreichs:

Generalsergeantin Rellin Eine Veteranin der Barbarenaufstände in der Ostmark, zuständig für Logistik und Verwaltung der dritten Legion.

Generalsergeantin Kasale Zuständig für den Wiederaufbau der zweiten Legion.

Desina *Anae regis Askanna*, ewige Kaiserin Askirs, Maestra und Prima des Turms der Eulen, Tochter von Balthasar und Enkelin des ewigen Herrschers Askannon.

Stabsobrist Orikes Kommandeur der Federn, der Schriftgelehrten der Legionen, rechte Hand von Hochkommandant Keralos, dem Militär-Gouverneur von Askir, weithin als ein hervorragender Medikus bekannt.

Hochkommandant Keralos Militärgouverneur von Askir, ein sorgfältiger und ruhiger Mann.

Stabmajor Helis/Serafine Adjutantin von Lanzengeneral von Thurgau.

Lanzengeneral von Thurgau Auch Havald oder der Wanderer genannt, Kommandant der zweiten Legion, ein Mann, der nicht sterben kann.

Asela Die letzte der Eulen des alten Reichs, eine mächtige Maestra mit vielen Geheimnissen.

Schwertleutnant Stofisk Adjutant des Lanzengenerals von Thurgau, ein Mann, dessen Wort mächtiger als sein Schwert ist.

Korporal Fefre Ein Seesoldat des Kaiserreichs, stationiert an der Hafenwacht. Ihn verbindet eine ungewöhnliche Freundschaft mit Wiesel. Zudem ist er ein alter Kamerad und Freund von Santer, dem Adjutanten der Kaiserin.

Stabsmajorin Rikin Kommandeurin der Hafenwacht

Lanzensergeant Rohl Oftmals zur Wache am Hafentor eingeteilt.

Schwertrekrut Talas Ein übereifriger Soldat, besonders befähigt dazu, feuchte Gruben auszuheben.

Lanzensergeant Lormann Erste Legion, den Drachen, der kaiserlichen Leibgarde zugeteilt.

Stabsleutnant Santer Adjutant von Desina und damit auch den Eulen zugeteilt.

Kaiserreich Thalak:

Kolaron Malorbian Nekromanten- und Gottkaiser von Thalak.

Kriegsfürst Corvulus Nekromant und Kriegsfürst, Lieblingssohn des Kolaron Malorbian.

Kriegsfürst Celan Kommandant der Invasionstruppen Thalaks auf den Feuerinseln. Befahl die Zerstörung Kelars, der Heimatstadt von Havald. Nahm Maestra di Girancourt als Gefangene. Kurz vor dem Untergang der Feuerinseln wurde er von Maestra di Girancourt zur Rechenschaft gezogen und mit Blitz und Schwert erschlagen.

Fürstin Dereinis Kommandeurin der Truppen des Kaiserreichs Thalaks, welche die Kronstadt Illian belagern. Verantwortlich für den Verrat an Königin Eleonora.

In Askir:

Hochinquisitor Pertok Oberster Richter Askirs, mit ungewöhnlichen Vollmachten ausgestattet.

Wiesel Der berühmteste Dieb Askirs. Desinas Ziehbruder. Ein Mann mit ungewöhnlichen Talenten und schnellen Fingern.

Baron Stofisk Vater von Leutnant Stofisk, ein einflussreicher Handelsherr, der dem Handelsrat von Askir vorsteht.

Mi Pei Lin Tochter des Drachen, oberste Assassine in der Botschaft des Kaiserreichs Xiang zu Askir und zurückhaltende Freundin Wiesels. Sie wirft gerne mit scharfen Gegenständen nach ihm, so gelangte er auch zu seinem Glücksbringer.

Marla Eine alte Freundin Wiesels, ehemals Ziehschwester von Wiesel und Desina, nun bekennende Priesterin des Namenlosen. Sie mag Ratten. Wiesel nicht.

Der Rabe Attentäter und selbst ernannter Priester des Namenlosen.

Istvan Wirt des Gasthofs »Zur gebrochenen Klinge«, Ziehvater von Desina, Marla, Regata und Wiesel. Ehemals ein Soldat der Bullen, Freund des Gelehrten Kennard.

Kennard Ein Schriftgelehrter mit überraschenden Interessen und Fähigkeiten.

Marschall Hergrimm Kriegsherr der Armeen der Ostmark.

Die Priesterschaft der Dreieinigkeit in Askir:

Bruder Gerlon Ein Soltar-Priester mit Visionen, zudem auch ältester Freund von Kurtis Blix.

Bruder Jon Hohepriester des Soltarglaubens. Ihm untersteht der Haupttempel Soltars in Askir. Ein Mann mit scharfem Geist und einem Hang zum Luxus.

Bruder Mircha Ein mürrischer Priester des Soltar, der als Nachfolger von Bruder Jon bestimmt ist.

Rohard Ein allzu übereifriger Tempelschüler im Tempel des Soltar zu Askir.

Vitash Ein Tempelschüler im Tempel Soltars zu Askir.

Schwester Ainde Hohepriesterin des Tempels der Astarte zu Askir.

Bruder Portus Hohepriester des Tempels des Boron zu Askir.

Andere:

Angus König der Varlande, Freund von Havald.

Ragnar Ein alter Freund Havalds. Träger der legendären Axt Ragnarskrag, die ihrem Träger die Stärke eines Riesen verleihen soll.

Jerbil Konai Legendärer Held von Bessarein, vor siebenhundert Jahren Generalsergeant der berühmten zweiten Legion, Ehemann von Serafine. Auch bekannt als der »Sarge«. Serafine glaubt, dass die Seele von Jerbil Konai in Havald wiedergeboren wurde.

Mikail Ein Soldat des ersten Horns unter Jerbil Konai.

Prinz Tamin von Aldane Ein Mann, der die Frauen liebt und auch den Wein.

Baron Tarkan von Freise Cousin von Prinz Tamin, Liebhaber von Taride, der Bardin.

Steinwolke Ein Königsgreif, Freundin von Leandra.

Feltor Eine der alten Eulen Askirs, Ehemann von Asela. Er starb bei einem magischen Angriff auf die Kaiserstadt.

Essera Faihlyd Aus dem Haus des Löwen, Emira von Gasalabad, Kalifa von Bessarein.

Essera Falah Aus dem Haus des Löwen, Großmutter von Faihlyd, eine weise Frau. Sie starb in der zerstörten Stadt Janas an der Pest.

Der Hüter des Wissens Faihlyds Großvater, Liebhaber von Falah.

Taride Elfe, Bardin, Schwester von Imra, Tochter der Elfenkönigin, Liebhaberin von Baron Tarkan von Freise.

Reat Ein Elf, der sich dem Wanderer verpflichtet fühlt.

Königin Eleonora von Illian Sie wird als Heilige verehrt, da sie ihr Leben in Borons Flamme geopfert hat, um die Kronstadt vor der Belagerung zu retten. Ehemals Schülerin von Havald, Freundin von Leandra.

Marbetha Priesterin der Astarte zur Zeit des alten Reichs, Geliebte Askannons, Mutter von Balthasar und Großmutter von Asela. Sie wurde in jungen Jahren ermordet.

Beldis Hohepriesterin der Astarte zur Zeit des alten Reichs. Tochter von Askannon und Mutter von Asela.

Sera Safar Eine geheimnisvolle Frau aus Bessarein mit einer Leidenschaft für Türkis und Blumen.

Orte

»Die silberne Schlange« Eine seit Jahrhunderten florierende Soldatenkneipe am Westtor der Zitadelle von Askir, bevorzugt von Bullen besucht.

»Zum Hammerkopf« Gasthaus und ehemalige Wehrstation des Kaiserreichs in Letasan, nahe des Donnerpasses gelegen, hier nahm alles seinen Anfang.

Die Donnerfeste Die letzte der großen Festungen des Kaiserreichs, am Donnerpass in den Donnerbergen von Letasan gelegen. Bewacht den Handelsweg nach Coldenstatt.

Hafenwacht in Askir Nördlich des Hafens von Askir gelegen, Garnison der Seeschlangen, die im Hafen von Askir die Ordnung wahren.

Die Zitadelle Sitz des Kaisers zu Askir und mächtigste Festung des Kaiserreichs.

Der Turm der Eulen Ein weißer, fensterloser Turm auf dem Gelände der Zitadelle, in dem das Wissen der Magie der Eulen aufbewahrt wird. Nur den Eulen von Askir zugänglich, ist er ein Ort voller alter Geheimnisse.

Das Blubbermoor Ein verfluchtes Moor in Letasan, nahe Lassahndaar, angeblich soll es dort riesige Schlangen, Lindwürmer und Hexen geben.

Der Eisenpass Ort einer Schlacht in den Grenzgebirgen von Aldane. Dort fand die 21. Feindlegion ein blutiges Ende.

Städte und Ortschaften

Askir Kaiserstadt.

Aldar Hauptstadt des Königreichs Aldane.

Illian, Kronstadt Die Rose von Illian, Hauptstadt von Illian, wird von Thalak belagert.

Kolariste Hauptstadt des Feindes.

Die Feuerinseln Einst Seefeste des Kaiserreichs, dann der Piraten, zuletzt Brückenkopf für die Invasionstruppen Thalaks, bis sie von einer gewaltigen Eruption zerstört wurden. Ihr Verlust an die Piraten unterbrach den Seeweg zur Versorgung der Südreiche.

Lassahndaar Eine kleine Stadt in Letasan, auf dem Handelsweg von Melbaas nach Illian gelegen.

Melbaas Eine Hafenstadt, berühmt für ihren Seehandel, von den Truppen Thalaks besetzt.

Janas Größte See- und Handelsstadt Bessareins, bis sie bei der Eruption der Feuerinseln von einer Flutwelle fast vollends zerstört wurde.

Moaris Ein kleines Dorf in Letasan.

Kelar Eine Stadt in Letasan, von Thalaks Truppen geschliffen, einst Geburtsort von Havald, dem Wanderer.

Farin Ein kleines Dorf in Jasfar, Südlande.

Teir'na'do Ein Flüchtlingsdorf in einem verwunschenen Wald.

Feste Brandenau Befestigte Stadt, in der Ostmark gelegen. Wird zur Zeit von den Barbaren dort belagert.

Länder und Stadtstaaten

Askir Kaiserstadt, Stadtstaat und Hauptstadt der sieben Reiche und des Kaiserreichs.

Aldane Ein Königreich der sieben Reiche. Bekannt für seine Weine und die Sturheit und den Aberglauben seiner Bewohner.

Bessarein Das größte Land des Kaiserreichs. Es gibt viel Sand dort.

Varland Königreich im Norden von Askir, zu den sieben Reichen gehörig.

Letasan Königreich der Südlande, von Thalak besetzt, Heimat von Havald.

Illian Königreich der Südlande, von Thalak besetzt.

Jasfar Königreich der Südlande, von Thalak besetzt.

Die Götter

Soltar Gott des Lichts, besiegte einst Omagor, den Gott der Finsternis, seitdem gilt sein Versprechen, dass auf die Nacht der Tag folgen soll und auf jede Verzweiflung eine neue Hoffnung. Herr über den Tod und das Leben.

Boron Der streitbare Gott der Gerechtigkeit.

Astarte Die Göttin der Weisheit und der Liebe.

Solante Astartes dunkle Schwester, von den dunklen Elfen verehrt.

Der Namenlose Der Gott, der für das namenlose Böse steht.

Marendil Die Göttin der Meere, für ihr Temperament bekannt.

Omagor Der tote Gott der Finsternis.

Mama Maerbellinae Unbekannte (und alte) Göttin, die sich seit etwa zwanzig Jahren in Askir aufhält.

Der Winterwolf Der Wolfsgott, ein alter Gott, der einst in den Südlanden von den Barbaren verehrt wurde.